BASTEI LÜBBE

Charlotte Prentiss

LAENA
Tochter des Eismondes

Roman

Ins Deutsche übertragen
von Cécile G. Lecaux

BASTEI
LÜBBE

BASTEI-LÜBBE-TASCHENBUCH
Band 13 856

Erste Auflage: April 1997

Deutsche Lizenzausgabe 1997 by
Bastei-Verlag Gustav H. Lübbe GmbH & Co.,
Bergisch Gladbach
Lektorat: Beate Stefer
Originaltitel: Children of the Ice
Titelbild: Bart Bemus
Umschlaggestaltung: Quadro Grafik, Bensberg
Satz: KCS GmbH, Buchholz/Hamburg
Druck und Verarbeitung: Brodard & Taupin,
La Flèche, Frankreich
Printed in France
ISBN 3-404-13856-2

Die Vision

Ihre Augen waren geschlossen und doch offen. Die Sonne brannte grell herab, greller, als sie sie je erlebt hatte. Sie hob den Arm, um ihre Augen zu beschatten, und stellte verblüfft fest, daß sie anstatt der schweren Felle eine dünne gewobene Hose und ein Hemd aus Sommerpelzen des Karibu trug. Ihre Hände waren nackt, und ihre Haut war von seltsamer, tiefbrauner Farbe. Sie war nicht mehr auf dem zugefrorenen Fluß. Sie saß inmitten eines Teppichs aus hohem Gras, das sich sacht in einer leichten Brise wiegte. In weiter Ferne zog bedächtig eine Herde Mammuts vorbei. Die Schönheit dieses seltsamen Ortes versetzte sie in Erstaunen. Der Himmel war von klarem, strahlendem Blau. Das Gras war unglaublich üppig, unglaublich grün. Und am Fuß des Hügels, auf dem sie saß, befand sich ein riesiger See, ebenso blau wie der Himmel.

Das war die Vision, die Laena sah … die Vision, der sie folgte … durch Gefahren, Liebe, Mühsal und das weite Unbekannte … gegen alle Schwierigkeiten, die sich für eine Waise ergaben, die zur Frau heranreifte, einer Frau ohne Stamm, umgeben von fremden Klans … aber sie war bereit, alles zu wagen, um einen unmöglichen Traum wahr werden zu lassen …

ERSTER TEIL

Kapitel 1

Laena hockte vor dem Feuer und hielt die Hände dicht an die Flammen, um sich zu wärmen. Es war heimelig, hier in der flachen Grube unter dem Dach aus Mammuthäuten. Das war ihr Zuhause, das sie mit ihrer Schwester und ihren Eltern teilte. Vier Lager aus getrocknetem Moos waren um das Feuer herum verteilt. Auf einer Seite lag ein Stapel Felle. Außerdem waren da einige neue Feuerstöcke, zwei Messer aus Feuerstein, ein lederner Eimer, eine kleine Fleischreserve und ein paar Ersatzhandschuhe – mehr nicht.

Draußen erwartete sie die arktische Kälte in all ihrer Grausamkeit. Sie wünschte sich, diese Zuflucht mit ihren vertrauten Gerüchen nach Rauch und Tierhäuten nicht verlassen zu müssen. Aber wenn sie noch lange trödelte, würde ihre kleine Schwester sie mit Beschlag belegen oder ihr Vater ihr diverse Arbeiten auftragen.

Und dazu war Laena nicht in Stimmung. Sie war fast eine erwachsene Frau und brauchte unbedingt etwas Zeit für sich allein. Also nahm sie ihre ganze Willenskraft zusammen, klemmte sich ihr Bündel unter den Arm, wandte sich vom Feuer ab und löste den Riemen, mit dem der Zelteingang zugebunden war. Eilig schlüpfte sie hinaus, verschloß den Zelteingang hinter sich und streifte ihre Handschuhe über.

Sie blinzelte im Tageslicht. Die Sonne hing über den Bergen im Süden, und die verschneiten Hänge glitzerten, daß es einen blendete. Laena zog sich den Pelzhut tiefer in die Stirn, damit die Krempe aus trockenem Gras das grelle Licht ein wenig filterte.

Sie warf einen raschen Blick in die Runde. Das Winterlager ihres Stammes bestand aus einem Dutzend großer, niedriger Zelte, die in einem Kreis aufgestellt waren. Die Behausungen glichen alle der, in der sie selbst lebte. Sie bestanden aus zusammengenähten Mammuthäuten, die über einen Rahmen aus Mammutrippen gespannt waren;

darunter waren Gruben ausgehoben. Rauchschwaden stiegen aus den Abzugslöchern und wurden vom Wind fortgeweht.

Das umliegende Land war karg und nackt. Gruppen zwergenhafter Bäume, von denen keiner größer war als ein Mann, wuchsen am Ufer eines breiten Flusses, der mit einer dicken Eisschicht bedeckt war. Trockenes Gras stach durch einen dünnen Teppich Pulverschnee. Im Süden und Westen erstreckten sich niedrige, weißbestäubte Hügel.

Und doch trotzte das Leben der unerbittlichen Natur. Laenas Stamm, das Panther-Volk, schlug seit Generationen sein Winterlager hier auf. Auch jetzt waren die Jäger unterwegs, auf der Suche nach Wölfen und Eisfüchsen. Der Winter war beinahe vorbei, und das Wild kehrte zurück. Bald würden die riesigen Karibuherden aus dem Süden über das Land ziehen, und dann war die Zeit gekommen, ihr einfaches Lager abzubrechen und in ihre Sommerjagdgründe überzusiedeln.

Laena verharrte reglos und lauschte. Irgendwo bellte ein Hund. Unten am Fluß hackte jemand Eis, das geschmolzen als Trinkwasser dienen würde. Ganz in der Nähe schrien zwei Kinder. Laena erkannte ihre kleine Schwester Moru und Lani, ein Mädchen gleichen Alters. Man hatte ihnen aufgetragen, den Schnee von den Zelten zu fegen, aber die Aufgabe hatte sie bald gelangweilt, und jetzt rangen sie miteinander und wälzten sich kichernd auf dem Boden.

Ein Mann rief ihnen etwas zu. Es war Henik, Laenas Vater. Er war der Anführer der Jäger, und normalerweise wäre er mit seinen Männern unterwegs gewesen, aber er hatte sich vor einigen Tagen beim Besteigen eines vereisten Hangs am Bein verletzt und mußte ruhen, bis die Wunde verheilt war. Und so machte er sich derweil im Lager nützlich. Tatsächlich bedeutete das, daß er sich in alles einmischte und jeden herumkommandierte. Laena duckte sich, damit er sie nicht entdeckte.

Sie warf einen Blick auf die andere Seite des Zeltes. Ihre Mutter, Arla, und zwei weitere Frauen waren dabei, Holzgestelle zum Trocknen von Fleisch aufzustellen, für den Fall, daß die Jäger erfolgreich waren. Laena erkannte, daß die Frauen Hilfe brauchen konnten, und hatte ein schlechtes Gewissen, weil sie wußte, daß sie ihnen eigentlich zur Hand gehen sollte. Aber nicht heute.

Henik war damit beschäftigt, Moru zu schelten. Arla kehrte ihr den Rücken zu. Laena beschloß, die Gelegenheit zu nutzen. Sie sprang auf und lief schnurgerade auf den Fluß zu.

Sie rannte, bis sie sicher war, daß der abschüssige Hang sie verbarg. Dann, die eisige Luft in ihren Lungen brennend, verlangsamte sie das Tempo und durchquerte vorsichtig eine kleine Baumgruppe. Holz war hier im hohen Norden so rar, daß sie schon als Kleinkind gelernt hatte, darauf zu achten, auch nicht den kleinsten Schößling zu beschädigen.

Sie fühlte sich gut, jetzt, da sie ganz für sich war. Ihre Schritte waren beschwingt, sie lächelte und summte vor sich hin. In ihren Fellen war ihr wohlig warm – jedenfalls noch –, und sie fühlte sich hellwach und voller Leben.

Irgendwo weiter vorn hörte sie das Geräusch aneinanderschlagender Steine. Sie blieb stehen und lauschte. Dann sagte sie sich, daß das Elbrau sein mußte, der Steine suchte, aus denen er Werkzeuge und Waffen für den Stamm fertigen konnte. Elbrau war einer der Ältesten; ein stiller Mann, der oft den Eindruck erweckte, als wäre er tief in Gedanken versunken. Aber er war immer sehr freundlich zu Laena gewesen.

Langsam ging sie weiter und setzte die Füße lautlos auf. Sie blickte von links nach rechts und konzentrierte sich auf den Ursprung der Geräusche. Schließlich entdeckte sie Elbrau direkt vor sich. Er hockte auf einem breiten Felsvorsprung über dem Fluß. Er war ganz in seine Arbeit vertieft und bemerkte sie nicht.

Sie stand still und beobachtete ihn. Er ließ die Finger über einen schweren weißen Flintstein gleiten, die Kalksteinoberfläche nach Rissen abtastend, die mit bloßem Auge nicht erkennbar waren. Der Feuerstein sprach nur an gewissen Tagen zu ihm und verriet ihm, wie er sich in nützliche, schöne Formen spalten ließ. Vielleicht war das einer dieser speziellen Tage. Sie sah zu, wie er den Flintstein vorsichtig vor sich auf den Boden legte, seinen Hammerstein hob und mit einem Grunzen kraftvoll niedersausen ließ. Es gab einen Knall, der von dem Hügel hinter ihm widerhallte, und ein großer weißer Splitter flog davon und enthüllte den glatten, dunklen Feuerstein darunter.

Dies war nicht der rechte Augenblick, ihn zu stören. Außerdem wollte sie eigentlich gar nicht mit ihm sprechen oder sich seine Geschichten von Jagdexpeditionen aus Sommern vor ihrer Geburt anhören. Heute wäre sogar Elbraus Gesellschaft eine unwillkommene Ablenkung von dem gewesen, was sie unbedingt tun mußte.

Laena ging ein Stück zurück, machte einen Bogen um ihn und folgte dann weiter dem Flußlauf. Schließlich gelangte sie zu einer Erhebung, die sie vor neugierigen Blicken aus dem Lager verbergen würde. Sie begann, in die niedrigen Hügel hinaufzusteigen.

Hier waren die Schneewehen tiefer. Sie mußte sehr vorsichtig einen Fuß vor den anderen setzen und Ausschau halten nach tiefen Schneewehen, die sie verschlucken würden, wenn sie hineintrat. Nach einer Weile machte sie halt und blickte über einen Geröllhaufen. In der Ferne konnte sie das Lager sehen, eingebettet zwischen den Bergen auf der einen und dem Fluß auf der anderen Seite. Es sah so winzig aus – ein schwacher Außenposten menschlichen Lebens in diesem weiten, leeren, schneebedeckten Land. Aber Laena war die Ödnis ihrer Welt gewöhnt. Sie fühlte sich hier sicher und geborgen.

Dennoch mußte sie achtsam sein. Aufmerksam suchte sie die Hänge um sich herum nach irgendwelchen Lebenszeichen ab. Die meisten Fleischfresser mieden das Tal wegen des Menschengeruchs, aber der Weiße Bär ließ sich nicht einschüchtern, und manchmal sah man Wölfe über die Grate trotten. Heute konnte sie jedoch nirgendwo Spuren oder Kothaufen entdecken. Es schien, als wäre sie völlig allein.

Sie setzte sich auf einen Felsbrocken inmitten des Gerölls, knotete ihre Ledertasche auf und nahm einen kleinen Beutel heraus, den sie selbst angefertigt hatte. Sie zog die Handschuhe aus, öffnete den Beutel, schob sehr vorsichtig die Hand hinein und holte ein Sehnenstück hervor, auf das Perlen aus poliertem Knochen gefädelt waren. Das war ihr Geheimnis: ein heiliger Gegenstand, der nur ihr allein gehörte. Für einen Außenstehenden sah es einfach aus wie ein Schmuckgürtel. Für Laena war es Symbol für das Ende ihrer Kindheit und ihren Eintritt in die Gemeinschaft der Frauen. Schon bald, wenn sie das richtige Alter erreicht hatte, würde sie diesen Gürtel unter ihren Fellen tragen. Niemand sonst würde ihn je zu sehen bekommen – abgesehen von dem Mann, den sie heiratete, und ihren Kindern, wenn die Zeit gekommen war.

Laena kaute auf dem Ende der Sehne, um es geschmeidig zu machen, fädelte eine neue Perle auf und sicherte sie mit einem Knoten.

Sie zuckte zusammen, als eine kräftige Windböe eisig über ihre Haut fuhr, und streifte hastig die Handschuhe wieder über. Sie klemmte die Hände unter die Achseln, zog die Schultern hoch und beugte sich vor, um geduldig abzuwarten, daß der Wind sich wieder legte. Sie wußte aus Erfahrung, wie schnell man sich an ungeschützten Hautpartien Erfrierungen holte.

Ihr ganz persönliches Perlenmuster war ihr in einem Traum offenbart worden. Träume suchten manche Menschen häufig heim, ohne daß sie irgendeine Bedeutung hätten. Bei Laena war das jedoch anders. Ihre Träume waren selten, erschienen ihr jedoch bedeutungsvoller als das reale Leben. Sie waren ein Fenster auf andere Zeiten und Orte – sogar auf die Zukunft.

Eine flüchtige Bewegung weckte ihre Aufmerksamkeit. Verärgert sah sie auf. Manchmal machte Moru sich einen Spaß daraus, Laena zu folgen und zu versuchen, sie aufzuspüren. Laena ließ den Blick um sich schweifen und versuchte auszumachen, was sie gesehen hatte. Da: eine winzige schwarze Gestalt, die sich von der Weiße abhob.

Es war nicht Moru. Es war ein Mann, der weit entfernt einem Grat oberhalb des Lagers folgte.

Laenas Ärger verflog ebenso rasch, wie er aufgekommen war. Aber sie war verwirrt. Niemand von ihrem Stamm hatte irgendeinen Grund, sich dort oben aufzuhalten. Und die Jäger wurden noch lange nicht zurückerwartet.

Sie runzelte die Stirn, als sie erkannte, daß die winzige Gestalt sich verstohlen vorwärtsbewegte und geduckt dem Verlauf des Grats folgte, als wolle sie nicht entdeckt werden. Dann tauchte ein zweiter Mann auf, dann noch einer. Laena starrte mit angehaltenem Atem hinüber. Oben auf dem Grat waren über ein Dutzend Männer. Ein Jagdtrupp, wie es schien. Aber woher kamen sie? Und was wollten sie?

Laena fühlte, wie Unbehagen sich wie Kälte in ihrem Bauch ausbreitete. Sie wickelte ein Stück Sehne um das Ende ihres Gürtels, damit die aufgefädelten Perlen sich nicht lösen konnten, sammelte dann mit tauben Fingern die restlichen, losen Perlen ein und steckte sie zurück in den Beutel. Sie legte den Gürtel zusammen, verstaute ihn zusammen mit dem Beutel in ihrer Ledertasche – und zögerte. Wenn sie zum Lager zurücklief, würden die Eindringlinge sie sehen. Aus einem unerfindlichen Grund fühlte sie sich bei diesem Gedanken noch unwohler. War es albern von ihr, sich ohne offensichtlichen Grund derart aus der Ruhe bringen zu lassen? Die Ältesten erzählten manchmal Geschichten von Kriegen zwischen verschiedenen Stämmen lange vor ihrer Geburt. Aber solange sie lebte, hatte zwischen den Menschen entlang des Großen Flusses Frieden geherrscht. Sie sagte sich, daß es wohl das beste wäre, zu Elbrau zu laufen und ihn um Rat zu fragen.

Sie lief den Hang hinunter in Richtung Fluß. Ihre Mokassins wirbelten Schnee auf, der in der Sonne funkelte. Ihre Felle schlugen ihr um die Beine. Sie atmete keuchend die eisige Luft ein und aus.

Sie war ganz außer Atem, als sie ihn endlich weiter vorn arbeiten hörte. »Elbrau!« rief sie.

Er saß immer noch auf dem Felsvorsprung, auf dem sie ihn zuvor schon gesehen hatte. Als er ihren Ruf hörte, hob er ruckartig den Kopf, wie ein Schläfer, der abrupt aus einem Traum erwachte. Der Wind peitschte ihm einen seiner dicken Zöpfe über das Kinn. Er strich ihn mit einer ungeduldigen Handbewegung fort. Dann erkannte er sie, und seine grimmige Miene wurde sanfter. »Laena«, sagte er. »Was führt dich denn her?« Er registrierte, wie schwer sie atmete, und runzelte die Stirn. »Stimmt etwas nicht?«

Laena beugte sich vor und stützte die Hände auf die Knie. So verharrte sie einige Sekunden, bis sie wieder so weit zu Atem gekommen war, daß sie sprechen konnte. »Fremde«, keuchte sie.

Elbrau musterte sie verwirrt. »Was für Fremde?«

»Ich weiß nicht. Sie folgen dem Grat. Es sieht aus, als wollten sie nicht gesehen werden.«

Elbrau warf den Stein, den er gerade bearbeitete, in seinen Flintbeutel und stand auf. »Bist du ganz sicher, Kind?«

Sie war verärgert, daß er sie als Kind bezeichnete. Er wußte sehr gut, daß sie fast eine Frau war. Immerhin hatte er ihr die Knochenperlen gegeben, die sie für ihren Gürtel brauchte.

»Natürlich bin ich sicher«, entgegnete sie. »Sie haben sich hinter dem Hügelkamm versteckt. Ich verstehe nicht, warum, aber so ist es gewesen.«

Elbrau schwang sich von dem Fels und landete leichtfüßig neben ihr. »Vielleicht kommen sie von weit her und wollen sich erst davon überzeugen, daß wir friedlich sind, ehe sie uns begrüßen und ihren Weg fortsetzen.«

Im ersten Moment fand Laena diese Erklärung einleuchtend. Aber dann erkannte sie, daß es so nicht sein konnte. »Es ist noch sehr früh für einen Stamm, sich so weit von seinem Heimatlager zu entfernen.«

Elbrau nickte langsam. »Das stimmt. Also gut, komm mit. Beeilen wir uns.«

Sie blieben dicht am Fluß im Schutz der Uferböschung. Sie waren noch keine hundert Schritte weit gegangen, als Elbrau abrupt eine Hand hob und stehenblieb.

Laena lauschte. Sie hörte Schritte, die sich ihnen näherten; sie knirschten auf dem Kies unter der dünnen Schneedecke. Laena fühlte Furcht in sich aufsteigen – dann sah sie, um wen es sich handelte. »Moru!« rief sie überrascht.

Das kleine Mädchen lief auf sie zu, stieß einen Freudenschrei aus und stürmte mit ausgebreiteten Armen vor.

»Pssst!« Laena schloß das Kind in die Arme. »Sei still!«

»Warum? Warum soll ich still sein?« fragte Moru immer noch strahlend.

»Tu, was ich sage.« Laena sprach mit gedämpfter Stimme, aber in einem Tonfall, der keinen Widerspruch duldete. »Was machst du überhaupt hier? Du solltest im Lager sein.«

Moru setzte eine Schmollmiene auf. »Ich habe dich gesucht. Ich bin deinen Spuren im Schnee gefolgt.«

»Pssst.« Elbrau hob erneut die Hand.

Aus Richtung des Lagers war ein Laut zu hören. Es klang wie ein Ausruf der Überraschung – oder des Schreckens.

»Wartet hier«, befahl Elbrau. »Versteckt euch, habt ihr verstanden?«

Laena nickte. Sein schroffer Tonfall machte ihr angst.

Elbrau wandte sich ab und rannte los. Kurz darauf war er zwischen den Felsen und Bäumen verschwunden.

»Was ist denn?« fragte Moru und blickte aus großen Augen zu Laena auf. Fast sah es aus, als würde sie gleich in Tränen ausbrechen.

Laena schüttelte den Kopf. »Ich weiß es nicht. Ich habe Fremde gesehen, die sich dem Lager näherten. Vielleicht ... vielleicht sind es böse Menschen.« Sie schlang einen Arm um Moru und drückte sie schützend an sich.

»Was wollen sie denn?« fragte Moru.

»Ich weiß es nicht!« zischte Laena.

Einen Augenblick wurde es dunkler, als Wolken sich vor die Sonne schoben. Einige Schneeflocken wirbelten vorbei. Die Bäume bogen sich in einer Windböe, und das Wasser gurgelte leise unter der Eisschicht, die den Fluß bedeckte. Laena wischte den Schnee von einem Felsen und hockte sich dort mit Moru hin, zusammengekauert, um sich vor dem eisigen Wind zu schützen.

Es war nervenaufreibend, nicht zu wissen, was vor sich ging. Laena wußte, daß Elbrau sie nur hatte schützen wollen, aber sie fühlte sich zu erwachsen, sich so behandeln zu lassen. Wenn die Menschen ihres Stammes ernsthaft bedroht waren, war es dann nicht ihre Pflicht, ihnen zur Seite zu stehen?

Wieder ertönten Schreie aus der Richtung des Lagers. Hunde bellten.

Laena überlegte. Es mußte doch eine Ausrede geben, die sie von ihrem Versprechen entband, sich nicht von der Stelle zu rühren. Was, wenn man ihre Leute aus ihren Zelten verjagte? Dann wären sie gezwungen, sie und Moru allein zurückzulassen. Das klang zwar wenig plausibel, würde aber genügen müssen. »Komm«, sagte sie, nahm Morus Hand und begann dem Weg zu folgen, den Elbrau eingeschlagen hatte. »Laß uns herausfinden, was da los ist.«

Sie bewegte sich so leise wie möglich und behielt ständig ihre Umgebung im Auge. Sie sagte sich immer wieder, daß kein Grund zur Sorge bestand, aber sie wurde das unbehagliche Gefühl in der Magengegend einfach nicht los. Als die Bäume sich lichteten, legte sie sich hin und kroch über den Schnee, wobei sie Moru mit einer Geste bedeutete, es ihr gleichzutun.

Gemeinsam robbten sie weiter, bis sie nur noch etwa hundert Schritte vom Lager entfernt waren, nur noch von dem abschüssigen Hang verborgen. Vorsichtig hoben sie den Kopf und blickten zum Lager.

Menschen hatten sich zwischen den Zelten versammelt. Alle Frauen waren dort, dazu Elbrau, ihr Vater Henik und Gorag, der Häuptling des Panther-Volkes. Die Frauen hielten ihre Babys im Arm. Die Kinder standen dicht bei ihren Eltern. Die Hunde waren verstummt, und über allem lag eine seltsame, bedrohliche Stille.

Die Fremden waren ins Tal hinabgestiegen. Sie standen in einer Gruppe etwa ein Dutzend Schritte außerhalb des

Zeltkreises, und jetzt, da Laena ihre Gesichter sah, erkannte sie, daß es sich keineswegs um Fremde handelte. Es waren Jäger vom Stamm des Weißen Bären, dessen Territorium weiter im Westen lag. Sie alle waren mit Speeren bewaffnet.

»Ich habe dich gewarnt.« Die Worte klangen schrill und wurden von einem großgewachsenen dürren Mann gerufen, der in ein riesiges Bärenfell gehüllt war. Seine Augen waren weit aufgerissen und seine Zähne gebleckt, so daß sein Gesicht wie ein Totenschädel aussah. Sein Name war Jalenau, und er war der Anführer des Bärenstammes. »Beim Stammestreffen im vergangenen Herbst habe ich dich gewarnt.« Er hielt zwei Speere in der linken und einen in der rechten Hand. Er hob den rechten Arm und schüttelte den Speer drohend.

Gorag, der Häuptling des Panther-Stammes, stellte sich dem Eindringling. Er hatte breite Schultern und war sehr kräftig gebaut, ein ergrauter Koloß von einem Mann. Gezackte Narben zogen sich über sein wettergegerbtes Gesicht wie die Nähte durch die Felle, in die er gehüllt war. Gorag konnte ein furchterregender Kämpfer sein, aber Laena erkannte, daß er nicht in der Lage war, seinen Stamm zu verteidigen. Er hielt nur einen Speer in der Hand, und abgesehen von Henik, der verwundet war, und Elbrau, der zu alt war zum Jagen oder Kämpfen, waren alle Männer fort.

»Du hast kein Recht, herzukommen und dich so aufzuführen, das weißt du, Jalenau«, rief Gorag.

Jalenau hob den Speer noch höher. Seine Augen glitzerten. »Willst du damit sagen, ich hätte nicht das Recht, für mein Volk zu sprechen?«

Gorag zögerte, als wisse er nicht recht, wie er auf Jalenaus schrillen Ton reagieren sollte. Er senkte die Stimme. »Du weißt, daß dein Vater mein Freund war, Jalenau«, sagte er ruhig und bedächtig. Laena spitzte die Ohren. Sie wollte verstehen, was vor sich ging, auch wenn die Szene, die sich im Lager abspielte, sie ganz krank machte vor Angst. »Er war ein großer Jäger, Jalenau. Sein

Geist könnte in ebendiesem Augenblick auf uns herabblicken. Glaubst du, er würde billigen, daß du unsere Frauen und Kinder bedrohst?« Gorag schwieg eine Weile, ehe er fortfuhr. »Wenn du ein Ehrenmann bist, wie dein Vater einer war, dann regelst du diese Angelegenheit friedlich. Oder du kämpfst mit mir, Mann gegen Mann.«

Einen Augenblick schien Jalenau zu schwanken. Laena sah die Muskeln in seinem Gesicht zucken. Aber dann schwenkte er den Arm, als wolle er Gorag mit dem Speer die Kehle aufschlitzen. »Du hast kein Recht, meinen Vater ins Spiel zu bringen! Der Stamm des Panthers muß die Vorräte zurückgeben, die er gestohlen hat, oder ihr zahlt mit eurem Blut.« Er warf einen Blick auf seine Männer, die zusammenrückten, bis ihre Schultern sich fast berührten.

Gorag nickte wie zu sich selbst. Er wandte sich um und winkte Henik herbei. »Komm, mein Freund.« Er schlug Henik mit der Hand auf die Schulter. »Sprich die Wahrheit. Sind Jalenaus Vorwürfe berechtigt?«

Laena fühlte eine Mischung aus Stolz und Furcht, als ihr Vater Jalenau und den anderen Jägern vom Stamm des Weißen Bären entgegentrat. Er runzelte die Stirn. »Du weißt, daß es nicht stimmt«, sagte er. »Kein Panther würde Vorräte der Weißen Bären stehlen.«

»Lügner!« schrie Jalenau.

»Henik, versuch doch Jalenau davon zu überzeugen«, sagte Gorag und trat beiseite. »Er weiß, daß du ein Mann von Ehre bist.«

Henik wandte sich den Eindringlingen zu. »Euer Stamm zählt mehr Menschen als früher«, sagte er. »Aber das Wild ist weniger geworden. Die Sommer sind trockener und wärmer, und das Große Wasser steigt mit jedem Jahr mehr an, so daß es weniger Gras für die Tiere gibt. Wir haben auf der Stammesversammlung darüber gesprochen, Jalenau. Du weißt, daß es stimmt.«

Jalenau gab einen knappen, zornigen Laut von sich, als würde Heniks vernünftiger Tonfall ihn noch wütender machen als Gorags Herausforderung. »Es gibt weniger Wild, Henik, weil dein Volk die Bestände verringert. Ihr dringt in unsere Jagdgründe ein, während unser Volk hungert ...«

»Nein!« Gewöhnlich war Laenas Vater streng, aber freundlich und beherrscht. Sie hatte ihn kaum jemals die Stimme erheben hören. »Nur ein Dummkopf macht andere für sein Pech verantwortlich«, fuhr Henik fort. »Nur ein Feigling kommt her und droht uns, während unsere Jäger nicht im Lager sind. Geh zurück zu deinem Volk, bevor du noch mehr Schande auf dich lädst.« Hierauf kehrte Henik Jalenau angewidert den Rücken.

Jalenau musterte ihn aus geweiteten Augen mit starrem Blick. Dann stieß er plötzlich einen durchdringenden Schrei aus, der im ganzen Tal widerhallte, und schleuderte mit aller Kraft seinen Speer.

Der Schaft mit der Flintspitze bohrte sich tief durch Heniks rechte Schulter. Moru schrie auf. Sie wollte aufspringen, aber Laena hielt sie instinktiv zurück, schlang die Arme um sie und zog sie auf den Boden, wobei sie keine Sekunde den Blick von dem entsetzlichen Geschehen abwandte.

Henik grunzte vor Überraschung und Schmerz. Er legte beide Hände um den Speerschaft und begann, ihn aus der Wunde zu ziehen. Seine Wangenmuskeln bebten. Blut quoll hervor und rann den Speerschaft hinab. Schließlich zog Henik den Speer mit einem Wutschrei ganz heraus und schleuderte ihn beiseite. Er taumelte einen Schritt zurück und legte die linke Hand über die Wunde, aber das Blut strömte nur zwischen seinen Fingern hindurch.

Unvermittelt brüllte Elbrau vor Wut. Er hob den Speer und warf ihn mit aller Kraft nach Jalenau.

Jalenau warf sich zur Seite, und die Waffe durchbohrte den Mann, der hinter ihm stand. Der Bann war gebrochen. Die Weißen Bären brachen in Kriegsgeheul aus, bogen die Arme zurück und schleuderten ihre Speere in die Gruppe der Panther. Dann stürmten sie vor.

Mehrere Frauen wurden von dem Speerhagel getroffen und brachen schreiend zusammen. Die anderen Frauen packten ihre Kinder und ergriffen die Flucht. Die Jäger der

Weißen Bären setzten ihnen nach, schwärmten aus und versuchten, sie einzukreisen.

Elbrau hob einen Speer auf, wirbelte herum und rammte ihn einem feindlichen Krieger, der auf ihn zustürmte, in den Bauch. Gorag hatte etwas abseits gestanden. Knurrend hob er die eigene Waffe, als Jalenau ihn angriff. Aber Gorag schleuderte seinen Speer nicht; er duckte sich im letzten Moment, wich dann zurück und warf hastig einen Blick in die Runde.

Einer der feindlichen Jäger verlor das Gleichgewicht und fiel auf ein Zelt. Das Knochengerüst unter den Häuten brach krachend zusammen, und der Krieger stürzte mit den Armen rudernd in die Grube. Gorag tänzelte vor und stieß dem Mann die Speerspitze in die Kehle. Dann zog er den Speer wieder heraus und wirbelte verteidigungsbereit herum.

Ein kleiner Junge lief vorbei und packte den Speer des Getöteten, um sich ins Getümmel zu stürzen, aber noch bevor er einen weiteren Schritt tun konnte, wurde er von einem feindlichen Speer niedergestreckt.

Laena fühlte sich, als hielte sie eine riesige Faust gepackt. Sie bekam keine Luft und war unfähig, sich zu rühren. Sie konnte nur wie betäubt zusehen, wie im Lager Haß und Gewalt wüteten. Entsetzt sah sie, wie ihr Vater, dessen Arm inzwischen blutüberströmt war, rückwärts stolperte und verzweifelt versuchte, den Angriff zweier gegnerischer Jäger abzuwehren. Sie sah, wie Elbrau Jalenau mit bloßen Händen packte, ihn herumwirbelte und ihm die Faust ins Gesicht hieb. Jalenau schwang seinen letzten Speer und versuchte, sich von dem Steinhauer zu befreien. Der Speerschaft krachte gegen Elbraus Schläfe, und er taumelte benommen zurück.

Geräuschvoll hetzten einige Frauen und Kinder durch das Dickicht, nicht weit von Laena und Moru entfernt. Dann waren sie wieder fort, die Jäger ihnen dicht auf den Fersen.

Laena sah ihre eigene Mutter fliehen. Sollte sie ihr folgen? Sie war immer noch wie gelähmt vor Entsetzen.

Überall massakrierten Krieger der Weißen Bären Angehörige des Panther-Stammes. Die gefrorene Erde dampfte von heißem Blut.

»Laena!« Moru umklammerte ihren Arm und schüttelte ihn.

Laena sah, wie Gorag sich in Richtung der Berge zurückzog. Er wehrte Speerstöße zweier Krieger Jalenaus ab und hielt nach einem Fluchtweg Ausschau. Eine Frau sprang hinter einem der Zelte hervor und schwang einen langen Knochen, den sie von einem der Fleischtrockengestelle genommen hatte, wie eine Keule. Sie stürzte sich auf einen Weißen Bär, der sich unter dem Schlag wegduckte und sie packte. Sie gingen beide miteinander ringend zu Boden.

»Laena! Laena!« Moru schüttelte sie energisch. »Lauf!«

Ein stechender Schmerz durchfuhr Laena, und sie zuckte blinzelnd zurück. Moru hatte sie im Gesicht gekratzt. Die Hände des kleinen Mädchens waren nackt und ihre Finger zu Klauen gekrümmt. »Steh auf!«

Laena sprang auf, nahm Morus Hand, kehrte dem Massaker den Rücken zu und hetzte zwischen die niedrigen Bäume, die das Flußufer säumten. Sie war jetzt wie ein Tier in Todesangst, nicht mehr fähig zu denken, völlig von dem Instinkt beherrscht zu fliehen. Jetzt, da die Starre von ihr abgefallen war, konnte sie nur laufen, so schnell und weit sie konnte. Sie zerrte ihre Schwester hinter sich her, und gemeinsam rannten sie immer weiter, erst am Fluß entlang, dann hinauf in die Hügel, von wo aus Laena die feindlichen Krieger entdeckt hatte. Aber sie hatte immer noch das blutige Abschlachten vor Augen und stellte sich vor, wie Jäger der Weißen Bären sie verfolgten. Sie hielt Morus Handgelenk fest umklammert und zog sie über eine Hügelkuppe in das angrenzende Tal, immer weiter.

Sie wußte nicht, wie weit sie gelaufen waren, als sie schließlich erschöpft zusammenbrach. Sie entdeckte einen dunklen Schatten im Schnee – eine Höhle, die der Wind in eine Schneewehe gegraben hatte. Sie hechtete hinein und blieb nach Luft ringend auf dem Boden liegen, Moru umklammernd und zitternd vor Angst. Ihre Sicht war getrübt, in ihren Ohren rauschte es, und sie hörte das wilde Hämmern ihres Herzens. Sie schloß einen Moment die Augen, immer noch nach Luft schnappend.

Langsam beruhigte sie sich wieder. Dann sah sie vor ihrem geistigen Auge ihren blutüberströmten Vater und ihre fliehende Mutter. Laena stöhnte und schlug die Augen auf. Beinahe erwartete sie, Jäger der Weißen Bären zu sehen, die drohend durch den Schnee auf sie zu stapften.

Aber um sie herum war es friedlich. Der Wind blies weißes Pulver von den verschneiten Graten. Ansonsten rührte sich nichts in der Stille.

Nach einiger Zeit normalisierten sich Laenas Atmung und Herzschlag. Sie registrierte, daß Moru sich immer noch an sie klammerte. Sie blickte herab und blickte in die schreckgeweiteten Augen des kleinen Mädchens.

»Keine Angst.« Laenas Stimme klang gepreßt. Das Sprechen fiel ihr schwer. Sie drückte Moru an sich und versuchte, sie zu trösten. »Wir sind jetzt in Sicherheit, kleine Schwester.«

Und doch wußte sie, daß das nicht ganz stimmte. Wenn ihr Vater, ihre Mutter, Elbrau, Gorag und all die anderen tot waren, wie sollte sie da allein in der Wildnis überleben?

Kapitel 2

»Mir ist kalt.« Morus Stimme klang leise und verängstigt. Sie krallte die Finger in Laenas Felle und drückte sich an sie. Laena fühlte, daß das kleine Mädchen zitterte. Ihre panikartige Flucht über die Hügel hatte sie anfangs noch gewärmt, aber die Wärme ließ rasch nach.

Laena war immer noch ganz benommen von dem, was sie gesehen hatte. Aber schlimmer noch war die Angst, die sie befiel, als sie über ihre Situation nachdachte. Sie hatte beim Laufen stark geschwitzt, und ihre Unterkleider aus Karibuhäuten fühlten sich klamm an auf der Haut. Das machte sie nutzlos als Schutzschicht gegen die Kälte. Wenn sie kein Feuer machten und keinen warmen Unterschlupf fanden, würden sie die Nacht vielleicht nicht überleben. Und die Nacht würde schon bald hereinbrechen. Noch lag der Winter über dem Land, und die Tage waren kurz.

Aber was sollte sie tun? Jalenau hatte die Panther aus ihrem Lager vertrieben. Sie war sicher, daß er und seine Jäger noch dort sein würden und das Lager bewachten, während die überlebenden Panther – sofern es überhaupt welche gab – ihr Heil in der Flucht suchten. Wie sollte sie sie finden?

Morus Hand krallte sich um Laenas Arm. »Laena, mir ist kalt!«

Laena setzte sich auf. Wenn ihre Mutter oder ihr Vater noch lebten, würden sie nach ihr suchen. Aber wo?

Laena faßte einen Entschluß. »Wir müssen unsere Spuren zurückverfolgen.«

»Nein!« kreischte Moru, und ihre Finger gruben sich tiefer in Laenas Fleisch. »Sie werden uns töten.«

»Nicht, wenn wir uns vor ihnen verborgen halten«, entgegnete sie mit mehr Zuversicht, als sie empfand. »Hör zu, wir können nicht hierbleiben. Ich habe keine Feuersteine, um ein Feuer zu machen, und wir haben auch keine Waffen. Und auch wenn wir welche hätten, wüßten wir nicht damit umzugehen. Komm!« Hierauf zog sie das kleine Mädchen aus der Schneehöhle.

Widerstrebend folgte Moru Laena zurück auf die Kuppe des nächsten Hügels, wobei sie sich an ihren eigenen Spuren im Schnee orientierten. Laena bewegte sich vorsichtig und achtete auf das geringste Lebenszeichen. Sie hatte immer noch große Angst. Welche Ironie, daß sie kürzlich noch das Bedürfnis gehabt hatte, sich von ihrer Familie abzusondern. Urplötzlich war alles auf den Kopf gestellt worden. Sie empfand den Verlust ihres Stammes und ihres Heims wie eine gräßliche, schmerzende Leere in sich.

»Wo sind wir?« fragte Moru klagend.

Laena ließ den Blick über die Landschaft schweifen. »Wir sind weiter gekommen, als ich dachte«, entgegnete sie. »Aber der Fluß ist dort drüben.« Sie zeigte über den nächsten Grat hinweg.

Moru wollte weitergehen, aber diesmal hielt Laena sie zurück. Sie lauschte angestrengt, und sie sah sich gründlich um, achtete auf die geringste Bewegung. »In Ordnung. Aber langsam.«

Gemeinsam stapften sie durch die weiße Wildnis. Der Schnee war hier sehr tief, so daß sie nur mühsam vorankamen. Die Anstrengung wärmte Laena ein wenig, aber sie wußte, daß es eine trügerische Wärme war. Sie verbrauchte noch mehr von ihren kostbaren Energiereserven, und wenn sie wieder haltmachten, würde die Kälte ihnen noch beißender erscheinen als zuvor.

Endlich sah sie in der nächsten Talsohle den Fluß. Laena verharrte erneut reglos, um zu lauschen. Sie hielt die Luft an, als sie in weiter Ferne ein leises Rascheln hörte.

Etwas bewegte sich das gegenüberliegende Flußufer hinauf. Etwas, das viel größer war als ein Mensch. Es war ein Mammut, ein junger Bulle, der durch die Einöde zog und in Abständen Grasbüschel ausrupfte. Er schüttelte die Büschel mit dem Rüssel und schlug sie gegen seine Beine, um die Klumpen gefrorener Erde zu entfernen, ehe er sich das Gras ins Maul schob.

Laena wartete respektvoll, bis das Mammut vorbeigezogen war. Sein Anblick weckte in ihr eine leise Hoffnung. Vielleicht war seine ruhige Kraft ein Zeichen – ein Omen, das ihr sagte, daß auch sie stark sein sollte.

Moru an ihrer Seite, stieg sie langsam den Hang hinab. Dann endlich erreichten sie das Flußufer und machten sich auf in Richtung ihres alten Lagers. Sie kamen an dem Felsen vorbei, auf dem Elbrau gesessen hatte, und Laena wünschte, sie könnte die Zeit zurückdrehen. Noch an diesem Morgen war ihr alles so leicht und friedlich erschienen. Aber rückblickend erkannte sie, daß die vermeintliche Sicherheit nur eine Illusion gewesen war.

Sie schlichen durch die Bäume und das hohe Gras auf das Lager zu. Es war hart, sehr hart, sich dem Schauplatz des Grauens zu nähern. Sie mußte einen Augenblick haltmachen und versuchen, sich zu beruhigen, versuchen, das viele Blut und den Tod zu verdrängen.

Vielleicht gelang es ihr, so zu tun, als wäre das Massaker nur eine Ausgeburt ihrer Phantasie gewesen. Sie malte sich aus, wie sie ins Lager zurückkehrte und ihre Mutter frisches Fleisch briet, während ihr Vater seinen Speer schärfte und die Kinder um das Feuer tobten.

Nein. Wenn sie überleben wollte, würde sie sich der Wahrheit stellen müssen. Sie mußte …

»Kaelie!«

Das Wort war nur ein Flüstern, aber es ließ Laena zusammenfahren. Mit klopfendem Herzen nahm sie eine geduckte, defensive Haltung ein und wandte sich um. Sie spähte angestrengt durch die Bäume.

»Kaelie!« rief die Stimme erneut.

»Wer ist da?« zischte sie.

»Jobia. Am Fluß.«

Und da sah sie ihn, hinter einem schneebedeckten Felsbrocken verborgen. Er war einer der jungen Jäger des Stammes, nur ein Jahr älter als sie selbst. Gewöhnlich ging sie ihm aus dem Weg, weil er ein Angeber war und andere gern schikanierte, auf ihr herumhackte und sie neckte, wenn die Erwachsenen außer Hörweite waren. In diesem Moment stieg jedoch angesichts seiner Anwesenheit eine Welle der Erleichterung in ihr auf.

Sie hastete zu ihm hin, Moru hinter sich her schleifend. Als sie näher kam, sah sie, daß sein Gesicht und seine Felle dreckverkrustet waren. Einer seiner Handschuhe war aufgeschlitzt worden und blutverschmiert. Ansonsten schien er jedoch unverletzt.

»Was machst du hier?« fragte Laena leise.

»Ich wurde geschickt, um das Lager zu beobachten. Ist dir klar, daß die Weißen Bären in unserem Lager sind? Du wärst getötet worden, wenn du dorthin zurückgegangen wärst.«

Laenas Erleichterung schwand ebenso rasch wieder, wie sie aufgekommen war. »Natürlich ist mir das klar«, zischte sie ärgerlich. »Wo sind mein Vater und meine Mutter? Wo sind all die anderen?«

Jobia hob eine Hand. »Nicht so laut!«

Sie hatte nicht lauter gesprochen als er. Sie bemühte sich, ihren Zorn zu unterdrücken. »Mein Vater und meine Mutter«, beharrte sie. »Leben sie noch?«

Jobia nickte knapp. »Ich habe deine Mutter bei den anderen gesehen. Sie halten sich dort drüben versteckt.« Er deutete mit dem Kopf den Bach hinunter. »Hinter der Schlucht. Jalenau hat deinen Vater mit dem Speer schwer verwundet.«

»Ja«, entgegnete Laena. »Ich habe gesehen, was passiert ist.« Tränen traten ihr in die Augen, als sie an den Schmerzensschrei ihres Vaters dachte. Hastig schüttelte sie den Kopf, entschlossen, in Jobias Anwesenheit keine Schwäche zu zeigen.

Aber er schenkte ihr ohnehin keine Beachtung. »Ich habe bis zuletzt gekämpft«, sagte er. »Mein Speer hat heute Bärenblut gekostet. Zwei Tote und zwei Verwundete.« Er hielt seinen Handschuh hoch. »Einer von ihnen hat mich an der Hand verletzt, aber das hat mich nicht aufhalten können.«

Sie funkelte ihn wütend an. »Du bist also jetzt ein Mann, ja?«

Er versteifte sich, sichtlich verärgert über ihren bissigen Tonfall. »Ja, natürlich. Ich habe gekämpft wie ein Mann.«

»Und jetzt versteckst du dich wie ein Hase.«

Jobia musterte sie böse, und seine Finger schlossen sich fester um den Speerschaft. »Jetzt hör mir mal gut zu …«, begann er.

»Bring uns zum Bach«, fiel Moru ihm ins Wort. »Bring uns dahin!« Sie packte Jobias Arm und schüttelte ihn. »Ich will zu meiner Mutter!«

Jobia grunzte ärgerlich. Er befreite sich aus Morus Griff und funkelte Laena erneut zornig an. »Erst entschuldigst du dich.«

Laena fühlte wieder Zorn in sich aufsteigen, dann erkannte sie, daß es dumm und sinnlos war, sich mit dem Jungen zu streiten. Sie war im Grunde nicht wütend auf ihn, sondern auf Jalenau und seine Männer, die wie ein Rudel Wölfe über ihr Volk hergefallen waren. Warum also ihren Ärger an Jobia auslassen?

Mühsam unterdrückte sie ihre Wut. »Es tut mir leid«, murmelte sie. Immerhin war es nicht seine Schuld.

»In Ordnung«, sagte er. »Ich bringe euch hin. Kommt mit.«

Laena nahm Morus Hand, und sie folgten Jobia den Fluß hinunter, wobei sie des öfteren innehielten, um sich umzusehen und zu lauschen. Endlich erreichten sie die Stelle, an der der Bach in den Großen Fluß mündete. Dort verließen sie den Großen Fluß und folgten statt dessen dem Lauf des Baches, der sich zwischen den Berghängen und durch eine schmale Schlucht hindurchwand, die von steilen Felswänden eingefaßt war.

Es war ein langer Marsch, und sie kamen nur langsam voran. Es wurde dunkel, und Laena begann wieder zu frieren. Ihr Magen war leer – aber sie wußte, daß es an diesem Abend nichts zu essen geben würde.

Sie gelangten ans Ende der Schlucht, und vor ihnen tat sich ein kleines Tal auf. Jobia hob eine Hand. Sie blieben stehen und hörten weiter vorn gedämpfte Geräusche. Jobia imitierte den Ruf eines Berglöwen, und aus einem Gebüsch weiter vorn kam Antwort. Sie entdeckte die Gestalt eines Mannes, der sich im Dickicht verborgen hielt. Als sie sich ihm näherten, erkannte Laena, daß es sich um keinen anderen handelte als Gorag, den Häuptling.

Bei seinem Anblick fühlte sie sich ein wenig besser. Er war ihnen viele Jahre lang ein guter Häuptling gewesen. Er würde sicher wissen, was zu tun war.

Als sie jedoch genauer hinsah, registrierte sie, daß sein Gesicht blutverschmiert war und seine Augen seltsam leer. Plötzlich erinnerte sie sich, daß er zurückgewichen und schließlich geflohen war.

»Du lebst also noch«, sagte er. Er musterte sie scheinbar emotionslos – ohne Freude oder Wärme. »Geh«, sagte er. »Geh zu deinen Eltern.« Er wandte den Blick ab.

»Seine Frau wurde getötet«, flüsterte Jobia Laena zu, als sie am Häuptling vorbei waren. »Und auch seine Schwester.«

»Er hätte sie beschützen müssen«, entgegnete Laena.

»Das hat er versucht! Er hat gekämpft wie ein Löwe!«

Sie warf einen Blick auf Jobia. Er funkelte sie zornig an, von Selbstgerechtigkeit erfüllt. War es möglich, daß er mehr gesehen hatte als sie? Laena war verwirrt. Sie wußte nicht, was sie denken sollte. »Sicher hast du recht«, sagte sie schließlich.

Jobia führte sie an eine Stelle, an der der Bach breit und seicht war und hohes Riedgras aus dem Eis und der gefrorenen Erde aufragte. Ein kleines Feuer brannte. Hier stießen sie endlich auf die Überlebenden des Panther-Stammes. Laena blieb wie angewurzelt stehen; sie traute ihren Augen nicht. Sie zählte acht Erwachsene und vier Kinder im gefrorenen Sumpf, die in ihren Fellen vor einem jämmerlichen Feuer kauerten und versuchten, sich ein wenig zu wärmen.

Laena hatte schon harte Zeiten hinter sich. Vor allem der jährliche Marsch vom oder ins Sommerlager war kräftezehrend. Das Leben in der arktischen Wildnis war oft unbequem. Aber eine solche Katastrophe hatte sie noch nie erlebt. Im Verlauf eines einzigen Nachmittages hatte sich alles, woran sie geglaubt hatte, als falsch erwiesen; alles, worauf sie vertraut hatte, war ihr genommen worden.

Moru ihrerseits lief voraus. Laena sah, wie das kleine Mädchen sich an eine der zusammengekauerten Frauen klammerte, die sich ihr mit einem erschreckten Aufschrei zuwandte.

Langsam, als erwache sie aus einem Traum, erkannte Laena, daß es sich um ihre eigene Mutter handelte.

Kapitel 3

Laena fühlte sich plötzlich ganz schwach. Beinahe hätten ihre Beine ihr den Dienst versagt, als ihre Mutter einen Arm um sie legte, während sie mit dem anderen Moru an sich drückte. Moru schluchzte vor Erleichterung. Laena war ebenfalls nach Weinen zumute, als ihre Mutter auf sie herablächelte und sie in ihre Felle hüllte.

Dann trat auch Henik zu ihnen, schwach und blaß vom starken Blutverlust. Er legte Laena einen schweren Arm um die Schultern, und sie sah, daß Freude seine grimmige Miene milderte. Einen Moment lang fielen Furcht und Trauer von ihr ab. Aber dann erinnerte sie sich wieder, wo sie war, und sie ließ den Blick über die anderen Angehörigen des Panther-Stammes gleiten. Elbrau kam auf sie zu. Er hatte eine Wunde am Oberschenkel und humpelte. Zwei der Frauen waren so schwer verletzt, daß sie sich kaum rühren konnten. Die Kinder waren unverletzt, starrten Laena jedoch aus stumpfen Augen schweigend an.

Allen war die tiefe Verzweiflung anzusehen. Und es war nicht nur Trauer um die Toten; sie hatten Angst um sich selbst. Nur drei Männer hatten überlebt, und von ihnen war nur Gorag weitestgehend einsatzfähig. Er konnte unmöglich genug Wild erlegen, um acht Erwachsene und vier Kinder zu ernähren. Auch konnten sie ohne angemessenen Wetterschutz nicht überleben.

»Gibt es Neuigkeiten von den Jägern?« fragte sie und blickte hoffnungsvoll von Henik zu Elbrau.

»Nichts«, entgegnete Henik. Sie nickte in Jobias Richtung. »Arla hat den Jungen zurückgeschickt, um das Lager zu beobachten, für den Fall, daß sie oder sonst jemand, der entkommen konnte, zurückkehrte.«

Ein Muskel zuckte in Jobias Gesicht. Offenbar mißfiel es ihm, an seine Jugend erinnert zu werden. »Ich habe meine Pflicht getan«, sagte er und hob herausfordernd die Stimme. »Ich habe dir deine Töchter zurückgebracht und auf dem Weg über sie gewacht.«

Henik lächelte schwach. »Das ist richtig. Ich bin dir sehr dankbar, junger Jobia.«

Jobia musterte Henik, als wisse er nicht recht, ob dieser sich über ihn lustig machte. Arla trat zwischen sie. »Wir haben noch einiges zu tun, bevor die Nacht ganz hereinbricht«, sagte sie. »Moru, du bleibst hier bei deinem Vater, sorgst dafür, daß er es warm hat, und bringst ihm Wasser, wenn er Durst hat. Er ist schwerer verletzt, als er zugibt. Laena, du kommst mit mir.«

Ihre Mutter klang so streng, daß Laena sich verletzt fühlte. »Warum bist du böse?« fragte sie, als sie Arla von ihrem provisorischen Lager weg folgte. »Freust du dich nicht, mich zu sehen?«

Arla drehte sich abrupt zu ihr um und legte Laena eine Hand auf die Schulter. »Natürlich freue ich mich, dich zu sehen. Mir ist ein Stein vom Herzen gefallen, als ihr, du und Moru, aufgetaucht seid. Aber wir müssen jetzt praktisch denken und handeln. Wir dürfen uns nicht von unseren Gefühlen überwältigen lassen. Wir müssen überleben. Verstehst du das?«

Laena nickte langsam.

»Komm.« Arlas Hand lag fest auf Laenas Schulter. »Sela ist vorhin gestorben. Sie liegt drüben bei der Schlucht. Sie wird ihre Felle nicht mehr brauchen, also werden wir die Verwundeten darin einwickeln. Sie werden die Kälte in dieser Nacht spüren.«

Benommen folgte Laena ihrer Mutter in Richtung Schlucht.

Sela lag am vereisten Ufer auf dem Rücken. Laena näherte sich ihr, blieb dann stehen und blickte auf ihr Gesicht herab. Sela war ihre Tante gewesen, die Schwester ihrer Mutter. Und jetzt war Sela tot, lag da wie ein erlegtes Stück Wild.

Auf Arlas Gesicht lag ein unergründlicher Ausdruck, als sie Laena ein Flintmesser in die Hand drückte. »Schneide ihre Felle hiermit auf und bring sie zu mir.«

»Warte!« Laena umklammerte ihre Hand.

Arla hielt inne. Sie wartete.

»Was …« Laena bemühte sich, ihre Stimme unter Kontrolle zu halten. »Was wird aus uns werden?«

Arla antwortete nicht, und auch ihr Gesichtsausdruck blieb unverändert.

»Wir haben nichts zu essen«, fuhr Laena fort. »Wir haben keine Zelte. Wie sollen wir …«

»Heute nacht werden wir eng zusammenrücken, um uns gegenseitig zu wärmen. Morgen werden wir entscheiden, ob wir hierbleiben, und hoffen, daß die Weißen Bären uns nicht finden, oder ob wir zu unserem Sommerlager ziehen.«

Laena versuchte, sich beide Möglichkeiten vorzustellen. Sie schüttelte den Kopf. »Aber wir können doch nicht …«

Arla packte sie unvermittelt bei den Schultern und schüttelte sie. »Wir werden tun, was wir können, solange wir es können. Oder sollen wir die Hände in den Schoß legen und warten, bis wir erfroren oder verhungert sind?«

Laena sah in die blitzenden Augen ihrer Mutter. Arla hatte recht; sie mußten kämpfen, so hoffnungslos es ihr auch erscheinen mochte. »Ich werde es versuchen«, sagte sie leise.

Arla drückte sie flüchtig an sich. »Gut. Ich bin stolz auf dich, Laena.« Hierauf wandte sie sich ab und entfernte sich durch das hohe Riedgras.

Grimmig hockte sich Laena neben Selas Leichnam. Sie umfaßte das Messer mit festem Griff und säbelte durch die Sehnen an der Schulternaht. Im schwindenden Licht konnte sie kaum etwas sehen. Aber sie hatte oft genug Wild abgehäutet, und ihr erprobter Tastsinn half ihr bei der Führung der Klinge.

Der Fellmantel fiel auseinander, als sie den Saum entlang Selas linker Seite auftrennte. Laena schälte die Felle von ihrem Körper, rollte sie zusammen und legte sie neben sich.

Unter den Fellen trug Sela Kleider aus Karibuhäuten. Hier waren die Sehnennähte neuer und leisteten mehr

Widerstand. Laena richtete sich etwas auf und knabberte an der Flintklinge, wobei sie mit den Zähnen winzige Splitter abbrach. Dann setzte sie ihre makabre Arbeit fort, bemüht, nicht darüber nachzudenken, wie gräßlich das war, was sie tat.

Schließlich zog sie die Karibuhäute von Selas Leib. Sie wollte nicht hinsehen, konnte aber nicht anders. Selas Leichnam war nur eine blasse Form in der zunehmenden Dunkelheit, und Laena sah den Frauengürtel, den sie um die Taille trug. Die Stränge waren vom jahrelangen Tragen auf nackter Haut poliert worden. Die weichschimmernden Perlen aus Mammutelfenbein bildeten ein kompliziertes Muster – für jeden außer Sela bedeutungslos –, und hier und dort glänzte ein Stück Quarz, das in das Muster eingearbeitet war.

Laena betrachtete bewundernd die Sorgfalt und das Geschick, mit denen der Gürtel angefertigt worden war. Gleichzeitig schämte sie sich. Sie sollte einen so persönlichen Gegenstand nicht anstarren. Eilig durchtrennte sie den Gürtel. Normalerweise wäre er mit Sela bestattet worden, mit ihrer Seele in die Erde zurückgekehrt, der er entstammte. Aber dafür war keine Zeit, und außerdem wäre es unmöglich gewesen, in der gefrorenen Erde ein Grab auszuheben. Laena zögerte. Dann rollte sie den Gürtel zusammen und schob ihn unter einige lose Steine ganz in der Nähe. Das würde genügen müssen.

Laena wandte sich wieder den Fellen zu, umschlang das Bündel mit den Armen und erhob sich. Schritte näherten sich. Ihre Mutter tauchte aus dem Halbdunkel auf, Jobia an ihrer Seite.

»Laß die Felle vorerst noch hier liegen«, sagte Arla. »Wir haben noch etwas anderes zu erledigen.«

Langsam legte Laena die Felle zurück auf den Boden. Sie war nicht sicher, ob sie einer weiteren Aufgabe wie dieser gewachsen sein würde.

»Die Raubtiere – Schakale und Wölfe – , der Geruch unseres Blutes wird sie anlocken«, fuhr Arla fort. In ihrer Stimme lag eine neue Anspannung, die vorhin noch nicht dagewesen war. »Wir müssen sie von uns ablenken. Du nimmst Selas Beine. Jobia und ich nehmen ihre Arme.«

Laena brauchte einige Sekunden, die Bedeutung dieser Worte zu begreifen. »Du willst Sela den Tieren zum Fraß vorwerfen?«

»Ihre Seele hat nun keine Verwendung mehr für ihren Körper. Wir müssen ihn jenen opfern, die noch leben. Komm schon, Laena.«

Arlas Stimme hatte die gewohnte Strenge. Wortlos bückte sich Laena und packte die Knöchel ihrer Tante. Zu dritt schleppten sie Sela den Hang hinauf in die Wildnis.

Laena starrte auf den Leichnam herab und fragte sich, wie es möglich war, daß ein Leben so abrupt endete. Lebte die Seele tatsächlich weiter, wie ihr Volk es glaubte? Während sie auf Sela herabblickte, zweifelte sie plötzlich daran. Sela war tot; so einfach war das.

»Legen wir sie dorthin«, sagte Jobia. »Ein paar Schritte von diesem Felsbrocken entfernt, gegen den Wind.«

»Warum ausgerechnet dorthin?« fragte Arla.

Jobia ließ wachsam den Blick über den Hang schweifen. Der Schnee schimmerte unheimlich im letzten Licht des sterbenden Tages. »Dieser Fels kann mich heute nacht verbergen. Ich werde dahinter warten, und jedes Tier, das sich nähert, wird die Spitze meines Speeres zu spüren bekommen.«

Arla grunzte mißbilligend. »Und was, wenn es ein Säbelzahntiger ist? Oder ein Bär? Ein einzelner Speer vermag gegen sie nichts auszurichten. Du wirst nur ihren Appetit auf dein Blut wecken.«

Jobia schüttelte den Kopf. »Ich werde heute nacht eine Beute erlegen. Du wirst schon sehen.«

Arla widersprach nicht weiter. Laena war nicht überrascht; es war eben so, daß eine Frau sich dem Wort eines Mannes zu beugen hatte. Jobia hatte zwar die Initiationszeremonie noch nicht hinter sich, aber wie er selbst gesagt hatte, hatte er es verdient, wie ein Mann behandelt zu werden, nachdem er an der Seite der anderen Männer gekämpft hatte.

Laena fragte sich, warum dem eigentlich so sein mußte. Jetzt, da ihr Leben aus den Fugen geraten war, beschäftigte sie sich mit Fragen, über die sie früher nie nachgedacht hatte. Warum sollte Arla sich Jobias Willen beugen? Sie war eine weise Frau und mehr als doppelt so alt wie er. Warum war der Platz einer Frau am heimischen Feuer, und warum durften nur Männer auf die Jagd gehen? Der Stamm wäre weniger gefährdet, wenn auch die Frauen verstünden, mit dem Speer umzugehen. Dann könnten sie jetzt ebenfalls jagen, und sie hätten sich selbst gegen die Weißen Bären verteidigen können.

Sie warf Jobia einen Blick zu. Er war größer als sie und auch stärker. Aber sie sah nicht ein, warum sie nicht lernen sollte, einen Speer ebenso geschickt zu benutzen wie er – sofern sie hierzu jemals Gelegenheit bekam.

Sie war tief in Gedanken versunken, als sie Jobia und ihrer Mutter zurück zu den anderen folgte. Aber ihre geistige Abwesenheit war nicht von langer Dauer. Es gab noch viel zu tun. Sie mußten Riedgras als Schlafunterlagen zusammentragen und die Felle für die Verwundeten darüber breiten.

Zu den verwundeten Frauen gehörte auch Jobias Mutter Heese. Sie klagte über die Schmerzen, die ihr tiefe Stichwunden im Bauch bereiteten. Jobia hatte zwei Jahre zuvor bei einem Jagdunfall seinen Vater verloren, und seine Mutter war seine letzte lebende Verwandte. Vielleicht, sagte sich Laena, ist es nur natürlich, daß er sich stark fühlen und die anderen als Mann beeindrucken möchte.

Die zweite verwundete Frau, Hirgar, war bewußtlos. Ihre Haut glühte trotz der eisigen Luft, und Laena glaubte nicht, daß sie die Nacht überstehen würde. Sie war eine Cousine von Gorag, und der Häuptling kam herüber und setzte sich eine Weile zu ihr. Aber er wirkte immer noch abwesend. Im Mondlicht sah Laena, wie er über den gefrorenen Sumpf starrte, in Richtung des Landes, das er verloren hatte.

»Gorag ist so seltsam«, flüsterte Laena ihrem Vater zu,

als sie sich mit dem Rest des Stammes schlafen legten, um das Feuer herum dicht aneinandergedrängt, um sich gegenseitig zu wärmen.

»Er trauert um seine Familie«, entgegnete Henik leise.

Aber war das tatsächlich der wahre Grund? Wenn seine Frau und seine Schwester ihm so viel bedeutet hatten, warum hatte er dann nicht entschlossener versucht, sie zu beschützen?

Dann erinnerte sie sich, daß Gorag von Henik zurückgetreten war und ihn ungeschützt Jalenaus Speer ausgesetzt hatte. »Vater ...«

»Still, Kind. Laß uns schlafen, solange wir es noch können.«

Einen Augenblick regte sich ihr rebellischer Geist; sie war kein Kind mehr. Sie sollte seinen Befehlen nicht gehorchen müssen.

Aber dann sagte sie sich, daß er verletzt war und den Schlaf brauchte.

»Sei dankbar, Laena«, murmelte ihre Mutter. »Unsere Familie ist noch vollzählig. Danke dem Schicksal dafür.«

»Ja, Mutter«, flüsterte sie. Und doch – warum sollte sie dankbar sein? Ihre ganze Welt war vernichtet worden. Ihr Magen war leer, und womöglich würde sie mit den letzten Überlebenden ihres Volkes in diesem gefrorenen Sumpfland umkommen.

Sie bemühte sich, ihre Gedanken zum Schweigen zu bringen. Niemand sonst schien Schwierigkeiten damit zu haben einzuschlafen. Sie lagen still da, und nur ihr langsamer, schwerer Atem war in der nächtlichen Stille zu hören. Es war ein friedliches Geräusch, das sie an all die Nächte erinnerte, die sie mit ihren Eltern im Zelt verbracht hatte. Und so fiel auch Laena schließlich in unruhigen Schlaf.

Einige Zeit später wachte sie auf und sah farbige Lichtschwaden am schwarzen Himmel schimmern. Ihr Vater war aufgestanden und hob sich als dunkler Schatten von dem Naturschauspiel ab. Sie schrie auf und streckte die Hand nach ihm aus, weil sie fürchtete, er wolle sie verlassen.

Er beugte sich herab und streichelte ihr Gesicht. »Psst. Ich bin dran mit Wachehalten. Schlaf weiter, Laena. Morgen wird alles schon viel besser aussehen.«

Sie wollte daran glauben. Sie wollte sich von ihm trösten lassen wie so oft in der Vergangenheit. Aber ihr Vertrauen war angeschlagen. Sie war kein Kind mehr, und sie vertraute nicht mehr auf das Schicksal. Sogar die Worte ihres Vaters klangen plötzlich hohl.

Kapitel 4

Laena erwachte davon, daß ihre Mutter sie an der Schulter schüttelte. »Steh auf, Kind.« Arlas Stimme klang so angespannt wie am Vortag. »Es gibt viel zu tun.«

Laena rappelte sich hoch – und stellte fest, daß sie sich kaum auf den Beinen halten konnte. Ihre Beine waren steif und ihre Füße ganz taub von der Kälte. Ihr war leicht schwindlig, und sie hatte Bauchschmerzen vor Hunger. Blinzelnd blickte sie sich um. Über dem gefrorenen Bach hing dichter grauer Nebel, und der Himmel war wolkenverhangen.

»Geh Feuerholz sammeln«, sagte ihre Mutter. »Achte darauf, daß das Holz auch trocken ist. Zuviel Rauch würde den Weißen Bären den Weg hierher weisen.«

Laena nickte dumpf. »Ja, Mutter.« Sie sah sich um. »Kann Moru …«

»Nein, Moru kann dir nicht helfen. Sie muß helfen, den Kadaver zu häuten.«

»Den Kadaver?« Laenas Augen weiteten sich.

»Jobia hat Wort gehalten. Wir haben frisches Fleisch. Ein Löwe, ist das zu glauben? Beeil dich, wenn du Frühstück haben möchtest, Kind!«

Laena sah mehrere Frauen ganz in der Nähe auf dem Boden hocken und konzentriert arbeiten. Sie trat näher. Der Löwe war mager und alt, und eine seiner Pranken war von einer alten Verletzung verkrüppelt. Trotzdem war es ein echter Löwe.

»Ich habe es euch ja gesagt.«

Laena wandte sich um. Jobia stand hinter ihr. Er sah blaß aus, erschöpft von seiner Nachtwache. Aber er hielt sich stolz aufrecht, und er betrachtete sie mit einem wissenden Blick, vor dem sie am liebsten davongelaufen wäre.

Es machte sie wütend, daß schon ein Blick von ihm eine solche Wirkung auf sie hatte. »Wieviel Hilfe hast du gebraucht, um die Katze zu töten?« fragte sie bissig.

»Ich habe den Löwen ganz allein erlegt!« Er trat vor, und seine Hand sauste durch die Luft, zu schnell, als daß Laena ihr hätte ausweichen können. Er schlug ihr die Fellkapuze vom Kopf, packte sie bei den Haaren und zog sie zu sich heran. »Ich habe den Eindruck, daß du eine Lektion in Sachen Respekt nötig hast.«

Laenas Gesicht war dicht vor seinem. Sie wühlte in ihrer Tasche, nahm ihr Messer heraus und hielt es ihm unter die Nase. Es war eine rein impulsive Geste, etwas, was sie normalerweise nie getan hätte. Sie erkannte, daß sie sich in der kurzen Zeit seit dem Überfall der Weißen Bären sehr verändert hatte.

»Laena!« Arlas Stimme. »Laena, wir brauchen dringend Feuerholz.«

»Laß mich los«, zischte Laena.

Jobia starrte auf die Klinge. Sie schien ihm keine Angst zu machen, aber er war sichtlich überrascht. Langsam ließ er los. »Du solltest das Messer besser wegstecken.« Er richtete sich zu seiner vollen Größe auf. »Was verstehst du vom Umgang mit einem Messer?«

Laena wurde bewußt, daß sie zitterte. Noch nie hatte sie einem anderen Stammesmitglied gedroht. Verwirrt wandte sie sich ab. Sie steckte das Messer zurück in die Ledertasche, zog die Kapuze wieder über den Kopf und stapfte davon, um das Holz zu sammeln, das sie benötigten, um das Feuer in Gang zu halten.

Kurze Zeit später brannte das Feuer lodernd. Als seine Hitze den Boden aufgeweicht hatte, wurde die Asche beiseitegefegt, und die Frauen gruben mit den Händen eine flache Kuhle in den sumpfigen Boden. Kinder brachten Eisstücke, um die Grube auszufüllen, und gleich daneben wurde ein neues Feuer entzündet. Dieses wurde benutzt, um Steine zu erhitzen, die am Ufer des Baches gesammelt worden waren. Als die Steine heiß genug waren, wurden sie in die Grube voll Eiswasser gelegt. Schon bald war alles Eis geschmolzen, und das Wasser siedete. Die Überlebenden vom Stamm des Panthers scharten sich um die Kochstelle.

Fleischstreifen wurden auf Speere gespießt und über den Flammen gebraten. Wie es ihm zustand, rief Jobia nacheinander Namen auf und reichte die brutzelnden Fleischbrocken weiter. Niemand kam zu kurz – aber er nutzte sein Privileg, um dafür zu sorgen, daß Laena als letzte ihren Anteil bekam.

Eine Weile herrschte Schweigen, während alle gierig die Zähne in das Fleisch gruben und ihren nagenden Hunger stillten. Dann tranken sie von dem heißen Wasser, um dann eine zweite Ration zu verspeisen. Das übriggebliebene Wasser benutzten sie, um sich zu waschen und ihre Wunden zu säubern.

Schließlich ergriff Gorag das Wort. Der verlorene Ausdruck, den Laena am vergangenen Abend auf seinem Gesicht registriert hatte, war verschwunden. Er hielt sich sehr gerade und sprach voller Überzeugung.

»Mein Volk«, sagte er, »laßt uns als erstes dem jungen Mann, der uns dieses Festessen beschert hat, den ihm gebührenden Dank und Respekt aussprechen.« Er zeigte auf Jobia, der feierlich aufstand, den Kopf stolz erhoben. »Er hat die Lektionen, die ich ihn als Jäger gelehrt habe, gut gelernt. Es besteht kein Zweifel daran, daß er zum Mann gereift ist und unseren Respekt verdient. Ich habe gesprochen, und so sei es.«

Alle nickten und murmelten ihre Zustimmung. Die große Raubkatze war alt und verkrüppelt gewesen, aber sie zu erlegen hatte dennoch für einen einzelnen eine echte Herausforderung bedeutet. Laena fragte sich jedoch insgeheim, wann Gorag sich die Mühe gemacht hätte, Jobia in der Kunst des Jagens zu unterrichten. Yorenah, einer der noch nicht zurückgekehrten Jäger, war es gewesen, der sich Jobias angenommen hatte, nachdem dessen Vater gestorben war.

»Jetzt«, fuhr Gorag fort und rieb sich die Hände, »müssen wir eine schwierige Entscheidung treffen. Ich habe gründlich darüber nachgedacht und mich mit Elbrau und Henik beraten. Ich habe die Zeichen studiert. Wenn wir hierbleiben, werden die Weißen Bären uns ganz sicher in wenigen Tagen aufgespürt haben. Wenn wir in unser Lager zurückkehren, werden sie uns töten, daran besteht kein Zweifel. Im Grunde haben wir also gar keine Wahl. Wir müssen zu unserem Sommerlager ziehen und uns durchschlagen, so gut es eben geht.« Er legte eine Pause ein, um seine Worte auf die anderen wirken zu lassen. »Wenn irgend jemand etwas dazu sagen möchte, hat er jetzt Gelegenheit dazu.«

Henik erhob sich. »Was ist mit denjenigen, die für den Marsch zu schwach sind?« Er zeigte auf seine eigene verwundete Schulter. »Ich selbst kann es schaffen, aber deine eigene Cousine ist immer noch bewußtlos. Und Jobias Mutter Heese ist zu schwach zum Laufen.«

Gorag musterte Henik ruhig. »Meine Cousine Hirgar ist tot.«

Überraschtes Stimmengemurmel erhob sich.

»Aber ich habe ihr doch eben erst etwas zu essen gegeben«, protestierte Arla.

»Sie ist tot«, wiederholte Gorag. Sein Tonfall war schroff, und in seinen Augen lag ein harter Glanz. »Ich habe getan, was getan werden mußte.«

Hierauf trat Totenstille ein. Alle starrten ihn sprachlos an.

Gorag nickte langsam. »Es war nicht leicht, aber es gab keine andere Möglichkeit. Wir sind nicht stark genug, uns auf dem Marsch mit Kranken und Schwachen zu belasten, die ständiger Fürsorge bedürfen.« Er bleckte die Zähne, und Laena zuckte zurück angesichts der wilden Entschlossenheit auf seinen vernarbten, verzerrten Zügen. »Stellt das irgend jemand in Frage? Zweifelt einer von euch an meiner Weisheit?« Langsam drehte er sich um die eigene Achse und musterte jeden einzelnen drohend.

Niemand sagte ein Wort. Henik und Elbrau waren neben Gorag die einzigen erwachsenen Männer, und beide waren durch ihre Wunden geschwächt. Niemand sonst hätte es gewagt, dem Häuptling zu widersprechen.

Außer Jobia. »Was ist mit meiner Mutter?« fragte er. Seine Stimme klang schriller als normal, und Laena sah, daß er nervös seinen Speer umklammerte. »Willst du von mir verlangen, sie zu töten, so wie du Hirgar getötet hast?«

Wieder senkte sich Stille herab. Nur das Knistern und Zischen des Feuers war zu hören.

Gorag musterte Jobia eindringlich. Laena erwartete, daß er den Jungen für seine vorlaute Frage bestrafte, aber er sagte nur mit ruhiger Stimme: »Ganz offensichtlich ist sie nicht in der Verfassung, uns auf unserem Marsch zu begleiten.«

Jobia rammte das stumpfe Ende seines Speers in den Boden. »Nein!« schrie er.

Henik trat vor und stellte sich eilig zwischen die beiden. »Es gibt noch eine Möglichkeit«, sagte er. »Wir können hierbleiben, bis Heese wieder zu Kräften gekommen ist.«

Gorag winkte ab. »Das würde Tage dauern. Die Weißen Bären sind ganz in der Nähe. Sie werden uns finden und uns alle töten.« Er verschränkte die Arme vor der Brust. »Wir müssen weiterziehen. Ich habe gesprochen.«

»Ich werde meine Mutter nicht zurücklassen!« schrie Jobia.

»Wir könnten für Heese ein Travois bauen – einen einfachen Schlitten, auf dem wir sie ziehen«, schlug Henik vor.

Zustimmendes Gemurmel erhob sich. Gorag blickte langsam von einem zum anderen, um die allgemeine

Stimmungslage abzuschätzen. Mit grimmiger Miene sagte er schließlich: »Also gut, baut ein Travois. Aber das wird uns aufhalten. Das Leben eines einzelnen zu retten könnte uns allen den Tod bringen.«

»Wir werden es schon schaffen«, sagte Jobia. »Ich werde das Travois allein ziehen, wenn ich muß.«

Henik trat auf Gorag zu. Er nickte respektvoll. »Es zeugt von Weisheit, wenn ein Häuptling sich dem Willen seines Volkes beugt.«

Gorag musterte Henik eine Weile und wandte sich dann ab. Er hob seinen Speer und stach ihn in den Boden. Dann bückte er sich und ritzte mit seinem Messer eine Linie in die Erde. »Wenn der Schatten meines Speers diese Linie berührt, brechen wir auf. Wir überqueren den Fluß und schlagen noch vor Einbruch der Dunkelheit unser Lager jenseits der Berge im Osten auf. Ich habe gesprochen.«

Nachdem die Versammlung sich aufgelöst hatte, ging Laena zu Hirgar. Sie war immer noch in die Felle gehüllt, in die Laena sie am Vorabend gewickelt hatte – jene Felle, die sie Sela vom Körper getrennt hatte. Und jetzt war auch Hirgar tot. Jeweils rechts und links an ihrem Hals war ein tiefer Schnitt, den Gorag ihr mit seinem Messer zugefügt hatte. Ihr Blut gefror bereits auf dem Boden.

»Dazu hatte er kein Recht. Ein Häuptling tötet keine Mitglied seines eigenen Stammes, schon gar nicht seiner eigenen Familie!«

Laena wandte den Kopf und sah, daß Jobia hinter ihr stand. In ihrem Inneren herrschte ein solches Durcheinander, daß sie nicht wußte, was sie darauf erwidern sollte.

»Hilf mir, ein Travois für meine Mutter zu bauen, Kaelie.«

In Laena regte sich wieder der alte Zorn auf den Jungen. »Ich heiße Laena, nicht Kaelie. Und Bauen ist Männersache.« Sie stand auf und entfernte sich in Richtung Bach.

Sie hörte, wie Jobia einen verärgerten Laut von sich gab.

Aber sie war nicht in der Stimmung, ihm einen Gefallen zu tun oder sich mit ihm gegen Gorag zu verbünden. Außerdem mußte sie nachdenken.

Sie setzte sich ans Ufer des gefrorenen Flusses und befingerte die Perlen ihres noch unfertigen Gürtels in dem Lederbeutel. Der Gürtel war wie eine Verbindung zu ihrer Vergangenheit, als alles noch unkompliziert gewesen war und sie immer gewußt hatte, was sie erwartete. Es hatte Rituale gegeben, um die verstreichenden Jahreszeiten zu markieren, und Zeremonien, die die Übergänge im Leben der Menschen kennzeichneten.

Damit war es jetzt vorbei. Diese Zeiten waren vorüber. Aus einem plötzlich Impuls heraus nahm Laena den unfertigen Gürtel und die Elfenbeinperlen aus dem Beutel. Sie bog den Arm zurück und schleuderte sie auf den gefrorenen Bachlauf. Einen flüchtigen Moment fühlte sie Bedauern, als die Perlen über das Eis rollten und der Gürtel vom Ufer fort schlitterte und in einer Spalte zwischen zwei Eisschollen verschwand. Aber dann fühlte sie sich von einer Last befreit. Jetzt stand es ihr frei, von einem Tag auf den anderen zu leben, wie immer es ihr richtig erschien.

Hinter sich nahm sie Aktivität im Sumpfgestrüpp wahr. Jobia hatte Henik und Elbrau überredet, ihm zu helfen, und jetzt hackten sie dünne, biegsame Schößlinge ab, die sie zwischen zwei Speeren befestigten.

Laena ging zurück und sah zu, wie Selas Felle über die Streben gelegt und Heese auf die grobe Trage gehoben wurde. Ihre Augen waren geschlossen, und bei jedem langsamen, schwachen Atemzug entwich ein rasselnder Laut ihrer Kehle.

Zwei der Frauen schabten das letzte Fleisch vom Skelett des Löwen und wickelten es in das abgezogene Fell, das sie dann an das Travois banden. Schließlich versammelte Gorag alle um sich herum.

»Es ist Zeit«, sagte er und zeigte auf den Schatten auf dem Boden. Wieder musterte er jeden einzelnen von ihnen. »Dies wird unsere härteste Prüfung. Wir müssen tapfer, stark und entschlossen sein. Wenn irgend jemand der Ansicht ist, daß dieser Marsch ein Fehler ist, sollte er hierbleiben. Sind wir erst unterwegs, wird es keinen Raum mehr für Zweifel geben.«

Niemand sagte ein Wort. Niemand rührte sich.

»Elbrau«, rief Gorag, »bist du unserem Stamm verbunden bis in den Tod?«

Der Steinhauer nickte knapp. »Das bin ich.«

»Henik?«

Henik seufzte. Seine Züge drückten tiefe Erschöpfung aus. »Du weißt, daß dem so ist.«

»Jobia?«

Jobia erwiderte Gorags unverwandten Blick. »Ja«, sagte er mit unergründlicher Miene.

»Gut«, sagte Gorag. Dann lächelte er unerwartet, und Laena sah die Kraft und die List auf seinem alten Gesicht. Ihr ging auf, daß er gewußt hatte, daß Jobia seine eigene Mutter niemals dem sicheren Tod überlassen hätte. Gorag hatte es so eingefädelt, daß Jobia die Verantwortung dafür trug, daß Heese sie begleitete. Und keinem anderen als Jobia würde es angelastet werden, wenn die Bürde sich als zu schwer erwies. Wenn im Gegenzug ihr Marsch erfolgreich war, würde Gorag den Ruhm dafür ernten, daß er ihn angeführt hatte.

»Der Marsch wird hart werden«, sagte Gorag. »Aber wir sind das Volk des Panthers. Wir sind stark. Wir werden überleben.«

Alle hoben die Arme und jubelten ihm zu – allerdings war es ein gedämpfter Jubel, da sie wußten, daß der Feind möglicherweise schon so nahe war, daß er sie hören konnte. Aber Laena sah neue Hoffnung auf den Gesichtern, als alle sich aufbruchbereit machten. Sie wünschte, sie könnte die aufkeimende Zuversicht der anderen teilen. Sie wußte, wie beschwerlich der Marsch werden würde, und sie fragte sich, wie viele von jenen, die jetzt noch lächelten, ihrem Bestimmungsort lebend erreichen würden.

In einer Reihe hintereinander folgten sie dem Bachlauf. Sie bewegten sich vorsichtig und machten des öfteren halt, um sich suchend umzusehen. Bald erreichten sie den Großen Fluß. Dort legten sie eine Pause ein, um das Hindernis in Augenschein zu nehmen, das ihnen den Weg versperrte.

Der Fluß war breit und mit einer trügerischen, unterschiedlich dicken Eisschicht bedeckt. Normalerweise würde niemand versuchen, den Fluß zu überqueren, solange er vereist war. Aber sie hatten keine andere Wahl.

Gorag betrat als erster vorsichtig die Eisdecke und stach immer wieder prüfend die Speerspitze hinein. Elbrau folgte ihm, dann Jobia mit Heese auf dem Travois. Sie setzten die Füße mit allergrößter Vorsicht auf, aber Jobia verlor dennoch zweimal das Gleichgewicht und stürzte. Das Travois knallte auf das Eis, und Heese stöhnte leise.

Laena machte sich an die Überquerung, ihre Mutter untergehakt und Morus Hand haltend. Sie waren gerade fünf Schritte weit gekommen, als ein lautes Knacken sie veranlaßte, in Regungslosigkeit zu erstarren.

Moru stieß einen angsterfüllten Klagelaut aus. Laena wandte sich ihr zu, drückte sie an sich und versuchte, sie zu beruhigen. »Das Eis spricht um diese Jahreszeit sehr laut«, sagte sie. »Erinnerst du dich nicht mehr, wie es im vergangenen Frühling war?«

Wenn die Tage ein wenig wärmer wurden, fing das Eis an, sich an sich selbst zu reiben. Manchmal, wenn der Druck zu groß wurde, wurden schwächere Stellen zermalmt. Das geschah mit einem lauten Knacken, das über die ganze Breite des Flusses hallte. In einem Monat, wenn die Frühlingsschmelze einsetzte, würde das Knallen und Knacken mehrere Tage lang anhalten.

Vorsichtig wagten sie sich weiter vor. Die Überquerung schien ihnen eine Ewigkeit zu dauern. Einmal trat Laena auf eine Stelle, die stabil schien, sich aber als zu dünn erwies, ihr Gewicht zu tragen. Ihr Fuß brach durch die Eisdecke, und ein großes Loch tat sich vor ihr auf. Sie wäre kopfüber hineingestürzt, wenn ihre Mutter sie nicht festgehalten hätte. So kam sie glimpflich davon, nur mit einer Schulter, die sich anfühlte, als wäre sie ausgekugelt.

Sie waren unsagbar erleichtert, als sie die Böschung am jenseitigen Ufer hinaufstiegen. Einer nach dem anderen gelangten sie ans sichere Ufer und scharten sich um Gorag, der grinsend dastand und jedem Neuankömmling auf die Schulter klopft.

»Die Zeichen stehen gut«, sagte er, als der letzte von ihnen die Überquerung geschafft hatte.

Sie lachten vor Erleichterung. Es hatte tatsächlich den Anschein, als wären die Geister ihnen wohlgesinnt. Niemand hatte sich auf dem Eis verletzt, und der Fluß lag zwischen ihnen und schützte sie vor ihren Feinden.

Aber Laena vermochte ihre Furcht nicht abzuschütteln. Sie fragte sich, warum sie von einer so düsteren Vorahnung erfüllt war. War es nur Einbildung, oder waren die anderen zu blind zu erkennen, daß ihnen Schlimmes bevorstand?

Kapitel 5

Laena biß ein Stück von dem Fleisch ab, das sie über dem Feuer geröstet hatte, und kaute es sorgfältig, von der unerträglichen Versuchung gequält, die kostbare Nahrung hinunterzuschlingen. Sie fühlte die Blicke der anderen Frauen, die teils mißtrauisch, teils voller Abscheu auf ihr ruhten. Sie ignorierte sie, so gut sie konnte, beugte sich über Heese, die immer noch auf ihrem Travois lag und flach atmete.

Gegen ihr eigenes Widerstreben ankämpfend, preßte Laena die Lippen auf die der Verwundeten und schob ihr das vorgekaute Fleisch in den Mund. Heese schluckte schwach, aber gierig, und Laena fühlte, daß ihre Wangen glühten vor Scham. Sie behandelte die ältere Frau wie einen Säugling. Aber niemand anders war dazu bereit gewesen, und Laena hatte nicht mit ansehen können, daß Heese aus Mangel an Hilfsbereitschaft hungerte.

Das Fleisch war das letzte, das von Jobias Löwen übrig war. Laena mußte einen Augenblick nachdenken, um sich zu erinnern, wie lange es her war, daß er die Raubkatze erlegt hatte. Drei Tage? Die Zeit verschwamm in dem eintönigen Grau in Grau der kargen Landschaft. Sie zogen über eine öde Ebene, die sich bis zum Horizont und darüber hinaus zu erstrecken schien.

In dieser Wildnis gab es kaum Tiere. Der Grund war simpel: Ohne Berge gab es keine Schneewehen, ohne Schnee nur wenig Wasser, ohne Wasser keine Pflanzen und ohne Pflanzen keine Nahrung für jene Grasfresser, die wiederum Fleischfressern als Nahrungsgrundlage dienten.

Gorag hatte sie angewiesen, das Fleisch zu rationieren, aber jetzt war es doch aufgebraucht, und Laena fühlte sich hoffnungslos und entmutigt, als sie auf Heese hinabblickte und sah, daß sie schwach nach mehr verlangte. Sie strich ihr mit einer Hand über die Stirn und wickelte sie fester in die Felle. »Nur Mut«, flüsterte sie, ebenso zu sich selbst wie zu der verwundeten Frau. »Die Männer überlegen, was zu tun ist. Wir werden einen Weg finden.«

Heese zitterte trotz ihrer Felle in der kalten Morgenluft, und auch Laena fröstelte. Sie schloß eine Weile die Augen und versuchte, die Kraft zu mobilisieren, die sie brauchte.

Sie spürte ein Zupfen an ihrem Arm, schlug die Augen auf und sah, daß Moru mit schwesterlicher Sorge zu ihr aufblickte. Moru war so jung. Sie schien sich des Ausmaßes der Gefahr, in der sie alle schwebten, nicht bewußt zu sein. Solange ihre Eltern lebten und gesund waren, war sie überzeugt davon, daß alles gut werden würde.

Sie hielt Laena ein Stück Raubkatzenfell hin, das grob zu einer flachen Schale geformt war. In dem Gefäß befand sich eine kleine Pfütze geschmolzenen Schnees. »Für dich, Laena.«

Laena lächelte, gerührt von dieser lieben Geste.

»Danke, kleine Schwester.« Sie hob die Schale an die Lippen und trank. Dann wandte sie sich mit schlechtem Gewissen an Heese. Widerstrebend flößte sie Heese das restliche Wasser ein.

Sie alle litten Durst. Der Schnee war hier spärlich, und für eine einzige Schale voll mußten viele Hände voll gesammelt und geschmolzen werden. Moru und die anderen Kinder machten sich nützlich, indem sie Schnee sammelten, aber es war nie genug.

»Wenigstens werden wir nicht verhungern«, sagte eine Stimme in ihrer Nähe. Laena wandte den Kopf und sah Laerni, die älteste der Frauen. Sie war eine Cousine von Elbrau, gebeugt, aber zäh, ihr Gesicht von tiefen Falten durchzogen und immer grimmig. Sie sprach nur wenig, und wenn sie etwas sagte, war es selten etwas Positives.

Laena musterte sie fragend. »Wir werden nicht verhungern?«

Laerni lächelte schief, und ein boshaftes Glitzern trat in ihre Augen. »Bei diesem Wetter werden wir vorher erfroren sein, Mädchen.«

Laena war wütend auf sich selbst, daß sie sich so leicht hatte hereinlegen lassen. Sie war so verzweifelt, daß sie nicht mehr vernünftig und klar denken konnte. Und Laerni hatte dies ausgenutzt.

Sie bebte vor Zorn. Es widersprach ihrer Erziehung, einen älteren Erwachsenen zurechtzuweisen, aber das war Laena inzwischen egal. Sie setzte gerade zu einer scharfen Erwiderung an, als jemand ihren Namen rief.

Es war die Stimme ihrer Mutter. »Laena! Die Männer wollen dich sprechen!«

Laena wandte sich verblüfft um. Gorag, Henik, Elbrau und Jobia hockten dreißig Schritt entfernt an einem jämmerlichen Feuer, für das getrockneter Dung als Brennstoff diente. Arla stand in der Nähe und winkte sie heran. Laena ging hinüber und fragte sich, was die Männer wohl von ihr wollen mochten.

Gorag kam gleich zur Sache. »Wir haben beschlossen,

was zu tun ist«, sagte er, wobei er Laena eindringlich musterte.

Sie kniete sich neben ihren Vater, dankbar für das bißchen Wärme, das das Feuer spendete. Sie warf einen Blick in die Runde. Bislang hatte sie immer auf die Weisheit der Männer vertraut. Sogar jetzt ging sie ganz unwillkürlich davon aus, daß sie am besten wußten, was zu tun war. Aber stimmte das auch?

Sie blickte auf Gorags kampfgezeichnetes Gesicht. Er konnte skrupellos und verschlagen sein, daran bestand kein Zweifel. Aber war er auch weise? Verwirrt schüttelte sie den Kopf. Ihr Vater war vorsichtiger als Gorag, und Vorsicht war eine der Grundbedingungen für Weisheit. Warum war dann Gorag der Häuptling? Lag es daran, daß er immer wagemutiger gewesen war als die anderen Männer? Nichts von Laenas Gedanken ahnend, ritzte Gorag Linien in die steinige Erde. »Wir befinden uns irgendwo zwischen dem Großen Fluß ...« Er zeigte auf eine der Linien. »... und dem Fluß im Osten. Dein Vater ist der Ansicht, daß wir bis zum Ostfluß noch zwei Tage brauchen. Ich habe beschlossen, daß dem so ist.«

Laena nickte nur. Warum erzählte Gorag ihr das?

Henik räusperte sich, ein rituelles Signal dafür, daß er etwas zu sagen wünschte. »In der Nähe des Ostflusses wird es Wild geben«, sagte er. »Für die großen Wanderungen ist es noch zu früh, aber dort würden Wölfe und Füchse leben wie im Umland des Großen Flusses. Wenn wir es bis dorthin schaffen, werden wir wieder zu essen haben.«

Laena lief allein bei dem Gedanken an Nahrung das Wasser im Mund zusammen. Aber sie sagte nichts; sie überließ das Reden den Männern.

»Das Problem ist, daß wir es vielleicht nicht bis dorthin schaffen«, ergriff Gorag wieder das Wort. Er bleckte die Zähne und zeigte auf Heese. »Jobias Mutter hat uns aufgehalten, wie ich es vorausgesagt habe. Und jetzt ist auch unser Proviant erschöpft.«

Laena warf Jobia einen Blick zu. Seine Miene war grimmig, aber er schwieg.

Elbrau meldete sich zu Wort. »Weil Gorag Jobia die Schuld gibt, hat er beschlossen, Jobia vorauszuschicken, um Fleisch zu beschaffen.« Er schwieg eine Weile nachdenklich. »Das ist gerecht und sinnvoll. Jobia ist der jüngste und kräftigste von uns und wird somit am schnellsten vorankommen. Außerdem ist er ein guter Jäger.«

Jobia sagte immer noch nichts.

»Ich verstehe nicht«, begann Laena, »warum ich ...«

»Du sollst ihn begleiten«, unterbrach sie Henik.

Laena traute ihren Ohren nicht und starrte ihren Vater entgeistert an.

»Ihr werdet sofort aufbrechen«, fuhr Henik fort. »Die Zeit ist knapp. Wenn ihr euch sofort auf den Weg macht und zügig marschiert, könntet ihr den Fluß vielleicht schon heute abend erreichen.«

Elbrau kramte in seinem Lederbeutel. »Hier«, sagte er, streckte Laena die Hand entgegen und öffnete sie. »Jobia besitzt einen Speer, auf den er Anspruch hat, weil er mit seiner Hilfe den Löwen erlegt hat. Wenn ihr am Fluß auf Bäume stoßt, die groß genug sind, daß ihre Stämme als Speerschäfte dienen können, werden diese Speerspitzen dir von Nutzen sein.«

Benommen nahm Laena die spitzen Steine an sich. »Ich verstehe immer noch nicht ...«

Henik erhob sich und legte ihr eine Hand auf die Schulter. »Komm«, sagte er.

Laena versuchte gar nicht erst, weitere Proteste zu erheben. Sie folgte ihrem Vater, bis sie außer Hörweite der anderen waren.

»Das ist für uns alle eine sehr gefährliche Zeit«, sagte er sanft. »Ich bin sicher, daß dir das bewußt ist.«

Laena spürte, daß er sich ihr in einer Art anvertraute, wie er es bislang noch nie getan hatte. Sie nickte nur, da sie nicht wagte, etwas zu erwidern.

»Und in solch gefährlichen Zeiten müssen wir offener miteinander reden als gewöhnlich. Sonst werden wir nicht überleben. Aber dieses offene Gespräch zwischen uns geht nur dich und mich etwas an. Hast du verstanden?«

Sie nickte erneut. Er hatte noch nie so mit ihr gesprochen, und sie empfand es als ein Privileg. Gleichzeitig machte es ihr aber auch angst.

Henik nickte. »Also gut. Ich werde dir rundheraus sagen, daß Jobia sehr dickköpfig ist. Er ist eine Gefahr für sich selbst, und das bedeutet, daß er eine Gefahr für uns alle ist. Ich würde ihm nicht trauen, wenn er allein loszöge. Ich würde ihn begleiten, bin aber noch zu geschwächt von meiner Wunde. Elbrau ist ebenfalls zu schwach.«

»Was ist mit Gorag?« fragte Laena. »Er ist stark, und er ist unser Häuptling ...«

Heniks Finger gruben sich schmerzhaft in ihre Schulter. »Gorag muß bei uns bleiben.« Seine Augen huschten ruhelos umher. »Würden er und Jobia gemeinsam den Stamm verlassen ...« Er führte den Satz nicht zu Ende. »Das wäre keine gute Idee.«

»Du meinst, sie würden uns im Stich lassen?« Verwirrt starrte sie ihn an.

Henik machte ein zorniges Gesicht. »Sprich nie in dieser Art von unserem Häuptling. Hast du mich verstanden?«

Seine Worte trafen sie wie eine Ohrfeige. Sie blinzelte, verletzt und durcheinander. »Aber ich dachte ...«

»Ich habe schon zuviel gesagt. Hör zu, Laena. Du bist jung und fast ebenso stark wie Jobia. Du kannst mit ihm Schritt halten und ihm, wenn nötig, helfen. Die anderen Kinder sind nicht alt genug.« Er seufzte. »Hätte ich einen Sohn, würde ich ihn schicken. Aber ich habe nun mal nur dich.«

Ihre Gedanken wirbelten wild durcheinander, während sie versuchte, den Sinn all dessen zu begreifen. Er ehrte sie mit einer Aufgabe allergrößter Wichtigkeit, und doch sagte er im gleichen Atemzug, daß sie nur zweite Wahl war, ein minderer Ersatz für einen Jungen. Er vertraute sich ihr an, sagte aber gleichzeitig, daß es Dinge gab, die zu wissen ihr nicht zustand.

Es war keine Zeit, Ordnung in ihre Gedanken zu bringen. Er schob sie bereits wieder auf die anderen zu. »Geh mit Jobia.« Er musterte sie ernst. »Vergiß nicht, daß wir auf euch angewiesen sind und uns auf euch verlassen.« Er drückte ihre Schulter und tätschelte dann ihre Wange.

Sie musterte sein Gesicht und entdeckte überrascht tiefe Trauer auf seinen Zügen. Plötzlich verstand sie: Er erwartete nicht, sie jemals wiederzusehen.

Sie straffte die Schultern. »Ich werde dich nicht enttäuschen, Vater«, sagte sie. Und sich selbst schwor sie: *Ich werde mich beweisen, so wie Jobia sich bewiesen hat, als er den Löwen tötete. Du wirst stolz auf mich sein. Ich schwöre es.*

Arla kam zu ihr herüber. Sie drückte Laena etwas in die Hand – einige Brocken Raubkatzenfleisch, wie Laena erkannte. »Ich habe ein wenig von meiner Ration zurückbehalten«, sagte sie. »Du wirst das Fleisch dringender benötigen als ich.«

Laena wollte protestieren.

»Keine Widerrede«, sagte Arla so streng wie immer, aber in ihren Augen lag ein weicher Ausdruck. »Sag Moru auf Wiedersehen.«

Laena wandte sich ab und ging zu ihrer Schwester. Immer noch ganz benommen, umarmte sie das kleine Mädchen.

Dann kam Jobia hinzu. »Du wirst also meine Marschgefährtin«, sagte er. Er klang nicht minder verwirrt, als sie sich fühlte. Sie erkannte, daß es ein herber Schlag für sein Ego sein mußte, daß ihm eine weibliche Eskorte zugewiesen worden war.

»Glaub mir«, sagte Laena, »ich bin ebensowenig davon begeistert wie du.«

Jobias Miene verfinsterte sich. Er vollführte einige vorgetäuschte Hiebe mit seinem Speer, und sie sah den Zorn in seinen Augen. Aber sie ließ sich nicht einschüchtern und erwiderte seinen Blick, ohne mit der Wimper zu zucken.

Er grunzte verärgert und stach die Spitze seines Speers in den steinigen Boden. Dann hob er ruckartig den Kopf. »Laß uns aufbrechen.«

Kapitel 6

Eine Stunde lang marschierten sie zügig über das sporadisch verschneite Plateau. Laenas Brust schmerzte von der Kälte, ihre Beinmuskeln verkrampften sich, sie fühlte sich entsetzlich leer, und ihr wurde langsam schwindlig. Aber sie stapfte in stoischem Schweigen weiter, nicht gewillt, sich zu ihrem Unwohlsein zu bekennen.

Schließlich gelangten sie an eine Senke, in der der Schnee tiefer war und zwischen vereinzelten Sträuchern, wenn auch spärlich, hohes Gras wuchs.

»Hier machen wir Rast«, sagte Jobia. Er hockte sich schweratmend auf einen Felsbrocken, und Laena erkannte, daß das Tempo ihm ebenso zu schaffen gemacht hatte wie ihr selbst. Diese Erkenntnis gab ihr neue Kraft, und diese Kraft nährte ihre Aufsässigkeit. Sie sehnte sich ebenfalls nach einer Verschnaufpause, beschloß aber, sich diesen Luxus nicht zu gönnen. Sie bemerkte tote Äste an einigen der kleinen Büsche, und diese waren viel zu kostbar, sie zu ignorieren. Sie stolperte hinüber, sammelte so viel Holz wie möglich und stapelte es auf einem trockenen, flachen Stein. Dann ließ sie sich, immer noch keuchend vor Anstrengung, auf den Boden fallen und nahm zwei Feuerstöcke aus ihrer Tasche.

Ihr war so schwindlig, daß sie die Stöcke fallen ließ. Sie mußte einen Augenblick warten, bis sich der Schwindel legte. Dann hob sie die Stöcke auf, legte vorsichtig einige kleine Holzfasern in die Kuhle des horizontalen Stocks und setzte den zweiten Stock vertikal an. Sie preßte die Handflächen auf beide Seiten des senkrechten Stocks und begann, die Hände rasch aneinanderzureiben, wodurch der Stock sich zügig drehte. Schon bald färbten sich die Holzfasern schwarz und begannen zu glimmen. Sie blies auf die Glut. Ein Funke flammte auf, dann noch einer. Sie gab weitere Holzsplitter hinzu sowie einige kleine Rindenstücke. Es dauerte nicht lange, und sie hatte ein kleines Feuer in Gang gebracht.

Jobia hatte sie die ganze Zeit beobachtet. »Du bist stark«, sagte er mit widerwilliger Anerkennung.

Sie blickte zu ihm hinüber und versuchte, sich ihre Genugtuung nicht anmerken zu lassen. Dann wandte sie sich wieder dem Feuer zu und beugte sich über die Flammen, um möglichst viel Wärme abzubekommen.

Jobia ließ sich auf der anderen Seite des Feuers nieder. »Ich erkenne jetzt, daß Gorag recht hatte«, fuhr er fort.

Sie musterte sein Gesicht. Er hatte dunkle Augen, einen breiten, etwas zum Schmollen neigenden Mund und eine eckige Kieferpartie. Wäre er in der Vergangenheit ihr gegenüber nicht so ekelhaft gewesen, hätte sie ihn vielleicht sogar attraktiv gefunden. Sie fragte sich, warum er ihr plötzlich ein gewisses Maß an Respekt zollte. Irgendwie hatte er sich verändert, und sie glaubte nicht, daß es nur daran lag, daß sie mit ihm hatte Schritt halten können. »Und womit hatte Gorag recht?« fragte sie.

Er kniff die Augen zusammen. »Daß du fast eine Frau bist. Es wird bald soweit sein.«

Laena grunzte verärgert. »Du und Gorag, ihr habt kein Recht ...«

»Wenn Männer beisammen sind, haben sie das Recht, über alles zu sprechen, was ihnen in den Sinn kommt.« Er ließ den Blick an ihr herabgleiten. »Ich denke, aus dir wird eine recht anständige Frau werden.«

»Still!« Sie hob eine Hand, als wolle sie ihn schlagen.

Blitzschnell packte er ihr Handgelenk.

Einen Moment maßen sie ihre Kräfte, und nur ihrer beider keuchender Atem war in der Stille zu hören. Jobia war stärker als sie; es ärgerte sie, das zugeben zu müssen, aber es ließ sich nun mal nicht leugnen. Immer weiter bog er ihren Arm zurück.

Sie gab einen frustrierten Laut von sich und versuchte, ihren Arm aus seinem Griff zu befreien.

Er lockerte seinen Griff nicht. Sein moschusartiger Geruch stieg ihr in die Nase, als er aufstand und sein ganzes Gewicht einsetzte, um ihren Oberkörper zurückzubiegen

»Hör auf!« schnauzte sie ihn an. Ihr Zorn war Furcht gewichen.

Sein Gesicht war gerötet, und sein Atem hatte sich beschleunigt. »Vielleicht ist deine Zeit schon gekommen, und du hast es vor allen verborgen«, sagte er. »Warum hätte dein Vater dich sonst mit mir losschicken sollen?«

»Nein!« schrie sie. »Das stimmt nicht!«

Er drückte sie immer tiefer, bis sie schließlich unter ihm auf dem Boden lag. Die Erde fühlte sich hart und kalt an unter ihren Schultern. Sie versuchte, eine Hand in sein Haar zu krallen, aber er hielt ihre Handgelenke auf dem Boden fest und drückte dann den Schaft seines Speeres über sie, so daß er sie mit einer Hand in dieser Position halten konnte. Sie wand sich und versuchte, nach ihm zu treten, aber er war zu schwer, als daß sie das Knie hätte anziehen können. Sie fühlte, wie er sich an ihren Fellen zu schaffen machte.

»Ich werde es allen erzählen«, schrie sie ihn an. »Dafür wirst du bestraft werden. Du wirst ausgestoßen.«

Er starrte auf sie herab. Sein Gesicht war nur eine Handbreite über ihrem. Sie sah eine Ader an seiner Schläfe pochen, sah das brennende Verlangen in seinen Augen. »Die Gesetze unseres Stammes haben hier draußen keine Bedeutung«, sagte er. Sie hörte jedoch, daß in seiner Stimme ein Hauch Unsicherheit mitschwang. Er wußte selbst, daß es als sehr ernstes Verbrechen galt, wenn ein Mann ein Mädchen nahm, das noch nicht zur Frau gereift war.

Laena schüttelte energisch den Kopf. »Ich werde so laut schreien, daß sie mich über die Ebene hören werden. Mein Vater wird kommen und dich umbringen!«

»Sei still.« Er legte ihr die freie Hand über den Mund.

Sie grub die Zähne hinein, so fest sie konnte. Er hätte damit rechnen müssen, hatte es aber nicht getan. Fluchend zuckte er zurück, und Laena wußte die Gelegenheit zu nutzen. Sie stieß ihn von sich, rappelte sich auf – und erstarrte. Hinter Jobia hatte sich etwas bewegt. Ein Schatten.

Sie brauchte nichts zu sagen. Er sah den Ausdruck in ihren Augen und wirbelte herum.

In diesem Augenblick bewegte sich der graue Schatten erneut und tauchte hinter einer Schneewehe auf. Er jagte auf sie zu. Pfoten scharrten über loses Gestein, und ein kehliges Knurren ertönte.

Der Angreifer war fast so groß wie ein Mensch, aber es handelte sich ganz eindeutig um ein Tier. Ein Säbelzahntiger, registrierte Laena. Panikartig wich sie zurück, machte dann kehrt und lief um ihr Leben.

Jobia versuchte, die Speerspitze zu heben, um sich zu verteidigen. Laena blickte über die Schulter und sah, wie die Raubkatze sich mit einem Satz auf ihn stürzte. Jobia hatte keine Zeit, seine Waffe einzusetzen. Statt dessen mußte er sich durch einen Sprung auf die Seite retten. Dennoch streiften die Krallen der großen Katze seinen Arm. Er schrie auf vor Furcht und Schmerz, schwang seinen Speer, und der Schaft traf die Bestie am Kopf, in ebendem Augenblick, da sie an ihm vorbeiflog.

Laena war hin und her gerissen. Wenn sie stehenblieb, lief sie Gefahr, getötet zu werden. Aber sie konnte Jobia nicht einfach im Stich lassen, nicht einmal, nachdem er sie so schändlich behandelt hatte.

Sie wandte sich um und schwenkte die Arme, um die Aufmerksamkeit der Raubkatze auf sich zu lenken. »Hai! Hai!« rief sie. Die Katze zögerte mit zuckendem Schwanz. Sie warf nur einen kurzen Blick auf Laena und konzentrierte sich dann wieder auf Jobia, der versuchte, von ihr fortzukriechen.

Laena erkannte, daß die Raubkatze halb verhungert war, und ein Raubtier war immer dann am gefährlichsten, wenn es Hunger hatte. Plötzlich wurde ihr bewußt, wie sehr sie hier draußen auf Jobia angewiesen war. Ohne sein Jagdgeschick wäre sie verloren. Wild entschlossen trat sie nach einem gefrorenen Erdklumpen, löste ihn und schleuderte ihn in Richtung der Raubkatze. Das Wurfgeschoß traf das Tier am Hintern, und es wandte sich ihr fauchend zu.

Jobia nutzte diesen Augenblick. Er rappelte sich hoch, sprang vor und stieß mit dem Speer zu. Sein Timing war gut, und die Raubkatze schrie zornig auf, als die Steinspitze sich in ihre Schulter bohrte. Sie wirbelte fauchend und grollend herum, und Jobia sprang zurück, den Speer immer noch fest umklammernd, die Spitze auf die Augen der Katze gerichtet.

Laena warf einen zweiten Erdklumpen, und diesmal traf sie das Tier an der empfindlichen Nase. Die Katze blickte wieder zu ihr herüber und schien eine Entscheidung zu fällen. Sie ignorierte Jobia und sprang auf Laena zu. In panischem Schrecken starrte sie auf das weit aufgerissene Maul und die gelbschimmernden gewaltigen Zähne.

Laena fühlte, daß sie lief, aber ihre Beine schienen sich schrecklich langsam zu bewegen. Das Blut rauschte in ihren Ohren, und sie hatte solche Angst, daß ihre Kehle wie zugeschnürt war und sie keine Luft mehr bekam. Sie warf einen Blick zurück und sah, daß die Katze zum Sprung ansetzte. Sie stieß einen verzweifelten Schrei aus.

Jobia schleuderte seinen Speer. Er segelte durch die Luft und grub sich in die Flanke der Katze.

Das Tier brüllte auf vor Schmerz. Einen Augenblick vergaß es Laena und versuchte, den Speer mit den Zähnen zu packen. Aber die Spitze hatte sich tief in ihr Fleisch gegraben, knapp außerhalb ihrer Reichweite.

Jetzt bekam es die Raubkatze offenbar mit der Angst zu tun, und sie wich vor Laena und Jobia zurück. Ihre Augen waren weit aufgerissen, und sie atmete keuchend. Mit einem Jaulen zog sie sich zurück und floh schwerfällig humpelnd.

Laena war dem Tier am nächsten, und sie erkannte, daß es ihre einzige Waffe, ihre einzige Möglichkeit, sich zu verteidigen und Wild zu erlegen, davontrug. Ohne nachzudenken, setzte sie der Katze nach.

»Nein!« rief Jobia. »Bleib stehen!«

Aber sie konnte nicht. Sie rannte wie von Sinnen, verzweifelt, immer wieder auf dem vereisten Boden ausgleitend.

Die Katze wurde durch den Speer behindert, so daß sie nicht schnell vorankam. Innerhalb von hundert Schritten hatte Laena sie eingeholt. Sie warf sich ohne Rücksicht auf ihre eigene Sicherheit nach vorn und packte den Speerschaft, der aus der Flanke des Tieres ragte.

Die Speerspitze löste sich aus der Wunde, und Laena verlor das Gleichgewicht und stürzte hart. Der Aufprall raubte ihr den Atem, und einen Augenblick lag sie nach Luft ringend da, unfähig, sich zu rühren. Irgendwo hinter sich hörte sie Jobia fluchen und ihr zur Hilfe eilen. Aber die Katze war direkt vor ihr. Als sie Laena hilflos daliegen sah, verdrängte der Hunger ihre Furcht. Laena sah, wie die Raubkatze zum Sprung ansetzte.

Laena hatte noch nie einen Speer benutzt. Frauen wurden nicht zu Jägern ausgebildet; angeblich waren sie hierzu nicht geeignet. Aber sie hatte oft genug zugesehen, wie die Männer mit ihren Waffen übten. Als die Katze sprang, hob sie den Speer.

Sie vermochte nicht zu sagen, ob sie einfach gut gezielt hatte oder es ob ein Glückstreffer war, aber die Speerspitze bohrte sich tief in den Schlund der Bestie.

Der Schaft wurde ihr aus der Hand gerissen, als die Katze brüllend zu Boden ging. Blut sprudelte aus ihrer Kehle, und sie wand sich zuckend auf dem Boden. Ihre Krallen fuhren über Laenas Arm. Laena kroch außer Reichweite. Ihr Puls jagte, und sie zitterte am ganzen Leib.

Jobia erreichte sie, warf ihr einen flüchtigen, zornigen Blick zu und umkreiste dann die tödlich getroffene Katze. Blitzschnell sprang er vor, packte den Speer und zog ihn aus dem Maul.

»Vorsicht!« rief Laena. »Sie ist schwer getroffen, siehst du das denn nicht?«

»Doch. Und jetzt wird sie noch etwas schneller sterben«, entgegnete Jobia.

Er hatte recht. Seit er den Speer herausgezogen hatte, war der Blutstrom noch stärker geworden. Die Raubkatze gab gräßliche würgende, kreischende Laute von sich. Laena sah ihrem Todeskampf schweigend zu. Sie genoß das Schauspiel nicht, war aber stolz auf das, was sie geleistet hatte. Sie wünschte, ihr Vater hätte sie sehen können. Ihr Vater, Elbrau und Gorag.

»Du hattest Glück«, sagte Jobia. »Großes Glück.«

»Und ich war außerdem mutig«, entgegnete sie und warf ihm einen herausfordernden Blick zu.

Er musterte sie zornig. »Ich habe dir das Leben gerettet«, zischte er.

»Und vielleicht habe ich auch das deine gerettet«, entgegnete Laena. »Und nicht nur das deine, sondern das der anderen. Jetzt müssen sie nicht verhungern.«

Jobias Gesicht zuckte, als wollte er noch etwas sagen, aber dann schleuderte er nur den Speer auf den Boden, wandte sich ab und stolzierte davon.

In einiger Entfernung blieb er stehen, die Hände an den Seiten zu Fäusten geballt, und starrte in die Ferne. Laena empfand eine eigentümliche, stille Befriedigung, als sie sich bückte, den Speer aufhob und sich wieder dem Säbelzahntiger zuwandte, der sein Leben aushauchte.

Kapitel 7

Während Jobia einige hundert Schritte entfernt auf einem Felsbrocken saß, sammelte Laena methodisch weiteres Feuerholz und machte sich dann daran, die Raubkatze zu häuten, die sie erlegt hatte. Ihr Instinkt sagte ihr, daß sie die Beute schnellstens zu den anderen bringen sollten, damit sie die dringend benötigte Nahrung bekamen. Aber wie Jobia gemeint hatte, zogen die anderen ohnehin in ihre Richtung und würden bald eintreffen. Es war vernünftiger, vor Ort auf sie zu warten.

Sie wollte, daß das Essen bereit war, wenn sie die kleine Senke erreichten. Sie hatte gerade angefangen, die ersten

Streifen Fleisch über dem Feuer zu garen, als die kleine Gruppe winziger Gestalten in der Ferne auftauchte.

Jobia kam den Hang hinunter auf sie zu. »Ich nehme meinen Speer jetzt wieder an mich«, sagte er in befehlendem Tonfall. Einige Schritte von ihr entfernt blieb er stehen und streckte fordernd die Hand aus.

Laena hob den Speer vom Boden auf, behielt ihn jedoch an ihrer Seite. »Ich denke nein, Jobia.«

Er trat noch einen Schritt näher. Sein Zorn kehrte zurück, noch stärker als zuvor. »Ich sagte, du sollst ihn mir geben!«

Sich ihm zu widersetzen machte ihr angst, aber sie schüttelte stur den Kopf. »Ich traue dir nicht. Ich werde den Speer behalten, bis meine Leute hier sind, um mich zu schützen.«

Er musterte sie mit mörderischem Blick. »Wenn du ihnen erzählst …«

»Ich werde ihnen nicht erzählen, was du versucht hast mir anzutun.« Den Speer in der Hand, erhob sie sich und baute sich vor ihm auf. »Aber ich werde dir den Speer erst geben, wenn sie hier sind.«

Es verursachte ihr Bauchschmerzen, ihm derart die Stirn zu bieten. Für eine Frau war das, was sie gerade tat, praktisch undenkbar. Aber sie sagte sich, daß, wenn sie den Mut aufgebracht hatte, einen Säbelzahntieger zu töten, sie erst recht den Mut haben würde, sich Jobias zu erwehren.

Er kam noch näher. »Wenn du ihn mir nicht freiwillig gibst, werde ich ihn mir holen müssen.«

Laena richtete die Speerspitze auf seine Kehle. »Nein!« sagte sie entschieden.

Er zögerte, überrascht von der Entschlossenheit in ihrem Blick. Sie registrierte, daß seitlich an seinem Gesicht ein Kiefermuskel zuckte. Er senkte den Kopf wie ein junger Stier. »Ich werde Gorag davon erzählen. Ich werde ihm sagen, daß du dich mir widersetzt und mir mit der Waffe gedroht hast.«

»Tu das«, zischte sie. »Dann erzähle ich allen, daß du

versucht hast, mich mit Gewalt zu nehmen, und das, noch bevor ich zur Frau geworden bin.«

Er ballte die Hände zu Fäusten, und sie sah, daß er den Abstand zwischen ihnen maß. Sie umfaßte den Speerschaft fester und fühlte, daß sie wieder begann zu zittern, so wie in dem Augenblick, da sie sich der Raubkatze gestellt hatte. Und doch genoß sie gleichzeitig die Macht, die die Waffe ihr verlieh. Solange sie sie in Händen hielt, war Jobia seiner männlichen Überlegenheit beraubt, so als hätte es diese nie gegeben.

Er spuckte auf den Boden. »Also gut«, knurrte er. »Behalte den Speer. Es macht keinen Unterschied. Sie sind ohnehin gleich da.« Er wandte sich ab und entfernte sich.

Laena fühlte, wie prickelnde Wärme ihr Gesicht überzog, als erst Überraschung und dann Triumph sie durchströmten. Er hatte ihr nachgegeben. Sie hatte etwas erreicht, das sie sich bislang nicht hätte vorstellen können. War das der Grund, weshalb die Männer so besitzergreifend waren, was ihre Waffen und ihr alleiniges Recht, sie zu benutzen, anbelangte? Damit sie sich nicht nur den Tieren, sondern auch den Frauen überlegen fühlen konnten?

Sie blickte Jobia nach, der bemüht war, an einem letzten Rest von Stolz festzuhalten. Als eine sichere Entfernung zwischen ihnen lag, hockte Laena sich wieder ans Feuer, behielt jedoch den jungen Jäger im Auge, den Speer in Reichweite.

Die Ankömmlinge gerieten in helle Aufregung, als sie die Senke schließlich erreichten. Alle stürzten sich auf das Fleisch, mehr daran interessiert, ihren Hunger zu stillen, als daran, wie die Raubkatze aufgespürt und erlegt worden war.

Henik und Arla begrüßten Laena mit Tränen in den Augen, und eine Welle der Erleichterung stieg in ihr auf, als ihre Eltern sie in die Arme schlossen. Plötzlich schien alle Energie aus ihren Muskeln zu weichen, und sie fühlte sich ganz schwach und hilflos. Anspannung und Panik der vergangenen Stunde holten sie ein, und sie mußte sich setzen und eine Weile ausruhen.

Stück für Stück berichtete sie Henik, was sich ereignet hatte, wobei sie nur den Teil ausließ, der Jobias Übergriffe betraf. Sie sah Stolz auf Heniks Zügen, aber auch Sorge. Er zauste ihr in einer liebevollen Geste, die ihr seit früher Kindheit vertraut war, das dicke schwarze Haar. Und doch war etwas an ihm verändert, er schien beunruhigt. Sie wollte ihn fragen, ob sie irgendwie sein Mißfallen erregt hatte, etwas getan hatte, was er mißbilligte.

Später, als alle sich um das Feuer versammelten, forderte Gorag sie auf, allen zu erzählen, was sie Henik von der Erlegung der Raubkatze berichtet hatte. Sie sah den unsicheren Ausdruck in den Augen ihres Vaters und faßte sich kurz, betonte, daß Jobia das Tier als erster verwundet und dann davon abgehalten hatte, sie anzufallen.

Dennoch machte ihre Geschichte großen Eindruck auf den Stamm. Alle starrten sie an, außer Jobia, der sie keines Blickes würdigte. Sie hätte erwartet, alle würden ihr dankbar sein, daß sie ihnen das Fleisch beschafft hatte. Vielleicht waren sie das auch, aber da war noch etwas anderes in ihren Augen. Besorgnis. Sie hatte etwas getan, was keiner Frau zustand, und das bedeutete, daß sie nicht mehr wußten, wie sie mit ihr umgehen sollten.

Als sie zu Ende erzählt hatte, erhob sich Gorag. »Dank dir, Laena, und dir, Jobia, haben wir genügend Nahrung bis zum Ostfluß.« Gorags Augen flackerten, als er den flüchtigen Blick registrierte, den sie wechselten. Er wandte sich an Henik, und seine vernarbten Lippen verzogen sich zu einem boshaften Grinsen. »Du hast eine außergewöhnliche Tochter, alter Freund. Und sieh, sie hält immer noch den Speer in der Hand.« Er trat vor und nahm ihr die Waffe weg, um sie an Jobia weiterzureichen. »So, jetzt ist mir wohler.«

Alle lachten, und die Anspannung, die Laena zuvor gespürt hatte, war verflogen. Sie erkannte, daß Gorag sie von ihrem Unbehagen befreit hatte. Er hatte demonstriert, daß Laena auch weiterhin nur ein junges Mädchen war und sich nichts geändert hatte.

Ihre Wangen glühten. Eines Tages, schwor sie sich,

würde sie ihnen beweisen, daß sich doch etwas geändert hatte. Sie war nicht mehr dasselbe junge Mädchen, das sie vor dem Überfall der Weißen Bären gewesen war. Eines Tages würden sie sich dieser Tatsache stellen müssen.

Am Abend, als Männer und Frauen des Stammes sich schlafen legten, rollte Laena sich dicht neben ihrer Mutter zusammen. »Wie kommt es«, flüsterte sie, während die anderen es sich, so gut es eben ging, auf dem harten Boden bequem machten, »daß Männer jagen und Frauen nähen, daß Männer befehlen und Frauen gehorchen? Wer hat bestimmt, daß dem so sein muß?«

Laena fühlte, wie ihre Mutter sich bequemer zurechtlegte. »Auf solche Fragen gibt es keine Antwort«, murmelte sie. »Jeder von uns hat seinen Platz, so wie jedes Tier seine eigene Art hat zu laufen, zu schlafen und seine Beute zu schlagen. Könntest du mir sagen, wer entschieden hat, daß das Karibu vor dem Löwen fliehen muß? So ist das eben, und so muß es sein.«

Laena lag eine Weile schweigend da, blickte hinauf in den Sternenhimmel und lauschte dem Atmen der Männer und Frauen, die einer nach dem anderen eindösten. »Mutter«, beharrte sie dann, »ein Karibu könnte niemals einen Löwen jagen, weil es keine Klauen und Fangzähne hat. Aber – ich bin nicht viel anders als ein Mann. Ich habe Hände, um einen Speer zu werfen. Ich habe einen Säbelzahntiger getötet. Warum habe ich nicht dasselbe Anrecht auf Respekt wie ein Mann, wenn ich das gleiche zu leisten imstande bin?«

Ihre Mutter grunzte, verärgert oder nur müde. »Die Raubkatze zu töten war mutig und gut, Tochter. Aber du wirst bald zur Frau werden, und dann mußt du die Pflichten einer Frau erfüllen, oder der Stamm wird dich ächten. Deine Aufsässigkeit hat jetzt schon Aufmerksamkeit erregt. Du wirst großen Ärger mit Männern wie Gorag und Jobia bekommen, wenn du so weitermachst. Du solltest lernen, wo dein Platz ist, oder sie werden versuchen, dich dorthin zu zwingen, und die Lektion könnte sehr schmerzhaft für dich sein.«

Laena fühlte Angst in sich aufsteigen – und Zorn. Sie wollte herausschreien, daß es nicht ihre Schuld war, daß es nicht gerecht war. »Ich verstehe immer noch nicht, warum es so sein muß«, sagte sie.

Ihre Mutter drehte sich herum, und Laena sah im fahlen Mondlicht ihr weises Gesicht neben sich. »Es gibt auf der Welt Kräfte, Laena. Naturkräfte. Du mußt dich ihnen beugen, wie das Riedgras sich dem Wind beugt, sonst könnten sie dich zerbrechen.«

Irgendwann in der Nacht – das Feuer war heruntergebrannt, der Mond untergegangen und die Dunkelheit fast undurchdringlich – fuhr Laena aus tiefem Schlaf hoch. Ihr Puls raste, und sie fragte sich, was sie so abrupt geweckt haben mochte.

Sie war immer noch von den schlafenden Gestalten der anderen Stammesmitglieder umgeben, und der Körper ihrer Mutter war tröstlich nah.

Aber irgendwie hatte sich etwas verändert. Die Schlafenden am äußeren Rand drängten frierend dichter in die Mitte des Kreises, während jene dichter am Feuer sich manchmal auf der Suche nach frischer Luft in entgegengesetzte Richtung bewegten.

Eine Hand fiel auf Laenas Stirn, und sie erkannte erschrocken, daß die Person neben ihr nicht mehr ihre Mutter war. »Du hast es ihr erzählt«, flüsterte eine Stimme, während die behandschuhte Hand tiefer glitt und sich auf Laenas Mund legte. »Du hast Arla erzählt, was ich getan habe.«

Laena schlug die Hand beiseite. »Jobia?« zischte sie. »Bist du das?«

Seine Hand wanderte tastend über ihre Schulter und ihre Brust. »Ich habe gehört, wie du mit ihr geflüstert hast«, murmelte er, die Lippen dicht an Laenas Ohr. »Du hast es ihr gesagt!«

»Das habe ich nicht. Ich habe mein Wort gehalten.« Laena fragte sich, ob sie um Hilfe rufen sollte. Andererseits, wessen sollte sie Jobia beschuldigen? Sie wollte nicht noch mehr Aufmerksamkeit auf sich ziehen.

Er schwieg eine Weile. »Vielleicht sagst du die Wahrheit«, brummte er. »Aber ich traue keinem Mädchen, das sich mir gegenüber so verhält, wie du es heute getan hast. Ich warne dich, ich bin noch nicht fertig mit dir. Eines Tages werde ich meine Chance bekommen, und dann werde ich dich zwingen, dich meinem Willen zu beugen, was immer ich verlange.« Er rollte sich auf sie und machte sie durch sein Gewicht bewegungsunfähig. Sie fühlte seinen Atem auf ihrem Gesicht. »Du wirst noch lernen, wie eine Frau sich einem Mann gegenüber zu benehmen hat. Und wenn ich mit dir fertig bin, wirst du es mir vielleicht sogar danken.«

Ehe sie protestieren oder rufen konnte, gab er sie wieder frei. Er kroch zügig davon, und schon bald vermochte sie nicht mehr zu sagen, welche der reglosen Gestalten um sie herum die seine war.

Tränen stiegen ihr in die Augen. Einige Stunden lang hatte sie sich eingebildet, sich irgendwie bewiesen zu haben. Jetzt schien es, als hätte sie sich nur unbeliebt gemacht. Niemand respektierte sie; niemand dankte ihr, was sie getan hatte.

Vielleicht hatte Arla recht, vielleicht sollte sie sich den Bräuchen ihres Volkes fügen. Aber würde das auch bedeuten, sich Jobia zu unterwerfen, falls dieser eines Tages beschloß, sie zur Frau zu nehmen? Unvorstellbar. Lieber ließ sie sich aus dem Stamm verstoßen.

Eine grausame Wahl zwischen einem Elend und einem anderen. Es mußte doch sicher noch einen anderen Weg geben.

Kapitel 8

Am nächsten und übernächsten Tag bemühte Laena sich, still zu sein, sich nicht zu beklagen und den Älteren zu helfen. Wenn sie Jobia dabei ertappte, wie er sie anstarrte, wandte sie einfach den Blick ab. Wenn ihr Vater ihr etwas auftrug, gehorchte sie, ohne Fragen zu stellen.

Es kostete sie einige Überwindung, aber sie hatte das Gefühl, keine andere Wahl zu haben – zumindest im Augenblick. Der Marsch über das Plateau war noch lang und beschwerlich, auch wenn das Fleisch des Säbelzahntigers ihnen Kraft spendete. Es war nicht die Zeit, Unruhe zu stiften.

Sie verbrachte so viel Zeit als möglich mit Moru, spielte mit ihrer kleinen Schwester, wenn der Stamm rastete, und dachte sich Geschichten aus, während sie Seite an Seite weiterzogen.

»Es war einmal ein furchtloser Krieger«, erzählte Laena, sich eine Fabel ausdenkend, »der zwei Tage und Nächte einen weißen Panther verfolgte. Schließlich trieb er den Panther in eine steile Felsspalte, wo dieser in der Falle saß. Der Panther flehte den Jäger an, ihn nicht zu töten, weil er ein verzaubertes Wesen wäre, das sprechen könne. Wenn er ihm das Leben schenkte, würde er, der Panther, ihm einen Wunsch erfüllen. Der Jäger wünschte sich eine Frau, die so weise und stark wäre wie er selbst und ihr Leben mit ihm teilen würde. Hierauf verwandelte sich der Panther in eine wunderschöne Frau. Der Jäger legte seinen Speer nieder, und sie lebten glücklich bis an ihr Ende.«

»Ist das eine wahre Geschichte, Laena?« fragte Moru.

»Nein, kleine Schwester«, entgegnete Laena. »Aber wäre es nicht schön, wenn es so etwas gäbe?«

Im Laufe des Tages ermüdeten Morus Beine, und Laena mußte sie streckenweise tragen.

»Ich wünschte, ich wäre wie du, Laena«, sagte das Mädchen mit einer Stimme, die bedrückt und traurig klang.

»In welcher Hinsicht?« fragte Laena.

»Du weißt so vieles. Und du bist stark. Wenn ich groß bin, möchte ich so stark sein wie du. Ich möchte lernen, wie man einen Speer wirft, so wie du, als du die Katze getötet hast.«

Laena schüttelte traurig den Kopf. »Ich denke, du solltest mir lieber nicht nacheifern«, sagte sie. »Das ist nämlich gar nicht so gut. Meine Stärke weckt den Neid und Zorn der Männer. Sie bringt sie gegen mich auf.«

Moru runzelte die Stirn. Ihre Augen waren dunkel und ernst. »Wen hast du gegen dich aufgebracht, Laena?«

Laena seufzte. Sie wünschte, sie hätte sich nicht auf diese Unterhaltung eingelassen. »Das spielt keine Rolle, Liebes. Sie werden mir nichts tun.«

»Das dürfen sie auch nicht!« sagte Moru, ihre Stimme noch grimmiger als zuvor. »Wenn dir irgend jemand etwas antut, Laena, schwöre ich, daß ich ihn umbringe.«

Laena lachte. »Danke. Aber ich hoffe, daß ich deinen Schutz nicht brauchen werde.«

»Ich meine es ernst, Laena!« beharrte Moru mit kindlich entschlossener Miene.

Laena legte dem kleinen Mädchen einen Arm um die Schultern. »Entschuldige. Ich habe mich nicht über dich lustig gemacht. Ich bin froh, daß du auf mich achtgeben willst.«

Moru nickte zufrieden. Laenas Entschuldigung schien sie besänftigt zu haben, aber ihr Gesichtsausdruck blieb unverändert ernst.

Am nächsten Tag starb Jobias Mutter.

Heese hatte sich nicht von dem starken Blutverlust erholt, den sie durch die Wunden erlitten hatte, die ihr von den Jägern der Weißen Bären zugefügt worden waren. Auch das ständige Rucken und Schaukeln des Travois hatte sie geschwächt, und sie war seit dem vergangenen Tag bewußtlos gewesen.

Unter einem düsteren Himmel, an dem graue Wolkenfetzen dahinjagten, versammelte sich der Stamm um die leblose Gestalt. Laena blickte auf Henik, Arla und die anderen, die sie seit frühester Kindheit kannte, und sie verstand, daß das Leben so vergänglich war wie eine Flamme: Es mußte ständig genährt werden, oder es verlosch in einem flüchtigen Augenblick.

Sie wandte den Blick ab von den Lebenden und richtete ihre Aufmerksamkeit auf die eine, die gestorben war. Zögernd berührte sie Heeses Gesicht und dachte an die Tage, in denen sie die Frau gefüttert und versucht hatte, so gut es ging, für sie zu sorgen. Die Haut war hart und kalt, begann bereits im eisigen Wind zu gefrieren.

Elbrau rezitierte das rituelle Totengebet, aber Laena nahm die vertrauten Worte kaum wahr. Sie blickte wieder von einem Gesicht zum anderen. Alle standen dicht gedrängt in ihre Felle gehüllt mit gesenktem Blick da. Eines Tages, früher oder später, würden auch sie kalt, blaß und leblos sein. Der Gedanke machte sie schaudern. Wieder ging ihr eine Frage durch den Kopf, auf die es scheinbar keine Antwort gab: Warum mußte das so sein?

Elbrau hielt die Zeremonie so knapp wie möglich. Laena las von den Gesichtern der Stammesangehörigen ab, daß sie wenig Zeit und Mitleid für Heeses Schicksal aufbrachten, solange ihr eigenes in Frage stand. Sie wollten so schnell wie möglich zum Ostfluß gelangen und nicht noch schmerzlich an ihre eigene Sterblichkeit erinnert werden.

Sogar Jobia schien ungerührt, als Elbrau das Gebet beendete. Der Steinhauer bückte sich, rollte Heese von dem Travois auf den Boden und machte sich daran, ihren Leib methodisch aus den Fellen zu wickeln. Natürlich war das vernünftig: Sie konnten sich nicht die geringste Verschwendung erlauben, solange sie auf dieser kargen Ebene schutzlos den Naturgewalten ausgeliefert waren. Aber Laena erschien es dennoch herzlos, und sie wandte sich ab, weil sie den Anblick nicht ertragen konnte.

Es war unmöglich, in der gefrorenen Erde eine Grube auszuheben, und es gab auch keine großen Felsbrocken, mit denen sie den Leichnam hätten bedecken können. Und so ließen sie Heeses sterbliche Überreste einfach unter dem grauen Himmel liegen. Laena blickte mehrmals zurück, während sie ihren Marsch fortsetzten, und jedesmal war Heeses Körper eine kleinere Form in der Wildnis, bis er schließlich überhaupt nicht mehr zu sehen war.

Am Abend, als das letzte Licht am Himmel ein schmaler roter Streifen am Horizont war, erreichten sie endlich ihr Ziel.

»Ho!« erscholl ein Ruf von Henik, der als Späher vorausgeschickt worden war. »Der Fluß! Ich sehe seine Eisdecke!«

Schwacher Jubel erhob sich von ihrer kleinen Gruppe. Gorag straffte die Schultern und grinste; ganz offensichtlich betrachtete er die Neuigkeit als seinen ganz persönlichen Triumph.

»Das Glück ist auf unserer Seite«, verkündete er laut. »Dieser Marsch hat unsere Kraft auf die bisher schwerste Probe gestellt, und wir haben die Prüfung bestanden. Ich fühle, daß die Geister auf uns herablächeln. Die Zeit des Leidens hat nun endlich ein Ende.«

»Noch müssen wir den Fluß überqueren«, bemerkte Elbrau düster. »Es wird Nacht sein, bis wir das Ufer erreichen, und unsere Vorräte sind so gut wie erschöpft.«

Gorag tat den Einwand mit einem Kopfschütteln ab. »Ich bin überzeugt davon, daß es am Fluß Wild gibt. Wir werden uns schon bald wieder sattessen können.« Er klatschte in die Hände. »Heute nacht lagern wir auf dieser Bodenerhebung. Es ist nicht mehr notwendig, daß wir unser Fleisch rationieren. Schon morgen werden wir unseren Hunger mit frischer Beute stillen können. Denkt daran, Leute!«

»Vielleicht«, bemerkte Elbrau.

Laena warf ihm einen Blick zu und sah die Zweifel auf seinem Gesicht. Warum war er so skeptisch, während

Gorag so zuversichtlich war? Es beunruhigte sie, weil sie Elbrau größeres Vertrauen schenkte.

Aber sie hatte keine Zeit, sich deswegen den Kopf zu zerbrechen und zu sorgen. Sie machte sich auf die Suche nach Feuerholz und Dung, während die Panther-Menschen ihr Nachtlager aufschlugen und das letzte Tageslicht am Himmel verblaßte. Als sie schließlich um das Feuer herumsaßen, hatte sich undurchdringliche Schwärze auf das Land herabgesenkt. In der Ferne konnte Laena jedoch das gespenstische Schimmern des vereisten Flusses sehen, eine breite Fläche, die sich am Fuß des Hanges entlangwand, auf dem sie sich niedergelassen hatten.

Gorag steckte die anderen mit seiner guten Laune an, und es wurde viel geredet und gelacht – das erste Gelächter, das Laena seit vielen Tagen zu hören bekam. Er erzählte Jagdgeschichten und sponn Legenden von außergewöhnlichen Heldentaten. Dann wurde Elbrau überredet, Legenden aus der Urzeit zu erzählen, als es noch keine Menschen auf dieser Welt gegeben hatte und die Tiere miteinander gespielt hatten, in einem riesigen grünen Garten, in dem solcher Überfluß herrschte, daß kein Lebewesen ein anderes zu töten brauchte.

Als das Fleisch ihren Magen und das Feuer ihr Gesicht wärmten, schweiften Laenas Gedanken ab. Der Zauber der alten Geschichten vermochte sie an diesem Abend nicht zu fesseln. Sie wandte den Blick vom Feuer ab und sah über das Tal. Der Große Fluß bei ihrem alten Winterlager war schon ein gefährliches Hindernis auf ihrem Marsch gewesen, aber der Ostfluß, der jetzt vor ihnen lag, war noch viele Male breiter, und das Eis erschien ihr um noch vieles trügerischer. Laena starrte auf die Eisfläche und dachte daran, wie der Fluß ausgesehen hatte, als sie bei ihrer letzten Frühlingswanderung hier vorbeigezogen waren. Das Eis war damals bereits geschmolzen und das Wasser seicht gewesen, und sie hatten eine Furt gefunden, wo sie gefahrlos hatten hinüberwaten können. Aber bis zum Frühling waren es noch viele Monde, und das Eis war noch hoch aufgetürmt. Wie stellte Gorag sich die Überquerung vor? Wie konnte er sich so zuversichtlich und sorglos geben?

In dieser Nacht träumte sie. Die Vision war so intensiv wie schon seit Monaten nicht mehr. Sie sah eine menschliche Gestalt, die durch eine weiße Ödnis wanderte, die Arme vor sich ausgestreckt, als wäre sie blind. Sie wollte dem Fremden eine Warnung zurufen, weil sie wußte, daß etwas Schreckliches geschehen würde. Aber wenngleich sie sich nach Kräften bemühte, brachte sie keinen Ton hervor, und als sie versuchte, sich zu bewegen, waren ihre Gliedmaßen wie gelähmt.

Dann wandte die Gestalt inmitten der Weiße sich zu ihr um, und sie erkannte schockiert, daß es Jobia war. »Laena!« rief er. Das Gesicht vor Zorn und der Frustration zu einer Fratze verzerrt, stolperte er blind auf sie zu. »Laena, ich schwöre dir, wenn ich dich finde ...«

Sie fühlte Furcht, nicht nur um ihn, sondern auch um sich selbst. Die Landschaft verdunkelte sich, als wäre die Sonne plötzlich hinter einer dicken Wolkendecke verschwunden. Sie sah einen riesigen Vogel, der einen gräßlichen Verwesungsgestank verströmte, sich über Jobia vom Himmel herabschrauben. Der Vogel schrie und stieß mit einer gewaltigen Klaue zu. Seine Krallen glitzerten wie Eis und waren messerscharf. Eine von ihnen grub sich in Jobias Nacken.

Sein Kopf löste sich vom Rumpf, und Blut spritzte hervor. Er stürzte vornüber, zuckend und blutend, und es gab einen lauten Knall wie ohrenbetäubendes Donnergrollen, als würde der Himmel selbst an diesem schrecklichen Spektakel Anteil nehmen.

Laena wachte abrupt auf. Ihre Muskeln waren angespannt, ihr Puls raste, und ihre Kehle war staubtrocken. Sie erkannte, daß der Knall real gewesen war. Das Eis auf dem Ostfluß ächzte und knackte ganz so wie das Eis auf dem Großen Fluß. Das Echo hallte jetzt noch über das Tal.

Aber die weiße Ödnis aus ihrer Vision war nirgends zu sehen. Um sie herum war nichts als Dunkelheit. Es war noch Nacht, und die anderen um sie herum schliefen friedlich.

Laena schauderte. Sie versuchte, sich zu beruhigen. Ihr Traum hatte ihr in Erinnerung gerufen, daß Jobia geschworen hatte, sie eines Tages zu zwingen, sich seinem Willen zu beugen. Ängstlich starrte sie ins Dunkel, fürchtend, daß er in ebendiesem Moment auf sie zuschleichen könnte.

Aber das war nicht ihre einzige Sorge. Ihre Träume waren manchmal Fenster in die Zukunft. Schon mehrfach hatte sie erlebt, daß ihre intensiven Visionen sich Tage oder Monate später auf die eine oder andere Art erfüllten.

Sie sah wieder, wie die riesige Klaue Jobia enthauptete, und stöhnte leise. Sie konnte sich nicht vorstellen, wie so etwas in der realen Welt möglich sein sollte. Und auch wenn sie begonnen hatte, Jobia zu hassen, betete sie, daß ihre Vision nur ein Traum gewesen war und keine Prophezeiung.

Kapitel 9

Als die Morgendämmerung den Himmel rosa und grau färbte und die ersten Sonnenstrahlen den gefrorenen Fluß wärmten, knackte das Eis lauter und häufiger. Der Lärm weckte sie alle, und sie rappelten sich hoch, stampften mit den Füßen auf und klopften sich mit den Händen den Körper ab, um die Kälte aus ihren Knochen zu vertreiben.

Einige brummten mürrisch, weil sie so früh geweckt worden waren und es nichts zu essen gab. Aber einer nach dem anderen verstummten sie, den Blick auf den breiten gefrorenen Fluß am Fuß des Tales gerichtet – und auf den Lohn, der sie am anderen Ufer erwartete, wenn sie die Überquerung schafften.

Die niedrigen Hügel waren mit beweglichen Punkten gesprenkelt. Karibus, Dutzende von ihnen. Eine der großen Wanderherden, die das letzte Gras und die Sträucher abgrasten und sich hier versammelten, um dann nach Norden zu ihren Paarungsgebieten weiterzuziehen.

»Seht ihr?« Gorag wandte sich ihnen zu, grinsend wie schon am Vorabend. »Wir werden uns schon bald den Bauch vollschlagen können.« Er schlug sich mit beiden Händen auf die Felle über seiner Brust und lachte schallend.

»Das Eis ist zu dieser Jahreszeit trügerisch«, sagte eine ruhige Stimme. »Es wird nicht leicht sein, einen Weg hinüber zu finden.«

Laena wandte sich der Stimme zu, die sie als die ihres Vaters erkannt hatte.

Gorag spuckte auf den Boden. »Woher willst du das wissen, mein alter Freund?« Er musterte Henik aus zusammengekniffenen Augen. »Keiner von uns ist je so früh im Jahr hiergewesen. Das Eis könnte durchaus noch fest sein.«

Henik erwiderte Gorags Blick. »Die Tage werden wärmer. Das Eis wird brüchig sein, vermischt mit Wasser. Ich denke, das weißt du ebenso wie ich – alter Freund.«

Gorag seufzte und schüttelte den Kopf, als würde seine Gutmütigkeit auf eine harte Probe gestellt durch solch ärgerlichen Pessimismus. »Du glaubst, ich würde keinen Weg hinüber finden? Ist es das?«

Henik antwortete nicht gleich. Laena sah, daß er Gorag musterte, als versuche er, in ihn hineinzusehen. »Ich habe zehn Jahre lang deine Jagdexpeditionen angeführt«, sagte er schließlich ruhig. »Ich habe deine Jäger öfter, als ich zählen kann, über vereiste Flüsse geführt. Öfter als du, Gorag. Und sogar ich würde es mir zweimal überlegen, ehe ich unsere Leute auf dieses Eis führe.«

Gorag schlenderte auf Henik zu. Alle sahen zu, während die Sonne am Himmel langsam höher stieg. Laena sah die Hoffnung auf ihren Gesichtern. Ganz offensichtlich wollten sie Gorag glauben. Ihr Überleben hing davon ab.

Gorag klopfte Henik auf die gesunde Schulter. Der Häuptling lächelte nun nicht mehr; seine Miene war jetzt tiefernst. »Ich glaube, ich verstehe dich, mein Freund«, sagte er. »Jalenaus Speer hat dich schwer verwundet. Du bist nicht mehr so stark, wie du es einmal warst. Du willst mir mitteilen, daß du der Aufgabe, uns über den Fluß zu bringen, nicht gewachsen bist.« Er nickte verständnisvoll. »Ich verstehe das.«

Henik schüttelte die Hand des Häuptlings ab. »Nein«, entgegnete er scharf. »Ich will sagen, daß niemand dieser Aufgabe gewachsen ist, verwundet oder nicht.«

Gorag schwieg eine Weile nachdenklich. »Was ist mit dem Jungen?« fragte er schließlich.

»Jobia? Du willst, daß er vorangeht?« Henik lachte spöttisch. »Er hat keinerlei Erfahrung. Das ist unmöglich.«

Gorag hob eine Hand. »Denk darüber nach, mein Freund. Er ist schnell und schlau. Außerdem ist er stark und leichter als du oder ich. Wir können ihm eine Leine aus Katzensehnen um die Taille binden, für den Fall, daß er einbricht …«

Henik schüttelte ärgerlich den Kopf. »Es wäre viel vernünftiger, diese Flußseite zu erkunden. Vielleicht gibt es ja südlich von hier Wild.«

»Ich will nichts davon hören.« Gorags Stimme war plötzlich laut und zornig. »Du weißt selbst, daß die Herden immer am Ostufer entlangziehen.« Er wandte sich an Elbrau. »Habe ich nicht recht?«

Elbrau nickte widerstrebend. »Ja, aber …«

»Wir würden bei der Suche nach Wild an diesem Ufer verhungern. Habt ihr vergessen, daß unsere Vorräte aufgebraucht sind?« Gorag schnitt eine Grimasse. »Nein, wir müssen einen Weg hinüber finden, und Jobia ist unsere beste Chance.« Rasch drehte er sich ihm zu. »Was meinst du, Junge?«

Jobia stand ganz in der Nähe. Laena sah, wie er errötete. »Nachdem ich die Katze am Bach getötet habe, hast du gesagt, ich wäre fortan ein Mann.« Er klang verlegen und brachte es nicht über sich, Gorag ins Gesicht zu sehen.

Gorag lachte. »Ja, das ist richtig.« Er klopfte Jobia auf den Arm. »Und das bist du auch, ein Mann. Natürlich bist du das. Oder zweifelt irgend jemand daran?« Er sah in die Runde und dann wieder auf Jobia. »Nun, tapferer Mann, was hältst du von der Aufgabe, die ich eben angesprochen habe? Glaubst, du bist stark genug?«

»Selbstverständlich.« Jobia richtete sich zu seiner vollen Größe auf. »Natürlich kann ich es schaffen!«

Laena dachte an ihre Vision und sah, wie er sich über das weiße Eis tastete – die Arme vor sich ausgestreckt wie ein Blinder. Sie wurde von purem Entsetzen gepackt. »Nein!« rief sie.

Alle um sie herum verstummten, und alle Blicke richteten sich auf sie.

Gorag musterte sie böse. Sie sah den Zorn in seinen Augen. »Wie kannst du es wagen, dich einzumischen, wenn Männer sich beraten? Henik, du solltest deiner Tochter wirklich bessere Manieren beibringen.«

»Aber es ist viel zu gefährlich!« platzte Laena heraus. Dann zögerte sie. Sie fühlte das Schweigen des Stammes wie einen kalten Wind, der ihr entgegenwehte. »Jobia wird … er wird sich verletzen.«

»Genug!« brüllte Gorag. »Sei still!«

Laena erkannte, daß es hoffnungslos war. Sie konnten nicht sehen, was sie gesehen hatte. Und auch wenn sie ihnen von ihrem Traum erzählte, würden sie ihn nur als Hirngespinst abtun.

Sie blickte von Gorag zu Henik. Er sah sie mit resigniertem Bedauern an.

Sie wandte sich Jobia zu – er lächelte. Für ihn hatte es sich natürlich so angehört, als sorge sie sich um sein Wohlergehen. Er mußte glauben, daß sie ihn insgeheim doch begehrte.

Sie machte ein angewidertes Gesicht und wandte sich wieder ab.

»Also gut«, hörte sie Gorag hinter sich sagen. »Wir binden die Leine unter Jobias Armen um seine Brust. Henik, du bleibst dicht hinter ihm und weist ihm den Weg.

Elbrau, dann kommen wir. Wir werden beide die Leine halten. Kommt alle mit! Runter zum Fluß!«

»Warum hast du gesagt, daß er nicht aufs Eis gehen soll?« fragte Moru, als alle aufgeregt durcheinanderredend den Hang hinunterstiegen.

»Ich hatte letzte Nacht einen Traum«, entgegnete Laena. Frustriert ballte sie die Hände zu Fäusten. »Ich habe ihn im Traum sterben sehen.«

Moru runzelte die Stirn und schwieg lange nachdenklich. »Dieser Traum«, sagte sie schließlich, »war das die Wirklichkeit?«

»Ja«, entgegnete Laena. »Ich fürchte schon.«

»Dann wird es eintreffen«, sagte Moru achselzuckend. »Es wird eintreffen, und was du auch sagst, es wird nichts daran ändern.«

Laena seufzte und drückte Moru an sich. »Ich fürchte, du hast recht«, sagte sie leise. »Trotzdem mußte ich versuchen, sie aufzuhalten. Aber Gorag bin ich nicht gewachsen. Das ist niemand. Er hat das Ganze im voraus geplant.«

Moru starrte verblüfft zu ihr auf. »Was geplant, Laena?«

»Er hat uns gesagt, wir sollen das ganze Fleisch aufessen, weil er wußte, daß wir dann am Morgen hungrig und verzweifelt sein würden. Er weiß, daß es gefährlich ist – und er wußte, wie er Jobia dazu würde bringen können, das größte Risiko auf sich zu nehmen.« Sie schüttelte den Kopf, ebenso überrascht von Gorags hinterhältigem Plan wie davon, daß sie ihn so leicht durchschaut hatte. Früher hatte sie Entscheidungen, die von den Stammesältesten getroffen wurden, nie in Frage gestellt. Aber seit dem Massaker war alles anders. Sie war jetzt für ihr Überleben so eigenverantwortlich wie nie zuvor, und das führte dazu, daß sie alles um sich herum kritischer beobachtete.

Moru blickte verständnislos zu ihr auf. »Gorag ist unser Häuptling. Er kümmert sich um uns.«

»Gorag kümmert sich nur um Gorag«, entgegnete Laena, mehr zu sich selbst. Ihr war klar, daß er Jobia nicht zufällig für diese gefährliche Aufgabe ausgewählt hatte. Jobia besaß die wenigste Erfahrung und war somit am ehesten entbehrlich. Außerdem war er ehrgeiziger als die beiden anderen älteren Männer. Eines Tages könnte er zu einer Gefahr für Gorags Autorität werden.

Laena blieb abrupt stehen, packte Moru bei den Schultern und drehte sie zu sich herum. Sie sah ihr eindringlich in die Augen. »Gorag ist kein guter Mensch«, sagte sie. »Verstehst du? Hüte dich vor ihm. Vertrau ihm nicht. Vergiß das nie!«

Moru starrte sie sprachlos an. Aber Laena las an ihren Augen ab, daß das Mädchen verstanden hatte und ihre Worte beherzigen würde.

Als die Sonne über der Gebirgskette in der Ferne aufgegangen war, stand Jobia am Flußufer, eine Leine aus Raubkatzensehnen um den Leib geschlungen. Henik knotete sich das Ende der Leine um das Handgelenk seines gesunden Armes. Sein Gesicht drückte Skepsis aus, aber er sagte nichts.

»Fertig?« fragte Gorag.

Ehe einer der beiden antworten konnte, ertönte ein ohrenbetäubender Knall, der noch lauter war als die vorangegangenen. Laena fühlte die Erde unter ihren Füßen beben und sah Wasser und Eis in einer glitzernden Fontäne aufspritzen. Weniger als vierzig Schritte entfernt hatten zwei Blöcke grünlichen Eises einen schwächeren Abschnitt zwischen sich zermalmt. Die Kraft, die dahintersteckte, war erschreckend in ihrer explosiven Gewalt, und zum erstenmal wirkte Jobia verunsichert.

Aber er nickte dennoch tapfer. »Ich bin bereit«, sagte er.

Laena sah hilflos zu, wie er sich langsam auf das Eis hinauswagte wie die Gestalt in ihrem Traum, eine dunkle Silhouette vor weißem Hintergrund. Henik folgte ihm und rief ihm Warnungen und Ratschläge zu. Unendlich langsam machten sie sich daran, einen sicheren Weg ans gegenüberliegende Ufer zu suchen.

Einer nach dem anderen schlossen die anderen sich an, Elbrau als erster, dann Gorag und hinter ihm Frauen und Kinder.

»Siehst du, Laena«, sagte ihr Mutter, die ihre Hand fest umklammert hielt, als sie die Eisfläche betraten, »es wird alles gutgehen.«

»Aber Laena hatte einen Traum«, sagte Moru, die Laenas andere Hand hielt. »Sie hat geträumt, daß ...«

Arla schüttelte ungeduldig den Kopf. »Das ist nicht der richtige Augenblick für Albernheiten. Paß auf, wo du hintrittst, Kind. Vorsicht!«

Eine Weile war nichts anderes zu hören als das Grunzen und Luftschnappen der Menschen, die sich über die glatte, unsichere Fläche kämpften. Jeder Schritt war ein Abenteuer; immer wieder gab dünneres Eis unter Laenas Gewicht nach, so daß sie mit Händen oder Füßen in Taschen eisigen Wassers stürzte.

Aber sie erreichten unbeschadet die Flußmitte, und sie wagte zu hoffen, daß sie sich vielleicht doch geirrt oder ihre Vision falsch gedeutet hatte.

Dann ertönte ihnen ein tiefes ächzendes Stöhnen. Henik ließ sich sofort auf Hände und Knie fallen. »Alle runter!« rief er. »Alle!«

Laena, ihre Mutter und die anderen gehorchten hastig. Henik wandte sich wieder Jobia zu. »Du auch! Tu, was ich sage!«

Jobia funkelte Henik mit grimmigem Gesicht böse an. Er haßte es, Befehle entgegenzunehmen. Er war ausgewählt worden, seinen Stamm über das Eis zu führen, und Henik hatte ihm die ganze Zeit über gesagt, was er zu tun hatte. Warum sollte er sich auf Hände und Knie fallen lassen wie ein Tier? Es gab keine Gefahr ...

Das Eis hob sich unter ihm, kreischend, krachend, sich selbst zerstörend.

Der zornige Ausdruck auf Jobias Gesicht verwandelte sich in Panik.

Das Eis brach mit donnerndem Getöse. Riesige Splitter wurden durch die Luft geschleudert. Jobia schrie auf, als eins der glitzernden Geschosse ihn seitlich am Hals traf. Die messerscharfe Kante schnitt tief in sein Fleisch, und Jobia ruderte wild mit den Armen. Er stürzte, und Blut schoß in einem großen Bogen aus der Wunde.

Das Dröhnen des Eises verhallte, und jetzt waren die Schreie und Flüche der Menschen zu hören. Laena rappelte sich schwankend hoch und starrte entsetzt auf Jobia. Noch nie hatte eine Vision sich auf so konkrete, grausige Art erfüllt.

»Jobia!« rief Henik, noch auf allen vieren. Fluchend kroch er vorwärts. »Hilf mir, Elbrau! Gorag. Helft mir!«

Aber jede Hilfe kam zu spät. Mit einem gräßlichen rauschenden Geräusch spritzte das Blut rhythmisch aus der Wunden in Jobias Hals und über das Eis, in der Morgensonne dampfend. Henik versuchte, die Blutung zu stillen, indem er die Hand auf die klaffende Wunde preßte, aber der Druck war zu stark, und das Blut rann durch seine Finger.

Einige der Frauen stimmten Wehklagen an, aber Laena beobachtete die Szene in stillem Entsetzen. Jobia lag mit offenem Mund auf dem Rücken, mit geschlossenen Augen und zuckenden Gliedmaßen. Sein Blut hatte inzwischen eine Lache gebildet, die größer war als er selbst.

Der Strom aus seinem Hals verebbte langsam. Jobias Gesicht wurde blaß, das Zucken seiner Glieder hörte auf. Er gab ein kehliges Röcheln von sich und lag dann völlig still – so leblos wie seine Mutter am Vortag.

Henik stand auf. Seine Felle waren durchweicht von Blut. Er zeigte mit dem Finger auf Gorag, und Blut tropfte von seinem ausgestreckten Arm. »Dafür bist du verantwortlich!« schrie er. »Ich habe dich gewarnt. Jeder hier hat meine Warnung gehört!«

»Nein.« Gorag baute sich vor Henik auf. »Du hast gesagt, es wäre gefährlich, aber du hast mit keinem Wort gesagt, daß der Junge sterben würde.« Er schwieg eine Weile, um die Worte wirken zu lassen. Dann drehte er sich abrupt um. Mit gebleckten Zähnen zeigte er auf Laena. »Du, *du* hast gesagt, daß das passieren würde. Sie hat uns verhext, seht ihr?« Gorag warf hastig einen Blick in die Runde und nickte dann nachdrücklich. »Sie hat uns mit ihrem Gerede, daß Jobia etwas zustoßen würde, verhext. *Sie* ist schuld.«

Laena war zu verblüfft und schockiert, etwas darauf zu erwidern. Aber Henik schritt bereits auf Gorag zu, packte ihn und drehte ihn zu sich herum. »Meine Tochter hatte nichts Übles im Sinn. Sie war um Jobia besorgt.« Er kniff die Augen zusammen. »Vielleicht mehr als du.«

Gorag schlug Heniks Hand beiseite und senkte den Kopf. »Du vergißt dich, Henik.« Er sprach leise, aber so drohend, daß es Laena kalt den Rücken hinunterlief.

»Ich sage euch, daß dieses Mädchen keine Schuld trifft!« rief Henik, wenngleich Laena ihm ansah, daß der Häuptling ihn eingeschüchtert hatte.

»Sie trifft also keine Schuld, ja? Du vertraust ihr also?«

»Natürlich vertraue ich ihr! Sie hat unser aller Leben gerettet, als sie den Säbelzahntiger erlegt hat. Du hast selbst von dem Fleisch gegessen. Hast du das schon vergessen?«

Gorag nickte langsam. »Also gut. Wenn du ihr vertraust, dann soll sie an Jobias Stelle vorangehen.«

Laena wurde schwindlig, und Taubheit breitete sich in ihren Gliedern aus. Sollte jetzt sie geopfert werden?

»Gorag«, sagte eine Stimme hinter Laena – die Stimme ihrer Mutter, wie ihr plötzlich bewußt wurde. »Du hast Jobia getötet. Du wirst nicht auch noch meine Tochter töten.«

Verwirrtes Stimmengemurmel erhob sich. Arla hatte sich noch nie offen gegen den Häuptling gestellt. Keine Frau hatte das je gewagt.

Gorag funkelte sie zornig an. Dann ließ er prüfend den Blick über den Rest des Stammes gleiten. Als er sprach, klang seine Stimme nicht zornig, wie Laena erwartet hatte, sondern ruhig und vernünftig. »Du weißt, daß ich nur versuche, unser aller Leben zu retten«, sagte er. »Das weißt du. Deine Tochter ist schnell und außerdem leichter als Jobia. Sie ist für diese Aufgabe von uns allen am besten geeignet. Es ist nur vernünftig, wenn sie vorausgeht.«

»Sie ist noch ein Kind! Ein Mädchen!« rief Arla mit vor Wut schriller Stimme.

Gorag lächelte. »Sie ist kein gewöhnliches Mädchen. Sie jagt. Sie tötet ...«

Arlas Finger schlossen sich fest um Laenas Schultern. »Du wirst sie nicht in den Tod schicken.«

Gorag seufzte. »Was sollen wir deiner Ansicht nach sonst tun? Umkehren und verhungern?«

»Du bist der Häuptling!« herrschte Arla ihn an. »Führe du uns!«

Ehe Gorag etwas darauf erwidern konnte, hob Henik die Hand. »Genug«, sagte er. Er sprach sehr ruhig, aber der strenge Tonfall seiner Stimme duldete keinen Widerspruch. Alle Blicke richteten sich auf ihn.

»Ich werde vorausgehen«, sagte Henik.

Hierauf folgte ein Augenblick des Schweigens.

»Nein«, sagte Arla schließlich. Ihre Stimme klang nicht mehr schrill, aber es schwang immer noch unterschwelliger Zorn in ihr mit – und Furcht. »Deine Wunde hat noch nicht ausreichend heilen können. Das wäre zu gefährlich.«

»Ich kenne das Eis besser als jeder andere von uns«, entgegnete Henik entschieden.

Laena schloß die Augen. Sie versuchte, in die Zukunft zu sehen, versuchte, Heniks Schicksal vor ihrem geistigen Auge heraufzubeschwören. Aber sie sah nur den roten Schimmer ihrer eigenen Augenlider.

Es machte keinen Unterschied. Sie wußte, daß sie sich die Schuld geben würde, wenn Henik etwas zustieß. Sie konnte den Gedanken nicht ertragen, daß sie ihrer Mutter gestattete, sie zu schützen, und dies ihren Vater möglicherweise das Leben kostete.

Sacht befreite sie sich aus dem Griff ihrer Mutter. »Warte«, rief sie.

Henik wandte sich ihr zu.

»Ich werde vorangehen.« Sie ging auf ihren Vater zu.

»Nein!« heulte Arla auf.

»Gorag hat recht«, sagte Laena. »Ich bin kein gewöhnliches Mädchen.«

Kapitel 10

Ihre Eltern protestierten, und Moru klammerte sich an sie und flehte sie an, es nicht zu tun. Aber letztendlich konnte niemand Laena aufhalten, denn das, was Gorag gesagt hatte, stimmte. Sie war schnell und leicht und war am besten geeignet, den Stamm ans sichere Ufer zu führen.

Grimmig knotete Henik die Leine um ihre Taille. Sie versuchte, das Blut daran zu ignorieren; versuchte, nicht an Jobias Leichnam zu denken, der ganz in der Nähe auf dem Eis lag. Immer wieder sagte sie sich, daß alles andere besser war, als ihren Vater sterben zu sehen und sich für seinen Tod verantwortlich zu fühlen.

»Tu genau das, was ich sage«, sagte er leise. »Wenn Jobia auf mich gehört hätte, wäre er noch am Leben.«

»Ich bin nicht so dickköpfig wie er«, entgegnete sie.

Ein leises, müdes Lächeln huschte über Heniks Züge. »Nicht ganz«, sagte er und fuhr ihr mit der Hand durch das Haar. »Hier, nimm diesen Speer. Benutze die Spitze, um das Eis vor jedem Schritt auf seine Festigkeit zu prüfen. Wenn du dir nicht sicher bist, ob das Eis dein Gewicht tragen wird, halte den Schaft mit beiden Händen waagerecht – ja, genau so –, damit er deinen Sturz aufhält, falls du einbrichst. Hast du verstanden?«

Sie nickte wortlos. Jetzt, da es soweit war, war ihre Kehle wie zugeschnürt vor Angst. Sie glaubte nicht, daß ihre Stimme ihr gehorchen würde.

»Das andere Ende der Leine ist an mein Handgelenk

geknotet«, fuhr Henik fort. Er wandte sich Elbrau zu. »Bleib dicht hinter mir.«

Der Steinhauer nickte. »Sollte Laena einbrechen, werde ich dasein, sie herauszuziehen.«

Laena wollte herausschreien, daß sie es sich anders überlegt habe, daß sie zu jung wäre und zu große Angst habe, diese Aufgabe zu bewältigen. Aber dann fiel ihr Blick auf Gorag, und sie sah, daß der Ausdruck auf seinem Gesicht sich verändert hatte. In seinen Augen lag ein zufriedener Glanz; er weidete sich an ihren Qualen.

Zorn stieg in ihr auf, und plötzlich fürchtete sie sich nicht mehr. Sie malte sich aus, wie befriedigend es wäre, Gorag die Freude zu verderben. Wenn es ihr gelang, seinen Stamm sicher ans andere Ufer zu führen, wenn sie den Mut unter Beweis stellte, den er selbst nicht aufbrachte, würde es ihm in Zukunft vielleicht nicht mehr so leichtfallen, sie alle zu manipulieren.

»Bist du bereit?« fragte Henik.

»Ja«, entgegnete sie mit kräftiger, klarer Stimme.

Er tätschelte ihre Schulter. »Das Glück sei mit dir.«

Vorsichtig machte sie einen ersten Schritt.

Sie setzte die Füße mit größter Vorsicht auf und trat auf eine ebene Eisfläche, die schwer und fest schien. Aber sobald sie ihr Gewicht auf den vorderen Fuß verlagerte, knirschte das Eis wie ein Flintbrocken unter einem Hammerstein. Das Eis zersplitterte vor ihr, und sie starrte schwankend in ein tiefes Loch, auf dessen Boden rauschend das Flußwasser strömte. Das Wasser war vermutlich nicht tief, zu seicht, als daß sie Gefahr liefe zu ertrinken, aber sie wußte, daß die eigentliche Gefahr eine andere war. Die Strömung konnte sie unter das Eis zerren, oder aber sie erlitt durch die Kälte einen tödlichen Schock. Ihre nassen Felle würden keinen Schutz vor der Kälte bieten, so daß sie, auch wenn die Männer sie heil aus dem Wasser zogen, aller Wahrscheinlichkeit nach erfrieren würde.

Henik ruckte sacht an der Leine und verhalf ihr wieder zu festem Stand. »Einen Schritt in meine Richtung«, rief er, und sein ruhiger Tonfall machte ihr wieder Mut. »Gut. Und jetzt versuch es links.«

Vorsichtig, immer wieder die Speerspitze ins Eis stechend, folgte sie seinen Anweisungen. Ihr wurde bald klar, daß das Eis in der Flußmitte noch trügerischer war als am Ufer. In den Bergen hatte die Schneeschmelze begonnen, und der Wasserpegel des Flusses war angestiegen, wodurch die Eisdecke von unten abgetragen wurde. Gleichzeitig hatte die Sonnenwärme die Oberfläche angetaut und geglättet, so daß es schwer war, festes Eis von hauchdünnen Flächen zu unterscheiden.

Sie stach in das Eis vor sich und fand einen Pfad, der sicher schien. Rasch ritzte sie für jene, die ihr folgten, mit der Speerspitze eine Markierung ins Eis.

Sie ging weiter. Immer wieder brach das Eis unter der Speerspitze, und dunkle Löcher taten sich vor ihr auf. Es dauerte nicht lange, und ihre Arme begannen zu schmerzen vor Anstrengung. Sie warf einen Blick zurück und stellte fest, daß der gewundene Pfad, den sie markiert hatte, sie dem gegenüberliegenden Ufer nur knapp zwanzig Schritte näher gebracht hatte.

»Hab Geduld«, rief Henik, der ihre Gedanken erahnte. »Du machst das sehr gut. Übereile nichts.«

Sie nickte und wandte ihre Aufmerksamkeit wieder dem Eis vor ihr zu. Es hielt ihrem Speerstoß und auch ihrem Gewicht stand. Aber einige der anderen wogen doppelt so viel wie sie. Sie stampfte mit dem Fuß auf, um sicherzugehen, daß die Eisdecke sie auch tragen würde.

Das Eis brach ohne Vorwarnung. Sie stieß einen erschrockenen Schrei aus und stürzte. Alles drehte sich um sie herum – dann schlug der Speerschaft gegen ihren Bauch, und sie klammerte sich daran fest, beugte sich vor und strampelte mit den Beinen in der Leere.

Der Speer war gerade breit genug, auf beiden Seiten des Loches, das sich unter ihr aufgetan hatte, aufzuliegen, und wenngleich er sich unter ihrem Gewicht gefährlich bog, hielt er sie über dem schwarzen, eisigen Wasser fest, das unter ihr dahinschoß.

Die Leine um ihre Taille wurde straffgezogen und schnitt schmerzhaft in ihr Fleisch. »Beweg dich nicht!« rief Henik. »Halt dich nur fest.«

Sie nickte stumm. Der Speerschaft in ihrem Bauch schnürte ihr die Luft ab, und sie hätte kaum einen Laut hervorgebracht. Tränen traten ihr in die Augen, als ihr bewußt wurde, daß, wenn ihr Vater an ihrer Stelle gewesen wäre, der Speerschaft seinem Gewicht nicht standgehalten hätte. Sie hörte, wie sich knirschende Schritte näherten. Sie blickte auf. Henik stand auf ihrer einen, Elbrau auf ihrer anderen Seite. Ihre massigen Gestalten versperrten ihr den Blick auf den strahlenden Himmel. »Kannst du sie halten?« fragte Elbrau Henik. »Deine Schulter ...«

»Ich schaffe das schon.«

Sie fühlte, wie ihr Vater ihr die Hände unter die Achseln schob. »Sei vorsichtig!« rief sie keuchend, aus Angst um ihn.

Elbrau trat hinter Henik. »Sie hat recht. Gib gut acht.«

»Ich habe sie.« Grunzend vor Anstrengung zog Henik sie hoch. »Sie ist schwerer, als ich sie in Erinnerung hatte«, keuchte er.

Laena erhaschte einen Blick auf seine angespannten Züge, als er sie über das Eis in Sicherheit zog. Vorsichtig ließ er sie herunter. Er lächelte auf sie herab.

Und dann stürzte er.

Das Eis geriet in Bewegung. Erst glaubte sie, daß ein weiterer kleiner Abschnitt einbrach, aber es war anders. Ein langanhaltendes, unheimliches Knirschen ertönte, wie wenn man beim Ausnehmen eines Tieres den Brustkorb auseinanderbog. Winzige Eissplitter und Wassertropfen spritzten auf, und das Loch, das Laena beinahe verschluckt hätte, verbreiterte sich, zerbarst zu einem langen Spalt.

»Die ganze Scholle bricht auseinander!« rief Elbrau.

Henik war bereits ins Rutschen geraten, verlor das Gleichgewicht, stürzte auf die Seite und glitt auf die Öffnung zu.

»Nein!« schrie Laena. Sie warf sich zurück und versuchte, sich an irgend etwas festzuhalten. Elbrau begriff sofort und warf sich neben sie auf das Eis. Er packte sie an den Schultern, als Henik in der Spalte verschwand und die Leine, die um Laenas Taille geknotet war, sich abrupt spannte.

»Halt dich fest!« rief Elbrau.

Sie versuchte ihr Bestes, aber ihre Handschuhe fanden auf der glatten Oberfläche keinen Halt, und sie fühlte, wie sie immer näher an den Rand der Öffnung gezogen wurde, in die ihr Vater gestürzt war.

Elbrau fluchte. Er packte die Leine, wickelte sie sich um das Handgelenk und grub die Fersen in das rauhe Eis am Rand des Abgrunds. »Ich habe dich, Henik!« rief er.

Laena hörte eine schwache Antwort, die beinahe vom Rauschen des Wassers und dem Knirschen der Eisdecke übertönt wurde.

Elbrau zog mit aller Kraft, und Laena sah, wie er vor Schmerz das Gesicht verzerrte, als die Leine durch seine Handschuhe schnitt. Er grunzte und verlagerte sein Gewicht auf das gesunde Bein. Sein Stiefel begann nachzugeben und hinterließ eine Spur brauner Lederfasern auf dem weißen Eis. »Gorag!« brüllte er. »Komm rüber! Hilf mir!«

Das Knirschen verhallte nach und nach, und Laena vernahm das angstvolle Stimmengemurmel der Menschen hinter ihr. Sie versuchte, Elbrau mit ihrem eigenen Gewicht zu unterstützen, und fühlte, wie die gespannte Leine vibrierte. Dann war Gorag bei ihr, einen unergründlichen Ausdruck auf seinem abstoßenden Gesicht. Er griff nach der Leine, zog, und Laena schrie auf vor Erleichterung, als sie sah, daß ihre gemeinsamen Anstrengungen Erfolg zeigten.

Schritt für Schritt wichen sie von der Spalte zurück, die sich im Eis aufgetan hatte. Keuchend vor Anstrengung zogen sie Henik herauf. Er erreichte den Rand der Spalte. Sie sahen seinen Kopf und seine Handschuhe, die haltsuchend und glitzernd vom Flußwasser über das Eis langten.

»Er hat es geschafft«, brummte Gorag.
»Noch nicht«, entgegnete Elbrau.
Die nasse Leine war angerauht von den scharfen Kanten des Eises. Und plötzlich riß sie vor Laenas Augen.
Zusammen mit Elbrau und Gorag stürzte sie rücklings auf das Eis. Gleichzeitig hörte sie ihren Vater verzweifelt aufschreien. Dann ein gedämpftes Aufklatschen und hiernach Stille.
Laena starrte auf die Stelle, an der eben noch sein Kopf gewesen war. Auf allen vieren kroch sie an den Rand der Spalte.
Auf dem Grund des Loches rauschte der Fluß. Ihr Vater war nirgends zu sehen.
»Das Wasser hat ihn fortgerissen«, sagte eine ruhige Stimme neben ihr. Elbrau legte ihr die Hand auf die Schulter.
Blinzelnd blickte sie zu ihm auf. »Was meinst du?«
»Er ist unter dem Eis.« Er zeigte auf die weiße Fläche um sie herum.
Sie schüttelte heftig den Kopf. »Nein, nein, er war doch gerade noch da. Finde ihn, Elbrau!«
Elbrau zog sie vom Rand des Loches fort. »Er ist fort, Laena.«
Sie versuchte, sich aus seinem Griff zu befreien. »Nein!« schrie sie verzweifelt. »Er kann nicht verloren sein!«
Aber dann blickte sie auf Elbraus Gesicht und sah die Trauer, die seine Züge überschattete, und da wußte sie, daß sie die Tragödie nicht länger leugnen konnte.
Sie schrie ihre Trauer und ihren Zorn heraus. Sie schlug wild um sich, aber Elbrau hielt sie fest und wartete geduldig, daß sie sich wieder fing.
»Beruhige dich«, sagte er immer wieder. »Ruhig, Laena. Wir müssen uns selbst retten.«
Aber wie sollte sie sich beruhigen? Und was spielte es noch für eine Rolle, ob sie überlebten, jetzt, da ihr Vater tot war?
Sie fühlte, wie zwei Arme sich um sie legten. Es waren die ihrer Mutter, die sie tröstend an sich drückte. »Aber ich

habe ihn getötet«, hörte Laena sich sagen. »Ich habe nicht fest genug gezogen. Es ist meine Schuld.«

»Es war nicht deine Schuld«, widersprach Arla. »Das Schicksal hat ihn geholt, so wie es Jobia geholt hat. Niemand hätte es abwenden können. Niemand hätte voraussehen können, daß es so kommen würde.«

Ich hätte es voraussehen können, dachte Laena mit plötzlicher Klarheit. Sie hatte Jobia in ihrem Traum sterben sehen, warum nicht auch ihren Vater? Zorn flammte in ihr auf. Was nutzte ihr ihre Gabe, wenn sie sie nicht kontrollieren konnte? Aber auch wenn sie ihr die Zukunft offenbarte, gab es nichts, was sie tun konnte, um Schlimmes abzuwenden. Sie war hilflos, völlig hilflos.

Ein grollendes, malmendes Geräusch lenkte sie von ihrer Trauer ab, und wieder erbebte das Eis unter ihnen.

»Hier rüber!« hörte sie jemanden rufen. Es war Gorags Stimme. »Hier drüben ist es sicher!«

Endlich, dachte Laena bei sich, zeigt er mal etwas Mut – wenn sein eigenes Leben in Gefahr ist.

»Steh auf, Laena«, befahl Arla schroff. »Nimm Morus Hand. Hörst du nicht, Tochter!«

Instinktiv gehorchte Laena. Sie wußte kaum, was sie tat, aber wenn ihre Mutter diesen Tonfall anschlug, gehorchte sie, ohne nachzudenken.

Sie alle bewegten sich so schnell als möglich vorwärts, stolperten mit vor Furcht weit aufgerissenen Augen über das grollende, bebende Eis. Gorag stand auf einem kleinen erhöhten Plateau, das solider schien als die restliche Fläche.

Sie glitten aus und stürzten, rappelten sich wieder hoch und warfen sich nach vorn, während das Eis immer wieder brach und sich unter ihnen auftat. Laena rannte die letzten paar Schritte, Moru hinter sich herzerrend, und brachte sie beide mit einem Satz in Sicherheit.

Alle drängten sich ängstlich aneinander. Laena atmete schluchzend, überwältigt von dem Grauen der vergangenen Stunde. Plötzlich wurde ihr bewußt, daß sie irgend etwas störte – die Leine war noch um ihre Taille geknotet.

Wütend griff sie in ihre Ledertasche, holte ihr Flintmesser heraus und durchtrennte das Seil aus Raubkatzensehnen. Sie schleuderte die Leine von sich, setzte sich, schlang die Arme um die angezogenen Beine und vergrub das Gesicht zwischen den Knien.

Als sie sich ein wenig beruhigt hatte, hob sie den Kopf und öffnete die Augen. Sie blinzelte. Die Ufer schienen sich zu bewegen. Halluzinierte sie? Nein. Das Eis, das den Fluß erstickt hatte, begann auf ihm zu treiben, wobei es in immer kleinere Schollen zerbrach.

»Wir sind keineswegs sicher«, sagte sie, als das Eis unter ihr sich neigte und dann wieder aufrichtete, mit anderen, kleineren Schollen zusammenstoßend. »Wir treiben!«

Kapitel 11

Wo sie auch hinblickten, bildeten sich weitere Eisschollen, rammten einander, drehten sich um sich selbst und trieben unaufhaltsam stromabwärts. Es war ein gigantisches weißes Mosaik, das langsam immer mehr zerbröckelte, die Überlebenden des Panther-Stammes hilflos in der Flußmitte gefangen. Laena klammerte sich an ihre Mutter und Moru, die sich wiederum an andere krallten. Das Eis unter ihnen erzitterte, als es gegen andere Schollen stieß. Es neigte sich zur Seite, richtete sich wieder auf und trieb dann eine kurze Strecke frei auf dem Wasser. Es gab kein Entrinnen. Im Augenblick konnten sie nichts anderes tun als dasitzen und abwarten.

Moru hatte sich an Laenas Seite zusammengerollt. Das kleine Mädchen zitterte – ob vor Angst oder Kälte, vermochte Laena nicht zu sagen.

»Nur Mut«, flüsterte sie ihrer kleinen Schwester zu. »Wenn wir näher ans Ufer treiben, sind wir wieder in Sicherheit.«

Moru hob den Kopf, und ihr Gesicht kam unter der Kapuze zum Vorschein. »Wirklich, Laena? Stimmt das wirklich?«

Laena zögerte. Es wäre leicht, ihrer Schwester Zuversicht zu geben, aber es wäre auch falsch.

Laena zögerte. »Ich weiß es nicht«, gestand sie schließlich. »Das kann niemand sagen.«

»Kannst du es denn nicht träumen?«

Sie wußte, daß es nicht funktionieren würde, so wie schon ihr Versuch, das Schicksal ihres Vaters vorauszusehen, gescheitert war. Dennoch schloß sie die Augen und konzentrierte sich. Wie kamen die Bilder in ihrem Kopf zustande? Sie hatte keine Ahnung. Sie dachte an das Eis, an das sie sich klammerten, und stellte sich in Gedanken die Menschen auf der Scholle vor. Wo waren sie jetzt, und wo würden sie an diesem Abend sein?

Es war, als versuche sie, im Dunkeln zu sehen. Sie war wütend und frustriert. Sie preßte die Handballen auf die Augen, als könnte sie so eine Vision erzwingen. Aber alles, was sie sah, waren flimmernde Muster, die hinter ihren Lidern aufflackerten und wieder verloschen.

Sie seufzte. »Tut mir leid«, sagte sie entmutigt. »Ich sehe nichts.«

Moru antwortete nicht gleich. Dann sagte sie: »Das ist Gorags Schuld.«

Ehe Laena etwas darauf erwidern konnte, neigte sich das Eis erneut unter ihnen, diesmal stärker. Alle schrien auf, und Laena fühlte, wie sie abwärts glitt. Sie legte sich flach auf den Bauch und versuchte, sich irgendwo festzukrallen.

Langsam legte sich die Eisscholle wieder waagerecht aufs Wasser. Aber sie hatte sich von den anderen Eisstücken gelöst und trieb frei auf dem Wasser.

»Hier«, sagte eine Stimme, und jemand drückte Laena etwas in die Hand. »Halt das.«

Sie blickte auf und sah Elbrau. Er hatte ein Dutzend Sehnenschnüre aus seinem Beutel geholt, die er an spitze Knochenstücke knotete, die er ins Eis schlug.

»Solange wir uns festhalten, werden wir überleben«, erklärte der Steinhauer.

Aber wie lange sollte das gehen? Die Sonne stand schon hoch am Himmel, ihre Bäuche waren leer, und ihr »Floß« steckte in einem sich ständig verändernden Muster von Eisschollen fest, weit entfernt von beiden Ufern.

Laena griff nach einem Eissplitter und betrachtete ihn sehnsüchtig. Er würde helfen, ihren wachsenden Durst zu lindern; leider wurde er ihrem Körper aber auch Wärme entziehen, und sie konnte sich nicht den geringsten Wärmeverlust erlauben.

Sie warf das Eis fort, kauerte sich wieder zwischen Moru und ihrer Mutter zusammen und schloß die Augen. Wenn sie schon nichts tun konnte, sich zu retten, konnte sie zumindest ihre Kräfte schonen.

Auch wurde ihr bewußt, daß sie erschöpft war. Furcht und körperliche Anstrengung hatten sie geschwächt.

Sie wickelte sich Elbraus Schnur um den Handschuh und vergrub die Hände unter ihren Fellen, die Arme um ihren Leib geschlungen. Sie zog die Knie an. Als das Eis sich unter ihr drehte, wurde ihr einen Moment schwindlig. Dann dachte sie an ihren Vater und erinnerte sich an seinen letzten verzweifelten Aufschrei. Sie stöhnte auf und versuchte, die Erinnerung zu verdrängen.

Nach und nach bekam sie ihre Gedanken wieder unter Kontrolle und fühlte, wie sie von Müdigkeit überwältigt wurde.

Irgendwann später – sie vermochte nicht zu sagen, wieviel Zeit verstrichen war – versuchte sie, die Augen aufzuschlagen. Seltsamerweise war es, als wären ihre Lider zugeklebt. Erschrocken wollte sie aufschreien, aber kein Laut kam über ihre Lippen. Ihr Körper fühlte sich leblos an und weigerte sich, ihr zu gehorchen.

Dann plötzlich waren ihre Augen offen, als wären sie die ganze Zeit offen gewesen. Verwirrt blickte sie sich um. Das Licht erschien ihr unerträglich strahlend. Die Sonne brannte grell herab, greller, als sie sie je erlebt hatte; und sie stand unmittelbar über ihr, direkt am Zenit. Noch nie hatte sie so etwas gesehen. Wie konnte das sein?

Sie hob den Arm, um ihre Augen zu beschatten, und stellte verblüfft fest, daß sie anstatt der schweren Felle eine gewobene Hose und ein Hemd aus Karibusommerfellen trug. Ihre Hände waren nackt, und ihre Haut war von seltsamer, tiefbrauner Farbe.

Sie war nicht mehr auf dem Fluß. Sie saß inmitten eines Teppichs aus hohem Gras, das sacht in einer leichten Brise wogte. In weiter Ferne zog bedächtig eine Herde Mammuts vorbei.

Sie wandte den Kopf, staunend ob der Schönheit dieses seltsamen Ortes. Der Himmel war von klarem, strahlendem Blau. Das Gras war unglaublich üppig, unglaublich grün. Und am Fuß des Hügels, auf dem sie saß, erstreckte sich ein riesiger See, ebenso blau wie der Himmel.

Am Ufer stand ein Mann, groß und stark, seine Haut ebenso dunkel wie die ihre. Er stützte sich auf einen Speer und blickte zu ihr herauf. Sie versuchte, sein Gesicht auszumachen, aber das Sonnenlicht reflektierte vom Wasser hinter ihm und blendete sie.

»Laena!« rief er, und sie winkte.

Es war die Stimme ihres Vaters. Sie atmete tief ein und fühlte, wie ihr Herzschlag sich beschleunigte. Konnte das wirklich er sein?

Sie wollte aufstehen, aber der Boden schwankte unter ihr. Die Vision verschwand, und das Knirschen von Eis drang wieder in ihr Bewußtsein.

Laena schlug die Augen auf. Dunkelheit. Die Sonne war untergegangen, und um sie herum kauerten die Angehörigen ihres Stammes, im schwachen Mondlicht kaum auszumachen. Ihre Glieder waren steif und schmerzten von der Kälte. Sie stöhnte und ließ sich zwischen ihrer Mutter und Moru auf das Eis zurücksinken. Wo war die seltsame, wunderschöne Landschaft, die sie gesehen hatte? Warum war ihr diese Vision gesandt worden, um sie zu quälen?

Die Vision hatte ihr ganz sicher ein Land jenseits dieser

Welt gezeigt, eine höhere Ebene, einen Ort, wo die Toten wieder zum Leben erwachten. Bedeutete das, daß auch sie sterben würde, um dort wieder mit ihrem Vater vereint zu sein?

Sie erschauerte. Die Vision war deutlicher, aufwühlender gewesen als alles, was sie bisher gesehen hatte. Auch jetzt, da sie in die Dunkelheit blinzelte, ließ sie sie nicht mehr los.

Aber es war keine Zeit mehr, darüber nachzudenken. Die Eisscholle erzitterte unter ihr, als sie gegen etwas Großes, Hartes stieß.

Das Eis war auf Grund gelaufen. Es trieb nicht mehr schwankend auf dem Fluß.

Laenas Verstand war durch die Kälte abgestumpft, und ihre Gedanken wurden immer noch von ihrer Vision beherrscht. Sie konnte nur schwerfällig und träge denken. Was war so wichtig daran, daß sie nicht mehr auf dem Wasser trieben?

Etwas bewegte sich. Eine großgewachsene Gestalt ragte vor ihr auf. Instinktiv stieß sie einen spitzen Schrei aus.

»Laena?« Es war Elbraus Stimme. »Bist du das, Mädchen?«

Sie versuchte zu sprechen. Im ersten Moment wollte ihre Stimme ihr, wie zuvor in ihrem Traum, nicht gehorchen. Es kam ihr vor, als wäre ihre Zunge im Gaumen angeschwollen. »Ja«, krächzte sie schließlich mühsam.

»Wir sind aufgelaufen.«

Sie nickte dumpf.

Er drehte den Kopf und starrte in die Dunkelheit. Er fluchte. »Ich habe geschlafen. Wann ist das passiert?«

»Gerade eben.«

»Steh auf, Mädchen!« Er bückte sich und durchtrennte mit dem Messer die Sehne, mit der sie am Eis festgebunden war. »Siehst du das?«

Sie starrte ins Dunkel, konnte jedoch nichts erkennen.

»Die Eisschollen sind hier dicht aneinandergedrückt«, erklärte Elbrau. »Wir befinden uns an einer Flußbiegung. Bis zum Ufer sind es nur ein Dutzend Schritte.« Er wandte sich ab und durchtrennte die Sicherungsschnüre der anderen um sie herum. »Aufstehen!« rief er.

Einige bewegten sich, jedoch so träge wie Laenas Gedanken.

Gorag baute sich vor Laena auf. Sie erkannte sein kantiges Profil, das sich im Mondlicht vom Himmel abhob. Er starrte ans Ufer, stieß dann einen kehligen Schrei aus und stürmte vor. Sie sah, wie er schwerfällig auf der nächsten Eisscholle landete. Er fiel auf die Knie, rappelte sich hoch und stolperte dann ohne einen Blick zurück auf das Ufer zu.

Laena wurde bewußt, daß sie Moru an sich gedrückt hielt. Sie konnte das kleine Mädchen unmöglich sich selbst überlassen. Sie mußte ihre Schwester tragen. Aber es war eine sehr schwere Last, und sie war so schrecklich müde. Sie erhob sich auf die Knie und verharrte schwankend in dieser Stellung.

Eine kräftige Hand krallte sich in ihre Felle. Sie fühlte, wie sie auf die Beine gezogen und in Richtung Ufer gedreht wurde. Elbrau war wieder bei ihr. »Spring!« befahl er.

Laena stöhnte. Jeder Muskel in ihrem Körper schien durchgefroren, verkrampft und wund. Aber mit seiner Hilfe stieg sie taumelnd auf die angrenzende Eisscholle. »Beeil dich!« drängte Elbrau.

Laena zögerte. Ein klarer Gedanke hallte in ihrem Kopf wider. »Meine Mutter!«

»Du zuerst.« Elbrau folgte ihr auf die Eisscholle, packte sie wieder und zerrte sie unerbittlich in Richtung Ufer. Sie glitt aus, fing sich wieder, machte einen Schritt, dann noch einen, und dann spürte sie etwas Hartes und Rauhes unter den Sohlen ihrer Mokassins. Ihre Schritte knirschten auf losem Gestein. Hohes Gras streifte ihre Beine.

Von Erleichterung überwältigt, sank sie auf die Knie. Moru begann zu zappeln und gab einen leisen, wimmernden Laut von sich. »Wir sind in Sicherheit«, sagte Laena beruhigend. »In Sicherheit.«

Das Eis hinter ihr heulte auf. Laena wandte sich um, das

Fellbündel, in das Moru gehüllt war, an sich gedrückt. Sie sah den gefrorenen Fluß, der gespenstisch weiß in der Nacht schimmerte.

Stromaufwärts trieben weitere Eisschollen auf die Barriere zu, die sich an der Flußbiegung gebildet hatte. Das inzwischen vertraute Dröhnen ertönte, als das Eis brach. Die Eisschollen hoben sich abrupt beim Aufprall, und Laena hielt die Luft an, als sie sah, wie ein steifer menschlicher Körper durch die Luft geschleudert wurde.

Die Schollen stießen mit einem gräßlichen Knirschen gegeneinander. Das Eisfloß, auf dem die Panther-Menschen flußabwärts getrieben waren, wurde aus der Eismasse gerissen. Laena hörte Schreie und sah dunkle Schatten durcheinanderpurzeln. Ein Klatschen, als jemand versuchte, sich durch einen Sprung in Sicherheit zu bringen, und im Wasser landete. Ein zweites Klatschen; ein weiterer Aufschrei.

Laena holte tief Luft. Sie wollte einfach nicht glauben, daß das, was sich vor ihren Augen abspielte, tatsächlich geschah.

Sie fühlte, wie ihre Knie unter ihr nachgaben. Alles drehte sich, als befände sie sich selbst noch auf der Eisscholle. Sie hörte ein Zischen in den Ohren, und ihre Gedanken drifteten ab, zogen sie mit sich. Sie stürzte vornüber, fühlte jedoch nicht mehr, wie sie auf dem gefrorenen Boden aufschlug.

Kapitel 12

Laena fühlte, wie Feuer durch ihre Adern rann und sie von innen versengte. Sie schrie auf vor Schmerz.

Sie schlug wild um sich und strampelte, aber der Schmerz wurde nur noch schlimmer. Verzweifelt und gequält schlug sie die Augen auf. Orangefarbenes Licht flackerte vor ihren Augen. Erschrocken zuckte sie mit einem Aufschrei zurück.

»Du bist wach. Gut.«

Die Stimme klang gepreßt und heiser, als würde jede Silbe den Sprecher große Anstrengung kosten. Sie drehte den Kopf, fuhr bei dem Schmerz, der sie daraufhin erneut durchzuckte, zusammen und sah Elbrau, der zwei Schritte entfernt hockte. Das Gesicht des Steinhauers glänzte von Schweiß. Er sah erschöpft aus, und in seinen Augen lag ein gequälter Ausdruck, während er sich an einem lodernden Feuer wärmte.

Zwischen Elbrau und Laena lag Moru. Die Augen des kleinen Mädchens waren geschlossen, aber Laena sah, wie ihre Schwester sich in ihren Fellen unruhig bewegte, und hörte sie leise wimmern.

»Ich lebe«, sagte Laena flüsternd. »Du lebst und auch Moru.«

Elbrau beugte sich vor und warf Brocken Tierfett aufs Feuer. »Wir leben, ja.« Er lächelte nicht. »Wir sind in Sicherheit, haben ein Feuer und etwas zu essen.«

Laena grunzte und wappnete sich gegen den Schmerz, der erneut ihren Körper durchlief. Sie hatte schon früher Erfrierungen gehabt, aber noch nie war es so schlimm gewesen, daß ihr ganzer Körper in Mitleidenschaft gezogen war. Sie biß die Zähne zusammen und wartete, bemüht, geduldig zu sein, während die sengenden Wellen langsam verebbten.

»Meine Mutter«, keuchte sie. »Wo ist meine Mutter?«

»Noch nicht«, entgegnete Elbrau nur.

»Lebt sie?«

Elbrau sah sie an, und sie las die Antwort von seinem Gesicht ab. Laena gab ein gequältes Stöhnen von sich und fühlte die Tränen auf ihren Wangen.

Sie rollte sich auf die Seite, die Arme um sich geschlungen. Sie fühlte sich so einsam wie nie zuvor in ihrem Leben.

So lag sie eine ganze Weile da und versuchte, nicht zu denken und nichts zu fühlen, während die Wärme des

Feuers in ihren Körper drang und die Kälte vertrieb, die sie beinahe umgebracht hätte.

Mit zunehmender Wärme fühlte sie sich stärker. Sie konnte nicht an ihre Mutter denken, noch nicht. Ihr und Morus Überleben hatte Vorrang.

Sie setzte sich auf, blickte sich um und stellte fest, daß sie sich in einer geräumigen, flachen Mulde befanden, die die Männer in den Schnee gegraben hatten. Die Wände schimmerten im flackernden Feuerschein orangefarben, während der Himmel über ihnen noch schwarz war.

Moru hielt die Augen immer noch geschlossen und wimmerte leise vor sich hin. Laena streckte die Hand nach ihr aus.

»Laß sie«, sagte Elbrau. »Es wird ihr bald bessergehen. Im Augenblick würde es ihr nur weh tun, wenn du sie anfaßt.«

Laena zog die Hand zurück und blickte zu Elbrau auf. »Wie hast du das geschafft …«

»Ich und Gorag haben zusammengearbeitet«, entgegnete Elbrau. »Wir haben diese Grube gegraben und Feuer gemacht. Das wäre beinahe mein Ende gewesen. Ich konnte kaum noch die Feuerstöcke halten. Meine Hände waren so …« Er krümmte die Finger. »… und als das Feuer sie wärmte, fühlte es sich an, als würden sie zermalmt. Ich werde vielleicht nie wieder Flintstein bearbeiten können.«

Laena nickte langsam. Plötzlich wurde ihr bewußt, wie hungrig sie war. Sie nahm sich etwas Fleisch und schlang es gierig hinunter. Der Saft, der ihren Mund füllte und ihre Kehle hinunterrann, schmeckte göttlich. »Das Fleisch«, sagte sie, »wo hast du das her?«

»Gorag war noch gut bei Kräften. Er ist im Dunkel auf ein Karibu gestoßen, hat es erlegt und hergebracht. Er hat sich sattgegessen und ist dann losgezogen, um noch weitere zu erlegen.« Elbrau legte eine Pause ein. »Er hat sich auf dem Eis besser gehalten als wir anderen. Er hat sich mit den Fellen der Toten gewärmt.«

Da war etwas in Elbraus Stimme, in seinen Augen: eine Warnung.

Laena stellte sich vor, wie Gorag die Leichen der kürzlich Verstorbenen absuchte und ihnen die Felle vom Leib schnitt. Sie schauderte. »Wie viele sind gestorben?« fragte sie leise. Sie fürchtete, die Antwort bereits zu kennen.

»Es gibt jetzt nur noch uns vier, Laena. Dich, deine Schwester, Gorag und mich.«

Sie hatte diese Antwort erwartet, war aber dennoch entsetzt. »Du bist ganz sicher, daß meine Mutter …«

»Ich habe sie fallen sehen.« Er holte tief Luft. »Ich bin zu spät gekommen, sie zu retten.«

Laena blinzelte. Wieder schob sie das Wissen um den Tod ihrer Eltern von sich. Sie war noch nicht soweit, sich dieser Realität zu stellen.

»Ich habe dich und deine Schwester gerettet«, fuhr Elbrau mit einem klagenden Unterton fort. »Erst die Jungen retten und dann die Alten. Ist es nicht so?«

»Ja, so ist es Brauch.« Laena stand auf und ignorierte den prickelnden Schmerz, der ihre Beine hinaufjagte. Sie ging zu Elbrau hinüber, hockte sich neben ihn und legte ihm eine Hand auf die Schulter. »Ich danke dir, Elbrau. Du hast mich und Moru gerettet. Danke.«

Er versuchte zu lächeln, aber der bedrückte Ausdruck in seinen Augen blieb.

Laena hörte hinter sich ein Geräusch. Moru setzte sich auf und öffnete die Augen.

Laena wandte sich dem kleinen Mädchen zu und massierte sanft ihre Glieder. Dann nahm sie einen Klumpen Karibufett und rieb jene Stellen in Morus Gesicht damit ein, die von der Sonne verbrannt waren und begannen, sich zu schälen.

Moru starrte Laena benommen an. Sie schien nicht zu verstehen, was sie sah. »Mutter«, flüsterte sie.

Laena schloß das Kind in die Arme. »Es tut mir leid, Moru, aber Mutter ist nicht mehr unter uns.« Laena hörte sich die Worte sagen, und ihre Bedeutung war wie eine Welle der Schwärze, die sich in ihr ausbreitete. Sie drückte Moru an sich und versuchte, Trost zu finden in dem

Leben, das noch in ihr war. »Von jetzt an werde ich dir die Mutter ersetzen müssen.«

Ein wenig später kehrte Gorag zurück, den ausgeweideten Kadaver eines zweiten Karibus hinter sich her schleifend. Er ließ ihn am Rand der Grube fallen und sprang hinunter ans Feuer. Er schlug die behandschuhten Hände aneinander, um den gefrorenen Schnee abzuklopfen, und ließ dann langsam den Blick um sich schweifen. Im orangefarbenen Licht sah Laena das abstoßende Grinsen auf seinem narbigen Gesicht. »Hier sind wir also. Die Überlebenden.«

Elbrau nickte langsam, sagte jedoch nichts.

Gorag streifte seine Handschuhe ab, nahm sich ein Stück geröstetes Fleisch und machte sich darüber her. »Wir haben Glück gehabt, was?«

»Mag sein. Aber wir sollten ein wenig Respekt zeigen für jene, die weniger Glück hatten«, bemerkte Elbrau.

Gorag grunzte. »Das ist nicht der richtige Zeitpunkt zum Trauern. Sei dankbar, daß du noch lebst. Es gibt hier mehr Wild, als du im ganzen vergangenen Jahr gesehen hast. Iß!«

»Aber das hier ist ein Ort des Todes«, sagte Laena.

Gorag knurrte wegwerfend. »Nenn mir einen Ort, auf den das nicht zutrifft. Aber die Toten werden uns unseren Appetit schon nicht verübeln, was, Mädchen?« Sein Blick blieb auf ihr ruhen, während er an dem Fleisch in seinen Händen nagte.

Laena fühlte eine Bewegung neben sich und registrierte, daß Moru näher an sie heranrückte. Das kleine Mädchen starrte Gorag aus großen Augen an, schien jedoch weniger ängstlich als wütend.

»Hier.« Laena nahm ein kleines Stück Fleisch und hielt es Moru an die Lippen, um sie abzulenken. »Gorag hat recht; wir müssen essen.«

Gorag spuckte ein Stück Knorpel aus. »Natürlich habe

ich recht. Ohne mich wären wir immer noch halb verhungert am anderen Ufer. Vergeßt das nie.«

Laena fühlte Zorn in sich aufsteigen. »Ohne dich wären meine Mutter und mein Vater noch am Leben«, platzte sie heraus.

Gorag schüttelte den Kopf. Mit präzisen Bewegungen legte er das Fleisch nieder und wischte sich die Hände ab. Dann stand er auf. Er näherte sich Laena und baute sich vor ihr auf. »Es ist an der Zeit, daß dir jemand etwas Respekt beibringt«, sagte er.

Er packte Laena bei ihren Fellen und zog sie auf die Füße. Er holte aus und schlug ihr mit der flachen Hand erst links, dann rechts ins Gesicht, so schnell, daß sie keine Zeit hatte, die Schläge abzuwehren. Sein Gesicht war nur eine Handbreite von ihrem entfernt, und sein ranziger Geruch stieg ihr in die Nase.

»Laß sie los!« kreischte eine schrille Stimme.

Laena gelang es, sich trotz Gorags Griff halb auf die Seite zu drehen. Sie blickte herab und sah, wie Moru sich auf sie zustürzte. Das kleine Mädchen schlug mit wutverzerrtem Gesicht mit ihren kleinen Fäusten auf den Häuptling ein.

Gorag lachte. Er stieß Laena zurück auf den Boden, wandte sich von ihr ab und trat Moru von sich fort.

»Gorag«, sagte Elbrau und erhob sich nun ebenfalls. »Hör auf damit.«

»Sie haben beide noch einiges zu lernen«, entgegnete Gorag und machte einen Schritt auf Moru zu.

Moru rappelte sich hoch, lief jedoch nicht vor ihm davon. Statt dessen schnappte sie sich einen glühenden Ast aus dem Feuer und schwenkte ihn. Das brennende Ende traf Gorag an der Stirn, und er taumelte mit einem ungläubigen Schrei zurück, Funken von seinen Fellen klopfend.

»Schluß damit!« Elbrau trat hinter Gorag und packte ihn bei den Oberarmen.

»Kleines Biest!« brüllte Gorag und versuchte, sich aus Elbraus Griff zu befreien.

»Laena, halt deine Schwester zurück«, befahl Elbrau scharf.

Laena hielt Moru zurück, als diese gerade wieder auf Gorag losgehen wollte.

»Es wird keine solche Streitereien mehr geben«, sagte Elbrau fest. »Habt ihr das alle verstanden? Wir vier sind als einzige übrig. Wenn wir uns gegenseitig bekriegen, werden wir nicht überleben.«

Hierauf folgte eine kurze Stille. Laena hörte Gorags schweren Atem und das Zischen des Feuers. Außerdem rauschte ihr das Blut laut in den Ohren.

»Wag es nicht, meiner Schwester weh zu tun!« schrie Moru mit ihrer schrillen Kinderstimme.

»Er hat mir nicht weh getan«, sagte Laena, sich zur Ruhe zwingend. »Und Elbrau hat recht. Wir dürfen uns nicht gegenseitig bekämpfen.«

Langsam entspannte sich Moru. »Er darf dir nur nicht weh tun«, sagte sie noch mal.

»Schon gut«, knurrte Gorag. »Laß mich los.«

Langsam lockerte Elbrau seinen Griff.

Gorag beugte Arme und Schultern. Dann ging er um das Feuer herum, wobei er erst Elbrau und dann Laena und Moru anfunkelte. »Ich bin immer noch euer Häuptling«, schrie er und schlug sich mit der Faust auf die Brust. »Ich habe die Karibus erlegt und das Fleisch beschafft. Ich habe euch hergebracht. Vergeßt das nicht. Und zollt mir den Respekt, der mir gebührt.«

Laena blickte zu ihm auf. Sie war so erregt, daß sie am ganzen Leib zitterte – vor Angst, vor Wut und aus dem Bedürfnis heraus, auf Gorag einzuschlagen und den Tod ihrer Eltern zu rächen. Aber sie sagte kein Wort.

»Was Gorag sagt, ist ganz richtig«, bemerkte Elbrau und warf Laena erneut einen warnenden Blick zu. »Er ist unser Häuptling und verdient unseren Respekt. Du solltest dich bei ihm entschuldigen, Laena.«

Ihr Zorn loderte auf, aber es gelang ihr irgendwie, sich zu beherrschen. Ganz ruhig, ermahnte sie sich. Tu, was nötig ist. Die Gerechtigkeit muß noch warten.

»Ich bitte um Entschuldigung«, sagte sie, wenngleich es sie ganz krank machte, es auszusprechen. »Du bist unser Häuptling, Gorag, und ich spreche dir hiermit meine Ehrerbietung aus.«

Er grinste zufrieden. »So ist es schon besser«. Er setzte sich wieder und nahm sich einen weiteren Fleischbrocken. Während er ihn an den Mund hob und hineinbiß, starrte er Laena über das Feuer hinweg aus blitzenden Augen an.

Kapitel 13

Den folgenden Tag nutzten sie, um sich auszuruhen und zu essen, dankbar für die Wärme am Feuer, um neue Kraft zu sammeln und zu versuchen, an die Tage zu denken, die vor ihnen lagen. Der Himmel klarte auf, und Laena blickte zum Fluß hinunter und hielt Ausschau nach der Stelle, an der die Eisscholle auf Grund gelaufen war. Zu ihrer Überraschung stellte sie fest, daß der Fluß nicht mehr mit einer dicken Eisschicht bedeckt war. Die gesamte Eisdecke war in unzählige kleine Schollen zerbrochen, die auf klarem Wasser stromabwärts trieben. Und nirgendwo ein Zeichen der Katastrophe, die über ihren Stamm hereingebrochen war.

Laena fühlte sich immer noch sehr schwach, und so blieb sie am Feuer und döste immer wieder ein, Moru an ihrer Seite ausgestreckt. Gorag verließ sie kurz nach Morgengrauen, aber Elbrau blieb bei ihnen, seine stille Anwesenheit ein Quell des Trostes und der Kraft.

»Glaubst du wirklich, daß es eine Geisterwelt für die Menschen gibt, die in dieser Welt sterben?« fragte Laena, als die Sonne höher stieg und es wärmer wurde.

Er musterte sie eine Weile forschend. »Du hast mich viele Male das Totengebet sprechen hören«, sagte er. »Du hast gehört, wie ich den Toten viel Glück im Jenseits gewünscht habe. Ist es nicht so?«

»Aber es könnte doch sein, daß das, was du sagst, und das, woran du glaubst, zweierlei sind«, beharrte sie.

Er lächelte leise und tätschelte ihre Wange. Sie fühlte die rauhe Haut an seinen vom Frost aufgerissenen Fingern, die Wärme seiner Hand und noch etwas anderes. Es war nicht ganz die Zuneigung, die ihr Vater ihr gegenüber gezeigt hatte, und es war auch nicht Jobias rohe Lust. Die Berührung weckte ein seltsames Sehnen in ihr, das ihr Unbehagen einflößte und sie zurückzucken ließ.

»Du weißt eine Menge für dein Alter, Laena«, sagte er. »Aber Wissen hilft uns nicht immer weiter. Warum die alten Bräuche in Frage stellen, die Worte, die Trost spenden, wenn ein geliebter Mensch gestorben ist? Was soll das für einen Sinn haben?«

Laena warf einen Blick auf Moru. Das kleine Mädchen saß still da, hörte aber mit aufmerksamem Blick zu.

Laena wandte sich wieder Elbrau zu und breitete die Hände aus. »Ich möchte nur die Wahrheit wissen«, sagte sie. Und dann erzählte sie ihm von ihrer Vision einer warmen grünen Welt, in der ihr Vater auf sie wartete. »Hast du je einen Ort wie diesen gesehen, Elbrau? Sei es auch nur im Traum?«

Er starrte ins Feuer. Als er wieder sprach, klang seine Stimme nicht mehr so, als wäre er bestrebt, sie zu beruhigen. Vielmehr schienen seine Worte von Herzen zu kommen. »Ich weiß nicht, was du gesehen hast, Laena. Und nur du allein kannst wissen, was es bedeutet, sofern es überhaupt eine Bedeutung hat.«

»Aber …«

Er hob eine Hand und schnitt ihr das Wort ab. »Hab Geduld. Du bist noch jung. Irgendwann wird die Bedeutung sich dir vielleicht offenbaren. Aber ich fürchte, ich kann nichts damit anfangen.«

In diesem Augenblick kehrte Gorag ins Lager zurück. Er sagte weder, wohin er gegangen war, noch, warum er sie am Feuer zurückgelassen hatte. Er musterte sie nur schweigend einen nach dem anderen, während er sich einen Fleischbrocken nahm und sich hungrig darüber hermachte.

Laena hätte Elbrau gern weiter befragt, wäre gern seinen wahren Überzeugungen auf den Grund gegangen. Aber sie spürte, daß dies nicht der Augenblick war, über solche Dinge zu sprechen.

In dieser Nacht träumte sie wieder von dem warmen grünen Land. Die Sonne brannte auf sie herab und wärmte sie wie der Blick eines Freundes. Leuchtendbunte Vögel riefen einander zu, und sie beobachtete, wie einer von ihnen von einem Baum zum anderen flatterte, sein Gefieder schillernd wie ein Regenbogen.

Dann wandte sie sich dem großen blauen See zu. Diesmal stand dort nicht nur eine Gestalt, die ihr zurief; es waren zwei: ein Mann und eine Frau.

Sie sprang auf, beschattete mit einer Hand ihre Augen und versuchte, ihre Gesichter zu erkennen. Sie hörte sie irgend etwas rufen. Sie winkten sie zu sich, und sie empfand ein so tiefgehendes, mächtiges Sehnen, daß es drohte, sie mit Leib und Seele zu verschlingen.

»Mutter!« rief sie. »Vater!«

Sie lief den grasbewachsenen Hang hinunter auf sie zu. Aber während sie lief, verwandelte sich der warme grüne Ort in kaltes Grau, und sie fand sich in der Welt des Schnees und des Eises wieder, über der gerade ein neuer Tag anbrach.

Eine Weile lag sie reglos da und trauerte ihrer Vision nach. Diesmal war sie sicher, daß das Land, das sie gesehen hatte, nicht nur ein Geisterland war. Es war ihr absolut real erschienen. Aber wo konnte ein solcher Ort existieren? Und wie konnten ihre Mutter und ihr Vater dort sein? Wie sollte sie sie jemals finden?

Stimmen drangen in ihr Bewußtsein, und sie registrierte, daß Gorag und Elbrau gemeinsam auf der anderen Seite des Feuers saßen, das zu einem Haufen rotglühender Kohlen heruntergebrannt war. Gorag wickelte methodisch die Sehne neu um das Verbindungsstück von Speerspitze und Schaft – es war der letzte Speer, der ihnen geblieben war –, während er in grimmigem Tonfall sprach. »Wir werden hierbleiben«, sagte er gerade. »Ich habe mich überall umgesehen. Es gibt keinerlei Spuren, kein Anzeichen für menschliches Leben. Wir werden noch mehr Karibus erlegen und das Fleisch in Eisgruben lagern. Das Mädchen und ihre Schwester können die Häute bearbeiten, aus denen wir uns Zelte und neue Kleider anfertigen.« Er musterte Elbrau mit festem Blick. »So habe ich entschieden, und so wird es sein.«

»Aber es ist nicht unser Land«, widersprach Elbrau. »Wir sind eine weite Strecke den Fluß hinuntergetrieben, ehe wir an Land gegangen sind.«

Gorag legte seinen Speer aus der Hand. »Es ist unser Land, wenn wir es dazu erwählen. Hier wird das Panther-Volk keine Not leiden. Wir werden ganz von vorn anfangen.«

Elbrau krümmte die Finger und schrak zusammen, als ihn prompt der vertraute Schmerz durchzuckte, der von seiner rissigen Haut herrührte. »Aber das Land des Wolf-Stammes kann nicht weit entfernt sein. Du kennst ihren Ruf; sie sind nicht sehr gastfreundlich Fremden gegenüber. Wenn sie uns finden, werden sie uns töten – oder Schlimmeres.«

Gorag zuckte die Achseln. »Wenn nötig, können wir uns immer noch verstecken. Zu viert dürfte es uns nicht schwerfallen, uns unsichtbar zu machen.«

Elbrau brütete eine Weile schweigend vor sich hin. Er rutschte unbehaglich herum, warf Gorag einen flüchtigen Blick zu und sah dann gleich wieder weg. Er wollte ihn nicht erzürnen, konnte sich aber auch nicht mit den Plänen des Häuptlings einverstanden erklären. »Vielleicht sollten wir in Freundschaft zu ihnen gehen.«

Gorag knurrte zornig und angewidert. Er trat nach Elbrau, und sein Mokassin traf dessen Bein. »Was bist du, ein altes Weib?« Er stand auf und drückte eine Faust an seine Brust. »Wir sind vom Stamm der Panther!« Seine

Stimme war tief und kraftvoll. »Niemals werden wir wie verwundete Köter vor jemandem kriechen und unseren Stolz wegwerfen.«

Elbrau schnitt eine Grimasse, und Laena sah, daß die Schmerzen und Schrecken der vergangenen Tage ihn seines Mutes beraubt hatten. »Zuviel Stolz wird uns noch alle ins Grab bringen«, brummte er.

Gorag spuckte auf den Boden. »Was braucht es denn noch, dir zu beweisen, daß wir hier sicher sind? Willst du mit mir gemeinsam das Land erkunden und dich mit eigenen Augen davon überzeugen?« Wieder stieß er Elbrau mit der Schuhspitze an.

Elbrau seufzte. »Also gut.«

Gorag nickte. »Leg Holz nach, und wir brechen gleich auf.«

Elbrau machte Anstalten aufzustehen, aber Gorag hielt ihn zurück. »Wenn ich es mir recht überlege, kann sich auch das Mädchen um das Feuer kümmern.« Er ging auf Laena zu und blieb stehen, als er sah, daß sie zu ihm aufblickte. »Ach, du bist also wach?« Er bückte sich, schlug ihr die Kapuze vom Kopf und verdrehte ihr schmerzhaft das Ohr. »Du hast gelauscht, stimmt's?« Er packte noch fester zu, bis sie einen Schrei ausstieß und ihr Tränen in die Augen traten. »Ich habe dich schon einmal gewarnt. Du solltest lernen, wo dein Platz ist, Frau.«

»Ich bin keine Frau! Ich bin noch ein Kind!«

Er gab sie frei und ließ den Blick über ihr Gesicht und ihren Körper gleiten. »Aber es wird bald soweit sein.« Er zeigte auf das Feuer. »Kümmere dich darum, während wir weg sind.« Dann wandte er sich ab. »Komm, Elbrau. Bringen wir es hinter uns.«

»Laß mich ihr zuerst sagen, wo das Fleisch gelagert ist«, entgegnete der Steinhauer.

Gorag zuckte die Achseln und schwang sich über den Rand der Grube. Laena hörte gedämpft, wie er in halb geschmolzenen Schnee urinierte.

Elbrau hockte sich neben sie. »Paß auf dich auf, Laena. Sei vorsichtig.«

Laena musterte ihn forschend und sah den sorgenvollen Ausdruck in seinen Augen. Sie legte die Hand über seine. »Bring uns fort von ihm, Elbrau«, sagte sie leise. »Wir drei können eines Nachts, während er schläft, zum Wolf-Stamm laufen.«

Der Steinhauer blinzelte. Er blickte auf ihre kleine Hand, als schmerze ihn etwas. »Ich habe daran gedacht«, entgegnete er ebenso leise. »Vielleicht wäre es sogar machbar. Wenn ich die Wölfe finden und mit ihnen sprechen könnte …« Er führte den Satz nicht zu Ende. Dann schüttelte er den Kopf. »Aber wenn Gorag uns hört und uns verfolgt … Ich bin kein Krieger. Er ist stärker und jünger als ich. Er würde mich töten und mir dich und Moru wegnehmen.«

Laenas Finger krallten sich in Elbraus Ärmel. »Dann sei auch du vorsichtig«, flüsterte sie. »Ich traue ihm nicht.«

»Ich werde ihm nicht den Rücken kehren. Und ich habe noch mein Messer.« Er zeigte ihr eine schmale, fein gearbeitete Flintklinge und ließ sie gleich darauf wieder im Ärmel seiner Felle verschwinden.

»Elbrau!« Gorag klang ungeduldig. »Komm schon, Mann!«

Elbrau berührte ganz leicht in einer zärtlichen Geste Laenas Wange. »Ich werde bald zurück sein.«

Dann wandte er sich ab und ging.

Laena legte neues Holz aufs Feuer und weckte ein wenig später Moru. Sie aßen beide von den Fleischvorräten, und nachdem sie Moru von der Unterhaltung der beiden Männer berichtet hatte, konnten sie nichts weiter tun als warten.

Es dauerte nicht sehr lange, bis Gorag zurückkehrte. Laena erkannte seinen Schritt, als sich seine Mokassins durch Schlamm und Pfützen näherten. Sie warf vom Feuer aus einen Blick über den Rand der Grube, verwundert, daß sie nur ein Paar Schritte hörte. Als sie sah, daß

Gorag allein war, verwandelte sich ihre Verwunderung in Furcht.

»Wo ist er?« fragte sie und stand auf. Sie konnte – wollte – es nicht glauben. Elbrau war abgesehen von ihrer Schwester der letzte Mensch auf der Welt, dem sie sich verbunden fühlte. Unmöglich, daß er verschwunden sein sollte. *»Wo ist Elbrau?«*

Gorag blieb stehen und blickte auf sie herab. Sein Gesicht hinter dem an den Rändern vereisten Bart war unergründlich. »Er kommt später nach«, entgegnete er, schob sich an ihr vorbei und hockte sich ans Feuer.

»Aber wo ist er?« schrie Laena. Sie stürzte sich auf Gorag, krallte die Hände in seine Felle und zerrte an ihnen.

»Was ist los mit dir?« fragte er barsch und stieß sie mit einer Hand fort. »Elbrau wollte das Umland erkunden und nach den Wölfen Ausschau halten. Er sagte, er würde heute abend, vielleicht auch erst morgen, zurückkommen.«

Laena musterte Gorags Züge eingehend. Einen Moment schwankte sie, wollte ihm verzweifelt glauben. Aber er wich ihrem Blick aus, und das verriet ihr, daß sie Elbrau nicht wiedersehen würde.

Etwas wallte in ihr auf, ein starker, schmerzhafter Druck. Als er unerträglich wurde, gab sie ihm nach und stieß einen durchdringend lauten Schrei aus. Sie ballte die Hände zu Fäusten, stürzte sich auf Gorag und schlug blind auf ihn ein.

Zuerst schien er nur überrascht von ihrem Angriff. Er rappelte sich hoch und wich zurück, die Arme schützend erhoben. Dann bleckte er die Zähne, knurrte und packte sie an der Kehle. Er schleuderte sie zu Boden und drückte ihr Gesicht in den Schlamm. Sie versuchte zu atmen, erreichte aber nur, daß ihr Schnee in Mund und Augen drang. Sie versuchte aufzustehen, aber Gorag hielt sie mit einem Fuß, den er auf ihren Nacken preßte, am Boden fest.

»Ich werde das nur einmal sagen«, herrschte er sie an. »Nur dieses eine Mal. Wenn du mich noch einmal erzürnst, wirst du es für den Rest deiner Tage bereuen. Dann werde ich dir Schmerzen zufügen, die du spüren wirst, solange du lebst. Hast du mich verstanden?« Um seine Worte zu bekräftigen, verlagerte er sein Gewicht auf den Fuß in ihrem Nacken und drückte ihr Gesicht noch tiefer in den Schnee. Sie spürte seine Kraft, und eine Welle der Furcht durchströmte sie. Er konnte sie mühelos töten oder ihr sonst etwas antun – was immer ihm beliebte. Jetzt, da Elbrau nicht mehr da war, würde ihn nichts und niemand davon abhalten.

»Laß sie los!« hörte sie eine dünne, gequälte Stimme rufen.

Einen Augenblick ließ der Druck von Gorags Fuß nach. Laena hob den Kopf und sah, wie Moru auf den Häuptling zustürzte, die Arme emporgestreckt, als könnte sie Gorag an die Kehle gehen und ihn erwürgen.

Er packte mit seinen riesigen Pranken ihre Handgelenke, schleuderte sie durch die Luft und neben Laena auf den Boden. Drohend stand er über ihnen. »Hört mir zu!« brüllte er.

Laena griff nach Morus Arm und hielt sie zurück. »Hör auf!« rief sie. »Du kannst nichts tun, Moru. Nichts.«

Gorag, der immer noch die Hände in die Seiten gestemmt über ihnen stand, nickte. »Gut«, sagte er. »Wir sind jetzt also nur noch zu dritt. Bis Elbrau zurückkommt.« Er entblößte die Zähne.Und seine Augen verengten sich. »Zu dir, Moru. Wenn du mir weiter Ärger machst, verstoße ich dich. Und was dich betrifft, Laena, wirst du von jetzt an das tun, was ich sage, oder ich fessle dich an Händen und Füßen und erteile dir eine Lektion, die du nicht wieder vergißt. Habt ihr mich verstanden?«

»Nein!« kreischte Moru. »Nein!«

»Sorg dafür, daß sie sich ruhig verhält«, befahl Gorag Laena, kehrte dann zurück ans Feuer und beachtete sie nicht weiter.

»Still«, sagte Laena, zog Moru an sich und drückte sie so fest, daß das kleine Mädchen kaum noch Luft bekam. »Sei jetzt still.«

»Bring mich weg von hier«, wimmerte Moru und drückte das Gesicht an Laenas Wange. »Laß uns irgendwo anders hingehen.«

Laena versuchte sich vorzustellen, wie sie allein mit ihrer Schwester durch die Wildnis zog, ohne Waffe, um zu jagen oder sich zu verteidigen. Es war unmöglich; sie würden nur wenige Tage überleben.

»Es tut mir leid«, flüsterte sie. »Es tut mir leid, Moru. Aber wir können nirgendwo sonst hin.«

»Wird Elbrau wirklich zurückkommen?« fragte Moru Laena spät am Abend, nachdem Gorag gegessen hatte und friedlich schnarchend am Feuer lag.

»Ich fürchte nein.« Es tat Laena weh, es auszusprechen, aber sie hatte ihre Schwester nie angelogen und würde jetzt nicht damit anfangen.

»Warum nicht, Laena? Mag er uns nicht mehr?«

Laena fragte sich, was grausamer wäre: Moru ein wenig Hoffnung zu lassen oder ihre eigenen Befürchtungen auszusprechen. Sie war zu jung, um Moru eine Mutter zu sein; sie wußte nicht, wie sie handeln sollte. Sie wünschte, es gäbe jemanden, der ihr half, die Last zu tragen.

»Ich glaube, Elbrau ist etwas zugestoßen«, sagte sie vorsichtig. »Aber ich weiß es nicht sicher. Ich weiß nur, daß er zurückkommen wird, wenn er kann.«

Moru nickte, offenbar zufrieden mit dieser Antwort. Sie wandte den Kopf und blickte auf Gorag. »Wir könnten ihn jetzt töten«, sagte sie.

Laena nahm ihren Arm und drückte ihn warnend. »Sei nicht albern.«

»Aber wir könnten es tun! Ich könnte ihn mit einem Stein erschlagen!«

»Still.« Sie blickte nervös auf Gorag, aber er schlief tief und fest. »Wir brauchen ihn, wenn wir weiterleben wollen. Das Problem ist nur, daß er das weiß. Darum schläft er auch so friedlich. Vielleicht können wir ihn eines Tages, wenn wir älter und kräftiger sind, verlassen. Oder wir begegnen Menschen, die uns helfen können. Aber solange er der einzige Mann bei uns ist, ist er unsere einzige Hoffnung. Vergiß das nicht, Moru.«

Das kleine Mädchen blickte zu Laena auf und gab einen unglücklichen Laut von sich. »Ich kann ihn nicht ausstehen! Ich hasse ihn!«

Laena seufzte. »Ja«, sagte sie verzweifelt, »ich weiß.«

Kapitel 14

Der nächste Tag war nicht so schlimm, wie Laena befürchtet hatte. Jetzt, da Elbrau fort war, schien Gorag sich seiner Macht über sie und Moru sicherer zu sein. Er erteilte ihr Befehle, die sich jedoch nicht von dem unterschieden, was ihr Vater von ihr verlangt hätte. Gorag drohte ihr nicht, schrie sie nicht an und war auch nicht gewalttätig.

Ganz instinktiv mißtraute sie seiner Freundlichkeit. Sie wußte, daß er nicht zögern würde, seine Drohungen wahr zu machen, wenn sie ihn erneut herausforderte. Und so faßte sie sich in Geduld und behielt ihre Gefühle und Gedanken für sich. Wenn er sich ihr von seiner freundlichsten Seite zeigen konnte, konnte sie das auch – vorläufig.

Am Morgen führte er Laena und Moru an den Fluß. Karibuherden waren am Westufer eingetroffen und schwammen zum seichten Ostufer herüber. Gorag grub ein kleines Versteck in eine Schneewehe und legte sich auf die Lauer, während die Tiere begannen, an ihnen vorbeizuziehen. Sie waren so nah, daß sie sie mit ausgestreckter Hand beinahe hätten berühren können, und er konnte mühelos jene auswählen, die er erlegen wollte.

Er tötete insgesamt fünf Tiere und befahl dann Laena und Moru, ihm zu helfen, die Kadaver zum Lager zu schleifen. Er grub frische Vorratsgruben, während sie sich daranmachten, die Tiere in Fleisch, Häute und nützliche Knochen zu zerlegen. Es war eine zeitraubende Arbeit, die ihnen Rückenschmerzen verursachte, aber es war eine Aufgabe, die Laena vertraut war und sie ablenkte.

Als sie später etwas Zeit hatte, schnitzte sie sich aus dem Schulterblatt eines Tieres eine Nadel und eine Ahle und machte sich daran, ihre Kleider zu flicken, die auf dem Eis zerrissen waren. Sie arbeitete noch nach Einbruch der Dunkelheit nah am Feuer, um aus den frischen Häuten neue Stiefel zu nähen.

»Du hast gut gearbeitet«, lobte Gorag, als sie die Nadel schließlich aus der Hand legte. »Dein Vater wäre stolz auf dich.«

Die Erwähnung ihres Vaters versetzte ihr einen schmerzhaften Stich, halb Zorn, halb Trauer. Sie dachte daran zurück, wie er gestürzt und unter dem Eis verschwunden war. Sie funkelte Gorag zornig an und fragte sich, ob sich ihr jemals eine Gelegenheit bieten würde, sich an ihm zu rächen. Aber sie zwang sich, ihre Gefühle vor ihm zu verbergen. Nicht jetzt, sagte sie sich, das würde nichts bringen. »Es freut mich, daß du mit mir zufrieden bist«, sagte sie.

Gorag streckte die Hand aus und tätschelte ihre Wange. »Du bist ein starkes Mädchen, Laena.«

Laena zuckte zurück, und Moru sprang mit geballten Fäusten auf.

Gorag wedelte abwehrend mit der Hand. »Schluß damit.« Er lehnte sich zurück und nahm sich noch ein Stück Fleisch. »Wir drei müssen lernen, miteinander auszukommen. Das ist die einzige Möglichkeit, oder nicht?« Er grinste Laena an. »Wir sind die letzten Überlebenden des Panther-Volkes. Wir brauchen einander.«

Laena warf Moru einen Blick zu. Sie sagten beide kein Wort.

»Freunde«, fuhr Gorag fort. »Wir werden Freunde.« Immer noch grinsend, beugte er sich noch weiter zurück, zog seine Felle fester um sich und legte sich schlafen.

Am folgenden Tag half er Laena, die Häute der am Vortag erlegten Karibus mit Hirnmasse und Fett zu bearbeiten, um sie geschmeidig und wasserdicht zu machen. Hiernach nähten sie die Häute zu zwei Zelten zusammen – eins für Gorag und eins für die Mädchen. Das Gestänge fertigten sie aus langen Knochen, die sie mit Sehnen zusammenbanden, und abschließend wurden die Zelte mit Haken aus den Geweihen am Boden befestigt.

Ein weiterer Tag verstrich, und Gorag schien immer noch freundlich, plauderte mit ihnen, lächelte viel und erhob kein einziges Mal im Zorn die Stimme. Erwartete er wirklich, daß Laena vergaß, daß er den Tod ihrer Eltern und all der anderen verschuldet hatte? Bildete er sich tatsächlich ein, daß sie jemals Gefallen an seiner Gesellschaft finden könnte? Nun, jedenfalls arbeitete die Zeit für ihn. Sie konnte nirgendwohin, und es gab auch niemanden, dem sie sich sonst zuwenden könnte. Aber sie schwor sich, ihm niemals zu verzeihen oder auch nur zu vertrauen.

Die Temperaturen stiegen merklich an, und der Boden taute und wurde weich. Die Wanderung der Karibus erreichte ihren Höhepunkt, und die Tiere strömten zu Tausenden nach Norden. Sie machten einen Bogen um das Lager und den Menschengeruch, aber Tag und Nacht war das Klappern ihrer Geweihe und das Dröhnen ihrer Hufe zu hören. Dort, wo die Tiere vorbeizogen, verwandelten sie den Boden in ein Meer von Schlamm.

Es war nicht einmal mehr notwendig, sie mit dem Speer zu erlegen. Die Kadaver ertrunkener Karibus wurden an Land gespült, und das Eiswasser konservierte das Fleisch, so daß es noch frisch war, wenn Laena und Gorag es herauszogen. Sie häuften so viel Fleisch an, daß Gorag weitere Vorratskammern ins Eis graben mußte.

Als die Vorräte immer umfangreicher wurden, begann Laena sich zu fragen, wie sehr sie tatsächlich darauf angewiesen war, daß Gorag sie ernährte und beschützte. Sie stellte sich vor, wie Moru und sie sich bei Nacht davonstahlen, mit genügend Fleisch für einen Monat oder länger.

Aber was, wenn die Vorräte dann doch ausgingen? Laena wußte, daß die Wanderung der Karibuherden bald vorüber sein würde, und hiernach würde das Wildvorkommen wieder recht mager sein. Sie besaß kein Jagdgeschick, und Gorag würde sie ganz sicher nicht in der Kunst des Jagens unterweisen. Also stellte sich, sofern es ihr und Moru überhaupt gelänge zu fliehen, die Frage, wie sie überleben sollten.

Sie fragte sich, ob in der Nähe vielleicht ein Stamm lebte, der sie aufnehmen würde. Aber dann erinnerte sie sich, daß Elbrau gesagt hatte, die Wolf-Menschen der Gegend wären Fremden feindlich gesinnt. Es war hoffnungslos. Sie konnte sich in der Umgebung des Lagers frei bewegen und war doch eine Gefangene.

Nach einigen Tagen waren die gewaltigen Karibuherden verschwunden, und nur vereinzelte Nachzügler zogen noch an ihrem Lager vorbei. Jetzt kamen die Aasfresser, die den Herden nach Norden folgten – Wölfe, Füchse und Raubkatzen, die davon lebten, daß sie die schwächeren Tiere erlegten. Gorag blieb in dieser gefährlichen Zeit mit wurfbereitem Speer in der Nähe des Lagers und befahl den Mädchen, einen weiten Kreis von Feuern um ihre Zelte und Vorratsgruben herum in Gang zu halten. Moru und Laena häuften Fett auf die Flammen und arbeiteten die Nächte hindurch in Schichten. Dank ihrer Vorsichtsmaßnahmen blieben sie von den Raubtieren verschont.

Als die Herdenwanderung endgültig vorüber war, gab es für sie weniger zu tun. Die Tage verstrichen, und der Frühling ging in den Sommer über. Der letzte Schnee war geschmolzen, und die Steppe schimmerte grün von Moos und Farnen. Es war nicht das üppige Grün aus Laenas Vision, aber es war dennoch ein hübscher Anblick.

Eines Tages zog eine kleine Mammutherde trompetend am Fluß entlang. Gorag beobachtete sie sehnsüchtig. »Wenn ich doch nur ein paar Jäger hätte!« rief er aus. »Mit diesem ganzen Fleisch könnten wir hier überwintern.«

Seine Erwähnung des Winters machte Laena nervös.

Gorag war immer noch sehr umgänglich und hatte bislang kein Wort davon gesagt, daß er sie zur Frau nehmen wollte. Aber das konnte sicher nicht mehr lange auf sich warten lassen. Sie fragte sich, wie viele Tage ihr noch bleiben mochten, ehe sie zur Frau wurde. Sie versuchte, diese Frage zu verdrängen, weil das, was sie mit sich brachte, einfach zu erschreckend war.

Zwei Tage später trat Gorag zu ihr, als sie gerade in einem Lederbeutel Wasser aus dem Fluß schöpfte. Er hockte sich neben sie und musterte sie aufmerksam. Sein Körper war muskulös und geschmeidig, jetzt, da er wohlgenährt war, aber die harten, abschätzigen Blicke, mit denen er sie verfolgte, waren ihr inzwischen nur zu vertraut. »Ich bin hergekommen, damit wir uns ungestört unterhalten können«, sagte er.

Laena stellte hastig den Wasserbehälter zwischen ihnen ab. Sie wartete, ihre Haut prickelnd vor Unbehagen.

»Ich habe im vergangenen Monat gut für uns gesorgt«, sagte er und musterte sie so unverhohlen, daß sie sich am liebsten in ihre Winterfelle gehüllt hätte. »Du mußt doch zugeben, daß ich mich um dich und deine Schwester gekümmert habe.«

Laena traute ihrer Stimme nicht so recht, und so umklammerte sie nur stumm den Tragegriff des Ledereimers.

»Ich denke, du weißt, was ich will, Laena«, fuhr er fort. »Du bist jetzt fast eine Frau, und ich bin ein Mann ohne Gefährtin. Wenn du zur Frau wirst, und das wird bald eintreffen, möchte ich, daß du mein Zelt mit mir teilst.«

Laena empfand seine Worte wie einen Schlag ins Gesicht und zuckte unwillkürlich zusammen. Aber sie sagte nichts.

»Weise mich nicht ab«, sagte Gorag, einen warnenden Unterton in der Stimme. Er zögerte und rückte dann ein wenig von ihr ab. »Ich werde gut für dich sorgen«, fuhr er sachlicher fort. »Das habe ich bewiesen. Es hat schlimme Zeiten gegeben, aber die liegen hinter uns. Wir können einen neuen Stamm gründen. Denk an die Ehre, Laena. Du wirst die Mutter des Panther-Volkes sein.«

Sie stellte sich vor, das Lager mit ihm zu teilen, stellte sich vor, wie er sie anfaßte. Der Gedanke erfüllte sie mit Abscheu, und sie sagte sich, daß sie vielleicht sogar vorziehen würde, sich das Leben zu nehmen, daß sie sich lieber im Fluß ertränken würde, als ihm zu Willen zu sein.

Er legte ihr eine Hand auf die Schulter. »Was spricht dagegen, Laena?«

Sie wich abrupt vor ihm zurück. »Nein!« schrie sie und war selbst überrascht davon, wie schrill ihre Stimme klang.

»Warum nicht?« Sein Tonfall war jetzt wieder drohend, und er sprang auf. »Ist es Elbrau? Mir ist nicht entgangen, wie er dich angesehen hat. Wartest du immer noch auf seine Rückkehr?«

»Nein.« Sie schüttelte den Kopf und kämpfte gegen die aufsteigenden Tränen an. »Nein, Elbrau war ein Freund, ein guter Freund, mehr nicht. Und er wird nicht zurückkommen. Das weiß ich.«

»Das weißt du also, ja?« Er musterte sie immer noch eindringlich.

Plötzlich konnte sie die Spannung zwischen ihnen nicht mehr ertragen. Sie wandte sich ihm mit blitzenden Augen zu. »Er wird nicht zurückkommen, weil du ihn getötet hast!«

»Ah«, sagte Gorag leise. »Du glaubst, ich hätte einen Angehörigen meines eigenen Volkes getötet.«

»Ja. Ich weiß, daß du es getan hast.«

Er schüttelte langsam den Kopf. »Ich bin dir keine Rechenschaft schuldig.« Er wandte sich ab und entfernte sich. Nach ein paar Schritten hielt er jedoch inne, drehte sich um und zeigte mit ausgestrecktem Finger auf sie. »Wenn die Zeit gekommen ist, wirst du meine Gefährtin werden«, rief er. »Du hast keine Wahl, und das weißt du.«

In dieser Nacht fürchtete Laena, er könnte zu ihr kommen. Sie lag dicht an Moru geschmiegt in ihrem Zelt und zuckte beim geringsten Geräusch zusammen, das der Wind oder die kleinen Tiere verursachten, die im hohen Gras lebten, das entlang des Flußufers zu sprießen begonnen hatte.

Aber Gorag blieb in seinem eigenen Zelt, und sie hörte seinen schweren, gleichmäßigen Atem. Offenbar schlief er friedlich. *Worauf wartet er*, fragte sie sich. Warum nahm er sie nicht einfach, so wie er es ihr bereits angedroht hatte? Das Warten war beinahe schlimmer, als wenn er sie mit Gewalt genommen hätte. War das der Grund? Wollte er sie mürbe machen? Glaubte er, daß sie von sich aus nachgeben würde, wenn er nur lange genug wartete?

Eine Weile überlegte sie, ob sie dazu fähig wäre. In gewisser Hinsicht wäre es eine Erleichterung. Wenn sie ihm gab, was er wollte, würde er sie anständig behandeln, und sie bräuchte sich nicht mehr vor ihm zu fürchten.

Als ihr jedoch bewußt wurde, was sie da dachte, war sie entsetzt. Es mußte doch etwas Besseres geben als das. Es mußte einfach! Sie erinnerte sich an ihre Vision des grünen, sonnigen Ortes. Hatte sie sich nicht geschworen, ihn zu finden, um wieder mit ihrer Mutter und ihrem Vater vereint zu sein? Wie konnte sie sich von ihrem wahren Schicksal abwenden und auch nur daran denken, sich dem Mann zu beugen, der den Tod ihrer Eltern verschuldet hatte?

Wild entschlossen schwor sie sich, an ihrer Selbstachtung festzuhalten, ganz gleich, welches Leid sie damit über sich brachte. Sie hatte alles andere verloren; wenn sie je ihre Selbstachtung verlor, würde ihr wirklich nichts mehr geblieben sein.

Tage vergingen, und Gorag faßte sich wieder in Geduld, war ihr gegenüber stets höflich, ohne zu ahnen, welcher Haß in ihr schwelte.

Der Sommer rückte näher, und Lemminge paarten sich im Farn und Moos. Laena mußte darauf achten, daß ihre

Vorratslager ständig fest verschlossen waren. Nachmittags jagte sie die kleinen Tiere, indem sie eine große Karibuhaut über sie warf und sie mit einer Knochenkeule erschlug. Ihre fetten kleinen Leiber waren eine willkommene Abwechslung vom Karibufleisch, und mit einigen Wurzeln, die sie am Flußufer sammelte, ließ sich aus ihnen eine schmackhafte Mahlzeit zubereiten.

Aber der Nahrungswechsel schien ihrem Magen nicht zu bekommen. Einen ganzen Tag lang fühlte sie sich elend, und dann, am nächsten Morgen, wachte sie mit Bauchkrämpfen auf, daß sie sich vor Schmerzen krümmte.

Moru beobachtete sie besorgt. »Bist du in Ordnung?« fragte sie. »Was ist los?«

»Das Essen«, keuchte Laena. Es fiel ihr schwer zu sprechen und erst recht, sich zu bewegen, aber sie wollte ihre kleine Schwester nicht erschrecken. »Vielleicht fühle ich mich besser, wenn ich mich erleichtert habe.«

Sie stolperte aus dem Zelt und krümmte sich erneut, als ihr Magen sich wieder verkrampfte. Gorag war schon auf und schürte das Feuer. Er hielt inne und sah sie fragend an. »Bist du krank, Mädchen?«

»Nein«, entgegnete sie mit aller Festigkeit, die sie aufbringen konnte. »Ich bin gleich zurück.«

Sie eilte zu einem Kanal, den die Flußströmung am Ufer ausgehöhlt hatte. Er war mit Schlamm und abgestandenem Wasser gefüllt und diente ihnen als Latrine.

Laena blieb in Höhe des Grabens stehen und versuchte, sich aufzurichten und tief Luft zu holen. Sie fingerte an der Sehne, von der ihre ledernen Beinkleider gehalten wurde, und zog die Beinkleider herunter. Sie wollte sich gerade hinhocken, als sie erschrocken innehielt.

Ihre Beinkleider waren im Schritt rot von Blut. Sie starrte auf die frischen Flecken und konnte einfach nicht begreifen, was sie sah. Hatte sie sich im Schlaf verletzt? Hatte das Essen bei ihr eine innere Blutung verursacht?

Und dann wußte sie plötzlich, was das zu bedeuten hatte. Ihre Mutter hatte ihr erklärt, daß es normal war, daß erwachsene Frauen bluteten – einmal im Monat.

Sie war jetzt eine erwachsene Frau.
Furcht stieg in ihr auf. Sie mußte diese Neuigkeit unbedingt vor Gorag verbergen.
Schritte näherten sich. Hastig wollte Laena ihre Beinkleider hochziehen, aber das klamme Leder blieb an ihren Knien hängen.
Es war Gorag; sie erkannte ihn an seinem Gang. Sie hörte, wie er näher kam. Dann hörte sie, wie er scharf Luft holte. Endlich gelang es ihr, ihre Beinkleider hochzuziehen – als sie sich ihm jedoch zuwandte, erkannte sie mit lähmender Gewißheit, daß er ihr Geheimnis gesehen hatte.
»Nun«, sagte Gorag mit ruhiger, leiser Stimme, die Laena einen eisigen Schauer über den Rücken jagte. »Jetzt bist du also eine Frau.«
»Nein!« schrie Laena, als er auf sie zutrat. Sie wirbelte herum und wollte davonlaufen, aber der Graben versperrte ihr den Weg, und zum Überspringen war er zu breit.
Dann war er bei ihr, und sie fühlte seine schwieligen Hände an ihren Armen und seinen warmen Atem auf ihrem Gesicht. Sie hob die Hände und versuchte, sich zu befreien, aber er war viel stärker als sie, und sie wußte, daß sie gegen ihn keine Chance hatte. Er stieß sie zurück, und sie landete mit einem Aufschrei hart auf dem Rücken. Er ließ sich auf sie fallen und nestelte an ihren Kleidern. Sie trat nach ihm, aber es gelang ihm dennoch, die Beinkleider zu lösen. Dann preßte er sich mit seinem ganzen Gewicht auf sie, so daß sie sich kaum noch rühren konnte.
Laena schrie. Sein vernarbtes Gesicht war dicht über ihr, und sie zerkratzte ihm mit den Fingernägeln die Wangen. Er grunzte zornig, hob eine Hand und ohrfeigte sie.
Laena war ganz benommen, nicht nur von dem Schlag, sondern vor Entsetzen angesichts dessen, was gleich geschehen würde. Sie stieß einen verzweifelten Schrei aus, als sie sich eingestehen mußte, daß sie es nicht würde verhindern können. Seine nackte Haut preßte sich an ihre, und ihr wurde bewußt, daß er sich ebenfalls entkleidet

hatte. Er schob gewaltsam ihre Schenkel auseinander, und sein Atem war so laut, daß er Laenas ganzes Bewußtsein ausfüllte. Laena schloß die Augen. Bitte laß es schnell vorbei sein, betete sie …

Plötzlich hörte sie ein dumpfes Geräusch. Gorag grunzte, schnappte nach Luft, und sein Griff lockerte sich.

Einen Moment lag Laena reglos da, die Augen immer noch geschlossen, zitternd, nicht wissend, was sie davon halten sollte.

Dann hörte sie den seltsamen dumpfen Laut ein zweites Mal.

Gorags Hände fielen nun endgültig von ihr ab.

Laena wand sich und schaffte es, unter ihm hervorzukriechen. Erst jetzt öffnete sie die Augen und sah, daß er mit dem Gesicht nach unten dalag. Moru stand über ihm, den Stein, mit dem sie ihn zweimal auf den Hinterkopf geschlagen hatte, noch in den Händen.

Laena rappelte sich hoch. »Was hast du getan!« schrie sie.

Das kleine Mädchen ließ den Steinbrocken fallen und lief zu ihr. Wortlos umarmten sie einander. Beide zitterten, Laena vor Erleichterung, Moru vor Furcht.

»Ich habe dir doch gesagt, daß ich ihn töten würde«, sagte Moru mit bebender Stimme. Sie blickte zu Laena auf, das Gesicht verzerrt, als würde sie jeden Augenblick in Tränen ausbrechen. »Ich habe es dir gesagt! Habe ich etwas Böses getan?«

Laena strich ihr über das Haar und beruhigte sie, so gut es ging. »Jetzt ist alles gut. Jetzt ist alles gut. Es war richtig, was du getan hast.«

Aber als sie auf Gorag hinabblickte, der reglos auf dem Boden lag, Blut aus seiner Kopfwunde quellend, wußte sie, daß das erst der Anfang ihrer Probleme war.

Kapitel 15

Sie rollten Gorags Leichnam auf den Graben zu. Die tiefe Wunde an seinem Hinterkopf blutete immer noch, seine Augen waren noch geschlossen, und er gab kein Lebenszeichen von sich. Sie stießen ihn über den Rand, und er fiel klatschend in das Wasser auf dem Grund des Grabens. Auf dem Rücken liegend, wurde er langsam von der Strömung in Richtung Fluß getragen.

Laena stand lange da und blickte ihm nach, zitternd von Gefühlen, die sie kaum zu benennen vermochte – Erleichterung, Schock, Unglauben. Dann wurde ihr bewußt, daß sie weinte. Aber die Tränen galten nicht Gorag, sondern ihr selbst und ihrer kleinen Schwester, die zwar befreit waren von dem Mann, dem sie hilflos ausgeliefert gewesen waren, aber auch so allein wie nie zuvor.

Sie sah, wie Gorag um eine Biegung des Grabens trieb. Langsam glitt er außer Sichtweite, und nur eine dünne rote Spur auf dem Wasser zeugte noch von seinem Tod.

Laena wandte sich ab. Sie nahm Morus Hand, und gemeinsam kehrten sie zurück zum Lager.

Laena tröstete sich damit, daß sie wenigstens nicht verhungern würden. Die Vorratshöhlen, die sie in den Permafrostboden gegraben hatten, waren noch voller Fleisch, das mindestens bis zum Winter reichen würde. Außerdem verfügten sie über Werkzeug und Häute. Ihre Grundbedürfnisse konnten sie also erfüllen.

Und doch – eines Tages würde das Fleisch aufgebraucht sein und die Häute abgenutzt. Eines Tages würden die Werkzeuge zerbrechen oder stumpf werden. Raubtiere konnten sie bedrohen oder Menschen anderer Stämme. Was dann?

Laena setzte sich ans Feuer. Sie schloß die Augen, schlang die Arme um sich selbst und versuchte, sich ihre Zukunft vorzustellen. Wo war ihre Gabe, wenn sie sie brauchte? Gleich, wie sehr sie sich anstrengte, Bilder vor ihrem geistigen Auge heraufzubeschwören, sie sah nur Schwärze.

Die Schwärze machte ihr angst, und sie schlug die Augen wieder auf und versuchte, sich dadurch zu beruhigen, daß sie konzentriert und klar an die Monate dachte, die vor ihnen lagen. Im Herbst würden die Karibuherden auf ihrer Wanderung zurück in den Süden wieder hier vorbeiziehen, und die Tiere, die im Fluß ertranken, dürften ihnen genügend Fleisch liefern. Vielleicht konnten sie sogar Vorräte anlegen, die bis zum nächsten Frühjahr reichten. In der Zwischenzeit konnte sie sich darin üben, aufgrund dessen, was sie bei Gorag beobachtet hatte, einige Werkzeuge herzustellen. Vielleicht konnte sie sogar lernen, mit dem Speer umzugehen.

Aber die Welt erschien ihr so unendlich groß und die Aufgaben, die vor ihr lagen, kaum zu bewältigen. Die Furcht stieg wieder in ihr auf, gleich, wie sehr sie sich bemühte, ruhig zu bleiben. Die Stille im Lager machte ihr angst, ebenso wie die schwere Bürde der Verantwortung, die nun auf ihren Schultern lastete. Sie fürchtete sich vor dem, was sie würde tun müssen, und vor den Dingen, von denen sie nichts verstand. Sie fürchtete sich vor den Nächten, die vor ihnen lagen, in denen sie wach liegen oder am Feuer sitzen würde, wartend … auf was?

Es mußte etwas geben, das ihr Mut machte – irgendwelche inneren Kräfte. Sie forschte in ihrer Seele, aber alles, was sie Tröstliches fand, war die Vision ihrer Eltern in jenem grünen, sonnigen Land. Sie hatte geschworen, sie dort zu finden, oder? War jetzt der Zeitpunkt gekommen, sich auf die Suche zu machen?

Der Gedanke war ebenso erregend wie beunruhigend. Sie blickte über das Tal. Auch hier war es um diese Jahreszeit grün. Moos, Zwergweiden und wogendes Gras schimmerten im strahlenden, weichen Sonnenschein. Und doch war dieses Land karg im Vergleich zu jenem Ort, den sie im Traum gesehen hatte. Außerdem würde das Tal bald wieder verschneit sein, sobald der Winter Einzug hielt.

Gab es wirklich ein Land, in dem es niemals schneite

und wo das ganze Jahr Sommer war? Das schien unmöglich, aber ihre Vision sagte ihr, daß dem so war. Und wenn all ihre vorangegangenen Visionen sich erfüllt hatten, warum nicht auch diese?

Sie erhob sich langsam, von neuer Entschlossenheit erfüllt, die anfangs noch zögerlich war, jedoch rasch stärker wurde. Ein langer Marsch könnte noch schwieriger und gefährlicher sein, als im Tal zu bleiben. Aber wenn sie aus ihrem Traum Hoffnung schöpfte, etwas, woran sie glauben konnte, würde ihr das die Kraft verleihen durchzuhalten. Im Grund war es völlig klar; es gab nur einen Weg.

Laena erzählte Moru nicht gleich von ihrem Traum. Sie wollte nicht, daß das kleine Mädchen sich auf etwas Hoffnung machte, das es möglicherweise gar nicht gab. Sie sagte Moru nur, daß sie weiterziehen und einen Ort suchen sollten, an dem das Leben weniger beschwerlich war.

»Aber das hier scheint doch ein guter Platz zu sein«, protestierte Moru.

Laena nahm sie bei den Händen. »Der Schnee wird zurückkommen«, sagte sie ruhig. »Die Vorräte werden uns ausgehen. Das Leben wird hier nicht immer angenehm sein.«

»Aber es gefällt mir hier. Ich möchte nicht weg, Laena«, entgegnete sie weinerlich.

Laena dachte an die Strenge ihrer Mutter, als die Überlebenden des Panther-Volkes sich in dem gefrorenen Sumpf aneinandergedrängt hatten und ihnen alles hoffnungslos erschienen war. Sie versuchte, sich zu stählen und die gleiche Art Kraft an den Tag zu legen. »Wir *müssen* weiterziehen«, sagte sie und drückte Morus Hände so fest, daß das kleine Mädchen zusammenzuckte. »Du mußt mir vertrauen.«

Moru neigte den Kopf und sagte lange nichts. »Werden wir einen neuen Stamm finden, bei dem wir leben können?«

Laena nickte. »Ich denke schon.« Als sie dies sagte,

fühlte sie, wie sie der Mut verließ. Aber dann dachte sie an ihre Vision und schob ihre Zweifel entschieden beiseite. »Es gibt einen besseren Platz für uns, Schwester. Ich weiß es ganz bestimmt.« Sie zögerte und sagte dann mit gedämpfter Stimme: »Ich habe es geträumt.«

Moru starrte sie an. »Wirklich?«

Laena nickte. »Ja. Wir müssen alles für unseren Marsch vorbereiten. Es gibt viel zu tun.« Hierauf zählte sie alles auf, was unbedingt erledigt werden mußte.

Ihre Vorbereitungen nahmen den Rest dieses Tages und den ganzen darauffolgenden Tag in Anspruch. Laena flickte ihre Kleider und Schlafsäcke, während Moru so viel Karibufleisch, wie sie tragen konnten, trocknete und räucherte. Das Fleisch wurde in dünne Scheiben geschnitten und über Gestelle aus Karibuknochen gelegt, unter denen ein kleines Feuer brannte. Moru verbrachte die meiste Zeit damit, zwischen den Gestellen zu sitzen, das Fleisch in Abständen zu wenden und mit einem Wedel aus Gräsern die Fliegen zu verscheuchen.

Laena versuchte zu entscheiden, wie viele Kleidungsstücke sie mitnehmen sollten. Moru war noch sehr jung und konnte keine schwere Last tragen. Sie würden beide nicht lange durchhalten, wenn sie zu schweres Gepäck mit sich herumschleppten. Andererseits mußten sie gut vorbereitet sein. Letztendlich packte Laena nur ihre Schlafsäcke und für jeden einen Satz Kleider zum Wechseln ein – sonst nichts. Ihr Zelt war viel zu schwer, als daß sie es hätten tragen können. Wenn der Winter kam, würden sie einen Schutz gegen Witterung und Kälte brauchen, aber damit würde sie sich befassen, wenn es soweit war. Sie mahnte sich zur Zuversicht; einen anderen Weg gab es ohnehin nicht.

Am Morgen des dritten Tages begutachtete Laena, was sie bisher geschafft hatten, und kam zu dem Schluß, daß sie sich nicht besser vorbereiten konnten. Neben Schlafsäcken, Kleidern und dem geräucherten Fleisch hatte sie vier Sätze Feuerhölzer und Zunder eingepackt, einige Sehnen und Knochennadeln, die Gorag in den vergangenen Wochen geschnitzt hatte, eine lederne Trinkschale, die sie selbst angefertigt hatte, und ein Paar Ersatzstiefel.

Sie hielt einen Augenblick inne und wünschte, Elbrau wäre noch bei ihnen. Seine Weisheit war immer tröstlich gewesen und seine Talente als Werkzeugmacher unverzichtbar. Sie fragte sich, wo und wie Gorag den Steinhauer getötet hatte, denn für sie bestand kein Zweifel daran, daß es sich genauso zugetragen hatte. Ihre Gefühle drohten sie zu überwältigen: Trauer ob des Verlustes ihres Freundes, Zorn auf Gorag und schlicht Einsamkeit.

Dann dachte sie wieder an ihre Mutter und ermahnte sich, stark zu sein. Sie glaubte wirklich daran, daß sie jenseits dieser einsamen Wildnis ein glückliches Schicksal erwartete. Nun denn: Sie würde ihm folgen.

Sie rief Moru, und gemeinsam sammelten sie Steine, um die übriggebliebenen Vorratslager gegen Raubtiere zu sichern. Sollten sie jemals hierher zurückkommen, würden die Fleischvorräte noch da sein. Aber auch wenn nicht, konnte sie nicht zulassen, daß die Vorräte verdarben; das wäre respektlos gewesen gegenüber den Geistern der Tiere, die das Fleisch geliefert hatten.

Dann legte sie ihr Zelt zusammen, versteckte es in einem der leeren Vorratslager und markierte dieses mit einem letzten Steinhaufen. Sie warf Erde über das Feuer, wandte sich Moru zu und half dem kleinen Mädchen, ihr Gepäck zu schultern. »Bist du ganz sicher, daß es auch bequem sitzt?« fragte sie und musterte ihre Schwester forschend.

Moru nickte knapp. »Ich komme schon zurecht.«

Sie will, daß ich sie respektiere, dachte Laena bei sich. *Sie will so erwachsen sein wie ich.* Und doch wußte Laena, daß sie beide nicht erwachsen waren. Das Ganze war wie ein Spiel. Ein dummes, gefährliches Spiel.

Sie schüttelte energisch den Kopf. Sie hatte sich entschieden. Sie hatte keine andere Wahl.

Sie drückte Morus Schulter und lud sich dann ihre

eigene Last auf. Dann nahm sie Gorags Speer und entfernte sich rasch vom Lager, um sich keine weiteren Zweifel an der Richtigkeit ihres Handelns zu gestatten.

Laena wies Moru an vorauszugehen, damit sie sie ständig im Auge behalten konnte. Sie hielten sich nahe am Fluß und folgten ihm stromaufwärts nach Süden. Die Sonne war am wärmsten, wenn sie von Süden schien, das wußte jedes Kind. Wenn es also tatsächlich ein warmes grünes Land gab, in dem es niemals schneite, mußte es im Süden liegen.

In der Ferne sah Laena Berggipfel, die sich wie eine Mauer am Ende des weiten, fruchtbaren Tals erhoben. Würde sie weiter ziehen müssen als bis zu diesen Bergen? Sie konnte sich einen weiteren Weg nicht vorstellen. Nicht einmal ihr Vater, der ein geschickter Kletterer gewesen war, hatte sich je an richtig steile, verschneite Hänge gewagt.

Nun, sie würden dem Fluß folgen, so weit sie konnten, und abwarten, was geschah.

Sie wanderten den ganzen Morgen, und als die Sonne höher stieg, begann Laena, Moru einige der alten Lieder vorzusingen – die Lieder, die der Stamm auf dem langen Marsch vom Winterquartier zu den Sommerjagdgründen gesungen hatte. Moru stimmte ein und lächelte sogar manchmal, wenn sie Laena über die Schulter hinweg einen Blick zuwarf. Der Himmel war klar, es wehte nur eine leichte Brise, und Laena fing an, sich unbeschwerter zu fühlen. *Denk daran, wieviel schlimmer alles wäre, wenn Gorag noch lebte*, sagte sie sich. Es machte ihr angst, allein auf sich gestellt zu sein, aber wenigstens war sie frei.

Als sie unter der schweren Last ihres Gepäcks ermüdeten, setzten sie sich auf einen niedrigen grasbewachsenen Hügel und nahmen eine karge Mahlzeit aus Trockenfleisch und Fett, das mit gestampften Beeren vermischt war, zu sich. Insekten summten, ihre Flügel in der Sonne glitzernd, und eine sachte Brise malte ständig wechselnde Muster auf den Fluß. Laena machte oft halt, um zu lauschen, aber das Rascheln stammte nur vom Wind, der durch die Bäume strich, und es schien, als wären sie und ihre Schwester ganz allein im Tal.

Moru legte sich hin, um ein wenig zu schlafen, und Laena setzte sich zu ihr, bemüht, wachsam zu bleiben und nach Anzeichen von Gefahr Ausschau zu halten. Dies war die Jahreszeit, da Moschusochsen, Steppenbisons und Mammuts sich gewöhnlich am üppigen Gras satt fraßen und Winterspeck ansetzten.

Sie erinnerte sich an das, was ihr Vater gesagt hatte – daß das wärmere Klima die Welt veränderte, dadurch, daß das Eis schmolz und der Wasserspiegel stieg, Land überflutete und die Tiere zwang, sich ihre Nahrung anderswo zu suchen. War das Land deshalb so leer?

Der Gedanke beunruhigte sie. Wenn es nur noch zu Zeiten der Herdenwanderungen Fleisch gab, würden die Menschen nicht überleben können. Dann würde die Welt, in der sie aufgewachsen war, bald nicht mehr existieren.

Dann wachte Moru auf, und es war wieder an der Zeit, an ihre unmittelbare Zukunft zu denken. Am Fluß stillten sie ihren Durst, wobei sie abwechselnd niederknieten und mit der ledernen Trinkschale Wasser schöpften. Dann machten sie sich wieder auf den Weg und marschierten den ganzen langen Nachmittag.

Die Sonne schien noch, als Laena beschloß, ihr Nachtlager aufzuschlagen. Überhaupt ging die Sonne in den Sommermonaten nie richtig unter. Laena war dankbar dafür: Das würde es ihr erleichtern, die Nächte durchzustehen, ohne daß undurchdringliche Schwärze ihre Ängste schürte.

Laena entdeckte einen Hügel, von dem aus man einen freien Blick auf den Fluß hatte. Auch standen dort einige zwergenhafte Bäume, die ihr ein bißchen ein Gefühl von Sicherheit gaben. Sie sammelte Feuerholz und packte dann ihr bestes Paar Feuerhölzer aus. Das Ritual, einen Stock in den anderen zu stecken und zwischen den Händen zu drehen, bis der Zunder aufglomm, hatte etwas Beruhigendes an sich. Als schließlich kleine Flammen aufloderten, lächelte Laena und fühlte, wie sie nicht nur ihre Gliedmaßen wärmten, sondern auch ihre Seele.

Sie wandte den Kopf und sah Moru an einen der Bäume gelehnt auf dem moosigen Boden sitzen. Das kleine Mädchen hatte seine Last noch geschultert, aber seine Augen waren geschlossen, und es atmete tief und gleichmäßig in friedlichem Schlummer.

Laena war versucht, ihre kleine Schwester weiterschlafen zu lassen, aber sie wußte, daß das unklug wäre. Moru befand sich noch im Wachstum und brauchte regelmäßige Mahlzeiten.

Laena packte etwas von ihrem Fleisch aus, röstete es über dem Feuer und schüttelte ihre Schwester dann sanft bei der Schulter. Moru schlug träge die Augen auf, jedoch nur zur Hälfte.

»Iß«, sagte Laena zärtlich.

Moru grunzte schläfrig und rührte sich nicht.

Als Moru noch ein Säugling gewesen war, hatte Laena sie häufig gefüttert. Das konnte sie auch jetzt wieder tun. Stück für Stück schob sie ihrer Schwester kleine Bissen Fleisch in den Mund. Moru kaute verschlafen und schluckte, die Augen immer noch halb geschlossen. Dann, ganz plötzlich, schlief sie ohne ein Wort wieder ein.

Laena nahm dem kleinen Mädchen den Rucksack vom Rücken, legte Moru ins Gras und breitete den Schlafsack über sie. Als Moru versorgt war, aß sie selbst etwas und streckte sich dann neben ihrer Schwester aus. Einer von uns sollte wirklich Wache halten, sagte sie sich, aber sie wußte nicht, wie sie sich zwingen sollte, wach zu bleiben. Hier unter den Bäumen waren sie geschützt. Sie hatte kein Anzeichen dafür entdecken könne, daß Raubtiere oder feindselige Stämme in der Nähe waren. Sie würden eben das Beste hoffen müssen in dieser ersten Nacht, in der sie allein auf sich gestellt waren.

Und so schlief Laena ein, während die Sonne im Westen noch am Himmel glühte.

Zweimal fuhr sie während der Nacht aus dem Schlaf hoch. Einmal glaubte sie, einen Menschen schreien gehört zu haben, um dann festzustellen, daß eine Eule sie geweckt hatte. Das zweitemal hörte sie ein leises Rascheln, das wohl von einem Maulwurf oder einer Maus herrührte, die sich im Gras zu schaffen machte. Sie war froh, daß überhaupt Leben um sie herum war, dadurch fühlte sie sich nicht mehr ganz so allein.

Dann war es plötzlich Morgen. Vom Feuer war nur noch ein kleiner Haufen Asche übrig. Die Strähnen von Laenas Haar, die aus ihrem Schlafsack gerutscht waren, waren feucht von Tau. Sie fror, ihre Muskeln schmerzten, und sie war hungrig.

Sie entfachte ein neues Feuer, weckte Moru und schickte sie mit der ledernen Trinkschale zum Fluß, um Wasser zu holen. Kurz darauf saßen sie beide beim Frühstück. Laena erkannte, daß sie jetzt schon die Rationen überschritten, die sie eingeplant hatte. Aber sie litten quälenden Hunger, der danach verlangte, gestillt zu werden.

Als sie sich satt gegessen hatten, saß Moru still da und blickte über die Steppe, während Laena ihre Schlafsäcke zusammenpackte.

»Laena?«

Sie hielt inne und blickte zu ihrer Schwester hinüber. »Ja?«

»Das Land sieht hier genauso aus.«

»Du meinst, genauso wie bei unserem vorherigen Lager mit Gorag?«

»Ja«, nickte Moru. »Genau gleich.«

Laena zuckte die Achseln. »Wir sind nicht sehr weit gekommen.«

Moru starrte sie mit großen Augen an. »Wir sind einen *ganzen Tag* gelaufen!«

Langsam begriff Laena, was in ihrer Schwester vorging. »Es wird vermutlich viele Tage, vielleicht sogar Monate dauern, ehe wir den Ort finden, den wir suchen«, entgegnete sie sanft.

»Monate?« fragte Moru ungläubig.

Laena nickte knapp. »Und jetzt hilf mir, unsere Lasten zu verschnüren.«

Moru starrte sie lange reglos an und gehorchte dann widerstrebend mit grimmiger Miene.

Sie setzten ihren Weg fort, und Laena sang wieder die alten Stammesgesänge. Diesmal stimmte Moru jedoch nicht ein. Das kleine Mädchen behielt seine mißmutige Miene bei, und Laena mußte ihre Schwester immer wieder anhalten, nicht zu trödeln.

Innerlich begann Laena, sich zu sorgen. Wie sollten sie die Strecke, die noch vor ihnen lag, überstehen, wenn Moru jetzt schon Widerwillen an den Tag legte? Laena erkannte, wieviel ihr die Gesellschaft ihrer Schwester bedeutete. Sie hatten sich schon immer besonders nahegestanden und nur sehr selten gestritten. Sie wußte nicht, wie sie damit umgehen sollte, wenn Moru sich von ihr zurückzog oder sich gegen sie wandte.

Aber dann, gegen Mittag, stießen sie auf etwas, das Moru ihren Widerwillen – zumindest vorübergehend – vergessen ließ.

Auf der Kuppe eines Hügels an einer Flußbiegung hoben sich seltsame Formen vom Himmel ab. Laena ließ sich in das hohe Gras am Flußufer fallen und zog Moru ebenfalls auf den Boden. Gemeinsam beobachteten sie die Formen und verharrten lange reglos, schnuppernd und lauschend, aber nichts rührte sich, alles blieb still und friedlich.

Vorsichtig gingen sie weiter. Schließlich erkannten sie, daß es sich bei den Formen um Knochen handelte – um Mammutrippen, die früher einmal mit Tierhäuten bespannt gewesen waren. Zelte. Oben auf dem Hügel war ein Lager – oder besser die Überreste eines Lagers.

Sie überlegte, ob sie einen Bogen um den Hügel machen und ihren Weg fortsetzen sollten. Aber dann entschied sie sich dagegen. Sie mußten wissen, ob dort noch jemand lebte. Wachsam und immer wieder Pausen einlegend, um zu lauschen, führte Laena Moru den Hang hinauf, jede Unebenheit nutzend, um sich verborgen zu halten. Aber je näher sie dem Lager kamen, desto zuversichtlicher wurde sie. Das Lager schien schon vor langer Zeit aufgegeben worden zu sein.

Am Rand des Lagers erhob sich ein Steinpyramide, die höher war als ein Mann und deren Sinn und Zweck sich Laena nicht erklären konnte. Sämtliche Zelte waren abgebrochen worden; die einstigen Bewohner hatten nur die Knochengestelle zurückgelassen. Schließlich brachte Laena den Mut auf, aufrecht durch das Lager zu gehen, bis sie an einen geschwärzten Kreis in der Mitte gelangte. Der Boden um die ehemalige Feuerstelle war von zahlreichen Füßen festgetreten worden, und sie konnte sich die Menschen vorstellen, die sich einst hier versammelt hatten, um zu plaudern, zu singen und zu essen.

Laena schauderte. Dieser Ort erinnerte sie an ihr eigenes Winterlager, aus dem sie vertrieben worden waren. Was war hier vorgefallen? Wohin waren alle gegangen?

Moru schien Laenas Sorgen nicht zu teilen. Sie lief jubelnd durch die Zeltgerippe. Dann begann sie, einige der Steine von der Pyramide abzutragen.

Abrupt hielt sie inne. »Laena!« rief sie. »Laena, komm her und sieh dir das an!«

Laena suchte die Gruben ab, über denen die Zelte gestanden hatten, in der Hoffnung, etwas Nützliches zu finden, das die Bewohner zurückgelassen hatten – ein Flintmesser vielleicht oder sogar eine Speerspitze. Als sie Moru rufen hörte, wandte sie sich ihr eilig zu. »Was gibt's denn?«

»Komm schnell! Sieh dir das an!«

Laena brummte verärgert, ging jedoch zu ihrer Schwester hinüber, die ins Innere des Steinhaufens blickte. Er war innen hohl, und im Inneren lag etwas Weißes, etwas aus Knochen. Laena langte hinein und holt einen Gegenstand heraus. Ein Wolfsschädel. Ein fremdartiges Muster war mit Ocker auf den Knochen gemalt worden, und die Kiefer waren mit Sehnen zusammengebunden.

»Was bedeutet das?« fragte Moru, nahm Laena den Schädel aus der Hand und schüttelte ihn. »Wozu ist das?«

Laena fühlte ein merkwürdiges Prickeln im Nacken und an den Schultern. »Leg ihn zurück«, sagte sie und hörte die Schärfe in ihrem eigenen Tonfall. »Das ist kein Spielzeug.«

»Aber was soll das sonst sein?« Moru behielt den Schädel stur in der Hand und schnupperte an ihm.

»Ich weiß auch nicht, wozu er dienen soll. Leg ihn einfach zurück. Ich helfe dir, die Steine auf den Haufen zurückzulegen.« Zügig füllte sie die Lücke in der Pyramide wieder auf. »Wir müssen weiter. Es gibt hier nichts, was wir brauchen könnten. Die Menschen, die hier gelebt haben, haben alles Wertvolle mitgenommen.«

»Aber ich will hierbleiben!« jammerte Moru.

»Nein. Das ist kein guter Ort für uns.« Sie wußte nicht, warum sie das sagte, aber sie spürte, daß es stimmte. Zum erstenmal, seit sie aufgebrochen waren, fühlte sie sich unbehaglich.

Und so ließen sie das Lager hinter sich. Als Laena jedoch zurückblickte, empfand sie wieder die gleiche Furcht, die sie befallen hatte, als sie den Schädel unter dem Steinhaufen hervorgeholt hatten. Irgend etwas Bedrohliches ging von den Relikten aus, die sich vom blauen Himmel abhoben.

An diesem Abend schlugen sie schon früh ihr Lager auf, und Laena bestand darauf, daß sie abwechselnd Wache hielten. Es war jedoch schwieriger, als sie erwartet hatte, still dazusitzen, während Moru schlief. Und als dann Moru an der Reihe war, konnte das kleine Mädchen einfach nicht wach bleiben. Laena lag in ihrem Schlafsack und beobachtete Moru, die an einem Baum lehnte. Es dauerte nicht lange, und der Kopf sank ihr auf die Brust, und die Augen fielen ihr zu.

Laena war selbst so müde, daß sie kaum einen klaren Gedanken fassen konnte. Sie wußte, daß sie Moru eigentlich wecken und schelten sollte. Aber ebensogut wußte sie, daß es sinnlos wäre. Sie konnte sie nicht zwingen, wach zu bleiben. Und sie konnte sich auch nicht die ganze Nacht immer wieder davon überzeugen, daß ihre Schwester auch tatsächlich Wache hielt. Sie brauchte auch ihren Schlaf.

Eine Welle der Trauer durchströmte sie. Sie hatte versucht, das Richtige zu tun, ihre Ängste zu überwinden und tapfer und mutig zu sein, aber dieses Abenteuer war weit beschwerlicher, ermüdender und einsamer, als sie es sich vorgestellt hatte. Wie sollte sie es durchstehen, Tage und Wochen weiter nach Süden zu ziehen, ohne sich mit jemandem unterhalten oder beraten zu können, abgesehen von ihrer kleinen Schwester. Verzweiflung stieg in ihr auf.

Aber sogar diese Empfindung war nichts gemessen an ihrer Erschöpfung. Ihr Körper war bleischwer, ausgebrannt, und ihre Gedanken eine zähe Masse in ihrem Kopf. Im einen Augenblick war sie noch ganz erfüllt von ihrer Einsamkeit und der Sehnsucht nach etwas, das ihr Hoffnung gab, im nächsten war sie schon eingeschlafen.

Und dann war es ganz plötzlich schon Morgen. Laena schlug die Augen auf – und stellte fest, daß ihr Wunsch in Erfüllung gegangen war.

Kapitel 16

Jemand saß knapp zehn Schritte von ihnen entfernt im Gras und beobachtete sie. Laena blinzelte im grellen Morgenlicht. Die Gestalt bewegte sich.

Laena schrie erschrocken auf, fuhr hoch und krallte die Finger in ihren Schlafsack. Dann griff sie nach dem Speer.

Die Gestalt erhob sich langsam und näherte sich ihr. Laenas Herz raste, und das Blut rauschte in ihren Ohren. Sie rappelte sich hoch und erkannte im selben Augenblick, daß die Person, die auf sie zukam, eine Frau war. Eine alte

Frau mit langem grauen Haar. Sie trug einen knöchellangen Mantel aus Moschusochsenhäuten. Der Mantel schimmerte braun und verlieh ihr das Aussehen eines Tieres. Ihr Gesicht war jedoch vom Alter zerfurcht und von der Sonne gebräunt.

Die Frau blieb stehen, als sie sah, daß Laena den Speer in der Hand hielt, und sagte etwas. Laena konnte nicht verstehen, was sie sagte, aber der Tonfall der Fremden klang sanft, als bemühe sie sich, Laena zu beruhigen.

»Was ist los?« Das war Morus Stimme. Laenas erschreckter Aufschrei hatte sie geweckt. Blinzelnd hob sie den Kopf.

Laenas Kehle war wie zugeschnürt, und sie brachte keinen Ton heraus. Sie hielt den Speer fest umklammert. Die Spitze zitterte, als sie sie auf das Gesicht der fremden Frau richtete.

»Seid ihr aus dem Westen?« fragte die Fremde. Diesmal waren es Worte in ihrer Sprache, wenn die Frau auch mit hartem, seltsamem Akzent sprach. »Wo ist dein Stamm, Mädchen? Ist das deine Tochter?«

Moru starrte die Fremde an. »Ich bin nicht ihre Tochter, sondern ihre Schwester!« platzte sie heraus.

Die alte Frau brummte. »Die Kleine kann also sprechen.« Sie wandte sich wieder Laena zu und breitete die Hände aus, um zu zeigen, daß sie leer waren. »Leg deinen Speer nieder. Ihr habt von mir nichts zu befürchten.«

Langsam senkte Laena die Speerspitze, hielt den Schaft jedoch fest umklammert. Sie blickte sich hastig um, als ihr der Gedanke kam, die alte Frau könnte vorgeschickt worden sein, um sie abzulenken, während die Jäger sich von hinten heranschlichen. Aber das Land war so leer wie am Vortag, und das einzige Geräusch in der Stille war das Plätschern des Flusses am nur fünfzig Schritte entfernten Ufer.

Die alte Frau setzte sich zehn Schritte entfernt wieder hin. Sie bewegte sich sehr langsam und bedächtig. »Sag mir deinen Namen«, forderte sie Laena auf.

Laena schluckte und zwang sich zur Ruhe. »Laena«,

entgegnete sie und fügte dann mutiger hinzu: »Und wer bist du?«

Die alte Frau lachte trocken und heiser. »Vielleicht sage ich es dir, aber nicht, solange du dastehst und mich mit dem Speer bedrohst, während ich hier auf dem Boden sitze.«

Wachsam ging Laena in die Hocke und legte nach kurzem Zögern den Speer vor sich ins Gras, griffbereit, für den Fall, daß sie ihn brauchen sollte.

Die Frau nickte. Sie war nicht so alt, wie Laena zuerst angenommen hatte. Und sie strahlte Würde aus, sogar wenn sie auf dem Boden saß. »So ist es besser«, sagte sie. »Also, um deine Frage zu beantworten, mein Name ist Nan. Ich bin ein Wanderer.« Sie musterte Laena aus Augen von seltsamer blaßbrauner Farbe.

Laenas Furcht legte sich langsam, aber sie war entschlossen, auch weiterhin wachsam zu sein. »Warum hast du dich an uns herangeschlichen?«

Nan schüttelte gelassen den Kopf. Sofern sie sich vor Laenas Speer gefürchtet hatte, war ihr nichts davon anzumerken. »Ich habe mich nicht angeschlichen, Mädchen. Tatsächlich habe ich sogar bewußt einigen Lärm gemacht. Davon bist du auch aufgewacht.«

»Oh«, sagte Laena. Es machte sie verlegen, daß sie so achtlos gewesen war, daß sogar eine alte Frau sie im Schlaf hatte überraschen können.

»Wie alt bist du?« fragte Nan. »Dreizehn Sommer?«

»Zwölf«, entgegnete Laena.

»Ich bin acht«, meldete sich Moru zu Wort.

Nan lächelte. Trotz der tiefen, strengen Falten drückte ihr Gesicht Güte aus. Und Weisheit. Laena wünschte sich plötzlich von Herzen, dieser Frau vertrauen zu können. War sie wirklich vom Schicksal geschickt worden, als Antwort auf Laenas Wunsch nach jemandem, an den sie sich ratsuchend wenden konnte?

Laena vermochte dies nicht recht zu glauben, hoffte es aber dennoch.

»Wo ist der Rest eures Stammes?« fragte Nan.

»Wir sind allein«, erwiderte Laena. »Unsere Leute sind alle … umgekommen.« Das war wohl die beste Umschreibung. »Ein anderer Stamm ist gekommen …«

»Wir sind über den Fluß gegangen«, fiel Moru ihr ins Wort. »Er war voll Eis, und meine Mutter … mein Vater ist gestorben und auch meine Mutter …«

Nan musterte sie mit besorgter Miene. »Aber warum zieht ihr durch das Land? Wo wollt ihr hin?«

Laena warf Moru einen Blick zu. Das kleine Mädchen sah zu ihr auf und wartete, daß sie antwortete. »Wir sind auf dem Weg nach Süden«, sagte Laena schließlich. »Stromaufwärts.«

»Ihr wollt nach Süden, ja, aber wohin genau?«

Laena überlegte, ob sie ihr das Ziel ihrer Wanderung erklären sollte, entschied sich aber fast augenblicklich dagegen. »Das wissen wir nicht.«

Die alte Frau schwieg eine Weile und musterte Laena eindringlich. »Ihr hofft wohl, einen sicheren Ort zu finden, nehme ich an.«

Laena nickte. »Ja.«

»Nun.« Nan legte die Hände auf die Knie. »Das hier ist nicht der richtige Ort.« Sie seufzte. »Jetzt, da ich euch begegnet bin, werde ich wohl entscheiden müssen, was ich mit euch machen soll. Aber erst sollten wir gemeinsam etwas essen. Habt ihr etwas zu essen?«

»Ja«, entgegnete Laena. Dann, als ihr bewußt wurde, daß sie es sich nicht erlauben konnte, Fremden etwas von ihrer Wegverpflegung abzugeben, fügte sie hinzu: »Ein wenig.«

»Gut. Du machst ein Feuer, und ich hole Wasser.« Nan erhob sich, ohne auf Laenas Antwort zu warten, und ging zurück zu einem Bündel, das sie hinter sich auf dem Boden hatte liegenlassen. Laena den Rücken zugekehrt, kramte sie darin herum. Schließlich zog sie eine lederne Schale heraus, die ein wenig größer war als Laenas, und machte sich auf den Weg hinunter zum Fluß, ohne noch einen Blick zurückzuwerfen.

»Wer ist das?« Moru blickte fragend zu Laena auf.

»Ihr Name ist Nan«, entgegnete Laena. »Das hat sie gesagt.«

»Aber sie kommandiert uns herum«, sagte Moru.

Laena wandte sich zur Seite und öffnete ihren Lederbeutel. Sie holte die Feuerhölzer heraus. »Sie ist erwachsen. Sie hat das Recht dazu.«

»Wird sie von unserem Fleisch essen?«

Laena fühlte eine Welle der Verärgerung in sich aufsteigen. »Vielleicht kann sie uns helfen«, entgegnete sie scharf. »Sei höflich zu ihr, Moru. Bitte.«

Nan kam mit der vollen Schale zurück. Laena neigte den Kopf und machte sich daran, ein Feuer zu entzünden.

Ein wenig später saßen sie um ein kleines Feuer herum und aßen von ihrem Karibufleisch. Die Flammen knisterten, und der durchdringende Geruch des Rauches vermischte sich mit dem kräftigen Geschmack des Fleisches. Laena fühlte, wie das Feuer langsam ihre steifen Glieder wärmte, und etwas von ihrem Mut kehrte zurück. »Wo ist dein Stamm?« fragte sie Nan. »Ist deinen Leuten auch etwas zugestoßen?«

Nan kaute noch eine Weile schweigend vor sich hin, ehe sie antwortete. »Sie wurden von einem Sturm dahingerafft, als ich so jung war wie du heute«, sagte sie. »Das war vor vielen, vielen Jahren. Also bin ich auf Wanderschaft gegangen. Ein anderer Stamm hat mich aufgenommen …« Sie brach ab. »Das ist eine lange Geschichte, Mädchen. Sagen wir einfach, daß manche Menschen seßhaft sind und andere lieber für sich bleiben.«

»Meinst du damit, daß du allein umherziehst und für dich sorgst? Wie ist das möglich?«

Nan zuckte die Achseln. »Ich ziehe von einem Stamm zum anderen und bekomme dort zu essen. Ich bin eine Heilerin, weißt du.«

Plötzlich verstand Laena. Jedes Jahr hatte ein alter Mann den Panther-Stamm besucht und Kräutermedizin und seine Heilkünste angeboten. Sie begegnete Nan mit neuem Respekt.

»Ich komme zurecht«, fuhr diese fort. »Wenngleich es kein leichtes Leben ist. Vor allem jetzt, da sich alles so sehr verändert.« Sie betrachtete Laena und Moru nachdenklich. »Ihr seid nicht die einzigen, die im Westen heimatlos geworden sind, wißt ihr. Und im Norden ist es noch schlimmer. Es gibt nicht genug zu essen, und das Große Wasser steigt, so daß immer mehr Land überflutet wird. Die Menschen wenden sich gegeneinander.«

»Aber hier scheint es doch recht friedlich zu sein«, entgegnete Laena und ließ den Blick über das grüne Tal schweifen.

»So ist es auch«, pflichtete Nan ihr bei, nahm sich noch ein Stück Fleisch und grub die Zähne hinein. »Und weißt du auch, warum?«

Laena antwortete nicht. Sie gestand nicht gern ihre eigene Unwissenheit ein.

»Dieses Land gehört dem Wolf-Stamm«, sagte Nan, als wäre das der Erklärung genug. »Sie sind kein sehr gastfreundliches Volk, und darum kommen auch keine Flüchtlinge her. Niemand hat den Mut dazu.«

Laena kam es vor, als würde sich eine kalte Faust um ihren Magen schließen. Konnte sie Nans Worten wirklich Glauben schenken?

»Wir sind auf ein Lager gestoßen«, sagte Moru. »Gestern. Dort drüben. Haben die Wolf-Menschen dort gelebt?«

Nan nickte. »Einige von ihnen. Aber eine Krankheit hat viele von ihnen dahingerafft. Die Wölfe sind sehr abergläubisch, und darum haben sie diesen Lagerplatz verlassen.«

»Da war etwas in einem Steinhaufen versteckt«, sagte Moru. »Ein Wolfsschädel. Ich habe ihn gefunden.«

Nan warf ihr einen scharfen Blick zu. »Soll das heißen, du hast die Pyramide geöffnet?« Jede Wärme war aus ihrer Stimme gewichen, die Furchen in ihrem Gesicht hatten sich vertieft, und ihre Augen blitzten.

Moru wich ängstlich zurück und blickte unbehaglich zu Laena auf.

»Ich habe den Schädel zurückgelegt«, sagte Laena.

»Das will ich hoffen, Mädchen. Und ich hoffe, du hast ihn wieder genauso hingelegt, wie du ihn angetroffen hast. Dieser Schädel soll die bösen Geister fernhalten, die die Seuche über die Menschen gebracht haben. Die Wolf-Menschen töten jeden, der sich an ihren Totems vergreift.«

»Aber ich habe nichts Böses getan!« protestierte Moru.

»In den Augen der Wölfe schon.« Nan schlug mit einer Hand auf den Boden. »Es ist hier nicht so still und friedlich, wie es scheint. In diesem Land herrscht der Tod.« Sie schwieg eine Weile gedankenversunken. »Ich habe erst letzte Woche das Skelett eines Mannes gefunden. Zwischen seinen Knochen lag eine Feuersteinklinge, an der sein eigenes Blut klebte.« Sie schüttelte den Kopf. »Die meisten Stämme geben einem Wanderer zu essen und ehren ihn wegen der Geschichten, die er erzählt. Beim Wolf-Stamm ist das anders. Das einzige, das ein Fremder von ihnen zu erwarten hat, ist ein Messer im Bauch.«

Moru funkelte Laena anklagend an. »Davon hast du mir nichts erzählt«, beschwerte sie sich. »Du hast gesagt, wir wären hier sicher.«

»Ich wußte doch nichts davon!« entgegnete Laena unwirsch. »Woher sollte ich das denn wissen. Ich habe dir doch gesagt, wir sollten abwechselnd Wache halten, oder?«

»Beruhigt euch, Kinder«, sagte Nan und hob in einer besänftigenden Geste beide Hände. »Du hast ganz recht, Mädchen, du konntest das nicht wissen.«

Laena war ganz verwirrt, als ihr bewußt wurde, daß sie den Tränen nahe war. »Und was machst du hier, wenn dies ein so schreckliches Land ist?« fragte sie.

Nan lächelte. »Ich bin den Wolf-Menschen begegnet. Ich habe ihre Kranken geheilt und ihre Träume bereichert. Ich spreche ihre Sprache. Die Sprache, die ich gesprochen habe, als du mich bemerkt hat. Sie wissen, daß ich ihnen nützlich bin.«

Hierauf folgte ein kurzes Schweigen. Eine Windböe fegte über das weite Tal, so daß Laena trotz ihrer Felle fröstelte. Sie blickte sich erneut um, und jetzt erschien ihr das Land nicht mehr so freundlich wie vorher. Es gab so viele Stellen, an denen sich Feinde verstecken konnten. So viele Gefahren, die sie nicht hatte vorhersehen können. »Nan ...«, begann sie zögernd, nicht sicher, wie sie ihre Gedanken formulieren sollte. »Nan, ich weiß nicht, ob ich alt genug bin, um ... um das zu tun, was ich gerade tue, hier draußen. Du scheinst so vieles zu wissen und bist früher schon hier gewesen ...«

»Du willst mit mir kommen?« Nan nickte. »Natürlich.«

Laena starrte sie verblüfft an. Konnte es tatsächlich so einfach sein?

»Ich bin eine alte Frau«, fuhr Nan fort. »Ich könnte etwas Hilfe brauchen. Außerdem hat man mir auch geholfen, als ich noch jung war und nicht wußte, wo ich hin sollte. Es ist der Lauf der Welt, daß man einen Gefallen weitergibt. Ja, ihr könnt mich beide begleiten, bis ihr einen Ort gefunden habt, an dem ihr willkommen seid und euch niederlassen wollt.«

Laena fühlte, wie die innere Anspannung, derer sie sich gar nicht bewußt gewesen war, von ihr abfiel. »Danke!« sagte sie aus tiefstem Herzen.

Die alte Frau neigte den Kopf. Sie lächelte nicht. »Aber eins müßt ihr euch beide klarmachen; ihr müßt genau das tun, was ich euch sage. Ich möchte keine Widerworte hören, und ich erwarte, daß ihr euren Anteil der Arbeit erfüllt.«

Laena blinzelte. Langsam dämmerte ihr, daß Nan ihr kein Geschenk machte; mit ihrem Angebot waren gewisse Bedingungen verknüpft. Sie würde nicht mehr über ihr Schicksal bestimmen. Sie würde ihre Freiheit einbüßen. Und sie würde sich von der Entscheidung abwenden, die sie erst vor zwei Tagen gefällt hatte, nämlich ihrer Vision zu folgen.

»Darf ich fragen, in welche Richtung du ziehst?« fragte sie vorsichtig.

»Ich werde noch eine Weile dem Fluß folgen und mich dann nach Osten wenden.« Nan nickte in Richtung Landesinnere.

Laena schwieg eine Weile. »Und du willst wirklich nicht weiter nach Süden gehen?«

Nan lachte freudlos. »Siehst du die Berge dort, Kind? In zwei, höchstens drei Tagen würdest du mitten im Sommer auf Schnee und Eis stoßen, auf Felshänge, die so steil sind, daß sie niemand erklimmen kann. Dort gibt es nichts zu holen, vertrau mir.«

Laena zögerte. Nan war ihr ganzes Leben lang durch das Land gezogen. Und doch war Laenas Glaube an ihre Vision unerschütterlich. »Vielleicht gibt es ja etwas jenseits der Berge«, sagte sie.

Nan winkte ab. »Das weiß niemand.«

In diesem Fall, dachte Laena bei sich, konnte es das Land aus ihrem Traum tatsächlich geben. Allerdings war klar, daß sie ihre Suche nicht fortsetzen konnte. Zumindest nicht gleich. Sie brauchte Nan oder jemanden wie sie, solange sie zu jung war, sich selbst zu ernähren und zu schützen. Sie war schon ein sehr großes Risiko eingegangen, allein dadurch, daß sie dieses Tal durchquert hatte.

Eines Tages, schwor sich Laena, werde ich stark genug sein, dahin zu gehen, wohin vor mir noch niemand gegangen ist. Eines Tages, wenn ich wirklich erwachsen bin.

Sie wandte sich von den Bergen ab und richtete den Blick wieder auf Nan. »Es wird uns eine Ehre sein, dich zu begleiten«, sagte sie. »Und ich verspreche dir, daß wir deinen Weisungen Folge leisten werden.«

Nachdem sie ihre Habe zusammengepackt hatten, betrachtete Nan aufmerksam die Stelle, an der Laena und Moru die Nacht verbracht hatten. »Wir sollten unsere Spuren verwischen«, sagte sie, halb zu sich selbst. Sie zeigte auf das niedergedrückte Gras, dort, wo sie in ihren

Schlafsäcken gelegen hatten. »Richtet es wieder auf. Ich werde sehen, was ich tun kann, um die Feuerstelle unkenntlich zu machen. Es wird zwar einer genaueren Prüfung nicht standhalten, aber immer noch besser sein als gar nichts.« Sie griff unter ihren Mantel, holte ein Flintmesser hervor und schnitt einige Äste von umstehenden Sträuchern.

Moru begann, mit den Füßen das Gras aufzurichten, aber Laena stand reglos da und starrte auf das Messer in Nans Hand.

Nan hielt inne und musterte sie stirnrunzelnd. »Stimmt etwas nicht, Mädchen?«

Laena streckte die Hand aus. »Darf ich?« Sie sah, daß ihre Hand zitterte. Sie wußte, daß sie sich kindisch benahm. Trotzdem ... sie mußte ganz sicher sein. »Darf ich mir das Messer einmal ansehen?«

Nan reichte es ihr.

Laenas Finger schlossen sich um den Griff. Sie fühlte ein taubes Gefühl in der Brust. »Wo hast du das her?«

»Also, wenn du es genau wissen willst, ich habe es gefunden«, entgegnete Nan.

Die Taubheit schien sich auszubreiten, bis es Laena vorkam, als würde die Welt um sie herum zurückweichen. »Wo?« fragte sie. »Ich muß wissen, wo.«

»Im Gerippe eines Toten. Dem, von dem ich dir erzählt habe. Er lag sechs Tage von hier entfernt flußabwärts in einem Graben.«

Laena setzte sich, als ihre Beine drohten, ihr den Dienst zu versagen. »Elbrau«, sagte sie.

»Ah.« Nan verstand, und ein weicher Ausdruck trat in ihre Augen. »Er war einer von eurem Stamm.«

»Ja«, entgegnete Laena. Sie strich mit dem Daumen an der Flintklinge entlang und über die Sehnen, mit denen der lederne Griff umwickelt war. »Ich habe die Machart der Klinge wiedererkannt«, sagte sie und dachte daran, wie Elbrau ihr das Messer gezeigt und im Ärmel seines Fellmantels versteckt hatte. »Es ist dieselbe wie bei meinem Speer. Den hat auch er gemacht.«

Nan nickte. »Ich habe gleich gesehen, daß es nicht von einem Wolf angefertigt wurde.« Sie legte Laena eine Hand auf die Schulter. »Weißt du, wie dein Freund gestorben ist?«

»Nein«, erwiderte Laena mit einer hilflosen Geste. Sie versuchte sich vorzustellen, wie Gorag Elbrau ausgetrickst und überredet hatte, ihm sein Messer zu geben. Vielleicht hatte er es auch gestohlen, als Elbrau einen Moment unachtsam gewesen war. Sie schüttelte den Kopf; es spielte keine Rolle. Elbrau war tot, daran bestand jetzt kein Zweifel mehr.

»Vielleicht tröstet es dich, daß ich die Gebeine deines Freundes begraben habe«, sagte Nan. »Er wird in Frieden ruhen. Sein Geist wird nicht rastlos umherwandern.«

»Nimm es«, sagte Laena. Sie konnte den Gedanken nicht ertragen, die Waffe in der Hand zu halten, mit der Elbrau getötet worden war. »Behalte es, Nan. Es hätte ihn gefreut, daß du Verwendung dafür hast.«

Sie rappelte sich hoch und ging zum Fluß hinunter, um allein zu sein. Das Wasser strömte träge dahin, im strahlenden Sonnenlicht schimmernd. Geistesabwesend starrte sie lange auf die beinahe spiegelglatte Oberfläche.

Hinter sich hörte sie, wie Nan sich wieder an die Arbeit machte und die Äste in den Boden stak, um die Asche zu verbergen. Moru murmelte eine Frage, und Nan antwortete, aber das alles schien weit entfernt.

Laena starrte auf das Wasser. Flußabwärts war Gorags Leichnam in den Fluß getrieben und jenen Menschen gefolgt, die er in den Tod geführt hatte. Inzwischen würde seine Leiche über die Flußmündung hinausgetrieben sein, vorbei an der traurigen Ruine, die die Panther ihr Zuhause genannt hatten.

Laena beschwor ihren Haß auf Gorag herauf und labte sich einen langen Moment daran, hielt ihn in ihrer Brust, ihrem Bauch und ihrer Seele fest. Dann ließ sie ihn widerstrebend los. Aus Haß zu töten war schlimm genug; damit zu leben noch viel schlimmer.

Das Wasser gurgelte am Ufer. Sie wandte sich von ihm ab. Sie fühlte sich leichter, stärker und besser gewappnet für die Welt. Mit neuer Energie kehrte sie zu Nan und Moru zurück, die bereits auf sie warteten.

Kapitel 17

Vier Tage später lagerten sie an einem schmalen Nebenfluß, der einen steilen, mit Bäumen bewachsenen Berghang hinunterrauschte. Die Luft hier oben in den Bergen duftete frisch und süß. Und doch hatte Laena wenig Muße, die Landschaft zu bewundern.

»Noch mal«, befahl Nan.

Laena strich sich das Haar aus der Stirn. Ihre Arme fühlten sich unbeschreiblich schwer an, und ihre Muskeln schmerzten. »Was war denn diesmal falsch?«

»Dein Knoten war zu locker. Denk daran, Blut ist wie Wasser, das aus einer Quelle sprudelt. Es versucht immer, Wege zu finden zu entkommen. Wenn dein Knoten nicht fest genug ist, entweicht das Blut eines Verwundeten, und er stirbt.« Nan hockte sich neben Laena und nahm ihr die Sehne aus den Händen. »Sieh her. So macht man das.« Geschickt drehten ihre Finger die Sehne, legten sie um den aufrechten Stein vor ihnen und knüpfte einen Knoten. »Du mußt fester ziehen. Dann greift die Sehne.« Nan setzte sich und nickte Laena zu. »Versuch es noch mal.«

Laena nestelte mit den Fingernägeln an dem Knoten, den Nan fest zugezogen hatte. Sie löste ihn, schüttelte die Sehne aus und schlang sie um den Stein.

»Viel besser!« lobte Nan.

Laena sah zu ihr hinüber. Die alte Frau klang erfreut. Laena konnte es kaum fassen.

»Und jetzt sag mir, was du als nächstes tust«, fuhr Nan fort.

Laena blinzelte. Sie brauchte einen Moment, zu begreifen, daß sie ihre Lehrerin endlich zufriedengestellt hatte. Dann brauchte sie einen weiteren Moment, eine Antwort auf die neue Frage zu finden, die ihr gestellt worden war. »Ich muß die Wunde verbinden, Nan.«

»Richtig. Und wie machst du das?«

»Ich binde ein Stück weiches Leder darüber. Oder ich nehme Moos, das ich zu einem feinen Pulver zerrieben habe, um das Blut zu verdicken.«

»Und dann?«

Laena schloß die Augen und dachte angestrengt nach. Die Handgriffe und Fragen nahmen kein Ende. »Danach entferne ich die Sehne, damit das Glied nicht abstirbt.«

»Gut, Laena!«

Laena schlug die Augen wieder auf und sah in Nans lächelndes Gesicht. In den vergangenen vier Tagen hatte sie gelernt, auf dieses Lächeln zu hoffen, es herbeizusehnen, alles zu tun, es herbeizuführen. Wenn Nan lächelte, hatte die Qual ein Ende – zumindest für den Augenblick.

Laena drückte die Hände in die Seiten und bog den Oberkörper zurück, um ihre verkrampften Muskeln zu lockern. Als sie sich Nan angeschlossen hatten, hatte sie die alte Frau scheu gebeten, sie einiges über ihre Heilkunst zu lehren. Laena hatte sich einige entspannte Unterhaltungen vorgestellt wie damals mit Elbrau, als dieser ihr von seinem Handwerk erzählt hatte. Sie hätte sich niemals träumen lassen, daß Nan ihre Bitte so ernst nehmen würde – oder daß die Kunst eines Heilers so viel Lernen und Arbeit bedeuten könnte.

Sie waren über felsiges Terrain gewandert, immer weiter bergauf, einem kleinen Bachlauf folgend, der sich geröllbedeckte Hänge hinabwand. Und jeden Abend hatte Nan sie unterrichtet – sie hatte ihr beigebracht, Kräuter zu unterscheiden, Knoten zu schlingen, Fieber zu senken, Wunden zu schließen und Wurzeln auszugraben. Und es nahm kein Ende.

An diesem Abend war Moru bereits mit Essen fertig und hatte sich am Feuer in ihrem Schlafsack zusammengerollt. Laena hatte noch nichts essen dürfen. »Ich bin müde«, sagte sie.

Nan winkte nur ab. »Die Müdigkeit wird vergehen. Je härter du arbeitest, desto stärker wirst du. Und je mehr du lernst, desto leichter fällt es dir, noch mehr zu lernen.«

Laena bekam dies nicht zum erstenmal von Nan zu hören. Das Schlimmste hätte sie hinter sich – Nan schien aufrichtig davon überzeugt. Laena hätte nie für möglich gehalten, daß ein Mensch allein so viel wissen und so stark sein könnte.

Nan streckte die Hand aus und tätschelte ihre Schulter. »Anfangs ist es hart«, sagte sie, ein wenig freundlicher. »Aber wenn du die Willenskraft aufbringst durchzuhalten, wirst du feststellen, daß es sich lohnt. Vergiß nicht, daß, wenn du eine Heilerin wirst, du dich über den Status einer gewöhnlichen Frau erhebst. Ein Heiler ist an jedem Lagerfeuer willkommen.«

Laena musterte sie zweifelnd. »Sogar an dem des Wolf-Stammes?«

»Sogar dort.« Nan schwieg eine Weile und ließ den Blick über das Land um sie herum schweifen. Sie waren in ein Tal gelangt, das von hochaufragenden Felswänden eingefaßt war und wo der Bach gischtsprühend von Fels zu Fels sprang. Überall wuchsen Kiefern – mehr, als Laena in ihrem ganzen bisherigen Leben gesehen hatte. Der Himmel war noch hell, aber die Sonne war schon lange hinter den Wipfeln der Bäume verschwunden.

Nan seufzte. »Ich schätze, für weitere Lektionen reicht das Licht nicht mehr aus«, sagte sie. Sie griff nach einem Stock, auf den reichlich Fleisch aufgespießt war, und legte ihn über das Feuer.

Laena fühlte eine Welle der Erleichterung in sich aufsteigen. Dennoch konnte sie sich nicht völlig entspannen. »Ich habe immer noch Angst vor einer Begegnung mit den Wölfen«, sagte sie. »Was, wenn sie mich und Moru sehen und …«

Nan schnitt ihr mit einer ungeduldigen Handbewegung das Wort ab. »Sie werden euch akzeptieren.«

»Wie kannst du dir da so sicher sein?«

Nan musterte sie ruhig. »Ihre Späher sind bereits dort draußen. Sie haben uns gesehen. Sie wissen, daß wir hier sind.«

Laena versteifte sich und blickte sich hastig um. Aber sie konnte nur Bäume, Felsen und den Bach sehen.

»Sie sind uns heute gefolgt«, fuhr Nan fort. Sie nahm den Spieß vom Feuer. »Iß. Du bist jung; du brauchst Nahrung.«

Laena sah auf Nans Gesicht. Die tiefen Furchen ließen es so streng und weise erscheinen. Sie konnte sich nicht vorstellen, daß sie selbst eines Tages im Angesicht des Feindes solche Ruhe bewahren könnte.

»Zerbrich dir nur den Kopf über Dinge, die du beeinflussen kannst«, sagte Nan. »Denk nach: Gibt es irgend etwas, was wir gegen die Wölfe tun könnten? Nein. Im Augenblick nicht.« Sie zuckte die Achseln. »Also laß uns essen.«

Zögernd nahm Laena sich ein Stück Fleisch. Trotz ihrer Furcht stellte sie fest, daß sie sehr hungrig war. Das Wasser lief ihr im Mund zusammen, kaum daß das Fleisch ihre Lippen berührte. »Aber sie könnten sich anschleichen, während wir schlafen, so wie du, als Moru und ich am Fluß lagerten.«

Nan zuckte erneut mit den Schultern. »Sie brauchen nicht zu warten, bis wir schlafen. Sie könnten uns ebenso mühelos töten, während wir wach sind. Eine alte Frau und zwei Mädchen mit nur einem einzigen Speer …« Sie grunzte.

Nun, das stimmte vermutlich. Aber das trug nicht eben dazu bei, Laenas Nervosität zu mildern.

Etwas später, als sie sich satt gegessen hatten, wickelten sie und Nan sich in ihre Decken und legten sich auf ihre Lager aus Gras und Moos. So erschöpft Laena war, lauschte sie doch auf jedes noch so leise Geräusch, das die Anwesenheit eines Fremden verraten hätte. Aber sie hörte nur das Plätschern des Baches und das Zischen der aufspritzenden Gischt.

Aber auch ohne die gesichtslose Bedrohung durch den Wolf-Stamm wäre sie rastlos gewesen. Die Dinge, die sie lernte, schrien förmlich danach, erkundet und überdacht zu werden. Das Land war ihr neu, und auch mit geschlossenen Augen sah sie seine seltsamen Formen und Konturen vor sich. Dort, wo sie aufgewachsen war, waren die Flachen Berge der höchste Punkt gewesen. Hier sah sie sich Hängen gegenüber, die bis in den Himmel zu reichen schienen. Sie mußte lächeln bei dem Gedanken daran, daß sie geglaubt hatte, sie und Moru könnten die Berge im Süden überqueren. Diese Berge hier waren unwegsam genug mit den zahlreichen verschneiten, vereisten Stellen und dem glitschigen Moos zwischen den Felsbrocken, die aussahen, als hätte ein Riese sie vom Himmel herabgeschleudert.

Und die Bäume standen hier so dicht beieinander, daß man kaum zwischen ihnen hindurchkam. Sie waren höher als ein Mann, und auch das erfüllte Laena mit Staunen. Die Bäume ihrer Kindheit waren nur brusthoch gewesen – wenn überhaupt. Die Zwergweiden in der Nähe des Lagers des Panther-Volkes hatten ihr selten bis über die Knie gereicht.

Jetzt verstand sie, warum so phantastische Geschichten über die Länder im Osten erzählt wurden. Alles, was sie sah, erfüllte sie mit Staunen. Das viele Neue und dazu die Bedrohung durch die Jäger des Wolf-Stammes – wie sollte sie da Schlaf finden?

Plötzlich brannte die Sonne wieder strahlend vom Himmel herab. Laena blinzelte verwirrt. Die Nacht war kurz gewesen wie der Flügelschlag eines Vogels. Sie hörte ein Feuer knistern und sah Nan daneben hocken und trockene Zweige auf die Flammen legen. Der Himmel war blaßblau und die Luft kalt und klar.

Nan warf ihr einen Blick zu. »Bist du ausgeruht, Mädchen?«

Laena setzte sich auf und zuckte zusammen, als ihre Muskeln schmerzhaft protestierten. Der Aufstieg der letzten Tage hatte ihren Körper auf bisher unbekannte Weise gefordert, und ihre Traglast hatte die Haut an ihren Schultern aufgeschürft. Mühsam stand sie auf.

»Hol noch etwas Holz«, sagte Nan. »Es ist keins mehr übrig.«

Laena nickte. Ihre Aufgabe war jeden Morgen die gleiche: den Boden nach abgestorbenen Ästen absuchen, diese einsammeln und zum Lager zurückschleppen, um das Feuer für ihr Frühstück in Gang zu halten. Auch das erschien ihr seltsam. In ihrer alten Heimat hatte ein Mann manchmal Jahre nach einem Stock suchen müssen, der sich zum Speerschaft eignete. Man benutzte winzige Holzspäne, um ein Feuer anzuzünden, aber hinterher wurde es mit Tierkot in Gang gehalten (sofern genügend vorhanden war). Einen ganzen Stapel Holz zu verbrennen erschien ihr als schockierende Verschwendung.

Und doch, in dieser Gegend war ein Holzmangel ausgeschlossen. Sie wandte sich den Bäumen zu – und erstarrte.

Jemand saß auf einem moosbewachsenen Felsbrocken, keine zwölf Schritte entfernt. Laena erkannte, daß es sich um einen jungen Jäger handelte. Über seinen Knien lag ein Speer. Sie stieß einen Angstschrei aus und wich instinktiv zurück.

»Du brauchst keine Angst zu haben«, sagte Nan, die ungerührt fortfuhr, das Feuer zu schüren. »Es ist ein gutes Zeichen, daß er sich offen zeigt.«

Laena starrte den Mann unverwandt an. Seine Kleidung erschien ihr merkwürdig. Er trug keine Mokassins, sondern Fußbekleidungen, die so weit hinaufreichten, daß sie seine Knöchel und Waden umschlossen. Das Leder glänzte, als wäre es naß, und war mit Riemen umwickelt, die am oberen Ende verknotet waren. Die Nähte an seinem Hemd waren nach außen anstatt nach innen gekehrt, und anstatt einer pelzgesäumten Kapuze trug er auf dem Kopf eine Kappe aus dem Fell eines Wolfskopfes. Laena schauderte; durch die Kappe sah es aus, als hätte er zwei übereinanderliegende Köpfe.

Der Jäger nickte ihr feierlich zu. Eine Windböe fegte das

Tal hinauf, und sein schwarzes Haar wehte ihm ins Gesicht. Sie sah, daß es lang und verfilzt war und nicht geflochten wie bei ihrem Stamm üblich.

»Du mußt verstehen, wie die Wölfe denken«, sagte Nan und musterte Laena aus ihre blaßbraunen Augen. »Unser Besucher hätte uns unbemerkt beobachten können. Aber er ist hier, was bedeutet, daß er uns als Gleichgestellte akzeptiert. Nicht unbedingt als Freunde, aber auch nicht als Feinde.«

Laena war hin und her gerissen in ihrer Unentschlossenheit. Sie wußte nicht, ob sie den Mann ansehen oder den Blick von ihm abgewandt halten sollte. »Was soll ich tun?« fragte sie leise.

»Wir geben ihm etwas Fleisch. Wenn er es annimmt, wird er uns nicht länger als Fremde betrachten. Aber das Fleisch muß heiß sein, und ich habe kein Holz mehr. Also geh und hol welches, Laena.«

Laena nickte benommen. Sie machte einen großen Bogen um den Fremden herum und lief dann, so schnell sie konnte, zum nächsten Baum. Als sie kurz darauf ein großes Bündel trockenes Holz beisammen hatte, lief sie zurück zu Nan.

»Sehr gut, Mädchen.« Nan wärmte bereits etwas von ihren schwindenden Fleischvorräten über den kleinen Flammen. Sie spießte ein besonders gutes Stück auf einen Stock und reichte diesen Laena. »Bring es ihm.«

Laena musterte Nan unschlüssig. Nan erwiderte ihren Blick streng.

»Bist du sicher, daß es ungefährlich ist?« fragte Laena.

Nan gab einen ungeduldigen Laut von sich. »Ich weiß gar nichts sicher. Aber es muß getan werden. Und jetzt geh.«

Laena holte tief Luft. Sie nahm den Fleischspieß entgegen, wandte sich um und bewegte sich auf den Jäger zu. Im Vorbeigehen sah sie, daß Moru noch schlief und nichts von dem ahnte, was um sie herum vorging.

»Versuch zu lächeln«, rief Nan ihr nach. »Zeig ihm, daß du ihm freundlich gesinnt bist.«

Laenas Gesicht fühlte sich ganz steif an vor Furcht, aber sie verzog die Lippen in einer unsicheren Imitation eines Lächelns. Der Mann nickte ihr erneut zu und stach die Spitze seines Speeres in den Boden. Das schien nun wirklich ein positives Zeichen zu sein.

Langsam hielt Laena ihm das Fleisch hin. Der Mann nahm es. Er musterte sie einen Augenblick, während er an dem Fleisch roch. Dann schmatzte er laut und grinste. Vor Laenas Augen begann er zu essen.

»Komm wieder her«, rief Nan. »Weck Moru. Wir müssen auch etwas essen. Und dann müssen wir uns aufbruchbereit machen.«

Laena ging zu ihrer Schwester hinüber und schüttelte sie bei der Schulter. Sie half ihr, sich aufzusetzen, zeigte ihr den Wolf-Jäger und umarmte sie, um sie zu beruhigen. »Nan sagt, es wäre in Ordnung«, flüsterte sie. »Wir müssen frühstücken. Versuch, ihn einfach zu ignorieren.«

Moru schien immer noch verdattert, als Laena sie zum Feuer zog. Aber sie war jung genug, den Älteren instinktiv mehr zu vertrauen als Laena, und als Nan sie aufforderte zu essen, zwang sie sich, das Fleisch möglichst schnell hinunterzuwürgen.

Als sie fertig gegessen hatten, warf Nan die Spieße ins Feier. »Packt eure Sachen«, sagte sie.

»Aber wohin gehen wir denn?« fragte Laena.

»Dorthin, wohin die Wölfe uns führen.«

Laena war zornig und frustriert. Als sie Nan gebeten hatte, sich ihr anschließen zu dürfen, war ihr klar gewesen, daß sie damit ihre Freiheit aufgab, aber so hatte sie es sich doch nicht vorgestellt. Nan hatte anfangs keinen so harten oder fordernden Eindruck gemacht. Nun – sie war immer noch auf ihre Art freundlich. Aber sie sagte selten mehr als das Notwendigste und behandelte Laena immer noch wie ein Kind.

Laena wollte protestieren – aber da sah sie, daß der Wolf-Jäger nicht mehr allein war.

Sie schnappte nach Luft, als ein Dutzend Männer zwischen den Bäumen hervortraten. Sie trugen alle Speere bei sich und bewegten sich mit raubkatzenhafter Geschmeidigkeit. Der größte der Neuankömmlinge wechselte ein paar Worte mit dem Mann, dem Laena das Fleisch gebracht hatte. Dann wandten sich beide um und sahen zu Nan herüber. Der größere der beiden machte ein paar Schritte auf sie zu. Er hielt seinen Speer mit der Spitze nach unten, schüttelte ihn jedoch und rief etwas, das klang wie eine Herausforderung.

Nan richtete sich langsam auf und strich trockene Grasbüschel von ihrem Mantel. Sie bewegte sich mit großer Würde. Sie straffte die Schultern und musterte den Mann, der vor ihr stand, gelassen. Dann räusperte sie sich und rief ihm ein paar Worte in seiner Sprache zu.

Er schien überrascht. Er antwortete wieder und zeigte den Bach hinunter, als wollte er sie warnen, das Lager zu verlassen.

Die grimmigen Falten in Nans Gesicht schienen sich noch zu vertiefen. Sie streckte die rechte Hand mit der Handfläche nach unten aus und machte eine energische Abwärtsbewegung. Sie rief etwas. Dann wandte sie ihm abrupt den Rücken zu.

Der Jäger schien sogar noch verblüffter als zuvor. Laena beobachtete die Szene staunend. Ganz offensichtlich hatte Nan den Mann verärgert. Er machte noch einen Schritt nach vorn. Er bleckte die Zähne, und einen entsetzlichen Augenblick lang erinnerte er Laena an Jalenau vom Stamm der Weißen Bären, unmittelbar bevor er seinen Speer auf Henik geschleudert und das Massaker des Panther-Volkes begonnen hatte.

Aber der Wolf-Jäger warf seinen Speer nicht. Er funkelte Nan, die ihm immer noch den Rücken kehrte, wütend an, und sein Gesicht rötete sich vor Zorn. Er schrie etwas mit schriller Stimme.

Nan wandte den Kopf gerade weit genug, ihm einen flüchtigen, verächtlichen Blick zuzuwerfen. Sie begann zu sprechen, eine lange Folge von Worten, die so rasch flossen wie der Bach, der an ihrem Lager vorbeiströmte.

Ihr Tonfall war eindeutig. Sie klang genauso brüsk, wie wenn sie Laena bei einer ihrer Lektionen streng zurechtwies.

Laena und Moru klammerten sich aneinander. Aber während sie die Auseinandersetzung verfolgten, erkannten sie, daß Nan irgendwie die Oberhand gewonnen hatte. Der Wolf-Jäger begann zurückzuweichen, nicht mehr so zornig wie zuvor, als würden Nans Worte seinen Widerstand brechen. Schließlich hob er die linke Hand in einer beschwichtigenden Geste.

Nan verstummte und wandte sich dem Mann wieder vollständig zu. Lange starrten sie einander schweigend an, Nan entschlossen und stolz, der Jäger scheinbar verwirrt. Schließlich neigte sie würdevoll den Kopf.

Er stach seinen Speer in das weiche Moos und streckte die Hände vor, um ihr zu zeigen, daß er unbewaffnet war. Dann verneigte er sich vor ihr.

Als er sich wieder aufrichtete, lächelte Nan. Sie winkte Laena und Moru. »Nehmt eure Sachen«, sagte sie. »Folgt mir. Von jetzt an werden wir mit dem Wolf-Stamm weiterziehen.«

Die Jäger führten sie über einen schmalen Pfad einen steilen Hang hinauf und vom Bach fort. Der Pfad schlängelte sich zwischen den Bäumen hindurch und war mir Steinen und Kieseln bedeckt, die unerwartet unter den Füßen nachgaben. Einer der Männer trug Moru auf dem Rücken, aber Laena mußte allein zurechtkommen, und das Marschtempo war erschöpfend.

»Was hast du zu ihm gesagt?« fragte sie Nan flüsternd, als sie die Bäume hinter sich ließen und auf einen Grat gelangten, der nicht mehr ganz so steil war, so daß sie zu zweit nebeneinander gehen konnten. »Und was hast du mit deiner Hand gemacht?« Sie imitierte die abwärtsdrückende Bewegung.

»Tu das niemals!« warnte Nan sie. »Beim Wolf-Stamm bedeutet eine ältere Person damit einer jüngeren, daß sie sich kindisch aufführt. Siehst du, ich wollte, daß er mich respektvoll behandelt.«

Laena starrte sie an. »Hattest du nicht Angst, seinen Stolz zu verletzen?«

Nan schüttelte den Kopf. »Es mußte sein.«

»Aber – war es nicht gefährlich?«

Nan legte Laena einen Arm um die Schultern. »Hör zu, Laena.« Sie beugte den Kopf und brachte die Lippen dicht an Laenas Ohr. »Wenn ich ihm nachgegeben hätte, hätte er den Respekt vor uns verloren und er wäre mit uns verfahren, wie es ihm beliebte. Hätte dir das gefallen?« Sie ließ flüchtig den Blick an Laenas Körper herabgleiten. »Du bist kein kleines Mädchen mehr; du hast den Übergang zur Frau hinter dir, denke ich. Du kannst dir sicher vorstellen, was die Wolf-Männer von einer hübschen jungen Frau wie dir gewollt hätten.«

Laena fühlte, wie ihr brennende Röte ins Gesicht stieg. Sie wußte nicht, was sie sagen sollte.

»Aber ich muß auch an meinen eigenen Status denken«, fuhr Nan fort. »Also habe ich ihn behandelt, als wäre er ein unverschämter kleiner Junge. Das war der einzige Weg.«

Laena blickte zu Nan auf und forschte in ihrem Gesicht nach Anzeichen für irgendwelche Selbstzweifel. »Hattest du denn gar keine Angst?«

Nan schwieg eine Weile, einen nachdenklichen Ausdruck auf dem Gesicht. »Vielleicht. Vielleicht hatte ich Angst. Aber das macht keinen Unterschied, verstehst du? Wenn du Angst hast, darfst du sie dir niemals anmerken lassen.«

Laena erkannte, daß das, sofern sie es je erlernen sollte, die vielleicht wichtigste Lektion war, die Nan sie je lehren konnte. Sie öffnete den Mund, um zu fragen, in welchem Alter die alte Frau gelernt hatte, ihre Gefühle so meisterhaft zu verbergen, aber noch ehe sie ein Wort sagen konnte, erscholl ein Ruf von dem Jäger an der Spitze ihres Trupps.

»Ah«, sagte Nan. »Wir haben den Wachposten erreicht. Darauf habe ich gewartet, Laena. Das ist das Lager des Wolf-Stammes.«

Kapitel 18

Das Lager befand sich auf einer Hügelkuppe, aber der Wald drumherum war so dicht, daß es von außen vollständig verborgen war. Die Wolf-Jäger führten Laena, Nan und Moru an drei Wachposten vorbei – Männern, die in den obersten Ästen der höchsten Bäume hockten, die Haut mit schwarzen Streifen bemalt, so daß sie im Schatten unter den Wipfeln kaum auszumachen waren. Das einzige, was in ihren ausdruckslosen Gesichtern wirklich lebendig schien, waren die Augen, die im gedämpften Licht schimmerten und Laena ungeniert musterten, als sie vorbeiging.

Das Lager selbst war auf einer Lichtung errichtet worden, die mit Baumstümpfen übersät war. Offenbar hatten die Wolf-Menschen Dutzende der hohen Kiefern gefällt, wenngleich Laena sich nur schwerlich eine Axt vorstellen konnte, die groß genug gewesen sein sollte, diese Aufgabe zu bewältigen. Dort, wo die Bäume gestanden hatten, sah sie Zelte, deren Größe sie in Staunen versetzte. Sie waren so groß, daß sie ein halbes Dutzend Personen oder mehr beherbergen konnten und der größte Jäger aufrecht in ihnen stehen konnte. Im ersten Moment versuchte Laena sich die Größe der Knochen vorzustellen, die die Zeltbahnen trugen. Welches Tier konnten die Wolf-Jäger erlegt haben, das Knochen dieser Größe lieferte? Aber dann erkannte sie, daß die Häute gar nicht über Tierknochen gespannt waren. Bei dem überreichlichen Baumvorkommen dürfte es kein Problem gewesen sein, genügend Holzstangen zu beschaffen.

Auf einem offenen Platz saß eine kleine Gruppe Jäger zusammen. Die Männer unterhielten sich, während sie mit ihren Flintmessern neue Speerschafte schnitzten. Eine zweite Gruppe übte mit ihren Waffen, die sie auf Zielscheiben warfen, die aus Schlingpflanzen bestanden, die fest um Blätter und Moos gewickelt waren. Zuerst schenkten die Männer den heimkehrenden Jägern keine Aufmerksamkeit. Dann bemerkte einer der Wölfe sie. Er stieß einen knappen, scharfen Ruf aus, und seine Gefährten wandten sich von den Zielscheiben ab. Nach und nach senkte sich Stille auf das ganze Lager herab, und Laena fühlte, wie ihr Gesicht glühte unter den interessierten Blicken der Männer.

Sie zog den Kopf ein und versuchte, den Blicken auszuweichen. Gleichzeitig registrierte sie, daß es im Lager weder alte Männer noch kleine Jungen gab. Und auch keine Frauen – sie sah kein einziges weibliches Wesen. Hielten sie sich in den Zelten versteckt? Gestatteten die Männer ihnen nicht, ihre Behausungen zu verlassen?

Aber sie kam nicht dazu, ihre Frage zu stellen. Nan vor sich und Moru noch auf den Schultern einer ihrer Führer, wurde sie zwischen den großen Zelten hindurch zu einer offenen Fläche in der Mitte des Lagers geführt.

Dort trafen sie auf den Häuptling der Wölfe. Er war sehr muskulös – noch imposanter, als Gorag es gewesen war –, und sein kraftvoller Leib steckte in Wolfsfellen, die zu einem Umhang zusammengenäht waren, der beinahe so groß war wie ein Zelt. Das Haar hing ihm in einer glänzenden rabenschwarzen Mähne bis weit über die Schultern herab.

Was sie jedoch am meisten beeindruckte, war das Ding, auf dem er saß. Es bestand aus kräftigen Ästen, die mit Lederriemen zusammengebunden waren. Die Rinde war von den Ästen abgeschält und das Holz dunkel poliert worden. Das Ganze bildete ein Gestell, auf dem der Häuptling hoch über dem Boden thronte. Er sieht aus wie eine große, kräftige Katze, die auf einem Baum hockt und auf ihr Reich hinabblickt, dachte Laena.

Der Mann, der Moru getragen hatte, ließ sie herunter und schob sie sacht auf Laena zu. Laena nahm ihre Hand und drückte sie, bemüht, ihrer kleinen Schwester die Zuversicht zu vermitteln, die sie selbst gern empfunden hätte. Derweil scharte sich der Jagdtrupp in einem Halbkreis um den Häuptling, und der Anführer trat vor und verbeugte sich, Nan dicht an seiner Seite. Er hustete und begann dann mit einer langen Rede, bei der er, wie Laena vermutete, berichtete, wie er seine Gefangenen entdeckt hatte.

Der Häuptling machte eine ungeduldige Geste und stieg von seinem hölzernen Thron. Für einen Mann seiner Statur bewegte er sich mit erstaunlicher Anmut. Er steuerte geradewegs auf Nan zu, grinste, breitete die Arme aus und schlang sie um die alte Frau.

Als er sie kurz darauf wieder freigab, schien Nan seltsam zufrieden mit sich. Sie wandte sich Laena zu und winkte sie nach vorn. »Das ist Rorgar, Häuptling der Wölfe«, sagte sie. »Verneige dich vor ihm, richte dich dann wieder auf und streck beide Hände mit den Handflächen nach oben vor dir aus. Und sieh ihm nicht in die Augen, ehe er nicht das Wort an dich richtet.«

Laena verneigte sich tief, so wie der Jäger sich nach der Schelte vor Nan verbeugt hatte. Moru an ihrer Seite tat ihr Bestes, es ihr gleichzutun. Dann streckte Laena die Hände aus.

Rorgar sagte etwas, das sie nicht verstand. Er nickte knapp und grinste. Laena sagte sich, daß er doch nicht so sehr an eine Katze erinnerte, sondern vielmehr an einen Bären. Sie hatte erwartet, sich von ihm eingeschüchtert zu fühlen, aber jetzt, da er sie anlächelte, fühlte sie sich willkommen und lächelte zurück. Er war anders als die restlichen Männer seines Stammes. Er war so stark, wie Gorag es gewesen war, vielleicht stärker, aber seine Kraft war nicht bedrohlich. Sie blickte in sein Gesicht und wünschte sich, ihm zu vertrauen.

Er wandte sich ab und sagte etwas zu einem Jungen, der neben dem Thron gesessen hatte. Dieser stand hastig auf und trat vor. Laena erkannte, daß er das jüngste Stammesmitglied war, das sie bislang zu Gesicht bekommen hatte – obwohl auch er ein Alter erreicht hatte, in dem man ihn bereits als Mann betrachten konnte. Er musterte Laena mit unverhohlener Neugier und verneigte sich dann knapp, während der Häuptling mit seiner tiefen Stimme wieder etwas sagte.

»Er sagt, das ist sein Sohn Sordir. Er ist vierzehn Jahre alt«, übersetzte Nan. Die beiden wechselten erneut einige Worte in der Wolf-Sprache. Dann wandte Nan sich wieder an Laena. »Rorgar erinnert sich an mich von meiner letzten Wanderung zu den Wolf-Menschen, und da du mein Lehrling bist und Moru deine Schwester ist, seid ihr beide ebenfalls als respektierte Gäste des Stammes willkommen. Sordir wird dich und Moru zu dem Zelt bringen, in dem ihr heute nacht schlafen werdet.« Nan legte Laena beruhigend eine Hand auf die Schulter. »Siehst du«, sagte sie, »ich sagte dir doch, daß du dich nicht zu fürchten brauchst.«

Laena nickte. Sie zögerte. Sie wollte ein Dutzend verschiedener Fragen stellen, traute sich jedoch nicht, umgeben von den Jägern und unter Rorgars aufmerksamem Blick.

»Geh mit Sordir«, sagte Nan.

»Was ist mit dir?« fragte Laena.

Wieder erschien das seltsame Lächeln auf Nans Gesicht. »Rorgar war bei meinem letzten Besuch noch nicht Häuptling. Er hat die Führung übernommen, nachdem der alte Häuptling gestorben ist.« Sie warf dem imposanten Mann einen Blick zu. »Ich komme später nach, Laena. Er und ich haben noch einiges zu besprechen.«

Sordir führte sie über einen Pfad zwischen den großen Zelten hindurch. Die offene Fläche, wo die Männer an ihren Waffen gearbeitet hatten, befand sich am anderen Ende des Dorfes. Laena erkannte, daß sie hier inmitten der Zelte außer Sicht- und Rufweite Nans war. Sie, Moru an ihrer Seite und Sordir, der ihnen vorausging, waren ganz allein.

Vor dem letzten Zelt blieb Sordir stehen. Dahinter erhob sich eine Mauer aus dichtem, dunklem Grün. Der junge Jäger löste zwei Sehnen, mit denen der Zelteingang verschlossen war, schlug das Leder beiseite und bedeutete ihnen einzutreten. Nan hat gesagt, daß wir nichts zu befürchten haben, sagte sich Laena, und Nan scheint sich bei diesen Wolf-Menschen gut auszukennen. Bemüht, sich ihre Nervosität nicht anmerken zu lassen, zog sie den Kopf ein und betrat das Zelt.

Die Zeltwände bestanden aus geölten Mammuthäuten. Das Haar war sorgfältig abgeschabt worden und die Häute so sauber zusammengenäht, daß kaum ein Lichtstrahl durch die Nähte hereinfiel. Es gab jedoch einige Lüftungsschlitze, durch die ein schwacher gräulicher Schein hereinfilterte.

Als Laenas Augen sich an die Dunkelheit gewöhnt hatten, betrachtete sie bewundernd das massive Holzgestänge, das die Häute trug. Über ihrem Kopf waren Netze an einer der Querstreben befestigt worden. Die Netze waren aus einer Art Rankengewächs geflochten und enthielten Trockenfleisch, Schalen aus Baumrinde, Holzutensilien, Flintwerkzeuge und Fellkleider.

Sordir berührte Laenas Arm, zeigte auf ihr Bündel und bedeutete ihr, es ihm auszuhändigen. Mißtrauisch nahm sie ihre Last von den Schultern und hielt sie ihm hin. Er öffnete die Ledertasche, holte ihren Schlafsack heraus und warf ihn über ein Holzgestell, das seitlich an der Zeltwand stand. Es gab sechs von diesen Holzgestellen, über denen lange, flache Ledersäcke ausgebreitet waren. Sie konnte sich nicht vorstellen, wozu sie dienen sollten.

Sie sah Sordir fragend an und wünschte, sie würde seine Sprache sprechen. Er lächelte sie an, legte sich auf ihren Schlafsack, rollte sich zusammen und tat, als würde er schlafen. Dann stand er wieder auf und bedeutete Laena mit Gesten, es zu versuchen.

Vorsichtig setzte sie sich. Das Holzgestell ächzte, und sie erwartete beinahe, daß es unter ihr zusammenbrechen würde, aber es trug ihr Gewicht mit Leichtigkeit. Sie stellte fest, daß der Ledersack mit trockenem Gras gefüllt war und sie auf dem bequemsten Bett lag, das sie je gekannt hatte.

»Ich auch!« rief Moru. »Laena, jetzt bin ich dran!«

Laena stand auf und trat zur Seite. Sie und Sordir sahen zu, wie das kleine Mädchen das Bett erst mit dem Zeh prüfte, sich dann hinkniete und auf und ab hüpfte. Es kreischte vor Vergnügen.

Derweil musterte Sordir Laena still. Sie wandte sich um und sah, daß er sie anstarrte. Sie zwang sich, seinen Blick zu erwidern. Er war ein wenig größer als sie und seine Haut etwas dunkler als ihre. Er hatte einen kräftigen, kantigen Kiefer wie ihr Vater, und sein Lächeln war ebenso freundlich. Seine Zähne schimmerten im dämmrigen Licht. Er strich sich das Haar aus dem Gesicht und zeigte auf seine Brust. »Sordir«, sagte er.

Sie nickte, um ihm zu zeigen, daß sie das bereits wußte. Sie zeigte auf sich selbst und dann auf ihre Schwester. »Laena. Moru.«

Sordir nickte langsam. Mit einigen raschen Bewegungen entledigte er sich der Felljacke, die er trug. Er zog die Schultern zurück, spannte die Muskeln an und strich sich mit den Fingern über die Brust. Dann ließ er sich plötzlich auf ein Knie fallen, griff nach einem Speer, der in einer Ecke des Zeltes stand, und tat, als würde er ihn werfen. Er zeigte auf ein Karibufell, das über einem der Schlafgestelle lag, schlug sich mit der Faust gegen die Brust und nickte feierlich.

»Du bist stark. Und du hast dieses Karibu getötet«, sagte Laena.

Sordir lächelte wieder. Er stand wieder auf, ballte die Hände zu Fäusten und neigte den Kopf.

Laena klatschte in die Hände. Das war die einzige Geste, die ihr einfiel, um ihre Bewunderung auszudrücken. Wenngleich er ein wenig prahlerisch war, ärgerte es sie nicht so, wie es bei Jobia der Fall gewesen war. Jobia hatte immer versucht, mehr zu sein, als er tatsächlich war. Sordir hingegen teilte ihr lediglich mit, was er konnte und was er getan hatte.

Er schien wirklich sehr stark zu sein und sehr selbstsicher. Sie konnte den moschusartigen Geruch seines jungen, gestählten Körpers riechen. Langsam hob er eine Hand und berührte mit den Fingerspitzen ihr Gesicht. Erst zögernd, dann mutiger zeichnete er die Konturen ihres Gesichts nach, so wie vorhin jene seiner eigenen Brust.

Laena wollte, daß er aufhörte, weil er sie nervös machte. Gleichzeitig fühlte sie, wie ihr Puls sich beschleunigte und eine seltsame Spannung von ihrem Bauch ausgehend auf ihren Körper übergriff. Es war ein dumpfes, warmes Prickeln, und überrascht erkannte sie, daß eine seltsame Erregung von ihr Besitz ergriff.

Sordir trat ein wenig näher an sie heran. Er berührte Laena an der Schulter und ließ seine Finger an ihrem Arm herabgleiten. Dann nahm er ihre Hand.

Laenas Kehle war wie zugeschnürt. Es war so viel passiert und so schnell. Ihr wurde schwindlig, hier in diesem dunklen Zelt im Herzen eines Waldes, der so dicht war, daß sie bezweifelte, daß sie ohne Führer wieder hinausfinden würde. Sie bot ihre ganze Willenskraft auf, um von Sordir zurückzuweichen, und hob abwehrend beide Hände, die Handflächen ihm zugewandt. Dabei schüttelte sie nachdrücklich den Kopf.

Sordir hielt inne. Er betrachtete sie eine Weile und lächelte wieder. Dann stützte er die Hände auf die Hüften, bog den Kopf zurück und lachte.

Laena wußte in ihrer Verlegenheit nicht, was sie tun sollte. Lachte er sie aus? Hätte sie anders reagieren müssen? Was hätte sie tun sollen? Und was hätte er getan, wenn sie ihm nicht Einhalt geboten hätte?

Sordir trat einen Schritt zurück. Er zeigte auf Laena, dann auf das Bett, auf dem ihr Schlafsack lag, und nickte ihr zu. Anschließend wandte er sich Moru zu, die still dasaß und aus großen Augen zu ihm aufsah. Er bückte sich, hob sie hoch und warf sie lässig auf eins der anderen Betten. Ohne einen weiteren Blick öffnete er den Zelteingang und ging hinaus.

Laena fühlte sich, als würde abrupt alle Kraft aus ihren Muskeln weichen. Sie ließ sich auf ihr Lager fallen.

»Laena«, rief Moru. »Laena, was ist los?«

Laena wurde bewußt, daß ihr Mund staubtrocken war. Sie versuchte, mit der Zunge ihre Lippen zu befeuchten.

»Ich glaube, er will, daß wir hierbleiben und uns ein wenig ausruhen, kleine Schwester.«

Das kleine Mädchen blinzelte in der Dunkelheit. »Aber was hat er vorhin gemacht? Warum hat er dich so berührt?«

Laena fühlte sich plötzlich von der Anwesenheit ihrer Schwester gestört. »Ich weiß es nicht!« sagte sie barsch. »Außerdem geht es dich nichts an. Leg dich hin und schlaf.«

Moru entging Laenas schroffer Tonfall nicht, und sie schmollte. »Also gut«, sagte sie, ließ sich auf das weiche Lager zurücksinken und schwieg eine Weile. »Ich glaube, ich mag ihn«, sagte sie dann, halb zu sich selbst.

Und ich auch, dachte Laena bei sich. Sie errötete, als sie daran zurückdachte, wie er ihr Gesicht gestreichelt hatte. Er war ein völlig Fremder, und doch hatte er sich verhalten, als wäre es sein gutes Recht, alles zu tun, was ihm in den Sinn kam. Das war schockierend, und doch war sie nicht schockiert.

Sie hatte Moru angelogen, als sie behauptet hatte, nicht zu wissen, was Sordir getan hatte. Sie hatte sehr genau gewußt, was er wollte. Und zu ihrer Verblüffung erkannte sie, daß zum erstenmal in ihrem Leben auch ein Teil von ihr selbst es gewollt hatte.

»Laena!«

Die Stimme kam von außerhalb des Zeltes. Erschrocken setzte Laena sich auf. »Wer ist da?« rief sie. Dann fiel ihr wieder ein, wo sie war und daß es nur einen Menschen geben konnte, der ihren Namen rief.

Das Leder vor dem Zelteingang wurde beiseitegeklappt, und Nan steckte den Kopf durch die Öffnung. »Rorgar möchte dich sprechen«, sagte sie. »Und auch Moru. Kommt schnell.«

Laena fragte sich, was passiert sein könnte – sofern überhaupt etwas passiert war. Sie war verwirrt. Wie lange hatte sie geschlafen?

Schnell stand sie auf, ging zu Moru hinüber, nahm ihre Hand und folgte Nan nach draußen. Der Himmel über dem Lager war noch hell, aber sie konnte nicht erkennen, wo die Sonne stand. »Was ist denn los?« fragte sie.

»Nichts. Gar nichts. Aber es ist ungehörig, den Häuptling warten zu lassen. Beeil dich.«

Sie und Moru folgten Nan zurück in die Mitte des Lagers. Rorgar saß wieder auf seinem großen Stuhl, und mehrere seiner Jäger standen rechts und links von ihm. Laena blickte auf ihre Gesichter und versuchte, sich darüber klarzuwerden, ob es dieselben Männer waren, die sie hergebracht hatten.

»Setz dich vor ihm auf den Boden«, sagte Nan.

Gehorsam setzte sich Laena. Die Erde war noch warm vom Feuer, und die kühle Luft war durchdrungen vom Duft der Kiefernnadeln. Vögel zwitscherten im Wald am Dorfrand, und aus einem der Zelte konnte Laena Stein auf Stein schlagen hören, begleitet von Gesang. Es klang nach einem Arbeitslied, und sie stellte sich einen Mann vor, der Werkzeuge herstellte – ein Steinhauer wie Elbrau.

»Du Panther«, sagte Rorgar.

Laena blinzelte, überrascht, den Häuptling in ihrer Sprache sprechen zu hören. Vielleicht hatte Nan ihm diese zwei Worte beigebracht.

»Ja«, entgegnete Laena. Sie legte den Arm um Moru. »Wir sind beide vom Panther-Stamm.«

»Er meint, daß du kein Panther bleiben kannst, wenn du im Land der Wölfe bleiben willst«, erklärte Nan. Sie wandte sich wieder Rorgar zu und wiederholte dasselbe in seinem Dialekt. Er nickte zustimmend.

»Aber«, protestierte Laena, »in diesem Fall …«

»Du mußt dich von deinem Stamm lossagen«, unterbrach Nan sie.

Laena blinzelte. Sie fühlte sich merkwürdig, wie in einem Traum. Wie sollte sie aufhören, die zu sein, die sie war?

»Deine Leute sind alle tot«, fuhr Nan geduldig fort. »Es

gibt keine Panther mehr. Es ist an der Zeit, deine Bande zur Vergangenheit zu lösen, Laena.«

Der Gedanke schockierte sie. Sie dachte an ihre Eltern, an den Stolz, den sie immer für ihr Stammeserbe empfunden hatten. »Ich kann nicht …«, begann sie.

Rorgar sagte barsch etwas in seiner eigenen Sprache. Nan hörte zu und wandte sich dann wieder Laena zu. »Er sagt, die Menschen aus der Ebene – die Panther, die Weißen Bären – wären von Zeit zu Zeit bei den Wölfen aufgetaucht und hätten auf ihrem Land gejagt. Die Wölfe lassen das nicht zu. Gewöhnlich töten sie Eindringlinge. Entweder sagst du dich vom Panther-Volk los, oder aber du mußt auf der Stelle gehen.«

Laena verspürte einen schmerzhaften Stich. Alles veränderte sich so schnell, daß sie keine Zeit hatte, sich anzupassen. Wie sollte sie von jetzt auf gleich eine solche Entscheidung fällen? Sie würde Tage brauchen, darüber nachzudenken.

Sie konnte sich nicht hier und jetzt ändern und von ihrem Volk lossagen. Sie dachte an ihre Eltern und all die anderen Menschen, die sie gekannt hatte. Ihre Geister würden bestimmt zornig werden, wenn sie sich von ihnen abkehrte.

»Laena, hör mir zu«, sagte Nan. »Die Wölfe verlangen nicht von dir, deinen Glauben abzulegen. Sie verlangen nicht von dir, eine der ihren zu werden. Du brauchst lediglich zu sagen, daß du kein Panther mehr bist, dann kann Rorgar den anderen kundgeben, daß du Laena ohne Volk bist. Wenn du kein Volk hast – und das ist ja der Fall –, darfst du im Land der Wölfe bleiben. Zufällig ist das ein sehr seltenes Privileg.«

Laena starrte sie an. Sie wußte, daß sie sich ihr nicht zu widersetzen vermochte, weil sie sonst nirgendwohin konnte. »Ich …« Sie schluckte und versuchte es noch mal. »Ich habe kein Volk?«

»Das ist richtig. Du bist wie ich, Laena. Ich bin Nan ohne Volk. War dir das nicht klar? Ich bin niemandem als mir selbst Rechenschaft schuldig.«

Jetzt, da Nan es so formulierte, klang es plötzlich weniger schlimm: Laena hatte immer schon eine Distanz zwischen sich und anderen gespürt. Sie war immer so etwas wie ein Einzelgänger gewesen. »Laena ohne Volk«, sagte sie zu sich selbst.

»Gut.« Nan nickte ermutigend. »Und jetzt sag es Rorgar.«

»Ich habe kein Volk mehr.« Sie blicke zum Häuptling auf und fühlte, wie bei diesen Worten etwas von ihr abfiel – ein weiteres Band zu ihrer Vergangenheit. Es machte ihr angst, war aber nicht so schlimm, wie sie erwartet hatte. »Ich bin Laena ohne Volk.« Ihre Stimme klang jetzt lauter – und stolz.

»Gut!« sagte Nan und klatschte in die Hände. »Und jetzt Moru.«

»Sag das gleiche, was ich gesagt habe«, bat Laena.

Moru machte ein skeptisches Gesicht. »Ohne Volk?«

»Sehr gut. Lauter.«

»Ohne Volk.«

Rorgar grinste. Er blickte jetzt nicht mehr drohend und grimmig drein; er war wieder der große, freundliche Bär. Er nahm Laena und Moru bei der Schulter und schüttelte sie sanft. Er sagte etwas in seiner Sprache und nickte nachdrücklich.

»Morgen brechen wir zu ihrem Ostlager auf. Es befindet sich auf einer Ebene jenseits der Bergkette, die wir hinaufgestiegen sind«, übersetzte Nan. »Dieses Lager hier ist ein reines Männerlager. Hier üben sich die Jäger im Umgang mit ihren Waffen, ohne von den Frauen abgelenkt zu werden.«

Plötzlich verstand Laena. Auch ging ihr auf, warum so viele der Jäger sie mit solchem Interesse gemustert hatten. Wie sonderbar, daß sie sich selbst den Verzicht auf ihre Frauen auferlegten!

»Jetzt findet ein Fest statt«, sagte Nan. »Du wirst dem Stamm deine Geschichte erzählen, Laena, und ich ihm die meine.« Abrupt zog sie Laena an sich und umarmte sie. »Wie fühlst du dich?«

»Ich … gut«, stammelte Laena. Tatsächlich fühlte sie sich ganz benommen.

»Das ist ein wichtiger Tag für dich«, sagte Nan und sah Laena in die Augen, einen sonderbaren Ausdruck auf dem Gesicht. Dann tätschelte sie Laena die Wange und wandte sich abrupt von ihr ab.

Ein wenig später führte Rorgar Nan, Laena und Moru zu der Lichtung, wo die Jäger ihre Treffsicherheit geprobt hatten. Dort war ein großes Feuer entzündet worden, über dem frisches Fleisch briet, und alle saßen im Kreis um die Feuerstelle herum. Laena sah überrascht, daß die Männer sich angemalt hatten. Ihre Arme waren rot von Beerensaft, und sie hatten mit verkohlten Stöcken schwarze Kreise um Mund und Augen gezogen.

Alle beugten sich vor und neigten den Kopf, als Rorgar sich auf einen großen Felsbrocken vor dem Feuer setzte. Dann hoben die Jäger die Fäuste in die Luft, bogen den Kopf zurück und stießen ein unheimliches, durchdringendes Geheul aus. Wolfsgeheul, wie Laena erkannte. Der Schrei war so laut, daß er von den umliegenden Berghängen widerhallte.

Laena setzte sich zwischen Nan und Moru, dicht neben Rorgar, und einige der Männer standen auf. Sie brachten ihr diverse Speisen, und der erste in der Reihe war Sordir. Zuerst war sie verwirrt von seinem veränderte Aussehen. Er hatte das Haar zusammengebunden, und sein Gesicht war mit roten und schwarzen Zeichen bedeckt. Außerdem trug er einen langen Umhang aus Wolfspelzen wie sein Vater.

Er hielt ein Stück Birkenrinde in beiden Händen, das er vor sie auf den Boden stellte. Laena warf einen Blick auf die anderen Männer, die sich um das Feuer herum versammelt hatten. Alle Blicke schienen auf sie gerichtet. »Was wird von mir erwartet?« fragte sie Nan.

»Er hat dir ein Geschenk gebracht, Mädchen.« Sie nickte in Richtung der Birkenrinde, in der ein kleines

Stück Fleisch lag. »Weißt du, was das ist? Eine Drossel. Es erfordert großes Geschick, einen Singvogel zu erlegen. Und wenn er ihn dir zum Geschenk macht, bedeutet das, daß er dich bewundert. Probiere das Fleisch, und zeig ihm, daß du sein Geschenk zu schätzen weißt.«

Verlegen probierte Laena das Fleisch. Es war zart und köstlich, ganz anders als das Fleisch, an das sie gewöhnt war. Sie lächelte zu Sordir auf und nickte. »Danke«, sagte sie in ihrer Sprache.

Er erwiderte etwas mit tiefer Stimme und blickte ihr unverwandt in die Augen.

»Er sagt, du bist so schön wie die Drossel«, übersetzte Nan. »Er sagt, er möchte heute nacht dein Zelt bewachen.«

Laena fühlte wieder diesen Kloß im Hals. Seine Worte machten sie verlegen – und doch schmeichelten sie ihr auch. Sie suchte nach den richtigen Worten, aber es wollte ihr einfach nichts einfallen.

Nan kam ihr zur Hilfe. Sie beugte sich vor und sagte etwas in der Wolf-Sprache. Sordir hörte ihr respektvoll zu. Als sie verstummte, lächelte Sordir nicht mehr. Er bedachte Laena mit einem forschenden Blick und entfernte sich dann stumm.

»Was hast du zu ihm gesagt?« fragte Laena. »Ich habe ihm gesagt, daß du dich geehrt fühlen würdest, wenn er dich beschützt«, erklärte Nan. »Daß ich jedoch, falls er dich anfaßt, dafür sorgen werde, daß sein Vater davon erfährt.« Sie tätschelte Laenas Schulter. »Jetzt brauchst du nicht mehr zu fürchten, daß er dich belästigt.«

Laena blinzelte. Widersprüchliche Gefühle jagten einander in ihrem Inneren – Erleichterung, Zorn, Enttäuschung. Es paßte gar nicht zu Nan, sich derart einzumischen, ohne Laena nach ihren Wünschen zu fragen.

Aber es war keine Zeit, darüber zu sprechen. Schon stand der nächste Mann vor ihr, und hinter ihm warteten noch andere. Sie alle brachten ihr erlesene Fleischstücke von Tieren, die sie selbst erlegt und zubereitet hatten. Sie überreichten die Leckerbissen Laena und auch Moru und Nan.

Nan zeigte sich entzückt von jedem kleinen Bissen, und Laena gab ihr Bestes, es ihr gleichzutun. Insgeheim kam es ihr sonderbar vor, daß die Männer in diesem Lager, wo sie sich im Jagen und Töten übten, auch Frauenarbeit verrichteten wie Feuer machen, das Fleisch zerlegen, zubereiten und auftragen. Und doch zeigten die Männer keinerlei Verlegenheit und waren ganz offensichtlich alle hervorragende Jäger. Plötzlich drängte sich Laena eine Frage auf – wenn bei diesem Stamm die Männer sich nicht scheuten, Frauenarbeiten zu verrichten, bedeutete das dann vielleicht, daß die Frauen auch in der Lage sein sollten, Männerarbeiten zu übernehmen?

Das Fest dauerte bis tief in die Nacht. Die Jäger waren zahlreich, und jeder von ihnen mußte ihnen seine Gabe darbringen. Am Ende der Mahlzeit war Laenas Magen zum Bersten voll, und ihr Mund war ganz trocken. Sie konnte sich nicht erinnern, je so viel gegessen zu haben.

Und doch hatte die Feier erst begonnen. Rorgar erhob sich und hielt eine Begrüßungsrede, die Nan für Laena und Moru übersetzte. Er lobte ihre Weisheit und ihre Heilkunst und erklärte, daß Laena jetzt ihr Lehrling sei. Dann teilte er den Männern mit, daß Laena und Moru sich von ihrem alten Stamm losgesagt hätten, woraufhin die Jäger erneut in ihr schauerliches Wolfsgeheul ausbrachen.

Hiernach wurden die Gäste aufgefordert, ihre Geschichten zu erzählen. Nan machte den Anfang, und da sie in der Wolf-Sprache redete, konnte Laena nichts davon verstehen. Dann war sie an der Reihe. Sie stand auf und kam sich sehr klein und schutzlos vor, umgeben von den Jägern mit ihrer im Feuerschein goldschimmernden Haut und ihren wie Masken angemalten Gesichtern, die ihr erwartungsvoll zugewandt waren.

»Sag ihnen, woher du kommst und was deinem Stamm widerfahren ist«, flüsterte Nan.

Also beschrieb Laena das Lager, in dem sie gelebt hatte, und das gräßliche Massaker. Sie mußte sich häufig unterbrechen, damit Nan alles in der Wolf-Sprache wiedergeben konnte, was Laena ganz recht war, da ihr dies Gelegenheit gab, sich etwas zu beruhigen. In den vergangenen Tagen und Wochen hatte sie versucht, das Erlebte zu verdrängen. Die Vergangenheit wiederaufleben zu lassen wühlte sie auf, so daß sie am ganzen Leib zitterte. Sie hatte so viel verloren, und der Schmerz saß so tief. Und jetzt war sie hier, ein Wanderer, immer noch ohne Zuhause.

Dann sprach sie von ihren Eltern und dachte wieder an ihre Vision von dem warmen, grünen Land. Das behielt sie für sich – sie hatte nicht einmal Nan davon erzählt –, aber es tröstete sie, weil es ihr ins Gedächtnis rief, daß ihr Leben über die gegenwärtigen Schwierigkeiten hinaus einen Sinn hatte.

Am Ende ihrer Geschichte schwiegen die Männer. Laena hatte erwartet, daß sie wieder ihr Geheul ausstoßen würden, aber sie starrten sie nur stumm an, als sie sich wieder zwischen Nan und Moru setzte.

Rorgar erhob sich langsam. Die Stille dauerte an, während der Häuptling sich nachdenklich das Kinn rieb. Er musterte Laena eindringlich. »Habe ich etwas Falsches gesagt?« flüsterte Laena nervös.

Nan schüttelte den Kopf und hob eine Hand, als Rorgar zu sprechen begann.

»Er sagt, die Wolf-Menschen wären traurig wegen des Leids, das du erdulden mußtest«, übersetzte Nan. »Sie sind froh, daß du hierher gekommen bist, wo du dich an ihrer Gastfreundschaft erfreuen kannst. Sie hoffen, daß dies dir helfen wird, über dein Unglück hinwegzukommen.«

Jetzt ertönte erneut das Wolfsgeheul, und die Jäger, die um das Feuer herum saßen, lächelten.

»Aber ich verstehe das nicht«, sagte Laena. »Du hast doch gesagt, diese Menschen wären kriegerisch und würden jeden töten, der ihr Land betritt. Warum sollte es sie kümmern, was mir widerfahren ist?«

»Weil du jetzt kein Außenstehender mehr bist«, erwiderte Nan. »Sie sind gnadenlos gegenüber jedem, der nicht zu ihnen gehört. Haben sie einen aber erst angenommen, sind sie die großzügigsten Menschen, die man sich vorstellen kann.« Nan breitete die Hände aus. »Manche Menschen sind so, Laena. Sie sind brutal und voller Haß gegenüber ihren Feinden. Aber wenn du ein Freund bist, sind sie warmherzig und gut.«

Rorgar hatte derweil eine weitere Rede angestimmt – und diesmal war es eine sehr lange Ansprache. Laena saß still da und hörte zu, wenngleich die Worte für sie keinen Sinn machten. Sie fühlte sich ausgelaugt von den Gefühlen, die sie noch einmal durchlebt hatte, und sie war so satt wie noch nie in ihrem Leben. Sie wußte nicht mehr, was sie vom Wolf-Stamm halten sollte. Diese Menschen kamen ihr so seltsam vor, daß sie sie nicht annähernd verstehen konnte.

Die Jäger begannen zu singen, nachdem Rorgar seine Rede beendet hatte. Moru schlief an Laena gelehnt ein, und Laena fühlte sich ebenfalls schläfrig.

Irgendwann später – Laena vermochte nicht zu sagen, wieviel Zeit vergangen war – war das Fest vorbei. Der Himmel war von tiefem, dunklem Blau, und das Feuer war heruntergebrannt. Die Luft strich kalt über Laenas gerötete Wangen. Sie blinzelte, als sie sah, wie die Jäger aufstanden und sich vom Feuer entfernten.

»Laena!« Nans Stimme war scharf genug, die Müdigkeit zu durchdringen, die Laenas Sinne umnebelte. »Laena, hör mir zu.«

»Was ist denn?« fragte sie schläfrig.

Nan beugte den Kopf herab und flüsterte ihr ins Ohr. »Du bist zur Frau geworden, ja? Aber du hast noch nie mit einem Mann das Lager geteilt?«

Laena war verblüfft. In ihrem Stamm wäre undenkbar gewesen, daß ein anderer als ihre Mutter ihr eine solche Frage stellte. Aber dann sagte sie sich, daß sie ja keinen Stamm mehr hatte. Und Nan mußte einen guten Grund haben, so etwas wissen zu wollen. »Das stimmt«, sagte sie zögernd.

Nan nickte. »Ich glaube nicht, daß Sordir dich belästigen wird, nachdem ich ihn vorhin gewarnt habe. Aber mir ist nicht entgangen, wie er dich angesehen hat, während die Männer ihre Jagdlieder gesungen haben. Wenn er heute nacht zu deinem Zelt kommt, halt den Eingang fest verschlossen. Hast du verstanden?«

Laena wußte nicht, was sie antworten sollte. Sie wollte Nan sagen, sie solle sich um ihre eigenen Angelegenheiten kümmern, aber andererseits wollte sie auch ihren Rat.

»Und wenn er sich vor das Zelt setzt«, fuhr Nan fort, »und das wird er, da er um die Ehre gebeten hat, über dich wachen zu dürfen – läßt du ihn gewähren.«

Laena schüttelte den Kopf. »Nan, ich verstehe nicht, warum ...«

»Bist du schon bereit, ein Kind zu bekommen, Mädchen? Das geschieht nämlich, wenn ein Mann bei einer Frau liegt. Das weißt du doch, oder?« Nan schüttelte sie leicht. »Weißt du das?«

»Ja«, brummte Laena. Es fiel ihr schwer, in ihren Gedanken beides miteinander zu verbinden – die angenehmen, prickelnden Gefühle, die sie bei Sordirs Berührungen empfunden hatte, und die Vorstellung, sie könnte schwanger werden. Es schien irgendwie unmöglich. Sie wollte nur diese Gefühle noch einmal erleben – ihn bei sich haben, sein Lächeln sehen, zulassen, daß er wieder diese Gefühle in ihr weckte, die für sie völlig neu waren. Wäre das so schlimm? Warum mußte Nan so tun, als wäre das ein Verbrechen?

»Versprich mir, daß du tun wirst, was ich dir sage«, verlangte Nan.

Laena blickte auf und sah, daß die alte Frau sie zornig anfunkelte. Sie erkannte, daß es kein Entrinnen vor diesen Augen gab. Nan würde sie nicht eher gehen lassen, als daß sie ihr Wort gegeben hatte, und Laena spürte, daß Nan es erfahren würde, wenn sie ihr Wort brach.

»Versprich es!« forderte Nan erneut.

»Also gut, ich verspreche es.«

»Ich werde dir bald verraten, wie du dich schützen kannst«, fuhr Nan etwas freundlicher fort. »Wenn du vorsichtig bist, kannst du deinen Spaß haben, Laena. Aber heute nacht ist nicht der richtige Zeitpunkt.« Sie erhob sich abrupt und zog Laena auf die Füße. Laena drehte sich um und sah sich Sordir gegenüber, der sie anlächelte und darauf wartete, sie zu ihrem Zelt zu geleiten.

»Vergiß nicht, was ich dir gesagt habe«, sagte Nan eindringlich und bedachte Laena mit einem letzten warnenden Blick.

Laena weckte Moru, und die beiden Mädchen folgten Sordir durch das Dorf. Laena beobachtete den jungen Jäger, der ihnen mit leichtem, geschmeidigem und lautlosem Schritt im Dämmerlicht voranging, sehr aufmerksam. Sie dachte wieder daran, was sie bei seinen Berührungen empfunden hatte, und fühlte eine überwältigende Sehnsucht in sich aufsteigen.

Aber sie hatte Nan ihr Wort gegeben. Sie war auf Nan angewiesen, um in diesem seltsamen fremden Land zu überleben, und somit wäre es dumm von ihr, die alte Frau zu verärgern. Und doch ... Nan würde Laena doch nicht gleich verstoßen, nur weil sie ein Versprechen gebrochen hatte, oder?

Laena wußte nicht, was sie denken sollte. Sie gelangten an das Zelt, in dem sie die Nacht verbringen würde. Sordir trat zur Seite, öffnete den Zelteingang und bedeutete Laena und Moru einzutreten.

Laena kam seiner Aufforderung nach, dankbar für diese zusätzliche Gelegenheit, zu versuchen, ihre Gedanken zu ordnen. Sie legte Moru ins Bett und küßte das kleine Mädchen auf die Stirn. Dann wandte sie sich wieder dem Zelteingang zu, wo Sordir wartete. Sie fühlte, wie ihr Magen sich zusammenzog, und war so schrecklich nervös, daß ihr das Atmen schwerfiel. Was sollte sie tun?

Er sah, daß sie unschlüssig dastand und ihn anstarrte, und schien dies als Aufforderung aufzufassen. Rasch betrat er das Zelt. Er war wie ein schlanker schwarzer Schatten im Dämmerlicht. Sie konnte den Moschusgeruch seines Körpers riechen und die Wärme seiner Haut fühlen. Er streckte die Hand aus, und seine Finger schlossen sich um ihr Handgelenk. Sein Griff war sanft und verriet doch große Kraft. Laena stieß einen leisen Schrei aus und blickte zu ihm auf.

Rasch zog er sie an sich. Seine Arme schienen sie vollständig einzuhüllen. Sein Körper war so hart und stark und forderte von ihr, nachzugeben, sich hinzulegen und sich ihm zu öffnen.

Seine Zähne knabberten an ihrem Hals, und sie fühlte, wie ein wohliges Prickeln ihren Körper durchlief. Ein schmerzliches Sehnen stieg in ihr auf, und ihr Körper schien ihr nicht mehr zu gehorchen. Seine Hände wanderten abwärts, legten sich auf ihre Pobacken und preßten ihre Hüften an die seinen.

Seine Muskeln spannten sich, und seine Arme umschlangen sie mit solcher Kraft, daß es ihr schier den Atem raubte. Dann begann er, mit einer Hand an ihren Fellen zu nesteln. Sie fühlte, wie seine Finger die seidige Haut an ihrer Taille streiften. Seine Hand glitt tiefer, über ihren Bauch – und Laena kam es vor, als würde sie plötzlich aus einem Traum erwachen.

»Nein!« sagte sie, so laut, daß es sie selbst überraschte. Sie hob beide Arme und stemmte sie gegen Sordirs Brust. Unter Aufbietung all ihrer Kraft schob sie ihn von sich.

Er grunzte überrascht. Sie hörte, daß er schwer atmete. Einen Moment lang starrten sie einander in der Dunkelheit an. Laena keuchte, und das nicht nur von der Anstrengung, sich zu befreien.

»Es tut mir leid«, sagte sie, wenngleich sie wußte, daß er sie nicht verstehen konnte, aber hoffend, daß ihr Tonfall ihm den Sinn ihrer Worte begreiflich machen würde. »Nicht jetzt. Es tut mir leid.« Sie streckte eine zitternde Hand aus und schob ihn bestimmt auf den Zelteingang zu.

Er zog sich mit kleinen, langsamen Schritten zurück. Er sagte etwas in seiner Sprache, das sie nicht verstand. Es klang verärgert, und einen Augenblick war sie versucht nachzugeben. Aber nein; sie war noch nicht soweit. Das wußte sie jetzt. »Du mußt gehen«, sagte sie. Und diesmal schien er zu begreifen, daß sie es ernst meinte und sich nicht erweichen lassen würde.

Sobald er draußen war, verschnürte sie rasch die Riemen, die den Zelteingang geschlossen hielten, so wie Nan es ihr befohlen hatte. Dann ging sie zu ihrem Lager und versuchte, es sich bequem zu machen. Aber ihr Puls raste noch, ihre Haut prickelte, und zwischen ihren Schenkeln spürte sie eine feuchte Wärme. Im ersten Moment glaubte sie, sie würde wieder bluten, aber dann stellte sie fest, daß es etwas anderes war. Sie berührte sich selbst, und ihr ganzer Körper begann im Einklang mit ihrem Herzen zu pulsieren.

Sie zog die Hand zurück und versuchte, an etwas anderes zu denken. Aber sie war viel zu verwirrt und erregt, um zu schlafen. Schließlich, nachdem sie sich lange rastlos auf ihrem Lager hin und her gewälzt hatte, stand sie auf, schlich zum Zelteingang und blickte durch einen Schlitz hinaus. Er war noch da, saß mit verschränkten Beinen auf dem Boden und wartete geduldig. Sie zweifelte nicht daran, daß er die ganze Nacht dort verharren würde, wenn sie ihn nicht hereinließ.

Laena erschauerte. Es war ein seltsames Gefühl, daß ein Mann sich ihr gegenüber so verhielt. Sordir war so stark, so kraftvoll – und doch hatte sie ihm mit ihrem Nein ihren Willen aufgezwungen. Bedeutete das, daß sie in diesem Punkt größere Macht besaß als er? Dieser Gedanke erfüllte sie mit einer völlig neuen Erregung. Sie stellte sich vor, wie er in der kommenden Nacht zurückkam. Wenn sie ihn erneut zurückwies, würde er dann ein zweites Mal geduldig vor ihrem Zelt warten? Was würde er sonst noch für sie tun, wenn sie es von ihm verlangte?

Laena kehrte zurück zu ihrem Lager. Sie war jetzt etwas ruhiger, wenn auch immer noch verwirrt. Ihr war bewußt geworden, daß sie noch viel über die Beziehung zwischen Mann und Frau lernen mußte, und sie wünschte, ihre Mutter würde noch leben und sie lehren, was sie wissen wollte.

Aber immerhin hatte sie Nan, und Nan hatte versprochen, ihr zu helfen. Laenas letzter Gedanke, ehe sie einschlief, war, daß sie Nan noch vieles fragen mußte, um zu verstehen, was es bedeutete, eine Frau zu sein.

Kapitel 19

»Wach auf!«

Laena hörte die hohe Stimme, schlug die Augen auf und sah, daß Moru sie schüttelte. »Es ist schon spät«, beklagte sich das kleine Mädchen. »Und es regnet. Hör doch.«

Laena hörte Regentropfen auf die Zeltwände trommeln. Noch ganz durcheinander, rollte sie sich auf die Seite. Die Träume der Nacht hatten sie aufgewühlt. Die meisten hatten sich um Sordir gedreht. Plötzlich fragte sie sich, ob er immer noch draußen wartete und im Regen saß.

»Sieh durch den Schlitz am Eingang, und sag mir, ob du jemanden siehst«, flüsterte sie Moru zu.

Gehorsam ging das kleine Mädchen hinüber und sah nach draußen. »Es ist niemand da«, sagte sie.

Laena atmete erleichtert auf. Gleichzeitig erkannte sie, daß sie auch enttäuscht war. Allein an Sordir zu denken erfüllte sie mit der Sehnsucht nach ihm, die sie in der vergangenen Nacht empfunden hatte.

Moru blickte immer noch hinaus. »Nan kommt her«, sagte sie.

Einen Augenblick später öffnete die alte Frau den Zelteingang. Sie trat ein und schüttelte das Wasser aus ihren Fellen. »Bereit zum Frühstück?« fragte sie, auf Moru herabblickend.

»Ja!« rief Moru begeistert.

Nan tätschelte ihr den Kopf. »Gut. Geh zum Lagerfeuer. Es ist noch Fleisch übrig.«

Moru rannte los, und Nan blickte ihr nach. Dann wandte sie sich Laena zu. »Ich hoffe, du hast gestern nacht meinen Rat befolgt.«

Laena überlegte, ob sie sich schlichtweg weigern sollte, darauf zu antworten. Sie blickte zu Nan auf und fragte sich, wie sie wohl reagieren würde. Die alte Frau wartete, und Laena erkannte, daß sie ebenso unerschütterlich warten würde, wie Sordir vor ihrem Zelt gewartet hatte. Und wenn Laena sich weigerte zu antworten, würde Nan bestimmt böse werden.

Es gab also kein Entrinnen. Wenn Laena sich Nan als Lehrerin und Freundin erhalten wollte, würde sie sich nach Nans Wünschen richten müssen. »Ich habe zugelassen, daß er mich umarmt«, sagte sie leise und angespannt. »Und dann habe ich ihn hinausgeworfen.«

Nan nickte knapp. »Ich danke dir, Laena. Ich weiß, daß du der Ansicht bist, daß mich das nichts angeht, aber ich muß mich einmischen, weil nämlich ich es ausbaden muß, wenn du schwanger wirst.« Sie setzte sich ans Fußende von Laenas Bett und faltete die Hände im Schoß. »Sag, weißt du, wie Kinder gemacht werden?«

Laena fühlte, wie sie errötete. Es war gräßlich, zu dieser Unterhaltung gezwungen zu werden, ohne sich dagegen wehren zu können. Sie holte tief Luft. »Ein Mann und eine Frau liegen beieinander und …«

Nan winkte ärgerlich ab. »Ich meine, wie sie *wirklich* gemacht werden. Ein Mann dringt in dich ein. Hier.« Sie faßte sich zwischen die Beine und musterte Laena dabei sehr genau. »Weißt du das?«

Laena nickte widerstrebend.

»Er bewegt sich und spritzt einen weißen Saft in dich hinein. Und daraus entsteht dann ein Baby. Wußtest du das?«

Laena zögerte. Das war ihr neu, und sie erkannte, daß sie gegen ihren Willen interessiert war, mehr zu erfahren. »Ist es wie Wasser, das den Boden fruchtbar macht?« fragte sie.

»Nein. Es ist wie ein Samenkorn, das in deinen Bauch eingepflanzt wird und dort wächst. Manchmal geht der Samen nicht auf, und es passiert nichts. Aber ebensooft wächst er heran, und plötzlich bist du Mutter, ob du willst oder nicht.«

»Oh«, sagte Laena nur.

»Also, es gibt Möglichkeiten, einen Mann glücklich zu machen und selbst nicht auf diese Freuden verzichten zu müssen, ohne daß sein Samen dorthin gelangt«, fuhr Nan fort, sich auf den Bauch klopfend. »Ich beschreibe dir diese Möglichkeiten, wenn du daran interessiert bist.« Nach kurzem Schweigen fragte sie: »Möchtest du wissen, wie das geht?«

Laena zögerte. Sie konnte ihr Interesse nicht leugnen. »In Ordnung«, sagte sie.

»Gut. Ich erzähle dir auf dem Weg ins Ostlager davon. Bis dahin ist es ein Zweitagesmarsch.« Wieder legte sie eine Pause ein, ehe sie fortfuhr. »Sordir wird uns übrigens begleiten. Er hat Rorgar gebeten, uns führen zu dürfen. Du mußt ihn sehr erregt haben mit dieser einen Umarmung.«

Laenas Herz tat einen Sprung. Sie versuchte sich vorzustellen, wie es sein würde, zwei weitere Tage mit Sordir zu verbringen, mit ihm durch die Berge zu ziehen, ihn zu beobachten und dabei zu wissen, daß auch er sie nicht aus den Augen ließ. Sie erschauerte. Sie war verblüfft von der Intensität ihrer Gefühle. Ein Teil ihres Verstandes schien sich ihrer Kontrolle entzogen zu haben. Sie vermochte nicht vorherzusagen, welche Sprünge ihre Gefühle von einem Augenblick auf den anderen machen würden.

Nan hatte sich abgewandt und blickte durch die Zeltöffnung nach draußen. »Es müßte bald aufhören zu regnen«, sagte sie. »Dann brechen wir auf. Du solltest inzwischen reichlich frühstücken. Es ist ein harter Marsch über den Kamm.«

Das Lager wirkte praktisch verlassen. Die meisten Männer waren auf der Jagd, und das einzige Geräusch war das Trommeln des Regens auf Zelte und Gras.

Sordir wartete mit Rorgar und Moru am Feuer. Sobald er Laena entdeckte, kam er ihr mit einem Teller aus Holz entgegen, auf dem eine Portion Fleisch lag.

»Danke«, sagte sie scheu. Sie erwartete beinahe, daß er böse auf sie war, weil sie ihn in der vergangenen Nacht hinausgeworfen hatte, aber er schenkte ihr ein warmes Lächeln, setzte sich ihr gegenüber und sah ihr beim Essen zu.

Als sie fertig war, hatte der Regen aufgehört. Nan kam herüber und wies sie und Moru an, sich aufbruchbereit zu machen. Sordir gab ihnen einen Vorrat an Trockenfleisch, den sie in ihren Taschen verstauten. Sie packten im Zelt ihre Sachen zusammen und kehrten dann zurück zur Dorfmitte, wo Nan sie bereits erwartete.

Rorgar war ebenfalls dort. Der Hüne legte die Arme um Nan und drückte sie. Es war eine feste, zärtliche Umarmung, und Laena erkannte, daß es nicht nur eine freundschaftliche Geste war. Und mit plötzlicher Gewißheit wußte Laena, daß Nan Rorgar in der vergangenen Nacht nicht ausgesperrt hatte.

Der Gedanke war unerwartet und verwirrend. Nan war so viel älter als Rorgar, daß sie seine Mutter hätte sein können. Und doch stand sie da und umarmte ihn – tat genau das, was sie Laena nahegelegt hatte nicht zu tun.

Rorgar ließ sie los und wandte sich ab. Während er mit dem Rücken zu ihr dastand, sagte Nan etwas zu Sordir, der zustimmend nickte. Er nahm seinen Speer und führte Nan, Laena und Moru aus dem Lager.

Rorgar blickte ihnen nicht nach. Er verharrte, ihnen den Rücken zugekehrt. Als sie die Bäume erreichten, warf Laena einen letzten Blick zurück und sah, daß er immer noch in der Dorfmitte stand und in die entgegengesetzte Richtung starrte.

»Die Wölfe glauben, daß es Unglück bringt, wenn man Gästen nachblickt, die fortgehen«, erklärte Nan. »Wenn sie einen nicht mögen oder nicht wollen, daß man wiederkommt, *dann* blicken sie einem nach, wenn man geht.«

Sordir führte sie durch den Wald. Laena verlor rasch die Orientierung, da es keinen erkennbaren Pfad gab und der Himmel, der stellenweise durch die Baumwipfel hindurchschimmerte, wolkenverhangen war. Aber Sordir bewegte sich mit großer Sicherheit durch das Labyrinth, und schon bald ließen sie den Wald hinter sich und gelangten auf einen steilen Berghang, wo die Erdschicht so dünn war, daß ihnen nur Moos genügend Halt und Nahrung bot.

Sordir führte sie zu einem schmalen Pfad, der sich im Zickzack den Hang hinaufwand. Der Boden war noch naß vom Regen und glitschig. Schweigend kämpften sie sich aufwärts. Nur ihr keuchender Atem war in der feuchten Morgenluft zu hören. Laena mußte lächeln, als sie daran zurückdachte, wie aufregend sie es sich vorgestellt hatte, Sordir zu beobachten, während er sie führte. Tatsächlich mußte sie die ganze Zeit darauf achten, nicht zu stolpern, und immer wieder nach Felsbrocken greifen, um nicht den Halt zu verlieren.

Sie gelangten auf den Gipfel und machten einige Minuten Rast. Die graue Wolkendecke war so dick und tiefhängend, daß sie die Spitzen der umliegenden Berge verhüllte. Sordir betrachtete sie aus zusammengekniffenen Augen und wechselte dann ein paar Worte mit Nan.

»Er sagt, daß wir vielleicht in die Wolken hinaufsteigen müssen«, übersetzte Nan. »Aber er ist den Weg schon viele Male gegangen, und wenn wir dicht hinter ihm bleiben, wird alles gutgehen.«

Laena starrte sie an. »In die Wolken hinaufsteigen?« sagte sie. Das klang zu phantastisch.

»Wir müssen noch höher hinauf«, entgegnete Nan. »Wolken sind nur Nebel. Sonst nichts. Trotzdem ist es nicht ungefährlich, wenn man nicht achtgibt, weil man nicht weit sehen kann und leicht die Orientierung verliert. Ich hoffe, Sordir ist wirklich so erfahren, wie er vorgibt.«

Laena blickte zu ihm hinüber. Ihr wurde bewußt, daß er sie die ganze Zeit angesehen hatte. Für ihn mußte es ebenso frustrierend sein wie für sie, daß sie einander nicht verstehen konnten. Sie schenkte ihm ein scheues Lächeln, und er grinste sofort zurück. Er zeigte nach links auf einen Berg, dessen felsige Hänge beinahe vollständig von Wolken verhüllt waren. Er sagte etwas, wandte sich dann an Nan und wartete, daß sie übersetzte.

»Er sagt, er und einige andere Jäger sind auf diesen Gipfel gestiegen«, sagte Nan. Sie wartete, während Sordir einige Worte in seiner Sprache hinzufügte. »Er sagt, sie hätten Seile aus Mammutdärmen benutzt.«

Laenas Augen weiteten sich. »Glaubst du, so etwas wäre möglich?«

Nan grunzte. »Ich habe davon erzählen hören, es aber nie gesehen. Aber die Wolf-Menschen sind stark. Wenn überhaupt jemand so etwas zustande bringt, dann sie.«

Sordir grinste wieder. Er hatte ihrem Tonfall entnommen, daß sie beeindruckt war.

Kurz darauf waren sie von Wolken umgeben. Die Felsbrocken, an denen Laena sich beim Aufstieg festhielt, waren feucht, und sie konnte in jede Richtung nur wenige Schritte weit sehen. Moru rief nach ihr. Sie klang verloren und ängstlich, und so ließ sie sie vor sich hergehen, zwischen sich und Nan. Trotzdem blickte Moru immer wieder nervös über die Schulter, um sich davon zu überzeugen, daß Laena noch da war.

Laena war ebenfalls verunsichert, weil sie sich nicht vorstellen konnte, daß Sordir wirklich wußte, wo er hinging. Sie konnte ihn kaum erkennen; er war nur noch ein undeutlicher grauer Schatten. Und doch schritt er so rasch aus wie zu Beginn ihres Marsches, seine Füße auf losem Gestein knirschend, immer weiter bergauf.

Der Nebel legte sich auf ihre Felle, die glitzerten, als wären sie mit Spinnweben überzogen. Sie stiegen einen letzten Abschnitt des Pfades hinauf, der noch steiler war als alle vorangegangenen. Und plötzlich hatten sie wieder strahlendblauen Himmel über sich, und die Sonne brannte auf sie herab.

Laena blinzelte im grellen Licht. Sie befanden sich auf einem kleinen felsigen Plateau. Als sie sich umwandte und zurückblickte, sah sie, daß die Wolken sich etwas unterhalb wie ein endloses Feld hügeligen Schnees erstreckten. Sie sahen beinahe so fest aus, als könnte man über sie hinweggehen.

Moru zupfte an ihrem Ärmel. »Sieh doch, Laena«, rief sie.

Laena wandte sich ihr zu. Sie tat ein paar Schritte und

sah im Osten einen sanften Hang, der zu einer weiten, flachen Ebene hinabführte, die sich bis in weite Ferne erstreckte. Hier waren keine Wolken; sie wurden von dem Hang zurückgehalten, den sie erklommen hatten.

Nan saß mit Sordir auf einem Felsen. Er öffnete seine Packtasche, holte etwas Fleisch heraus und bot Laena davon an.

Sie nahm sich ein Stück, vermochte den Blick jedoch nicht lange von dem Land abzuwenden, das vor ihnen lag. Es war anders als alles, was sie bisher gesehen hatte. Die Steppe schien vollständig von braunem Gras bedeckt zu sein. Ein Flußlauf schlängelte sich gemächlich hindurch, und sie konnte winzige Punkte ausmachen, bei denen es sich um grasende Tiere handeln mußte. Die Steppe war viel fruchtbarer und üppiger als die Ebenen, die sie bisher gesehen hatte. Dort war das Gras nur büschelweise in Mulden und an den Hängen gewachsen, wo sich das Wasser der Schneeschmelze sammelte, und der Boden war hart, steinig und karg gewesen.

Sordir sagte etwas. Nan hörte zu und wandte sich dann an Laena. »Er sagt, das Hauptlager der Wölfe befindet sich dort drüben«, sagte sie und zeigte auf eine Bergkette am anderen Ende der Ebene. »Wir müßten bis morgen abend dort sein.«

Laena nickte. »Bist du schon einmal hier gewesen, Nan?«

Die alte Frau lachte. »Ja, aber ich weiß nicht mehr, wann. Ich bin so viel herumgekommen, daß ich die verschiedenen Orte nicht mehr auseinanderhalten kann.«

»Sind die Menschen dort nett?« fragte Moru, die aus großen Augen zu Nan aufsah, während sie Laenas Hand fest umklammert hielt.

»Manche sind nett«, entgegnete Nan, ihre Worte sehr sorgfältig wählend.

»Können wir bei ihnen bleiben?«

Nan warf einen Blick auf Laena, ehe sie sich wieder Moru zuwandte. »Wir müssen erst abwarten, ob wir ihnen willkommen sind und sie uns dazu auffordern.«

»Es ist schwer für sie, kein Zuhause zu haben«, sagte Laena.

Nan nickte knapp. »Nur, es gibt nichts, was wir dagegen tun könnten.«

Der Abstieg hinab in die Ebene war recht leicht, und bald waren sie unten im hohen Gras, mit weicher Erde unter den Füßen. Es war angenehm dort, mit der Sonne, die sie wärmte. *Dennoch,* dachte Laena bei sich, *ist es nicht das Land aus meiner Vision.* Das Gras war nicht üppig und grün genug, der Himmel nicht so blau.

Sie ging eine Weile neben Sordir her, während Nan ein paar Schritte mit Moru zurückfiel. Laena versuchte, Sordir ein paar Worte in ihrer Sprache beizubringen – Sonne, Wolken, Fluß und Erde. Im Gegenzug lehrte er sie einige Begriffe seiner Sprache. Aber es fiel ihr schwer, sich zu konzentrieren, wenn sie neben ihm herging, seine Nähe fühlte und aus den Augenwinkeln verstohlene Blicke auf seinen Körper warf. Sie ertappte sich dabei, wie sie ihn wie zufällig berührte. Sie trat auf einen Stein und stolperte, woraufhin er sie blitzschnell auffing, obwohl sie seiner Hilfe eigentlich nicht bedurfte. Er packte sie mit den Händen zu beiden Seiten ihrer Taille und hielt sie einen flüchtigen Moment lang fest. Sie blickte scheu zu ihm auf und sah in seine dunkelbraunen Augen. Etwas in ihr regte sich, und wieder hatte sie, wie schon in der vergangenen Nacht, das Gefühl, keine Luft mehr zu bekommen. Sie nahm seine Hand und schob sie von sich fort, strich jedoch dabei unter seinem Ärmel mit den Fingern über die weiche Haut an der Innenseite seines Armes. Sie sah, wie seine Nasenflügel sich blähten, als er scharf einatmete, und zum erstenmal ging ihr auf, daß er möglicherweise von seinen Gefühlen ebenso verwirrt war wie sie von den ihren.

Vielleicht konnte sie ein wenig Zeit mit ihm allein verbringen, wenn Nan und Moru schliefen und die Sonne hinter den Bergen versank. Aber sie würde vorsichtig sein und Nans Ermahnungen beherzigen. Sie würde nicht zulassen, daß Sordir seinen Samen in sie pflanzte. Sie wollte nur seine Hände auf ihrem Körper fühlen, seine Lippen auf ihrem Hals …

Sie zwang sich, an etwas anderes zu denken. Ihre Tagträume lenkten sie so sehr ab, daß sie sich nicht mehr darauf konzentrieren konnte, wo sie langging.

Als Sordir später haltmachte, hatten sie die Ebene zur Hälfte überquert. Sie stiegen auf einen kleinen Hügel mit Blick auf eine Biegung des breiten Flusses und fanden eine Stelle, an der die Erde geschwärzt war von den Feuern früherer Wanderer.

Sordir gab Anweisungen, die Nan übersetzte. Laena und Moru sollten Holz sammeln, während Nan ihre Lager bereitete.

Kurz darauf zischte und knisterte ein Feuer. Sordir legte vorsichtig einige große Steine ins Feuer und setzte sich mit verschränkten Beinen, ein Bündel des hohen Grases an seiner Seite. Laena sah zu, wie er das Gras zu einer breiten, flachen Schale flocht. Dann bedeckte er das Gefäß mit festem, dunklem Ton und nahm mit Hilfe zweier dicker Stöcke einige der heißen Steine aus dem Feuer. Er legte sie in die Schale und rollte sie darin herum, um den Ton zu härten. Dann ging er mit der Schale hinunter zum Fluß, schöpfte Wasser und brachte dieses zurück zum Feuer. Er nahm die restlichen heißen Steine aus der Glut und ließ sie ins Wasser fallen. Dann weichte er ihr Trockenfleisch in dem warmen Wasser ein, bis es weich und zart war.

Sie waren nach dem langen Marsch alle hungrig, und das Fleisch schmeckte köstlich. Erst aßen sie schweigend, und dann, als der Himmel sich verdunkelte, versuchte Sordir mit Laena zu sprechen.

Sie verstand inzwischen einige Worte seiner Sprache, vermochte seiner Rede aber dennoch nicht zu folgen. Nan übersetzte für sie, und Sordir beschrieb sein Jagdgeschick, seine Stärke und seine Absicht, eines Tages Rorgars Nachfolge als Häuptling des Wolf-Stammes anzutreten.

Laena versuchte, sich zu konzentrieren, aber ihre

Gedanken schweiften immer wieder ab. Sie beobachtete Sordir, der sich vorlehnte, mit großem Ernst sprach und sie eindringlich musterte. Sein Gesicht und sein Körper erschienen ihr weit interessanter als das, was er sagte. Aber wohin sollten sie gehen, um ein wenig unter sich zu sein? Um sie herum erstreckte sich die Ebene. Das Gras war hoch, aber nicht hoch genug, sie zu verbergen, wenn sie sich hinsetzten. Und wenngleich das Tageslicht abnahm, wurde es um diese Jahreszeit nie richtig dunkel.

Laena richtete wieder den Blick auf Sordir. Sie wußte einfach nicht, was sie tun sollte. Dann wurde ihr bewußt, daß er aufgehört hatte zu sprechen und Nan nicht mehr übersetzte. Er hatte die Stirn gerunzelt, als beunruhige ihn etwas.

Plötzlich stand er auf und preßte sich die Hände auf den Bauch. Er verzog das Gesicht und murmelte etwas.

»Er sagt, das Essen wäre ihm nicht bekommen«, sagte Nan.

Sordir wandte sich der Schale zu, die er angefertigt hatte, schöpfte mit den Händen Wasser heraus und trank.

»Geht es ihm gut?« fragte Moru. Sie hatte die ganze Zeit neben Laena gesessen, schweigend, aber aufmerksam.

Nan nahm sanft Sordirs Arm und drehte sein Gesicht zu sich herum. Sie musterte ihn und legte eine Hand an seine Stirn. »Mir scheint alles in Ordnung zu sein«, murmelte sie, mehr zu sich selbst. »Vielleicht war ein Stück Fleisch verdorben.«

Sordir sagte etwas. Er wandte sich ab und streckte sich neben dem Feuer aus.

»Er bittet um Entschuldigung«, sagte Nan. »Er hat Magenkrämpfe und muß ausruhen.«

Hierauf folgte unbehagliches Schweigen. Laena blinzelte. Sie fragte sich, ob Sordir sein Unwohlsein nicht vielleicht aus irgendeinem Grund vortäuschte. Er hatte bei dem Marsch über die Steppe einen so kräftigen, gesunden Eindruck gemacht. Vielleicht wollte er einfach ein wenig für sich allein sein. Sie hatte geglaubt, er wollte mit ihr zusammensein, aber offensichtlich stand ihm im Augenblick nicht der Sinn danach. Sie war verwirrt und enttäuscht. Wenn sie doch nur seine Sprache beherrschen würde!

»Wir sollten uns alle zeitig schlafen legen«, sagte Nan. Sie legte Holz auf das Feuer und begann, die Schlafsäcke auszubreiten. »Sieh dir Moru an. Sie ist schon halb eingeschlafen.«

»Nein, bin ich nicht«, protestierte Moru, obwohl sie mit halb geschlossenen Augen am Feuer lag und gähnte.

Laena erhob sich unsicher. »Bist du sicher, daß Sordir nichts fehlt?«

Nan zuckte die Achseln. »Soweit ich das beurteilen kann.« Sie bewegte Moru dazu, in ihren Schlafsack zu kriechen, und wandte sich dann wieder Laena zu. »Woran denkst du?«

Laena schüttelte langsam den Kopf. »An nichts«, entgegnete sie.

Laena lag eine Weile wach, blickte in den Himmel und lauschte den Geräuschen um sie herum. Moru murmelte etwas im Schlaf. Sie wälzte sich unruhig herum, lag dann aber wieder still, und auch ihr Atem wurde tiefer und gleichmäßiger. Sordir lag auf der anderen Seite des Feuers und gab keinen Laut von sich. Vielleicht ist er wirklich krank, dachte Laena, wenngleich sie immer noch nicht so recht daran glauben wollte.

Irgendwo rief eine Eule. Nan grunzte vor sich hin und drehte sich dann raschelnd in ihrem Schlafsack.

»Nan?« sagte Laena leise. »Bist du noch wach?«

Die alte Frau wandte sich ihr zu. »Ja, ich bin noch wach. Ich schlafe nicht mehr so leicht ein wie früher, vor allem in den hellen Sommernächten.«

Laena schwieg eine Weile. Es gab so vieles, was sie wissen wollte. »Darf ich dich etwas fragen?« flüsterte sie.

Die alte Frau nickte. »Was du willst. Du kannst mich immer alles fragen.«

»Hast du mit Rorgar …«

»Wir haben gestern nacht beieinander gelegen, ja«, entgegnete sie, ohne zu zögern.

Laena starrte sie an. Bei ihrem Stamm war dieses Thema tabu gewesen. Wenn eine Frau mit einem Mann zusammen schlief, der nicht ihr Gefährte war, schämte sie sich, dies einzugestehen.

»Jeder von uns hat seine eigenen Verhaltensregeln«, fuhr Nan fort, als sie den Ausdruck auf Laenas Gesicht sah. »Ich bin Nan ohne Volk, also habe ich meine eigenen Regeln.« Sie schwieg eine Weile, ehe sie fortfuhr. »Verstehst du«, sagte sie dann, »ich wurde vor langer Zeit mit einem Mann vereint. Ich habe für ihn gekocht, seine Kleider genäht und ihm sogar ein Kind geboren.«

Laenas Augen weiteten sich.

»Aber mein Sohn wurde von Wölfen getötet«, fuhr Nan fort. »Und das war wohl auch ganz gut so. Das Leben, das ich führte, entsprach nicht meinen Vorstellungen. Ich wollte mein eigener Herr sein. Also verließ ich meinen Stamm. Ich beschloß, mein Vergnügen dort zu suchen, wo es sich bot: in einem einsamen Spaziergang unter dem Mond oder indem ich einfach dasaß und das Meer betrachtete oder die Sonne auf meinem Gesicht fühlte. Ich würde mich nie wieder an einen Mann, einen Ort oder eine Gruppe von Menschen binden. Das war meine freie Entscheidung, Laena, und ich habe sie nie bereut.«

»Ich verstehe«, entgegnete Laena. Der Gedanke erschreckte sie, aber andererseits war die Vorstellung auch aufregend.

»Wenn die Männer des Wolf-Stammes in ihrem Männerlager sind, wächst ihre Lust auf Frauen. Ich habe schon früher bei Rorgar gelegen. Er ist jünger als ich, stark und männlich, und das gefällt mir. Allerdings sorge ich immer dafür, daß sein Samen nicht in mich fließt. Ich bin noch nicht zu alt, schwanger zu werden, aber alt und weise genug, es zu verhindern. Ist es das, was du wissen wolltest?«

Laena dachte über das nach, was Nan gesagt hatte.

»Sollte ich für mich selbst einige Verhaltensregeln aufstellen?«

Nan zuckte die Achseln. »Mit der Zeit wirst du selbst herausfinden, was dir Freude macht und was nicht. Bis dahin wirst du dich damit abfinden müssen, daß ich dir Ratschläge gebe.«

Laena mußte lächeln. Im schwachen Licht sah sie, daß Nan das Lächeln erwiderte. »Danke«, sagte sie.

Als sie die Augen aufschlug, hatte das Land sich verändert. Um sie herum ragten Bäume auf, dunkel und bedrohlich. Dort, wo der Himmel zwischen dem Astgewirr durchschimmerte, war er mattgrau.

Sie fragte sich, wo sie war. Sie stand auf. Der Boden unter ihren Füßen war weich, und sie schwankte und hätte beinahe das Gleichgewicht verloren. »Nan?« rief sie. »Moru?«

Sie hörte ein Rascheln im Dickicht zwischen den Bäumen und bekam eine Gänsehaut.

Sie ging los, kämpfte sich zwischen Büschen und Dornenranken hindurch. Unmittelbar vor sich hörte sie ein Stöhnen.

Plötzlich gelangte sie auf eine Lichtung. In der Mitte der Lichtung lag eine formlose graue Gestalt.

Die graue Masse bewegte sich. Sie erkannte, daß es kein einzelnes Wesen war. Vielmehr waren es mehrere Wölfe, die dicht beieinander auf dem Boden lagen. Sie hechelten, als würde die Luft für sie alle nicht ausreichen. Wieder stöhnte einer von ihnen.

»Ich verstehe nicht«, sagte Laena zu sich selbst. Und dann: »Träume ich?«

»Ja, du träumst«, antwortete eine Stimme.

Sie wirbelte herum und sah Sordir auf einem Felsbrocken am Rand der Lichtung sitzen.

Sie ging auf ihn zu. »Du sprichst meine Sprache!«

»Oder du die meine«, entgegnete er.

Sein Gesicht war im Dunkel verborgen. Sie blieb dicht

vor ihm stehen. Sie streckte die Hand aus, um ihn zu berühren. Sie wußte, daß sie das nicht tun sollte, wenngleich sie sich nicht erinnern konnte, warum. »Sordir …«

»Ja?« Er hob ihr das Gesicht entgegen.

Laena schrie. Seine Haut war schwarz und ölig. Das Haar hing ihm verfilzt in die Stirn. Er hob die skelettartigen Hände, die aussahen, als wäre das Fleisch auf seinen Knochen verfault.

»Nein!« schrie Laena.

»Komm und liege bei mir, Laena.« Er erhob sich mühsam und kam auf sie zu.

Der Boden unter ihren Füßen gab wieder nach. Auf der Lichtung hinter ihr stieß der Wolf wieder ein Stöhnen aus.

»Rühr mich nicht an!« schrie Laena.

»Es ist in Ordnung«, entgegnete Sordir. Sein Atem roch nach feuchter Erde. »Es ist nur ein Traum, Laena.«

»Nein!« schrie sie erneut.

Dann fühlte sie, wie sie energisch geschüttelt wurde. Sie schlug die Augen auf und sah, daß sie ausgestreckt auf dem Boden lag und ihren Schlafsack zur Hälfte von sich gestrampelt hatte. Ihre Kehle war trocken, und ihr Puls raste. Der Himmel war von mattem Grau. Nan war über sie gebeugt.

Laena stöhnte vor Erleichterung und schluckte mühsam.

»Alles in Ordnung?« fragte Nan.

»Ja«, keuchte Laena. »Nur ein Traum.«

»Ein Traum?«

Laena nickte. »Es tut mir leid. Entschuldige, daß ich dich geweckt habe.«

»Ich habe einen leichten Schlaf. Das habe ich mir angewöhnt.« Nan warf rasch einen Blick auf die beiden anderen Schläfer. »Sordir hat dich nicht belästigt?«

»Nein, nein, Nan. Das hat er nicht.«

Sie grunzte in sich hinein, richtete sich auf und ging um die Glut des Feuers herum. Sie gelangte an die Stelle, wo

Sordir sich schlafen gelegt hatte, und beugte sich zu ihm herab.

Nur ein Traum, sagte sich Laena.

»Laena!« rief Nan, und ihre Stimme klang plötzlich angespannt.

Laena fühlte, wie ihr ein kalter Schauer über den Rücken jagte. »Was ist?« antwortete sie. Sie wollte wissen, was passiert war, obwohl sie im Grunde bereits wußte, wie die Antwort lauten würde.

»Komm her, Mädchen. Sordir geht es schlecht. Vielleicht brauche ich deine Hilfe.«

Kapitel 20

Sordirs Augen waren geöffnet, aber er schien Nan und Laena nicht deutlich wahrnehmen zu können, als sie sich über ihn beugten. Er drehte den Kopf von einer Seite auf die andere und murmelte etwas vor sich hin, das Laena nicht verstehen konnte.

»Er sagt, er hat Durst«, sagte Nan. »Hol ihm Wasser.«

»Aber was ist denn mit ihm?«

»Das weiß ich noch nicht. Rasch, hol Wasser!«

Es war recht dunkel, aber Laena hatte die Schale, die Sordir am vergangenen Abend angefertigt hatte, dennoch bald gefunden. Sie rannte zum Fluß, schöpfte frisches Wasser und lief zurück.

»Er hat Fieber«, sagte Nan. Sie hob Sordirs Kopf an, führte die Schale an seine Lippen, und er trank durstig. Laena registrierte, daß er zitterte. Wie betäubt blickte sie auf ihn herab, wollte nicht glauben, daß das alles tatsächlich geschah.

Sordir sank auf den Boden zurück. Er atmete schnell und flach. Dann drehte er sich auf die Seite und stöhnte. Er schlang die Arme um seinen Leib und erbrach sich.

Laena stieß einen verzweifelten Schrei aus.

»Warum siehst du ihn so an?« fragte Nan scharf.

Laena biß sich auf die Unterlippe. Sie sollte nicht antworten.

Nan packte Laenas Arm. »Was ist? Bist du auch krank?«

»Nein! Nein, mit mir ist alles in Ordnung.« Sie schüttelte den Kopf. Nan war zu scharfsichtig. Es war einfach unmöglich, etwas vor ihr zu verbergen. »Ich habe es geträumt«, sagte Laena.

Nan kniff die Augen zusammen. »Was hast du geträumt?«

Sie machte eine hilflose Geste. »Er lag im Sterben. Oder war bereits tot. Dennoch lebte er. Seine Haut war ganz schwarz.«

Nan schnalzte mit der Zunge. »Soll das heißen, du hattest eine Art Vision?«

Widerstrebend nickte Laena.

Nan musterte sie stirnrunzelnd. »Wann hattest du zum erstenmal einen solchen Traum?«

Laena schüttelte den Kopf. »Ich habe den Tod meines Vaters geträumt, ehe es passierte. Und den des Jungen aus meinem Stamm. Manchmal träume ich Wochen oder Monate lang nicht. Aber dann passiert wieder so etwas wie jetzt.« Es war einfach zuviel für sie. Sie schlug die Hände vor das Gesicht und schluchzte. »Es ist so entsetzlich«, sagte sie gepreßt. »Es gibt mir das Gefühl, ich wäre schuld.«

Nan packte ihren Arm und schüttelte sie energisch. »Es ist nicht deine Schuld, und deine Tränen nützen niemandem. Hör mir zu!«

Ihre Stimme war so schneidend, daß Laena zusammenzuckte. Sie starrte Nan an.

»Wir müssen ihm helfen«, sagte Nan und musterte sie eindringlich. »Verstehst du?«

Laena nickte benommen.

»Hol meine Tasche her. Ist Moru wach?«

»Ich glaube nicht.«

»Dann laß sie noch schlafen. Hol meine Tasche, Mädchen!«

Laena lief um das Feuer herum, schnappte sich Nans Rucksack und brachte ihn ihr. Nan kramte in der Ledertasche herum, die Augen im grauen Dämmerlicht zusammengekniffen. Sie holte mehrere Beutel heraus, roch an einem von ihnen, legte ihn beiseite, roch am nächsten und grunzte zufrieden.

Als nächstes nahm sie eine kleine Schale aus Birkenrinde heraus. Sie goß etwas von dem Wasser hinein, das Laena vorhin geholt hatte, öffnete den Beutel und gab getrocknete Kräuter in die Trinkschale.

Dann nahm sie zwei Stöcke und hielt die Schale zwischen ihnen über die Feuerglut. »Das wird seinen Magen beruhigen«, sagte sie. »Um sein Fieber kümmern wir uns später, wenn es noch länger anhält.«

Nach einigen Minuten nahm sie die Trinkschale vom Feuer. Sie hielt einen Finger in den Sud, nickte und wandte sich Sordir zu. »Halte seinen Kopf hoch.«

Laena kroch um ihn herum und hob vorsichtig seinen Kopf an. Er war schwerer, als sie erwartet hatte. Sie blickte auf ihn herab und erinnerte sich, wie er in ihrem Traum ausgesehen hatte. *Bitte werd wieder gesund*, betete sie stumm. *Bitte*.

Nan hielt das Gefäß an seine Lippen, sagte etwas mit schneidender Stimme, und er versuchte zu trinken. Nach mehreren Versuchen gelang es ihm, den Großteil des Kräutersuds zu schlucken, und diesmal erbrach er sich nicht wieder. Er ließ sich auf den Boden zurücksinken, krümmte sich und grunzte vor Schmerz.

»Was tun wir jetzt?« fragte Laena.

»Wir halten ihn warm und warten.« Nan sah zu ihr auf. »Wir können nur hoffen, daß es ihm bessergeht, ehe Angehörige seines Stammes auftauchen und uns die Schuld an seinem Zustand geben.«

Sie fachten das Feuer an, weckten Moru und aßen etwas von ihrem Trockenfleisch. Sordir fing an zu zittern, und sie deckten ihn mit all ihren Fellen zu. »Er ist stark«, sagte

Nan. »Stark genug, dem Fieber einige Zeit standzuhalten. Ein Fieber kann heilsam sein, wenn ein Mensch stark genug ist.«

Die Sonne stieg höher, der Himmel hellte auf, und Insekten begannen sich im Gras zu regen. Weit in der Ferne sah Laena Tiere, bei denen es sich um Mammuts handeln konnte, aber ansonsten rührte sich nichts auf der weiten Ebene, und nur vereinzelte Vogelrufe oder Plätschern vom Fluß, wenn ein Fisch aus dem Wasser sprang, störten die Stille.

Kurz nach Mittag begann Sordir zu husten. Die Anfälle schüttelten ihn mit solcher Gewalt, daß sein ganzer Körper sich aufbäumte. Er lief erst rosa und dann tiefrot an. Jedesmal, wenn er Luft holte, ertönte ein rasselndes Geräusch in seiner Kehle. Schließlich begann er, zähen gelben Schleim zu spucken.

»Die Spuckkrankheit«, sagte Nan.

Laena starrte sie an. »Bist du sicher?«

»Ja.« Nan sah sie an. »Hast du eine solche Erkrankung schon einmal erlebt?«

Laena nickte. »Bei meinem Stamm, vor fünf Jahren. Ich war selbst krank und Moru ebenfalls. Die Krankheit hat mehrere Leben gefordert.«

»Junge oder alte?«

»Junge.«

Nan grunzte in sich hinein, und ein grimmiger Ausdruck trat auf ihr Gesicht. »Wir brauchen frische Kräuter. Hör zu.« Sie nahm einen Stock und zeichnete ein Bild auf die nackte Erde neben dem Feuer. »Ihr beide geht runter zum Fluß und sucht in der Nähe des seichten Wassers nach Pflanzen, deren Blätter so aussehen. Habt ihr verstanden?«

Laena betrachtete die Zeichnung skeptisch. »Was, wenn wir dir die falschen bringen?«

»Bringt mir alles, was ihr finden könnt. Ich werde wissen, was richtig ist und was nicht. Und jetzt beeilt euch.«

Gemeinsam liefen sie hinunter zum Flußufer. Laena folgte ihm in die eine Richtung und Moru in die andere.

Laena hatte keine Hoffnung mehr. Ihre Visionen hatten sich noch nie als falsch erwiesen, warum sollte es also diesmal anders sein? Sordir würde sterben, so wie alle anderen, die ihr je etwas bedeutet hatten. Sie würde die Kräuter suchen und alles tun, was Nan ihr auftrug, aber sie wußte, daß es sinnlos war.

Aber dann erinnerte sie sich, daß Sordir in ihrem Traum nicht wirklich tot gewesen war. Und Nan war sehr weise; vielleicht würde ihre Weisheit den Lauf der Dinge beeinflussen können. Laena wünschte sich so sehr, glauben zu können, daß Sordir überleben würde. Sie dachte an seine Berührung, an seinen Geruch und an das Verlangen, das er in ihr geweckt hatte. Das Schicksal konnte doch nicht so grausam sein, ihn ihr wegzunehmen, nachdem sie gerade erst diese magischen Gefühle entdeckt hatte.

Sie gelangte an einen kleinen Bach, der in den Fluß strömte. Der Boden war hier feucht und sumpfig, und Dutzende kleiner Pflanzen wuchsen dicht beieinander. Laena bückte sich und betrachtete sie eingehend. Es gab gleich mehrere, die Nans Zeichnung ähnelten. Sie packte sie und lief den Weg zurück, den sie gekommen war.

Als sie Nan die Pflanzen reichte, sortierte sie sie und nickte zufrieden. Dann kam Moru angelaufen, in den Händen Gräser, Löwenzahn und was sie sonst noch hatte finden können. Unter dem Unkraut befanden sich einige feine Gewächse, die Nans Zustimmung fanden.

Sie legte sie auf einen flachen Felsbrocken und zermalmte sie mit einem Stein. Dann erhitzte sie sie in der Trinkschale. »Helft ihm, sich aufzusetzen«, befahl sie Laena und Moru.

Mühsam gelang es ihnen, ihn aufzurichten. Er hustete immer noch, und sie hatten Mühe, seinen zuckenden Oberkörper aufrecht zu halten. Er schien nichts mehr um sich herum klar wahrzunehmen. Seine Haut glühte, und der Schleim, den er spuckte, war mit Blut vermischt.

Nan hielt die dampfende Kräutermischung dicht vor sein Gesicht. »Atme!« herrschte sie ihn an. Dann, als ihr bewußt wurde, daß sie in der Sprache der Ebenen gesprochen hatte, wiederholte sie den Befehl in der Wolf-Sprache.

Sordir atmete mehrmals bebend ein und inhalierte den Dampf, der von der Schale aufstieg. Er stöhnte und hustete wieder.

Nan wärmte den Kräutersud wieder auf und hielt ihn ihm dann erneut vor das Gesicht. »Ich habe noch nie einen so raschen Verlauf der Krankheit erlebt«, brummte sie.

»Aber die Kräuter scheinen zu helfen«, sagte Laena.

»Vielleicht. Ich weiß es nicht. Also gut. Neige seinen Kopf ein wenig zurück. Er hat genug davon eingeatmet. Jetzt sollte er den Rest trinken.«

Laena und Moru schafften es, Sordir zu halten, während Nan seine Lippen öffnete. Vorsichtig flößte sie ihm die Mixtur ein. Laena sah, wie sein Kehlkopf sich bewegte, als er reflexartig schluckte.

Sie legten ihn wieder hin. »Jetzt müssen wir wieder abwarten«, sagte Nan.

Der Nachmittag verstrich, und Sordir schien einzuschlafen. Sein Atem ging gleichmäßiger, und er entspannte sich.

Moru rückte näher an ihn heran. Sie betrachtete sein Gesicht und blickte dann zu Nan auf. »Ist er jetzt wieder gesund?« fragte sie.

»Vielleicht«, entgegnete Nan. »Ich bin mir nicht sicher.«

»Aber du weißt doch alles«, sagte Moru.

Nan zauste ihr mit der offenen Hand das Haar. »Ich wünschte, dem wäre so, Kind. Ich wünschte, dem wäre so.«

»Du hast gesagt, du hättest die Spuckkrankheit schon früher erlebt«, bemerkte Laena.

»Ja, sie ist mir schon begegnet. Allerdings scheint sie bei Sordir ein wenig anders, als ich sie in Erinnerung habe.«

Laena runzelte die Stirn. »Ist eine Krankheit nicht immer gleich?«

Nan setzte sich wieder ans Feuer. Wenn Sordirs Zustand ihr Sorgen machte, ließ sie sich jedenfalls nichts anmerken. Laena fragte sich, ob es überhaupt etwas gab, das Nan auch nur eine Andeutung von Schwäche oder Erstaunen entlocken konnte.

»Soweit ich weiß«, antwortete Nan, »gibt es Krankheiten, die immer gleich bleiben. Aber andere scheinen sich im Laufe der Jahre, während sie von einem Menschen auf den anderen, von einem Stamm auf den anderen übergreifen, tatsächlich zu verändern. Stell dir vor, ein völlig Fremder besucht einen Stamm, der sonst nur wenig Kontakte nach außen hat. Der Fremde kann die neue Krankheit in sich tragen, obwohl er selbst einen gesunden Eindruck macht. Und wenn die neue Krankheitsform sich genügend von der alten unterscheidet, werden die Menschen sich anstecken. Vor allem junge Menschen, die noch nie an diesem Leiden erkrankt sind.«

Laena dachte zurück. »Ich erinnere mich, daß ich die Spuckkrankheit bekam, kurz nachdem jemand unseren Stamm besucht hatte«, sagte sie. Dann verstummte sie, als ihr klar wurde, was Nans Worte implizierten. »Du meinst – du glaubst, daß ich diese neue Form der Spuckkrankheit zu den Wolf-Menschen gebracht habe?«

»Du oder Moru«, entgegnete Nan ganz beiläufig, als spreche sie über das Wetter.

»Aber das ist ja entsetzlich!« Laena schlang die Arme um sich selbst. Tränen liefen ihr über die Wangen. »Ich könnte es nicht ertragen, wenn ich Sordir krank gemacht hätte!«

Nan gab einen ungeduldigen Laut von sich. »Nicht du hast ihn krank gemacht, sondern die Krankheit. So ist das bei Krankheiten. Sie bedienen sich der Menschen, und wir können nichts dagegen tun.«

Laena ließ sich ans Feuer sinken. Ich bin verflucht, dachte sie bei sich. Es war tatsächlich ihre Schuld, daß alle um sie herum starben. Irgend etwas Entsetzliches, Zerstörerisches haftete ihr an.

Sie blickte zu Nan auf. »Was ist mit dir?« fragte sie,

immer noch gegen die Tränen ankämpfend. »Wirst du auch krank werden?«

Nan schüttelte den Kopf. »Wenn ich gefährdet wäre, wäre es längst geschehen. Und überhaupt. Ich bin im Laufe der Jahre so vielen Menschen begegnet und habe so viele Krankheiten gehabt, daß mir wohl kaum noch irgendein Leiden etwas anhaben kann.«

Sordir hinter ihr stöhnte und gab dann Laute von sich, als würde er ersticken. Nan eilte zu ihm, von Laena begleitet, während Moru am Feuer sitzenblieb und mit großen, ängstlichen Augen herübersah.

Laena sah Sordirs Gesicht und stieß einen entsetzten Schrei aus. Seine Augen waren geöffnet, aber seine Augäpfel verdreht, so daß nur noch das Weiße zu sehen war. Er gab gräßliche keuchende, würgende Geräusche von sich. Sein Gesicht war tiefrot angelaufen, und er zitterte am ganzen Leib.

»Rasch!« sagte Nan. Sie setzte sich hinter ihn, legte ihm die Arme um die Taille und drückte fest zu. »Er erstickt. Drück deinen Mund auf seinen, Mädchen. Du mußt ansaugen, was seine Kehle verstopft.«

Laena starrte auf sein Gesicht, das sich zunehmend dunkler verfärbte. Ihr wurde schwindlig. Es war, als würde die ganze Welt um sie herum in dichtem Nebel versinken. Er sah so aus wie in ihrem Traum.

Nan umschloß Sordirs Bauch fester und versuchte herauszudrücken, was seine Kehle blockierte. »Tu, was ich sage, Mädchen!« herrschte sie Laena an.

Wie betäubt gehorchte Laena. Es schien erregend und verboten, Sordir so nahe zu sein und seine Lippen auf den ihren zu spüren. Und doch fühlte sie sich gleichzeitig abgestoßen. Das Schicksal hatte ihre Phantasien auf grausame Art pervertiert. Die wohlige Wärme prickelnder Erregung war verflogen. Es war alles verdorben.

Ein Schaudern unterdrückend, saugte sie, so fest sie konnte, und ein widerlich schmeckender Schleim füllte ihren Mund. Brechreiz stieg in ihr auf, und sie zog sich hastig zurück und spuckte den Schleim aus.

»Noch mal!« rief Nan.

Laena gehorchte und saugte wieder und wieder den Schleim ab. Nur am Rand nahm sie wahr, daß Sordir begonnen hatte, um sich zu schlagen. Als sie auf sein Gesicht sah, stellte sie fest, daß es inzwischen beinahe schwarz angelaufen war.

Dann versteifte er sich abrupt. Er bäumte sich auf, und ein letzter Krampf schüttelte seinen Körper. Dann lag er ganz still.

Laena fühlte Nans Hände auf ihren Schultern, die sie von Sordir wegzogen, sie umdrehten und tröstend umfaßten. »Es ist gut«, sagte Nan leise und sanft. »Es ist gut. Du hast dein Bestes gegeben, Laena. Du hast alles getan, was du konntest. Beruhige dich. Ganz ruhig.«

Laena schluchzte unkontrolliert. Der Schmerz stieg aus ihrem tiefsten Inneren auf. Wimmernd klammerte sie sich an Nan und barg das Gesicht an ihrer Brust, während eine Welle der Trauer über sie hinwegrollte und sie in einen dunklen Abgrund zog. Leid und Schmerz der vergangenen Monate schienen zusammenzufließen wie ein schwarzes Meer und löschten jeden Gedanken aus. Sie weinte und weinte.

Es dauerte lange, bis ihre Trauer sich erschöpfte. Dann endlich verebbte ihr Schluchzen. Sie sah, daß Moru sie musterte, ernst und traurig.

Dann hob sie den Kopf und sah, daß in Nans Augen ein so zärtlicher Ausdruck lag, wie sie ihn noch nicht an ihr gesehen hatte. »Es tut mir leid«, sagte Laena und fuhr sich mit dem Ärmel über das Gesicht. »Es tut mir schrecklich leid.«

Nan klopfte ihr begütigend auf die Schulter. »Es gibt nichts, wofür du dich entschuldigen müßtest.«

Laena setzte sich auf. »Danke«, sagte sie. »Ich danke dir, daß du so gut zu mir bist.«

Nan seufzte. »Nach allem, was du durchgemacht hast, hast du etwas Güte verdient.«

Laena warf einen zögernden Blick auf Sordir. Dann zwang sie sich, näherzurücken und ihn anzusehen. Es war zwecklos, sich etwas vorzumachen; sie mußte sich den Tatsachen stellen.

Seine Augen waren noch geöffnet, unheimlich weiß in seinem dunkel verfärbten Gesicht. Sein Mund stand weit offen. Sein Körper war angespannt, als ringe er immer noch nach Luft. Aber es bestand kein Zweifel daran, daß er tot war.

Laena berührte sacht seine Stirn. Dann wandte sie den Kopf und sah, daß Moru sie ängstlich anstarrte. Sie ging zu ihrer kleinen Schwester hinüber und streckte die Hände nach ihr aus. »Es ist vorbei. Du brauchst keine Angst mehr zu haben.«

Immer noch unsicher, gestattete Moru Laena, sie in die Arme zu schließen. »Bist du in Ordnung, Laena?«

Laena nickte. »Mir geht es gut.« Sie fühlte sich innerlich leer und krank vor Trauer. Aber es gab nichts, was sie dagegen hätte tun können. Also drückte sie Moru an sich und sah einfach da, den Blick abwesend auf das flackernde Feuer gerichtet.

»Sollen wir ihn begraben?« fragte Laena.

Nan verstaute gerade die Beutel mit ihren Kräutern in ihrer Tasche. Sie schüttelte den Kopf. »Wir haben nicht das nötige Werkzeug, ein Grab auszuheben, und es gibt auch keine Steine, mit denen wir ihn bedecken könnten. Außerdem haben wir keine Zeit. Wir lassen ihn hier liegen. Wir haben keine andere Wahl.«

Laena nickte wortlos.

»Packt eure Sachen«, sagte Nan.

Laena nickte gen Osten. »Gehen wir trotzdem zum Wolf-Lager?«

»Ganz bestimmt nicht. Willst du die anderen auch krank machen?«

Laena blinzelte. »Ich ... daran habe ich nicht gedacht. Natürlich nicht.« Sie zögerte. »Glaubst du, daß die anderen Männer, die Jäger, sich bei mir angesteckt haben?«

»Ich weiß es nicht. Sie leben sehr abgeschieden von der Außenwelt. Es wäre möglich.«

»Das ist so grauenhaft«, sagte Laena leise.

»Es könnte noch viel grauenhafter für uns werden, wenn es stimmt. Erinnerst du dich an das, was ich dir über den Wolf-Stamm erzählt habe? Sie sind die großzügigsten Menschen, die man sich nur denken kann, wenn sie einen als Freund annehmen. Wenn sie jedoch Grund haben, sich gegen einen zu wenden ...« Nan schüttelte den Kopf. »Angenommen, viele der Jäger erkranken und sterben im Männerlager. Rorgar wäre sicher sehr wütend. Er würde uns die Schuld geben. Wahrscheinlich würde er einen Trupp aussenden, uns zu töten.«

»Aber Nan, das ist ungerecht! Du warst seine Freundin!«

Nan seufzte ergeben. »Ich war seine Freundin, ja. Aber wenn ich jemanden zu seinem Stamm gebracht habe, der eine Krankheit eingeschleppt hat, bin ich nicht länger seine Freundin. Die Wolf-Menschen sind von Natur aus mißtrauisch, und die Welt ist hart. Du solltest dich besser daran gewöhnen, sonst wirst du nicht lange überleben.«

Laena schüttelte den Kopf. Warum mußte die Welt nur so sein? Und warum mußte Nan so schroff sein?

Aber dann, nach und nach, begriff sie, daß die alte Frau recht hatte. Sie mußte die Dinge akzeptieren, wie sie waren, wenn sie weiterleben wollte.

»Ziehen wir weiter«, sagte sie ruhig.

Nan tätschelte ihre Wange. »Braves Mädchen.« Dann wandte sie sich an Moru. »Was ist mit dir? Bist du bereit, mit uns zu kommen?«

Moru rückte dichter an Laena heran. Sie musterte Nan argwöhnisch und nickte dann langsam.

»Gut. Pack deine Sachen. Wir dürfen keine Zeit mehr verlieren.«

Kapitel 21

»Wir können nicht sehr weit nach Süden gehen«, erklärte Nan, als sie dem Fluß stromaufwärts folgten. »Es gibt keinen Weg über die Berge.« Sie deutete auf die weißen Gipfel, die aus dem Dunst aufragten. »Und was das Land im Norden betrifft, bin ich von dort gekommen, als ich auf euch gestoßen bin. Dort bekriegen sich die Stämme, und es gibt nicht genügend Land und Nahrung. Ich denke also, wir sollten dem Fluß eine Weile in östliche Richtung folgen.«

Laena warf ihr einen Blick zu, wie immer überrascht, daß sie so selbstsicher klang. »Wenn die Wölfe uns sehen …«

»Wir bleiben dicht am Fluß, halten uns in der Senke versteckt. Der Fluß fließt südlich an ihrem Lager vorbei, und sie haben keinen Grund herzukommen.«

Laena war immer noch beunruhigt. »Also gut«, sagte sie. »Aber auch wenn wir unbemerkt am Ostlager vorbeikommen – was dann? Das Fleisch wird uns ausgehen …«

»Es wird noch für ein paar Tage reichen. Außerdem haben wir noch Sordirs Speer. Ich habe in der Vergangenheit schon einen Speer benutzt, wenn es nötig war.« Nan blickte aus zusammengekniffenen Augen in die Ferne. »Ich glaube, mich an einen anderen Stamm zu erinnern, der weiter flußaufwärts lebt. Menschen, die von Fisch leben. Vielleicht können wir eine Weile bei ihnen bleiben.« Sie hob einen flachen Stein auf, der im hohen Gras lag, und schleuderte ihn geschickt aus dem Handgelenk. Er hüpfte über das Wasser, einmal, zweimal, dreimal, bevor er unterging.

»Sie leben von Fisch?«

»Ja. Sie erlegen die Fische mit dem Speer.«

So etwas hatte Laena noch nie gehört. Es erschien ihr unmöglich.

»Wenn wir bei den Fisch-Menschen bleiben«, sagte Moru, »werden wir sie dann ebenso krank machen wie Sordir?«

Nan schnalzte mit der Zunge. »Du bist ebenso schlimm wie deine Schwester. Ewig stellst du Fragen, und ewig fürchtest du das Schlimmste.«

Moru schwieg eine Weile. »Aber werden sie jetzt krank oder nicht?« fragte sie schließlich erneut hartnäckig.

Nan seufzte. Offensichtlich würde sie nicht umhin kommen, die Frage zu beantworten. »Ich weiß es nicht. Was mit Sordir passiert ist, ist nicht die Regel, weißt du. Vor allem, wenn ein Stamm mit anderen Stämmen Handel treibt, was meines Wissens bei den Fisch-Menschen der Fall ist. Ich persönlich glaube nicht, daß Grund zur Sorge besteht.«

Moru starrte sie skeptisch an. »Es wird also alles gut werden?«

»Ja, Mädchen!« Sie tätschelte Moru die Wange, ein wenig fester als nötig. »Es wird alles gut werden. Und jetzt Schluß mit der Fragerei.«

Sie marschierten den ganzen langen Sommerabend hindurch am Fluß entlang. Zweimal hörte Nan ein leises Geräusch, und sie machten halt und versteckten sich. Sie ließen sich im hohen Gras auf den Boden sinken, dankbar für den Schutz, den es bot. Aber beim ersten Mal stellte sich heraus, daß es nur ein Kaninchen war, und beim zweiten Mal handelte es sich um ein Karibu, das aus irgendeinem Grund von seiner Herde getrennt worden war.

Als Nan sah, daß es ein Karibu war, sprang sie auf und schleuderte Sordirs Speer. Es war ein sehr langer Wurf, der manchem erfahrenen Jäger Schwierigkeiten bereitet hätte, aber die Spitze bohrte sich nur wenige Schritte von ihrem Ziel entfernt in den Boden. Das Karibu sprang erschrocken davon. Mit aufgestellten Ohren und zuckendem weißem Schwanz lief es den Hang hinauf und war bald darauf nicht mehr zu sehen.

»Wer hat dir das beigebracht?« fragte Laena, als sie ihren Weg fortsetzten.

»Ich habe es mir selbst beigebracht«, entgegnete Nan.

»Du meinst, daß kein Mann dir gezeigt hat, wie man einen Speer wirft?«

Nan lachte kurz und bitter. »Sei nicht albern, Mädchen. Welcher Mann würde so etwas tun?«

Laena seufzte. »Da hast du wohl recht.« Sie scharrte mit ihren Mokassins im Gras. »Aber ich verstehe nicht, warum dem so sein muß.«

Nan blieb stehen und wandte sich Laena zu. »Denk doch nach. Wenn Frauen jagen könnten, hätten Männer längst nicht mehr so viel Macht über sie. Die Männer wissen das, und darum sind sie bestrebt, dafür zu sorgen, daß alles so bleibt, wie es ist.«

Laena schwieg eine Weile. »Frauen brauchen Männer nicht nur für die Jagd«, sagte sie schließlich.

»Wovon sprichst du? Von Familie? Lust?« Nan winkte ab. »Nicht so sehr, wie du vielleicht glaubst. Das wirst du noch erkennen, wenn du älter bist.«

Laena schüttelte den Kopf. Es ärgerte sie, wenn Nan sich so hart und kalt gab. »Ich habe nicht nur Familie und Sex gemeint«, sagte sie. »Ein Mann könnte ein Gefährte sein. Ist das nicht der Sinn einer Verbindung?«

Nan lachte spöttisch. »Davon habe ich auch gehört, ja. Ich selbst habe es allerdings nie erlebt.«

Plötzlich tat sie Laena leid, weil sie so verbittert war. *Eines Tages*, sagte sie sich, *werde ich einem Mann begegnen, der gut zu mir ist, so loyal und freundlich, wie es mein Vater meiner Mutter gegenüber war*.

Aber die Worte klangen irgendwie hohl. Wie konnte sie hoffen, einen Gefährten fürs Leben zu finden, wenn sie nicht einmal wußte, wo sie leben würde? Und wie konnte sie von einem Mann träumen, der gut zu ihr war, wenn sie den armen Sordir krank gemacht und seinen Tod verursacht hatte?

Später machten sie in einer kleinen Senke halt, um zu rasten. Nan verteilte etwas von ihrem Trockenfleisch, aber sie verzichteten darauf, ein Feuer zu entzünden. Das Ostlager der Wölfe war nicht weit entfernt, und sie wollten nicht auf sich aufmerksam machen.

»Ich bin müde«, klagte Moru. »Und ich friere.«

Nan gab ihr eins der Felle, die sie Sordir nach seinem Tod abgenommen hatte. »Wickle dich darin ein.«

Moru nahm das Fell, rollte sich darin zusammen und war gleich darauf eingeschlafen.

»Sie ist noch sehr jung für einen solchen Marsch«, sagte Nan. »Aber es gibt keine andere Möglichkeit. Tatsächlich sollten wir nicht zu lange schlafen. Ich möchte so rasch wie möglich am Wolf-Lager vorbei. Vielleicht hat Rorgar inzwischen einen seiner Männer losgeschickt, das Dorf vor uns zu warnen.«

Laena nickte schweigend. Sie zog die Knie bis unter das Kinn und schlang die Arme um die Beine.

»Ist alles in Ordnung mit dir?« fragte Nan.

»Ich habe nur nachgedacht«, entgegnete sie leise. »Ich hoffe, daß ich heute nacht keine Träume habe.«

»Visionen, meinst du?« Nan breitete ihren Schlafsack im Gras aus. »Du solltest mir mehr über die Vision der vergangenen Nacht erzählen.« Sie schlüpfte bis zum Kinn in ihren Schlafsack, griff dann nach ihrer Tasche und klemmte sie sich unter den Kopf. Laena registrierte, daß sie den Speer griffbereit neben sich plazierte.

Laena legte sich eine Armeslänge entfernt hin. Das Gras um sie herum neigte sich in einer plötzlich aufkommenden Brise, und wenn sie mit dem Kopf auf dem Boden ruhend nach oben blickte, schien es, als würden die langen Halme bis in den Himmel reichen. Zögernd begann sie, ihren Traum zu beschreiben. »Ich weiß nicht, ob man es wirklich eine Vision nennen kann«, sagte sie abschließend. »Ich habe geschlafen, und mir kam es vor wie ein gewöhnlicher Traum.«

»Nenn es, wie du willst, es hat die Zukunft vorausgesagt, oder?«

»Ja.« Laena seufzte. »Aber wozu soll das gut sein? Es hat mir nicht geholfen, etwas zu tun oder zu verändern.«

»Das ist bei wirklichen Visionen nie der Fall«, erklärte

ihr Nan. »Wenn die Vision dir etwas zeigen würde, was du verhindern könntest, würde sie sich nicht erfüllen und wäre somit falsch, oder?«

Laena schüttelte traurig den Kopf. »Ich verstehe es nur nicht.«

»Nun, das kannst du auch nicht erwarten. Zumindest noch nicht. Du bist jung, du besitzt eine Gabe, und du mußt lernen, dich ihrer zu bedienen. Du mußt dir merken, ob diese speziellen Träume zu einer bestimmten Zeit des Monats auftreten, wenn du etwas Spezielles ißt oder auf eine besondere Art schläfst. Du mußt es genau beobachten, Laena.«

So wie Nan es sagte, klang es nur wie ein weiterer Bestandteil der Arbeit einer Heilerin – simpel und praktisch wie der Rest ihres Könnens. »Ich wünschte, ich würde von diesen Visionen verschont bleiben«, sagte Laena grimmig.

»Nein!« Nan stützte sich auf einen Ellbogen. Ihr Tonfall war schneidend, und sie warf Laena einen strengen Blick zu. »So etwas darfst du nicht sagen! Wenn du laufen könntest wie der Wind, würdest du dir dann wünschen, daß deine Gelenke sich versteifen und deine Muskeln erschlaffen? Natürlich nicht. Du wärst dankbar für diese Fähigkeit und würdest sie dir zunutze machen.«

Laena schloß die Augen. Sie haßte es, wenn Nan sie schalt. Sie war erschöpft und noch ganz aufgewühlt von der Erinnerung an Sordirs schwarzverfärbtes Gesicht. Sie wünschte, sie könnte einfach alles vergessen, was schwierig, gefährlich oder schmerzhaft war.

»Du wirst dich viel besser fühlen, wenn du lernst, dich diesen Träumen zu stellen, anstatt sie zu verdrängen«, fuhr Nan fort. »Vielleicht kann der eine oder andere dir Hoffnung geben.«

Ja, dachte Laena bei sich; das hat einer von ihnen tatsächlich. Zumindest bis jetzt. Plötzlich fragte sie sich, ob sich hinter der warmen, grünen Vision vielleicht eine versteckte Bedeutung verbarg, die sie bisher nicht erkannt hatte. Ein beunruhigender Gedanke.

Sie drehte sich auf die Seite. »Nan? Wie kommt es, daß du so viel über Träume weißt, die die Zukunft voraussagen?«

Nan seufzte. »Ein anderes Mal, Laena. Ich erzähle dir ein anderes Mal davon.«

Laena musterte das Gesicht der alten Frau eindringlich. »Hattest du selbst schon einmal einen solchen Traum?«

Nan warf ihr einen flüchtigen, stechenden Blick zu. »Vielleicht«, entgegnete sie dann. Hierauf kehrte sie Laena abrupt den Rücken zu und ließ sie mit ihren Gedanken und Fragen allein.

Kapitel 22

Später am nächsten Tag, während sie weiter stromaufwärts zogen, wurde Laena bewußt, daß die Hänge auf beiden Seiten des Flusses immer höher und steiler wurden. Das Tal verwandelte sich in eine tiefe Schlucht.

Der Fluß ging in Wildwasser über, das über ein felsiges Bett toste. Gischt sprühte auf und hing wie Nebel in der kalten Luft. Das Zischen und Dröhnen des Wassers schien in Laenas Kopf anzuschwellen, und sie begann, sich einzubilden, daß der Fluß zu ihr sprach, daß er ihr davon erzählte, daß er aus den Bergen fliehen und seinen Weg in die Ebene finden mußte, wo er sich träge zwischen flachen, grasbewachsenen Uferböschungen durch das Land winden konnte.

Der Aufstieg wurde beschwerlicher, und stellenweise war der schmale Pfad entlang des Flusses eingebrochen. Häufig mußten sie Hänge erklettern, an denen sich lockeres Geröll unter ihren Füßen löste und es keine größeren Felsbrocken oder Sträucher gab, an denen sie sich festhalten konnten. Das Gelände wurde so schwierig, daß Laena begann, sich zu fragen, was sie noch erwartete. Jedenfalls schien unwahrscheinlich, daß sie hier oben jagdbares Wild finden würden. Und ihre Vorräte waren so gut wie erschöpft.

»Leben hier die Fisch-Menschen?« fragte Moru Nan.

»Wir kommen ihrem Land näher. Hab Geduld, Kleines.«

»Aber was ist mit den Wolf-Menschen? Kommen sie jemals her?«

»Fragen über Fragen.« Nan gelangte auf festen Boden, lehnte sich an einen Felsen und gönnte sich eine kurze Verschnaufpause. »Tatsächlich gab es eine Zeit, da der Wolf-Stamm regelmäßig herkam. Sie beanspruchten das Land für sich. Sie forderten die Fischer auf zu gehen, die aber weigerten sich. Damals war ihr Häuptling ein Mann namens Orwael.«

»Hast du ihn gekannt?« fragte Moru. Sie setzte sich auf einen Stein, blickte aus zusammengekniffenen Augen zu Nan auf und schirmte mit einer Hand ihre Augen vor der Sonne ab.

»So alt bin ich nun auch wieder nicht, Kind. Das war vor sehr langer Zeit.«

»Wie lange, Nan?«

Nan seufzte, mußte aber wider Willen lächeln. »Wie soll ich dir die Geschichte erzählen, wenn du mich immer wieder unterbrichst?« Sie tätschelte den Kopf des kleinen Mädchens. »Stell dir ein Jahr vor. Das ist eine lange Zeit. Dann stell dir zehn Jahre vor – das ist noch länger, als du auf der Welt bist.« Sie hob die Hand und spreizte einen Finger ab. »Das sind zehn Jahre. Jetzt stell dir weitere zehn Jahre vor.« Sie spreizte einen zweiten Finger ab. »Und weiter zehn, und noch mal zehn, und noch mal zehn.« Sie fuhr fort, bis sie alle Finger beider Hände abgespreizt hatte. »So lange ist es her.«

Moru nickte langsam, den Blick immer noch unverwandt auf Nan gerichtet.

»Wie auch immer«, fuhr Nan fort. »Orwael war kein Krieger. Er ging nicht einmal auf die Jagd, hatte nie einen Speer geschleudert. Er war ein bedächtiger, stiller Mann, aber wenn er der Ansicht war, daß etwas falsch war, ließ er sich von niemandem dazu zwingen.«

»Und das war bei den Wolf-Menschen so?« fragte Moru.

Nan verschränkte die Arme über der Brust. »Darf ich vielleicht weitererzählen, Kind?«

Moru senkte den Blick. »Entschuldige, Nan.«

»Ich verzeihe dir. Also: Orwael warnte die Wolf-Menschen, daß, wenn sie die Fischer angriffen, sie von einer Katastrophe heimgesucht würden. Aber die Wölfe nahmen die Drohung nicht ernst. Sie entsandten einen Trupp Krieger, der die Fischer aus dem Tal vertreiben sollte. Der alte Orwael trat ihnen entgegen, allein und unbewaffnet.«

»Da oben?« Moru zeigte auf eine tiefe Spalte am oberen Ende des Tales, wo der Fluß in einem schäumenden Wasserfall herabstürzte.

»Vielleicht, ja. Orwael stellte sich ihnen in den Weg, warnte sie und forderte sie auf umzukehren. Aber die Wolf-Krieger weigerten sich. Sie durchbohrten ihn mit einem Speer und töteten ihn. Und dann zogen sie weiter zu den Behausungen der Fischer, überzeugt davon, alle anderen ebenso mühelos töten zu können.«

»Aber?« fragte Laena mit einem leisen Lächeln.

»Aber«, fuhr Nan fort, »plötzlich gab es einen Steinrutsch. Die Wölfe wurden unter den Geröllmassen begraben und alle getötet, bis auf einen, der zurück zu seinem Dorf lief. Er erzählte allen, was geschehen war, nachdem sie die Warnung des alten Orwael ignoriert hatten, und seit jenem Tag sagt man, daß Orwaels Geist das Tal bewacht und die Fischer unter seinem Schutz in Frieden leben können.«

Es entstand eine Pause, in der nur das Rauschen des Wassers zu hören war. Laena blickte zu dem Grat auf, der vor ihnen lag, und in den tiefblauen Himmel darüber. Dann wandte sie sich Nan zu. »Glaubst du an diese Legende?«

»Nun, ich bin mir nicht ganz sicher.« Die alte Frau lächelte listig. »Vielleicht gibt es auf der Welt Mächte, die stärker sind als Männer mit Speeren. Vielleicht war der alte Orwael ein großer Schamane, der erkannt hatte, daß er sein Volk von der Geisterwelt aus besser würde schützen können. Vielleicht war er aber auch nur ein alter Dummkopf und der Steinrutsch ein Zufall.« Ihre Augen verengten sich. »Was meinst du?«

»Ich weiß nicht, Nan.«

»Nun, es spielt auch keine Rolle, oder?« sagte Nan. »Solange die Wolf-Menschen es für wahr halten, lassen sie die Fischer in Frieden.« Sie stand auf und schulterte ihr Gepäck. »Es wird spät, und wir haben nicht mehr viel zu essen. Ich möchte bei den Fischern sein, ehe es dunkel wird. Kommt, wir haben noch einen langen Weg vor uns.« Sie streckte die Schultern, rückte ihre Last zurecht und folgte dann wieder dem schmalen Streifen Land entlang des Flusses.

Laena folgte ihr. Sie blickte die steilen Hänge hinauf, an denen blaßgrüne Farne und Grasbüschel in winzigen Spalten zwischen den lockeren Felsen sprossen. Sie versuchte sich vorzustellen, wie die Wolf-Krieger diesen selben Weg entlangmarschiert waren, um die wehrlosen Fischer zu vertreiben. Bei dem Gedanken hatte sie plötzlich ein hohles Gefühl im Bauch. Sie war sicher, daß sie selbst niemals den Mut hätte, sich so wie Orwael dem Feind zu stellen und ihr Leben für ihren Stamm zu opfern.

Dann rief sie sich ins Gedächtnis, daß sie gar keinen Stamm mehr hatte. Moru war die einzige, die ihr von ihrem Volk geblieben war. Sie warf einen Blick zurück auf das kleine Mädchen, das sorgfältig darauf achtete, die Füße an diesem trügerischen Hang exakt dort aufzusetzen, wo Laena aufgetreten war. Laena würde ihr Leben riskieren, um Moru zu retten, das stand außer Frage. Sie hoffte nur, daß es nie nötig sein würde.

Sie erklommen die Steigung, und als sie oben angelangten, kam der nächste Abschnitt des Tales in Sicht. Hier war der Fluß nicht mehr so aufgewühlt. Beinahe träge wand er sich die Hänge hinab, die Wasseroberfläche still und glatt. Der Fluß wirkte düster und geheimnisvoll zwischen den Berghängen, die so steil aufragten, daß es unmöglich schien, sie zu erklimmen. Hier lag alles in tiefem Schatten, als würde die Sonne nie bis auf den Grund der tiefen Schlucht reichen. Aber weiter oben, wo die Steilwände mit vereinzelten Sträuchern bewachsen waren, schimmerten die Felsen im Sonnenlicht gelb.

Als Laena innehielt und die verborgene Schlucht inmitten der Berge betrachtete, verspürte sie ein seltsames Gefühl von Geborgenheit, das die Angst auslöschte, die sie seit Sordirs Tod nicht mehr losgelassen hatte. Sie fragte sich, ob die Legende von Orwael nicht vielleicht doch stimmte und sie einen Bereich betreten hatte, in dem sein Geist Frieden über das Land breitete.

Aber ihr Seelenfrieden war von kurzer Dauer. Als sie wieder nach vorn blickte, sah sie einen Mann auf dem Pfad stehen.

Sie setzte zum Sprechen an, aber Nan hob abwehrend eine Hand. Sie hatte den Fremden ebenfalls entdeckt. »Er hat uns noch nicht bemerkt«, flüsterte Nan. »Siehst du, er blickt auf den Fluß.«

Laena blieb stehen. Nan hatte recht. Der Mann, der ebenso muskulös war wie ein guter Jäger, hielt einen Speer in der Hand. Aber es war die merkwürdigste Waffe, die Laena je gesehen hatte. Der Schaft gabelte sich vorn, und die Enden waren jeweils mit einer Steinspitze versehen. Und der Mann zielte nach unten, auf die Wasseroberfläche.

Nan grunzte in sich hinein und schritt dann forsch aus.

Nach einer Weile hörte der Mann ihre Schritte, und sein Kopf fuhr herum. Sie rief ihm etwas zu, und nach einer Weile antwortete er.

Nan blieb erst stehen, als sie keine zwanzig Schritte mehr von dem Fremden entfernt war. Sie hielt Laenas Speer in der Hand, dessen Spitze sie nun in die Erde stach. Langsam, ohne den Blick von dem Jäger abzuwenden, verneigte sie sich vor ihm.

Der Mann lächelte. Er sagte etwas, das Laena nicht verstehen konnte – Worte in einer ihr unbekannten Sprache, die völlig anders klang als alles, was sie je gehört hatte. Dann erwiderte er höflich Nans Verbeugung.

Nan sagte etwas. Der Mann antwortete knapp und zeigte das Tal hinunter.

Nan nickte und wandte sich dann Laena und Moru zu. »Er sagt, daß er sich an mich erinnert. Er sagt, ich hätte vor fünf Jahren seine Mutter geheilt. Er sagt, wir wären willkommen, zumindest für eine Weile.«

Laena fühlte eine Welle der Erleichterung in sich aufsteigen. Sie hatte versucht, sich keinerlei Hoffnungen zu machen, weil sie keine weitere Enttäuschung mehr ertragen hätte. Aber jetzt wagte sie zum erstenmal, sich vorzustellen, daß diese Menschen tatsächlich so freundlich waren, wie Nan behauptet hatte. Vielleicht würden sie und Moru hier endlich einen Platz finden, an dem sie sich ausruhen und heimisch fühlen konnten.

Laena nahm Morus Hand und machte ein paar Schritte auf den Mann zu.

»Verneigt euch vor ihm«, sagte Nan. »Beide. Dann zeigt auf euch selbst und sagt euren Namen.«

Laena tat, wie geheißen. Der Mann erwiderte ihre Begrüßung mit einem Nicken, legte dann die Faust an die Brust und sagte feierlich etwas, das klang wie *Horill.* Er lächelte, und sein Gesicht sah freundlich aus. Er war stark, aber seine Stärke hatte nichts Bedrohliches.

Horill sagte wieder etwas zu Nan, machte dann kehrt und ging flußaufwärts voran.

»Er bringt uns zum Dorf der Fischer«, erklärte Nan.

»Ist das der Speer, mit dem er Fische fängt?« fragte Moru.

»Ja, das ist richtig.«

Moru starrte auf den Fluß. »Glaubst du, ich könnte das lernen?«

»Vermutlich nicht. Bei den Fischern sind die Männer für die Jagd verantwortlich, so wie bei jedem anderen Stamm auch. Aber ich bin sicher, daß sie dir zeigen werden, wie man den Fisch zubereitet, den sie fangen.«

Sie gingen weiter, bis sie an eine Stelle gelangten, wo der Fluß sich ein breiteres Bett durch das Land gegraben hatte. Ein leicht geschwungener Felsvorsprung aus rotem

Felsgestein ragte über den Fluß, gerade breit genug, ein Dorf darauf zu errichten. Die Fischer hatten an zwei Seiten des Felsvorsprungs, unmittelbar über dem Fluß, Felsbrocken angehäuft. Holzbalken überbrückten die Lücke zwischen diesen Felsbrocken und dem steilen Felshang des Tales. Über den Balken war Erde angehäuft worden, und dort wuchsen Gras und kleine Sträucher. Laena erkannte, daß in diesen seltsamen Behausungen Menschen lebten. Das war ihr Zuhause.

Sie blickte nach oben. Löcher waren in die weichen, sandigen Klippen gegraben worden, und diese von Menschenhand entstandenen Höhlen boten zusätzlichen Schutz. Stufen und Griffe waren in den Fels gehauen worden, so daß die Fischer vom Talboden aus mühelos zu ihren Höhlen hinaufgelangen konnten.

Laena hatte bislang nur zwei Arten von Behausungen gesehen: die niedrigen, über Gruben errichteten Zelte ihres eigenen Stammes und die größeren, freistehenden Zelt des Wolf-Stammes. Nie hätte sie sich eine Behausung vorstellen können, die nicht aus Tierhäuten gemacht war. Die Hütten der Fischer sahen aus, als wären sie aus dem Land erwachsen, stabil und dauerhaft, als würden sie ein ganzes Leben halten.

Als sie sich dem Dorf näherten, blickte Horill über die Schulter und sagte etwas zu Nan.

»Er bringt uns zum Häuptling«, übersetzte Nan. »Einem Mann namens Faltor. Sein Vater war vor ihm Häuptling und davor sein Großvater. Und was seinen Ururgroßvater betrifft, werdet ihr euch denken können, wer das war.«

»Orwael?« fragte Moru.

»Richtig.«

»Kennst du Faltor noch von deinem letzten Besuch her?« wollte Laena wissen.

»Ja, ich erinnere mich an ihn. Ich hoffe nur, daß er sich auch an mich erinnert.« Als sie zwischen den Hütten hindurchgingen, erschienen Gesichter in einigen der Höhleneingänge, und Menschen riefen einander aufgeregt zu.

Die Stimmen hallten in dem schmalen Tal unheimlich. Aber niemand stieg aus einer der Höhlen herab oder kam aus einer der Hütten gelaufen. Ganz offensichtlich waren Besucher hier keine große Seltenheit.

Horill sagte etwas und deutete auf ein Haus, das nicht anders aussah als die anderen auf dem Felsvorsprung. Neben dem Eingang saß eine Frau auf einem Felsbrocken und schlitzte mit einem Flintmesser einen Fisch auf. Geschickt entfernte sie die Gräten und breitete das graue Fleisch auf ein Holzgestell über einem schwelenden Feuer. Dann blickte sie auf, sah Nan und rief etwas.

Eine Gestalt trat aus der Hütte. Aus irgendeinem Grund hatte Laena einen weisen alten Mann mit gebeugtem Rücken und weißem Haar erwartet. Statt dessen sah sie einen Mann, der sich nicht sehr von Horill unterschied. Er hielt sich sehr gerade und strahlte würdevolle Gelassenheit aus. Sein langes schwarzes Haar war in der Mitte gescheitelt und hing rechts und links an seinem Gesicht herab. Er blinzelte im grellen Tageslicht, entdeckte Nan und starrte sie eine Weile reglos an. Dann rief er ihr einen Gruß zu, trat vor und umfaßte ihre Schultern mit beiden Händen.

Anschließend wurden Laena und Moru ihm vorgestellt, und als auch dies erledigt war, lud Faltor sie in seine Hütte ein. Es dauerte eine Minute, ehe Laenas Augen sich an das dämmrige Licht gewöhnt hatten. Vor dem Eingang hing ein schweres Stück Leder, und durch den Rauchabzug in der Decke fiel nur wenig Licht herein.

Dicke Balken führten in Kniehöhe von einem Ende der Hütte zum anderen, und sie stolperte beinahe über einen von ihnen, ehe sie erkannte, daß sie als Sitzgelegenheiten dienten. Das Holz war glattpoliert von all den Menschen, die schon vor ihr dort gesessen hatten.

Faltor nahm ihr gegenüber Platz. Sie hörte zu, während er und Nan sich in der Sprache der Fischer unterhielten, und war frustriert, wieder einmal nichts zu verstehen, vor allem, als Nan auf sie zeigte und Faltor sie nachdenklich musterte.

Schließlich wandte Nan sich wieder Laena zu und übersetzte. »Wir sind zu einem günstigen Zeitpunkt eingetroffen«, sagte sie. »Als ich das letztemal hier war, hatten die Fischer einen Heiler, der ein sehr geheimniskrämerischer, schwieriger alter Mann war. Er ist vor einem Monat gestorben. Er hatte einen Lehrling – eine Frau namens Worin –, aber er hat das meiste von seiner Heilkunst für sich behalten, so daß Worin die Kunst des Heilens nie wirklich erlernt hat. Jedenfalls haben sie Verwendung für meine Dienste, weshalb Faltor auch so erfreut ist, mich zu sehen. Ich habe ihm gesagt, daß du mein Lehrling bist und Moru deine Schwester und daß ihr beide bei mir bleiben müßt.«

Laena ließ das alles auf sich wirken. »Das ist – gut«, sagte sie schließlich.

»Gewöhnlich beherbergen sie Gäste nie länger als ein paar Nächte«, fuhr Nan fort. »Sie sind gastfreundlich, haben aber nicht viel Platz. Aber, wie gesagt, sie brauchen einen Heiler.« Sie lächelte Laena an und tätschelte ihre Wange. »Komm, Mädchen, mach nicht so ein sorgenvolles Gesicht. Wir haben Glück.«

Laena warf einen unbehaglichen Blick auf Faltor und sah dann wieder auf Nan. »Bist du sicher?«

»Ja, Mädchen, ich bin sicher!« Sie wandte sich wieder an Faltor, sprach eine Weile mit ihm und blickte dann erneut Laena an. »Ich habe ihm erklärt, daß du deine Eltern verloren hast. Er sagt, du hast sein Mitgefühl. Als ich das letztemal hier war, hatte er eine Frau. Sie ist vor zwei Jahren gestorben. Sie war noch jung, und es war ein schreckliches Unglück. Er vermißt sie immer noch schmerzlich.«

Faltor sprach wieder.

»Aber er meint, wir sollten nicht an der Vergangenheit festhalten«, sagte Nan. »Er sagt, wir wären herzlich willkommen und du würdest hier dein Glück finden. Du und Moru.«

Laena starrte Faltor an. Er war älter, als sie anfangs angenommen hatte, aber sein rundes Gesicht war kaum von der Zeit gezeichnet, und seine Augen waren scharf und klar. Sie empfand in seiner Nähe das gleiche Gefühl von Frieden wie beim Betreten des Tals. Seine Ruhe war wie ein tiefer, stiller See, den nichts aufwühlen konnte.

Er neigte den Kopf und schenkte ihr ein sanftes, verstehendes Lächeln.

»Danke«, sagte sie in ihrer Sprache. Und ehe sie noch wußte, wie ihr geschah, erwiderte sie sein Lächeln.

Kapitel 23

Laena erwachte von den Geräuschen des Dorfes. Frauen sangen bei ihrer Arbeit am Fluß, wo sie Kleider nähten und Fische ausnahmen. Irgendwo knisterte ein Feuer, und auch das Schaben von Stein auf Holz war zu hören. Vermutlich schnitzte einer der Männer einen neuen Speerschaft.

Sie rollte sich auf die Seite und zuckte zusammen, als ihre Muskeln protestierten. Sie lebten seit zehn Tagen beim Fischer-Volk, und sie hatte sich immer noch nicht daran gewöhnt, in einer Höhle zu schlafen. Der Boden war uneben, hart und kalt und immer mit einer Schicht feinen Sandes bedeckt. Wirklich, dachte sie, eine Höhle mag eine geeignete Unterkunft für ein Tier sein, aber für einen Menschen ist dies kaum die richtige Behausung.

Trotzdem war sie froh, hier zu sein. Sie setzte sich auf, sah nach draußen und erkannte, daß sie verschlafen hatte. Das Tal war so schmal, daß die Sonne nur gegen Mittag für kurze Zeit bis auf den Boden herabschien. Die restliche Zeit lag das Dorf im Schatten. Für jemanden, der in den Ebenen im Westen aufgewachsen war, war es schwer, sich daran zu gewöhnen.

Sie blickte über die Schulter und stellte fest, daß Moru bereits auf war und im hinteren Teil der Höhle Trockenfisch zum Frühstück aß. Das kleine Mädchen war sichtlich glücklich, daß es endlich einen Ort gefunden hatte, an dem sie bleiben konnten. Moru hatte bereits mit einigen Kindern des Fischer-Stammes Freundschaft geschlossen und sogar begonnen, ihre Sprache zu lernen.

»Hast du gut geschlafen?« fragte Laena und kroch über die Grasmatte, die ihnen als Bett diente. Die Höhle war kaum groß genug für sie beide, aber es war die einzige freie Unterkunft, die die Fischer anzubieten gehabt hatten.

»Ja, danke.« Moru stellte die Schale Fisch beiseite und griff nach ihrer Jacke. Laena sah, daß sie dabei war, einen Riß zu flicken,

»Laß mich dir helfen«, sagte Laena. Sie kramte eine neue Sehne und eine Knochennadel aus ihrer Tasche. Dann setzte sie sich neben ihre Schwester und begann, auf einem Ende der Sehne zu kauen, um sie geschmeidig zu machen.

Moru betrachtete sie kopfschüttelnd. »Wir sollten das nicht mehr so machen.«

Laena blickte auf. »Was?«

Moru zeugte auf das angekaute Sehnenende.

»Aber ich muß die Sehne doch einfädeln.«

»Ich weiß. Aber das kannst du auch so machen.« Sie nahm Laena die Sehne aus der Hand und tauchte sie in eine Schale Wasser, die sie in der Höhle bereithielten. Dann nahm sie zwei Steine und klopfte zwischen ihnen die Sehne weich. »Das ist die beste Methode.«

Laena begriff plötzlich, was sie wirklich damit sagen wollte. »Du meinst, so machen es die Fischer.«

Moru schüttelte den Kopf mit dem ganzen Ernst ihrer acht Jahre. »So ist es *richtig*.« Sie fädelte die Sehne ein, ohne Laena anzusehen.

Innerhalb von nur zehn Tagen hatte sich zwischen ihr und Moru eine Andersartigkeit entwickelt, die vorher nicht dagewesen war. Es war eine veränderte Haltung, Loyalität. Bislang zeigte sich dies nur in Kleinigkeiten, aber Laena erkannte mit plötzlicher Klarheit, daß hieraus, wenn sie es zuließ, eine unüberbrückbare Kluft entstehen würde.

Bedeutete das, daß sie ihre eigene Lebensweise ändern und sich diesen freundlichen, lieben Menschen anpassen sollte? Laena konnte bei ihnen bleiben, solange sie wollte, soviel schien inzwischen festzustehen. Aber was wollte sie wirklich?

Das war die große Frage; zu wichtig, so früh am Morgen darüber nachzugrübeln. Sie hockte sich hinter Moru und begann, deren Haar zu flechten.

Moru zog ihren Kopf ruckartig fort. »Bitte nicht«, sagte sie.

»Warum nicht?« fragte Laena, wenngleich sie die Antwort bereits kannte.

»Ich mag mein Haar nicht mehr geflochten tragen.«

»Haben die Fischer-Kinder gesagt, es sähe komisch aus?«

Moru antwortete nicht. Sie flickte ihre Jacke zu Ende und schnitt dann mit einem Flintmesser das übriggebliebene Ende der Sehne ab.

»Sie haben etwas gesagt, stimmt's?«

Moru rückte von ihr an. »Ich muß jetzt runter zum Fluß. Horill bringt mir bei, wie man Lachse ausnimmt.«

Laena seufzte. »Also gut. Wir sehen uns dann später.«

»Ja, bis später.« Moru eilte mit raschen, geschmeidigen Bewegungen zum Höhleneingang. Sie hielt sich an einem der in den Fels gehauenen Griffe fest und schwang sich außer Sichtweite.

Laena blieb allein zurück und betrachtete die Tasche mit ihrer bescheidenen Habe, die neben ihrer Schlafmatte lag. Sie verspürte einen Stich der Trauer. Es machte im Grunde keinen Sinn, an den Traditionen des Panther-Volkes festzuhalten. Immerhin hatte sie sich von ihrem alten Stamm losgesagt. Und doch kam es ihr falsch vor, als sie darüber nachdachte, ihre Verhaltensweise zu ändern.

Sie warf einen Blick auf den Trockenfisch, von dem Moru gegessen hatte. Die Fischer ernährten sich nicht von Fisch allein. Auf ihrem Speiseplan standen auch andere Tiere, die sie in dem Land oberhalb des Tals jagten. Aber mindestens einmal täglich gab es Fisch zu essen, und Laena wurde ihn langsam leid.

Sie sah auf, als sie von draußen einen Pfeifton hörte. Es klang wie Vogelgezwitscher, aber sie wußte, daß dies nicht der Gesang eines Vogels war. In einer Höhle ein Stück weiter die Klippen hinauf hatte ein junger Mann namens Joq die Kunst entwickelt, Löcher in Schilfrohr zu bohren und hineinzublasen, um Töne zu erzeugen. Sie hörte ihn oft seine seltsamen, traurigen Weisen spielen.

Sie blickte hinaus und sah ihn mit herabbaumelnden Beinen am Eingang seiner Höhle sitzen, so nah, daß sie ihn beinahe hätte berühren können. Sein Haar war zerzaust, er lief gewöhnlich barfuß, und seine Kleider sahen zerlumpt und verschlissen aus. Sein Gesicht war sanft und kindlich, die Züge so fein, daß sie beinahe wie die einer Frau wirkten. Er zog sie nicht auf die gleiche Art an wie Sordir. Aber er war so anders als alle Jungen, die Laena bis dahin gekannt hatte, daß sie von ihm fasziniert war.

Sie betrachtete ihn, wie er dasaß und auf seiner Flöte spielte. Er mußte sie aus den Augenwinkeln wahrgenommen haben, tat jedoch, als existiere sie nicht. Er war ein Einzelgänger; keiner im Stamm schien ihn sonderlich zu mögen, was ihm aber allem Anschein nach nicht viel ausmachte.

»Joq!« Das war Joqs Vater, Orleh, der aus dem Inneren der Höhle rief. »Joq, hör auf damit!« Er sprach in der Fischer-Sprache, aber Laena hatte bereits genug gelernt, um einen einfachen Satz wie diesen zu verstehen.

Der Junge ignorierte seinen Vater und spielte die Melodie zu Ende. Dann erst ließ er die Flöte sinken, blieb jedoch sitzen und starrte auf den Fluß hinunter.

»Joq!« Orlehs Stimme klang laut und barsch, und er schien ständig wütend auf den Jungen zu sein. »Komm her und hilf deiner Mutter.«

Joq legte die Flöte aus der Hand, und das Stück Schilfrohr wurde vom Wind davongeweht und landete inmitten des Grases und Unkrauts, das auf dem Erddach der darunterliegenden Hütten wuchs. Joq gähnte und blinzelte in den Himmel hinauf. Dann warf er Laena einen trägen Blick zu. Er lächelte schläfrig und verschwand dann im Inneren der Höhle.

Laena fragte sich, ob das seine Art von Freundlichkeit war. Aber das spielte auch keine Rolle. Sie wandte sich ab und betrachtete wieder ihr eigenes bescheidenes Heim. Der Boden war so sandig, daß sie fegen sollte. Die Schlafmatten mußten gewendet und mit neuem Gras aufgefrischt werden. Sie mußte sich das Haar neu flechten. Aber sie brachte einfach nicht die Energie auf, sich dieser Pflichten anzunehmen. Nan wartete vermutlich bereits auf sie; und Nan würde so ungehalten sein wie Orleh, wenn Laena sie zu lange warten ließ.

Sie packte die steinigen Griffe und begann vorsichtig hinabzusteigen. Sie besaß nicht Morus Selbstsicherheit beim Klettern.

Unten angelangt, lächelte sie scheu, als die Stammesmitglieder sie grüßten. Sie wußte nicht recht, was sie sagen sollte, weil sie ihre Sprache noch nicht gut genug beherrschte und sich bislang auch nur wenige Namen hatte merken können. Aber sie waren immer freundlich, sagten immer »Hallo«.

Warum also fühlte sie sich immer noch als Außenseiter? Warum fühlte sie sich nicht dazugehörig?

Nun, vielleicht würde sich das mit der Zeit noch ändern – vorausgesetzt, daß sie sich entschloß zu bleiben. Sie folgte einem schmalen Pfad, der zwischen den Hütten und dem Fluß entlangführte. Sie wurde nervös, als sie sich dem Haus näherte, in dem Faltor lebte. Es war nicht Faltor selbst, der sie so nervös machte, sondern sein Sohn Mertan.

Sie gelangte zur Tür von Faltors Behausung und fand ihre schlimmsten Befürchtungen bestätigt, als sie sah, daß Mertan im Schneidersitz auf dem Boden saß, ein Dutzend Speere neben sich ausgebreitet. Sie erkannte, daß sie vorhin ihn gehört hatte. Er bearbeitete die Speerschafte, bis sie perfekt ausbalanciert waren.

Er blickte auf, und als er sie sah, legte er hastig sein

Werkzeug beiseite. »Laena!« rief er und erhob sich eilig.

Sie neigte den Kopf in dem förmlichen Gruß der Fischer. »Guten Morgen, Mertan.«

Dann sah sie, daß ein Mädchen bei ihm war. Ihr Name war Turi, und sie saß zurückgelehnt auf einem Stuhl aus Holzbalken. Sie war langgliedrig und anmutig, mit großen, sanften braunen Augen. Ihr langes Haar reichte ihr bis zur Taille, und sie hatte wilde Blumen hineingeflochten.

Immer wenn Laena Turi begegnete, stellte diese sich zur Schau. Sie war älter als Laena und hätte schon vor einem Jahr einen Mann nehmen können, aber es schien offensichtlich, daß sie auf Mertan wartete, als wäre kein Geringerer als der Häuptlingssohn gut genug für sie.

Mertan war ebenso attraktiv, wie Turi schön war. Er hatte die ausdrucksvollen Züge und die makellose Haut seines Vaters geerbt und bewegte sich leichtfüßig und anmutig. Trotz seiner Jugend war er ein guter Jäger – vermutlich der geschickteste des ganzen Stammes. Und zweifellos würde er eines Tages seinem Vater als Häuptling der Fischer nachfolgen.

Er starrte sie an, und Laena fühlte, wie sie sich innerlich verkrampfte. Im Vergleich zu Mertan oder Turi war sie plump und unscheinbar, und hinzu kam, daß sie ihre Sprache nur bruchstückhaft beherrschte. »Ich gehe«, sagte sie in der Fischer-Sprache, »zu Nan.«

»Warte.« Mertan trat vor sie und versperrte ihr den Weg.

Laena zögerte. Sie warf Turi einen Blick zu und sah, daß diese sie aufmerksam musterte. »Ich grüße dich«, sagte Laena. Dann wurde ihr bewußt, daß sie ihre eigene Sprache benutzt hatte. Sie spürte, wie sie errötete, während sie den Gruß in der Fischer-Sprache wiederholte.

Turi lächelte nicht. »Guten Morgen«, sagte sie kühl.

»Ich gehe«, sagte Laena wieder.

»Ich begleite dich«, sagte Mertan.

Genau das hatte sie befürchtet. In den vergangenen vier Tagen hatte er immer darauf bestanden, sie zu begleiten.

Sie konnte einfach nicht verstehen, was er an ihrer Gesellschaft fand. Verglichen mit Turi war sie unattraktiv, und sie besaß auch keine der Fertigkeiten, die beim Fischer-Stamm als wichtig galten. Sie konnte kaum mit ihm kommunizieren, und sie wußte nicht, wie sie sich in den verschiedenen gesellschaftlichen Situationen verhalten sollte. Sie fühlte sich unfähig und hilflos.

Aber Mertan schloß sich ihr unbeirrt an, seine bronzefarbene Haut im Morgenlicht schimmernd. Der Pfad war so schmal, daß es schlichtweg unmöglich war, flüchtige Berührungen zu vermeiden. Sie war sich seiner Kraft und der Wärme seines Körpers nur zu bewußt, und beides lenkte sie derart ab, daß sie kaum noch einen klaren Gedanken fassen konnte.

Einen kurzen Augenblick gestattete sie sich, sich vorzustellen, wie es wäre, wenn er sie in die Arme nähme, so wie Sordir es getan hatte. Ihr wurde schwindlig, und sie versuchte, den Gedanken zu verdrängen.

Etwas streifte ihr Haar. Sie wandte rasch den Kopf und stellte fest, daß es seine Hand war. Instinktiv wich sie einen Schritt zurück.

Er lächelte beruhigend. »Dein Haar ist …« Er benutzte ein Wort, das sie nicht verstand.

Ihm war aufgefallen, daß sie ihr Haar an diesem Morgen nicht geflochten hatte. Nun, wenn Moru recht hatte und die Fischer fanden, daß es komisch aussah, warum sollte sie sich dann diese Mühe machen?

»Laß mich«, sagte er. Er trat hinter sie, teilte ihr Haar in drei Strähnen und begann, es zu flechten. Warum tat er das? Wollte er ihr damit demonstrieren, daß sie nie ein richtiger Fischer sein konnte wie Turi oder er selbst? Machte er sich über sie lustig? Und was würden die Leute denken, wenn sie sie beide so dicht beieinander stehen sahen? Turi benahm sich ihr gegenüber bereits offen feindselig. Laena wünschte von ganzem Herzen, Mertan würde sie in Ruhe lassen. Und doch wußte sie auch, daß sie tief verletzt wäre, wenn er es täte.

»So«, sagte er, als er fertig war. »So ist es gut.«

»Gut?« Sie musterte ihn zweifelnd.

Er nickte. »Sehr gut.« Er berührte ihre Wange und lächelte.

Laena blinzelte verlegen. »Das ist nicht wie bei den Leuten der Fischer«, sagte sie, auf ihr Haar zeigend.

»Besser als Fischer«, entgegnete er. Er sah die Skepsis in ihren Augen und lächelte noch strahlender. Er sagte noch etwas, aber sie hatte diese Worte bisher noch nie gehört.

Sie schüttelte den Kopf. »Ich verstehe nicht.«

»Frag Nan.« Dann wiederholte er noch einmal ganz langsam, was er gesagt hatte.

Sie sprach ihm nach, um sicherzugehen, daß sie es richtig wiedergeben würde.

»Ja«, sagte er. »Frag Nan. Nan versteht.« Er strich mit der Hand über ihr geflochtenes Haar und rückte dann von ihr ab. Er lächelte wieder, verneigte sich und machte dann kehrt, um den Pfad hinunter zur Hütte seines Vaters zurückzukehren.

Laena ermahnte sich, ihm nicht nachzublicken, aber sie konnte einfach nicht anders. Da war etwas an der Art, wie er sich bewegte; wie ein Panther, sagte sie sich. War das der alberne Grund, weshalb seine Nähe ihr so reizvoll erschien?

Plötzlich wurde Laena bewußt, daß sie vor der Hütte stand, in der Nan untergebracht war. Sie hatte dem alten Heiler gehört, der kürzlich gestorben war. Nan teilte sie mit Worin, die Lehrling des alten Heilers gewesen war.

Laena schloß einen Moment die Augen und versuchte, sich zu beruhigen. Dann schlug sie das Leder vor dem Eingang zurück und trat ein.

Die Hütte war geräumig, aber vollgepackt mit allerlei Kram. Es gab vier Betten, so daß jemand, der ständiger Pflege bedurfte, Tag und Nacht vom Heiler betreut werden konnte. In der Mitte des Steinbodens schwelte ein Feuer, dessen Rauch träge durch den Abzug in der Decke zog. Über der Glut hing ein Gefäß aus Baumrinde, das einen köchelnden Sud enthielt. In der Hütte roch es nach Kräutern und Wurzeln, Pulvern und Salben.

Nan saß mit Worin zusammen, und Laena sah mit einem Anflug von Nostalgie, daß die alte Frau dem Lehrling beibrachte, wie man mittels eines Aderpresse eine Blutung stillte. Es kam Laena vor, als wäre es schrecklich lange her, daß sie diese Lektion gelernt hatte.

Worin mühte sich mit der Sehne ab und schlang sie zum Üben um ihr eigenes Bein. Sie war ungeschickt und mochte es ganz offensichtlich gar nicht, daß jemand ihr sagte, was sie zu tun hatte. Bis Nan eingetroffen war, war Worin im Dorf die einzige gewesen, die sich auch nur ansatzweise auf die Kunst des Heilens verstand; und so hatte sie sich selbst als Heilerin betrachtet, wenngleich sie im Grunde hierzu nicht qualifiziert war.

Laena sagte sich, daß Worin ihr leid tun sollte. Und doch war dem nicht so. Die Frau hatte etwas Düsteres, Mürrisches an sich, das es einem schwermachte, sie zu mögen, und jede Annäherung von vorneherein ausschloß. Ein rötliches Mal bedeckte die ganze linke Gesichtshälfte. Sie hatte eine lange, spitze Nase, breite, schmale Lippen und ein fliehendes Kinn. Sie war schrecklich häßlich und sich dessen auch bewußt, was sie nur noch grimmiger machte.

»Guten Morgen«, sagte Laena von der Tür aus.

Worin ließ die Sehne fallen. Sie starrte Laena einen Augenblick an, erhob sich, kehrte ihr den Rücken zu und begann, in dem Sud über dem Feuer zu rühren.

»Guten Morgen, Laena«, sagte Nan. »Ich habe mich schon gefragt, wo du bleibst.«

»Es tut mir leid. Es ist morgens so düster, daß ich nicht von allein aufwache ...«

Nan winkte ab. »Es ist unwichtig. Es gibt heute nichts Dringendes für uns zu tun.«

Laena überlegte, wie sie in Worte fassen sollte, was ihr im Kopf herumging. »Nan? Kann ich dich sprechen? Ich habe eine Frage.«

»Natürlich.« Sie nickte in Worins Richtung. »Sie spricht die Panther-Sprache nicht. Sag, was du auf dem Herzen hast.«

Laena setzte sich auf einen Baumstumpf, dessen Holz sorgfältig von der Rinde befreit und poliert worden war, und rückte dicht an Nan heran. »Es geht um Mertan«, sagte sie.

»Was ist mit Mertan?« fragte Nan und musterte Laena ausdruckslos.

Laena holte tief Luft und versuchte, ihren verkrampften Bauch zu entspannen. »Heute morgen hat er etwas zu mir gesagt und gemeint, du könntest es mir erklären.« Sie murmelte die Worte, bemüht, so leise zu sprechen, daß Worin sie nicht verstehen konnte.

Nachdem Laena wieder verstummt war, schwieg Nan eine ganze Weile, einen nachdenklichen Ausdruck auf dem Gesicht. »Nan«, sagte sie schließlich.

Laena nahm ihre Hand. »Ist es etwas Schlimmes? Eine Beleidigung?«

Die alte Frau befreite ihre Hand aus Laenas ängstlichem Griff. »Nein, nein.« Sie warf einen Blick auf Worin, die ihnen immer noch den Rücken zukehrte und in dem Sud rührte. »Es bedeutet«, sagte sie dann, »daß du eine schöne Frau bist, er dich bewundert und im nächsten Monat für dich jagen wird.«

Erst glaubte Laena, Nan würde sie aus irgendeinem Grund anlügen. Dann sah sie den ernsten Ausdruck auf dem Gesicht der alten Frau und war ganz verwirrt. »Aber das kann nicht sein!«

»So ist es aber.« Nan zuckte die Achseln. »Du hast großes Glück, Laena.«

Diesmal war es Laena, die längere Zeit schwieg. »Ich … ich verstehe nicht, warum er so empfindet«, sagte sie.

»Du bist eine hübsche junge Frau«, entgegnete Nan. »Und weißt du, manchmal erscheint einem ein Fremder, der anders ist als die Menschen, die man kennt, besonders anziehend. Andersartigkeit kann einen großen Reiz ausüben.« Sie wandte den Blick ab, und Laena fragte sich, ob Nan an etwas dachte, das sie selbst irgendwann einmal erlebt hatte. »Männer lieben es, Beute zu machen«, fuhr Nan fort. »Sie stellen ihre Kraft und ihr Geschick unter

Beweis, indem sie eine Frau einfangen, die frei ist wie eine Katze – wie ein Panther.«

Laena verstand, was Nan damit sagen wollte. In gewisser Weise war es nachvollziehbar. Und doch fiel es ihr immer noch schwer, es zu glauben. Sie hatte nichts besonders Reizvolles an sich; sie war nur ein Mensch wie jeder andere, und Mertan kannte sie kaum. Und doch weckte Mertan ein leidenschaftliches Sehnen in ihr. Aber auch das erschien ihr unwirklich, da sie ihn ihrerseits ebensowenig kannte.

»Was hat das zu bedeuten, daß er nächsten Monat für mich jagen wird?« fragte Laena.

»Er meint die Herbstjagd«, erklärte Nan. »Das ist ein wichtiges Ereignis für den Fischer-Stamm. Sie machen so viel Beute wie irgend möglich, um Vorräte für den Winter anzulegen. Auch wählen in dieser Zeit junge Menschen ihren Gefährten. Die ledigen Männer machen den Frauen ihre beste Trophäe zum Geschenk, und jede Frau sucht sich den Mann ihrer Wahl aus.«

»Oh«, sagte Laena leise.

Nan musterte sie lange brütend. »Laena, das Schicksal meint es ausnahmsweise einmal gut mit dir. Siehst du das denn nicht? Ist dir denn nicht klar, welche Ehre es ist, daß Mertan dich ausgewählt hat? Dieses Mädchen, Turi, hat immerhin ein ganzes Jahr auf ihn gewartet.« Nan lachte. »Sie wird wütend sein, wenn sie erfährt, daß er dich haben will.«

Laena traten Tränen in die Augen. »Aber ich will nicht, daß sie wütend wird! Ich möchte, daß mich die Menschen hier mögen!«

Nan grunzte ärgerlich. »Wenn du dich mit Mertan zusammentust, wird man dich respektieren – das verstehst du doch, oder? Und wenn die Menschen einen respektieren, müssen sie einen auch mögen, ob sie wollen oder nicht.«

Laena erkannte, daß Nans Worte einige Wahrheit bargen. Und doch war es irgendwie nicht das, was sie sich wünschte.

Sie blickte auf, als sie spürte, daß sie jemand beobachtete. Worin war um das Feuer herumgegangen und starrte Laena durch den dichten Rauch hinweg durchdringend an. Laena zuckte zusammen und stieß einen spitzen Schrei aus.

»Was ist?« fragte Nan. Sie wandte rasch den Kopf, aber Worin war noch schneller. Als Nan zu ihr hinübersah, hatte sie sich wieder abgewandt und rührte in dem Sud, als wäre nichts gewesen.

Am Abend kehrte Laena zurück zu der Höhle, die sie versuchte als ihr Heim zu betrachten. Es war ein angenehmer Tag gewesen, da derzeit keiner der Dorfbewohner der Hilfe eines Heilers bedurfte. Nan hatte mehrere Stunden darauf verwandt, Laena weitere Worte der Fischer-Sprache beizubringen, und dann hatte sie Laena aufgetragen, Pflanzen zu zerstampfen und zu mischen, um den Vorrat aufzustocken, den Nan gern zur Hand hatte.

Noch zweimal hatte Laena Worin dabei ertappt, wie sie sie seltsam musterte, wenn Nan nicht hinsah. Laena hatte versucht, mit der Frau zu reden, aber sie hatte mit Worten geantwortet, die Laena nicht verstand. Letztendlich hatte Laena beschlossen, sie einfach zu ignorieren.

Sie hörte die Fischer in ihren Hütten, als sie durch das Dorf ging. Sie klangen fröhlich, plauderten und lachten miteinander. Die meisten von ihnen waren ausgesprochen umgänglich und lächelten viel – und das aus gutem Grund: Ihr Leben in diesem Tal war das ganze Jahr über angenehm. Sie hatten keine Feinde, der Fluß lieferte ihnen stets frische Nahrung, und sie brauchten nicht von einem Ort zum anderen zu ziehen. Warum sollten sie also nicht glücklich und zufrieden sein?

Sie begann, die Klippe zu ihrer Höhle hinaufzusteigen, und hielt inne, als sie Orleh wieder einmal Joq schelten hörte. Laena konnte nicht alles verstehen, jedoch genug, den Sinn seiner Worte zu begreifen. Orleh warf Joq vor, daß er Schande über seine Familie bringe, indem er seine Tage damit vergeude, herumzusitzen und auf seiner Flöte zu spielen oder zu schnitzen.

Plötzlich hörte Laena ein Klatschen.

»Schlag ihn nicht!« Das war Joqs Mutter, eine schüchterne Frau namens Weeps. Sie ließ sich leicht von ihrem Mann einschüchtern, aber in diesem Augenblick klang sie entschlossen und wütend.

Orleh brüllte etwas. Soweit Laena verstand, meinte er, er hätte Joq in der Vergangenheit viel öfter schlagen sollen.

Hierauf folgte für kurze Zeit Stille. Dann begann Orleh wieder zu schreien. Es ging um ein Mädchen. Worin? Ja, er sagte Worins Namen und etwas über die Jagd, und er klang zorniger denn je.

»Worin mag ihn.« Das war wieder Weeps' Stimme. »Sie ist gar kein so übles Mädchen. Er könnte es schlechter treffen.«

»Raus«, fiel Orleh ihr ins Wort. »Geh zu ihrer Hütte, Joq, wenn es das ist, was du willst. Und nimm dieses … dieses Ding mit.«

Einen Augenblick später und bevor Laena ihre eigenen Höhle erreicht hatte, kletterte Joq den Hang herab. Eine Seite seines Gesichts war gerötet von der Ohrfeige seines Vaters, und auf seinem Gesicht lag ein brütender, zorniger Ausdruck, den Laena noch nie an ihm gesehen hatte. Und doch hatte er nicht zurückgeschrien. Er schien so phlegmatisch zu sein, daß sie sich fragte, ob er überhaupt fähig war, die Stimme zu erheben.

Er sah sie und zögerte. Laena war verlegen, weil er sie beim Lauschen ertappt hatte. Aber das schien Joq nichts auszumachen. Er hielt etwas in der einen Hand, während er sich mit der anderen an den Fels klammerte. Als er sah, daß sie auf den Gegenstand blickte, hielt er ihn ihr hin. »Nimm«, sagte er.

Laena griff danach und stellte fest, daß es sich um eine kleine, wunderschöne Schnitzerei handelte, die Miniatur eines Fisches.

Sie schüttelte den Kopf. »Nein«, sagte sie. »Nicht ich.« Sie versuchte, ihm den hölzernen Fisch zurückzugeben.

Er zuckte mit einer Schulter, als wolle er sagen – behalte

es, was spielt das für eine Rolle? Dann stieg er den Hang so rasch hinab, daß sie unmöglich folgen konnte. Unten angekommen, tauchte er in die Dunkelheit ein, ohne einen Blick zurückzuwerfen.

Laena blickte ihm nach und fragte sich, ob er tat, was sein Vater gesagt hatte – ob er zu Worin ging. War das der Grund für Worins Feindseligkeit gewesen – glaubte sie, Joq interessiere sich für Laena? Wenn sie nur die Fischer-Sprache fließend beherrschte, könnte sie die Angelegenheit vielleicht in Ordnung bringen. Auch wenn sie beschloß, beim Fischer-Stamm zu bleiben, war sie noch nicht bereit, sich an einen Mann zu binden, ob er nun der Sohn des Häuptlings war oder ein Träumer, der den ganzen Tag Musik machte.

Sie betrachtete wieder Joqs geschnitzten Fisch. Es war wirklich eine wunderschöne Arbeit, aber sie wünschte dennoch, er hätte ihr die Figur nicht geschenkt, weil sie nicht wußte, was dieses Geschenk bedeuten mochte. Aber im Augenblick konnte sie nichts tun, und so kletterte sie resigniert bis zu ihrer Höhle hinauf.

Kapitel 24

Als Laena sich am darauffolgenden Tag zum Unterricht in Sprache und Heilkunde in Nans Hütte einfand, war die alte Frau nicht da. Worin war allein in der großen Hütte. Sie hockte über einem Stein, der geformt war wie eine Schale, und zermalmte in der Mulde mit einem runden Stein Kräuter. Sie blickte auf und hielt in ihrer Arbeit inne, als sie Laena sah. Sie musterte sie lange schweigend und fragte dann: »Was willst du?«

Laena trat ein, wobei sie darauf achtete, nirgendwo anzustoßen. »Wo ist Nan?«

Worin schüttelte den Kopf. Ihr Haar schwang von ihrem Gesicht fort, und das rote Mal, das ihre linke Wange und die linke Seite ihrer Stirn entstellte, kam zum Vorschein. »Nan ist weg.«

Etwas in Worins Stimme weckte Laenas Unbehagen. Es klang beinahe so, als wäre Nan verschwunden, als würde sie einfach nicht mehr existieren.

»Ich verstehe nicht, was du meinst«, sagte Laena und hockte sich Worin gegenüber, keine Armeslänge von ihr entfernt. »Nan ist weg? Wohin?«

Worin betrachtete Laena stumm und setzte dann demonstrativ ihre Arbeit fort. Sie antwortete nicht.

Laena fühlte Zorn in sich aufsteigen. Die ganze Frustration und Verwirrung ihres neuen Lebens im Dorf schien in ihr aufzuwallen. Sie packte Worins Arm. »Sag es mir!« forderte sie barsch.

Worin riß sich los. »Faß mich nicht an!«

Die beiden Frauen starrten einander lange an. »*Wo ist Nan?*« fragte Laena schließlich erneut.

Schließlich senkte Worin den Blick. »In Faltors Hütte.«

Laena musterte sie eindringlich. Sie war noch nicht bereit lockerzulassen. »Warum?« fragte sie. »Warum hast du … warum kannst du mich nicht leiden?«

Worin legte den runden Stein beiseite. Sie richtete sich auf, wischte sich die Hände an einem Büschel trockenem Gras ab, hob den schalenförmigen Stein und schüttete den Kräutersaft in eine lederne Phiole. »Du bist unwissend«, sagte sie.

Laena musterte sie überrascht. Das war das letzte, was sie zu hören erwartet hätte. »Ich weiß mehr als du«, protestierte sie. »Nan hat mich mehr gelehrt als dich.«

Worins Züge verzerrten sich vor Zorn, und sie stellte den Stein heftig zurück auf den Boden. Laena zuckte bei dem Knall zusammen. »Du kannst nicht einmal vernünftig sprechen!« Worin beugte sich vor. Sie zog die Lippen zurück und entblößte eine Reihe ungleichmäßiger verfärbter Zähne. »Ich werde Heilerin der Fischer sein. Nicht du.«

Laena seufzte. Sie war nicht mehr böse; vielmehr tat die Frau ihr leid. Sie suchte nach den richtigen Worten.

Es wäre zwecklos, sich auf eine Diskussion einzulassen. »Vielleicht hast du recht«, sagte sie. »Vielleicht wirst du Heilerin sein, wenn Nan fortgeht. Eine gute Heilerin, da bin ich sicher.« Sie wandte sich ab, da sie keine Lust hatte, sich weiter mit Worin abzugeben. »Ich gehe jetzt zu ihr.«

Worin antwortete nicht. Sie richtete sich auf und blickte Laena wortlos nach, als diese die Hütte verließ.

Der Himmel war grau, und im Tal schien es noch düsterer zu sein als gewöhnlich. Laena folgte dem schmalen Pfad, der am Fluß entlangführte, und hielt den Blick auf den gelbbraunen Boden unter ihren Füßen gerichtet, an nichts Spezielles denkend.

Dann, als sie sich Faltors Hütte näherte, fragte sie sich plötzlich, ob Mertan dort sein würde. Als sie vorhin in entgegengesetzter Richtung an der Hütte des Häuptlings vorbeigegangen war, war er nicht dort gewesen. Eigentlich hätte sie erleichtert sein müssen, aber zu ihrer eigenen Überraschung war sie enttäuscht gewesen.

Als sie sich jetzt näherte, sah sie ihn an seinem gewohnten Platz sitzen und an seinen Speerschaften arbeiten, und an diesem Morgen war er allein; Turi war nirgendwo zu sehen.

Er war so in seine Arbeit vertieft, daß er sie gar nicht bemerkte. Aber um in die Hütte zu gelangen, mußte sie an ihm vorbei. »Guten Morgen«, sagte sie und spürte erneut ein Gefühl der Beklemmung in der Brust, als sie auf ihn herabblickte.

Er sah auf, erhob sich eilig und trat auf sie zu. »Laena.« Er streckte die Hände aus und umfaßte ihre Schultern. Als er nach Fischer-Brauch zum Gruß den Kopf neigte, war sein Gesicht dem ihren so nah, daß sie glaubte, seine Wärme an Wangen und Stirn zu fühlen. »Schön, dich zu sehen«, sagte er lächelnd.

Laena wurde bewußt, daß sie zitterte. Warum spielten ihre Gefühle immer noch verrückt? Sie wünschte, sie könnte sie unter Kontrolle halten. Sie versuchte zu sprechen, brachte aber keinen Ton heraus.

»Gestern«, sagte er. »Hast du Nan erzählt, was ich gesagt habe? Hat sie es dir erklärt?«

Laena nickte stumm, da sie ihrer Stimme immer noch nicht traute.

»Freust du dich, daß ich für dich jagen werde?«

»Ich weiß nicht«, entgegnete sie. Wie sollte sie das wissen? In seiner Nähe fiel ihr das Denken schwer.

Sein Lächeln erlosch. Er sagte wieder etwas, das sie jedoch nicht verstand. Sie zuckte nur hilflos die Achseln. »Ich suche Nan«, sagte sie.

Mertan nickte knapp. »Nan ist mit meinem Vater zu den Jagdgründen gegangen. Mein Vater muß bestimmen, wann die Herbstjagd beginnt. Er hält Ausschau nach Zeichen – das Land, der Himmel, die Tiere.«

»Oh. Ich verstehe.« Laena wollte fragen, wie lange Nan und Faltor fort sein würden, kannte aber die entsprechenden Worte nicht. Nun, sie würde später wieder bei Nan vorbeischauen und sehen, ob die Heilerin sie heute noch unterrichten wollte. Bis dahin gab es anscheinend nichts für sie zu tun.

»Laena!«

Sie zögerte. »Ja?«

»Gehst du heute nachmittag mit mir?«

Sie war nicht sicher, daß sie ihn richtig verstanden hatte. Steckte hinter seinen Worten vielleicht eine verborgene Bedeutung? Sie fürchtete sich davor, zu antworten, aus Angst, einen Fehler zu machen. Auf keinen Fall wollte sie ihn ermutigen. Er sollte mit Turi zusammensein und nicht mit ihr.

Und doch konnte sie ihm nicht widerstehen. »Gehen? Wohin?« fragte sie mißtrauisch.

Er zuckte die Achseln. »Das Tal hinauf?«

Laena fühlte sich hin- und hergerissen. Sie sah in sein Gesicht und stellte überrascht fest, daß er besorgt schien. Fürchtete er sich davor, daß sie seinen Vorschlag ablehnen könnte?

Sie wußte nicht, wie sie mit dieser Situation umgehen sollte, und fühlte sich nicht stark genug, es zu versuchen. »In Ordnung«, sagte sie. »Ja, ich werde mit dir gehen.«

Er lächelte wieder, und sein ganzes Gesicht schien zu strahlen.

»Komm hierher, heute mittag. Dann gehen wir zusammen.« Er streckte erneut die Hände nach ihr aus, hielt dann mitten in der Bewegung inne und ließ die Arme wieder sinken. Feierlich neigte er den Kopf.

Sie erwiderte den Gruß, schenkte ihm ein unsicheres Lächeln und eilte davon. Hatte sie einen Fehler gemacht? Oder sollte sie Nans Rat befolgen und das Beste aus ihrem Glück machen? Sie begehrte Mertan, daran bestand kein Zweifel. Der Gedanke, mit ihm zu schlafen und sich ihm hinzugeben, war so erregend, daß ihr ganz schwindlig wurde. Er schien sanft, romantisch und verliebt. Aber wie sollte sie da sicher sein?

Laena beschloß, zu ihrer Höhle zurückzugehen und die Arbeiten zu erledigen, die sie hinausgeschoben hatte. Vielleicht würde etwas harte Arbeit wieder Ordnung in ihre Gedanken bringen.

Sie durchquerte das Dorf. Die Hütten standen so dicht beieinander, daß kaum genug Platz war, zwischen ihnen hindurchzugehen. Menschen grüßten sie auf ihre gewohnte freundliche Art, und Laena lächelte, nickte und wünschte ihnen einen guten Morgen. Aber in Gedanken war sie noch bei Mertan: bei seinem Gesicht, seinen blitzenden Augen, dem Sonnenlicht, das auf seinen Schultern schimmerte.

Sie stieg zu ihrer Höhle hinauf – und sah, daß Joqs Mutter auf sie herabblickte. Sie war dürr und blaß, mit großen Augen, die ständig besorgt dreinschauten. »Laena!« rief sie.

»Guten Morgen«, entgegnete Laena und konzentrierte sich weiter darauf, den Halt nicht zu verlieren. Sie war jetzt wahrlich nicht in Stimmung für eine Unterhaltung.

»Komm.« Weeps winkte sie zu sich heran. »Hierher, bitte.«

Die Fischer waren ausgesprochen gesellige Menschen,

und Laena fürchtete, Weeps vor den Kopf zu stoßen, wenn sie die Einladung ausschlug. Andererseits war sie schon zweimal in Weeps' Höhle gewesen, und jedesmal war es schwierig gewesen, höfliche Konversation zu machen, während Weeps ihr seltsame Speisen aufdrängte, die ihr nicht schmeckten.

»Ich habe zu tun ...«, begann Laena.

»Bitte.« Weeps sah sie flehentlich an.

Laena seufzte. »Also gut.«

Die Höhle war viel geräumiger als ihre eigene. Als sie das erstemal dort gewesen war, hatte Orleh ihr erzählt, daß er Jahre damit verbracht hatte, sie für seine Familie zu erweitern. Er hatte mit Flintwerkzeugen zwei separate Räume im hinteren Teil in den Fels gehauen sowie kleine Nischen entlang der Wände, in denen allerlei verstaut werden konnte. Orleh war stolz auf das Zuhause, das er für seine Familie geschaffen hatte, wenngleich Laena inzwischen gelernt hatte, daß es bei den Fischern ein Zeichen von niederem Status war, in einer Höhle zu leben. Die wirklich respektierten Familien lebten in Hütten auf dem Felsvorsprung über dem Fluß.

Laena hockte sich am Höhleneingang hin. Sie sah, daß Weeps allein war, und vermutete, daß Orleh und Joq beim Fischen waren. Weeps hatte gerade Trockenfleisch zu Pulver gemahlen und mit Fett und roten Beeren vermischt. Eilig schabte sie eine Portion auf ein Stück Birkenrinde und reichte es Laena. »Bitte, iß.« Sie neigte den Kopf.

Widerstrebend probierte Laena. Die süßliche Paste schmeckte recht gut, war jedoch so zäh, daß es ihr im Hals steckenblieb.»Gut«, sagte sie höflich.

Weeps lächelte und nickte. »Nimm dir mehr!«

»Nein. Nein, danke.«

Weeps' Lächeln erlosch und wurde wieder von ihrem gewohnten leidenden Gesichtsausdruck abgelöst. Sie benahm sich, als wäre ihr ganzes Leben eine einzige Enttäuschung.

»Mein Sohn Joq«, sagte sie. »Er ist ein feiner Mensch.«

Laena nickte. »Ja«, stimmte sie zu.

»Du magst ihn?«

Laena zögerte; sie hatte das Gefühl, daß ihr eine Falle gestellt wurde. »Ich kenne ihn kaum«, entgegnete sie.

Weeps beugte sich vor und legte Laena eine Hand auf den Arm. »Sprich mit ihm. Du wirst ihn mögen.«

Laena fragte sich, ob Orleh seiner Frau aufgetragen hatte, mit ihr zu sprechen. Orleh war ein stolzer Mann, der der Ansicht war, etwas Besseres verdient zu haben – ein besseres Heim, eine bessere Frau, einen besseren Sohn. Ja, es würde zu ihm passen, zu versuchen, Joq zu verkuppeln.

»Es tut mir leid«, begann Laena, »aber ...«

»Bald findet die Herbstjagd statt. Verstehst du? Du mußt einen Mann wählen.«

Laena fühlte, wie die Worte sie einschlossen wie ein Gefängnis. »Ich bin noch nicht soweit«, sagte sie möglichst entschieden. »Warum muß ich?«

Weeps' Finger gruben sich in Laenas Arm. »Sprich mit Joq.«

Laena war noch nicht so vertraut mit der Fischer-Sprache und den Sitten dieses Volkes. Sie fürchtete, einen endgültigen Bruch herbeizuführen, wenn sie rundweg ablehnte. Und nur mit Joq zu sprechen konnte nicht schaden. »Also gut«, sagte sie. »Ich werde mit ihm sprechen.«

»Wunderbar!« Weeps ließ ihren Arm los und zeigte nach draußen. »Er ist unten am Fluß.« Sie schob Laena auf den Höhleneingang zu. »Siehst du – dort!«

In der Ferne saß eine einsame Gestalt am Ufer. Laena vermutete, daß er auf einer seiner Flöten spielte, wenngleich er zu weit weg war, als daß sie die Musik hätte hören können.

»Ich werde mit ihm sprechen«, sagte sie grimmig.

Weeps tätschelte ihr die Wange. Laena wußte, daß dies bei den Fischern eine Geste großer Zuneigung war. »Du bist ein guter Mensch«, sagte Weeps.

Laena zwang sich zu einem Lächeln. »Danke.«

»Und jetzt geh.«

Laena kletterte den Felshang hinab. Sie war wieder wütend – diesmal auf sich selbst, weil sie nicht stark oder clever genug gewesen war, sich Weeps zu widersetzen. Die Wolken hingen inzwischen noch dichter und tiefer über dem Tal, so düster wie ihre schlechte Laune. Sie ging am Fluß entlang stromabwärts, voller Unbehagen, da sie ahnte, daß Weeps sie beobachtete. »Joq«, rief sie, als sie sich der einsamen Stelle näherte, an der er sich niedergelassen hatte.

Er tat, als hätte er sie nicht gehört. Er saß auf einem Felsen in der Nähe der Stelle, wo der Fluß über einen Vorsprung strömte und sprudelnd in einen tiefergelegenen Teil des Tals hinabstürzte. Hier waren sie Horill begegnet, als sie zu den Fischern gestoßen waren.

Sie kletterte zu Joq hinauf und rief erneut seinen Namen. Diesmal war sie sicher, daß er sie gehört haben mußte, aber er würdigte sie immer noch keines Blickes. Er legte die Flöte beiseite und sah in die entgegengesetzte Richtung, die Hände entspannt auf seinen Knien ruhend.

Laena war versucht, kehrtzumachen und wieder zu gehen. Aber sie hatte ihr Wort gegeben und mußte das jetzt durchziehen. Sie setzte sich auf einen Felsbrocken in Joqs Nähe. »Hallo«, sagte sie.

Er warf ihr einen Blick zu, lächelte jedoch nicht. »Meine Mutter hat dich gebeten, mit mir zu sprechen.«

Er wußte also Bescheid, und es machte ihn ebenso verlegen wie sie.

Er wandte sich wieder von ihr ab, hob das Schilfrohr an die Lippen und fing an zu spielen. Die Noten waren hell und klar und sprudelten mühelos aus dem winzigen Instrument. Laena war wider Willen beeindruckt, berührt von der Musik. »Das klingt wunderschön«, sagte sie.

Er hielt inne und warf ihr einen flüchtigen, argwöhnischen Blick zu, als zweifle er daran, daß sie es ernst meinen könnte. »Findest du?«

Sie zuckte die Achseln und fragte sich, warum er an ihren Worten zweifelte. »Natürlich.«

»Ich rede mit dem Fluß«, erklärte er. »Und er spricht zu mir.«

Laena erkannte, daß es stimmte. Seine Musik klang wie

das Wasser, das dort, wo das Tal am steilsten abfiel, plätschernd und glucksend über die Felsen strömte.

Sie war nicht mehr verärgert. Vielmehr hatte sie merkwürdigerweise plötzlich Mitleid mit ihm. »Du hast recht«, sagte sie. »Deine Mutter hat mich gebeten, mit dir zu sprechen. Die Herbstjagd ...«

Er musterte sie mit einem geheimnisvollen Blick. »Keine Angst, Laena. Ich brauche nicht für dich zu jagen. Nicht für dich; für niemanden. Ich bin glücklich allein.«

Sie fragte sich, ob sie ihn auch richtig verstanden hatte. »Du wirst nicht für Worin jagen?«

»Worin?« Er lachte und schüttelte den Kopf. »Nicht für Worin. Für keine Frau.«

»Du willst allein bleiben?«

»Natürlich«, entgegnete er, als wäre das das Selbstverständlichste der Welt.

Sie sahen einander an. Sein Gesicht war so sanft, so unschuldig. Laena verspürte einen Stich, wenngleich sie nicht recht wußte, warum. Jene Dinge, die den meisten Männern wichtig waren, schienen Joq nicht das geringste zu bedeuten. Jagen, Fischen, Stärke demonstrieren, eine Frau nehmen – irgendwie berührte ihn nichts von alledem.

»Ich glaube, du bist ein guter Mensch, Joq«, sagte sie.

Er machte erst ein verdutztes, dann ein verlegenes Gesicht. »Du sagst nette Dinge«, sagte er. Zum erstenmal wirkte er verunsichert.

»Vielleicht könnten wir Freunde sein«, sagte sie und streckte impulsiv die Hand aus.

Er starrte sie eine Weile an und schien noch unsicherer als zuvor. Laena fragte sich, ob sie vielleicht das falsche Wort benutzt hatte, aber dann ergriff Joq zögernd ihre Hand. Sein Händedruck war sanft, aber sicher. »Freunde«, stimmte er zu.

»Laena!« Die Stimme kam von irgendwo flußaufwärts.

Laena blickte hinüber und sah Moru mit Horill und zwei anderen Jägern. Das kleine Mädchen winkte.

Laena wandte sich wieder Joq zu. »Meine Schwester. Ich muß gehen.«

Er hob die Hand. »Einen Augenblick noch.«
»Ja?«
»Hast du den hölzernen Fisch noch?«
»Er ist oben in meiner Höhle.«
»Du solltest ihn bei dir tragen. Er ist ein Glücksbringer.«
Laena nickte langsam. »Gut. Ich werde ihn künftig bei mir tragen.«
»Gut.« Er hob die Flöte wieder an die Lippen und spielte, als wäre Laena nicht mehr da.
Laena kletterte die Felsen hinunter. Moru wartete auf sie, während Horill und die beiden anderen Männer bereits auf das Dorf zugingen.
»Sieh doch, Laena!« Das kleine Mädchen hielt einen Fisch hoch. Er war einen halben Arm lang und hatte eine klaffende Wunde an der Seite. »Horill hat ihn mir geschenkt.«
Laena kniete sich vor ihre Schwester und umarmte sie. »Das ist schön. Wir werden ihn braten und essen.«
Morus glückliches Lächeln verblaßte langsam. »Ich weiß immer noch nicht genau, wie man die Gräten entfernt.«
»Nun ...« Laena zögerte. »Wir werden unser Bestes versuchen. Irgendwann müssen wir es ja doch lernen.«
Moru lächelte wieder. »Gut. Laß uns zur Höhle zurückgehen.«
Laena ging neben ihr her, froh, daß ihre Schwester nicht mehr böse auf sie war.
»Warum hast du mit ihm gesprochen?« fragte Moru und zeigte über die Schulter auf Joq.
Laena zögerte; sie wußte nicht recht, wieviel sie verraten sollte. »Seine Mutter wollte, daß ich mit ihm spreche. Ich mag ihn. Wir haben beschlossen, Freunde zu sein, das ist alles.«
Moru schüttelte mißbilligend den Kopf. »Niemand mag ihn. Er ist sonderbar.«
»Also, ich mag ihn. Ich muß ja nicht dasselbe denken wie alle anderen. Ich kann meine eigenen Entscheidungen treffen.«

Moru kniff die Augen zusammen. »Du wirst ihn doch nicht für dich jagen lassen, oder?«

Laena war verärgert. Sogar ihre kleine Schwester mischte sich in ihr Leben ein! »Nein, Moru. Ich werde ihn nicht für mich jagen lassen. Tatsächlich ... Nun, Mertan will für mich jagen.«

Moru blinzelte und starrte entgeistert zu Laena auf. »Mertan?«

»Ja.«

Moru blieb abrupt stehen und musterte Laena immer noch ungläubig. »Mertan«, sagte sie noch einmal. »Bist du sicher?«

»Natürlich bin ich sicher.« Laena stemmte die Hände in die Seiten. »Warum bist du so überrascht?«

»Du weißt, was das bedeutet, oder? Es bedeutet, daß er dein Gefährte sein will.«

Jetzt war Laena wirklich wütend. »Natürlich weiß ich, was es bedeutet! Ich bin älter als du, hast du das vergessen?«

Moru schüttelte langsam den Kopf. »Turi wird wütend sein. Sie hat ... auf ihn gewartet, weißt du.«

Laena musterte das kleine Mädchen. »Woher weißt du das alles?«

Moru setzte ihren Weg entlang des Flußufers in Richtung des Dorfes fort. »Das weiß jeder«, entgegnete sie. »So wie auch jeder weiß, daß Worin auf Joq wartet. Aber Worin ist böse.«

Laena seufzte ergeben. »Sie ist nicht böse. Sie ist eifersüchtig und hatte ein schweres Leben, das ist alles.«

Moru warf ihr einen verächtlichen Blick zu, sagte jedoch nichts.

Als sie wieder in der Höhle waren, nahm Laena ein Flintmesser zur Hand, um den Fisch auszunehmen und zu entgräten. Moru versuchte ihr zu zeigen, wie man es machte, nachdem Horill es ihr demonstriert hatte, aber es erwies sich als weitaus schwieriger als erwartet. Gemeinsam schafften sie es dann doch einigermaßen erfolgreich. In der ganzen Höhle roch es nach Fisch, und Laenas Augen brannten, als sie ein Feuer machte und der Rauch in der Luft hängen blieb, anstatt durch die Öffnung abzuziehen.

Aber Moru verfolgte die Vorbereitungen erwartungsvoll, und als der Fisch schließlich gar war, aß sie bewußt langsam und genoß jeden Bissen. Sogar Laena schmeckte der Fisch, nachdem sie ihn selbst zubereitet hatte.

Am Nachmittag blickte sie hinaus und sah Mertan am Fluß stehen. Er blickte zum Eingang ihrer Höhle hinauf und winkte, als er sie entdeckte.

Laena erkannte, daß er auf sie wartete. Furcht und freudige Erwartungen durchströmten sie, sogar noch stärker als am Morgen. War es dumm von ihr, sich solche Hoffnungen zu machen? Würde er sich immer noch für sie interessieren, wenn sie einander besser verstanden und der Reiz des Neuen verblaßte? Was würde er von ihr wollen? Was würde er tun?

»Ich muß gehen«, teilte sie Moru mit.

Das kleine Mädchen hörte die Anspannung in Laenas Stimme. Sie runzelte argwöhnisch die Stirn. »Wohin?« fragte Moru. Dann sah sie, wer auf Laena wartete, und ihre Augen weiteten sich. »Mit *ihm*?«

Laena nickte. Sie begann, das Durcheinander wegzuräumen, das sie bei der Zubereitung des Fisches angerichtet hatten.

»Das mache ich«, erbot sich Moru.

Laena hielt inne. Ihr wurde bewußt, daß sie nicht wußte, was sie tat, noch warum sie es tat. Sie zögerte. »Wie sehe ich aus?«

Moru verzog das Gesicht. »Du trägst dein Haar immer noch geflochten.«

»Ihm gefällt es so.« Laena sah sich um, und ihr Blick fiel auf den kleinen Holzfisch, den Joq ihr geschenkt hatte. Wenn es ein Talisman war, sollte sie ihn mitnehmen. Hastig steckte sie ihn in den Lederbeutel an ihrem Gürtel.

»Laß ihn nicht warten!« drängte Moru.

Die Dringlichkeit in ihrer Stimme machte Laena noch

nervöser. Sie stellte sich vor, wie Mertan es leid wurde, auf sie zu warten, und verärgert davonging.

»Schon gut. Schon gut, ich gehe ja schon.« Laena trat an den Höhleneingang, packte einen der Handgriffe und wäre beinahe gestürzt.

»Vorsichtig!« rief Moru.

Laena verfluchte ihre Ungeschicklichkeit, da sie wußte, daß Mertan sie beobachtete. Was sollte er von ihr denken, wenn sie nicht einmal von ihrem eigenen Heim herabklettern konnte?

Mertan führte sie flußaufwärts, wo die Talwände noch weiter zusammenrückten und es schien, als gäbe es keinen Ausweg aus der tiefen Schlucht. Er ging zügig, und Laena mußte sich anstrengen, um mit ihm Schritt zu halten. Aber nach einer Weile stellte sie fest, daß die Kraft und die Übung, die sie bei ihrem Marsch mit Nan und Moru entwickelt hatte, ihr erhalten geblieben waren. Es dauerte nicht lange, und sie hatten ihren Rhythmus gefunden.

Schließlich gelangten sie an eine Stelle, wo der Pfad so schmal wurde, daß sie nur vorsichtig hintereinander hergehen konnten. Und dann verschwand der Pfad plötzlich ganz. Die Schlucht wurde zu einem schmalen Spalt, durch den der Fluß toste und sprühte.

Mertan machte halt und musterte Laena abschätzig. »Du bist stark«, sagte er. »Es gibt nur wenige Frauen, die ein so zügiges Tempo halten können.«

»Nur wenige Frauen sind so weit gewandert wie ich.«

Er nickte nachdenklich. »Ich möchte mehr über deine Wanderung wissen. Würdest du mir davon erzählen?«

»Natürlich.«

»Gut. Aber erst müssen wir klettern.«

Laena blickte nach oben. Stufen waren in die Steilwand gehauen worden.

»Hier entlang«, sagte Mertan und begann mit dem Aufstieg.

Die ersten Stufen waren sehr schmal und nicht ungefährlich, aber als sie weiter hinaufkamen, stellte Laena fest, daß die Talwände sich nach oben hin verjüngten. Bald schon gelangten sie zu einem Pfad, dem sie mühelos folgen konnten.

Sie stiegen nur langsam auf und legten viele Pausen ein, damit Laena die Aussicht betrachten konnte. Die Schlucht war ein zerklüfteter Spalt, die roten Felsen mit grüner Vegetation gesprenkelt, während der silbrig glänzende Fluß sich an den winzigen Hütten des Fischer-Stammes weit, weit hinten vorbeiwand.

Wieder fühlte Laena den inneren Frieden, den sie beim Betreten des Landes der Fischer empfunden hatte. »Sag, stimmt es, daß der Ururgroßvater deines Vaters, Orwael …« Sie brach ab, weil sie das Wort für Geist nicht kannte.

»Er ist hier«, entgegnete Mertan und nickte ernst.

Laena ließ den Blick über diesen verzauberten Ort schweifen, als könnte sie die Anwesenheit des alten Mannes spüren. Sie dachte an ihren eigenen Vater, an ihre Mutter und an ihre Vision von ihnen in einem grünen Land, wo die Sonne hoch am Himmel stand. Wenn die Geister von Mertans Volk hier waren, wo waren dann die ihren?

Er stieg weiter bergauf, und der felsige Untergrund wurde sandig. Laena ging durch hohes, trockenes Gras und sah drahtige, zwergenhafte Bäume einer ihr unbekannten Art.

»Hier ziehen in der Hochsaison die Tiere vorbei«, erklärte Mertan. »Es wird bald soweit sein.«

»Die Herbstjagd«, sagte Laena.

Er nickte.

Sie wollte nicht zuviel darüber nachdenken. »Warum jagen die Fischer so wenig?« fragte sie, das Thema wechselnd. »Anstatt Fisch zu essen, könntet ihr …«

»Nein.« Er runzelte die Stirn. »Es ist schwer, mit einfachen Worten auszudrücken. Mein Vater hat es mir erklärt und sein Vater ihm … Wenn wir mehr jagen, essen wir besser, ja. Aber es gibt hier nicht viel Wild. Wenn wir alle Tiere töten, müssen wir weiterziehen und ihnen auf ihrer Wanderung folgen. Dann können wir keine Fischer mehr sein und das ganze Jahr über in unserem Tal bleiben.«

Laena kannte genug Worte, um zu verstehen, was er meinte. Sie dachte an ihr Leben beim Panther-Stamm. Genauso war es gewesen. Sie hatten alles Wild in ihrem Land gegessen und dann den Herden auf ihrer Wanderung folgen müssen.

Mertan führte sie auf die Spitze einer gezackten Felsformation. Oben wuchs Gras, so daß man dort bequem sitzen konnte, und von dort aus hatte man einen weiten Blick über das Land. Im Norden erhob sich eine Bergkette. Im Süden, jenseits des Tals der Fischer, ragten ebenfalls Berge auf, steil und abweisend, die Gipfel von den Wolken verborgen, die immer noch tief am Himmel hingen. Diese Berge gehörten zu der Kette, die Laena sich ausgemalt hatte, eines Tages auf ihrem Weg nach Süden zu überqueren. Jetzt, da sie sie aus der Nähe sah, erkannte sie, wie unrealistisch dies gewesen war.

»Setzen wir uns«, sagte Mertan. Er wandte sich um und betrachtete Laena.

Offenbar wurde von ihr erwartet, sich als erste zu setzen. Es kam ihr seltsam vor, daß er ihr sagte, was sie tun sollte, aber vielleicht war das bei seinem Stamm so Brauch. Außerdem war er der Sohn des Häuptlings, und so war es wohl nur natürlich, daß er Entscheidungen fällte, von denen er erwartete, daß andere sie befolgten.

Sie setzte sich, und er tat es ihr gleich. Seine Nähe machte es ihr schwer, an irgend etwas anderes zu denken. Sie wurde wieder nervös und erschauerte. Würde er sie anfassen? Was würde geschehen? Plötzlich fragte sie sich, ob es richtig gewesen war, mit ihm herzukommen. Aber er war ein sanfter Mensch, oder? Er respektierte sie. Er war Faltors Sohn. Er hatte an diesem Morgen vermieden, sie zu berühren, nachdem sie von ihm abgerückt war.

Laena war sich nicht schlüssig, was ihr mehr angst machte: die Möglichkeit, daß er sie anfaßte, oder die, daß er es nicht tat.

»Du bist sehr still«, sagte er.

Beim Klang seiner Stimme zuckte sie erschrocken zusammen. »Nur – ein bißchen nervös«, entgegnete sie.

Er lachte leise. »Hier bist du sicher.«

Der Tonfall seiner Stimme half ihr, sich ein wenig zu entspannen.

»Und jetzt erzähl mir von deinem Leben vor deiner Ankunft bei uns.«

Laena war froh, sich auf etwas anderes konzentrieren zu können als auf ihn. Sie begann, so gut sie es in der Fischer-Sprache konnte, ihre Kindheit zu schildern. Ab und an half Mertan ihr bei Worten, bei denen sie unsicher war. Und so erzählte sie ihm Stück für Stück ihre Lebensgeschichte.

Als sie fertig war, war die Sonne am Himmel tiefer gesunken und die Nervosität von ihr abgefallen. Sie konnte Mertan ansehen und sich dabei ganz entspannt fühlen und an seiner Gesellschaft freuen.

Er strich mit einer Hand über ihre Wange. »Du hast in deinem Leben so viel Schlimmes erlebt«, sagte er zärtlich. »Du hast so viel gelitten.«

Laena biß sich auf die Unterlippe. »Nun ... vielleicht ...«

»Hier kannst du glücklich sein«, fuhr er fort. »Bei den Fischern. Bei mir.«

Die Worte waren schlicht, aber sie fühlte sich von ihnen überwältigt. Sie sah ihn an, und Tränen brannten in ihren Augen.

Er lächelte, und dann drückte er die Lippen auf die ihren. Der Druck seiner Lippen, sanft und doch fordernd, gab Laena das Gefühl, als würde sie innerlich schmelzen und sich in einen warmen Fluß verwandeln, der sich irgendwie mit dem Geist des Mannes an ihrer Seite vereinen konnte.

Als er den Kopf wieder hob, atmete sie keuchend. Ihr Gesicht war gerötet, und das Herz schlug ihr bis zum Hals. Er sah ihr in die Augen und schien genau zu wissen, was in ihr vorging.

Und dann rückte er plötzlich unerwartet von ihr ab. »Bis zur Jagd dauert es nicht mehr lange«, sagte er sanft. »Zwei Tage, vielleicht drei.«

Laena verstand, was er meinte. Die Jagd war der Zeitpunkt, da eine Frau den Mann auswählte, den sie sich zum Gefährten wünschte. Dann würde sie Mertan haben können – wenn sie ihn wollte. Aber nicht vorher.

Sie starrte ihn an. Sie wollte ihn jetzt. Sie begehrte ihn so, wie sie noch nie etwas begehrt hatte. Sie streckte die Hand aus, um ihn an sich zu ziehen, damit er sie wieder küßte.

Er packte ihre Handgelenke, sanft, aber bestimmt. »Wir müssen warten. Du weißt, daß mein Vater Häuptling unseres Stammes ist. Ich muß die Traditionen meines Volkes respektieren.«

Sie nickte wortlos. Sie sah ein, daß er recht hatte, wenngleich sie es bedauerte.

»Wir können wieder herkommen«, sagte er. »Morgen, wenn du willst.«

Wieder nickte sie. »Ja, bitte«, sagte sie.

»Sieh.« Er zeigte auf die fernen Berge. Als der Nachmittag in den Abend überging, brach die Wolkendecke auf, und die Sonne kam zum Vorschein. Glutrot tauchte sie das Land in warmes Licht.

»Wunderschön«, hauchte Laena.

Mertan sah sie an. »Das ist ein Omen«, sagte er leise.

Kapitel 25

Von da an unternahm Laena täglich einen Ausflug mit Mertan. Nan schimpfte, weil sie ihre Studien vernachlässigte, aber Laena hörte ihr kaum zu. Sie fühlte sich, als wäre ihr ganzes Leben – ihre ganze Welt – erneuert worden. Es war, als hätte es die Unzufriedenheit, die in der Vergangenheit an ihr genagt hatte, nie gegeben. Der innere Frieden, den sie beim Betreten des Tales empfunden hatte, schien ein natürlicher Bestandteil ihres Alltags geworden zu sein, begleitete jede noch so unbedeutende Aufgabe.

Sie lächelte, wenn sie den Sand aus der Höhle fegte, und sang, während sie die Mahlzeiten zubereitete.

Allerdings mußte sie auch mit einigen Problemen fertig werden. Turi hatte Laena gedroht, war in Tränen ausgebrochen, hatte sich an Mertan geklammert und sich geweigert, ihn wieder loszulassen, und schließlich hatte sie geschworen, sich von den Klippen am Ende des Tales zu stürzen. Ihr Schmerz hatte das Mitleid der anderen jungen Leute des Stammes geweckt, so daß von ihnen keiner mehr mit Laena sprach.

Mertan sagte, sie solle sich deswegen keine Sorgen machen, weil sie, sobald sie ein Paar waren, denselben Status genießen würde wie er selbst als Häuptlingssohn. Dann würden ihre schlimmsten Feinde plötzlich ihre Freunde sein wollen. Laena wollte ihm gerne glauben, sie hatte nämlich nicht die Absicht, ihre Liebe zu Mertan aufzugeben, nur um Turi und die anderen zu besänftigen.

Laenas Nachbarn waren ein weiteres Problem. Orleh hatte Laena besucht und ihr mit rauher Verlegenheit erklärt, daß es eine entsetzliche Demütigung wäre, wenn Worin sich Joq zum Gefährten wählte. Er flehte Laena an, Joq anstelle von Mertan zu wählen. Anfangs hatte Laena versucht, so höflich wie nur möglich abzulehnen. Letztendlich hatte sie dann darauf hingewiesen, daß sie sich selbst gedemütigt und dumm vorkommen würde, wenn sie den Häuptlingssohn zurückwies und sich statt dessen für einen Schwächling entschied, der offenbar nichts anderes konnte, als Flöte zu spielen. Orleh hatte sie wütend angefunkelt und sich dann wortlos abgewandt – was beim Fischer-Stamm als grober Verstoß gegen die guten Sitten galt.

Und dann war da noch Moru. Das kleine Mädchen war nicht mehr beeindruckt von Laenas Romanze mit Mertan. Statt dessen war Moru eifersüchtig. Anfangs war es Laena schwergefallen, das zu glauben, aber Moru reagierte aggressiv, wann immer Laena Mertan erwähnte, und schmollte, wenn sie sie zusammen sah. Sie redete kaum noch ein Wort mit Laena.

Normalerweise hätten diese Probleme Laena in tiefe Verzweiflung gestürzt, aber Mertan war ihr ein solcher Quell der Freude, daß sie das alles andere vergessen ließ. Wenn die anderen ihr ihr Glück verübelten, anstatt es mit ihr zu teilen, war das zwar schade, aber sie weigerte sich, sich hiervon ihre gute Laune verderben zu lassen.

Eine Woche nach ihrem ersten Ausflug mit Mertan in die Jagdgründe erwachte Laena von Gesang. Sie blickte hinaus und sah die Frauen des Stammes am Fluß arbeiten und die Herbstjagd vorbereiten. Sie packten getrocknete Vorräte und Ausrüstungsgegenstände in Ledertaschen. Jetzt würde es bald soweit sein: vermutlich morgen, wenn das Wetter gut war.

Moru war wie gewöhnlich vor Laena aufgewacht und hatte die Höhle bereits verlassen. Laena beschloß, auf das Frühstück zu verzichten. Sie fühlte sich so glücklich, daß sie kaum noch Nahrung zu brauchen schien. Sie besaß genügend Energie, auch wenn sie die meisten Mahlzeiten ausfallen ließ.

Sie nahm die lederne Wasserschale, die immer hinten in der Höhle bereitstand, und trug sie ans Licht. Sie betrachtete ihr Spiegelbild im Wasser und sah sich lächeln. Von ihrem Gesicht ging ein Strahlen aus, das ihr bisher nie aufgefallen war. Zum erstenmal in ihrem Leben fühlte sie sich einigermaßen hübsch.

Mertan hatte gesagt, daß er sie heute um die Mittagszeit abholen würde. Die Zeit bis dahin kam ihr unerträglich lang vor. Laena war unruhig und ungeduldig – viel zu nervös für ihren Unterricht bei Nan, bei dem Worin sie immer feindselig aus dem Dunkel beobachtete.

Laena ging zum Fluß hinunter und entfernte sich vom Dorf. Es war ein sonniger Tag, aber die Luft war kühl und kündigte den nahenden Herbst an. Sie zog die Jacke fester um sich und schlang die Arme um sich selbst. Bald würde sie wieder ihre dickeren Felle hervorholen müssen.

Sie kletterte über das Geröll am Flußufer, wobei sie sich zügig bewegte, um sich zu wärmen. Sie steuerte die Stelle an, an der Joq des öfteren saß, als sie jedoch dort anlangte, stellte sie fest, daß er nicht da war.

Laena war enttäuscht. Er war der einzige unter den jungen Fischern, der ihre Romanze mit Mertan zu billigen schien und sich nicht gegen sie gewandt hatte.

Sie blickte sich um und hörte dann von oben, wo die Talwand weniger steil war und man aufrecht gehen konnte, jemanden rufen. Das Plateau dort oben war hoch genug gelegen, die Morgensonne einzufangen. Laena schirmte sich mit einer Hand die Augen ab und sah eine Gestalt, die ihr zuwinkte.

Sie machte sich an den Aufstieg. Das Klettern über loses Geröll und Schotter war beschwerlich, aber sie empfand das Prickeln ihrer Haut und das Klopfen ihres Herzens von der Anstrengung als angenehm. Sie fühlte sich sehr lebendig, vor allem, als sie schließlich ans Sonnenlicht gelangte.

Joq saß auf einem Felsbrocken, einen Speer über den Knien. Schwer atmend trat sie vor ihn. »Was machst du hier?« fragte sie.

»Ich übe.« Er zeigte auf einen Felsen etwa hundert Schritte entfernt. Er hatte ein Stück Leder als Zielscheibe um den Stein gebunden und mit Kohle die Umrisse eines Kaninchens aufgemalt. Auf dem Boden lagen mehrere Speere verstreut.

»Ich wußte nicht, daß du jagen kannst«, sagte sie.

»Nur wenn ich muß.« Er stand auf, zielte sorgfältig und warf den Speer, den er auf den Knien gehalten hatte. Er flog durch die Luft, traf die Zielscheibe und bohrte sich in das Leder.

Laena folgte ihm über den steilen, steinigen Hang. »Warum übst du nicht zusammen mit den anderen Jägern?«

»Weil es sie ärgert, wenn ich besser bin als sie, und sie mich auslachen, wenn ich schlechter bin. Für mich ist es angenehmer allein hier oben.«

Sie bewunderte seine Zeichnung. »Die meisten Männer malen als Zielscheibe einfach einen Kreis, oder?«

Er zuckte die Achseln. »Ich mag keine Kreise.« Er zog seinen Speer aus dem Leder und sammelte auch die anderen ein. »Es gibt in der wirklichen Welt keine Kreise. Tiere, Gras, Bäume, Felsen – findest du nicht, daß diese Formen viel interessanter sind?«

Es geschah oft, daß ihre Unterhaltungen eine seltsame Wendung nahmen, und sie konnte seinen Gedankengängen nicht immer folgen. Es schien, als würde er von der Welt zurücktreten und sie betrachten, wie ein Mann einen Fisch im Wasser beobachtete. Er tat, als wäre er selbst nicht Teil dieser Welt.

»Aber … die Sonne ist ein Kreis«, entgegnete Laena, erfreut, eine Ausnahme von seiner Regel gefunden zu haben.

Joq schwieg nachdenklich. Dann lächelte er leise. »Das stimmt«, gab er zu. »Aber die Sonne ist nicht Teil unserer Welt, oder? Man kann sie nicht anfassen. Man kann sie nicht einmal längere Zeit ansehen.« Er ging zurück zu dem Felsbrocken, auf dem er vorhin gesessen hatte. Laena folgte ihm.

»Was ist die Sonne denn?« fragte sie.

»Woher soll ich das wissen?«

Laena setzte sich auf einen anderen Stein in seiner Nähe. »Bei meinem Stamm gab es eine Legende, derzufolge es sich um ein Feuer handelt, das der Große Panther in den Himmel geschleudert hat.«

»Das stimmt nicht.« Er klang, als wäre er sich dessen absolut sicher.

»Aber es könnte doch sein«, entgegnete sie. Sie wandte den Blick ab und starrte in die Ferne. »Aber ich weiß nicht, ob ich noch an die alten Legenden glaube. Ich habe dir einmal von meiner Vision erzählt, von meinen Eltern …«

Er nickte. »Ich erinnere mich.«

Joq war der einzige, dem Laena ihr Geheimnis offen anvertraut hatte. Mertan sollte nichts davon wissen, weil sie fürchtete, er würde sie für sonderbar halten, und sie wollte nicht, daß etwas Derartiges zwischen ihnen stand. Aber sie hatte gespürt, daß Joq sie verstehen und es niemandem weitererzählen würde.

»In meiner Vision stand die Sonne an einem anderen Punkt am Himmel«, sagte sie. »Dort.« Sie zeigte direkt über sich.

»Das ist unmöglich«, sagte Joq. »Die Sonne bewegt sich immer gleich.«

»Natürlich«, entgegnete sie ungeduldig. »Das weiß ich. Ich meinte nur ...« Sie ließ den Satz unvollendet. »Na ja, ich denke, es ist ein Mysterium, das ist alles. Die Sonne, die Sterne und das Land, wo die Seelen der Menschen nach ihrem Tod hinkommen – das alles sind Mysterien.«

Er lachte sie nicht aus, weil sie so redete. Statt dessen strich er mit dem Daumen leicht über die Spitze seines Speeres und starrte aus zusammengekniffenen Augen in die Ferne. »Es klingt hübsch – ein Land, in dem die Sonne von hoch oben herabscheint. Dort müßte es sehr warm sein, nicht wahr? Es ist immer am wärmsten, wenn die Sonne ihren höchsten Stand am Himmel erreicht hat.«

»Du glaubst, daß es den Ort aus meiner Vision in Wirklichkeit nicht gibt?«

Er schüttelte den Kopf. »Ich hatte nie eine Vision, kann es also nicht beurteilen. Vielleicht war das, was du gesehen hast, ein Ort, an den wir nach unserem Tod kommen.«

»Ja«, entgegnete Laena. »Daran habe ich auch schon gedacht. Aber er schien so real – weißt du, eine Zeitlang dachte ich, es wäre mein Schicksal, diesen Ort zu finden.« Sie blickte über das Tal und runzelte die Stirn. »Es schien mir das Wichtigste auf der Welt zu sein. Das gab mir in schweren Zeiten die Kraft durchzuhalten.«

»Aber jetzt gibt Mertan dir Kraft.« Seine Worte waren bar jeder Zweideutigkeit; Joq stellte lediglich eine Tatsache fest.

»Das stimmt«, sagte Laena. »Das tut er.«

Joq lächelte sie an. »Ich freue mich für dich, Laena. Aber jetzt sollte ich mich wieder auf das Üben konzentrieren.«

Er erhob sich, nahm einen Speer und schleuderte ihn. Er flog weit an der Zielscheibe vorbei.

»Du willst nicht an der Jagd teilnehmen, oder?« fragte Laena.

Er zuckte ärgerlich die Achseln. »Mein Vater wird sich schämen, wenn ich nicht gehe. Und noch mehr wird er sich schämen, wenn ich keine Beute erlege.« Er warf einen zweiten Speer, und diesmal traf er ins Schwarze. »Es macht mich ganz krank, daß mein Vater sich meiner ständig schämt.«

»Du bist wirklich sehr gut«, bemerkte Laena. »Ich denke, du könntest ein sehr geschickter Jäger sein, wenn du es wolltest.«

»Aber ich will es nicht.« Er schenkte ihr ein seltsames, hintergründiges Lächeln.

»Bist du ganz sicher, daß du nicht für Worin jagen willst?«

»Niemals. Warum sollte ich? Sie ist häßlich und boshaft, und außerdem riecht sie. Aber nur, weil sie und ich beide Außenseiter sind, glauben alle, wir würden zueinander finden.« Er warf ihr einen argwöhnischen Blick zu. »Du glaubst das doch nicht, oder?«

»Nein«, versicherte Laena hastig. »Ich mag Worin nicht. Sie macht mich nervös.«

»Also bleibe ich allein«, sagte Joq. »Und sollte mich doch eine Frau wählen, werde ich ihr sagen, daß sie mich in Frieden lassen soll.« Er lachte in sich hinein. »Und jetzt muß ich dich bitten, mich in Frieden zu lassen, weil du mich nämlich ablenkst und meine Konzentration störst.«

Sie war nicht beleidigt von seinen Worten. Er wollte sie nicht verletzen, sondern stellte lediglich eine Tatsache fest.

Sie machte sich an den Abstieg. »Bis später, Joq«, rief sie ihm über die Schulter hinweg zu.

Er warf seinen letzten Speer. »Triffst du dich heute mit Mertan?« rief er ihr nach.

»Ja.«

Er nickte. »Gut. Du hast Glück, ihn zu haben.«

»Ja«, entgegnete sie. »Ich weiß.«

Als sie zur Höhle zurückkam, wartete dort jemand auf sie. Laena blickte ins Dunkel. »Moru«, rief sie. »Bist du das?« Aber noch während sie sprach, wußte sie, daß die Gestalt nicht ihre Schwester war.

Die Person wandte sich um, und Licht fiel auf ihr Gesicht. Laena zuckte zusammen und hob erschrocken eine Hand an den Mund. »Nan! Was machst du hier? Du hast doch immer gesagt …«

Nan winkte ungeduldig ab. »Ja, ich habe gesagt, daß ich nicht viel davon halte, einen Steilhang hinaufzuklettern. Und ich hatte recht. Ich bin zu alt für so was. Aber ich mußte mit dir sprechen, Laena. Allein.«

Nans Tonfall gefiel Laena gar nicht. »Stimmt etwas nicht?«

»Vielleicht, vielleicht auch nicht. Komm rein, Mädchen, komm rein. Gegen das Licht kann ich dein Gesicht nicht sehen.«

Gehorsam trat Laena näher und hockte sich Nan gegenüber auf ihre gewobene Grasmatte.

»Hock dich nicht in dieser Art hin«, schalt Nan. »Ich habe dir doch gesagt, daß diese Haltung bei den Fischern bedeutet, daß man schwanger werden und ein Kind gebären will.«

»Ja, Nan. Es tut mir leid.« Hastig setzte sie sich und verschränkte die Beine. »Dein Besuch beunruhigt mich.«

»Nun, du machst mir auch Sorgen«, entgegnete Nan und musterte eingehend Laenas Gesicht. »Ißt du nicht anständig? Du bist dünn geworden. Unternimmst du immer noch diese Ausflüge mit Mertan? Ja, ich sehe dir an, daß dem so ist.«

Nans Stimme klang barsch und mißbilligend. Laena war verwirrt. »Du sagtest doch selbst, daß ich mich glücklich schätzen könne, daß er sich für mich interessiert. Du hast gesagt, ich solle dankbar sein und das Beste daraus machen.«

»Ja, das habe ich gesagt. Und das stimmt auch«, entgegnete Nan brummig. Sie verschränkte die Arme über der Brust und grunzte unwillig. »Aber ich habe nachgedacht.

Vielleicht war ich zu voreilig. Du mußt andere Möglichkeiten bedenken.«

Laena blinzelte. Das schien keinen Sinn zu machen. »Was meinst du? Wer käme denn sonst in Frage?«

»Nicht wer sonst, sondern was sonst«, erwiderte Nan. »Ich meine damit, daß du entscheiden könntest, dieses Jahr gar keinen Mann zu nehmen. Noch vor ein paar Wochen warst du nicht einmal sicher, ob du bei den Fischern bleiben wolltest. Hast du das vergessen?«

Laena versuchte, klar zu denken. »Aber das war, bevor ... bevor ...«

»Bevor Mertan begonnen hat, dich auf Ausflüge mitzunehmen«, beendete Nan ihren Satz. Ihr Tonfall drückte Mißbilligung aus.

»Ja – und?« Laena schüttelte seufzend den Kopf. »Nan, ich verstehe das nicht. Warum schimpfst du mit mir?«

Nan streckte die Hand aus und tätschelte ihr das Knie. »Das tue ich doch gar nicht, Laena. Wirklich. Aber du bist noch sehr jung, und ich sehe, daß du im Begriff bist, eine Entscheidung zu fällen, mit der du den Rest deines Lebens wirst leben müssen. Und das macht mir Sorgen.«

Laena lehnte sich an die Höhlenwand. Sie hatte das Bedürfnis, sie hart und fest hinter sich zu spüren. Sie fühlte sich ganz merkwürdig – als hätten Nans Worte sie getroffen wie ein unerwarteter Schlag. »Hast du Angst, ich könnte denselben Fehler machen wie du früher?« fragte sie. »Ich erinnere mich. Du hast erzählt, du hättest dich vermählt und es bereut, weil deine wahre Natur ...«

Nan hob eine Hand. »Ja. Genau.« Sie schüttelte den Kopf. »Es ist schwer zu wissen, was das Beste ist, Laena, vor allem in deinem Alter. Aber du könntest noch ein Jahr warten.«

»Aber Mertan ist gut zu mir«, entgegnete sie langsam. »Er ist respektvoll, freundlich und sanft. Und er ist der Sohn des Häuptlings. Und wenn ich mir noch ein Jahr Zeit lasse, bezweifle ich, daß er auf mich warten wird.«

Nan nickte knapp. »Das ist mir klar.« Sie beugte sich vor. »Aber bist du bereit, den Rest deines Lebens in diesem

Tal zu verbringen? Bist du das, Mädchen? Und bist du auch bereit, Kinder zu bekommen?«

Laena fühlte sich aufgewühlt von diesen Worten. Sie hatte sich diese Fragen selbst noch vor wenigen Tagen gestellt, sie aber dann irgendwie verdrängt.

»Denk nach, Mädchen!« Die alte Frau packte Laena bei der Schulter und schüttelte sie. »Ist es das, was du wirklich willst?«

Laena war verletzt. »Nan, ich bin noch nie so glücklich gewesen. Warum sollte ich dem ein Ende machen wollen?«

Nan seufzte. Schlurfend kam sie zu Laena herüber und legte ihr einen Arm um die Schultern. »Manchmal muß ich einen strengen Ton anschlagen, damit jemand mir auch wirklich zuhört.« Sie schwieg eine Weile brütend. »Ich habe dich gern, Mädchen. Ich möchte nur sicher sein, daß du dir das alles gut überlegt hast.«

Laena blickte zu ihr auf. »Nan, ich bin glücklich hier, und ich bin glücklich mit Mertan. Ich habe mich nicht dafür entschieden. Es ist einfach passiert; ich hatte keinen Einfluß darauf.«

Nan tätschelte begütigend ihre Schulter. »Schon gut.« Sie nickte vor sich hin. »Ich möchte nur, daß du dir über alles im klaren bist, das ist alles. Ich hätte mir Vorwürfe gemacht, wenn ich dich nicht gewarnt hätte.« Sie erhob sich und ging zum Höhleneingang.

»Danke, Nan«, rief Laena ihr nach.

Ohne zu antworten, verließ die alte Frau vorsichtig die Höhle und war gleich darauf nicht mehr zu sehen.

Am Nachmittag saß Laena mit Mertan auf den Felsen, die sie inzwischen als ihren speziellen Platz betrachtete, und blickte über die Jagdgründe zu den dahinterliegenden Bergen. Sie versuchte, ganz in der Wärme ihrer Gefühle zu versinken – und es war ein schönes Gefühl, an ihm zu lehnen und seine Kraft zu spüren, als er die Arme um sie schlang.

Was sie Nan gesagt hatte, stimmte. Sie war tatsächlich glücklicher als je zuvor in ihrem Leben, und der Gedanke, das Tal der Fischer nie wieder verlassen zu müssen, gefiel ihr. Aber warum ging ihr dann Nans Warnung nicht mehr aus dem Kopf und lenkte sie von ihrem Glück ab?

Nun, vermutlich waren die meisten Menschen nervös, wenn es darum ging, sich zu binden. Das war nur natürlich. »Denkst du manchmal daran, wie es sein wird nach … nach der Jagd?« fragte sie Mertan.

Er nickte. »Natürlich. Ich denke daran, mit dir in einer Hütte zu leben und dich jede Nacht in den Armen zu halten.« Er lächelte auf sie herab.

Wenn sie in seine Augen blickte, konnte sie alles andere vergessen. Sie wünschte, sie könnte ewig dasitzen und in Mertans Gesicht blicken. Wäre das möglich, würde sie niemals Zweifel haben, das wußte sie.

Sie zwang sich, den Blick abzuwenden. »Du wirst Kinder haben wollen.«

Er zuckte die Achseln. »Natürlich.«

Nun, daran war nichts auszusetzen. Jede Frau bekam früher oder später Kinder. Sogar Nan hatte ein Kind geboren.

»Darf ich dich manchmal begleiten, wenn du das Dorf verläßt?« fragte Laena. »Ich weiß, daß ich nicht die ganze Zeit in unserem Haus werde bleiben wollen.«

»Selbstverständlich.« Er streichelte ihre Wange. »Wir werden zusammen spazierengehen. Wir können hierher zurückkommen, wenn du möchtest, und zusammensitzen so wie jetzt.«

Das klang beruhigend, und doch war es nicht das, was sie gemeint hatte. Sie dachte an den langen Marsch mit Nan durch das Land des Wolf-Stammes und an die Erfahrungen davor. Sie war die meiste Zeit voller Angst gewesen und traurig wegen der vielen Schicksalsschläge, die über sie hereingebrochen waren. Und doch war sie auch stolz darauf gewesen, ihr Schicksal allein in die Hand zu nehmen und sich durchzuschlagen. »Ich habe in meinem Leben so viel Abenteuerliches erlebt«, sagte sie mehr zu sich selbst.

»Deswegen brauchst du dir nicht mehr den Kopf zu

zerbrechen«, sagte er. »Hier bist du sicher, Laena. Orwaels Geist beschützt uns. Der Fluß ernährt uns. In unserem Dorf kannst du dich für immer sicher fühlen.«

Er küßte sie, und ein schmerzliches Sehnen ergriff von Laena Besitz. Sie schmiegte sich an ihn. Sehr bald, sagte sie sich, werden mir die Mysterien meines und seines Körpers offenbart werden. Sie würde bei ihm liegen. Bei dem Gedanken wurde ihr ganz schwindlig, und in diesem Moment begehrte sie ihn mehr als irgend etwas sonst auf der Welt. In diesem Augenblick erschienen ihr Nans Worte und die Vision, die ihr einst so wichtig gewesen war, verglichen mit den Gefühlen, die sie durchströmten, bedeutungslos.

Kapitel 26

Laena nahm ihr Bündel und betrachtete es eine Weile gedankenverloren. Sie dachte an die vielen Male, die sie es getragen hatte, an die vielen Orte, an die es sie begleitet hatte. Die Tragriemen glänzten dort, wo sie an ihren Schultern gerieben hatten, und die Form des Bündels hatte sich längst ihrem Körper angepaßt, so daß es ihr beinahe vorkam wie ein Teil von ihr.

Sie schulterte die Last. Sie war schwer von der zusätzlichen Kleidung, die sie eingepackt hatte, für den Fall, daß ihre Sachen naß wurden – Beinkleider, eine Jacke und eine mit Vielfraßpelz besetzte Mütze, der beste Wetterschutz, für den Fall eines plötzlichen Kälteeinbruchs. Außerdem hatte sie Pemmikan und Trockenfisch eingepackt, einen Satz Feuerhölzer, einige Flintmesser, Sehnen und Knochennadeln und einen Beutel Heilkräuter, für den Fall, daß ihre Heilkunst gebraucht wurde.

»Die Jagd dauert nur drei Tage, weißt du«, sagte Moru. Sie saß im hinteren Teil der Höhle und sah Laena zu, die sich aufbruchbereit machte.

»Ich weiß«, entgegnete Laena. Mertan hatte ihr die Rituale in allen Einzelheiten beschrieben. Heute – am ersten Tag – würden die Jäger so viel Fleisch wie eben möglich erjagen, um Wintervorräte anzulegen. Morgen würden die Männer den jungen Mädchen, die das Frauenalter erreicht hatten, zeremonielle Geschenke überreichen, und die Frauen würden sich ihren Gefährten auswählen. Und dann, am dritten Tag, folgte dann die Zeremonie der Vereinigung mit einer großen Feier.

Moru würde nichts von alledem miterleben, da sie noch zu jung war. Das war Tradition bei den Fischern, aber sie war dennoch böse. »Du brauchst nicht so viel Kram mitzuschleppen«, sagte sie bissig.

»Es kann nicht schaden, auf alles vorbereitet zu sein.« Laena breitete die Arme aus. »Komm schon, du bist meine Schwester. Wünsch mir Glück. Das ist ein ganz besonderer Tag. Wenn wir uns wiedersehen, werde ich Mertans Gefährtin sein. Dann wird sich mein ganzes Leben verändert haben.«

Widerstrebend trat Moru vor und ließ sich umarmen. Sie schwieg lange, das Gesicht an Laenas Brust gedrückt. »Ich möchte dich etwas fragen«, sagte sie schließlich.

»Dann frag.« Laena gab sich Mühe, sich ihre Ungeduld nicht anmerken zu lassen. Sie konnte es kaum erwarten, sich den anderen anzuschließen.

»Wird in deinem neuen Zuhause genug Platz sein?« fragte Moru. »Ich meine, wenn ihr, du und Mertan, zusammen wohnt. Wird da noch Platz sein für ...« Sie verstummte, als brächte sie es nicht über sich, den Satz zu Ende zu führen.

»Für *dich*?« fragte Laena.

Moru nickte widerstrebend.

Plötzlich erkannte Laena, daß sie die Eifersucht des Mädchens mißgedeutet hatte. Moru neidete Laena nicht ihre Liebe zu Mertan. Sie war eifersüchtig, daß Mertan künftig Laenas ganze Aufmerksamkeit haben würde. Zum erstenmal in ihrem Leben würde sie von ihrer großen Schwester getrennt sein.

»Es wird immer Platz für dich sein, uns zu besuchen«, sagte Laena. »Und wenn du nicht bei uns bist, wird Nan sich um dich kümmern. Das weißt du doch. Das habe ich dir doch schon erklärt.«

Moru machte immer noch keinen glücklichen Eindruck. Sie ließ den Blick durch die Höhle schweifen. »Es wird einsam sein hier ganz allein.«

»Du wirst nur hier oben sein, wenn du es möchtest. Du wirst bei Nan leben, und ich werde ganz in deiner Nähe sein. Du kannst mich sehen, wann immer du willst.«

Moru rückte wortlos von ihr ab.

»Ich liebe dich, Moru.« Laena zog sie wieder an sich. »Ich werde dich immer lieben. Vergiß das nie.«

Moru wandte sich ab, setzte sich und schlang die Arme um die Knie.

Draußen vor der Höhle erhob sich lautes Stimmengemurmel, als alle sich zum Aufbruch versammelten. »Ich muß gehen«, sagte Laena. »Aber wir sehen uns bald wieder. Bis dann, kleine Schwester.«

»Bis dann«, brummte Moru.

Laena trat an den Höhleneingang und sah, daß der Tag angebrochen war. Der Himmel war noch tiefrot, und die höchsten Gipfel um das Tal herum leuchteten orangerot im ersten Licht der aufgehenden Sonne. Sie mußte gehen. Sie warf einen letzten Blick auf Moru und stieg dann den Felshang hinab.

Am anderen Ende des Dorfes hatten sich bereits die Jäger unter Führung von Faltor versammelt. Laena sah, wie sie sich zügig flußaufwärts in Marsch setzten, einander aufgeregt und erwartungsvoll zurufend.

Laena ging zu der Frauengruppe hinüber, die sich am Fluß versammelt hatte. Turi war dort, Worin und noch andere in ihrem Alter. Ihre Mütter waren bei ihnen, weil es für die Frauen viel zu tun geben würde auf der Jagdexpedition. Sie würden die Beute zerlegen und verpacken, damit sie ins Dorf zurückgebracht werden konnte.

Laena hielt sich am äußeren Rand der Gruppe und versuchte, die feindseligen Blicke der anderen zu ignorieren.

Sie sagte sich, daß sie die Anfeindungen nicht mehr lange würde ertragen müssen. Bald würde sie mit Mertan vereint sein, und dann würde alles anders werden. Es mußte einfach; sie könnte es nicht mehr lange ertragen, wie eine Aussätzige behandelt zu werden.

Dann entdeckte sie eine vertraute Gestalt, die den Flußpfad hinaufkam. »Nan!« rief sie und lief der alten Frau entgegen. »Bist du gekommen, mich zu verabschieden?«

Nan musterte sie streng. »Ich habe beschlossen, dich auf die Jagd zu begleiten, Mädchen.«

Laena betrachtete sie überrascht. »Aber … du hast doch gesagt, du wärst zu alt für solche Sachen und …«

»Vergiß, was ich gesagt habe«, entgegnete Nan brüsk. Dann lächelte sie, und ihre Züge wurden weicher. »Du bist mir beinahe zu einer Tochter geworden, Mädchen. Und ich bin dir fast so etwas wie eine Mutter. Wenn du wirklich entschlossen bist, Mertan zum Mann zu nehmen, ist es meine Pflicht, dir zur Seite zu stehen.«

Laena war überwältigt vor Dankbarkeit und Erleichterung. Sie schloß Nan in die Arme. »Danke«, sagte sie und verbarg ihr Gesicht, damit die anderen Frauen nicht sahen, daß sie weinte.

Als die Sonne höher stieg, machten die Frauen sich am Flußufer entlang auf den Weg und sangen ein rituelles Lied, während sie dem Pfad folgten, den die Jäger erst kurze Zeit vorher beschritten hatten. Ihre Stimmen hallten von den engen Talwänden wider und übertönten das Rauschen des Wassers.

Sie stiegen die Felsstufen hinauf, die Laena so viele Male mit Mertan hinaufgestiegen war, und hatten bald das offene Hochland erreicht. Hier wandten sie sich nach Norden und marschierten eine weitere Stunde, bis sie an eine Stelle gelangten, wo ein Bach in einer flachen Felsspalte vorbeirann und das Gras dick und weich war. In der Nähe war ein kleiner Wald, der als Windfang diente und genügend Feuerholz lieferte. Es war ein idealer Lagerplatz.

Die Frauen legten ihre Lasten ab, und die Jüngsten wurden ausgeschickt, Feuerholz zu sammeln. Nan setzte sich zu Laena und sagte, es wäre schön, ein Feuer zu machen. Im ersten Moment war Laena verärgert darüber, herumkommandiert zu werden, aber dann sagte sie sich, daß es sie auf andere Gedanken bringen würde. Sie machte sich ans Werk, und schon bald hatte sie eine kleine Fläche von Gras befreit und mit Steinen abgegrenzt. Minuten später brannte in dem Steinkreis ein Feuer, das sie in der kalten Morgenluft wärmte.

Um sie herum wurden weitere Feuer entfacht. Laena sah, daß die Feuerstellen in einem großen Kreis angelegt worden waren. In der Mitte begannen die Frauen lange Äste zu bearbeiten, die sie aus dem kleinen Wald geholt hatten. Sie entfernten das Laub und kleinere Äste und banden die Stöcke dann zu Gestellen zusammen, auf denen das Fleisch getrocknet werden würde.

Laena half, so gut sie konnte, aber es war offensichtlich, daß sie nicht wirklich willkommen war. Die anderen Mädchen ihres Alters – insgesamt fünf – sprachen kein Wort mit ihr, und ihre Mütter wirkten peinlich berührt, sie unter sich zu haben. Vor allem Weeps wußte nicht, wie sie mit Laena umgehen sollte, und konnte ihr nicht einmal in die Augen sehen.

Nach einer Weile kehrte Laena zurück zu Nan, enttäuscht und dankbar für ihre Gesellschaft.

»Morgen wirst du eine von ihnen werden«, sagte Nan. »Morgen werden sie dich akzeptieren.«

»Glaubst du wirklich?« Laena musterte Nans Gesicht forschend.

Die alte Frau wich ihrem Blick aus. »Ich denke schon.«

»Weißt du, früher konnte ich in die Zukunft sehen«, sagte Laena leise und blickte auf die schneebedeckten Gipfel in der Ferne. »Ich hatte Visionen, die mich warnten, wenn etwas Schlimmes bevorstand.« Sie schüttelte den Kopf. »Seit wir hier sind, hatte ich keinen einzigen

Traum. Jedenfalls keinen, an den ich mich erinnern könnte.«

»Vielleicht bedeutet das, daß du nichts Schlimmes mehr zu erwarten hast.« Nan schien sich unbehaglich zu fühlen, als bäte Laena sie um etwas, das zu geben ihr widerstrebte.

Laena wandte sich der alten Frau wieder zu. »Aber du hast mir doch erzählt, daß du früher selbst Visionen hattest. Das stimmt doch, Nan? Das hast du doch gesagt, oder?«

Nan lachte, aber es klang nicht fröhlich. Sie schien sich sogar noch unwohler zu fühlen als vorher. »Ich habe davon gesprochen. Von Träumen, die ich vor langer Zeit hatte.« Sie erhob sich abrupt. »Sieh, da kommen die ersten Jäger.«

Alle Frauen unterbrachen ihre Arbeit, als drei Männer sich über die Grasebene näherten. Laena sah, daß der vorderste Jäger der Gruppe Mertan war. Er trug ein Karibu über den Schultern, dessen Kopf vor seiner Brust baumelte. Ihm folgten zwei Männer, die gemeinsam einen Moschusochsen zum Lager schleiften.

Die Männer erreichten die Mitte des Lagers und legten ihre Beute dort ab. Sie tanzten einen kurzen rituellen Tanz, bei dem sie die Tiere imitierten, die sie erlegt hatten, um ihren Respekt für ihre Geister zu bekunden. Dann richteten sie sich auf, den Kopf hoch erhoben, streckten die Fäuste in die Höhe und stießen stolze Schreie aus.

Die Frauen banden Seile um die Hinterbeine der Tiere und hängten sie an vorbereitete Gestelle, um sie auszubluten und auszunehmen. Die Frauen stimmten ein neues Lied an, in dem sie dem Schicksal für die Wintervorräte dankten. Ihr Singsang erfüllte die klare, kalte Luft.

Mertan kam zu Laena und Nan herüber. »Ein perfekter Anfang der Herbstjagd«, sagte er. »Perfekt!« Seine Augen leuchteten, und sein Gesicht war gerötet. Die Felle hingen lose über seiner Brust, und Laena sah, daß seine Haut von einem Schweißfilm überzogen war.

»Ich beglückwünsche dich zu deinem Geschick«, sagte Nan. »Du warst rasch erfolgreich.«

Er zuckte die Achseln. »Ich bin der beste Jäger des Stammes.« Er prahlte nicht, sondern stellte nur eine allgemein bekannte Tatsache fest.

»Gibt es dort draußen viele Karibus?« fragte Laena, wenngleich sie eigentlich lieber von anderen Dingen gesprochen hätte als von der Jagd. Insgeheim wünschte sie nur, daß Mertan sie in die Arme nahm und seine Wärme ihre Einsamkeit vertrieb.

»Die Tiere sind um diese Jahreszeit unruhig«, erklärte Mertan. Er sah sie beim Sprechen an, aber irgendwie hatte sie das seltsame Gefühl, daß er durch sie hindurch sah. In Gedanken durchlebte er noch einmal die Jagd. »Ihr Instinkt sagt ihnen, daß sie der Sonne nach Süden folgen sollen, aber unser Tal und die Berge versperren ihnen den Weg. Es bedarf großen Geschicks, sich an sie heranzuschleichen, wenn sie so nervös sind.« Er erhob sich abrupt, einen abwesenden Ausdruck in den Augen. »Ich muß wieder los.« Seine Hand schloß sich fester um seinen Speer. »Es gibt noch viel zu tun.«

Er nickte Laena zu und entfernte sich dann raschen Schrittes.

Nan sah den Ausdruck auf Laenas Gesicht. »Er ist ein Mann«, sagte sie sanft. »Er tut, was Männer tun.«

Laena nickte und rieb sich die Augen. »Du hast recht«, sagte sie.

Und doch ... irgendwie half auch diese Einsicht nicht, ihre Enttäuschung zu vertreiben.

Die Tage waren kürzer, jetzt, da der Sommer in den Herbst überging. Nach einiger Zeit senkte sich wahre Dunkelheit über das Land. Dutzende von Tieren waren von den Jägern ins Lager gebracht worden, und die Frauen hatten sie ausgenommen, gesäubert und über Schwelfeuern in der Mitte des Lagers ausgebreitet. Die Männer waren in ihr eigenes Lager jenseits des Hügels zurückgekehrt, aber die Frauen waren noch lange nicht fertig mit ihrer Arbeit. Ehe sie sich schlafen legen konnten, mußten sie um das Lager herum Feuer entfachen, um Raubtiere abzuschrecken, die der Geruch des frischen Fleisches anlocken könnte.

Schließlich war die Arbeit getan, und es war Zeit, zu essen, sich auszuruhen, Lieder zu singen und Geschichten zu erzählen. Die Frauen forderten Laena auf, sich ihnen anzuschließen, aber sie spürte, daß die Einladung ausgesprochen wurde, weil sie sich aus Höflichkeit dazu verpflichtet fühlten, und nicht, weil sie sie wirklich dabeihaben wollten. Und so zog sie es vor, die Einladung auszuschlagen.

Traurig kehrte sie dem geselligen Beisammensein den Rücken, legte sich an eins der Feuer und betrachtete die Sterne am Himmel.

Ganz leise hörte sie, gar nicht so weit entfernt, die Stimmen der Männer, die ein Jagdlied sangen. Für einige von ihnen war es die letzte Nacht als Junggeselle. Sicher würden sie ausgelassen lachen und feiern.

Auch für Laena hätte es eine besondere Nacht sein müssen, aber die Vorfreude, die sie erwartet hatte, blieb aus. Statt dessen fürchtete sie sich und fühlte sich einsam. »Wird alles gut werden?« fragte sie leise, den Blick auf die Sterne gerichtet und den Stimmen der Frauen in ihrer Nähe und der Männer weiter entfernt lauschend. »Sagt mir, was ich tun soll.«

Sie dachte an die vielen Male, die sie in der Vergangenheit ihre Eltern um Rat gefragt hatte. Letztendlich hatte ihr Rat immer dahingehend gelautet, stark zu sein, geduldig, den Lauf der Dinge abzuwarten.

Aber was bedeutete das in ihrer derzeitigen Situation?

Am nächsten Morgen fuhren die älteren Frauen mit ihrer harten Arbeit fort, die erbeuteten Tiere zu zerlegen, während die jüngeren Frauen sich auf die Vermählungszeremonie vorbereiteten. Sie pflückten wilde Blumen, kämmten sich das Haar und flochten die Blüten hinein. Einige von ihnen zogen saubere Kleider an, die sie mitgebracht hatten. Dann gingen sie zum Bach, sammelten roten Ton, den sie mit Wasser vermischten, und färbten sich die Wangen.

Laena versuchte, es ihnen gleichzutun. Sie betrachtete ihr Spiegelbild in einer Wasserschale, kämmte sich das Haar und pflückte einige Blumen. Aber irgendwie kam es ihr vor, als würde sie eine Rolle spielen, als wäre sie nicht sie selbst. Je länger sie auf die eigentliche Zeremonie warten mußte, desto elender fühlte sie sich. Warum konnte sie nicht einfach mit Mertan vermählt werden? Wenn sie ihm wirklich etwas bedeutete, was spielte es dann für eine Rolle, ob sie Blumen im Haar trug oder sich die Wangen rot färbte?

Nan versuchte, mit ihr zu sprechen, aber Laena hatte Mühe, sich auf das Gespräch zu konzentrieren. Letztendlich entschuldigte sie sich und wanderte wieder allein davon. Sie setzte sich ins Gras, die Hände fest um die Knie geschlungen, den Kopf geneigt, und versuchte, ihren Kopf freizumachen und an gar nichts zu denken.

Schließlich kam Nan und legte ihr eine Hand auf die Schulter. »Es ist Zeit«, sagte sie.

Laena stand auf. Ihr wurde bewußt, daß ihr ganzer Körper angespannt war, während sie sich gleichzeitig von dem Geschehen um sie herum losgelöst fühlte.

»Komm«, sagte Nan. »Da Faltor keine Gefährtin hat und ich die älteste Frau hier bin, wurde ich ausgewählt, die jungen Frauen ins Männerlager zu führen.«

Laena nickte und folgte Nan wortlos.

Die anderen Mädchen warteten bereits. Ihr erregtes Geplapper, Gekicher und Gelächter war verstummt. Ihre erwartungsvolle Spannung war so groß, daß sie keinen Ton mehr hervorbrachten.

Worin war da, das Haar nach vorn gekämmt, so daß es das Mal auf ihrer Wange verbarg. Aber das machte auch keinen großen Unterschied, wie Laena insgeheim feststellte. Turi, wunderschön und stolz, hielt den Kopf hoch erhoben und musterte sie herausfordernd. Und dann waren da noch drei andere, die Perri, Golin und Lenna hießen. Keine von ihnen würdigte Laena auch nur eines Blickes, als sie sich zu ihnen gesellte.

Nan schritt auf das offene Land zu, und die Mädchen schlossen sich ihr an. Die anderen Frauen hatten ihr Tagespensum an Arbeit erledigt und folgten in respektvollem Abstand. Die Vermählungszeremonie wollte sich keine von ihnen entgehen lassen.

Die Sonne schien strahlend auf sie herab, und greifbare Spannung lag in der Luft, aber nichts von alledem schien Laena zu berühren. Sie sagte sich, daß sie sich wieder wohl fühlen würde, sobald die Zeremonie erst vorbei war. Ganz sicher war es nur das Warten, das sie so nervös gemacht hatte.

Das Männerlager kam in Sicht. An vier langen Stangen, die in den Boden gerammt worden waren, flatterten Tierhäute im Wind. Als Laena sich dem Lager näherte, entdeckte sie Faltors imposante Gestalt in der Mitte des Lagers. Die älteren Männer standen hinter ihm, während die jungen Jäger – fünf insgesamt – sich rechts und links von ihm aufgestellt hatten. Fünf junge Jäger, dachte Laena bei sich. Und – sie eingeschlossen – sechs junge Frauen. Sie fühlte, wie sich ihr Magen verkrampfte in dem Bewußtsein, daß sie vor dem Abend vermählt sein würde, während eins der anderen Mädchen übrigbleiben und gezwungen sein würde, sein Glück im kommenden Jahr erneut zu versuchen.

Nan führte die Mädchen in das Männerlager und blieb zwei Schritte vor Faltor stehen. Sie neigte ehrerbietig den Kopf, und er erwiderte den Gruß. »Ich bringe dir die jungen Frauen des Fischer-Stammes«, sagte sie.

Faltor lächelte. Wieder spürte Laena seine Güte und Weisheit, wenngleich dies im Augenblick nicht dazu beitrug, ihr die Nervosität zu nehmen. »Die jungen Männer haben in diesem Jahr sehr erfolgreich gejagt«, sagte er. Er sprach sehr leise, so daß seine Stimme beinahe vom Wind davongetragen wurde. »Sie haben ihre Trophäen erlegt und sind bereit, sich der Wahl der Frauen zu stellen.« Er wandte sich um und winkte, und erst jetzt sah Laena, daß vor jedem jungen Jäger ein erlegtes Tier lag. Die älteren Männer traten näher, scharten sich um die Jungen, und die älteren Frauen gesellten sich zu ihnen.

Nan wandte sich den sechs Mädchen zu. »Der Augenblick ist gekommen, eure Wahl zu treffen«, sagte sie. »Handelt überlegt. Handelt weise. Eure Wahl gilt für ein ganzes Leben.«

Laena hatte irgendwie mehr erwartet – eine größere Zeremonie, ein Lied – irgend etwas. Aber ganz zweifellos war dies der große Augenblick, dem sie alle entgegengefiebert hatten. Obwohl sie sich diesen Moment unzählige Male vorgestellt hatte, fühlte sie sich merkwürdig unvorbereitet.

Sie blickte hastig nach rechts und links und stellte fest, daß die anderen Mädchen sich zum erstenmal gestatteten, sie anzusehen. Unter ihnen herrschte eine knisternde Spannung, die beinahe unerträglich wurde, als sie dastanden und jede wartete, daß eine andere den ersten Schritt tat.

Also gut, dachte Laena bei sich, was soll's. Alle wußten, daß sie und Mertan übereingekommen waren, sich zu vermählen.

Sie trat vor. Sie fühlte sich immer noch losgelöst, als schwebte sie über den Boden, ohne ihn zu berühren.

Mertan hatte ihr erklärt, daß es zum guten Ton gehörte, die Trophäe jedes Jägers gebührend zu bewundern. Sie blieb vor einem Moschusochsen stehen. Es war ein prachtvolles Tier, auf dem Boden ausgebreitet, als befände es sich in vollem Lauf, den Kopf erhoben und die Augen weit aufgerissen. Eine kleine Wunde an der Brust zeugte davon, daß er von nur einem einzigen Speerstoß niedergestreckt worden war.

Laena blickte auf den Jäger, der neben seiner Trophäe stand. Er hieß Hurow und war groß, breitschultrig und beinahe so stark wie Mertan. Sie zwang sich zu einem Lächeln und trat vor den nächsten Jäger.

Hinter sich hörte sie Schritte im Gras und wußte, daß nun auch die anderen Mädchen vortraten, um den Männern ihren Respekt zu zollen.

Der nächste in der Reihe war Joq. Laena blickte auf die Ziege zu seinen Füßen – es war ein kleines Tier mit einer Wunde an der Kehle und einer zweiten an der Flanke. Es war nicht viel, aber dennoch hatte Joq seine Pflicht als Mann erfüllt, und plötzlich war sie seltsam stolz auf ihn. Sie blickte in sein Gesicht und lächelte scheu. »Ich gratuliere dir«, flüsterte sie.

Er zuckte die Achseln, um ihr zu bedeuten, daß ihm das Ganze gleichgültig wäre, reine Zeitverschwendung.

Laena ging weiter. Und der nächste Mann in der Reihe war Mertan.

Seine Trophäe war die größte, ganz so, wie sie es erwartet hatte. Es handelte sich um einen Berglöwen, den ins Lager zu schaffen mindestens drei Männer nötig gewesen sein mußten. Mertan stand breitbeinig hinter der Raubkatze, in der einen Hand seinen Speer, die andere locker auf der Hüfte ruhend, den Oberkörper trotz der Kälte bloß, und sie sah die Muskeln, die sich unter der glatten braunen Haut wölbten.

Sie blickte auf sein Gesicht und sah, daß er sie musterte, stolz, mutig und so stark. Sie fühlte, wie sie schwankte, und geriet beinahe in Panik bei dem Gedanken, sie könnte vor ihm in Ohnmacht fallen.

Laena nahm nur noch vage die anderen um sie herum wahr – die Männer und Frauen, die dem Zeremoniell zusahen, die anderen Mädchen hinter ihr, Faltor und Nan. Aber keiner von ihnen schien real. Sie war sich nur ihrer selbst und Mertans ihr gegenüber wirklich bewußt. Niemand sagte ein Wort, und die Zeit schien stillzustehen.

Laena wußte von Mertan, was sie zu sagen hatte. Es wurde von ihr erwartet zu sagen: »Eine prächtige Trophäe, Jäger. Es wäre mir eine Ehre, wenn du künftig für mich jagen würdest.«

Ihr Mund war trocken, aber irgendwie gelang es ihr zu

schlucken, und sie setzte zum Sprechen an. Sie sah, daß Mertan erwartungsvoll lächelte.

Sie holte tief Luft. Aber sie konnte nicht sprechen.

Schwankend stand sie da. Sie wollte ihn, daran bestand nicht der geringste Zweifel. Sie begehrte ihn mehr, als sie je einen anderen begehrt hatte.

Aber sie brachte keinen Ton hervor.

Ihre Wangen glühten. Warum mußte es nur so schrecklich schwer sein?

Und dann, ganz plötzlich, wußte sie, daß es nicht nur schwierig war, sondern unmöglich. In plötzlichem Begreifen erkannte sie, was sie schon immer gewußt hatte, ohne es sich eingestehen zu wollen. »Es tut mir leid«, sagte sie leise und wandte sich von ihm ab.

Überraschtes Gemurmel erhob sich von den Umstehenden. Es wurde so laut, daß Faltor sich genötigt sah, in die Hände zu klatschen und Ruhe zu fordern. Er ging zu Laena hinüber und nahm ihren Arm. »Stimmt etwas nicht?« fragte er leise.

Sie blickte zu ihm auf. Er schien besorgt und nicht wütend, wie sie gefürchtet hatte.

Sie zuckte hilflos die Achseln. »Ich denke, ich habe es mir anders überlegt«, flüsterte sie.

Er wich zurück, sichtlich schockiert. Aber er hatte sich gleich wieder gefangen und nickte ihr zu. »Du kannst dich völlig frei entscheiden«, sagte er laut genug, daß es alle hören konnten. »Ihr alle wählt völlig frei und sehr sorgfältig. Nehmt euch alle Zeit, die ihr braucht.«

Seine Hand schloß sich flüchtig fester um Laenas Arm, dann wandte er sich ab und ging.

»Laena!« rief Mertan und machte einen Schritt auf sie zu. »Laena, warum …«

»Mertan, das verstößt gegen die Sitten!« Faltors Stimme erhob sich laut und schneidend, und Laena erkannte, daß dies das erste Mal war, daß sie ihn schreien hörte. »Bleib bei deiner Trophäe stehen«, befahl Faltor. »Du kennst den Brauch, Sohn. Warte, bis du ausgewählt wurdest.«

Mertan starrte seinen Vater an. Er schien hin und her

gerissen. Langsam, widerstrebend trat er zurück an seinen Platz.

Laena tat er schrecklich leid. Sie hatte ihn vor seinem Stamm in Verlegenheit gebracht. Aber gleichzeitig war sie auch schier überwältigt vor Erleichterung. Sie hatte das Undenkbare getan – und war frei.

Die anderen jungen Frauen traten vor, sichtlich überrascht von dem Zwischenfall, zögerten jedoch nicht, ihre Chance zu nutzen. Turi steuerte auf Mertan zu.

Laena wich zurück. Einmal stolperte sie und wäre beinahe gestürzt. Dann stand sie vor Joq. Sie hielt inne, und er betrachtete sie mit einem Ausdruck tiefen Staunens. Sie hatte getan, wovon er nur geredet hatte. Sie hatte nein gesagt.

Sie sah ihn an und wußte plötzlich, was als nächstes kommen mußte. Und es mußte schnell gehen, ehe sie der Mut verließ. »Joq«, sagte sie, »du hast eine prächtige Trophäe.« Und während sie die Worte sagte, hatte sie Mühe, ein Lächeln zu unterdrücken, weil sie ebensogut wußte wie er, daß seine Trophäe die kleinste von allen war.

Aber sie wußte auch, daß das keine Rolle spielte. Jagen und Töten waren nicht die wahren Prüfungen für einen Mann, genau betrachtet, waren sie nicht einmal unbedingt ein Beweis für wirklichen Mut.

Laena holte tief Luft. »Es wäre mir eine Ehre, wenn du künftig für mich jagen würdest«, sagte sie, und ihre Stimme klang laut und klar, so daß niemand daran zweifeln konnte, daß sie völlig frei und aus tiefstem Herzen sprach.

Joq starrte sie lange schweigend an. Er schien nur langsam zu begreifen, was sie gesagt hatte, und als der Sinn ihrer Worte ihm aufging, trat ein Lächeln auf seine Lippen. Sein Gesicht war Ausdruck reinster Unschuld und Freude, wie das eines kleinen Jungen, dem etwas geschenkt wurde, womit er niemals gerechnet hätte. »Ja, Laena«, sagte er. »Ja, ich werde für dich jagen.«

Laena fühlte, wie der letzte Rest von Anspannung von ihr abfiel. Sie wußte nicht genau, was passiert war oder warum. Sie wußte nicht einmal, ob sie das Richtige getan hatte. Aber sie hatte getan, was sie tun mußte, und jetzt war es vorbei. Sie hatte ihre Wahl getroffen.

Sie fühlte, wie ihre Knie nachgaben. Joq ließ seinen Speer fallen und packte ihren Arm, um sie zu stützen. Er zog sie an sich, und ihr wurde bewußt, daß sie ihn bisher nur ein einziges Mal berührt hatte, als sie ihre Freundschaft mit einem Händedruck besiegelt hatten. Er fühlte sich viel schmächtiger an als Mertan, aber stärker, als sie erwartet hatte.

Sie sah in sein Gesicht. »Bist du sicher?« fragte sie leise.

»Natürlich bin ich sicher!«

»Aber du hast doch gesagt – du hast gesagt, daß, wenn dich eine Frau auswählt ...«

»Ja, ja. Aber ich hätte mir nie träumen lassen, daß du diese Frau sein könntest.«

Sie lächelte. Sie dachte an die merkwürdigen Unterhaltungen, die sie miteinander geführt hatten, und an die vielen Gelegenheiten zu Gesprächen, die noch vor ihnen lagen. Sie wußte, daß Joq sie als gleichberechtigt behandeln würde. Er würde sie nicht nur zu Beginn ihrer gemeinsamen Zeit wertschätzen, sondern auch in den kommenden Jahren, weil sie ein Geschenk war, mit dem er niemals gerechnet hätte.

Sie wandte den Kopf und sah die anderen Mädchen, die sich um die restlichen Jäger drängten. Ihr Sinneswandel hatte die Pläne aller durcheinandergebracht, aber sie erkannte auch, daß er gleichzeitig vieles erleichtert hatte. Sie würden sie nicht mehr hassen. Sie würden ihr vielleicht sogar dankbar sein.

Mertan schien wütend, daß sie ihn verschmäht hatte, aber Laena hoffte, daß er ihr mit der Zeit vergeben würde. Immerhin war Turi eine Schönheit. Sie würde ihm treu und ergeben sein, auf eine Art, die Laena vermutlich mit den Jahren schwergefallen wäre. Vielleicht würde er irgendwann erkennen, daß es auch für ihn besser war, daß sie jetzt auf ihre innere Stimme hörte. Und dann würde er ihr verzeihen können.

Aber da war noch jemand, der aussah, als würde er Laena niemals verzeihen. Worin stand einige Schritte abseits, einen haßerfüllten Ausdruck in den Augen. Der Wind hatte ihr das Haar aus dem Gesicht geweht, und ihr rotes Mal war so dunkel verfärbt, daß es beinahe schwarz wirkte. Worin zog die Schultern hoch und neigte den Kopf, die schiefen Zähne gebleckt wie ein drohender Hund. Sie ballte die Hände zu Fäusten und spuckte auf den Boden.

Dann, während Laena sich an Joq klammerte, wandte Worin sich ab und entfernte sich über den Hügel.

Kapitel 27

Nach der Wahl würde die Vermählung folgen. Als die Sonne die fernen Berge berührte und der Himmel sich rot und golden verfärbte, versammelten sich die Mitglieder des Fischer-Stammes um ein großes Freudenfeuer in der Mitte des Männerlagers. Sie aßen frisches Fleisch und sangen Lieder zum Lobe der Jäger, dankten für die reiche Beute und wünschten den neuen Paaren Glück.

Die jungen Jäger saßen Seite an Seite mit ihren jungen Bräuten, und einer nach dem anderen defilierten die älteren Stammesmitglieder vor ihnen und bekundeten ihnen ihren Respekt. Laena saß bei Joq und fühlte sich noch ganz benommen. Der Gedanke, daß sie jetzt vereint waren, erschien ihr seltsam und machte ihr angst. Sie hatte nur ein paar Worte gesagt, und in Folge sollte ihr ganzes Leben sich verändern.

Aber noch schlimmer war, daß sie sich, wenn sie zu Mertan hinübersah, noch überdeutlich an die Gefühle erinnerte, die sie in seinen Armen empfunden hatte. Sie begehrte ihn immer noch. Sie wußte, daß ihr tiefstes Ich sie bewogen hatte, sich von ihm abzuwenden, aber sie fühlte dennoch Trauer und Sehnsucht bei dem Gedanken, daß sie nie wieder die prickelnde Erregung fühlen würde, die seine Berührungen in ihr ausgelöst hatten.

Aber jetzt war es zu spät. Turi saß bei Mertan, eng an ihn geschmiegt, während sie ihn lachend mit ausgesuchten Stücken des Löwen fütterte, den er erlegt hatte. Mertan wirkte weniger selbstsicher und zufrieden als Turi, aber er berührte sie voller Zuneigung und lächelte sie an, so gut er es vermochte. Er versuchte, nicht in Laenas Richtung zu sehen, die etwas abseits des Feuers im Dunkeln saß, aber einige Male ertappte sie ihn doch dabei, wie er ihr verwirrte, hilflose Blicke zuwarf.

Laena zwang sich, sich auf Joq an ihrer Seite zu konzentrieren. Er lächelte und hielt ihre Hand. Sie hatte ihn noch viel glücklicher gemacht, als sie für möglich gehalten hätte. Seine Behauptung, allein bleiben zu wollen, war nur leeres Gerede gewesen, daran bestand jetzt kein Zweifel mehr. Aber würde er in einer Woche oder einem Jahr noch ebenso glücklich mit ihr sein? Und würde er sie in den Tagen und Jahren, die noch vor ihnen lagen, glücklich machen? Hätte Laena Nans Rat befolgen und noch ein Jahr warten sollen?

Joqs Eltern kamen zu ihnen, um ihnen ihren Respekt auszusprechen. »Ein gutes, ein großes Ereignis«, sagte Orleh mit vor Stolz und Rührung rauher Stimme. Er faltete die Hände vor dem Bauch und neigte den Kopf. »Joq, ich bin stolz auf dich. Du hast mich sehr stolz gemacht.«

Weeps schob sich vor ihn. »Danke«, sagte sie zu Laena. Sie suchte nach den richtigen Worten und streckte dann nur in einer hilflosen Geste die Hände aus. »Danke«, sagte sie noch einmal mit tränenerstickter Stimme.

»Es ist komisch«, murmelte Joq, nachdem seine Eltern weitergegangen waren, »es kommt mir vor, als hätten sie eine Schlacht gewonnen und ich verloren.«

»Das ist doch Unsinn«, sagte Laena. »Du hast nicht verloren. Du hast jetzt viel mehr, als du vorher hattest.«

Langsam schüttelte er den Kopf. »Es kommt mir vor, als würden sie mich jetzt besitzen. Ich habe endlich getan, was sie von mir wollten. Damit gehört mein Leben nicht mehr wirklich mir selbst.«

Lana war verärgert. Sie hatte die schwerste Entscheidung ihres Lebens getroffen, und er zerbrach sich den Kopf über sein Verhältnis zu seinen Eltern. »Du brauchst sie nicht andauernd zu bekämpfen, nur um deine Unabhängigkeit zu beweisen«, sagte sie. »Wenn es dir schwerfällt, sie aus deinem Leben herauszuhalten, werde ich dir helfen.«

Er senkte verlegen den Blick. In diesem Moment wirkte er sehr kindlich. »Danke, Laena«, sagte er. »Du verstehst mich sehr gut.«

Und sie erkannte, daß das stimmte; sie verstand ihn tatsächlich besser als jeder andere. Vielleicht war das der Grund, weshalb sie sich für ihn entschieden hatte. Wenngleich er anders war als die anderen Männer, wußte sie, was er brauchte, und das konnte ihm keine andere Frau geben. Dieses Wissen gab ihr Sicherheit.

Aber verstand er sie auch? Was diesen Punkt anbelangte, war sie sich weniger sicher.

»Du hast dich also entschieden.« Nans Stimme holte Laena in die Gegenwart zurück. Die alte Frau kniete sich vor sie, beugte sich vor und musterte Laenas Gesicht im flackernden Feuerschein. »Ich hoffe, du bist jetzt glücklich.«

Laena fühlte sich unbehaglich unter Nans strenger Musterung. »Ich denke schon«, entgegnete sie.

Nan wandte sich Joq zu. »Sei gut zu ihr«, warnte sie ihn. »Du kannst von Glück sagen, daß sie sich für dich entschieden hat. Sie hätte Mertan haben können, aber sie hat dich gewählt. Vergiß das nie.«

Joq versteifte sich und preßte die Lippen zusammen. Laena erinnerte sich, daß Joq es nicht ertragen konnte, wenn jemand ihm Vorhaltungen machte, sei es sein Vater oder ein anderer. Wenn jemand ihm sagte, was er zu tun habe, neigte er dazu, genau das Gegenteil zu machen.

Laena beugte sich vor und schob sich zwischen Nan

und Joq. »Danke für deine guten Wünsche, Nan«, sagte sie.

Nan wandte sich wieder ihr zu und tätschelte ihr die Wange. »Ich glaube, du hast die richtige Wahl getroffen«, sagte sie. »Es ist das Beste für dich und vermutlich auch für alle anderen.«

»Für alle außer Worin«, bemerkte Laena.

»Um die werde ich mich schon kümmern. Zerbrich dir ihretwegen nicht den Kopf.« Nan verstummte und runzelte die Stirn, als wolle sie noch etwas sagen, wisse aber nicht recht, wie. Sie rückte etwas näher an Laena heran. »Weiß du, nach unserem Gespräch in der Höhle habe ich viel nachgedacht. Ich habe mir überlegt, daß ich vielleicht hierbleiben sollte. Für immer, meine ich.« Ihre Stimme klang brummig und war beim Knistern des Freudenfeuers und dem Stimmengewirr und Gelächter rundum kaum zu verstehen.

»Was?« sagte Laena und lehnte sich erneut vor.

Nan seufzte. »Der Marsch, der mich mit dir und Moru hergeführt hat, war härter, als ich erwartet hatte.« Sie veränderte ihre Haltung und zuckte zusammen, als sie die Glieder beugte. »Ich werde langsam zu alt, um heimatlos umherzuziehen.«

Laena dachte an die vielen Gelegenheiten, bei denen sie Mühe gehabt hatte, mit Nan Schritt zu halten. »Auf mich hast du immer einen so starken Eindruck gemacht.«

»Das mag so geschienen haben.« Sie schüttelte den Kopf. »Aber ich bin nicht mehr so stark, wie ich es früher einmal war. Daß ich dir in deiner Höhle diese Predigt gehalten habe, lag vielleicht auch daran, daß ich selbst nicht recht wußte, was ich tun sollte.« Sie wandte den Blick ab und starrte in die Dunkelheit. »Faltor ist ein guter Mensch. Ein guter Häuptling. Und das Leben hier ist leichter als an jedem anderen Ort, an dem ich gewesen bin.«

»Würdet ihr, du und Faltor ...« Laena zögerte. Der Gedanke erschien ihr seltsam, aber die Vergangenheit hatte sie gelehrt, daß Nan zu sehr seltsamen Dingen fähig war. »Könntet ihr, du und Faltor, euch vermählen?«

Nan lachte. »Ich werde mir nie wieder einen Gefährten nehmen. Niemals! Das weiß ich bestimmt.« Ein listiges Lächeln umspielte ihre Mundwinkel. »Ich besuche ihn allerdings ab und an in seiner Hütte. Wenn mir danach ist.«

Laena wäre schockiert gewesen, wenn sie sich nicht bereits daran gewöhnt hätte, daß Nan nach ihren eigenen Regeln lebte und offen über alles sprach. Laena schloß die alte Frau in die Arme und drückte sie fest an sich. »Du wirst also hierbleiben«, sagte sie. »Das ist wunderbar! Ich hatte immer Angst, du würdest eines Tages deine Sachen packen und weiterziehen, nächsten Sommer vielleicht. Ich hatte befürchtet, ich müßte dann von dir Abschied nehmen.«

Nan löste sich verlegen aus ihrer Umarmung. »Nun, ich kann nichts garantieren.« Langsam erhob sie sich. Sie klopfte sich den Staub von den Kleidern, und die Schwäche, die sie eben noch gezeigt hatte, war wie weggeblasen. »Aber wie ich schon sagte, es gefällt mir hier, ich denke, ich wäre wegen meiner Heilkünste willkommen.« Sie straffte die Schultern. »Jetzt hör mir gut zu. Wenn ihr etwas braucht, irgend etwas, kommt ihr zu mir, verstanden?« Sie blickte von einem zum anderen. »Wenn ihr Rat braucht – oder sonst etwas.« Sie nickte knapp. Dann wandte sie sich ohne ein weiteres Wort ab und entfernte sich.

»Warum sollte ich ihren Rat brauchen?« fragte Joq.

Laena hörte den verächtlichen Unterton in seiner Stimme und wandte sich ihm verärgert zu. »Sie ist eine gute Heilerin, und sie hat mich gerettet, als ich heimatlos durch das Land des Wolf-Stammes gewandert bin. Du könntest viel von ihr lernen, wenn dein Stolz es nur zulassen würde, Joq.«

Er schien überrascht von der Schärfe in ihrer Stimme. »Was denn zum Beispiel?«

»Vielleicht die Kunst des Heilens. Oder auch ein halbes Dutzend Sprachen. Wie man anderen das Leben rettet.« Sie funkelte ihn zornig an. »Ich bezweifle, daß du schon so weise bist.«

Er rückte von ihr ab, und sein Gesichtsausdruck verriet Laena, daß ihr schneidender Tonfall ihn verletzt hatte. Wieder einmal wurde ihr bewußt, wie verwundbar er war. Plötzlich tat es ihr leid, daß sie seine Gefühle verletzt hatte. Gleichzeitig fühlte sie sich gestärkt durch das Bewußtsein, daß sie ihn zwingen konnte, aufmerksam zu sein, wenn es sein mußte.

»Es tut mir leid«, sagte Joq. »Mir hat nur die Art nicht gefallen, wie sie mit mir geredet hat, das ist alles.«

Laena nahm seine Hand. »Nan kann manchmal schwierig sein, aber sie bedeutet mir sehr viel. Versuch, nett zu ihr zu sein, Joq.«

»Also gut, ich werde es versuchen«, versprach er.

Jetzt kam Faltor zu ihnen. Er stand eine Weile reglos vor ihnen und blickte wortlos auf sie hinab, und Laena fürchtete bereits, er wäre böse, weil sie seinen Sohn verschmäht hatte. Aber dann setzte er sich vor sie auf den Boden, lächelte sanft und nahm ihre Hände in die seinen.

»Es ist gut, was du getan hast«, sagte er freundlich mit tiefer, volltönender Stimme.

Laena blinzelte überrascht. »Ich hatte befürchtet, du wärst ...«

»Mertan wird mit Turi glücklich werden. Er hat sie immer schon gern gehabt. Und sie ist ihm treu ergeben.«

»Aber ich habe ihn bloßgestellt«, platzte sie heraus. »Ich habe ihn vor allen bloßgestellt.«

Faltor schüttelte langsam den Kopf. »Nein, Laena. Du hast ihm Demut beigebracht. Das ist etwas völlig anderes. Genaugenommen ist das sogar sehr gut so. Heute hat er gelernt, daß er, auch wenn er der Sohn des Häuptlings ist, nicht immer alles bekommt, was er sich wünscht. Wenn er diese Lektion beherzigt, wird es ihn eines Tages zu einem besseren Häuptling des Fischer-Stammes machen.« Er neigte den Kopf. »Ich danke dir für das, was du getan hast.«

Laena bewunderte ihn für seine Fähigkeit, die Dinge mit solcher Ruhe zu betrachten, so philosophisch, ohne seine Urteilskraft von Gefühlen trüben zu lassen. Sie wünschte, sie könnte lernen, auch so zu werden. Gleichzeitig wußte sie jedoch, daß ihr dies niemals gelingen würde.

»Die Vermählungszeremonie beginnt gleich«, fuhr Faltor fort. »Ihr seid als erste dran, weil bei unserem Stamm der Jäger mit der kleinsten Trophäe immer zuerst vermählt wird. Auch wirst du deine Zugehörigkeit zu den Fischern offiziell kundtun müssen, Laena. Aber ich bin sicher, das ist dir bereits klar.«

Sie nickte. »Natürlich.«

»Gut.« Faltor erhob sich. »Kommt mit mir.«

Sie und Joq standen ebenfalls auf und folgten ihm langsam einmal um das Feuer herum. Einer nach dem anderen erkannten die Fischer, was vor sich ging, und begannen, ein neues Lied zu singen, mit dem sie den jungen Jäger und seine Braut lobpreisten. Laena fühlte, wie sie errötete, als die Augen aller auf ihr ruhten und ihr zu Ehren so zahlreich Stimmen erklangen. Sie wünschte, die Zeremonie wäre nicht so öffentlich. Sie stellte sich flüchtig vor, wie sie persönlich sich das Ritual wünschen würde. Sie und Joq saßen an ihrem Lieblingsplatz auf den Felsen über dem Fluß, und Faltor kam zu ihnen, fragte sie, ob sie zusammenbleiben wollten, und erklärte sie für vermählt. Das wäre so viel simpler und leichter.

Faltor führte sie zu einem Kreis aus weißen Steinen und bedeutete Laena und Joq, sich in die Mitte zu stellen. Verlegen nahm Laena Joqs Hand und hielt sie fest umklammert. Sie wollte einen Blick auf sein Gesicht werfen, um zu sehen, ob er ebenso nervös war wie sie, aber irgendwie erschien ihr das falsch. Also unterdrückte sie ihre Unruhe, so gut es ging, und blickte starr geradeaus auf Faltor.

Der Häuptling hob beide Arme, und der Gesang verstummte, gefolgt von erwartungsvollem Schweigen. »Ein Mädchen ist zu uns gekommen«, rief er lauter, als sie ihn bisher je hatte sprechen hören. »Wer ist sie?«

Er sah Laena an und wartete.

»Sie ist Laena ohne Volk«, sagte Laena. Ihre Stimme

klang seltsam in der Stille, als wäre es gar nicht ihre eigene.

»Gut. Laena ohne Volk, verpflichtest du dich den Bräuchen des Fischer-Stammes von diesem Augenblick an für den Rest deines Lebens?«

»Ja«, entgegnete Laena.

Sie dachte daran, wie schwer es ihr bei den Wolf-Menschen gefallen war, sich vom Volk der Panther loszusagen. Im Vergleich dazu fiel es ihr viel leichter, ihre Zugehörigkeit zu den Fischern zu bekunden, vielleicht weil sie die Vereinigung gedanklich bereits in den vergangenen Wochen vollzogen hatte.

Faltor drehte sich langsam um sich selbst und ließ den Blick über die Anwesenden schweifen. »Wenn irgend jemand Einwände hat, soll er jetzt sprechen.«

Hierauf folgte eine langanhaltende Stille, in der nur das Knistern und Zischen des Feuers zu hören war.

»Gut«, sagte Faltor schließlich. »Laena, ich erkläre dich zum anerkannten Mitglied des Fischer-Stammes.«

Ohrenbetäubender Jubel erhob sich. Als das Geschrei verebbte, hörte Laena ein leises Echo von den fernen Bergen widerhallen, was sie an das furchterregende Wolfsgeheul der Wolf-Jäger erinnerte. Sie war froh, nicht mehr bei ihnen zu sein, sondern statt dessen zu diesen umgänglichen, friedlichen Menschen zu gehören.

»Und jetzt«, fuhr Faltor fort, »frage ich dich, Laena vom Stamm der Fischer: Hast du Joq zu deinem Gefährten gewählt?«

Laena holte tief Luft und wünschte, sie könnte sicher sein, daß ihre Stimme ihr gehorchte und nicht ihre Nervosität verriet. »Ich habe Joq zum Gefährten gewählt«, sagte sie. Und jetzt, da der Augenblick gekommen war, klang ihre Stimme klar und selbstsicher, als hätte sie keine Sekunde an der Richtigkeit ihrer Entscheidung gezweifelt.

Faltor nickte bedächtig und wandte sich an Joq. »Ich frage dich, Joq vom Stamm der Fischer: Nimmst du Laena als deine Gefährtin an?«

Es entstand eine Pause; Joq schien einen Augenblick

lang unfähig zu sprechen. »Ich ...«, begann er und brach wieder ab. Seine Finger schlossen sich fester um Laenas. »Ich – ja, ich nehme Laena als meine Gefährtin an.«

Faltor nickte erneut, und diesmal lächelte er. »Dann sind Laena und Joq hiermit bis an ihr Lebensende vereint. Laena und Joq werden von nun an eins sein. Sie werden jedem anderen entsagen. Wir alle haben es gesehen und werden es in Erinnerung behalten.« Er betrachtete sie voller Zuneigung. »Möget ihr glücklich werden und viele gesunde Kinder bekommen, und möge jeder hier euch das Beste für die Zukunft wünschen.«

Wieder erscholl tosender Jubel, diesmal sogar noch lauter als zuvor. Die versammelten Stammesmitglieder applaudierten, schrien durcheinander, und einige der Frauen warfen Blumen. Joq umarmte Laena. Sie ließ den Blick über die Menschen um sie herum gleiten und ertappte sich dabei, daß ihr die Tränen in die Augen stiegen, wenngleich sie nicht recht wußte, warum. Sie war glücklich, ja; aber mehr als alles andere war sie erleichtert, daß es vorbei war.

Alle lächelten sie an, und die anderen Mädchen traten vor, umarmten und beglückwünschten sie. Innerhalb weniger Augenblicke hatte sie sie sich alle zu Freundinnen gemacht. Niemand hegte mehr den leisesten Groll gegen sie.

Laena fragte sich, wie sie ihr Verhalten ihr gegenüber von jetzt auf gleich so entscheidend verändern konnten. Sie war doch immer noch derselbe Mensch, oder? Mochten sie sie nur deshalb plötzlich, weil sie etwas getan hatte, das ihnen entgegenkam? Wenn dem so war, galt ihre Sympathie im Grunde gar nicht wirklich ihr. Dann waren sie lediglich froh, daß sie ihnen keinen Ärger mehr machen würde.

Sie hatte plötzlich das überwältigende Bedürfnis, vor den lächelnden Gesichtern und den Glückwünschen davonzulaufen. Mehr noch, sie wollte weg, um nicht dastehen und mit ansehen zu müssen, wie Mertan und Turi vermählt wurden.

Sie nahm Joqs Hand und zog ihn von der Menge und dem Feuer fort in die Dunkelheit. »Komm, Joq! Komm mit mir!«

Er folgte ihr, wenn auch widerstrebend. »Wohin gehst du?«

Sie lief durch das Gras und zog ihn hinter sich her, immer weiter fort, bis das Freudenfeuer nur noch ein gelber Punkt in der Ferne war und das Land drumherum weit und verlassen schien. »Hast du einen Ort vorbereitet, an den wir uns zurückziehen können?« fragte sie, seine Hand fest umschlossen haltend.

Mertan hatte ihr erzählt, daß es Brauch war, daß jeder Jäger ein Zelt für sich und seine Braut vorbereitete, in dem sie im Anschluß an die Vermählungszeremonie die Nacht verbringen konnten.

»Ich ...« Joq zögerte. »Ich meine, ich habe nicht ...«

»Du hast nicht damit gerechnet, dich zu vermählen.« Sie wandte sich ihm zu. Sein Gesicht war im fahlen Mondlicht nur undeutlich zu erkennen. Sie legte die Arme um ihn und schmiegte sich an ihn, die Wärme seines Körpers in der kalten Nachtluft genießend.

»Ich *wußte*, daß ich mich nicht vermählen würde«, entgegnete er.

Sie blickte auf sein Gesicht. »Warum hast du mich dann genommen, Joq?«

Er schwieg lange, den Blick von ihr abgewandt, und versuchte, seine eigenen Gedanken zu verstehen. »Weil du der einzige Mensch bist, der mich jemals wirklich gern gehabt hat, Laena.« Seine Stimme klang sehr leise, und sie erkannte, daß der Trotz und die Gleichgültigkeit, die er bislang an den Tag gelegt hatte, nur eine Fassade gewesen waren, um sich vor der Außenwelt zu schützen. »Du hast mich gern.« Nach einer Pause fügte er hinzu: »Das stimmt doch, oder?«

»Natürlich.« Sie schlang die Arme fester um ihn.

»Du denkst nicht mehr an Mertan? Ich dachte – alle dachten – ich meine, es ist, wie Nan gesagt hat, du hättest den Sohn des Häuptlings zum Gefährten haben können.«

»Aber er hätte mich nicht so behandelt wie du, Joq. Er hätte mich nicht geschätzt, so wie ich wirklich bin. Er hat in mir das seltenste Tier gesehen, das ihm je über den Weg laufen wird. Bei dir ist das anders. Du siehst mich als den Menschen Laena.«

Er antwortete nicht gleich. Dann sagte er: »Ich glaube, ich verstehe.« Er machte eine hilflose Geste. »Aber was bedeute ich dir? Ich bin nur ein Außenseiter, der seine Familie haßt und den ganzen Tag auf einem Felsen sitzt und Flöte spielt.«

Sie wollte nichts davon hören. »Du kannst jagen, wenn es sein muß«, entgegnete sie. »Und du brauchst nicht länger ein Außenseiter zu sein. Du kannst mir ein guter Mann sein, Joq.«

»Glaubst du wirklich?« fragte er unsicher.

»Ich bin fest davon überzeugt.« Sie gab sich alle Mühe, zuversichtlich zu klingen. Das letzte, was sie jetzt wollte, war, wieder von Ängsten und Zweifeln befallen zu werden.

Sie umschloß sein Gesicht mit beiden Händen. »Sag mir, Joq. Hast du je bei einer Frau gelegen?«

Er zuckte zurück, überrascht von ihrer Frage. »Natürlich nicht«, sagte er und starrte sie aus großen Augen an.

»Und ich habe nie bei einem Mann gelegen«, sagte sie. »Wir werden also beide voneinander lernen müssen.« Sie begann, die Riemen seiner Jacke aufzuknoten, was allerdings dadurch erschwert wurde, daß sie in der Dunkelheit nichts sehen konnte. »Hilf mir, Joq.«

»Du meinst – jetzt? Hier?«

Laena nickte stumm.

Langsam ließen sie sich ins Gras sinken. Es war feucht vom ersten Nachttau, der zu Rauhreif gefror. Laena klammerte sich an ihn, preßte ihren Körper an seinen.

Seine Finger glitten über ihr Gesicht, als wäre er blind und wollte ihre Züge ertasten. Seine Berührung war unbeschreiblich sanft und zärtlich.

Sie preßte die Lippen auf die seinen, anfangs ganz leicht. Einen flüchtigen Moment dachte sie an Mertan und die übermächtige Sehnsucht, die sie empfunden hatte. Aber das war vorbei, und sie mußte es ein für allemal aus ihren Gedanken verdrängen. Sie konzentrierte sich wieder auf Joq – den lieben, sanften Joq – und begann ihn das Küssen zu lehren. Ganz offensichtlich war sie die erste Frau, der er je so nah gewesen war. Das erfüllte sie mit einer Befriedigung, wie sie sie bei Mertan nie gefühlt hatte. Mertan war früher schon mit anderen Frauen zusammengewesen, daran bestand kein Zweifel. Joq war anders. Er gehörte ihr ganz allein.

Steif und angespannt lag er neben ihr. Seine Hände zitterten, als er sie berührte, und er begann, schnell und schwer zu atmen.

»Schhhht«, flüsterte sie. »Wir haben alle Zeit der Welt, Joq.«

»Aber ich will dich«, sagte er. Seine Hände schoben ihre Felle beiseite, und er griff nach ihrem nackten Körper. Sie fühlte seine Hand auf ihrer Brust, und diesmal schnappte sie nach Luft, nicht vor Überraschung, sondern vor Verlangen.

Joq legte sich auf sie und küßte sie fordernder, und dann drang er in sie ein. Laena durchzuckte ein stechender Schmerz, der beinahe so schlimm war, wie sie ihn sich vorgestellt hatte. Sie schrie auf und grub ihm die Nägel in die Schultern. »Vorsichtig!« keuchte sie.

Aber er hörte sie nicht. Oder aber er war inzwischen zu erregt, sich noch zu kontrollieren. Er stieß fester zu, und sie schrie erneut auf. In ihrem Inneren herrschte plötzlich ein Widerstreit der Gefühle – Verlangen, Furcht, Sehnsucht, Unsicherheit. Sie schloß die Augen und sah Mertan, der auf sie herablächelte, so stark, so selbstsicher, sie mit lässiger Entspanntheit in den starken Armen haltend.

»Nein!« rief sie. Sie hatte Joq gewählt, Joq, der sie liebte, so wie sie war, Joq, der in ihr immer eine gleichwertige Partnerin sehen würde.

Sie schlug die Augen auf und sah sein Gesicht im Mondlicht, nur wenige Zentimeter über ihrem. Er starrte sie an, sichtlich verblüfft von der Intensität seiner Gefühle.

»Laena«, flüsterte er und gab einen erstickten, wimmernden Laut von sich. Dann umfaßte er ihr Gesicht mit beiden Händen und küßte sie, während sein Körper unkontrolliert zuckte.

Dann sackte er auf ihr zusammen, und sie erkannte, daß es vorbei war, beinahe ebenso schnell, wie es begonnen hatte. Seine Atmung beruhigte sich nach und nach. Sie fuhr mit den Fingern durch sein Haar und über seinen Rücken. Einen Moment lang hatte er richtig wild ausgesehen, als er sie genommen und geöffnet hatte. Jetzt wirkte er wieder harmlos, beinahe wie ein Kind.

Laena fragte sich, ob die Überraschungen und die Verwirrung, die das Leben ständig für sie bereithielt, irgendwann ein Ende haben würden. Vielleicht würde mit der Zeit alles verständlicher und vorhersehbarer werden. Sie und Joq würden wieder miteinander schlafen, und sie würde lernen, ihre Gefühle zu verstehen und den Akt zu genießen, der ihr so seltsam und beängstigend erschienen war.

Sie schlang die Arme fester um Joq, hielt ihn fest, als fürchte sie, er könnte ihr plötzlich entrissen werden. »Sei gut zu mir, Joq«, sagte sie so leise, daß er sie nicht einmal hören konnte. »Beweise mir, daß es richtig war, dich zu wählen.«

Er vergrub das Gesicht in ihrer Halsbeuge und küßte sie. »Jetzt gehörst du mir, Laena«, sagte er. Er klang, als versuche er immer noch, sich selbst zu überzeugen.

Laena schloß die Augen. Diesmal sah sie nicht Mertans Gesicht. Diesmal stand nichts und niemand zwischen ihr und Joq.

»Ja«, sagte sie. »Jetzt gehöre ich dir, Joq. Nur dir allein.«

ZWEITER TEIL

Kapitel 28

Laena lag auf einem Bett aus geflochtenem Schilf in der Hütte der Heilerin und versuchte, nicht an die Schmerzen zu denken.

Sie starrte auf die Amulette, die über ihr von der Decke baumelten. Joq hatte sie geschnitzt und dort angebracht, um sie zu beschützen und zu trösten. Da war ein plumper kleiner Moschusochse aus Hartholz, der mit Haarbüscheln eines echten Ochsen geschmückt war. Dann ein Mammut aus dem unteren Stück eines Stoßzahnes geschnitzt – dem härtesten Stück, dem die meiste Zauberkraft innewohnte. Daneben hing eine Miniaturkatze, deren Tonkörper mit Kohle geschwärzt war. Joq hatte noch nie einen echten Steppenpanther gesehen, und so hatte er die Figur allein aufgrund ihrer Beschreibung angefertigt.

Laena blickte auf die Amulette und versuchte, an ihre Macht zu glauben, aber sie schien so gering, verglichen mit der Macht des Schmerzes, der sie förmlich zerriß. Sie schloß die Augen und ballte die Hände zu Fäusten. Sie schnappte nach Luft, als die Muskeln ihres Körpers sich immer mehr spannten, offenbar von größerer Kraft beseelt als ihr eigener Wille. Sie hatte gewußt, daß es schmerzhaft sein würde, hätte sich aber nie träumen lassen, daß es so schlimm sein könnte.

Sie hörte ein Rascheln, und ein kaltes, feuchtes Stück Leder wurde auf ihre Stirn gedrückt. Nach und nach ebbten die Krämpfe ab.

Laena öffnete die Augen wieder und sah Nan an ihrer Seite, das Gesicht halb im Schatten der schwach erleuchteten Hütte verborgen. »Atme langsam«, sagte sie. »Durch den Mund. Ganz langsam.«

Laena zwang sich zu entspannen und holte tief Luft. Sie roch die Kräuter und Mixturen in den Beuteln, die an der hinteren Wand hingen, und schmeckte den beißenden Rauch des Feuers in der Mitte der Hütte. Es war beruhigend, hier zu sein, umgeben von vertrauten Gegenständen und Gerüchen. »Danke, Nan«, flüsterte sie.

Die alte Frau tätschelte Laena die Wange. »Du hältst dich sehr gut. Es wird alles gut werden.«

Laena versuchte gar nicht zu antworten. Sprechen war eine Anstrengung, und sie konnte es sich nicht leisten, ihre Kräfte zu verschwenden.

Joq saß draußen vor der Hütte und sang. Es war ein Gesang ohne Worte; er sollte dazu dienen, ihr Trost zu spenden und seine Kraft auf sie zu übertragen. Andere Stimmen fielen mit ein. Orleh, Faltor und noch zwei andere, die Laena nicht erkannte. Sie war dankbar für die Unterstützung, auch wenn sie ihr den Schmerz nicht nehmen konnten.

Ebensowenig wie die Angst. Die Angst vor dem, was kommen würde.

Nans Hände tasteten sanft zwischen Laenas Schenkeln. Sie grunzte zufrieden. »Der Durchgang beginnt sich zu öffnen. Der Kopf des Babys ist schon da.«

»Endlich!« stöhnte Laena.

»Ja, Mädchen. Ruhig.«

Wie sollte sie ruhig sein? Sie hatte so lange gewartet. Es war drei Jahre her, seit sie und Joq vermählt worden waren. Damals hatte sie sich noch davor gefürchtet, irgendwann seine Frucht zu tragen. Es war erschreckend genug gewesen, mit einem Mann zusammenzuleben und sich endgültig in einen Stamm einzugliedern, der nicht wirklich ihr eigener war.

Aber mit der Zeit hatte sie sich immer mehr dazugehörig gefühlt und Joq gestattet, bei jeder Vereinigung seinen Samen in sie zu pflanzen. Sie hatte angenommen, daß sie sofort schwanger werden würde, aber lange war nichts geschehen. Sie hatte sich gefühlt, als würde sie Joq im Stich lassen, während er sich nach und nach gefühlt hatte, als wäre er kein richtiger Mann.

Die anderen hatten begonnen zu tuscheln, und Worin hatte verbreitet, Laena wäre unfruchtbar.

Aber dann war endlich ihre Blutung ausgeblieben, und

ihr Bauch hatte begonnen anzuschwellen, bis schließlich kein Zweifel mehr an ihrem Zustand bestanden hatte. Und plötzlich hatte Laena sich das Baby gewünscht, mehr, als sie je für möglich gehalten hätte.

Sie hörte, wie eine Flüssigkeit in eine Schale geschüttet wurde, und drehte den Kopf. »Nan, was ist das?«

»Nur eine Kleinigkeit, um den Schmerz zu lindern.«

»Traumwasser?«

Nan antwortete nicht.

»Ich möchte es nicht. Du weißt, daß ich das nicht mag. Ich ...« Sie brach mit einem Aufschrei ab, als ihr Unterleib sich in neuen Wehen verkrampfte. Sie schloß die Augen und versuchte, sich dem Schmerz zu stellen und ihn allein durch ihre Willenskraft zu bezwingen. Sie fühlte, wie etwas ihre Unterlippe berührte und Flüssigkeit in ihren Mund lief.

Sie versuchte, die Flüssigkeit auszuspucken, aber der Schmerz wurde so unerträglich, daß sie die Kontrolle über ihre Gedanken und Taten verlor. Sie hustete und schnappte nach Luft, als der warme, bittere Saft ihre Kehle hinabrann.

»Ich habe nein gesagt!« herrschte sie Nan an, als die Wehen wieder nachließen. Tränen brannten in ihren Augen.

Nan drückte ihr wieder das feuchte Leder auf die Stirn. »Pssst, Mädchen. Das Traumwasser wird weder dir noch dem Kind schaden.«

Traumwasser bestand aus seltenen Kräutern und Beeren und gehörte zu Nans bestgehüteten Geheimnissen. Die Mischung nahm einem Menschen seine Schmerzen und versetzte ihn in einen Zustand der Euphorie.

Laena hatte das Mittel erst einmal zu sich genommen, nachdem sie sich einen Finger zwischen zwei Steinen gequetscht hatte. Für sie war das Traumwasser schlimmer gewesen als der Schmerz. Es hatte sie aus der wirklichen Welt in eine andere versetzt, die beinahe, aber eben doch nicht ganz real schien.

Die Krämpfe setzten wieder ein, und sie schrie. Die

Männer draußen hörten sie und sangen lauter. Laena blickte auf, und das Panther-Amulett sah aus seinen blinden ovalen Augen auf sie herab.

»Ich habe Angst«, keuchte sie.

»Nein, nein. Es wird alles gut.«

Laena stöhnte. Es kam ihr vor, als würde ihr Sichtfeld an den Rändern verschwimmen. Begann das Traumwasser zu wirken? Sie versuchte, dagegen anzukämpfen. Ihr Puls ging schnell und flach und pochte in ihren Ohren.

Sie wandte den Kopf und sah anstelle von Nan einen lebensgroßen Panther neben ihrem Lager stehen. Er kam näher, und sie fühlte seinen Atem auf ihrem Gesicht.

Laena schrie auf.

»Ruhig, Kind«, hörte sie von irgendwoher eine Stimme sagen. »Es dauert nicht mehr lange.«

Die Worte schwebten durch die Luft wie Rauch. Sie hatte den Bezug zur Realität verloren. Sie versuchte, eine Hand nach dem Panther auszustrecken, um zu sehen, ob er echt war, aber ihre Muskeln gehorchten ihr nicht.

Laena blinzelte. Die Hütte löste sich auf, und sie sah grünes Gras und einen strahlendblauen Himmel. Plötzlich erkannte sie den Ort wieder, und sie blickte sich staunend um. Sie hatte diesen speziellen Ort seit ihrer Vision vor drei Jahren nicht mehr gesehen. Sie lag auf dem warmen Boden, und der Panther stand vor ihr, fast so nah, daß sie ihn berühren konnte, ein Junges im Maul.

Sie fürchtete sich jetzt nicht mehr. Es war so lange her, daß sie bereits begonnen hatte, daran zu zweifeln, daß ihre Vision wirklich etwas bedeutet hatte. »Was mache ich hier?« fragte sie.

Der Panther ließ das Junge ins Gras fallen. Das kleine Kätzchen stand auf wackligen Beinchen, maunzte hilflos und stolperte auf der Suche nach seiner Mutter blind durch das Gras.

Der große Panther legte die Ohren an und fauchte Laena mit gebleckten Zähnen an.

Laenas Staunen verwandelte sich in Entsetzen. »Was ist denn?« fragte sie atemlos.

»Dieser Ort ist deine Bestimmung, Laena. Und doch hast du dich von ihm abgewandt.«

Laena warf den Kopf von einer Seite auf die andere. Sie wußte nicht, woher diese Stimme kam.

»Dies ist deine Bestimmung, Laena.« Der Panther senkte den Kopf und nahm das Junge wieder ins Maul. Dann machte er kehrt und lief mit geschmeidigen Sprüngen davon.

»Warte!« rief Laena verzweifelt. »Ich verstehe das nicht!«

Der Panther verschwand im hohen, üppigen Gras. Sie versuchte aufzustehen, war aber immer noch wie gelähmt. Dann färbte sich der bis dahin strahlendblaue Himmel über ihr blutrot. Schwärze senkte sich herab, und es kam ihr vor, als würde sie sich überschlagend in einen tiefen Abgrund stürzen. Grelle Lichter flammten um sie herum auf.

»Pressen!« befahl ihr eine Stimme.

Sie schlug die Augen auf und erkannte, daß sie wieder in der Hütte war. Nan hatte sie aufgerichtet, und sie hockte nun in Gebärhaltung mit weit gespreizten Knien auf ihrem Lager.

»Pressen!« rief die Heilerin erneut.

Laena fühlte sich, als würde ihr Körper förmlich zerrissen. Sie war schweißgebadet. Sie zitterte. Sie preßte, so gut sie konnte, und plötzlich durchströmte sie ein Glücksgefühl in dem Bewußtsein, daß es gleich vorüber sein würde. Sie preßte und preßte – und dann wurde sie von einem großen Gewicht befreit, als ihr Baby in Nans wartende Hände glitt.

Laena ließ sich zurücksinken, und ihre Schultern stießen gegen die rauhen Holzwände der Hütte. Keuchend blickte sie herab und sah auf das Neugeborene in Nans Händen. »Ist es …« Sie war zu sehr mit Atmen beschäftigt, als daß sie hätte sprechen können.

Nan wischte das Kind mit einem nassen Grasbüschel ab

und entfernte den Schleim von seinem Gesicht. Dann klopfte sie dem Säugling auf die Seite, und er fing an zu schreien.

»Du hast einen Sohn«, sagte Nan strahlend und reichte Laena das Baby.

Mit zitternden Händen nahm Laena ihren Sohn entgegen. Sie hielt das winzige, zappelnde Wesen in den Armen und betrachtete es überwältigt.

Draußen vor der Hütte verstummte der Gesang der Männer. Statt dessen erhob sich Jubelgeschrei.

Nan band mit zwei Sehnenstücken die Nabelschnur ab. Laena sah benommen zu. Es war alles voller Blut. Sie blickte an sich herab. »Ist alles …«

»Es ist alles so, wie es sein soll.« Nan durchtrennte die Nabelschnur mit einem Feuersteinsplitter. Dann wartete sie und wich zurück, als Laenas Unterleib sich ein letztes Mal verkrampfte und die Nachgeburt ausgestoßen wurde. Dann machte sie sich daran, die Spuren der Geburt zu beseitigen.

Laena richtete ihre Aufmerksamkeit wieder auf ihr Kind. Nan hatte ihr gesagt, daß es wichtig wäre, das Kind sofort zu stillen. Das käme nicht nur dem Baby zugute, sondern beugte auch Blutungen vor.

Der Säugling legte die Lippen um Laenas Brustwarze und begann zu saugen. Laena fühlte, wie eine Welle der Erleichterung sie durchströmte. Bis jetzt war ihr nicht bewußt gewesen, welche Angst sie tatsächlich ausgestanden hatte. Vielleicht erklärte die Furcht auch, warum sie ausgerechnet jetzt diesen seltsamen, beunruhigenden Traum gehabt hatte. Aber darüber wollte sie im Augenblick nicht nachdenken.

»Ich gehe raus zu den Männern«, sagte Nan.

»Ja. Aber …« Laena zögerte. »Kannst du sie noch eine Weile draußen halten?« Sie war schier überwältigt von Emotionen, die sie nicht einmal benennen konnte. Sie konnte immer noch nicht fassen, daß sie Mutter geworden war. Sie hatte ein Baby, und das Baby war gesund und kräftig, und es würde alles gut werden.

Den Säugling an sich gedrückt, ließ sie sich auf das Bett aus Riedgras zurücksinken. »Ein Junge«, flüsterte sie, seine Lebendigkeit und Wärme spürend. Wieder blickte sie auf die Amulette über dem Bett. Das Panther-Amulett baumelte direkt über ihr, so nah, daß sie es beinahe greifen konnte.

Die Vision, die sie unter dem Einfluß des Traumwassers gehabt hatte, erschien ihr plötzlich bedeutungslos, verglichen mit dem überschäumenden Glück, das sie beim Stillen ihres Sohnes empfand.

Kapitel 29

Joq saß mit verschränkten Beinen neben Laena und betrachtete das Baby mit einem Ausdruck, den sie noch nie an ihm gesehen hatte. In seinen Augen stand ein feierlicher Ernst, und auf seinem Gesicht lag nicht der Hauch eines Lächelns.

Das war nicht der Joq, den sie kannte. Sie hatte in den vergangenen drei Jahren Mühe gehabt, ihn dazu zu bewegen, irgend etwas ernst zu nehmen. Wenn sie sich beklagte, weil er Fisch heimbrachte anstatt des Fleisches, das sie so liebte – oder wenn sie von ihm verlangte, mehr Zeit darauf zu verwenden, die kleine Hütte zu verschönern, die Faltor ihnen überlassen hatte –, hörte Joq ihr zu, pflichtete ihr sogar bei, aber dann lächelte er sein verträumtes Lächeln und ging, um eine Weile Flöte zu spielen, und sie erkannte, daß er im Grunde gar nicht wahrgenommen hatte, was sie gesagt hatte. Jetzt, da er seinen Sohn betrachtete, schien er völlig verändert. Dieses Ereignis war zu gewaltig, um zu lächeln oder es zu ignorieren.

Nan hatte sie in ihrer Hütte allein gelassen, und nur das Zischen des Feuers und das Trommeln leichten Regens auf dem Dach war zu hören. »Gefällt er dir?« fragte Laena, das Baby hochhaltend.

Joq antwortete nicht. Ganz langsam streckte er die Hand aus und berührte zaghaft das Gesicht seines Sohnes.

»Willst du ihn nicht halten?«

»Ihn halten?« Joq starrte sie an, als wäre ihm das nicht im Traum eingefallen.

»Ich zeige dir, wie. Gib mir deine Hände.«

Er streckte ihr die Hände mit den Handflächen nach oben entgegen.

Vorsichtig legte sie ihm den Säugling in die Arme. »Leg seinen Kopf an deine Schulter. So.«

Das Baby starrte aus großen Augen zu Joq auf. Joq starrte zurück. Laena mußte lächeln: Joq und das Baby sahen gleichermaßen überrascht aus.

»Gefällt er dir?« fragte sie noch mal.

Joq nickte langsam. Dann gab er ihr den Säugling hastig zurück und erhob sich. »Das ist ein ganz besonderer Tag«, sagte er. »Mir war nicht klar ...« Er brach ab und versuchte es von neuem. »Ich wußte wirklich nicht ...«

»Dir war nicht klar, was du empfinden würdest?«

Er richtete den Blick wieder auf das Kind. »Mein Sohn«, murmelte er staunend.

»Unser Sohn«, verbesserte ihn Laena.

Aber er hörte sie nicht. Er ballte die Hände zu Fäusten und hob in einer triumphierenden Geste die Arme über den Kopf wie der Sieger in einem Zweikampf. Dann stieß er einen durchdringenden Schrei aus.

»Ich muß allen erzählen, was für einen prachtvollen Sohn ich habe.« Jetzt grinste er, sein Gesicht ein einziges Strahlen.

»Geh nur«, sagte Laena.

Er zögerte. »Du verstehst doch ... Es ist Brauch ...«

»Wir müssen die ersten drei Nächte allein mit unserem Kind verbringen«, entgegnete sie. »Das hast du mir Dutzende Male erklärt.«

Er nickte ernst. »Auf diese Weise wird sein Geist untrennbar mit dem unseren verbunden.«

Laena hielt das für Unsinn, aber sie war inzwischen selbst ein Fischer und hatte gelobt, die Stammesbräuche einzuhalten, ob sie ihr nun vernünftig erschienen oder nicht.

»Ich gehe dann jetzt und berichte allen von unserem Sohn«, sagte Joq. »Anschließend komme ich wieder her, und wir bleiben alle gemeinsam hier.«

Er wandte sich um und verließ die Hütte.

Am Abend umsorgte Joq sie rührend, aber Laena war zu müde, dies wirklich genießen zu können. Sie schlief bald ein, eingelullt von der Wärme des Feuers und dem Gefühl der Geborgenheit, das die Hütte ihr vermittelte.

Viel später in dieser Nacht fuhr sie abrupt aus dem Schlaf hoch. Sie hatte geträumt, konnte sich jedoch nicht mehr an den Inhalt des Traumes erinnern.

Im schwachen Lichtschein der Feuersglut sah sie Joq ausgestreckt auf trockenen Gräsern liegen, die er neben ihrem Bett auf dem Boden ausgebreitet hatte. Er hatte darauf bestanden, das Bett ihr allein zu überlassen.

Sie betrachtete ihn im Schlaf und dachte über das Schicksal nach, das sie hergeführt hatte. Der Zufall schien dabei eine große Rolle gespielt zu haben. Der Verlust ihrer Eltern, der Kampf mit Gorag, die Begegnung mit Nan … Und doch schien es manchmal, als stecke ein bestimmtes Muster dahinter, dem sie gefolgt war. Das Schicksal hatte sie gezwungen, weiterzuziehen und zu tun, was sie getan hatte. Sogar an jenem Abend, an dem sie mit Joq vermählt worden war, war es ihr vorgekommen, als handle sie nicht aus eigenem freiem Willen. Die Worte waren ihr ganz von allein über die Lippen gekommen.

Das Baby wurde unruhig und begann zu weinen.

Joq war sofort wach. Er setzte sich mit besorgter Miene auf. »Ist alles in Ordnung mit ihm?«

»Ja, ja«, beruhigte Laena ihn lächelnd. »Vermutlich hat er nur Hunger.« Sie legte das Baby an die Brust, und der Kleine beruhigte sich sofort und begann gierig zu saugen.

Das Kind an ihrer Brust war ein Trost, der die Gedanken an die Vergangenheit verdrängte. Was könnte schöner sein als das, fragte sie sich. Ein Kind zu haben, einen Mann, und in einem friedlichen kleinen Dorf zu leben. Wieder sagte sie sich, daß die Vision, die das Traumwasser bewirkt hatte, unwichtig war. Sie war ein Relikt aus längst vergangenen Tagen, weiter nichts.

Die nächsten drei Tage waren wunderbar. Joq verließ sie immer nur für kurze Zeit, und wenn er zurückkam, brachte er jedesmal etwas zu essen mit. Nan besuchte sie und erklärte Laena, wie sie das Baby waschen und warm halten sollte und wie sein Schreien zu deuten war. Laena fühlte, wie sie wieder zu Kräften kam.

»Hast du mit Moru gesprochen?« fragte sie Joq, als er am zweiten Tag nach kurzer Abwesenheit zurückkam.

»Natürlich. Sie sagt, sie kann es kaum erwarten, das Baby zu sehen.«

Laena runzelte skeptisch die Stirn. »Wirklich?«

Ihre Beziehung war in den vergangenen drei Jahren nicht einfach gewesen. Erst hatte Moru Laena verachtet, weil sie Joq anstelle von Mertan gewählt hatte. Dann hatte sie übelgenommen, daß Faltor Joq und Laena eine eigene Hütte überlassen hatte, während Moru sich die meiste Zeit bei Nan aufhalten mußte. Nach zwei Jahren hatte Moru beschlossen, wieder die Höhle zu beziehen, in der sie anfangs mit Laena zusammen gewohnt hatte. Sie war inzwischen alt genug, für sich selbst zu sorgen. Aber sie schien Laena immer noch zu grollen, weil sie sie allein gelassen hatte.

Als Laena dann schwanger geworden war, hatte Moru eifersüchtig reagiert. Sie näherte sich selbst dem Frauenalter, und es ärgerte sie, daß wieder Laena im Mittelpunkt stand.

»Alle sind ganz aufgeregt«, fuhr Joq fort. »Sie wollen das Baby sehen, das von einer Frau aus der Steppe geboren wurde.« Er straffte die Schultern. »Ich habe ihnen erklärt, unser Sohn wäre das hübscheste Kind, das je in diesem Tal das Licht der Welt erblickt hätte.«

Laena erkannte, daß er es ernst meinte. »Das ist bestimmt nicht der Fall, Joq«, sagte sie. »Und eine der anderen Mütter könnte Anstoß an deinen Worten nehmen.«

Er schüttelte den Kopf. »Nein, es stimmt«, bemerkte er, und Laena mußte lächeln.

Am letzten Abend ihrer Abgeschiedenheit kam Nan vorbei und kochte für sie. Es gab gebratenes Kaninchen, und die alte Frau kümmerte sich um das Baby, während Joq und Laena aßen.

»Morgen bekommt er seinen Namen«, sagte Nan, als Laena und Joq schließlich satt waren.

Laena schaute auf. Wortlos warf sie Joq einen unruhigen Blick zu.

Joq erwiderte den Blick. Er wirkte nervös.

Nan grunzte. »Laßt hören. Kommt schon.«

Laena sah, wie Joqs Gesichtsmuskeln sich anspannten. Auch jetzt noch ärgerte es ihn, wenn Nan sich in irgendeiner Weise in ihr Leben einmischte. »Ich wüßte nicht …«, begann er.

»Joq möchte den Kleinen nach seinem Vater benennen«, fiel Laena ihm ins Wort. »Aber … ich würde ihm lieber den Namen meines Vaters geben.« Es fiel ihr nicht leicht, ihren Wunsch auszusprechen, weil sie wußte, wieviel Ärger dies heraufbeschwören würde. Und doch hatte sie das Gefühl, keine andere Wahl zu haben.

Nan nickte knapp. »Nun denn. Dann ist ja alles klar.«

Joq warf ihr einen argwöhnischen Blick zu. »Was meinst du damit?«

Nan erhob sich, stemmte die Hände in die Seiten und funkelte ihn böse an. »Laena hat ihre Eltern verloren. Ihren ganzen Stamm. Als sie herkam, besaß sie nichts auf der Welt. Du kannst ihr unmöglich diesen bescheidenen Wunsch abschlagen, das Andenken an ihre Familie lebendig zu halten.«

Joq starrte sie sprachlos an, scheinbar zu überrascht, um wütend zu sein.

»Ich bin sicher, daß Faltor dem zustimmt, wenn ich mit

ihm spreche«, fuhr Nan fort. »Und er ist derjenige, der die Zeremonie leitet.«

Joq warf einen Blick auf Laena und wandte sich dann wieder Nan zu. Er sagte immer noch kein Wort. Es war nicht seine Art, seinen Ärger zu zeigen. Wenn er mit Laena uneins war, reagierte er gewöhnlich so, daß er sich an einen einsamen Ort zurückzog und den halben Tag allein dort verbrachte. Wenn er schließlich nach Hause kam, hatte er im allgemeinen ihren Standpunkt akzeptiert und angenommen. Aber zu einer tatsächlichen Auseinandersetzung war es nie gekommen.

»Ich dachte, du hättest kein sehr enges Verhältnis zu deinen Eltern«, fuhr Nan fort. »Ist es nicht so?«

Joq versteifte sich. »Das stimmt«, brummte er.

»Dann sag deinem Vater, daß, wenn Laena noch einen zweiten Sohn zur Welt bringt, dieser den Namen Orleh bekommen wird.« Sie bückte sich und tätschelte dem Säugling, der friedlich neben dem Feuer schlief, liebevoll die Wange. »Dieses Kind wird Henik heißen.« Sie nahm ihre Felle und zog sie über. »Ich muß jetzt zu Faltor.« Sie nickte ihnen zu. »Ich hoffe, das Essen hat euch beiden geschmeckt.«

»Es war köstlich, Nan«, entgegnete Laena.

Joq starrte sie immer noch mit zusammengebissenen Zähnen an und sagte auch jetzt kein Wort.

Am nächsten Morgen wurde Laena von Gesang geweckt. Sie blickte durch einen Spalt zwischen den Pfählen, die die Hüttenwand bildeten, und sah, daß sich draußen bereits alle im ersten Morgenlicht versammelten. Jemand hatte ein großes Feuer entzündet, über dem Fleisch briet, und dort fanden sich nach und nach alle Dorfbewohner ein.

Nun, dachte Laena, immerhin haben sie drei Tage warten müssen. Es ist nur natürlich, daß sie neugierig und ungeduldig sind.

Sie fühlte Joqs Hand auf ihrer Schulter, leicht und zögernd. »Wie fühlst du dich?« fragte er.

»Gut.« Sie blickte zu ihm auf. »Und du?«

Die Grimmigkeit vom Vorabend war aus seinem Gesicht gewichen. Er lächelte, und sie sah den scheuen, jungenhaften Ausdruck, der ihr an ihm aufgefallen war, als sie sich kennengelernt hatten. »Ich habe nachgedacht«, fuhr er fort. »Mein Vater wird sich ärgern, wenn er erfährt, daß mein Sohn nicht nach ihm benannt wird.«

Sie wölbte die Brauen. »Und?«

»Ich freue mich schon darauf, sein Gesicht zu sehen.« Er grinste breit.

Laena erhob sich und umfaßte sein Gesicht mit beiden Händen. Sie küßte ihn. »Weißt du, Joq, du solltest dem Streit mit deinen Eltern ein Ende machen.«

Er lachte verächtlich und wandte sich ab.

Laena seufzte. Sie begann, Felle über das schlichte Unterkleid zu ziehen, das sie nachts trug. Sie ordnete ihr Haar und beschloß dann impulsiv, es zu flechten. Sie hatte es sich in den vergangenen Jahren abgewöhnt, da es Joq gleichgültig zu sein schien, wie sie ihr Haar trug, und die anderen Fischer einen geflochtenen Zopf immer noch als sonderbar betrachteten. Aber heute war sie sich ihrer Vergangenheit sehr bewußt. Die Geste wäre ein Tribut an den Stamm, bei dem sie aufgewachsen war.

Als sie fertig war, hob sie die Wasserschale vom Boden auf. Aber im Inneren der Hütte war es zu dunkel; sie konnte ihr Spiegelbild nicht erkennen. »Sehe ich gut aus?«

»Natürlich. Du bist wunderschön.«

»Nein, im Ernst. Sieh mich an.«

Er tat wie geheißen und betrachtete ihr Gesicht. »Ich bin stolz, dein Mann zu sein«, sagte er. Dann wandte er sich dem Baby zu, und auf sein Gesicht trat wieder jener ernste Ausdruck. »Und ganz besonders stolz bin ich, der Vater meines Sohnes zu sein.«

Laena wickelte das Kind in weiches Leder, um es gegen die Kälte zu schützen, wenngleich Frühling war und das Wetter verhältnismäßig mild. Sie betastete noch einmal ihren geflochtenen Zopf und sah dann wieder durch den Spalt in der Wand. »Sie sind alle da draußen«, sagte sie.

»Sie warten auf uns«, entgegnete Joq. Der Gesang war lauter geworden, so daß er die Stimme erheben mußte, damit sie ihn über den Lärm hinweg verstehen konnte.

»Ich bin ganz nervös«, gestand Laena.

»Es gibt keinen Grund, nervös zu sein. Du hast die Zeremonie doch schon bei anderen Paaren miterlebt. Es ist ganz simpel.«

»Ja, ich weiß. Aber das ist es nicht, was mich beunruhigt.« Laena blickte auf das Kind in ihren Armen, so winzig und kostbar. Sie erkannte, daß sie Joq nicht erklären konnte, warum es sie so nervös machte, dem kleinen Jungen einen Namen zu geben. »Also dann«, sagte sie, da sie wußte, daß sie keine andere Wahl hatte. »Ich bin bereit.«

Joq ging zur Tür und schlug das Leder beiseite. Sofort verstummten die Gesänge.

Er gab Laena ein Zeichen, und sie trat scheu hinaus. Sie war so lange in der Hütte gewesen, daß das Morgenlicht sie blendete.

Der Jubel der Dorfbewohner schlug ihr entgegen. Laena blieb stehen und schirmte mit einer Hand ihre Augen gegen das Sonnenlicht ab. Sämtliche Stammesmitglieder hatten sich vor der Hütte versammelt, was sie mit tiefer Freude erfüllte. Sie wußte, daß dies eine arbeitsreiche Zeit für den Stamm war, weil die Lachse den Fluß hinaufschwammen. Normalerweise wären die Männer schon seit dem Morgengrauen mit ihren Fischspeeren unten am Fluß. Aber hier waren sie alle und scharten sich lächelnd mit ihren Familien um sie.

Sie lächelte zurück, stolz und glücklich. Langsam ging sie mit Joq an ihrer Seite um das Feuer und blieb immer wieder stehen, damit jeder einen Blick auf ihr Baby werfen konnte. Ihr Lächeln wurde mit jedem begeisterten Ausruf strahlender.

»Er ist ein hübsches Kind. Ein wunderbares Kind«, sagte Orleh. Er hatte sich ganz nach vorn gekämpft, obwohl es Sitte war, daß als erstes die Frauen ein Neugeborenes in Augenschein nahmen. Er legte Laena die

Hände auf die Schultern und schüttelte sie leicht. »Prächtig!« rief er.

Warte nur, bis du seinen Namen hörst, dachte Laena.

»Sehr hübsch«, meinte Weeps und musterte das Gesicht des Kindes aufmerksam. Der Säugling betrachtete die Menschenmenge mit staunender Miene. Bislang hatte er noch keinen Laut von sich gegeben. »Er hat deine Augen, weißt du. Wirklich hübsch.«

»Danke«, sagte Laena und ging weiter. Und plötzlich stand sie vor Moru.

Ihre kleine Schwester war kein kleines Kind mehr. Sie war beinahe so groß wie Laena, und wenngleich ihre Figur noch sehr kindlich war, war offensichtlich, daß sie zu einer schönen Frau heranreifen würde. Einen unbehaglichen Moment lang musterten die Schwestern einander. Moru schien einen inneren Kampf auszutragen. »Du hast ein gesundes, starkes Kind«, sagte sie schließlich. Aber sie sprach sehr leise und sah das Baby kaum an.

»Danke«, sagte Laena.

Moru trat nervös von einem Fuß auf den anderen. »Ich werde nicht an der Zeremonie teilnehmen.« Sie trat einen Schritt zurück. »Ich hoffe, es macht dir nichts aus. Ich habe alle Hände voll zu tun.« Darauf senkte sie den Kopf und hastete davon.

Laena blickte ihr nach und verspürte einen schmerzhaften Stich.

Aber viele andere drängten nach, um Morus Platz einzunehmen. Die Frauen schienen ganz aufgeregt, während die Männer sich gelassen und höflich gaben und Joq größere Aufmerksamkeit schenkten als Laena. Sie setzte ihren Weg um das Feuer herum fort, von lautem Stimmengewirr umgeben.

Dann stand plötzlich Worin vor ihr.

Sie war in den vergangenen drei Jahren nicht hübscher geworden. Tatsächlich schien sie inzwischen sogar Freude an ihrer eigenen Häßlichkeit zu haben. Ihre Kleider waren immer dreckverkrustet, und das Haar hing ihr in verfilzten Strähnen in das schmutzige Gesicht.

Sie ging Nan immer noch gelegentlich zur Hand, wenngleich ihr die Arbeit sichtlich widerstrebte und die Dorfbewohner es vorzogen, sich von Nan behandeln zu lassen. Worin hatte nie einen Gefährten genommen und lebte allein in der letzten Höhle am Steilhang, am äußersten Dorfrand. Sie schien grimmig zu warten, wenngleich Laena sich nicht vorstellen konnte, worauf.

Worin schob sich weiter nach vorn und warf einen Blick auf den Säugling. Dann hob sie den Kopf und sah Laena mit einem boshaften Lächeln ins Gesicht. »Du hast es also doch noch geschafft.« Sie kniff die Augen zusammen. »War die Geburt sehr schmerzhaft? Hat sie sehr lange gedauert?«

Laena fühlte Zorn in sich aufsteigen. Sie wollte diese Frau nicht hier haben, wollte nicht, daß sie einen Schatten auf diesen besonderen, glücklichen Tag warf. »Wenn du nichts Freundliches zu sagen hast, erspare bitte uns beiden Peinlichkeiten«, sagte sie ruhig.

Worin betrachtete wieder das Kind. »Mir kommt er etwas kränklich vor.« Sie stach dem Kind mit einem Finger in die Wange.

Der Gesichtsausdruck des Babys veränderte sich, als es zu Worin aufsah. Es kniff die Augen zu und begann zu wimmern.

»Er hat Bauchweh.« Worin nickte, als wäre sie eine Heilerin und würde ihre eigene Behauptung bestätigen. »Du wirst viel Ärger mit ihm haben, das sehe ich gleich.«

Laena fühlte, daß sie ihren Zorn nicht mehr lange würde zügeln können, aber ehe sie ein Wort sagen konnte, schob Nan sich zwischen sie und Worin.

»Genug!« Nan funkelte Worin böse an. »Ich schäme mich für dich. Komm, Laena.« Sie hakte sie unter.

Laena warf einen Blick zurück und sah, daß Worin sie immer noch musterte. Aber es war keine Zeit, sich den Kopf darüber zu zerbrechen, da Faltor wartete und die Namensgebungszeremonie gleich beginnen würde.

Der Häuptling stand neben einem großen, flachen Felsen auf einer kleinen Erhebung und blickte auf das große

Feuer und die versammelten Dorfbewohner herab. Er lächelte breit. Laena wußte, daß ihm von allen Zeremonien diese die liebste war.

»Der Vater soll das Kind zu mir bringen«, sagte Faltor, die Stimme über das Knistern des Feuers und das Gemurmel der Menge erhebend.

Stille senkte sich herab. Laena reichte ihren Sohn an Joq weiter, der ihn vorsichtig zu dem flachen Felsen trug. Auf dem Stein war ein Fell ausgebreitet worden, auf das Joq nun seinen Sohn legte.

Der Säugling lag auf dem Rücken, den Körper in weiches Leder gewickelt, Arme und Beine jedoch frei. Er strampelte und schwenkte die Arme. Er hatte aufgehört zu weinen und sah um sich, als wäre er überrascht, sich an diesem neuen Ort wiederzufinden, ohne daß ihn jemand hielt.

Faltor nahm drei kleine Gegenstände von dem Felsen. Jeweils eine Miniaturausgabe eines Jagd- und eines Fischspeeres und einen weißen Kieselstein.

»Dieses Kind wurde in den Fischer-Stamm hineingeboren«, verkündete er. Seine Stimme hallte über den Fluß und wurde von den Talwänden zurückgeworfen. »Es muß wählen.«

Er beugte sich über den Säugling und hielt ihm alle drei Gegenstände in Reichweite.

Der kleine Junge blickte aus großen Augen zu ihm auf. Er schwenkte die Faust und griff dann nach dem weißen Kiesel.

Erwartungsvolles Stimmengemurmel erhob sich von den Dorfbewohnern.

Aber die winzigen Finger glitten über den Stein, ohne ihn zu greifen.

»Er hat seine Wahl nicht getroffen«, sagte Faltor. »Sein Schicksal ist unbestimmt.«

Die Dorfbewohner seufzten.

Faltor legte die drei Gegenstände beiseite. »Er wird zu einem späteren Zeitpunkt wählen. Sein Schicksal ist offen.« Er verschränkte die Hände. »Jetzt ist es Zeit, ihm seinen Namen zu geben.« Vorsichtig nahm er das Kind auf den Arm und hob es dann hoch, wobei er sich langsam um die eigene Achse drehte, damit es jeder sehen konnte. »Es wurde ein Name ausgewählt«, fuhr Faltor fort, worauf erneut gespanntes Schweigen folgte. »Er soll Henik vom Stamm der Fischer heißen.«

Die Menge jubelte – einmal, zweimal und noch ein drittes Mal.

Laena warf hastig einen Blick in die Runde. Sie entdeckte Orleh und sah den schockierten Ausdruck auf seinem Gesicht. Er öffnete den Mund, als wollte er protestieren, aber die anderen um ihn herum bekundeten immer noch lautstark ihre Zustimmung.

Faltor wandte sich Laena zu und legte ihr das Kind in die Arme. »Geht nach Hause, lebt in Frieden, seid gesund und glücklich«, sagte er mit einem Lächeln, das aussah, als wäre es nur für sie allein bestimmt. »Es ist eine Bereicherung für unser Volk, daß du gekommen bist und dich uns angeschlossen hast.«

»Ich danke dir«, entgegnete Laena.

Er wandte sich an Joq. »Sei stolz. Und sei ein guter Vater«, sagte er und musterte den jungen Mann streng.

Joq nickte. »Das werde ich.«

Wieder sah Laena diesen völlig neuen, feierlichen Ausdruck auf seinem Gesicht.

Kapitel 30

Joq hockte neben dem Bett und wühlte in seinen Werkzeugen und seiner Jagdausrüstung. Er wickelte eine geflochtene Schnur um Daumen und Ellbogen, legte sie dann sorgfältig zusammen und verstaute sie in seinem Bündel.

Laena sah ihm zu und wechselte Henik von einem Arm in den anderen. Das Baby wurde langsam schwer: Sie mußte sich inzwischen die meiste Zeit mit einem Tragegurt behelfen.

»Wie lange wirst du fort sein?« fragte sie.

Joq sah sich um und entdeckte ein Holzspielzeug auf dem Boden. Es war eine Mammutfigur von der Größe einer Männerhand. Er hatte sie vor einigen Monaten für Henik geschnitzt, gleich nach der Namensgebungszeremonie.

»Was macht das auf dem Boden?« Er hob die Figur auf und wischte den Schmutz ab.

»Es muß vom Bett gefallen sein«, entgegnete Laena. Tatsache war, daß Henik die Figur jedesmal, wenn sie sie ihm gegeben hatte, zu Boden geworfen hatte. Schließlich hatte sie sie einfach vergessen und dort liegenlassen.

Joq stellte das Mammut auf das Regal, auf dem er seine Schnitzereien aufbewahrte. »Weißt du, hier drin sieht es in letzter Zeit wirklich schlimm aus.«

»Ich hatte gehofft, du könntest mir beim Ordnungschaffen helfen«, entgegnete Laena. Das Baby wog immer schwerer in ihren Armen, und sie legte es zurück aufs Bett. »Ich wußte nicht, daß du schon wieder weg willst.«

Joq brummte unwillig. »Ordnung zu schaffen ist keine Männerarbeit.«

Laena strich sich das Haar aus dem Gesicht. Sie war in letzter Zeit unkonzentriert und aufbrausend, und sie verstand nicht, was mit ihnen beiden geschah. »Joq, früher hast du so etwas nie gesagt.«

»Was meinst du mit ›so etwas‹?« Er warf ihr einen mißtrauischen Blick zu, wie so oft in letzter Zeit.

»Du hast früher nie gesagt, daß Männer dies und Frauen jenes tun müssen. Du und ich, wir haben immer alles gemeinsam gemacht.«

Er zuckte die Achseln. »Da hatte ich noch keinen Sohn.« Er setzte sich auf den Lehmboden und fuhr fort, seine Sachen zu packen.

»Aber warum sollte unser Sohn denn ein Grund sein, etwas an unserer Lebensweise zu ändern?« Laena entging nicht, wie klagend ihre Stimme klang. Sie wollte ihn nicht kritisieren, ihm nicht ständig etwas vorjammern, aber sie verstand wirklich nicht, was vorging.

»Ich muß für ihn sorgen«, entgegnete Joq langsam, als wäre sie schwer von Begriff. Er klappte den ledernen Deckel seiner Tasche herunter und schnürte die Riemen zu. »Ich muß jagen, versteht sich das nicht von selbst?« Er sah auf das Kind, das auf dem Bett lag. »Ist das nicht gefährlich? Er könnte herunterfallen.«

»Ihm passiert schon nichts, Joq«, sagte sie und dachte bei sich: Wenn er mir nur halb so viel Aufmerksamkeit schenken würde wie dem Kind, hätte ich weniger Grund zur Klage.

Er musterte sie wieder mit brütendem Blick. »Manchmal frage ich mich, ob du dich auch wirklich anständig um ihn kümmerst.«

Laena starrte ihn entgeistert an. »Wie kannst du so etwas sagen!«

Er schüttelte den Kopf. »Nur so ein Gedanke. Wenn ich das Durcheinander hier sehe ...« Er knotete ein Paar Ersatzstiefel seitlich an seinen Rucksack und schulterte ihn. »Ich muß los.«

Laena trat zwischen ihn und die Tür und versperrte ihm den Weg. »Warte einen Moment. Warte, Joq.« Sie schloß die Augen und massierte sich mit den Fingerspitzen die Schläfen. Was konnte sie sagen, um zu ihm durchzudringen, ohne ihn sich noch mehr zu entfremden? »Wir haben uns immer so gut verstanden.« Sie umschloß sein Gesicht mit den Händen. »Was stimmt nicht mehr? Ich verstehe das nicht. Du läßt mich hier allein, sagst nicht einmal Bescheid, wenn du fortgehst ...«

Er zog abrupt den Kopf zurück. »Das ist nicht meine Entscheidung. Die anderen Jäger entscheiden.«

»Aber warum solltest du alles tun müssen, was sie von dir verlangen? Warum beachtest du mich nicht mehr?«

»Ich bin jetzt ein Mann, Laena! Ich habe einen Sohn!« Er seufzte. »Ganz offensichtlich verstehst du das nicht.« Er trat ungeduldig von einem Fuß auf den anderen. »Ich muß gehen.«

»Wie lange wirst du fort sein?« Sie umklammerte seinen Ärmel. »Das hast du mir immer noch nicht gesagt.«

»Eine Nacht, höchstens zwei.« Sie erkannte, daß er es kaum erwarten konnte, von ihr wegzukommen. »Warum zeterst du jedesmal, wenn ich auf die Jagd gehe?«

»Weil ich es hasse, wenn du mich hier allein läßt!« Sie sah sich in der kleinen Hütte um. Sie war ihnen wunderbar erschienen, als Faltor sie ihnen überlassen hatte, aber jetzt war sie zu klein, zu dunkel und schmutzig wie ein Gefängnis.

»Du solltest dich deinen Pflichten widmen und mehr Zeit mit den anderen Müttern im Dorf verbringen«, entgegnete Joq.

Ja, die anderen Mütter. Sie redeten von nichts anderem als von ihren Kindern und ihren Männern. Keine von ihnen hatte sich je weiter als einen Tagesmarsch vom Tal entfernt, und dabei würde es auch bleiben. Sie wußten nicht, was jenseits des Horizonts war, und es kümmerte sie nicht einmal.

»Ich habe ihnen nicht viel zu sagen«, erwiderte Laena.

»Aber das war doch früher nicht so.«

»Doch, Joq! Früher habe ich mich die meiste Zeit mit dir unterhalten.«

»Und was ist mit Nan? Mit ihr kannst du dich doch sicher unterhalten, oder?«

Laena seufzte. »Ja, das kann ich. Aber sie ist jetzt die meiste Zeit bei Faltor.« Wieder klammerte sie sich an ihn. »Weißt du nicht mehr, wie es zwischen uns war? Wir haben ständig miteinander geredet. Über alles mögliche. Darüber, warum die Welt so ist, wie sie ist, was passiert, wenn ein Mensch stirbt, warum die Sonne rund ist …«

Einen Augenblick schien er zu stutzen und über ihre Worte nachzudenken. »Ich war ein Träumer«, sagte er schließlich.

»Ja, das warst du! Und ich habe dich dafür geliebt!«

Er blickte zu Boden. »Es tut mir leid.« Er bewegte die

Schultern, um seine Last bequemer zu verteilen. »Weißt du, es ist auch für mich schwer, Laena. Die Männer haben mich früher nie akzeptiert. Jetzt muß ich mich beweisen. Das heißt, daß ich mir auf der Jagd die größte Mühe geben muß.«

Laena nickte traurig. Welche Ironie, daß sie sich immer gewünscht hatte, er würde sich selbst ein wenig ernster nehmen. Jetzt versuchte er, so zu werden wie Mertan, und sie wollte nur noch, daß er wieder so wäre wie früher.

Joq nahm seine Speere an sich. »Ich sage Nan, daß sie herkommen soll«, sagte er. »Wäre dir das eine Hilfe?«

Laena zwang sich zu einem Lächeln. »Ja. Danke.«

»Und ich bringe auch neue Äste für unser Bett mit. Damit ihr, du und Henik, es bequemer habt.«

Er küßte sie flüchtig und blickte sich dann ein letztes Mal um. »Du wirst versuchen, etwas Ordnung zu schaffen, ja?«

Er ging hinaus, ohne ihre Antwort abzuwarten.

Laena ließ sich neben ihren Sohn auf das Bett zurücksinken. Sie vermochte nicht mehr zu sagen, was die Wahrheit war. War es Joq tatsächlich wichtig, mit den anderen Männern auf die Jagd zu gehen? Spielte es eine Rolle, daß die Hütte nicht so ordentlich war? War sie launisch und schwierig? War sie selbst schuld, daß sie nicht mehr glücklich war? Sie wußte es nicht.

Sie drückte den kleinen Henik an sich. Draußen hörte sie die üblichen Geräusche eines gewöhnlichen Sommertages. Kinder spielten am Fluß und riefen einander zu. Eine Frau sang, während sie Fisch zum Trocknen auf einem Holzgestell ausbreitete. Jemand klopfte Leder weich, um ein Kleidungsstück daraus zu nähen.

Laena überlegte, ob sie den Tragegurt umlegen und mit Henik spazierengehen sollte. Vielleicht sollte sie den anderen Frauen nacheifern, so wie Joq sich bemühte, sich den Aktivitäten der Männer des Stammes anzuschließen?

Vielleicht würde sie es später versuchen, aber im

Augenblick brauchte sie erst einmal etwas Schlaf. Aus irgendeinem Grund war sie in letzter Zeit ständig müde.

Henik rollte sich an ihrem Bauch zusammen und gab leise, schläfrige Laute von sich. Es war schön, ihn so nah bei sich zu haben. Sie zog das Bündel Stöcke näher, das sie angefertigt hatte, damit er nicht vom Bett rollte, und gestattete sich dann einzudösen.

Ihr war sehr, sehr warm. So heiß, daß sie sich fühlte, als läge sie dicht bei einem riesigen Freudenfeuer.

Sie schlug die Augen auf und fand sich an einem seltsamen, strahlendhellen Ort wieder. Das Land war gelb wie Stroh. Ihr Körper war schweißnaß und ihre Kehle staubtrocken. Sie keuchte. »Wo bin ich?« rief sie, und die Worte schmerzten in ihrer rauhen Kehle.

»Ich sehe, du hast Durst.« Die Stimme kam von irgendwo aus dem grellen Licht. Sie konnte nicht sehen, wer da sprach.

Laena nickte schwach. »Großen Durst.«

»Dann trink.« Eine Trinkschale aus rauher Baumrinde wurde ihr in die Hand gedrückt. Die Schale war so schwer, daß sie sie kaum anheben konnte.

»Trink!« befahl die Stimme erneut.

Laena bemühte sich. Sie fühlte sich kraftlos, und die Schale erschien ihr viel größer als nötig. Endlich gelang es ihr, sie an die Lippen zu führen.

Die Schale enthielt kein Wasser, sondern eine süßlich riechende Flüssigkeit. Sie zögerte.

»Das wird dir guttun«, sagte die Stimme. »Es wird dich beruhigen.«

Laena nahm einen Schluck. Und – ja, es schmeckte angenehm. Ihr Mund und ihre Zunge taten nicht mehr weh. Und die Flüssigkeit wirkte tatsächlich lindernd, als sie ihre Kehle hinabrann.

»Trink noch mehr«, sagte die Stimme.

Laena leerte die Schale.

Von irgendwoher hörte sie jemanden lachen.

Ohne Vorwarnung bekam sie schreckliche Magenkrämpfe. Es kam ihr vor, als würden sich scharfe Messer in ihren Bauch bohren. Sie schrie vor Schmerz.

Das Lachen wurde lauter.

»Warum?« keuchte Laena. »Wer bist du? Warum hast du mir das angetan?«

Der Schmerz wurde zu einem Feuer, das sie von innen heraus verzehrte.

»Laena!« rief eine andere Stimme. »Laena, träumst du?«

Ja, ich träume, erkannte sie plötzlich unsagbar erleichtert. Ja, es war ein Traum.

Mühsam schüttelte sie den gräßlich heißen, hellen Ort von sich ab, und sobald sie die Augen aufschlug, hörte auch der Schmerz auf.

Sie blinzelte im Dämmerlicht der Hütte und blieb eine Weile reglos und nach Luft ringend liegen. Eine dunkle Gestalt beugte sich über sie. »Wer ist da?« rief Laena erschrocken aus. Ihr Mund war so trocken wie in ihrem Traum. Sie zuckte zusammen vor Schmerz, als sie versuchte zu schlucken.

»Ich bin es, Kind.« Nans Stimme. »Was ist mit dir?«

Laena versuchte, sich zu beruhigen. »Ein Traum. Ich habe geträumt, ich würde vergiftet.« Wieder versuchte sie zu schlucken. »Ich brauche Wasser.«

Nan gab einen ungeduldigen Laut von sich. »Ich werde langsam zu alt, dich zu bedienen.« Dennoch schlurfte sie zu dem Ledereimer neben dem Feuer und kehrte mit einer Schale Wasser zurück.

Laena zögerte nur eine Sekunde. Es war nur ein Traum, sagte sie sich, nichts weiter. Das Wasser, das Nan ihr reichte, war ungefährlich. Sie hob die Schale an den Mund und leerte sie gierig.

»Was hat das alles zu bedeuten?« Nan setzte sich ans Fußende des Bettes. »Joq sagte, du würdest dich merkwürdig benehmen, und da habe ich alles stehen und liegen lassen, um herzukommen. Und was finde ich vor? Die Hütte starrt vor Dreck, und du siehst aus, als würdest du die ganze Zeit nur schlafen.«

»Ich bin in letzter Zeit … nicht sehr glücklich gewesen.« Laena schämte sich, jetzt, da Nan hier war. Die alte Frau beklagte sich nie, ganz gleich, was ihr widerfuhr.

Nan klopfte Laena auf die Schulter. »Es ist nicht ungewöhnlich, daß eine Frau unglücklich ist, wenn sie ein kleines Kind hat.«

Laena blinzelte. »Wirklich?«

Nan nickte.

Laena blickte auf den kleinen Henik herab. Er war aufgewacht. Als er sah, daß sie ihn betrachtete, lächelte er. Sie nahm ihn auf den Arm und drückte ihn an sich. »Ich schaffe das schon«, sagte sie. »Ich sollte dich nicht belästigen, Nan.«

»Nun, jetzt, da ich schon mal hier bin, kann ich mich auch nützlich machen. Warum machst du nicht einen Spaziergang, Mädchen? Das würde deine Gedanken klären.«

Laena zögerte. »Aber ich kann Henik nicht allein lassen.«

»Warum nicht? Ich kümmere mich um ihn.«

Laena war immer noch skeptisch. »Und was, wenn er Hunger bekommt?«

»Dann wird er warten müssen, bis du wieder da bist. Das wird ihm schon nicht schaden. Geh nur, Mädchen. Ehe ich es mir anders überlege.«

Widerstrebend stand Laena auf. »Bist du sicher?«

Nan legte sich Henik auf den Schoß. Er blickte von ihr zu Laena und machte ein unglückliches Gesicht. Dann stieß er einen Schrei aus.

Laena schüttelte verzweifelt den Kopf. »Er weint!«

Nan schob Henik ihren Daumen in den Mund. Es dauerte nicht lange, und er beruhigte sich und nuckelte zufrieden. »Siehst du?« sagte Nan. »Ich habe mich schon um mehr Babys gekümmert, als ich zählen kann, Mädchen. Und jetzt geh endlich. Er wird noch hier sein, wenn du wiederkommst, heil und wohlbehalten.«

Laena zwang sich zu einem Lächeln. »Ich danke dir, Nan.« Als sie sich der Tür zuwandte, fühlte sie, wie ein Teil der Last von ihr abfiel. »Ich bleibe nicht lange.«

Draußen blieb sie stehen und blinzelte im grellen Licht. Der Himmel über dem Tal war strahlendblau, und es war so warm, daß sie ihre Felle kaum brauchte.

»Laena!« rief jemand. Eine Frau, die in der Nähe arbeitete, richtete sich auf und winkte ihr. »Wie geht es dem Kleinen?«

»Bestens, danke.«

»Komm uns doch mal besuchen.«

»Danke, das werde ich.« Laena setzte sich in Bewegung und folgte zügig dem Pfad, um nicht durch ein Gespräch aufgehalten zu werden.

Im Dorf herrschte rege Betriebsamkeit. Einige der Frauen zerstampften getrocknete Wurzeln und Samenkörner, die als Gewürze dienten. Andere flickten oder nähten Kleider für den Winter. Die älteren Frauen saßen entspannt auf der schattigen Schwelle ihrer Hütte und unterhielten sich. Mehrere grüßten Laena, als sie vorbeiging.

Nahe am Fluß sah sie drei Jungen mit verschränkten Beinen inmitten von Holzspänen sitzen und aus getrockneten Ästen Fischspeere fertigen. Etwas weiter saßen zwei jüngere Kinder neben Gestellen, auf denen ausgenommener, zerlegter Fisch ausgebreitet war, und legten feuchte Holzstücke in das schwelende Feuer darunter.

Im Fluß selbst stand ein kleiner Junge mit einem Spielzeugspeer und stach nach Lichtreflexen auf dem Wasser. Zwei andere Kinder warfen Steine nach dem vorbeitreibenden Kadaver eines Lachses. »Hallo, Stammesmutter«, rief eins der Kinder respektvoll.

Laena bückte sich und hob einen Stein auf. Eins der Kinder grinste und stieß dem anderen den Ellbogen in die Seite.

Laena kniff die Augen zusammen und warf den Stein. Um den toten Fisch herum spritzte Wasser auf.

»Getroffen!« rief der Junge.

»Richtig«, stellte Laena fest. »Habt ihr nicht geglaubt, daß auch eine Mutter einen Stein werfen könnte?«

Sie kicherten verlegen und liefen davon.

Laena ging weiter am Flußufer entlang. Vielleicht wäre

ich glücklicher, wenn ich so frei wäre wie Joq, dachte sie. Zwei Tage unterwegs sein und durch das Land streifen – wie lange war es her, daß sie so etwas getan hatte? Sie und Joq waren vor einem Jahr gemeinsam für ein paar Tage abseits des Dorfes unterwegs gewesen. Wie wunderschön es gewesen war ganz allein mit ihm in der Wildnis. Sie hatten beisammengesessen und sich unterhalten, sich geliebt oder einfach nur die Nähe des anderen genossen und geschwiegen.

Sie blickte auf und sah eine Frau, die ihr entgegenkam. Überrascht erkannte sie Turi.

Laena zögerte. Ihr erster Impuls war kehrtzumachen. Seit sie über Mertan in Streit geraten waren, hatte Laena sich in Turis Anwesenheit immer unwohl gefühlt – obwohl sie beide letztendlich bekommen hatten, was sie wollten.

Aber es war zu spät auszuweichen. Laena blieb stehen und wartete. »Hast du auch einen Spaziergang gemacht?« fragte sie Turi lächelnd.

Turi blieb ebenfalls stehen. Sie zögerte, aber dann erwiderte sie Laenas Lächeln, wenn auch etwas mißtrauisch. »Ich gehe gern ab und an spazieren«, sagte sie.

»Wenn ich dich störe ...«, begann Laena.

»Nein. Nein, ganz und gar nicht.« Laena registrierte, daß Turi zugenommen hatte und nicht mehr so sehr auf ihr Aussehen achtete wie früher. Nun, zwei Kinder großzuziehen hatte seinen Preis.

»Wer kümmert sich um deine Kinder?« fragte Laena und schlenderte an Turis Seite zurück zum Dorf.

Turi zuckte die Achseln. »Eine von den anderen Müttern. Weißt du, Laena, wir haben dein Baby bisher kaum zu Gesicht bekommen. Wie heißt er noch gleich?«

»Henik.«

»Henik, ja. Ein ungewöhnlicher Name.«

»Der Name meines Vaters«, entgegnete Laena ein wenig scharf.

»Natürlich, entschuldige. Ich wollte dich nicht beleidigen.« Sie schien aufrichtig und legte Laena eine Hand auf den Arm. »Weißt du, es ist lange her, daß du hergekommen bist, und ich dachte, du wolltest mir Mertan wegnehmen. Das ist längst vergessen. Du verstehst doch, was ich meine?«

Laena nickte. »Ich verstehe.« Sie überlegte, was sie Freundliches sagen konnte. »Ich hoffe, du bist glücklich mit Mertan.«

Turi lachte. »Du weißt ja, wie er ist. Er verbringt die meiste Zeit auf der Jagd. Das ist seine größte Leidenschaft.«

Laena nickte. Sie war nicht überrascht.

»Aber ich habe zwei wunderbare Kinder«, fuhr Turi fort. »Urami und Toma. Und das ist es, was wirklich zählt.« Sie warf Laena einen Blick zu. »Ich bin am glücklichsten, wenn ich zu Hause bei ihnen bin. Jetzt, da du selbst einen Sohn hast, wirst du verstehen, was ich meine.«

Laena wußte nicht, was sie darauf erwidern sollte. Natürlich liebte sie den kleinen Henik von ganzem Herzen. Und doch – Joq liebte sie ebensosehr. Und darüber hinaus liebte sie es, umherzustreifen und etwas vom Umland zu sehen. Es schien, als hätte sie höhere Ansprüche als die anderen Frauen, wenngleich sie nicht sagen konnte, warum.

»Joq ist in letzter Zeit viel unterwegs gewesen«, sagte sie, als sie das Dorf erreichten. »Um die Wahrheit zu sagen, wünschte ich, er wäre öfter zu Hause.«

Turi lachte. »Er wäre dir nur im Weg. Du solltest froh sein, daß er endlich angefangen hat, etwas Sinnvolles zu tun.« Sie musterte Laena forschend. »Ich habe mich immer gefragt, wie du es aushältst mit einem Mann, der nur die ganze Zeit herumsitzt und Musik macht.«

Seine Musik ist wunderschön, dachte Laena bei sich. Sie war viel kostbarer als die Jagd. Warum konnte Turi das nicht verstehen?

»Ich muß jetzt nach Hause«, fuhr Turi fort. »Wenn du dich einsam fühlst, komm doch einfach vorbei. Wann immer du willst.«

Laena lächelte, wenngleich sie sich innerlich leer fühlte. »Danke«, sagte sie.

Sie blieb stehen und blickte Turi nach. Ich wünschte, ich könnte so sein wie sie, dachte sie. Dann wäre das Leben so viel einfacher.

Laena wandte sich ab und steuerte ihre eigene Hütte an. Als sie näher kam, hörte sie ein Baby weinen. Henik, dachte sie besorgt. Wie lange war sie fort gewesen? Ihr war es nicht lange vorgekommen. Sie kniff die Augen zusammen und blickte in den Himmel. Es war schwierig, hier unten im Tal ein Zeitgefühl zu entwickeln, da die Sonne fast den ganzen Tag hinter den Bergen verborgen blieb.

Sie eilte in die Hütte und erkannte auf den ersten Blick, daß etwas nicht stimmte. Nan lag reglos auf dem Bett, aber Henik war nicht bei ihr. Das Schreien kam aus der dunkelsten Ecke der Hütte.

Als Laenas Augen sich an die Dunkelheit gewöhnten, sah sie, daß noch jemand in der Hütte war. Eine Frau hockte in einer Ecke. Sie hielt Henik und hob etwas auf ihn zu.

»Was machst du da?« rief Laena, hastete hinüber und riß der Frau Henik aus den Armen.

Die Frau hob den Kopf, und Laena sah ihr Gesicht.

»Worin!« rief Laena aus und fühlte, wie eisige Kälte sich in ihr ausbreitete.

Langsam richtete Worin sich auf. »Ich habe das Baby schreien hören«, sagte sie ruhig.

»Du hast ihn erst zum Weinen gebracht!« fuhr Laena sie an und drückte Henik fest an ihre Brust. »Was hast du mit ihm gemacht? Sag es mir!«

»Nichts.« Worin stellte die Schale ab, die sie in der Hand gehalten hatte.

»Was ist da drin?«

»Eine Medizin.« Worin starrte Laena durchdringend an. »Sie lindert Bauchschmerzen bei Säuglingen.«

Nan bewegte sich. Sie drehte sich auf die Seite und blinzelte. Sie sah erst Laena, dann Worin.

»Sie wollte ihn vergiften!« rief Laena. Sie griff nach der

Rindenschale, ehe Worin sie an sich nehmen konnte. »Hat er davon getrunken?«

Langsam stahl sich ein Lächeln auf Worins Gesicht. Sie antwortete nicht.

»*Hat er davon getrunken?*« Laena schrie jetzt. »Antworte!«

»Laena, Laena.« Nan stand vom Bett auf, hielt einen Augenblick in der Bewegung inne und verzog das Gesicht, als ihre steifen Gelenke knackten. Dann trat sie einen Schritt vor. »Was soll die ganze Aufregung eigentlich?«

»Aber ich habe es geträumt!« Und plötzlich erkannte sie, daß es stimmte: Die Stimme in ihrem Traum hatte Worin gehört. »Ich habe geträumt, daß sie mein Kind vergiftet!« Laena begann zu schluchzen. »Nan, du mußt mir helfen!«

Nan murmelte etwas Unverständliches. Sie nahm Laena die Rindenschale aus der Hand und roch an der Flüssigkeit. »Sirup«, sagte sie und wandte sich Worin zu. »Wo hast du den her?«

»Von dort drüben.« Sie zeigte auf eine Lederflasche, die Laena in einer Ecke der Hütte aufbewahrte.

»Siehst du?« sagte Nan zu Laena. »Sie wollte ihm nichts Böses tun.«

Laena schien immer noch nicht überzeugt. »Woher willst du das so genau wissen?«

»Ich erkenne Sirup, wenn ich ihn rieche. Hier.« Sie reichte die Schale Worin. »Trink selbst etwas davon.«

Ruhig nahm Worin die Schale und trank.

Laena schüttelte den Kopf. Der Boden schien unter ihren Füßen zu schwanken. »Ich verstehe das nicht«, sagte sie. Ihre Träume waren immer zutreffend gewesen, hatten sich immer erfüllt.

Nan blickte auf Henik herab. Das Baby hatte aufgehört zu schreien. Der kleine Junge starrte zu den Erwachsenen auf, als versuche er zu begreifen, was vor sich ging. »Es ist alles in Ordnung mit ihm«, sagte Nan.

»Aber …«

»Du bist verrückt«, sagte Worin. Sie trat näher und starrte Laena aus zusammengekniffenen Augen an. »Ist dir eigentlich klar, wie verrückt du bist?«

»Das reicht, Worin«, sagte Nan scharf.

»Aber es stimmt. Meiner Meinung nach hat sie dieses Kind gar nicht verdient.«

Nan holte tief Luft. »Worin! Wir sprechen uns in meiner Hütte.«

Worin musterte sie eine Weile wortlos, ehe sie sich abwandte und hinausging.

Laena fühlte sich ganz schwach. »Du bist eingeschlafen«, sagte sie anklagend. »Ich habe dir vertraut.«

Nan betrachtete sie einen Moment schweigend, ehe sie sprach. »Schläfst du nie mit deinem Kind im Arm?«

»Doch, aber ...«

»Worin hätte sich ebensogut hereinschleichen können, während du schliefst, Laena.«

Laena schüttelte den Kopf. »Nein. Ich wäre von Heniks Weinen wach geworden.«

Nan schien die Geduld zu verlieren. »Also gut, ich werde nie wieder auf ihn aufpassen. Aber du mußt dich zusammenreißen, Laena.«

»Hol Moru«, entgegnete Laena nur. »Bitte!«

»Wozu?« fragte Nan.

Laena ballte die Hände zu Fäusten. »Ich brauche Moru. Ich brauche sie wirklich, Nan. Sag ihr bitte, sie soll herkommen.«

Die alte Frau grunzte unwillig. »Sie wird beschäftigt sein.«

»Hol sie für mich, Nan. Das ist alles, worum ich dich bitte.«

Nan warf Laena einen seltsamen Blick zu. »Also gut. Ich werde es ihr ausrichten.« Sie ging in Richtung Tür. »Aber du solltest inzwischen wissen, wer deine Freunde sind, Laena. Ich bin gekommen, um dir zu helfen. Sogar Worin wollte auf ihre eigene, schlichte Art helfen.«

»Bitte hol Moru!«

Nan ging ohne ein weiteres Wort.

Laena saß schweigend da, hielt ihr Kind in den Armen und wiegte sich vor und zurück. Die Zeit schien so schrecklich langsam zu vergehen. Plötzlich fühlte sie sich sehr allein.

Endlich hörte sie draußen Schritte. Sie blickte auf, von ganzem Herzen hoffend, daß sie gleich Morus vertrautes Gesicht sehen würde. Und ja, da war sie.

Moru trat ein und stemmte die Hände in die Seiten. Sie atmete schwer, und ihre Wangen waren vom Laufen gerötet. »Was ist?« fragte sie.

»Setz dich«, sagte Laena. »Bitte.«

Moru blieb stehen. »Warum? Was ist denn los?« Sie musterte Laena stirnrunzelnd. »Nan hat gesagt, du würdest herumschreien und dich höchst seltsam aufführen.«

Laena legte Henik vorsichtig auf das Bett. Dann richtete sie sich wieder auf und nahm Morus Hände.

Moru versuchte, sich aus ihrem Griff zu befreien.

»Nein!« sagte Laena schneidend. »Zieh dich nicht von mir zurück.«

Etwas in ihrem Tonfall ließ Moru zögern.

Laena atmete tief durch. »Bist du noch meine Schwester?«

Moru war anzusehen, daß sie sich unbehaglich fühlte. »Was soll die Frage?«

»Erinnerst du dich, Moru, ich habe dir geholfen, in der Wildnis zu überleben. Und du hast mich gerettet, als Gorag mich ... über mich hergefallen ist.«

»Natürlich erinnere ich mich«, entgegnete Moru düster. »Hör zu, ich weiß nicht, was das alles ...«

»Du bist meine *Schwester*!« Laena schüttelte Moru leicht. »Du bist von meinem Fleisch und Blut. Ich weiß, daß du jetzt alt genug bist, dein eigenes Leben zu führen. Ich weiß, daß du deine eigenen Freunde hast. Ich weiß, daß du vergessen willst, daß du je dem Stamm der Panther angehört hast. Aber du bist immer noch meine Schwester.«

Widerstrebend nickte Moru.

»Also gut. Ich brauche deine Hilfe«, sagte Laena etwas

ruhiger. »Und ich habe sonst niemanden, an den ich mich wenden könnte.«

Moru blinzelte. »Warum? Ich verstehe nicht.«

Laena suchte nach den richtigen Worten. »Ich brauche jemanden, dem ich trauen kann. Joq ist kaum noch hier. Nan wird alt. Sie ist eingeschlafen, während sie auf das Baby aufgepaßt hat, und Worin hat sich reingeschlichen und …« Ihr wurde bewußt, daß ihre Stimme wieder schrill klang. Sie zwang sich, sich zu beruhigen. »Ich hatte wieder einen Traum.«

Moru schien überrascht. »Ich dachte, du hättest mir gesagt …«

»Ja, ich habe dir gesagt, ich würde nicht mehr träumen. Ich hatte drei Jahre lang keinen Traum mehr. Aber während der Geburt hatte ich eine Vision. Und erst heute nachmittag habe ich im Schlaf geträumt, daß jemand vergiftet würde. Worins Stimme sagte: ›Trink! Trink!‹ Ich ging spazieren, und als ich zurückkam, war Worin hier und versuchte, dem Baby etwas einzuflößen …« Sie schlang die Arme um sich selbst. »Sie haßt mich, weil Nan und ich uns so nahestehen und ich ihr Joq weggenommen habe. Ich traue ihr nicht. Und du hast selbst erlebt, daß das, was ich träume, *immer* eintrifft. Das weißt du doch noch, oder?«

»Ja, das weiß ich.« Moru klang nicht länger skeptisch oder unwirsch. Sie machte ein nachdenkliches Gesicht.

»Ich brauche dich wirklich, Moru. Ich wünschte, du würdest dich nicht von mir abwenden. Das tut mir sehr weh. Und ich brauche deine Hilfe.«

Hierauf folgte längeres Schweigen. »Es schien, als wolltest du über mein Leben bestimmen«, sagte Moru schließlich. »Die halbe Zeit hast du mich herumkommandiert, und den Rest der Zeit warst du nicht da. Du warst so sehr mit deinen eigenen Angelegenheiten beschäftigt.«

Laena war überrascht. »Ist es dir wirklich so erschienen?«

Moru nickte und erwiderte Laenas Blick schweigend.

Laena seufzte. »Es tut mir leid, Moru. Ich dachte, du könntest mich einfach nicht mehr leiden.«

Diesmal war es Moru, die ein überraschtes Gesicht machte. »Wie kommst du darauf?« fragte sie, trat näher, legte die Arme um ihre Schwester und drückte sie an sich. Eine Weile sagte keine von ihnen ein Wort. »Ich schätze, ich war nicht ganz unschuldig daran, wie unsere Beziehung sich entwickelt hat. Weißt du, da ist dieser Junge, sein Name ist Rorah …« Sie zögerte. »Es ist etwas schwierig zu erklären. Ich bin so damit beschäftigt, an ihn zu denken, daß es mir manchmal schwerfällt, mich auf etwas anderes zu konzentrieren.«

Laena lachte und tätschelte liebevoll Morus Hand. »Ich verstehe das sehr gut, glaub mir. Ich verstehe dich.«

Moru schüttelte den Kopf. »Sprich nicht in diesem Ton, so als wüßtest du alles!«

Hierauf entstand für kurze Zeit angespannte Stille. »Entschuldige«, sagte Laena leise.

Moru trat zurück und beruhigte sich langsam wieder. »Tut mir leid, daß ich dich angeschrien habe. Und – es tut mir leid, daß ich bei der Namensgebungszeremonie nicht geblieben bin.« Sie blickte auf Henik herab. »Ist mit ihm alles in Ordnung?« Sie berührte mit dem Zeigefinger seine Hand und sah zu, wie seine winzigen Finger sich um den ihren schlossen. »Er kommt mir so klein vor.«

»Ich denke, es geht ihm gut«, entgegnete Laena, die wieder an ihren Traum denken mußte. »Ich hatte solche Angst, als ich sah, daß Worin bei ihm war …« Sie schauderte.

»Bist du ganz sicher, daß es Worins Stimme war, die im Traum zu dir gesprochen hat?«

»Ja. Das heißt, ich denke schon.«

»Und du hast von Henik geträumt?«

Laena stutzte und überlegte konzentriert. »Nein, es ging nicht um ihn. Worin – oder jemand wie sie – hat *mir* das Gift verabreicht.« Sie lachte verlegen. »Es ergibt wohl doch keinen Sinn, oder? Aber als ich sah, wie sie Henik etwas einflößte, nachdem ich gerade erst diesen Traum hatte … Ich … ich habe wohl überreagiert. Weißt du, es ist so anstrengend gewesen, mich ganz allein um Henik zu kümmern.«

»Henik«, sagte Moru, als wolle sie den Klang des Namens prüfen. Sie beugte sich vor, blickte dem Säugling ins Gesicht und musterte seine Züge. »Glaubst du wirklich, daß er unserem … unserem Vater ähnlich sein wird?«

»Ich weiß es nicht. Wir werden abwarten müssen, wie er sich entwickelt.«

Moru nickte. Sie schniefte, und Laena erkannte überrascht, daß das Mädchen weinte.

»Du bist nicht die einzige, die manchmal verwirrt ist«, sagte sie. »Manchmal will ich allein sein, und dann bin ich wieder böse, weil niemand mit mir spricht. Ich habe dich dafür gehaßt, daß du immer größer, stärker und klüger warst als ich …«

Laena setzte sich zu ihr und umarmte sie. »Jetzt ist alles wieder gut. Jetzt sind wir wieder zusammen.«

Moru nickte und wischte sich mit dem Handrücken über die Augen. »Also gut.« Sie straffte die Schultern. »Wie kann ich dir helfen?«

Kapitel 31

Im Laufe des Tages, den Laena mit Moru in ihrer kleinen Hütte saß, sprach sie immer offener, fühlte sich ihrer Schwester inniger verbunden als seit Jahren. Sie hatte geglaubt, das Band zwischen ihnen wäre zerrissen, aber jetzt erkannte sie, daß dem nicht so war. Es war nur schwächer geworden und konnte leicht wieder gefestigt werden.

Moru mußte am Nachmittag zum Arbeiten zurück zum Fischbassin, aber am Abend kam sie zurück und brachte Laena den größten Lachs, den sie ausgenommen und entgrätet hatte. »Erinnerst du dich noch an den ersten Fisch, den wir selbst zubereitet haben?« sagte sie, während sie den Lachs über dem Feuer röstete. »Es war so lustig, wie wir uns abgemüht haben, ihn zu entgräten. Wir wußten nicht einmal, ob wir am Kopf oder am Schwanz anfangen sollten.«

Laena lächelte. »Ja, ich erinnere mich.«

Im Verlauf des Abends sprach Laena zum erstenmal mit ihrer Schwester über ihre Gründe, Joq anstelle von Mertan zum Gefährten zu wählen. Sie hatte nie wirklich mit jemandem darüber gesprochen, und schon gar nicht mit Moru, weil Moru damals so zornig gewirkt hatte. Aber jetzt stellte sie fest, daß ihre Schwester eine verständnisvolle Zuhörerin war.

»Damals«, entgegnete Moru, »war mir nicht klar, was es wirklich bedeutet, sich an einen Mann zu binden. Ich habe nur gesehen, daß du deine Chance vertan hast, den Häuptlingssohn zum Gefährten zu nehmen. Alle hätten dich respektiert und somit auch mich als deine Schwester.« Sie zuckte die Achseln. »Ich habe die Dinge nur von meiner Warte aus betrachtet.«

»Das Traurige«, sagte Laena, »ist, daß ich Joq anstelle von Mertan gewählt habe und er, der einstige sanfte Träumer, sich jetzt bemüht, genauso zu werden wie Mertan. Joq will nur noch mit den Männern zusammensein und lernen, ein besserer Jäger zu werden.« Wehmütig schüttelte sie den Kopf.

»Aber ich hatte immer den Eindruck, du wärst gern für dich allein«, sagte Moru leise. »Weißt du nicht mehr, wie ich dich gesucht habe, wenn du in die Berge gegangen bist?«

Laena lächelte. »Ja, ich erinnere mich an diese Zeiten.« Sie stand auf. Draußen war es fast Nacht. Das Feuer war heruntergebrannt, und in der Hütte war es sehr dunkel. Laena suchte nach der Lederflasche mit Moschusöl, goß etwas davon in eine Steinschale und zündete es mit einem Stück Holz vom Kochfeuer an. Die gelbe Flamme spendete schwaches, flackerndes Licht.

Henik wurde unruhig. Sie hatten ihn in den Tragegurt gelegt, den Laena neben dem Feuer aufbewahrte. Moru nahm den Säugling auf den Arm, und als er zu ihr aufsah, hörte er auf zu weinen und lächelte. Sie erwiderte das

Lächeln. Sie hatte ihre Freude an ihm, jetzt, da sie sich gestattet hatte, ihn in ihre Welt aufzunehmen.

Moru wandte sich wieder Laena zu. »Ich erinnere mich, daß du früher auch viel umhergestreift bist«, fuhr sie fort. »Du warst immer neugierig, was sich hinter dem nächsten Berg verbirgt. Das hat uns letztlich auch hierher geführt, oder? Du wolltest nicht am Fluß bleiben, nach Gorags ... Tod.«

Laena nickte. »Das stimmt.«

Moru wirkte plötzlich scheu. »Ich habe mich neben dir immer so klein gefühlt, Laena. Du konntest einfach alles und ich nichts.«

Laena nickte. »Ich verstehe, was du meinst.«

Moru blickte auf Henik herab, der in ihren Armen eingeschlafen war. Sie trug ihn zum Bett, ganz vorsichtig, damit er nicht aufwachte. Als sie ihn ablegte, gab er einen wimmernden Laut von sich. Moru wickelte ihn in eine weiche Karibuhaut, und er beruhigte sich langsam wieder.

Moru wandte sich wieder Laena zu. Sie zeigte auf das Baby und die kleine Hütte. »Verglichen mit den Dingen, an die ich mich erinnere«, sagte sie, »paßt das alles gar nicht zu dir. Ich verstehe wohl nicht ganz, wie es dazu gekommen ist. Ich meine, warum wolltest du überhaupt ein Kind haben?«

Laena versuchte zurückzudenken, was ihr schwerfiel, weil die aktuellen Probleme sie so sehr beschäftigten. »Also, ich wollte einen Mann«, begann sie. »Das verstehst du doch, oder?«

Moru lächelte schüchtern. »Jetzt schon.«

»Und dann, nach der Vermählungszeremonie, wurden die anderen Mädchen alle schwanger. Und sie schienen so glücklich. Alle waren der Ansicht, es wäre das Richtige, eine Familie zu gründen. Nan hatte mir erklärt, wie ich eine Schwangerschaft vermeiden konnte ...«

Moru setzte zum Sprechen an; offensichtlich wollte sie Genaueres darüber wissen.

Laena hob eine Hand. »Ich werde dir alles darüber

erzählen, aber nicht jetzt. Laß uns erst über das Baby sprechen.«

Moru lächelte verlegen. »In Ordnung.«

Laena schwieg eine Weile, starrte auf die Flammen in der Steinschale und schien sich selbst dort zu sehen – ihr altes Ich, so wie sie früher war, immer auf der Suche nach etwas. Dieses alte Ich schien endgültig der Vergangenheit anzugehören – so wie ihre Vision des Panthers. Das war nicht mehr wirklich sie.

»Glaubst du, daß du immer mit Joq zusammensein wirst?« fragte Moru. »Du wirst nie wieder umherwandern?«

Laena dachte lange darüber nach. »Mir scheint, es sollte mir möglich sein, ein bißchen von beidem zu haben«, entgegnete sie. »Im Sommer haben Joq und ich oft Ausflüge unternommen. Manchmal waren wir zwei, drei Tage am Stück fort. Das hat meine Wanderlust befriedigt.«

»Du kannst den Kleinen hin und wieder bei mir lassen und einen Tag mit Joq allein verbringen«, sagte Moru. »Ich kann eine der anderen Mütter bitten, ihn zu stillen.«

Laena starrte sie verblüfft an. »Ist das dein Ernst?«

Moru blickte auf Henik herab und strich sacht mit einer Hand über sein Gesicht. »Ich möchte gern lernen, wie man für ein Baby sorgt.« Ein abwesender Ausdruck trat in ihre Augen. »Weißt du noch, wie wir, als wir selbst noch klein waren, mit falschen Babys gespielt haben? Du hast ein Stück Leder zusammengerollt …«

Laena lachte. »Ich erinnere mich. Aber … denkst du daran, eines Tages selbst ein Kind zu bekommen?«

»Ich war nie ein Wanderer wie du, Laena. Mir gefällt es hier. Mich zieht es nirgendwo anders hin. Ich fühle mich wohl bei den Fischern.« Sie warf Laena einen Blick zu. »Wenn Joq zurückkommt, sag ihm, daß nichts dagegen spricht, daß ihr wieder gemeinsam Ausflüge unternehmt so wie früher.«

Laena dachte eine Weile nach und fragte sich, wie er darauf reagieren würde. »Vermutlich wird er sagen, daß er nicht kann, weil er im Speerwerfen üben muß oder etwas in der Art.«

Moru zuckte die Achseln. »Dann übt gemeinsam. Du hast doch selbst einmal eine Raubkatze erlegt, oder? Damals mit Jobia.«

Laena traten Tränen in die Augen, aber diesmal waren es keine Tränen der Trauer. Sie ging zu Moru hinüber, setzte sich zu ihr und legte die Arme um sie. »Danke. Vielen, vielen Dank. Du hast mir meine Kraft zurückgegeben.«

»Ich denke, dazu sind Schwestern da«, entgegnete Moru leise. »Jedenfalls hast du das immer für mich getan.«

Wären sie draußen in der Ebene gewesen, hätten sie sogar um Mitternacht noch die Sonne dicht über dem Horizont sehen können. Und sogar hier unten im Tal war noch ein wenig Licht am Himmel übrig. Dennoch hatte Moru keine Lust, sich in der Dunkelheit zu ihrer Höhle zurückzutasten. Außerdem war es in Laenas Hütte warm und gemütlich. Also beschloß sie, dort zu übernachten.

Als die Schwestern sich auf dem Bett ausstreckten, dachte Laena an die vielen Male, die sie in der Wildnis Seite an Seite geschlafen hatten. Als sie einschlief, war sie sicher, daß sie in dieser Nacht nicht von Träumen gequält werden würde.

Viel später wachte sie von lauten Rufen auf. Im ersten Moment war sie verwirrt. »Joq«, rief sie, »was ist denn los?« Dann fiel ihr wieder ein, wer neben ihr lag. »Moru, wach auf!«

Ihre Schwester rollte sich auf die Seite und schlug die Augen auf. Sie starrten einander an und lauschten angespannt. Die Rufe waren noch fern, kamen aber rasch näher. Es waren keine ängstlichen, sondern triumphierende Schreie.

»Das müssen die Jäger sein«, sagte Moru. »Sie kommen früher zurück als geplant.«

»Meinst du?« Laena stieg aus dem Bett und zog sich an.

Henik wachte auf und fing an zu schreien. Sie nahm ihn auf den Arm, drückte ihn und versuchte, ihn zu beruhigen.

Moru ging zur Tür und verharrte dort lauschend. »Das müssen sie sein.« Sie schlug das Leder vor der Türöffnung zurück. »Komm mit, Laena. Wir gehen ihnen entgegen.«

Laena streifte rasch den Tragegurt für Henik über. Sie setzte ihn hinein, überzeugte sich davon, daß er bequem und sicher saß, und folgte dann Moru nach draußen.

Dort hatten sich bereits mehrere Nachbarn versammelt, die den Pfad hinunterstarrten, der am Flußufer entlangführte. Die Schreie kamen aus dieser Richtung und hallten von den steilen Talwänden wider.

Und dann sah Laena im dämmrigen Licht Gestalten auf das Dorf zulaufen. Die jüngsten Jäger kamen als erste, schreiend und die Speere über ihren Köpfen schwenkend. An jedem Speer waren Trophäen befestigt – Hörner und Hufe der Tiere, die sie erlegt hatten.

Dann folgten die älteren Jäger, angeführt von Mertan. Sie näherten sich jeweils zu zweit nebeneinander, Stangen über der Schulter. Zerlegtes Fleisch baumelte von den Stangen, in Tierhäute eingewickelt, die bei jedem ausholenden Schritt der Männer hin und her schwangen.

Jetzt waren alle Dorfbewohner auf den Beinen. Sie jubelten und klatschten in die Hände. Der Lärm war ohrenbetäubend.

»Ich sehe Rorah«, sagte Moru. »Da ist er!« Sie wandte sich Laena zu. »Macht es dir etwas aus, wenn ich ...«

»Lauf nur«, entgegnete Laena. »Ich warte hier auf Joq.«

Moru schenkte ihr ein strahlendes Lächeln. »Danke!« Sie machte kehrt, hielt dann jedoch mitten in der Bewegung inne. »Vergiß nicht, was du ihm sagen sollst.«

Laena lachte. Das war das erste Mal, daß ihre kleine Schwester ihr geraten hatte und nicht umgekehrt.

Dann entdeckte Laena Joq. »Hier bin ich!«

Er sah sie und lief zu ihr. Er trug eine Karibuhaut über der Schulter, die prall gefüllt war mit frischem Fleisch. Er stellte das Bündel vor ihr ab und grinste breit. »Es war eine so leichte Jagd! Die Tiere waren unmittelbar am Rand des Tals. Sieh dir diese Mengen Fleisch an … Das reicht für die nächsten sechs Monate.« Er umarmte sie überschwenglich.

Einige der jüngeren Jäger kamen vorbei. Zwei von ihnen grüßten Laena mit ihren Speeren, wenngleich es eigentlich nicht Brauch war, die Frau eines anderen Mannes in dieser Art zu ehren. Einer der Jüngsten war sogar so stolz, daß er Laena seine Trophäe hinhielt, damit sie sie berührte, als wäre sie das Mädchen, dem er den Hof machte. Joq funkelte ihn böse an, aber Laena lächelte nur und schüttelte den Kopf, während die Nachbarn den Jungen schalten und aufforderten weiterzugehen.

»Ich sollte helfen, das Fleisch auszuteilen«, sagte Joq und wandte sich ab, um dem Jagdtrupp weiter ins Dorf zu folgen.

»Später«, sagte Laena.

Joq blickte auf die prall gefüllte Karibuhaut. »Aber wenn sie denken, ich würde das alles für mich behalten …«

»Dann laß es draußen vor der Hütte stehen. Wenn jemand etwas haben möchte, kann er sich etwas nehmen.«

Joq zögerte und nickte dann. »Also gut.« Er schloß Laena wieder in die Arme. »Weißt du«, sagte er sanft, »ich habe da draußen viel an dich gedacht. Du hattest recht, du warst viel zu lange allein hier unten.«

Ehe Laena etwas darauf erwidern konnte, fing Henik an zu schreien. Der Lärm und das hektische Treiben hatten ihn erschreckt. Sie ließ Joq los und legte die Arme um Henik. »Komm rein«, sagte sie über die Schulter.

In der Hütte gab Laena dem Kleinen die Brust, was ihn sofort beruhigte. Dann trat sie zu einem Verschlag, in dem sie ihre persönliche Habe aufbewahrte. Sie kramte den Elfenbeinkamm hervor, den Joq für sie geschnitzt hatte, und begann, ihr zerzaustes Haar zu kämmen, was ihr etwas Zeit zum Nachdenken verschaffte.

Schließlich wandte sie sich um. »Ich habe mit Moru gesprochen«, sagte sie. Sie fühlte sich nicht ganz wohl dabei, Joq dieserart damit zu konfrontieren, ohne Vorwarnung und nachdem er gerade erst von einer erfolgreichen Jagd zurückgekehrt war und entschlossen schien, verständnisvoller zu sein. Aber wenn sie jetzt nicht sprach, würde sie es nur endlos hinausschieben. »Moru und ich sind wieder Freundinnen«, fuhr sie fort. »Echte Freundinnen.«

Joq schien überrascht. »Das freut mich«, sagte er.

»Moru hat sich sogar erboten, auf das Baby aufzupassen, damit wir hin und wieder einen Tag für uns haben«, sagte Laena. »Dann können wir wieder Ausflüge machen so wie früher.«

»Ausflüge?« Joq schwieg eine Weile und dachte darüber nach. »In Ordnung. Das klingt gut.« Er trat auf sie zu. Sie drückte Henik an sich, ihn zwischen sich und Joq haltend wie eine Barriere. »Großartig«, sagte sie. »Und ... wann?« Es klang beinahe wie eine Herausforderung.

Joq blieb stehen und zuckte unsicher die Achseln. »In einem Monat?«

Laena schüttelte langsam den Kopf. »So lange will ich nicht warten.«

Er breitete die Hände vor sich aus. »Ich muß mich im Speerwerfen üben. Die anderen Jäger sind so viel besser als ich.«

Laena sah, daß es genauso war, wie sie es erwartet hatte. »Du übst doch manchmal allein irgendwo, oder?«

Er nickte zögernd.

»Dann nimm mich mit.« Sie bemühte sich um einen entschiedenen Tonfall.

»Dich mitnehmen?« Joq starrte sie entgeistert an. »Aber Laena, du weißt, daß das gegen unsere Bräuche verstößt.«

»Die Bräuche sind mir gleich!« entgegnete sie heftig. »Ich habe einmal eine Raubkatze mit einem Speer erlegt – erinnerst du dich, daß ich dir davon erzählt habe? Ich habe ganz allein mit meiner Schwester in der Wildnis überlebt. Ich kann auf mich aufpassen. Wenn du lernen willst, ein besserer Jäger zu werden, warum sollte ich es nicht auch versuchen?«

Joq fuhr zurück, getroffen von ihrem Tonfall. »Laena ...«

Sie fühlte Zorn in sich aufsteigen. »Wenn du es mir nicht beibringen willst, nehme ich eben einen deiner Speere und bringe es mir selbst bei.«

Langsam ließ er sich auf das Bett sinken und stützte den Kopf auf die Hände. »Nein, Laena. Mach es mir doch bitte nicht so schwer. Eine Frau darf nicht den Speer eines Mannes werfen. Das ist unmöglich. Die anderen Männer würden mich nie wieder auf die Jagd mitnehmen.«

»Ich hatte einmal einen eigenen Speer, weißt du. Dann habe ich ihn Nan überlassen und ...« Sie verstummte, als sie den gequälten Ausdruck auf Joqs Gesicht sah. Sie erkannte, daß sie ihn verletzt hatte, und Gewissensbisse verdrängten ihren Zorn. Sie konnte nie lange auf ihn böse sein; es tat ihr zu weh. Sie wußte, daß er nur das Beste für sie wollte. Es war nicht seine Schuld, daß die Bräuche seines Stammes ihr verboten, das zu tun, was sie sich wünschte.

Sie setzte sich zu ihm und legte ihm eine Hand auf den Arm. »Ich werde deine Speere nicht anrühren. Es tut mir leid, daß ich dich angeschrien habe.« Sie schwieg eine Weile. In der Hütte war es jetzt sehr still. Der Lärm des rückkehrenden Jagdtrupps war verebbt, und die Dorfbewohner waren in ihre Hütten zurückgekehrt. »Als ich noch klein war«, sagte sie schließlich, »habe ich mit einem Spielzeugbaby gespielt. Moru hat mich gestern abend daran erinnert. Laß mich also einen Spielzeugspeer werfen. Du kannst ihn mir schnitzen. Dagegen hätte doch niemand etwas einzuwenden, oder?«

Joq drehte ihr den Kopf zu und sah sie an. Nach einer Weile sagte er: »Du bist eine starke Frau.« Er klang besorgt. »Ich bin dir nicht gewachsen, Laena.«

Sie erkannte, daß dies seine Art war, ja zu sagen, wenngleich er das eigentliche Wort nicht über die Lippen brachte. Dankbarkeit stieg in ihr auf. »Es macht bestimmt Spaß«, sagte sie lächelnd, bemüht, ihn mit ihrer Begeisterung anzustecken. »Du kannst mir einen Speer mit einer –

sagen wir, mit einer Elfenbeinspitze machen. Wäre das in Ordnung? Ein Spielzeugspeer, keine richtige Waffe. Dann können wir gemeinsam losziehen.« Sie drückte seinen Arm. »Erinnerst du dich, wieviel Spaß wir hatten?«

Er starrte auf den Erdboden. »Ich erinnere mich. Ich habe bei diesem Jagdausflug daran gedacht.«

Sie stieß ihm den Ellbogen in die Seite. »Weißt du noch, wie wir uns in der Felsspalte geliebt haben? Ich habe dich geneckt und wollte nicht aufhören, und du bist böse geworden und hast mich hinuntergestoßen ...« Sie hob die Hände und löste den Riemen an ihrem Jackenkragen.

Sein Blick verriet ihr, daß er sich noch ebensogut daran erinnerte wie sie selbst. »Es ist mir schon immer schwergefallen, dir zu widerstehen, Laena«, sagte er.

Nun, dachte sie bei sich, das stimmt nicht so ganz. Seit Heniks Geburt war Joq so viel unterwegs gewesen, daß ihnen kaum Zeit geblieben war, sich zu lieben.

Lächelnd löste sie den nächsten Riemen. »Du bist sicher müde nach der Jagd«, sagte sie. »Bestimmt *zu* müde.«

Er schüttelte den Kopf. »Eigentlich nicht.«

Sie öffnete ihre Jacke noch ein wenig mehr. »Du bist ja sogar zu müde, mich anzusehen.«

»Du ziehst mich wieder auf«, stellte er fest.

»Was tue ich?« Sie ließ sich auf das Bett zurücksinken, und ihre Jacke klaffte auf.

Er streckte sich neben ihr aus und fuhr mit der Hand über ihre nackte Haut. Ihre Brüste waren schwer und rund, prall gefüllt mit Milch, und Joq streichelte sie zärtlich. »Ich will dich, Laena.«

»Ich will dich auch«, entgegnete sie leise und drückte seine Hand fester auf ihre Brust. »Zeig mir, was für ein großer, starker Jäger du bist.«

Er nahm sie mit einer Mischung aus Kraft und Zärtlichkeit. Er war nie grob zu ihr, nicht einmal, wenn sie ihn neckte. Laena dachte bei sich, daß stimmte, was er gesagt hatte: Sie war eine starke Frau. Stärker, als ihr bewußt gewesen war. Und er war ihrer Kraft nicht einmal jetzt so ganz gewachsen.

Kapitel 32

Sie wanderten zu einem kleinen, flachen Tal – einem abgeschiedenen Ort, an dem üppiges Gras wuchs und der von Bäumen gesäumt war. Das Gras schien in der Mittagssonne zu funkeln, und Insekten summten im Schatten der Bäume. Sie war allein mit Joq. Das Dorf war weit weg.

Sie hatten diesen Ort vor beinahe drei Jahren entdeckt, kurze Zeit, nachdem sie ihn zum Gefährten gewählt hatte. Damals hatten sie im Gras gelegen und geredet, gelacht und sich geliebt. Laena dachte wehmütig an jene Tage zurück und wünschte, es könnte wieder so sein. Aber die Zeit war inzwischen so viel kostbarer als damals. Ihre Tage in der Abgeschiedenheit mußten dem Lernen dienen und nicht dem Lieben.

Joq hatte ein Büschel langer Gräser mit einem Lederriemen umwickelt und an einen Ast gehängt, etwa hundert Schritte von Laena entfernt. Das, erklärte er ihr, wäre ihr Ziel. Die Elfenbeinspitze ihres Speers war nicht scharf genug, die Zielscheiben aus mit Fell gefülltem Leder zu durchbohren, die die Jäger für gewöhnlich benutzten.

Laena fühlte die Wärme der Sonne auf der Haut. Über ihr zog ein Schwarm Gänse schreiend gen Süden. Sie wartete, bis Joq sich auf eine sichere Entfernung zurückgezogen hatte, und hob dann den Speer, so wie er es ihr gezeigt hatte. Sie versuchte, alles um sich herum zu vergessen und sich allein auf das Grasbündel zu konzentrieren, bis es ihr ganzes Bewußtsein ausfüllte.

Sie beugte leicht die Knie, um einen festen Stand zu haben, bog den Arm zurück und verharrte eine Weile reglos, das Gewicht des Speeres fühlend und bemüht, ihn sich als lebende Verlängerung ihres Körpers vorzustellen.

Sie holte tief Luft und schleuderte den Speer.

Viele Tage harter Arbeit waren diesem Augenblick vorangegangen.

Joq hatte sich geweigert, einen Speer für Laena anzufertigen. Er war bereit, ihr zu helfen und ihr alles beizubringen, was er wußte, aber den Speer sollte sie allein schnitzen.

Ein Jäger müsse immer in der Lage sein, seine eigenen Waffen herzustellen und zu reparieren, hatte er ihr erklärt. So war es Brauch, und es gab gute Gründe dafür. Und so hatte Laena sich ans Werk gemacht.

Mühsam hatte sie aus der Spitze eines Stoßzahnes eine Speerspitze geschnitzt. Dann war sie, während Moru sich um Henik kümmerte, in den Wald am Fluß gegangen und hatte sich einen langen, geraden Ast gesucht, der von einem der Bäume abgebrochen war.

Sie hatte den Ast zur Hütte zurückgetragen und die Speerspitze mit Sehnen daran befestigt, was sich als weitaus schwieriger erwiesen hatte als erwartet: Die Spitze wollte einfach nicht halten, obwohl sie die Sehne so fest geknüpft hatte, daß ihre Finger schmerzten und pochten. Aber dann, am Abend, war ihr Speer fertig gewesen, und sie hatte ihn Joq gezeigt.

Er drehte ihn in den Händen und schleuderte ihn dann gegen den Fels, der als Rückwand ihrer Hütte diente. Die Sehne riß, und die Elfenbeinspitze fiel zu Boden.

Joq runzelte die Stirn. Er bog den Speerschaft mit beiden Händen, bis er zerbrach.

Laena starrte entsetzt auf die Vernichtung ihrer Arbeit. Sie fühlte sich von ihm betrogen. »Warum hast du das getan?« schrie sie anklagend.

Er blickte zu ihr auf und lächelte entschuldigend. »Ein Speer muß hart sein und einiges aushalten, sonst ist er für dich selbst eine größere Gefahr als für deine Beute. Stell dir vor, der Schaft zerbricht, oder die Spitze löst sich, während du gerade versuchst, ein gefährliches Tier zu töten. Das Tier würde sehr aggressiv sein, und du wärst ihm schutzlos ausgeliefert.«

Sie schüttelte den Kopf, immer noch böse auf ihn.

»Aber das soll doch gar kein richtiger Speer sein. Ich will ihn doch nur auf Zielscheiben werfen.«

Er musterte sie eine Weile schweigend. »Das stimmt«, sagte er. »Aber wenn du lernen willst, wie es ist, ein Jäger zu sein, mußt du alle Etappen durchmachen. Ich war selbst ungeduldig, Laena, als ich anfing zu lernen. Aber heute weiß ich, daß es keinen Sinn hat, sich Mühen ersparen zu wollen.«

Sie hob eine der zerbrochenen Schafthälften auf und drehte sie in den Händen. »Trotzdem«, sagte sie schmollend, »hättest du mir sagen können, wie man es richtig macht, anstatt mich meine Zeit vergeuden zu lassen.«

Er trat zu ihr und legte den Arm um sie. »Ich muß es dich auf dieselbe Art lehren, wie man es mich gelehrt hat. Man muß durch seine eigenen Fehler lernen, sonst vergißt man die Lektion zu leicht wieder.«

Laena erkannte, daß sie dem nicht widersprechen konnte. Sie hatte dieses Prinzip bereits erkannt, als sie von Nan die Kunst des Heilens erlernt hatte. »Also gut«, sagte sie. »Ich habe meine Fehler gemacht. Zeigst du mir jetzt, wie man es richtig macht?«

Er lächelte. »Ja. Natürlich.«

Am nächsten Tag ging er mit ihr in den Wald. Er erklärte ihr, daß ein toter Ast niemals als Speerschaft dienen konnte. Sie mußte einen gesunden jungen Baum mit dünnem, geradem, hohem Stamm auswählen. Dann hatte er ihr gezeigt, wie man mit einem Flintmesser die Rinde am Fuß des Baumes entfernte. Ohne diesen Schutz würde der Baum sterben.

In den folgenden Tagen hatte er sie im Fährtenlesen unterrichtet. Ein simpler Abdruck konnte zahllose Hinweise liefern. Mit genügend Erfahrung konnte man anhand der Spuren und des Dungs sogar auf den Gesundheitszustand des Tieres schließen. Man konnte erkennen, wie alt die Fährte war, wie schnell das Tier gewesen war, wie leicht es aufzuspüren und wie schwer es zu erlegen sein würde. Aber das war noch nicht alles, weil dieselben Spuren völlig anders zu deuten waren, je nachdem, ob das Wetter heiß, kalt, trocken oder feucht gewesen war.

Und es gab noch viel mehr. Sie übten, durch das hohe Gras zu kriechen, indem sie sich aneinander heranschlichen. Laena lernte, sich das Land zunutze zu machen, um sich zu verstecken, und den Wind als ihren Verbündeten einzusetzen. Er trug ihr den Geruch einer Beute zu, während er gleichzeitig ihren eigenen Geruch in die entgegengesetzte Richtung wehte. Sogar die leisen Geräusche des Windes konnten ihr helfen, wenn sie sie benutzte, um die Geräusche zu überdecken, die sie selbst verursachte.

Als nächstes lernte sie Geduld. Joq brachte sie zu einer Stelle am Fluß, an der das Land von riesigen Mückenschwärmen verseucht war, und trug ihr auf, reglos dazusitzen und auf das Wasser zu blicken, während er kleine Holzstücke flußabwärts treiben ließ. Jedesmal, wenn sie eins der Holzstücke sah, sollte sie eine Kerbe in ein Stück Rinde ritzen. Am Ende der Folter würde er überprüfen, ob die Anzahl ihrer Kerben korrekt war. Es gab lange Pausen, in denen gar nichts geschah, aber sie konnte es sich nicht erlauben, den Blick auch nur eine Sekunde abzuwenden, wenn sie nicht riskieren wollte, eins der Hölzer zu übersehen.

Dieser Prüfung mußte sich jeder junge Jäger unterziehen, und sie war eine harte Probe. Als Laena aber am Abend ihre Kerben mit seinen verglich, stimmten sie überein. Sie war entschlossen gewesen, sich zu beweisen, und sie hatte es geschafft.

Viele Tage später erklärte Joq den Speerbaum für »reif« und zeigte ihr, wie sie ihn mit Hilfe einer Steinaxt fällen mußte. Dann mußte die Rinde entfernt und der Schaft geformt werden. Sämtliche Arbeiten mußte sie unter seiner Anleitung selbst ausführen. Joq vermied es, das Holz zu berühren. Er erklärte ihr, ein Speer wäre ein so persönlicher Gegenstand, daß er vollständig aus den Händen der Person entstehen mußte, die ihn benutzen würde. Die einzige Ausnahme bildete bei einem echten Speer die Spitze. Die besonderen mystischen Fähigkeiten eines Steinhauers waren nötig, um aus einem Stück Flintgestein eine Speerspitze zu formen.

Laena glättete den rauhen Schaft ihres Speeres mit grober Asche verbrannter, zerstoßener Knochen und polierte ihn mit Tierfett, das das Holz schützte und geschmeidig hielt. Schließlich befestigte sie die Spitze mit einem gezwirbelten Sehnenstrang und versiegelte diesen mit erhitztem Harz.

Am Abend testete Joq den neuen Speer auf die gleiche Art wie den ersten. Die Spitze prallte vom Fels ab, und als er den Schaft über dem Knie bog, gab er nach, ohne zu zerbrechen.

Er lachte und gab Laena den Speer zurück. »Jetzt bist du soweit, die wahre Kunst des Jagens zu lernen.«

Sie schleuderte den Speer, und er flog sauber durch die Luft. Ihr Arm fühlte sich an, als hätte sie ihn sich halb aus dem Schultergelenk gerissen, aber sie ignorierte den Schmerz. Sie hielt die Luft an und starrte auf den Speer, dessen Spitze sich in das untere Ende der Zielscheibe bohrte, das Grasbündel durchschlug und in der weichen Erde dahinter steckenblieb.

Einen Augenblick herrschte Schweigen, dann rief Joq: »Gut!« Bildete sie sich das nur ein, oder hatte er tatsächlich überrascht geklungen? Er wandte sich ihr zu und sah in ihre Richtung. Ja, er war überrascht – es stand ihm ins Gesicht geschrieben.

»War das wirklich gut?« fragte sie. »Ich hatte eigentlich etwas höher gezielt.«

»Nein. Allein die Zielscheibe zu treffen ist gut.« Er musterte sie stirnrunzelnd. »Wo hast du das gelernt?«

Wohlige Wärme breitete sich von ihrem Bauch ausgehend bis in ihre Fingerspitzen und Zehen aus. Sie lächelte glücklich. »Ich habe dir doch erzählt, daß ich einmal ein wenig geübt habe.«

Er ging zu ihrem Speer, zog ihn aus der Erde und gab ihn ihr zurück. »Versuch es noch mal.«

Er glaubt, es war nur ein Glückstreffer, dachte Laena bei sich und hatte plötzlich selbst leise Zweifel. Vielleicht war es ja wirklich nur Glück gewesen. Tatsächlich hatte sie das Speerwerfen nie wirklich geübt.

Wieder starrte sie auf das Ziel. Diesmal erschien es ihr viel schwieriger zu treffen als vorhin. Wie sollte sie eine Leistung wie die vorangegangene wiederholen?

Dann warf sie Joq einen Blick zu und sah, daß er sie beobachtete. Sie malte sich aus, wie er reagieren würde, wenn sie das Ziel diesmal verfehlte. Er würde ihr tröstend auf die Schulter klopfen und lächeln, wie Männer eben lächelten, wenn Frauen etwas mißlang, was sie selbst beherrschten.

Sie würde diese Herablassung nicht ertragen. Sie hob den Speer über die Schulter und ließ ihn einige Male auf und ab wippen, um die exakte Balance zu finden. Sie richtete ihre Aufmerksamkeit wieder auf das Ziel und betrachtete es mit grimmiger Entschlossenheit. Sie zwang sich, ihre Zweifel zu verdrängen. Ihr mußte einfach noch ein zweiter solcher Wurf gelingen. Sie hatte keine andere Wahl.

Sie stählte sich und warf.

Das Grasbündel fiel herab, die Speerspitze steckte in seiner Mitte fest. Die Sehne, mit der es am Baum befestigt gewesen war, war unter der Wucht des Aufpralls gerissen.

Diesmal sagte Joq nichts. Mit steifen Bewegungen ging er hinüber, zog den Speer aus der Zielscheibe und hängte sie wieder auf. »Vielleicht solltest du diesmal noch etwas weiter zurückgehen«, sagte er, als er zurückkam und ihr ihren Speer reichte.

Das schien unfair, und sie wollte protestieren, als sie jedoch seinen Blick sah, nickte sie nur knapp und trat ein paar Schritte zurück.

Sie blieb stehen und strich mit dem Daumen über das glatte Holz des Speerschaftes. Sie war jetzt selbstsicherer, und mit der Selbstsicherheit kam ein Gefühl von Macht.

Sie dachte zurück an jenen Tag mit Jobia in der Steppe, als sie seinen Speer an sich genommen hatte und er versucht hatte, ihn ihr wieder abzunehmen. Damals hatte sie das gleiche Gefühl von Macht empfunden.

Sie hob den Speer, konzentrierte sich auf das Ziel, lief zwei Schritte und schleuderte den Speer mit wilder Kraft, so gerade und schwungvoll sie konnte. Diesmal durchschlug der Speer das Grasbündel und flog noch mehrere Schritte weit.

Laena blickte zu Joq hinüber. Sie war so zufrieden mit sich, so stolz, daß sie sich ein Lächeln nicht verkneifen konnte.

Er stand da und starrte auf den Speer. Lange Zeit sagte er gar nichts. »Du solltest ihn zurückholen«, sagte er schließlich.

»Gut, mache ich.« Gemächlich schlenderte sie durch das hohe Gras dorthin, wo der Speer gelandet war. Sie mußte eine Weile suchen, ehe sie ihn fand. Sie hob ihn auf und wischte ihn peinlich sauber. Das polierte Holz fühlte sich jetzt anders an. Jetzt verstand sie, warum Joq darauf bestanden hatte, daß sie ihn selbst fertigte, und warum die Männer niemandem gestatteten, ihre Waffen anzufassen. Dieser Speer war nicht nur ein Werkzeug; er war für sie ein Mittel, über sich selbst hinauszuwachsen. Falls jemand jetzt noch versuchte, ihn ihr wegzunehmen, würde sie beinahe ebenso entschlossen kämpfen, als würde jemand versuchen, ihr den Mann oder den Sohn wegzunehmen.

Mit geradem Rücken und hocherhobenem Kinn kehrte sie zu Joq zurück.

»Das reicht für heute«, sagte er, als sie näher kam. »Moru wird schon auf dich warten …«

»Nein«, entgegnete sie.

Joq war verblüfft. »Aber Laena …«

»Die Sonne steht noch hoch«, sagte sie. »Ich muß noch viel üben.« Sie sah ihm fest in die Augen. »Du weißt ja selbst am besten, wie wichtig es für einen Jäger ist zu üben, Joq. Das hast du mir seit Heniks Geburt selbst immer wieder erklärt.«

Er seufzte unglücklich. »Aber du bist kein Jäger«, platzte er heraus. »Du bist ...«

»Eine Frau«, beendete sie den Satz für ihn. Eine Welle des Zorns stieg in ihr auf. Sie setzte zu einer schneidenden Erwiderung an, als sie sah, wie verletzt er war. Er schien völlig betroffen, als hätte sie ihn geschlagen.

Sie ließ den Speer ins Gras fallen. »Joq, was ist denn?«

»Nichts.« Er wandte das Gesicht von ihr ab. »Bleib hier, wenn du willst. Ich gehe zurück ins Dorf.«

Sie legte ihm eine Hand auf die Schulter. »Geh nicht. Es besteht kein Grund für uns zu streiten.«

Er ließ sich zu Boden sinken, stützte die Ellbogen auf die Knie und legte die Hände um das Gesicht. So blieb er lange sitzen, ehe er schließlich zu ihr aufblickte. »Es ist nicht leicht für mich zu sehen, daß du besser mit dem Speer umgehen kannst als ich, Laena.«

Jetzt, da er seine eigene Schwäche eingestand, konnte sie nicht länger böse auf ihn sein. Statt dessen fühlte sie sich schuldig. Er hatte sich solche Mühe gemacht, ihr alles beizubringen. Kein anderer Mann hätte sein Wissen so rückhaltlos weitergegeben. Und kein anderer Mann hätte zugegeben, daß eine Frau besser mit dem Speer umgehen konnte.

»Ich kann nicht besser sein als du«, entgegnete sie und setzte sich zu ihm. »Ich habe gerade erst angefangen. Ich hatte eben dreimal Glück.«

Er sah sie an und zwang sich zu einem Lächeln. »Du wirfst kraftvoll und treffsicher. Mit etwas Übung wirst du bald zu den Besten gehören. Ich selbst habe nicht die nötige Konzentration. Ich habe in den vergangenen Monaten versucht, es zu lernen, aber ich werde nie richtig gut sein.«

Sie nahm seine Hand. »Auch wenn das stimmt ..., es gibt Wichtigeres als die Jagd.«

Er lachte freudlos. »Habe ich das nicht irgendwann einmal zu *dir* gesagt?«

Sie dachte zurück und erinnerte sich. »Du hattest recht. Und das war der Grund, weshalb ich mich für dich entschieden habe. Weil du den Mut hattest, anders zu sein, du selbst. Joq, wenn ich einen großen Jäger gewollt hätte, hätte ich Mertan genommen. Du bist es, den ich liebe, nicht deine Geschicklichkeit im Umgang mit Messer oder Speer.«

Er nickte langsam. »Ich schätze, das stimmt.«

»Es stimmt wirklich. Sei du selbst, Joq. Versuch nicht, etwas zu sein, das deiner Natur widerspricht.«

Er legte die Arme um sie und zog sie an sich. »Danke, Laena«, sagte er und sah ihr zärtlich in die Augen. Er küßte sie.

Laena ließ sich ins Gras zurücksinken. Plötzlich erschien es ihr überaus wichtig, sich hier und jetzt mit ihm zu vereinen. Sie sehnte sich immer noch nach dem Gefühl der Macht, das der Speer ihr verliehen hatte, aber sie sehnte sich auch nach ihm, brauchte ihn.

Sie nahm seine Hand und führte sie unter ihre Jacke, drückte sie auf ihre Brust. »Nimm mich hier«, flüsterte sie. »So wie damals beim ersten Mal. Erinnerst du dich?«

»Natürlich erinnere ich mich.« Und in seinen Augen sah sie, daß er es sich ebenso wünschte wie sie. Er begann sie auszuziehen, rauher als sonst. Sie gab sich ihm hin, das Gefühl genießend, ihm zu gehören und von ihm genommen zu werden. Er nahm sie rasch, mit heftigen, kraftvollen Stößen, und Laena staunte, wie willig ihr Körper auf ihn reagierte.

Derweil lag ihr Speer neben ihr, sein hölzerner Schaft schimmerte weich im grünen Gras.

Als sie ins Dorf zurückkehrten, geschah etwas Merkwürdiges. Ihr Gefühl von Freiheit und Verbundenheit mit Joq schien von ihr abzufallen. Als die Talwände um sie herum aufragten und sie die vertrauten Hütten am Fluß sah, kam es ihr vor, als würde das Glücksgefühl, das in ihr aufgestiegen war, nach und nach gedämpft.

Und dann waren da die spitzen Bemerkungen der Nachbarn.

»Schon irgend etwas erlegt?« rief ihr ein alter Mann, der draußen vor seiner Hütte saß, grinsend zu.

»Sie übt nur zum Spaß«, entgegnete Joq, als er mit Laena vorbeiging, die ihren Speer in der Hand hielt.

»Die Jagd ist kein Spaß«, rief ein jüngerer Mann. Laena erkannte ihn; es war Hurow, einer von Mertans Freunden.

»Das ist sicher wahr«, entgegnete Laena, »aber ich habe ja auch nicht gejagt.«

»Du solltest aufpassen, daß du dir nicht den Fuß durchbohrst«, rief ein dritter, und Laena errötete, als die Umstehenden lachten.

»Beachte sie nicht«, raunte Joq ihr zu. »Es sind dieselben, die mich ausgelacht haben, als ich noch ein Kind war.«

Laena antwortete nicht, aber ihre Finger schlossen sich fester um den Speerschaft.

Als sie in ihre Hütte zurückkehrten, wurde ihnen ein herzlicherer Empfang bereitet. Moru war mit Henik draußen auf dem Pfad und schaukelte ihn auf den Knien. Der kleine Junge krähte vor Vergnügen. Als Moru sich über ihn beugte, krallte er die Finger in ihr Haar. »Au, du häutest mich ja bei lebendigem Leib!« rief Moru und löste seine Finger aus ihrem Haar. Aber sobald es ihr gelungen war, packte er erneut zu, und schließlich sanken sie beide lachend zu Boden.

»Wie hat er sich heute benommen?« fragte Laena.

»Oh, er … au! Er ist stark wie ein Bär, das kann ich dir sagen.« Endlich gelang es ihr, sich zu befreien. »Er hat nichts als Unsinn im Kopf, aber ich muß zugeben, daß mir das meiste selbst Spaß macht.« Sie strich sich das Haar hinter die Ohren, so daß es außerhalb von Heniks Reichweite war. »Und, wie war's? Hast du die Zielscheibe getroffen?«

Laena blickte auf ihren Speer und dann auf Joq, der neben ihr stand. Sie zögerte und wählte ihre Worte mit Bedacht. »Ich habe noch viel zu lernen.«

Dann wandte sie sich hastig ab und verschwand in der Hütte. Sie sah sich um und fragte sich, wo sie ihren Speer unterbringen sollte. Bislang, während sie noch an ihm gearbeitet hatte, hatte er einfach in der Ecke gestanden. Jetzt hatte sie jedoch das Bedürfnis, ihn gut zu verstecken, nur für den Fall, daß einer der Jäger ihn ihr abnehmen wollte – aus Groll oder Spaß.

Letztendlich schob sie ihn unter die Matte aus dünnen grünen Ästen, die ihnen als Matratze diente. Dann ging sie wieder nach draußen.

Joq stand etwas abseits und sprach mit Mertan. Mertan nickte ihm zu und ging, während Joq zurückkam, einen besorgten Ausdruck auf dem Gesicht, als hätte er gerade schlechte Neuigkeiten erfahren.

»Was gibt es?« fragte Laena.

Er legte den Arm um sie, und sie fühlte die Wärme seines Körpers. Es war eine Weile her, seit sie sich geliebt hatten, aber das Gewicht seines Körpers und seine Männlichkeit in ihr waren ihr noch lebhaft im Gedächtnis.

»Benke war draußen im Hochland, in der Nähe des Blinden Tals«, sagte er. »Er hat eine Mammutherde gesehen. Mertan ruft alle zusammen. Wir gehen morgen auf die Jagd.«

Laena ließ die Neuigkeit auf sich wirken. Es war nicht ungewöhnlich, daß Benke die Mammuts entdeckt hatte. Er war fünf oder sechs Jahre älter als Joq, hatte jedoch keine Familie und verbrachte viel Zeit allein in der Wildnis. Die anderen Jäger respektierten ihn als Späher, betrachteten ihn jedoch nicht als wirklichen Freund.

Und was das Blinde Tal betraf – sie war nur einmal in der Nähe gewesen, als Joq und sie einen Ausflug unternommen hatten. Es lag flußaufwärts des Dorfes, ein kleiner Landeinschnitt, an einem Ende offen und am anderen geschlossen, also die ideale Falle für Tiere, die sich dorthin verirrten.

»Drei der Männer ziehen heute abend los. Sie werden Benke helfen, am Taleingang Feuer zu entzünden, um die Mammuts dort festzuhalten«, fuhr Joq fort. »Die Jagd beginnt bei Morgengrauen.«

»Wird es gefährlich?« fragte sie und blickte zu ihm auf.

Er schüttelte den Kopf. »In diesem Tal dürfte es ziemlich leicht sein, sie zu erlegen. Es ist so schmal …«

»Warum machst du dann ein so besorgtes Gesicht?«

Er musterte sie mit brütendem Blick. »Weil ich weiß, was du verlangen wirst.«

Hierauf senkte sich in der Hütte Stille herab. Schließlich war es Moru, die das Schweigen brach. »Ich war bei der letzten Jagd dabei, Joq. Erinnerst du dich? Laena war schwanger und mußte deshalb zu Hause bleiben.«

»Ja!« sagte Joq heftig. »Und jetzt ist sie eine junge Mutter. Sie sollte wieder zu Hause bleiben. Sie hat ein Kind, das noch nicht einmal ein Jahr alt ist.«

Moru strich sich wieder das Haar zurück, bevor Henik danach greifen konnte. Sie war ruhig und gefaßt, und Laena wünschte, sie könnte genauso sein, anstatt ständig von ihren Gefühlsschwankungen beherrscht zu werden. »Ich bleibe hier und kümmere mich um den Kleinen«, sagte Moru.

»Aber du weißt ebensogut wie ich, daß es gegen unsere Bräuche verstößt, daß eine Mutter an einer Jagd teilnimmt. Nur die ganz jungen Mädchen dürfen beim Treiben helfen.«

Laena seufzte. »Joq«, sagte sie, »ich sehe nicht ein, warum ich immer tun muß, was alle anderen tun.«

Er sah zu Boden, ihrem Blick ausweichend. »Weil es mich in Verlegenheit bringt, wenn du es nicht tust«, sagte er, so leise, daß sie ihn kaum verstehen konnte.

Sie rückte näher an ihn heran. Warum, fragte sie sich, muß nur immer alles so kompliziert sein? »Du kannst den anderen Jägern sagen, daß du mir befohlen hast, zu Hause zu bleiben«, sagte sie. Sie bemühte sich um einen freundlichen Tonfall und versuchte, die Ungeduld zurückzuhalten, die drohte hervorzubrechen. »Sag ihnen, daß ich mich geweigert habe, deinen Befehl zu befolgen.«

Er hob den Kopf und warf ihr einen flehenden Blick zu. »Laena, warum mußt du …«

»Weil ich bin, wer ich bin«, entgegnete sie hilflos. »Sag

den anderen Jägern, was du willst, Joq. Sag ihnen, ich wäre verrückt, wenn du willst. Aber ich werde euch auf die Jagd begleiten.«

Kapitel 33

Als die Jäger sich bei Morgengrauen am Fluß entlang auf den Weg machten, waren sie angespannt und wachsam und schritten rasch aus, eine Mischung aus Erregung und Furcht auf dem Gesicht. Eine Mammutjagd bot Gelegenheit, sich als mutiger Held zu beweisen, andererseits aber waren Mammuts gefährlicher als jedes andere Tier: Sie waren stark und gerieten schnell in Wut. Auch wenn die Menschen sie nicht jagten, kam es vor, daß sie angriffen und sie aufspießten oder zu Tode trampelten.

Den Jägern folgten jene, die als Treiber helfen sollten, um die Mammuts zu ermüden, so daß sie leichter zu töten waren. Die meisten der Gruppe waren Kinder, die aufgeregt durcheinanderplapperten, dann gab es unter ihnen ältere Erwachsene, die sie aufforderten, still zu sein, sowie junge Frauen, denen es freistand, sich anzuschließen, wenn sie keine kleinen Kinder hatten, um die sie sich kümmern mußten.

Und dann war da noch Laena.

Joq hatte an diesem Morgen kaum ein Wort mit ihr gesprochen. Moru war gekommen, um Henik zu hüten, und Laena hatte ihre Tasche geschultert, die sie immer mitnahm, wenn sie das Dorf verließ. Sie nahm ihren Speer aus seinem Versteck unter der Matratze und wandte sich zur Tür, aber Joq versperrte ihr den Weg.

Einen Augenblick musterten sie einander schweigend.

»Laena«, sagte er schließlich, »wenn dir auch nur das geringste an meinem Ruf innerhalb des Stammes liegt, läßt du deinen Speer heute zu Hause.«

Laenas erster Impuls war der, ihm die Stirn zu bieten.

»Es gibt keinen Grund«, entgegnete sie, »warum ich ihn nicht mitnehmen sollte. Er könnte mir helfen, mich zu schützen.«

Joq warf einen Blick auf Moru, die die Auseinandersetzung schweigend verfolgte. Dann wandte er sich wieder Laena zu. »Es ist kein richtiger Speer. Darüber waren wir uns doch einig, oder? Ich habe dir geholfen, ihn zu machen, und das ist mehr, als jeder andere Mann getan hätte. Und du begleitest mich auf eine Jagd, an der teilzuhaben kein anderer Jäger seiner Frau erlauben würde. Ist das nicht genug, Laena? Kannst du nicht wenigstens eins für mich tun und den Speer hier lassen?«

Diesmal war es Laena, die zu Moru hinübersah – auf Unterstützung oder Rat hoffend.

»Ich finde, er hat recht«, sagte Moru nur ruhig.

Laena empfand ihre Worte als unerwarteten, gegen sie gerichteten Seitenhieb. Aber dann erkannte sie widerwillig, daß Moru ihr nur helfen wollte, das Richtige zu tun.

Sie blickte auf den Speer in ihrer Hand. »Also gut, Joq«, sagte sie. »Ich lasse ihn hier. Weil du mich darum bittest.« Sie legte den Speer zurück an seinen Platz.

»Danke«, sagte er und umarmte sie.

Jetzt marschierte sie am Ende des Zuges aus Dorfbewohnern durch die graue Dämmerung. Einige der anderen warfen ihr verstohlene Blicke zu und fragten sich, warum sie nicht zu Hause blieb und sich um ihr Kind kümmerte. Aber niemand sprach mit ihr – nicht einmal Faltor, der alle vor dem Aufbruch versammelt hatte, hatte das Wort an sie gerichtet. Offensichtlich war er der Ansicht, daß es nur Joq zustand, Laena ihren Platz zuzuweisen.

Die Fischer gelangten an die Stelle, wo sie den schmalen Pfad hinaufsteigen mußten, der an der steilen Talwand hinaufführte. Laena sah die Jäger vorangehen. Als sie höher stiegen, wurden sie zu winzigen gebeugten Gestalten, die sich dunkel vom tiefgrauen Himmel abhoben. Sie erkannte Faltor an der Spitze, Mertan dicht hinter ihm.

Dann sah sie Joq und verspürte einen Stich. Sie fühlte im Herzen, wie sehr sie ihn brauchte und liebte. Sie sah, wie er oben angelangte, und betete im stillen, daß ihm nichts zustoßen würde.

Schließlich erreichte auch sie den Aufstieg. Plötzlich fühlte sie sich sehr einsam inmitten dieser Menschen, die nicht verstehen konnten, warum sie ihr Kind zurückgelassen hatte, um sich ihnen anzuschließen. Aber es war zwecklos, sich darüber den Kopf zu zerbrechen.

Als Laena das Hochland erreichte, hatten die Jäger bereits einen großen Vorsprung und schritten zügig über die niedrigen Hügel. Die Sonne stand direkt vor ihnen, eine fahle, blasse Scheibe, die beinahe die fernen Berge zu berühren schien. Der Himmel um sie herum war gelblichweiß, während er über ihnen noch so dunkel war, daß Laena glaubte, vereinzelte Sterne erkennen zu können.

Laena beeilte sich, zu der Kolonne der Fischer aufzuschließen, die durch das Grasland zogen. Einige der Älteren fielen zurück, während die kleinen Jungen vorausliefen und es kaum erwarten konnten, den Ort zu sehen, an dem die Mammuts gefangen waren.

Endlich kam das Tal in Sicht: eine tiefe Schlucht seitlich des Haupttales. Fünf Feuer waren vor dem Eingang entfacht worden, und der Rauch stieg träge in der stillen Morgenluft auf. Die Männer, die die Feuer angezündet hatten, eilten den Jägern entgegen, und sie hörte die Männer einander zurufen.

Als Laena näher kam, sah sie, daß Faltor sich mit den Jägern beriet und nickte, als sie ihm ihren Plan auseinandersetzten. Trotz der morgendlichen Kälte legten die meisten Männer ihre Oberkleider ab. Weite Kleidung konnte einen Jäger in seiner Bewegungsfreiheit einschränken oder die Präzision eines Speerstoßes beeinträchtigen, was ihn zu einem leichteren Ziel für die Spitze eines Mammutstoßzahnes machte.

Die Männer waren nervös, und ihre nackten Oberkörper glänzten von Schweiß und dampften in der kalten, feuchten Luft.

Sie sah Joq und schob sich näher an ihn heran. Er blickte auf, zögerte, lächelte dann verlegen und winkte sie zu sich heran. »Hast du etwas von dem Körperfett in deiner Tasche?« fragte er.

Sie setzte ihre Tasche ab und holte einen Beutel Tierfett heraus, das sie über dem Feuer ausgelassen und mit Kräutern und Harz vermischt hatte. Es überdeckte den menschlichen Geruch, hielt die Muskeln warm und verhalf im Falle einer Verwundung zu einer besseren Heilung. Laena öffnete den Beutel, nahm eine Handvoll Fett heraus und rieb ihm damit Arme und Oberkörper ein. Die anderen Frauen verfuhren gleichermaßen mit allen Männern.

Schließlich kramte Laena noch einen kleineren Lederbeutel aus ihrer Tasche, in dem sich Fett befand, das mit Ruß vermischt war. Sie schmierte Joqs Körper damit ein, in einem Muster, das der Tarnung dienen sollte.

»Sei vorsichtig«, flüsterte sie ihm zu, als sie fertig war.

»Natürlich.« Er musterte sie ernst und nahm ihre Hände zwischen die seinen.

Mertan wartete in der Nähe, immer noch vollständig bekleidet. Er würde die Jäger führen, während Faltor die Treiber befehligte. Mertan rief etwas, und die Jäger wandten sich ihm zu und wiederholten seinen Schrei mit erhobenen Fäusten. Dann liefen sie auf den Eingang des Blinden Tales zu.

Faltor bedeutete den Treibern, ihm zu folgen. Die jüngsten des Stammes waren jetzt sehr still, und ihre Augen leuchteten vor gespannter Erwartung.

Laena blickte zurück. Eine kleine Gruppe älterer Stammesmitglieder hatte begonnen, in einiger Entfernung an einem kleinen Bach ein Lager aufzuschlagen. Sie würden sich nach Beendigung der Jagd der gewaltigen Aufgabe annehmen, das Fleisch zu zerlegen und zu verpacken.

Laena kletterte vorsichtig mit den anderen Treibern auf die Feuer am Taleingang zu. Sie sah Benke dort stehen, den Einzelgänger, der die Mammutherde entdeckt hatte. Er stand wie ein Wächter am Eingang des Tales, als hätte er sich irgendwie das Recht erworben, die Jagd zu überwachen. »Ho!« rief er, als sein Blick auf Laena fiel.

Sie zögerte und fragte sich, ob sie ihn ignorieren sollte. Er kam auf sie zu. Er sah älter aus, als er tatsächlich war; sein Gesicht war zerfurcht vom Wechsel der Jahreszeiten. »Was machst du hier?« rief er. »Warum bist du hier?«

Sie musterte ihn einen Augenblick und wußte nicht, was sie darauf erwidern sollte. Was immer sie sagte, es würde zu einem Streit führen, und sie war nicht in Stimmung für eine Auseinandersetzung. Sie wünschte, Joq wäre in der Nähe und würde sich Benkes annehmen, aber er war bereits mit den anderen Jägern weit ins Tal hineingelaufen.

Laena kam zu dem Schluß, daß es wohl das beste war, gar nichts zu sagen. Sie wollte weitergehen, aber Benke packte sie am Arm. »Dein Platz ist bei deinem Kind!« herrschte er sie an.

Laena fühlte Zorn in sich aufsteigen. Sie setzte zu einer heftigen Erwiderung an, hielt jedoch inne, als Faltor zu ihnen trat. »Laena wollte dabeisein«, sagte der Häuptling ruhig. »Und Joq hat es ihr erlaubt. Das ist eine Angelegenheit zwischen den beiden. Das geht uns nichts an.«

Laena befreite sich aus Benkes Griff. Er funkelte sie böse an, sagte jedoch nichts mehr, als sie ihn einfach stehenließ. Als sie außer Hörweite Benkes waren, bedankte sie sich bei Faltor.

»Du brauchst mir nicht zu danken, Laena.« Er betrachtete sie stirnrunzelnd. »Ich weiß nicht, ob es klug von dir ist, hier zu sein. Aber wie ich schon sagte, das geht nur dich und deinen Mann etwas an.«

Und doch hättest du es verbieten können, wenn du gewollt hättest, dachte Laena bei sich. Als sie jedoch durch den beißenden Rauch der Feuer schritt und weiter vorn die Mammuts entdeckte, die sich am anderen Ende des Tales aneinanderdrängten, vergaß sie alles andere.

Überwältigt schnappte sie nach Luft. Es waren insgesamt sechs Tiere. Nur eins von ihnen besaß die gewaltigen gebogenen Stoßzähne eines erwachsenen Bullen. Drei der anderen waren ausgewachsene Kühe und zwei weitere Jungtiere.

Die Tiere standen auf einer Fläche hohen, dichten Grases. Laena erkannte sofort, was sie hergeführt hatte. Die Tage wurden bereits kürzer, und da der Winter nicht mehr weit war, war das Grün im Tal eine verlockende Mahlzeit gewesen.

Die Jäger schlichen an den Talwänden entlang um die Herde herum und bezogen ihre Posten am hinteren Talende. Faltor teilte derweil die Treiber ein. »Laena«, rief er, »nimm das.« Er griff in einen großen Beutel, den er bei sich trug, und holte einen dünnen Lederstreifen heraus, der, wenn man ihn durch die Luft wirbelte, einen lauten Ton erzeugte, der dazu diente, Beutetiere zu erschrecken. »Dein Platz wird hoch oben an der Talwand sein, dort bei dem kleinen Baum.« Er zeigte auf die Stelle.

Sie nickte. Er hatte ihr eine besonders ungefährliche Position zugedacht, weit außerhalb der Reichweite der Tiere, auch wenn sie in Panik gerieten und durchgingen. Sie nahm den Lederstreifen an sich. »Sie sehen sehr kräftig aus«, bemerkte sie.

Er nickte langsam. »Die Jagd könnte ziemlich lange dauern.«

»Könnten wir sie nicht zu unserem Tal und über die Klippen treiben?«

Er schüttelte den Kopf. »Die Entfernung ist zu groß. Sie würden ausbrechen und uns niedertrampeln, wenn wir versuchen würden, sie daran zu hindern. Nein, wir müssen sie hier festhalten und sie ermüden.« Er klopfte ihr auf die Schulter. »Geh jetzt an den Platz, den ich für dich ausgewählt habe.« Er wandte sich wieder den anderen Treibern zu.

Laena begann, den steilen, steinigen Hang hinaufzuklettern. Die anderen Treiber taten es ihr gleich und verteilten sich auf beiden Seiten des Taleingangs.

Laena erreichte den verkümmerten Baum und wartete. Hinten im Tal sah sie die Jäger Steine, die sich zu Wurfgeschossen eigneten, einsammeln und zu Haufen aufschichten.

Mertan stand hoch aufgerichtet da, seinen Speer parallel zum Boden haltend. Als die anderen fertig waren, stieß er einen Schrei aus und senkte abrupt den Speer.

Faltor gab den Treibern ein Signal, und sofort erhob sich ohrenbetäubender Lärm. Einige von ihnen bliesen in Knochenpfeifen, andere schlugen Steine aneinander. Wieder andere schüttelten Rasseln, Lederbeutel, die mit Kieseln gefüllt waren. Laena schwang den Lederstreifen durch die Luft, und er gab unheimliche, klagende Laute von sich.

Die Mammuts hoben ruckartig die Köpfe und scharrten nervös mit den Hufen, verwirrt von den Menschen und dem plötzlichen Getöse. Sie wirbelten herum und rannten auf das geschlossene Ende des Tales zu. Sobald sie jedoch in Reichweite waren, empfingen die Jäger sie mit einem Steinhagel.

Die Ausdauerprüfung hatte begonnen.

Die Mammuts scheuten, wichen vor dem Steinregen zurück und flohen in Richtung Talöffnung. Einige der Treiber hatten Fett in die Feuer gekippt, so daß dichte Rauchwolken den Ausgang versperrten. Alle begannen zu schreien, wodurch eine wahre Lärmmauer entstand.

Die Mammuts zögerten und machten dann erneut kehrt. Eins der Jungtiere strauchelte, als es von einem Stein an der Stirn getroffen wurde. Eine der Kühe trompetete wütend, und ihr Gebrüll mischte sich in das allgemeine Getöse. Langsam zogen sich die Dickhäuter in die Mitte des Tales zurück, auf halber Höhe zu beiden feindlichen Horden.

Dort waren die Tiere sicher, aber die Fischer durften ihnen keine Verschnaufpause gönnen. Faltor rief Befehle, und vier Jungen liefen über offenes Gelände, Röhren von der gleichen Art wie Laenas schwingend. Der Bulle wandte ihnen die Stoßzähne zu und ging zum Angriff über. Die Jungen rannten sofort zurück in den Schutz der schwelenden Feuer, und das riesige Mammut machte halt, brüllte wütend und stampfte mit den Vorderhufen auf.

Laena hörte von weiter unten einen Ruf und sah, daß Faltor den Treibern durch Handzeichen zu verstehen gab, sie sollten weiter vorrücken. Er schien sie möglichst dicht an der Stelle postieren zu wollen, an die die Mammuts sich zurückgezogen hatten.

Laena kletterte vorsichtig über den felsigen Hang. Die steile Wand hatte ihre Vor- und Nachteile. Einerseits war sie hier oben vor den Mammuts sicher, andererseits war der Abhang so steil, daß sie, wenn sie stürzte, bis ins Tal hinabrutschen und dort Gefahr laufen würde, zu Tode getrampelt zu werden.

Sie ermahnte sich, nichts zu übereilen. Sie setzte vorsichtig einen Fuß vor den anderen und prüfte bei jedem Schritt den Fels auf seine Tragfähigkeit, bis sie schließlich einen Vorsprung erreichte, auf dem sie sicher stehen konnte. Die Wand unter ihr war aus nacktem Fels und fast senkrecht.

Auf ein Signal von Faltor hin begannen sie erneut möglichst viel Lärm zu machen. Wieder scheuten die Mammuts und wichen tiefer ins Tal zurück – wo sie erneut von einem Steinhagel der Jäger empfangen wurden.

Laena sah kleine blutige Stellen auf den Rücken der Tiere, dort, wo sie von Geschossen getroffen worden waren. Aber Faltors Einschätzung war richtig gewesen: Es würde lange dauern, ehe die Männer es wagen konnten, sich den Riesen zu nähern, um zu versuchen, sie zu erlegen.

Ein Speer flog durch die Luft. Er traf den großen Bullen an der Schulter und blieb dort stecken.

Laena hörte Mertan wütend den Werfer anschreien, der seine Ungeduld nicht hatte zügeln können. Die Wunde machte den Bullen rasend. Er stürmte unerwartet auf die Treiber zu, die ihm ins Tal hinein gefolgt waren.

Die Treiber stoben panikartig auseinander. Laena hielt entsetzt die Luft an und starrte wie gebannt auf die rennenden Gestalten, denen der massige Bulle nachjagte. Einer der Jungen glitt aus und stürzte. Er drohte zertrampelt zu werden, rollte sich jedoch in letzter Sekunde zur Seite.

Der Bulle hatte die Reihen der Treiber durchbrochen. Nur die Feuer lagen noch zwischen ihm und der Ebene. Bislang hatten Rauch und Flammen ihn abgeschreckt, aber er war jetzt zornig und verzweifelt. Es war nicht auszuschließen, daß er auch die Feuersperre durchbrach.

Faltor stand als letzter zwischen dem Mammut und der Freiheit. Er zögerte. Laena betete, das riesige Tier möge abdrehen. Es raste dicht an der Felswand entlang, auf der sie stand. Gleich würde der Bulle direkt unter ihr herlaufen.

Sie fing an zu schreien und den Lederstreifen zu schwingen, um das Tier aufzuhalten. Andere in ihrer Nähe stimmten ein, aber das Mammut schien sie gar nicht wahrzunehmen und rannte unaufhaltsam weiter.

Faltor wandte sich der Talwand zu und versuchte, den Hang hinaufzuklettern und sich in Sicherheit zu bringen. Aber der Hang war sehr steil, und ein Stein löste sich unter seiner Hand. Er verlor den Halt und stürzte mit einem überraschten Aufschrei in die Tiefe. Er landete rücklings auf dem Boden, wo er reglos liegenblieb.

Steh auf! schrie Laena ihm in Gedanken zu.

Er bewegte sich, aber er schien benommen von dem Sturz und bewegte sich schwerfällig und langsam.

Das Mammut stürmte auf ihn zu. Es ging alles viel zu schnell. Sie brüllte, bis ihre Kehle schmerzte. Nur sie stand jetzt noch zwischen dem angreifenden Bullen und Faltor. Plötzlich wußte sie, daß, wenn es ihr nicht gelang, das Tier aufzuhalten, wenn Faltor zu Tode kam, es allein ihre Schuld sein würde. Sie würde sich bis ans Ende ihrer Tage Vorwürfe machen – ebenso wie der ganze Stamm sie ächten würde.

Der Gedanke war ihr unerträglich. Als das Mammut unter dem Felsvorsprung vorbeistürmte, erkannte sie, daß sie etwas tun mußte, egal, was, um den Dickhäuter zu stoppen.

Ohne nachzudenken, sprang sie.

Flüchtig sah sie Menschen auf dem Talboden, die verblüfft zu ihr heraustarrten, während sie mit ausgebreiteten Armen und Beinen durch die Luft segelte. Dann landete sie hart auf dem Rücken des Ungetüms.

Instinktiv klammerte sie sich an sein dickes, verfilztes Fell. Eine Woge der Angst stieg in ihr auf. Das Mammut schwankte beim Laufen so sehr, daß sie beinahe von seinem Rücken geschleudert wurde. Aber sie krallte sich fest und wickelte sich sein Fell um die Handgelenke. Dann schrie sie aus Leibeskräften und zerrte mit aller Kraft an den Haarbüscheln.

Das Tier war riesig, aber doch nicht so riesig, daß es die lästige Last auf seinem Rücken völlig ignorieren konnte. Es drehte den Kopf auf die Seite, verwirrt von den schrillen Schreien hinter seinem Kopf. Der Bulle hob den Rüssel und trompetete.

Laena schrie erneut und zerrte an seinem Fell. Derweil sah sie erleichtert, daß Faltor sich auf den Bauch gerollt hatte und auf allen vieren davonkroch. Jemand sprang, wohl von Laenas Heldentat ermutigt, herab und brachte den Häuptling in Sicherheit.

Das Mammut wandte den Kopf wieder in Richtung des entgegengesetzten Talendes. Laena hatte es abgelenkt, jedoch nur für einen kurzen Augenblick. Das Hauptbestreben des Bullen war noch dasselbe: Er wollte fliehen.

Laena wurde kräftig durchgeschüttelt, als der Dickhäuter sein Tempo beschleunigte und über die Stelle raste, an der eben noch Faltor gelegen hatte. Er steuerte eine Lücke zwischen den Feuern an, zögerte kurz und brach dann hindurch.

Mit unverminderter Geschwindigkeit stürmte der Bulle den Hang vor dem Blinden Tal hinunter. Laena sah die Landschaft vorbeihuschen, und das Herz schlug ihr bis zum Hals. Mit einer Mischung aus Staunen und Entsetzen sah sie die Ältesten im Lager nach allen Richtungen davonlaufen.

Dann rannte das Mammut über offenes Grasland und ließ das Blinde Tal weit hinter sich.

Laenas Körper schmerzte von dem harten Aufprall auf dem Mammutrücken, und ihre Arme fühlten sich an, als würden sie aus den Schultergelenken gerissen. Sie versuchte die Entfernung zum Boden abzuschätzen und überlegte, was wohl geschehen würde, wenn sie sich hinabschwang und fallen ließ. Der Sturz würde sie nicht umbringen, aber sie lief Gefahr, unter die Füße des Untiers zu geraten und zertrampelt zu werden.

Sie dachte an Joq und Henik. Warum hatte sie getan, was sie getan hatte? Ihr Wagemut hatte Faltor das Leben gerettet, aber was war mit ihr?

Sie hörte Rufen weit hinter sich. Die Stimmen drangen kaum noch bis zu ihr, und es hätte ohnehin niemand etwas für sie tun können.

Das Mammut überquerte einen niedrigen Hügel und begann sein Tempo zu verlangsamen. Es atmete schwer, und Laena konnte fühlen, wie die Luft in und aus seinen Lungen pumpte.

Etwas weiter vorn sah sie ein kleines Wäldchen. Die Bäume standen recht weit auseinander, waren aber sehr hoch. Laena erkannte, daß das Mammut auf sie zusteuerte, um Schutz zu suchen.

Der Bulle ging zum Schrittempo über und begann sich durch das Geäst zu schieben. Dichtes Laub raschelte um sie herum, und Äste schlugen schmerzhaft gegen ihre Fingerknöchel, ihre Schultern und ihren Kopf.

Das Mammut drang tiefer in den Wald vor, wo die Bäume noch höher waren und dichter beieinanderstanden. Laena fragte sich, ob die Äste wohl stark genug waren, um ihr Gewicht zu tragen. Jedenfalls schien das ihre einzige Hoffnung zu sein.

Sie versuchte, nicht an die Entfernung zwischen sich und dem Boden zu denken, und nahm ihren ganzen Mut zusammen. Dann richtete sie sich vorsichtig auf und streckte eine Hand aus, während sie sich mit der anderen weiter festklammerte.

Ihre Fingerspitzen streiften die höchsten Äste eines Baumes. Er sah nicht sehr stark aus, aber sie hatte Angst, sich diese Chance in der Hoffnung auf eine bessere entgehen zu lassen. Ehe sie es sich anders überlegen konnte, stand sie auf und sprang vom Rücken des Mammuts.

Sie bekam mit beiden Händen einen Ast zu fassen. Das Holz fühlte sich glatt und kühl an. Das Mammut trampelte weiter, und sie fühlte das Fell an ihren Beinen entlangstreichen, bis sie schließlich frei in der Luft hing.

Sie stöhnte, als der Ast sich unter ihrem Gewicht bog. Verzweifelt versuchte sie, sich an ihm entlang zum Stamm hinüberzuhangeln.

Aber der Ast war zu schwach. Mit lautem Ächzen und Knacken löste er sich vom Baumstamm.

Laena schrie, als sie in die Tiefe stürzte. Blätter huschten an ihrem Gesicht vorbei. Sie sah den Boden unter sich … dann nichts mehr.

Kapitel 34

Es war entsetzlich kalt. Ihre Wangen brannten von dem eisigen Wind, und Laena versuchte, sich tiefer in ihre Felle zu hüllen.

Aber … sie hatte gar keine Felle an. Sie trug nur einen dünnen Ledermantel. Sie zitterte unkontrolliert und starrte entgeistert hinauf in das Schneetreiben. Ohne Felle würde sie bald erfrieren.

Mühsam rappelte sie sich hoch. Der Wind schleuderte ihr Schnee ins Gesicht, und ihre Augen begannen zu tränen, so daß sie nicht einmal sehen konnte, wohin sie ging.

Sie brauchte sofort einen Unterschlupf, oder sie würde sterben. Sie blinzelte, legte die tauben Hände über ihr Gesicht und sah durch die Schlitze zwischen ihren Fingern. Zuerst kam ihr alles fremd vor. Dann erkannte sie die Flachen Berge oberhalb des Winterlagers ihres Stammes. Des Panther-Stammes.

Sie begann, durch das Schneegestöber zu laufen, die

Hände über den Mund gelegt, um sie zu wärmen und gleichzeitig die Luft anzuwärmen, ehe sie in ihre Lungen drang.

»Du mußt umkehren«, sagte eine Stimme.

Laena blieb abrupt stehen. Sie blickte sich um und sah einen weißen Panther auf einem Grat hinter sich sitzen. Seine Konturen hoben sich deutlich vom Himmel ab. Die Raubkatze musterte sie aus riesigen starren Augen.

»Ich will nach Hause!« heulte Laena.

»Das hier ist nicht dein Zuhause«, entgegnete der Panther und stapfte mühelos durch den Schnee auf sie zu.

Laena schwankte, als eine Flut von Erinnerungen auf sie einstürmte. Der Marsch durch die Steppe, der Wolf-Stamm, Joq. »Was mache ich hier?«

Der Panther blieb vor ihr stehen. »Du hast dich verirrt.«

»Nein, ich habe beim Fischer-Stamm gelebt ...«

»Du hast dich verirrt«, sagte der Panther erneut.

Der Wind nahm zu. »Hilf mir!« schrie Laena verzweifelt.

Der Panther musterte sie einen Augenblick, machte dann kehrt und sprang mit großen Sätzen den Hang hinauf.

»Nein, verlaß mich nicht«, rief Laena ihm nach.

»Du kannst mir folgen, wenn du willst.« Der Panther erreichte den Grat, machte halt und warf einen letzten Blick zurück. Dann überquerte er den Grat und war fort.

Der Himmel dort oben war strahlendblau.

Laena fühlte eine Welle der Furcht in sich aufsteigen. »Hilf mir!« schrie sie erneut. Es wurde immer stürmischer, und sie zitterte und stolperte. Sie verlor den Halt und fiel auf den Rücken. Sie blickte nach oben und sah Gesichter, die vom Himmel auf sie herabschauten. »Helft mir«, flüsterte sie.

»Sie lebt!« hörte sie jemanden rufen.

»Kannst du mich hören, Laena?« Ein Gesicht tauchte dicht vor ihr auf. Laena erkannte Weeps, Joqs Mutter.

»Der Panther.« Sie versuchte, den Kopf zu drehen. Sie

fühlte trockenen Boden unter sich. Über ihr schimmerte dichtes, grünes Laub.

»Sie phantasiert«, sagte jemand.

»Nein. Der Sturz hat sie verwirrt.«

»Ich würde eher sagen, sie ist besessen.«

Laena schaffte es, sich auf die Person zu konzentrieren, die die letzten Worte gesprochen hatte. Worin. Wer sonst.

Laena sammelte ihre letzten Kraftreserven. »Ich bin gefallen«, sagte sie. »Ich bin von einem Baum gefallen.«

Dann versank sie wieder in undurchdringlicher Schwärze.

Als sie das zweitemal zu sich kam, hatte der Stand der Sonne sich verändert, und es war spät am Nachmittag. Aber jetzt hatte sie keine Visionen mehr und konnte alles um sich herum klar und deutlich wahrnehmen. Sie schlug die Augen auf und sah, daß sie von Menschen umringt war. Ihre Mienen drückten Sorge und Staunen aus.

»Schmerzen«, murmelte sie. Sie versuchte, sich zu bewegen, aber ihr Rücken protestierte sogleich. »Schmerzen!«

»Komm«, sagte Weeps. »Versuch dich aufzusetzen.«

Laena fielen Nans Lektionen ein. Sie hatte sich möglicherweise etwas gebrochen, und in diesem Fall durfte sie sich nicht bewegen. »Nein«, sagte sie. Sie erschauerte. »Mir ist kalt.«

»Nimm meinen Mantel«, sagte einer der Ältesten und breitete sein Fell über sie.

»Wir sollten ein Feuer machen«, sagte jemand.

»Nicht hier«, entgegnete eine andere Stimme. »Willst du den Wald in Brand setzen?«

»Warum wurde ihr Mann nicht hergebracht?«

»Er war vorhin hier, mußte aber zurück zur Jagd«, sagte eine Stimme, Worins Stimme. Ihr häßliches Gesicht erschien in Laenas Blickfeld. »Seht, sie hält etwas in der Hand.« Laena fühlte, wie jemand versuchte, ihre Hand zu öffnen. »Gib es mir.«

»Nein!« Laena ballte die Hand zur Faust.

»Laß sie in Frieden!« mischte sich Weeps ein. »Sie braucht Ruhe!«

Laena hob langsam die Hand vor das Gesicht und öffnete sie. Auf ihrer offenen Hand lag ein Büschel rauhes Mammuthaar.

Sie hörte die Umstehenden nach Luft schnappen, als sie sahen, was es war.

Laena sah auf ihre Gesichter. Das, was ihr widerfahren war, erfüllte sie mit so großem Staunen, daß sie nicht in der Lage waren, sich der praktischen Dinge anzunehmen. Wenn sie herausfinden wollte, ob sie sich irgendwelche schwereren Verletzungen zugezogen hatte, würde sie sich wohl selbst darum kümmern müssen.

Langsam drehte sie sich auf die Seite und konzentrierte sich darauf, ob sie einen starken, stechenden Schmerz fühlte. Ihre Muskeln schmerzten höllisch, aber nicht mehr, als zu erwarten war. »Nimm den Mantel weg«, sagte sie zu Weeps.

Joqs Mutter kniete sich neben Laena, nervös die Hände ringend. »Aber du sagtest doch, dir wäre kalt.«

»Bitte. Sieh nach, ob ich blute.«

Zögernd tat Weeps, worum sie sie gebeten hatte. »Da sind einige Wunden ...«

»Bluten sie?«

»Nicht mehr. Das Blut ist getrocknet.«

Laena setzte sich mühsam auf und blickte sich um. Sie zog den Mantel wieder über und zuckte zusammen vor Schmerz, als sie die Schultern bewegte.

»Du mußt dich ausruhen!« protestierte Weeps.

»Du bist schwer gestürzt.« Das war Orleh, der hinter ihr stand.

»Es ist ein Wunder, daß sie es überlebt hat«, sagte einer der Ältesten.

»Ein Wunder!« sagte Weeps und drückte ihre Hände.

Zustimmendes Gemurmel erhob sich um sie herum.

»Wir sollten sie zum Dorf zurückbringen«, bemerkte Orleh. »Nan soll sie sich ansehen.«

Ein seltsamer Tonfall schwang in seiner Stimme mit. Respekt, wie Laena erkannte.

»Kannst du mir aufhelfen?« bat sie. Sie wollte nur eins: Joq Bescheid geben, daß sie in Ordnung war, und dann ins Dorf zurückgehen, zu ihrem Kind und zu Nan.

Sofort packten Hände sie unter den Achseln und zogen sie vorsichtig auf die Füße. »Bist du sicher, daß du stehen kannst?« fragte Weeps und musterte Laena ängstlich.

Laena schnitt eine Grimasse. Ihr Kopf tat weh. Dann konzentrierte sie sich auf ihre Beine, die kaum stark genug schienen, sie zu tragen. »Es geht schon«, sagte sie.

Weeps und Orleh stellten sich links und rechts von ihr auf. Als Joqs Eltern fühlten sie sich offenbar für sie verantwortlich. Und dabei hatten sie sich in Vergangenheit nicht annähernd so um sie besorgt gezeigt, nicht einmal, wenn sie krank gewesen war.

Langsam geleiteten sie sie durch den Wald, und die anderen, die sich dort versammelt hatten, schlossen sich ihnen an. Laena erkannte, daß sie den Weg zurückgingen, den das Mammut gegangen war. Überall lagen abgebrochene junge Bäume, Erdklumpen und Grasbüschel, die von der Kraft und Gewalt des Bullen zeugten.

»Seht!« sagte einer der Ältesten und zeigte nach oben.

Laena bog den Kopf zurück und keuchte vor Schmerz. Dann sah sie einen Fetzen von ihrem Mantel von einem Ast hoch über ihr baumeln.

»Ein Wunder«, sagte Weeps noch einmal.

Sie überquerten den Hügel. Als sie sich dem Blinden Tal näherten, hörte Laena den Schmerzensschrei eines Tieres. »Wie steht die Jagd?« fragte sie.

»Sie ist beinahe vorüber«, entgegnete Orleh.

»Ich möchte Joq sehen.«

Sie gingen mit ihr zum Taleingang. Die Treiber saßen jetzt um die Feuer herum und erholten sich von den Anstrengungen des Tages, ihre Arbeit war getan. Aber alle standen auf, als sie Laena entdeckten, und sie hörte sie untereinander tuscheln. Laena sah das Staunen in ihren Augen und auf ihren Gesichtern.

»Da ist sie«, rief jemand. »Die, die so mutig war, das Mammut zu reiten.«

Laena schüttelte den Kopf und zuckte zusammen, als ein stechender Schmerz ihre Schläfen durchzuckte. »Ich war nicht mutig«, sagte sie. Sie wollte ihnen erzählen, was wirklich passiert war – daß sie aus schierer Verzweiflung gehandelt hatte, ohne zu wissen, was sie da tat, weiter nichts. Sie sah, daß die Jäger im Tal bei den Tieren waren. Alle Mammuts lagen reglos auf der Seite, bis auf eins, das noch schwach umherstolperte, umringt von Männern mit Speeren. Das Fell des Tieres war rot von Blut, und es rollte wild mit den Augen, auf der Suche nach einem Ausweg aus dem Kreis der Jäger.

Ein Mann sprang vor und stieß ihm seinen Speer in den Hals, direkt hinter dem Kiefer. Das Mammut schrie auf, wandte sich dem Mann zu, der ihm die Wunde zugefügt hatte, aber zwei andere liefen eilig herbei und bohrten ihm ihre Speere in die Flanken.

Das Mammut drehte den Kopf und versuchte, einen der Speere mit dem Rüssel aus der Wunde zu schlagen.

»Es ist beinahe vorbei«, sagte Laena, halb zu sich selbst.

Faltor eilte auf sie zu. »Laena! Bist du verletzt? Es hieß, du wärst bewußtlos.«

Sie sah ihn an und war plötzlich froh und stolz. »Jetzt geht es mir wieder gut«, sagte sie.

Er musterte sie stirnrunzelnd. »Was ist eigentlich genau passiert?«

Wieder starrten sie alle an. Laena zögerte. Sie wußte nicht recht, was sie sagen sollte. »Ich habe gesehen, daß du in Gefahr warst, von dem Mammut zertrampelt zu werden. Ich mußte es irgendwie aufhalten. Und da bin ich gesprungen.«

Die Umstehenden schnappten nach Luft.

Faltor starrte sie an, einen sonderbaren Ausdruck in den Augen. »Dann hast du mein Leben gerettet«, sagte der Häuptling.

Plötzlich war Joq da und kam mit großen Schritten auf sie zu. Er sah müde und zerschlagen aus nach seinem langen Tag mit den anderen Jägern, und er lächelte nicht einmal, als er sie sah. Er warf nur seinen Speer auf den Boden und musterte sie lange schweigend, die Hände zu Fäusten geballt. »Ich habe dir gesagt, du sollst nicht mitkommen«, sagte er schließlich. »Ich habe dir gesagt, es wäre gefährlich. Ich habe dir gesagt, du sollst im Dorf bleiben.«

Laena blinzelte. Das war nicht der Empfang, den sie von ihm erwartet hatte.

Aber dann wurde ihr bewußt, daß seine Stimme klagend geklungen hatte. Er war nicht wütend; er hatte sich Sorgen um sie gemacht.

Er trat vor und schloß sie in die Arme. »Ich bin so froh, daß du nicht schlimm verletzt worden bist«, murmelte er, die Lippen dicht an ihrem Ohr, so daß nur sie ihn hören konnte. »Den ganzen Tag habe ich mir schreckliche Sorgen um dich gemacht. Ich weiß nicht, was ich getan hätte, wenn dir etwas zugestoßen wäre.«

Das Flußtal lag in tiefem Schatten, als Laena das Dorf erreichte. Einige Jungen waren vorausgelaufen, um ihre Ankunft anzukündigen, und Nan erwartete sie draußen auf dem Pfad.

»Was soll das alles bedeuten?« Sie sah Laena in die Augen und fühlte dann ihre Stirn. »Bist du in Ordnung, Mädchen? Sag mir, was passiert ist.«

Laena schüttelte den Kopf. »Gleich. Können wir zu meiner Hütte gehen, Nan? Moru müßte dort sein, mit Henik ...«

»Ich begleite dich«, entgegnete Nan. »Laß mich nur schnell meine Sachen holen.« Sie verschwand in ihrer Hütte und kam gleich darauf mit ihrer Medizintasche wieder heraus.

Moru stand bereits vor Laenas Hütte, als sie dort eintrafen. »Laena!« rief sie. »Ich habe mir solche Sorgen gemacht! Man erzählt sich, du hättest dich mit bloßen

Händen an einem Mammut festgekrallt. Ich wußte nicht, was ich davon halten sollte. Bist du in Ordnung? Wo ist Joq?«

»Er ist noch oben im Blinden Tal. Ich muß mich nur hinlegen.« Sie ging zu ihrem Bett. »Geht es Henik gut?«

»Ja, alles bestens. Siehst du?« Sie hielt das Baby hoch.

»Hört zu«, sagte Nan. »Sie braucht Ruhe. Moru kann bleiben, aber ihr anderen solltet jetzt nach Hause gehen.« Sie wandte sich an Weeps, Orleh und einige andere Dorfbewohner, die durch die offene Tür hereinsahen.

Widerstrebend zogen sie sich zurück. Nan verknotete das Leder vor der Tür und kehrte zum Bett zurück. »Dreh dich auf den Bauch«, sagte sie. Ihre geschickten, erfahrenen Hände begannen Laena abzutasten.

Die Untersuchung dauerte nicht lange. »Du hast ein wenig Blut verloren«, sagte sie abschließend. »Aber die Knochen sind alle heil geblieben, und die Wunden sind nur oberflächlich.« Sie wandte sich an Moru. »Bring mir bitte heißes Wasser.«

Moru hatte bereits Wasser über dem Feuer erhitzt und brachte es nun eilig herüber zu Nan.

Die alte Frau öffnete ihre Tasche, nahm ein Stück Rinde heraus und kratzte etwas davon in die Schale. Sie rührte um und hielt die Schale dann Laena hin. »Trink.«

Laena zwang sich, die Flüssigkeit zu trinken, wenngleich sich ihr der Magen umdrehte von dem bitteren Geschmack.

Nan kramte herum, fand Laenas Vorräte und trug Moru auf, Fleisch für eine Suppe zu zerkleinern. Dann kehrte sie zu Laena zurück und setzte sich an ihr Bett. »Also«, sagte sie und faltete die Hände im Schoß. »Ich höre.«

Laena warf einen Blick zur Tür. Sie war überzeugt, daß dort draußen jemand war und mithörte.

»Ich habe gesehen, daß Faltor in Gefahr war, zertrampelt zu werden. Ich habe gar nicht nachgedacht, sondern bin dem Ungetüm, das ihn bedrohte, einfach auf den Rücken gesprungen.«

»*Was* hast du getan?«

»Ich bin gesprungen. Ich weiß nicht, warum. Mir ist nichts anderes eingefallen. Ich mußte Faltor retten.« Sie zuckte die Achseln. »Und das habe ich getan.«

Später kehrten die ersten Jäger ins Dorf zurück, schwer mit Fleisch beladen und ihren Triumph in den Himmel schreiend. Joq kam, setzte sich eine Weile zu Laena und hielt sie in den Armen. In Augenblicken wie diesem staunte sie immer wieder, wie sanft und liebevoll er sein konnte. Das machte sie all die anderen Male vergessen, die sie ihn schalt und er sie ignorierte oder sie einen Wunsch äußerte, den zu erfüllen er sich stur weigerte.

Laena hörte, daß draußen im Dorf gefeiert wurde.

»Ich werde bald zu den anderen gehen müssen«, sagte Joq leise. »Es gibt ein Fest ...«

»Ich weiß«, sagte Laena und umklammerte seinen Arm. »Joq, ich weiß nicht, wie die anderen darauf reagieren werden. Ich meine, ich habe Faltor das Leben gerettet. Aber es war leichtsinnig, gefährlich und vielleicht auch dumm. Ich kann von Glück sagen, daß ich noch lebe. Und ich bin eine Frau und hätte eigentlich nicht einmal dort sein dürfen ...« Unsicher brach sie ab.

Joq schwieg eine Weile, ehe er etwas dazu sagte. »Vielleicht solltest du ihnen erklären, daß das Schicksal dich geleitet hat, daß du so gehandelt hast, weil du das Gefühl hattest, keine andere Wahl zu haben.«

Laena nickte langsam. Was Joq sagte, kam der Wahrheit überraschend nahe. Sie drückte seinen Arm und zwang sich zu einem Lächeln. »Ich danke dir.«

Sie schlief eine Weile. Nur vage nahm sie das Stimmengewirr und das Gelächter in der Ferne wahr. Dann hörte sie Gesang.

Abrupt wachte sie auf. Ihre Muskeln schmerzten noch schlimmer als vorher, und ihr Kopf dröhnte. Einen Augenblick erinnerte sie sich an ihren Traum von dem Panther im Schnee, aber sie war noch nicht soweit, sich näher damit zu befassen. Vorerst hatte sie genug andere Sorgen.

Draußen war es fast dunkel. Der kleine Henik lag dicht neben ihr und schlief friedlich. Sie streichelte ihn zärtlich und stieg dann schwerfällig aus dem Bett. Ihr Mund war ganz trocken. Sie wollte etwas von Morus Brühe trinken.

Erst nippte sie nur an der Suppe, dann trank sie gierig. Plötzlich wurde ihr bewußt, daß sie schrecklich hungrig war. Der Duft des Fleisches, das gebraten wurde, hing über dem Dorf, und sie stellte sich die Feier vor, die noch im Gang war. Wie sollte sie sich etwas von dem Fleisch beschaffen?

Nun, sie war kräftig genug. Sie würde Henik in den Tragegurt setzen und ihn mitnehmen. Das Ankleiden war eine Qual; sie mußte mehrere Pausen einlegen und still sitzen, bis der Schmerz auf ein erträgliches Maß nachgelassen hatte. Dann war sie endlich fertig, Henik in seinem Tragegurt an sie geschmiegt.

Sie mußte sich allerdings eingestehen, daß sie noch schwach auf den Beinen war. Sie sah sich nach etwas um, worauf sie sich stützen konnte. Vielleicht konnte sie ihren Speer benutzen. Es würde doch sicher niemand Anstoß daran nehmen, wenn sie ihn als Krücke verwendete.

Ächzend vor Schmerz bückte sie sich und zog ihren Speer aus seinem Versteck. Sich schwer auf ihn stützend, verließ sie die Hütte.

Aus einem unerfindlichen Grund mußte sie plötzlich wieder an den Panther denken. Sie brummte unwillig. »Hier ist mein Zuhause«, sagte sie zu sich selbst und begann, dem Pfad entlang der kleinen Hütten zu folgen. »Hier in diesem Dorf lebe ich. Es ist mir mehr eine Heimat, als jeder andere Ort es je gewesen ist.« Sie drückte ihren kleinen Sohn an sich. »Hier gehöre ich hin.«

Ihre Visionen schienen keinen Sinn mehr zu machen. Sogar jene mit dem Gift war ganz offensichtlich falsch gewesen. Sie wünschte, ihre Träume würden aufhören und sie in Frieden lassen.

Sie hörte lauten Jubel, und dann stimmten die Männer des Dorfes eins ihrer Jagdlieder an. Laena stellte sich vor, wie alle beisammensaßen, die Gesichter gerötet und leuchtend im Feuerschein. Plötzlich sehnte sie sich danach, unter ihnen zu sein.

Doch wieder hörte sie im Inneren die Stimme des Panthers.

Laena humpelte weiter. Sie kam an Faltors Hütte vorbei und gelangte zu dem Platz, wo Zeremonien und Feiern stattfanden.

Er war voller Menschen. Jeder einzelne Dorfbewohner schien sich dort eingefunden zu haben. Laena blieb eine Weile abseits im Dunkeln stehen und sah zu, wie sie alle das Jagdlied sangen. Am Ende jubelten sie, und einer der Jäger nahm einen der Spieße vom Feuer und begann, das gebratene Fleisch zu verteilen.

Laena trat vor. »Kann ich auch etwas haben?«

Jene in ihrer Nähe wandten den Kopf und starrten sie an. Nach und nach legte sich der Lärm, und schließlich waren die Blicke aller auf sie gerichtet.

»Da ist sie!« rief jemand, und dann waren plötzlich alle auf den Beinen und jubelten ihr zu.

Joq bahnte sich einen Weg durch die Menge auf sie zu. »Laena!« rief er. »Du solltest dich ausruhen!«

»Ich wollte nur etwas essen«, entgegnete sie und klopfte Henik auf den Rücken, der von dem Lärm aufgewacht war und anfing zu schreien.

Von allen Seiten winkte man ihr und rief ihr zu, sie solle näher kommen.

Schüchtern humpelte sie in den Lichtkreis nahe dem Feuer.

Faltor trat vor sie hin. Er hob beide Arme, und nach und nach verebbte das Geschrei. »Ich muß dir meinen Dank aussprechen, Laena«, sagte er, laut genug, daß ihn alle hören konnten. »Ich danke dir, daß du das Mammut von mir abgelenkt hast.«

Sie blickte zu ihm auf. Er lächelte.

»Sie sollte bei den Jägern sitzen«, rief jemand. »Sie hat es verdient.«

Faltor hob erneut die Hände und sorgte für Ruhe. »Sie darf bei den *Jung*jägern sitzen«, sagte er. »Immerhin hat sie sich im Speerwerfen geübt.« Er deutete auf den Speer, auf den sie sich stützte.

Laena betrachtete Faltor aufmerksam und bewunderte sein Geschick, stets eine Lösung zu finden, die alle zufriedenstellte.

Sie hinkte zu einer Gruppe von Jungen, die hinter den älteren Jägern saßen. Einer der Jungen sprang sofort auf und überließ ihr seinen Platz. »Danke«, sagte sie.

»Es ist mir eine Ehre«, entgegnete er und verneigte sich vor ihr.

Und so setzte sie sich zu ihnen, und jemand reichte ihr den Fleischspieß. Sie nahm sich ein Stück und machte sich hungrig darüber her. Wieder ertönte lauter Jubel, und als sie aufblickte, sah sie, daß Joq auf sie zukam. Er setzte sich zu ihr. Sie blickte auf die lächelnden Gesichter um sie herum und dachte bei sich, wie seltsam das alles doch war. Am Morgen hatten sie noch alle mißbilligend beäugt, und niemand hatte mit ihr reden wollen. Es war wieder wie am Tag der Vermählungszeremonie. Bedeutete das, daß sie sie endlich so akzeptierten, wie sie war? Sie hoffte von ganzem Herzen, daß dem so war.

Sie sah erneut in die Runde. Einige der Älteren wirkten weniger freundlich, und sie nahm an, daß es ihnen nicht gefiel, daß einer Frau so viel Ehre und Aufmerksamkeit zuteil wurde. Es würde wohl auch in Zukunft immer jemanden geben, der sich ihr in den Weg stellte.

Aber jetzt hielt sie es zumindest für möglich, das zu erreichen, was sie sich wünschte, und das schien ihr schon ein großer Schritt zu sein. Und während sie bei den jungen Jägern saß und die Mahlzeit mit ihnen teilte, empfand sie große Dankbarkeit.

Kapitel 35

Die Zeit verging. Der Winter brach herein, und der Schnee kroch die Berghänge hinab. Eis bedeckte den Fluß, der Wind blies eisig kalt, und die Sonne stand so tief am Himmel, daß sie sogar mittags hinter den Berggipfeln verborgen blieb.

Die arktischen Nächte wurden länger und länger. Schließlich, während noch mehr Schnee fiel und der Winter das Land mit festem Griff gepackt hielt, herrschte ständige Dunkelheit. Man konnte nicht einmal mehr unterscheiden, wann der eine Tag endete und der nächste begann. Das war Laenas vierter Winter beim Stamm der Fischer, und es fiel ihr immer noch schwer, ihn zu ertragen. Sogar im Sommer hatte das schmale Tal düster und dunkel gewirkt, aber jetzt glich es einem Gefängnis, dessen dunkle Mauern immer näher rückten.

Sie war in der Ebene aufgewachsen, unter offenem Himmel. Sogar mitten im Winter war es hell genug gewesen, einigermaßen sehen zu können. Aber unten am Fluß war nur ein schmaler Streifen Himmel zu sehen, der die meiste Zeit pechschwarz war. Es kam ihr vor, als würde sie die Sonne niemals wiedersehen.

Sogar jene, die ihr ganzes Leben im Tal verbracht hatten, zeigten Anzeichen dafür, daß der Mangel an Licht und die durchdringende Kälte, die einem jeden längeren Aufenthalt im Freien verleidete, ihnen zu schaffen machte. Einige wurden unruhig und reizbar und stritten ohne Unterlaß. Andere entwickelten eine Art Dauermüdigkeit, so daß sie fast die ganze Zeit schliefen und nur zum Essen das Bett verließen.

Jetzt, da Laena endlich rückhaltlos vom Stamm akzeptiert wurde, teilte sie das Leben und die Bräuche der Fischer mehr als früher. Sie aß mit ihnen, saß mit ihnen in ihren Hütten zusammen und lauschte den Legenden und Geschichten, die die Alten erzählten, um die endlosen Stunden der Dunkelheit auszufüllen.

Die Fischer drängten sie, ebenfalls Geschichten zu erzählen, und so ließ sie ihre Vergangenheit wiederaufleben und versuchte, sich an jede Kleinigkeit ihrer Kindheit und der nachfolgenden Jahre zu erinnern. Sie berichtete vom Tod ihrer Eltern, sprach von Elbrau dem Steinhauer und beschrieb, wie Gorag sein Volk verraten hatte.

Sie sagte sogar ein paar Worte zu ihren Träumen und Visionen. Die Fischer lachten sie nicht aus, wie sie befürchtet hatte. Seit sie Faltor das Leben gerettet hatte, war ihnen klar, daß sie anders war als jede Frau, die sie bis dahin gekannt hatten.

Eines Nachmittags, als sie gerade Heniks wickelte, wurde Laena bewußt, daß sie sich jetzt selbst als vollwertiges Mitglied des Fischer-Stammes betrachtete. Gleichzeitig aber, als der Winter zu Ende ging und die Tage wieder heller wurden, sehnte sie sich danach, wieder durch das Umland des Tales zu streifen. Das war alles, was von ihrer Wanderlust geblieben war – die Sehnsucht, ausgedehnte Streifzüge unter freiem Himmel zu unternehmen, um dann dorthin zurückzukehren, wo sie zu Hause war.

Der letzte der großen Schneestürme war vorbeigezogen. Die Sonne war aufgegangen, und der Himmel war blau – zumindest für eine kurze Weile.

In warme Felle eingemummt, stieg Laena mit drei jungen Jägern des Stammes die Talwand hinauf. Sie bewegten sich langsam und vorsichtig und machten sich immer wieder die Mühe, Schnee von Felsvorsprüngen zu fegen, ehe sie sie mit ihrem Gewicht belasteten.

Dann erreichten sie eine Stelle, an der der Aufstieg weniger steil wurde, und einer der Jungen wandte sich ihr zu. Seine Zähne blitzten weiß im Sonnenlicht, das vom Schnee reflektierte. »Wer zuerst oben ist«, forderte er sie heraus. Sein Name war Orban, und er war der wagemutigste der drei, erfüllt von jugendlichem Ehrgeiz.

»Und wenn du verlierst?« fragte Laena. Das Tageslicht hatte sie aufgeheitert, und sie war in der richtigen Laune, sich auf ein Spielchen einzulassen. »Es wäre doch grauenvoll, wenn du von einer Frau besiegt würdest, Orban.«

Orban lachte schallend, und sein Atem dampfte in der kalten Luft. »Ich kann gar nicht verlieren. Ich habe den Winter viele Übungen gemacht, während die anderen herumsaßen und Geschichten erzählt haben. Ich habe mit meinem Speer geübt.«

»Lügner!« rief einer der anderen Jungen. Sein Name war Pulo. Er war der größte und älteste der drei, weshalb er der Meinung war, daß ihm auch die Führung zustand. »Es war viel zu dunkel draußen. Niemals hast du Speerwerfen geübt.«

Orban wandte sich ihm zu, die Augen zornig zusammengekniffen. »Wag es nicht, mich einen Lügner zu nennen, Pulo. Ich habe draußen ein Feuer gemacht und das als Ziel benutzt.«

Pulo kam auf ihn zu. »Das stimmt nicht.«

»Hey«, mischte sich Laena ein, »Schluß damit.«

Beide Jungen wandten sich ihr entgeistert zu. Als Mutter kam ihr eine gewisse Autorität zu, aber wenn sie mit ihnen unterwegs war, um ihr Jagdgeschick mit ihnen zu messen, war sie eine der ihren, nicht mehr und nicht weniger. Manchmal waren sie verunsichert und wußten nicht recht, wie sie mit ihr umgehen sollten. »Dann los, Orban«, rief sie. »Wir laufen um die Wette. Los!« Sie rannte los.

Er brauchte einen Augenblick, um zu begreifen, daß sie seine Herausforderung angenommen hatte. »Hey!« rief er.

Sie hörte, wie er ihr nachsetzte. Er war schnell, aber sie hatte einen Vorsprung und war in ihrer Kindheit ständig irgendwelche verschneiten Hänge hinauf- und hinuntergelaufen. Sie hörte ihn keuchen und die beiden anderen Jungen ihn verhöhnen.

Orban hatte aufgeholt, als sie den felsigen Rand des Tales erreichte, aber sie lag immer noch vorn. Sie sank im Schnee auf die Knie, und er ließ sich neben sie fallen. Sie brauchten eine Weile, ehe sie sich so weit erholt hatten, daß sie wieder sprechen konnten.

»Du hast gemogelt«, sagte er.

Sie schüttelte den Kopf. »Ich habe dich überlistet. Das ist etwas völlig anderes.«

Er funkelte sie böse an, und sie erkannte überrascht, daß er wirklich wütend war. Er war immer unberechenbar, wechselte sprunghaft die Laune. »Du hältst dich für so schlau …«

»Ich halte mich nicht nur dafür«, entgegnete Laena. »Ich weiß, daß ich schlau bin.«

»Sie hat dich geschlagen, Orban!« rief Pulo, als er zu ihnen stieß. »Sie ist eine Frau. Eine Mutter! Und sie hat dich besiegt!«

»Dich hat sie auch geschlagen«, erwiderte Orban heftig.

Laena seufzte. Die Jungen standen ständig miteinander im Wettstreit. Sie stand auf und entfernte sich, ohne die beiden Jungen zu beachten, die sich in einen Ringkampf stürzten. Ich habe etwas Besseres verdient als das, sagte sie sich. Sie hatte vor Winteranfang zwei Monate lang an der Perfektionierung ihres Jagdgeschicks gearbeitet. Das war ihre Lehrzeit gewesen. Sie hatte es sich verdient, die erwachsenen Jäger zu begleiten.

»Laena-Mutter?« Der dritte der Jungen holte sie ein. Es war Olken, der jüngste. Er war scheu und verschlossen, und Laena wurde nicht ganz schlau aus ihm.

»Laena-Mutter«, rief er erneut. Er benutzte immer die respektvolle Anrede, die ihr zustand, obwohl sie ihm versichert hatte, daß das nicht nötig wäre. »Ich möchte dich etwas fragen«, sagte er.

»Dann frag, Olken«, entgegnete sie und nickte ihm ermutigend zu.

Er blieb neben ihr stehen. Er hatte einen plumpen Körperbau und ein breites, fleischiges Gesicht, wodurch seine Augen und Lippen vergleichsweise klein wirkten. Stirnrunzelnd suchte er nach den richtigen Worten. »Ich habe eine Schwester, Laena-Mutter.« Er sprach sehr leise, und sie vermutete, daß er nicht wollte, daß die anderen Jungen ihr Gespräch mithörten. »Ihr Name ist Yara.«

»Ja, Olken. Ich kenne deine Schwester.«

Er nickte knapp. »Sie sagt – sie möchte auch mitkommen und jagen lernen. Sie sagt, wenn du einen Speer werfen kannst, kann sie das auch.«

»Und was sagt dein Vater dazu?«

Olken runzelte erneut die Stirn. »Mein Vater sagt – nein.«

Laena überlegte, was sie ihm sagen sollte. Jetzt, da der Fischer-Stamm sie rückhaltlos akzeptiert hatte, wollte sie um jeden Preis vermeiden, Unruhe zu stiften. »Sag deiner Schwester, daß mein Vater es mir auch verboten hat, als ich in ihrem Alter war. Ich mußte viele Jahre warten und mich beweisen, ehe es mir gestattet wurde.«

Olken schwieg eine Weile, einen sehr ernsten Ausdruck auf dem Gesicht. »Du hast dich dadurch bewiesen, daß du ein Mammut erlegt hast?«

Es war erstaunlich, wie sehr die Geschichte ihrer Heldentat in den wenigen Wintermonaten ausgeschmückt worden war. »Olken, ich habe kein Mammut erlegt. Ich bin auf seinen Rücken gesprungen, um es von Faltor abzulenken, das ist alles.«

Aber er hörte ihr gar nicht richtig zu. Immerhin war die Wahrheit weniger interessant als der Mythos.

Orban und Pulo stießen zu ihnen. Entweder hatten sie ihren Streit beigelegt oder ihn einfach vergessen. »Kommt«, sagte Pulo. »Wir haben nicht viel Zeit.«

Er hatte recht. Die Sonne stand tief, und die Kälte begann bereits durch ihre Felle zu dringen.

Pulo zog seinen Speer aus der Schlinge auf seinem Rücken und legte ihn vorsichtig auf den Boden. Dann nahm er seinen Rucksack ab, holte seine Schneeschuhe heraus und schnallte sie um. »Ich forme einen Schneeball, den wir als Zielscheibe benutzen können.«

Laena und die anderen beiden Jungen warteten, während Pulo in den tieferen Schnee stapfte, Schnee zu einem großen Ball rollte und diesen auf einem Felsgrat etwa hundert Schritt entfernt aufstellte. Die Landschaft blendete sie förmlich nach den langen Monaten völliger Dunkelheit. Schnee bedeckte jede ebene Fläche und jeden noch so winzigen Felsvorsprung. Dort, wo der Wind ihn zu Wehen aufgetürmt hatte, war er so tief, wie ein Mann hoch war.

»Also dann!« rief Pulo. »Versucht es damit.«

Abwechselnd warfen sie ihre Speere. Laenas Muskeln waren steif nach den Monaten der Ruhe, und ihre dicken Felle behinderten sie zusätzlich. Sie fragte sich, ob Orban tatsächlich im Freien ein Feuer gemacht und als Zielscheibe benutzt hatte. Auszuschließen war es nicht. Er konnte sehr stur sein, wenn er sich etwas in den Kopf gesetzt hatte. Das war auch der Grund, weshalb sie ihn so mochte.

Und so war Orban auch der einzige von ihnen, der die Zielscheibe schon beim ersten Versuch traf. Laena ärgerte sich, weniger über ihn als über sich selbst. Nachdem sie ihren Speer zurückgeholt hatte, konzentrierte sie sich eine ganze Minute auf den Schneeball, während die anderen erneut ihre Speere warfen.

Schließlich startete sie einen zweiten Versuch. Diesmal beschrieb der Speer einen sauberen Bogen und bohrte sich mitten ins Ziel. Ihre Schulter schmerzte von der Wucht des Wurfes, aber sie achtete nicht darauf. Schmerzen waren unbedeutend, verglichen mit ihrem Bestreben, ihr Können unter Beweis zu stellen. So hatte sie im Herbst empfunden, und so empfand sie auch jetzt.

Diesmal machte Orban ein grimmiges Gesicht. Keiner von ihnen sagte ein Wort, als sie ihre Speere holten, aber sie konnte an seinem Gesicht seine Entschlossenheit ablesen, sie zu schlagen.

Aber seine Entschlossenheit nützte ihm nichts. Er verfehlte das Ziel an diesem Nachmittag noch zweimal, während Laena jedesmal traf.

Schließlich gab Orban es angewidert auf. »Das ist zwecklos«, sagte er.

Laena musterte ihn abwartend.

»Ich habe während der Wintermonate geübt. Wirklich.« Er trat gegen den Schnee, der aufspritzte wie silberner Sand. »Ich wollte besser werfen als du, aber du bist größer, stärker und treffsicherer.« Er wandte sich ab und spuckte in den Schnee. »Du solltest mit den Männern üben.«

Laena lächelte. »Ja«, sagte sie. »Das sollte ich.«

Im Dorf schien sich in ihrer Abwesenheit etwas ereignet zu haben. Mehrere Dorfbewohner standen vor Nans Hütte und redeten wild durcheinander.

»Was ist denn los?« fragte Laena. »Stimmt etwas nicht?«

»Es geht um Inrei«, entgegnete jemand. »Ein Fremder hat ihn in einiger Entfernung des Dorfes gefunden. Er ist verwundet.«

Inrei war einer der Ältesten. Er war nie besonders freundlich zu Laena gewesen, und sie kannte ihn bis heute nicht besonders gut.

Laena versuchte zu begreifen, was sie soeben erfahren hatte. Es geschah nur selten, daß im Winter Fremde ins Tal kamen. »Was war das für ein Fremder?« fragte sie.

»Ein Mann vom Wolf-Stamm«, sagte ein anderer. »Er ist jetzt bei Faltor.«

Laena hatte plötzlich ein ungutes Gefühl. Es war unsinnig, aber sie dachte nun einmal nicht gern an den Wolf-Stamm und die Ereignisse von vor Jahren zurück. »Was ist Inrei denn zugestoßen?«

»Er ist gestürzt und hat sich den Kopf angeschlagen. Er ist schwer verletzt.«

Laena zögerte. Sie wollte eigentlich zu ihrer Hütte zurück und sich um ihren Sohn kümmern. Aber die Bedürfnisse eines Verwundeten hatten Vorrang. Neben Nan war sie die einzige im Dorf, die die Kunst des Heilens beherrschte. Sie setzte ihren Rucksack ab. »Orban«, sagte sie. »Bring das zu meiner Hütte. Und das hier auch.« Sie reichte ihm ihren Speer.

Er machte ein Gesicht, als wolle er widersprechen.

»Mach schon!« Sie waren nicht mehr beim Speerwerfen, und sie war wieder Laena-Mutter und er ein Junge, der ihr Respekt schuldete.

Er nickte knapp und lief davon. Laena betrat Nans Hütte. »Nan? Kann ich helfen?«

Nan blickte flüchtig auf. »Komm her und halte ihn«, sagte sie schneidend.

Laena sah, daß Inrei auf dem Boden lag. »Sollten wir ihn nicht besser auf ein Bett legen?«

»Nein. Er darf nicht bewegt werden. Halte ihn fest!«

Laena hockte sich hin. Inreis Hände zitterten, sein ganzer Körper zuckte, und seine Fersen trommelten auf den Boden. Sein altes Gesicht war sehr bleich, und seine Augen waren geschlossen. An seiner Stirn war eine blutige Wunde.

Laena packte Inreis Schultern und verlagerte ihr ganzes Gewicht auf die Hände. Nan wischte das Blut fort, und darunter kam ein gezacktes Loch im Schädel zum Vorschein. Verblüfft sah Laena, daß ein Dreieck Knochen nach innen gedrückt worden war.

Nan nahm ein Flintmesser und schnitt vorsichtig die Haut um die Wunde herum auf, wodurch ein Hautlappen entstand, den sie abschälte. Sie wischte das frische Blut fort und versuchte dann, mit einem Holzspatel das eingedrückte Knochenstück durch die Öffnung herauszuziehen.

»Er ist gestürzt?« fragte Laena.

Nan nickte und brummte dann ärgerlich. »So funktioniert das nicht.« Sie warf den Spatel zur Seite und nahm statt dessen einen faustgroßen Stein zur Hand. »Knie dich auf seine Schultern, und halte seinen Kopf.«

Laena gehorchte. Inreis Haut fühlte sich kalt und klamm an. Laena wußte, daß eine solche Wunde leicht tödlich enden konnte. Irgendwo sonst an seinem Körper wäre sie weniger gefährlich gewesen.

Nan holte mit dem Stein aus und wog ihn sorgfältig in der Hand. Dann schnellte ihr Arm vor, und der Stein krachte gegen Inreis Stirn. Das Knochendreieck löste sich aus der Vertiefung, so daß Nan es mühelos herausholen konnte.

Inreis Körper zuckte stärker, dann erschlaffte er. Sein Brustkorb bewegte sich zuckend auf und ab. Inrei gab erstickte kehlige Laute von sich.

Nan breitete den Hautlappen wieder über das klaffende Loch und holte dann mit Stöcken einen Stein aus der

Glut des Feuers in der Mitte der Hütte. Sie hielt den Stein kurz an die Wundränder, womit sie die Blutung stillte.

Dann lehnte Nan sich zurück. Sie wusch sich die Hände in einer Lederschale Wasser und trocknete sie an einem Tierfell ab. »Hilf mir, ihn aufs Bett zu legen.«

Sie hoben ihn so vorsichtig wie möglich hoch. Die Lippen des alten Mannes waren bläulich verfärbt, aber die krampfartigen Zuckungen hatten aufgehört.

»Kann ich sonst noch etwas tun?« fragte Laena.

Nan schüttelte den Kopf.

»Hast du den Fremden gesehen, der ihn hergebracht hat?«

»Ja. Er sagte, er wäre vom Wolf-Stamm ausgestoßen worden und dem Fluß gefolgt, wo er dann Inrei gefunden habe. Er hat gesagt, er wäre Inreis Spuren im Schnee gefolgt und auf diese Weise hierher gelangt.«

»Sie haben ihn ausgestoßen?« Laena runzelte die Stirn. »Weißt du, warum?«

»Ich weiß nicht mehr als das, was ich dir gesagt habe«, entgegnete Nan brummig. Laena nahm an, daß die alte Frau ungehalten war, weil sie nicht mehr für Inrei tun konnte.

»Kann ich gehen und mir den Fremden aus der Nähe ansehen?« fragte Laena.

Nan zuckte die Achseln. »Warum nicht.«

Laena verließ die Hütte. Sie erschauerte, und das nicht nur, weil es rasch kälter wurde, nachdem das Tageslicht nach wenigen Stunden wieder schwand. Ein Schauer unerklärlichen Unbehagens hatte sie durchrieselt.

Mehrere Dorfbewohner hatten draußen vor der Hütte der Heilerin gewartet und drängten sich nun um Laena und erkundigten sich nach Inrei.

Laena wußte, daß es gefährlich wäre, eine klare Aussage zu machen. Hieraus konnten sich rasch Gerüchte entwickeln, die sich verselbständigten, bis sie schließlich keinen Bezug mehr zur Realität hatten. Und letztendlich würde man ihr die Schuld dafür geben. »Ihr müßt Nan fragen«, sagte sie und hastete am Fluß entlang davon.

Vor Faltors Hütte hatten sich ebenfalls einige Menschen versammelt. Sie standen dicht gedrängt – um sich gegenseitig zu wärmen und weil sie die Nähe der anderen als tröstlich empfanden. »Darf ich mal sehen?« fragte Laena. »Laßt mich bitte durch.«

Jemand warf ihr einen Blick zu, und sie sah, daß es Pulo war. »Es darf niemand rein«, sagte der Junge. »Nur Faltor und die Ältesten haben Zutritt.«

Laena brummte unwillig. »Komm schon, laß mich einen Blick in die Hütte werfen.«

Widerstrebend rückte er ein Stück zur Seite.

Sie schob sich bis zur Türöffnung vor. Das Leder war zugebunden, aber seitlich am hölzernen Türrahmen war ein Spalt.

Sie blickte hindurch. Das Innere der Hütte war in vom knisternden Feuer in flackerndes gelbes Licht getaucht. Laena sah Faltor, der mit verschränkten Armen nachdenklich dasaß. Die Dorfältesten saßen rechts und links von ihm – fünf alte Männer, in dicke Winterfelle eingemummt.

Leise hörte Laena den Fremden sprechen. Seine Stimme war tief und volltönend. Sie klang bestimmend, wenngleich er Mühe hatte, sich in der Fischer-Sprache auszudrücken.

Eine Windböe fegte durch das Dorf, und Laena fühlte, wie eisige Kälte sich in ihr ausbreitete. Sie fragte sich, warum sie sich so sonderbar fühlte. Im Laufe der vergangenen vier Jahre waren mehrere Wanderer im Dorf eingekehrt. Einige waren Händler gewesen, andere hatten sich einfach verirrt. Sie hatten ihre Geschichten erzählt und waren weitergezogen. Keiner von ihnen hatte je irgendeine Gefahr bedeutet.

Sie drehte den Kopf, so daß sie die andere Hälfte der Hütte sehen konnte, wo der Fremde saß und sich am Feuer die Hände wärmte. Sein Gesicht wurde vom Kragen seiner Felle verborgen, aber dann drehte er den Kopf zur Seite, und Laena sah sein Profil.

Die Zeit schien stillzustehen und der Boden unter ihren Füßen zu schwanken. *Das kann nicht sein,* dachte sie fassungslos. Und doch hatte sie dieses Gesicht oft genug gesehen, um zu wissen, daß sie sich unmöglich irren konnte.

Der Mann in Faltors Hütte war Gorag, Häuptling des Panther-Stammes.

Kapitel 36

Laena rannte zu ihrer Hütte. Sie nestelte an den Riemen des äußeren Leders und kämpfte dann mit jenen des inneren. Um diese Jahreszeit waren alle Türöffnungen mit zwei, teilweise sogar drei Lagen schweren Leders verschlossen. »Moru!« rief sie. »Schnell, laß mich rein!«

Endlich stürmte sie in den warmen, hellerleuchteten kleinen Raum. Moru hielt Henik auf dem Arm und musterte Laena überrascht.

Laena blinzelte in der plötzlichen Helligkeit. Ihr wurde bewußt, daß ihre Brust schmerzte und ihre Kehle von der Kälte brannte. Sie war völlig außer Atem. Sie ließ sich auf das Bett sinken und schlug die Hände vor das Gesicht.

»Was ist denn?« fragte Moru. »Orban war hier und hat deinen Rucksack und deinen Speer gebracht. Er sagte, du wärst bei Nan. Wie geht es Inrei? Wird er durchkommen? Joq ist losgegangen, um dich zu suchen ...«

»Gorag ist hier.«

Moru starrte Laena entgeistert an. »Was?«

»Gorag. Er lebt. Er hat Inrei irgendwo da draußen verwundet aufgefunden und ihn hergebracht.«

»*Gorag?*«

»Ja! Das sagte ich doch gerade!« Laena und ihre Schwester starrten einander eine Weile wortlos an.

Moru setzte den kleinen Henik in seine Tragschlinge und griff nach ihren Fellen. Sie bewegte sich schnell und ruckartig.

»Zuerst konnte ich es nicht glauben«, sagte Laena,

»aber dann ist mir aufgegangen, daß wir uns nie davon überzeugt haben, ob er auch wirklich tot ist. Er ist in Faltors Hütte.« Sie schüttelte sich. »Ich habe einen Blick hineingeworfen und sein Gesicht gesehen.«

»Gib mir deinen Speer.« Moru schnürte hastig die Riemen ihrer Winterfelle.

Laena starrte sie entgeistert an. »Was?«

Moru trat einen Schritt vor. »Gib ihn mir!«

Laena erhob sich und packte ihre Schwester bei den Oberarmen. »Nein, Moru. Sei nicht dumm.«

Moru wand sich aus ihrem Griff. In ihren Augen lag ein beinahe irrer Glanz. »Sag mir nicht, was ich zu tun habe! Ich habe einen Schwur geleistet, erinnerst du dich? Ich habe geschworen, ihn zu töten.«

Laena schüttelte ungläubig den Kopf. »Du warst doch damals noch ein Kind! Hör mir zu. Wenn du ihn angreifst, wenn du ihn auch nur bedrohst, könnten die Fischer sich gegen uns wenden.«

»Wir sind Fischer!« entgegnete Moru schroff. »Das hier ist unser Stamm.«

»Ja«, entgegnete Laena geduldig. »Aber genau darum müssen wir uns auch an ihre Sitten halten. Die Fischer sind ein friedliebendes Volk. Sie würden niemals eine Waffe gegen einen anderen erheben.«

Aber Moru hörte ihr gar nicht zu und zog schweigend Laenas Speer unter dem Bett hervor. Laena hatte die Lederbahnen vor der Tür nicht wieder verschlossen, und Moru schlug sie wortlos beiseite und stürmte hinaus.

Laena blickte ihr mit offenem Mund nach. Sie wollte ihr nachsetzen, aber dann fiel ihr Henik ein. Er lag in seinem Tragegurt und blickte verwirrt zu ihr auf. Sie konnte ihn unmöglich unbeaufsichtigt zurücklassen.

Laena fluchte innerlich. Sie ging zur Tür und blickte hinaus. »Moru!« rief sie. »Moru, komm zurück!«

Sie bekam keine Antwort.

Vielleicht konnte sie Henik mitnehmen. Andererseits war es draußen bitterkalt. Sie zögerte unschlüssig. Dann tauchte eine Gestalt in der Dunkelheit auf. Joq.

»Was ist denn los?« Er schob sich in die Hütte. »Moru ist gerade an mir vorbeigelaufen.«

»Joq, ich muß ihr nach. Bleib bei Henik.« Hierauf stürzte sie hinaus, ohne seine verblüfften Proteste zu beachten.

Inzwischen war es stockdunkel, und sie wagte es nicht zu laufen, aus Furcht, auszurutschen und zu stürzen. Sie stolperte den schmalen Pfad entlang, immer wieder auf dem gefrorenen Schlamm ausgleitend. Zweimal mußte sie anderen Dorfbewohnern ausweichen. Endlich gelangte sie zu Faltors Hütte, vor der immer noch einige Menschen versammelt waren.

»Moru!« fragte Laena keuchend. »Wo ist sie?«

Die Dorfbewohner warfen ihr verwunderte Blicke zu. »Sie ist reingegangen«, sagte jemand. »Sie hat nicht einmal um Erlaubnis gebeten.«

Laena zögerte. Es war streng verboten, die Hütte des Häuptlings zu betreten, wenn er sich mit den Ältesten beriet. Aber dann hörte sie im Inneren der Hütte Morus Stimme. Sie schrie etwas Unverständliches.

»Laßt mich vorbei.« Laena bahnte sich einen Weg durch die Umstehenden und schlug das Türleder zurück.

Moru stand in der Mitte der Hütte, Laenas Speer in den Händen. Die Spitze war auf Gorag gerichtet, aber Faltor hatte sich vor den Fremden gestellt, seinen Körper als Schutzschild einsetzend. Er hatte sich zu seiner vollen Größe aufgerichtet und machte ein finsteres Gesicht, zorniger, als Laena ihn je erlebt hatte. Die Ältesten erhoben sich schwerfällig und scharten sich um Moru. Einer von ihnen versuchte, Moru den Speer zu entreißen, aber sie stieß ihn grob beiseite.

Laena fühlte, wie beim Anblick der Szene beklemmende Furcht in ihr aufstieg. »Moru!« rief sie. »Hör auf!«

Alle wandten sich ihr zu, und einen Augenblick herrschte gespannte Stille.

»Du darfst hereinkommen, Laena«, sagte Faltor. Er sprach leise, aber Laena hörte die unterdrückte Wut in seiner Stimme. »Komm her und bring deine Schwester zur Vernunft.«

Langsam betrat Laena die Hütte. »Moru. Leg den Speer weg. Leg ihn hin! Sofort!«

Morus Finger schlossen sich fester um den Schaft. »Ich bin nicht mehr deine kleine Schwester. Du kannst mich nicht mehr herumkommandieren.« Sie wandte sich wieder Gorag zu. »Dieser Mann hat unser Volk verraten.«

»Das ist nicht der richtige Weg.« Laena packte blitzschnell den Speer und entwand ihn ihrer Schwester.

»Nein!« schrie Moru.

Laena warf den Speer hinter sich, packte Moru bei den Schultern und drückte sie fest an sich. »Hör mir zu!«

Moru versuchte sich zu befreien, was ihr schließlich auch gelang. Sie wirkte aufgewühlt und verzweifelt. Sie ballte die Hände zu Fäusten, als wolle sie Laena schlagen. Aber dann blickte sie auf die anderen, die sie umringten, und ihre Kraft verließ sie. Sie ließ sich auf einen der Schemel sinken, stützte die Ellbogen auf die Knie und drückte die Hände gegen die Stirn. Lautlos begann sie zu weinen.

»Gut«, sagte Faltor. Er holte tief Luft und entfernte sich von Gorag. »Gib mir den Speer.«

Laena erkannte, daß ihre einzige Hoffnung darin bestand, Ruhe und Gehorsam an den Tag zu legen. Sie bückte sich, hob die Waffe auf und reichte sie ihm. Er nahm sie und legte sie beiseite.

Laena fühlte Gorags Blick auf sich ruhen. Sie wandte den Kopf und musterte ihn mit einer Mischung aus Wut und Abscheu, die so abgrundtief waren, daß ihr Magen sich verkrampfte, als würde er von einer großen Faust zerquetscht. Er war noch ebenso häßlich wie in ihrer Erinnerung und sah noch genauso verschlagen und hinterlistig aus.

Aber sofern Gorag ahnte, welche Gefühle er in ihr weckte, ließ er sich hiervon nichts anmerken. »Danke«, sagte er. Er lächelte, als wäre er aufrichtig dankbar dafür, daß sie ihre Schwester davon abgehalten hatte, ihn anzugreifen. »Wer – bist du?« fragte er holprig in der Fischer-Sprache. Er zeigte keinen Anflug des Erkennens.

Laena konnte einfach nicht fassen, daß er tatsächlich

versuchte, so zu tun, als wären sie sich noch nie begegnet. »Du weißt sehr gut, wer ich bin!« herrschte sie ihn in der Panther-Sprache an.

Gorag zuckte die Achseln und streckte in einer entschuldigenden Geste die Hände aus. »Ich verstehe nicht«, sagte er.

Laena kochte vor Wut. »Du lügst«, zischte sie, diesmal in der Fischer-Sprache.

Einer der Ältesten mischte sich ungeduldig ein. »Das ist weder rechtens noch angemessen. Dieser Mann ist unser Gast. Diese Mädchen haben hier nichts zu suchen.«

»Du hast recht«, stimmte Faltor ihm zu. »Aber sie sind nun einmal hier, und die Angelegenheit muß bereinigt werden.«

»Nein.« Der alte Mann schüttelte energisch den Kopf. »Sie müssen gehen.«

»Sie bleiben«, entgegnete Faltor. »Ich habe entschieden, und so soll es sein.«

Einen Augenblick schien es, als wollte der Alte gegen die Autorität des Häuptlings aufbegehren. Dann grummelte er etwas Unverständliches und setzte sich. Widerwillig folgten die anderen Ältesten seinem Beispiel.

Faltor wandte sich an Laena. »Bist du ganz sicher, daß du diesen Mann kennst?«

»Natürlich kenne ich ihn!« Sie starrte Faltor entgeistert an. »Ich bin bei seinem Stamm aufgewachsen. Er war unser Häuptling. Ich habe ihn besser gekannt, als ich dich kenne.«

»Also gut. Und du, Moru – bist du dir ebenfalls sicher?«

»Ja!« rief sie und hob ihm das tränenüberströmte Gesicht entgegen.

»Irrtum«, sagte Gorag in der Fischer-Sprache. »Das muß ein Irrtum sein.«

Faltor neigte den Kopf. »Ich werde dir gleich das Wort erteilen.« Er wandte sich wieder Laena zu. »Du bist der Ansicht, dieser Mann hätte Verbrechen gegen dein Volk begangen?«

Laena holte tief Luft. Moru war bereits ihrem Zorn zum

Opfer gefallen, was zweifellos unangenehme Konsequenzen für sie haben würde. Laena durfte keinesfalls den gleichen Fehler machen. Mühsam kämpfte sie ihre Wut nieder, bis sie sie unter Kontrolle hatte. »Ich habe dir die Geschichte erzählt«, entgegnete sie mit einer Stimme, die bebte vor Anspannung. »Gorag hat mein Volk ins Verderben gestürzt. Er hat die anderen im Stich gelassen, um sich selbst zu retten. Er hat Elbrau getötet – einen Mann, der mir ein lieber Freund war. Und an dem Tag, da ich zur Frau wurde, hat er versucht … mir Gewalt anzutun.«

»Mein Name nicht Gorag«, sagte Gorag. »Mein Name Alcor.«

»Lügner!« schrie Moru.

»Bitte!« Faltor hob beide Hände und gebot ihnen zu schweigen. »Laena soll erst zu Ende sprechen.«

»Moru ist mir zu Hilfe gekommen«, fuhr Laena fort. »Sie hat ihn mit einem Stein niedergeschlagen. Wir dachten, er wäre tot, und warfen ihn in den Fluß.« Sie schüttelte verzweifelt den Kopf. »Aber das alles habe ich dir schon vor langer Zeit erzählt. Du mußt dich doch daran erinnern.«

Faltor seufzte. »Ja, Laena, aber wir müssen in dieser Angelegenheit sehr gründlich sein. Dieser Mann hat Inrei hergebracht, der schwer verwundet war und Hilfe brauchte. Dafür schulden wir ihm Dank. Er sagt, er wäre vom Wolf-Stamm …«

»Die Wolf-Menschen sprechen ähnlich wie Fischer-Menschen«, sagte Gorag. »Darum ich verstehe eure Sprache.«

»Lügner!« schrie Moru erneut und machte Anstalten aufzustehen.

»Das reicht!« fuhr Faltor sie an. Er ging zur Tür, zog die Lederbahnen zur Seite und blickte hinaus. »Banra! Jinkil! Kommt her.« Er trat beiseite und ließ die beiden Jäger herein. Es war kaum noch Platz für sie in der Hütte. »Banra, bring Moru zu ihrer Höhle. Bleib bei ihr, und sorge dafür, daß sie sich nicht von dort wegrührt. Jinkil, du begleitest Laena zu ihrer Hütte. Bleib bei ihr, Joq und ihrem Kind. Ich erlaube in meinem Haus kein so schlechtes Benehmen.«

»Aber was ist mit Gorag?« rief Moru, als Banra mit festem Griff ihren Arm packte. »Er ist es, der unter Bewachung gestellt werden sollte.«

»Das wird er«, entgegnete Faltor. »Er wird bewacht werden, das verspreche ich dir. Aber wir können diese Angelegenheit nicht bereinigen, solange wir nicht Klarheit haben. Wir werden uns der Sache morgen annehmen, nach Brauch des Fischer-Stammes, nachdem ich mich mit den Ältesten beraten habe.« Er blickte von Moru zu Laena, und Laena glaubte in seinen Augen einen Anflug von Bedauern zu erkennen. »Ihr müßt jetzt beide gehen. Das hier ist nicht euer Platz. Nicht jetzt.«

»Das ist eine Beleidigung«, sagte Joq, als Jinkil Laena nach Hause brachte. »Jinkil, wir haben zusammen gejagt. Du kennst mich schon mein ganzes Leben. Wie kannst du herkommen und uns behandeln, als wären wir eine Gefahr für unser eigenes Volk?«

Jinkil hockte sich neben die Tür und legte seinen Speer über die Knie.

Er war ein stattlicher Mann, der schwerfällig sprach und handelte, aber er war ehrlich und loyal. Wie er da hockte, sah er so massig und unerschütterlich aus wie ein Fels. »Moru ist mit einem Speer in die Hütte des Häuptlings gestürmt und hat seinen Gast bedroht«, sagte er mit einer Geste, die bedeuten sollte, daß die Folgen unausweichlich wären.

Joq blickte von Jinkil zu Laena und wieder zu Jinkil. »Glaubst du denn nicht, was Moru und Laena dem Fremden vorwerfen?«

Jinkil schüttelte den Kopf. »Darum geht es nicht, Joq. Wenn einer von uns einen anderen bedroht, sind wir alle bedroht. Du weißt, daß dem so ist.«

»Natürlich.« Joq nickte ungeduldig. »Wir dürfen niemals Gewalt innerhalb unseres Stammes dulden. Aber dieser Mann, dieser Gorag, ist ein Fremder, und Laena sagt, daß er ein Mörder ist.«

Jinkil zuckte die Achseln. »Das werden wir morgen erfahren.«

Laena legte Joq eine Hand auf den Arm. »Laß gut sein«, sagte sie müde. Die Dinge entwickelten sich weit schlimmer, als sie befürchtet hatte, und Streit würde auch nichts bringen. Sie wandte sich an Jinkil. »Ich muß mein Kind füttern, und dann werden wir schlafen. Hast du es dort warm genug?«

Er blinzelte. »Mir geht es gut.«

»Also dann.« Sie wandte sich Henik zu, nahm ihn auf den Arm und trug ihn ans andere Ende der Hütte. Joq brummte hinter ihr etwas und legte sich dann mit dem Rücken zur Tür ins Bett.

Am Ende einer langen Nacht, als der Himmel über dem Tal sich endlich aufhellte, kam Nan an die Tür. Jinkil erhob sich respektvoll, um sie hereinzulassen. Seine Gelenke mußten steif geworden sein von seiner langen Nachtwache, aber er hatte sich nicht beklagt. Es entsprach seiner Natur, die Befehle des Häuptlings klaglos auszuführen; eine andere Handlungsweise wäre für ihn schlichtweg undenkbar gewesen.

Joq saß auf dem Bett und spielte auf einer seiner Flöten. Als er Nan sah, warf er das Schilfrohr beiseite und sprang auf. »Wie lange sollen wir noch in unserem Heim gefangengehalten werden?« rief er ohne ein Wort der Begrüßung.

Nan warf ihm einen strengen Blick zu. »Wo bleiben deine Manieren, junger Mann?«

Joq ballte die Hände zu Fäusten. »Es ist nicht recht …«

»Setz dich und sei still. Ich kann nicht lange bleiben und muß mit deiner Frau sprechen.«

Joq trat zurück, blinzelnd, als hätte sie ihn geohrfeigt. Aber ihr Tonfall duldete keinen Widerspruch.

Nan ging zu Laena hinüber und umarmte sie. Einen Augenblick blieben die Frauen schweigend so stehen, die Arme umeinandergelegt und die Augen geschlossen.

Schließlich rückte Nan von Laena ab. »Deine kleine Schwester, dieses dumme Ding …«

»Ich weiß«, Laena seufzte.

Nan schüttelte den Kopf. »Die Männer werden sagen, daß das der Grund ist, warum es Frauen nicht gestattet sein sollte, Waffen zu besitzen. Das ist natürlich nicht der Punkt, aber …« Sie seufzte. »Wir werden versuchen, das Beste daraus zu machen.«

»Reden die Leute über uns?« fragte Laena.

»Ob sie über euch reden?« Nan lachte freudlos. »Ein junges Mädchen, das sich gewaltsam Zutritt zur Hütte des Häuptlings verschafft, wäre schon skandalös genug. Wenn sie aber dann noch einen Mann mit einem Speer bedroht und ihre Schwester ebenfalls hereinstürmt und beide nicht immer schon zu den Fischern gehört haben …« Sie streckte die Hände vor sich aus. »Was erwartest du denn? Und es ist der denkbar schlechteste Zeitpunkt für einen solchen Zwischenfall. Alle sind nach dem langen Winter rastlos und gereizt.«

»Aber ich habe Faltor letztes Jahr das Leben gerettet«, entgegnete Laena. »Zählt das denn gar nicht?«

»Doch, natürlich. Natürlich zählt das. Darum wollen sie auch gerecht verfahren, Laena.« Sie musterte sie mit einem eindringlichen Blick, als versuche sie, Laena damit etwas mitzuteilen. Dann legte sie ihr die Hände auf die Schultern und schüttelte sie leicht. »Hör mir gut zu«, sagte sie. »Heute mittag, wenn es draußen wärmer ist, wollen sie den Wahrheitstest durchführen. Mit dem heißen Stein. Verstehst du?« Ihre Augen verengten sich. »Ich habe dir einmal von diesem Brauch erzählt.«

Laena dachte zurück und erinnerte sich. Ein Stein wurde im Feuer erhitzt und an die Zunge derjenigen gedrückt, die sich der Prüfung unterziehen mußten. Hatte jemand gelogen, entstanden Brandblasen auf seiner Zunge, hatte er die Wahrheit gesprochen, blieb seine Zunge unverletzt. Das wurde zumindest behauptet.

Laena fühlte eine Welle des Zorns in sich aufsteigen. »Sie glauben, daß ich lüge?«

»Nein!« entgegnete Nan schneidend. »Sie wollen beweisen, daß du die Wahrheit sagst. Dann gibt es hinterher keine Gerüchte, keinen Streit und keine Klagen wegen Morus Verhalten. Verstehst du das?«

Laena schüttelte den Kopf. »Faltor muß mir doch glauben.«

Nan warf einen verstohlenen Blick auf Jinkil, ehe sie sich wieder Laena zuwandte. »Vielleicht tut er das. Aber er muß sich an die Stammessitten halten. Gibt es einen Disput, muß dieser auf eine Art und Weise beigelegt werden, die alle befriedigt.«

Laena schloß die Augen. Sie wollte das alles nicht durchmachen müssen.

Nan schüttelte sie erneut energisch. »Laena! Wenn du die Prüfung bestehst und es alle sehen, wird alles gut werden. Verstehst du das?«

Laena nickte. »Ich verstehe.«

»Siehst du. Es wird alles gutgehen.« Nan ließ sie wieder los.

Joq hatte ihr mit wachsendem Zorn zugehört. »Aber das ist Unrecht!« rief er aufgebracht.

Nan wandte sich ihm zu. »Joq, es geht hier nicht um Recht oder Unrecht. Es geht um den Willen des Stammes. Und dein Häuptling dient seinem Volk.«

»Dann ist auch er im Unrecht!« platzte Joq heraus. Abrupt packte er seinen Speer, hob ihn und rammte die Spitze kraftvoll in den Hüttenboden.

Nan drehte sich wieder Laena zu. »Es wird dir nichts geschehen«, sagte sie. »Denk nur an das, was ich dich vor langer Zeit gelehrt habe.«

»Was ist mit Inrei?« fragte Laena, als Nan sich zum Gehen wandte. »Wie geht es ihm?«

Nan schwieg eine Weile, ehe sie antwortete, und ihre Züge verdüsterten sich. »Er ist in der Nacht gestorben. Ich konnte nichts mehr für ihn tun.« Sie bedeutete Jinkil, sie aus der Hütte zu lassen. »Ich muß jetzt gehen.«

Am Mittag, als das schwache winterliche Sonnenlicht die Berge berührte, die das Tal umgaben, wickelte Laena ihr Kind in warme Felle, um es gegen die Kälte zu schützen, und verließ, von Jinkil und Joq flankiert, die Hütte. Sämtliche Dorfbewohner kamen herbei, dick eingemummt gegen die eisige Kälte. Sie warfen Laena flüchtige, nervöse Blicke zu, und keiner sagte ein Wort.

Weeps und Orleh erwarteten sie bereits auf dem Dorfplatz. Weeps streckte die Arme aus, und im ersten Moment glaubte Laena, die ältere Frau wolle sie trösten. Aber das erwies sich als Trugschluß. »Gib mir Henik«, sagte Weeps. »Ich werde mich um ihn kümmern.«

Laena wollte im ersten Moment ablehnen, aber dann sagte sie sich, daß dies nicht der richtige Augenblick war für kindische Rebellion. Sie empfand es als himmelschreiende Ungerechtigkeit, daß sie sich beweisen sollte, aber offenbar gab es keinen anderen Weg.

Sie drückte Henik noch einmal an sich und küßte ihn, ehe sie ihn widerstrebend Weeps übergab. »Ich werde ihn mir schon bald wiederholen«, sagte sie.

Weeps nickte grimmig. »Das hoffe ich«, sagte sie und wandte sich dann hastig ab.

»Du glaubst, meine Frau wäre eine Lügnerin?« rief Joq seiner Mutter nach.

»Still«, sagte Orleh und musterte Joq mit zornigem Blick.

»Warum sollte ich still sein?« entgegnete Joq noch lauter.

»Bitte, Joq.« Laena legte ihm beschwichtigend eine Hand auf den Arm. »Bitte, mir zuliebe, mach es nicht noch schlimmer.«

Er wandte sich ihr zu, einen Ausdruck auf dem Gesicht, als hätte er Schmerzen. »Laena, du weißt, daß, wenn du die Prüfung nicht bestehst ...«

Sie zuckte die Achseln. »Wenn ich nicht bestehe, werde ich verstoßen. Aber warum sollte ich nicht bestehen? Zweifelst *du* denn auch an mir?«

»Natürlich nicht!« erwiderte er unglücklich.

»Na also«, sagte sie. »Es wird alles gut werden.«

Einen Augenblick schien es, als würde er gleich in Tränen ausbrechen. »Ich möchte nie mehr ohne dich sein«, sagte er.

Laena war gerührt von seinen leidenschaftlichen, schlichten Worten. Sie streichelte mit einer Hand sein Gesicht. »Ich werde nicht versagen«, sagte sie. »Glaub mir.«

»Komm«, sagte Jinkil, der geduldig gewartet hatte. »Es ist Zeit.«

Joq schloß Laena in die Arme. Er drückte sie so fest an sich, daß sie keine Luft mehr bekam. Dann wandte er sich wortlos ab.

Laena ging mit Jinkil in die Mitte des Platzes. Beinahe alle Dorfbewohner hatten sich dort versammelt. Alle waren dick eingemummt, und ein großes Feuer brannte lodernd und ließ den gefrorenen Schlamm schmelzen. Faltor stand mit verschränkten Armen da und starrte mit feierlichem Ernst über die Flammen hinweg. Moru stand zu seiner Linken. Laena stellte sich zu ihnen.

Moru nahm Laenas Hand. »Es tut mir leid«, flüsterte sie. »Ich hätte auf dich hören sollen. Aber ich habe Gorag so viele Monate gehaßt ...«

»Pssst. Das ist vorbei. Jetzt müssen wir uns auf das Heute konzentrieren.«

Moru kämpfte mit den Tränen. Sie nickte dumpf.

Laena umarmte ihre Schwester und nutzte die Gelegenheit, ihr etwas ins Ohr zu flüstern. »Erinnerst du dich daran, wie Nan uns vor langer Zeit erzählt hat, wie man mit einem heißen Stein prüft, ob jemand die Wahrheit sagt?«

Moru nickte. »Ja, ich erinnere mich.«

»Weißt du auch noch, was Nan noch dazu gesagt hat?«

»Ich glaube schon.« Sie zögerte.

Laena, die fürchtete, jemand könnte mithören, nickte. »Du brauchst dir also keine Sorgen zu machen.«

»Aber wenn wir versagen ...«

»Wir werden nicht versagen.«

Es war keine Zeit mehr zum Reden. Gorag wurde von zwei Jägern herbeigeführt, die ihm bedeuteten, sich rechts von Faltor aufzustellen. Er wirkte entspannt und selbstsicher und lächelte und nickte den Umstehenden zu, als könnte er die ganze Aufregung gar nicht verstehen. Hätte Laena es nicht besser gewußt, hätte sie ihn für einen anständigen, unschuldigen Mann gehalten.

»Mein Volk«, sagte Faltor. Seine Stimme erhob sich laut über das Knistern des Feuers, und das Stimmengemurmel erstarb. Nur das Weinen eines Kindes war in der Stille zu hören. Laena warf einen Blick auf Weeps, aber Henik lag friedlich in ihren Armen. Es war ein anderes Kind, das schrie.

»Inreis Geist hat uns verlassen«, fuhr Faltor etwas leiser fort. Er nahm ein perlenbesetztes Armband von seinem Handgelenk und warf es ins Feuer. Das war sein Tribut.

Es kam Bewegung in die Menge. Jeder warf ein Andenken in die Flammen – eine Halskette, Werkzeug, was immer dem Betreffenden etwas bedeutete; Laena erkannte erst jetzt, daß man Inrei hier verbrannt hatte, während sie nicht in ihrer Hütte festgehalten worden war.

Gorag beobachtete das Ritual. Beim Panther-Stamm draußen auf der Steppe waren Rohmaterialien zu selten und kostbar gewesen, sie einem Toten zu opfern. Aber ganz offensichtlich verstand er die Bedeutung der Geste. Er kniete sich hin, öffnete seine Tasche, die er zu seinen Füßen abgestellt hatte, und holte eine meisterhaft gefertigte Speerspitze heraus. Er hielt sie hoch und warf sie ins Feuer, woraufhin sich zustimmendes Gemurmel von den Umstehenden erhob.

»Das ist das Feuer von Inreis Geist«, sagte Faltor mit kraftvoller Stimme. »Der Rauch seiner Verbrennung wird ihn hinauf in den Wind tragen, der uns alle erschaffen hat. Aber bevor er geht, bitte ich ihn, uns zu helfen, die Wahrheit in einer Angelegenheit zu finden, die uns alle sehr beschäftigt.«

Faltor bückte sich und hob zwei lange Stöcke auf. Sie wie eine Zange benutzend, ging er in die Hocke und holte drei runde weiße Steine aus der Glut und legte sie an den Rand des Feuers. Dann wich er vor der Hitze zurück, eine Hand schützend vor das Gesicht haltend.

»Als erstes hören wir Laena«, sagte er.

Laena warf einen Blick auf die ihr zugewandten Gesichter und sah auf jedem erwartungsvolle Spannung. Sie versuchte, die Menge zu ignorieren, und blickte zu Faltor auf, in der Hoffnung, auf seinem Gesicht wie schon so oft Güte und Verständnis zu finden. Aber es war vergeblich; sein Gesicht war völlig ausdruckslos. *Er kann nicht anders*, sagte sie sich, *sonst denken alle, er würde für mich Partei ergreifen*. Trotzdem fühlte sie eine beklemmende Leere im Bauch.

»Wer ist dieser Mann?« fragte Faltor und zeigte auf Gorag.

Sei stark, sagte sich Laena. *Sprich deutlich und überzeugend*. »Er war der Häuptling des Panther-Stammes«, sagte sie. »Ich habe euch mehrmals von ihm erzählt. Er hat mein Volk verraten, meinen Freund getötet und versucht, mich mit Gewalt zu nehmen.«

Ihre Stimme klang fest und sicher. Die Dorfbewohner tuschelten miteinander, und sie erkannte, daß sie beeindruckt waren. *Und das sollten sie auch sein*, sagte sie sich.

»Du könntest dich irren«, sagte Faltor, dessen Stimme jetzt sanfter klang.

Laena straffte die Schultern. »Ich wurde bei seinem Stamm geboren. Ich habe ihn während meiner Kindheit und bis zu dem Tag, da ich zur Frau wurde, täglich gesehen.« Sie fühlte sich jetzt selbstsicherer. »Es besteht nicht der geringste Zweifel. Er ist es.«

»Also gut.« Faltor bückte sich, nahm wieder die beiden Stöcke zur Hand und holte den ersten Stein aus dem Feuer. Die Hitze ließ das Holz schwelen.

Laena wußte, was sie zu tun hatte. Nan hatte ihr erklärt, daß jemand, der log, einen trockenen Mund hatte, wodurch seine Zunge leichter verbrannte. Um die Prüfung zu bestehen, mußte ihr Mund so feucht als möglich sein. Ihr Speichel würde sie vor der Hitze des Steins schützen.

Das hatte recht simpel geklungen, aber jetzt, da es ernst wurde, hatte sie schreckliche Angst. Ihre Knie zitterten, als Faltor den Stein zu ihrem Gesicht führte, und sie versuchte verzweifelt, ihre Zunge zu befeuchten. Sie stellte sich vor, sie würde auf einem großen, saftigen Stück Fleisch kauen, stellte sich vor, wie der Saft ihren Mund füllte.

»Streck die Zunge heraus«, befahl Faltor. Seine Stimme war sanft, und als Laena aufblickte, sah sie auf seinen Zügen das Mitgefühl, das sie vorhin vergeblich gesucht hatte.

Trotzdem konnte er ihr diese Qual nicht ersparen. Laena streckte die Zunge heraus und schloß die Augen.

Sie fühlte die Hitze des Steins auf ihrem Gesicht. Der Geruch der versengten Stöcke stieg ihr in die Nase. Dann folgte eine flüchtige Berührung, begleitet von einem Zischen. Sie fühlte ein kurzes Stechen, als hätte sie sich mit einem Flintsplitter die Zunge eingeritzt.

Dann war es vorbei.

Sie schlug die Augen auf und sah Faltor, der sich vorbeugte und ihre Zungenspitze inspizierte. »Ich kann nichts feststellen«, sagte er.

Zwei der Ältesten traten vor. Sie inspizierten ebenfalls Laenas Zunge. »Keine Brandblase«, sagte der eine von ihnen. Der andere nickte zustimmend.

Laena fühlte eine Welle der Erleichterung in sich aufsteigen. Sie würde weder ihren Stamm noch ihr Kind verlieren, und sie würde am Leben bleiben. Sie hatte plötzlich das überwältigende Bedürfnis, sich zu setzen, widerstand ihm jedoch. Das war nicht der richtige Augenblick, Schwäche zu zeigen.

Faltor wandte sich der versammelten Menge zu. »Ihre Zunge hat die Wahrheit gesprochen.«

Es gab erregtes Stimmengemurmel und einige freudige Zurufe. Aber Faltor hob die Hände. »Noch sind zwei Steine übrig«, sagte er. Er wandte sich Moru zu. »Jetzt bist du dran.«

Moru nickte. Sie schien sehr ruhig, jetzt, da der Augenblick der Wahrheit gekommen war.

»Warum hast du unaufgefordert meine Hütte betreten und den Speer gegen diesen Mann gerichtet?«

»Er hat meine Eltern im Stich gelassen, den besten Freund meiner Schwester getötet und unseren Stamm in den Tod geführt.« Sie schrie die Worte in die Runde und sah herausfordernd in die Runde.

»Aber dieser Mann behauptet, daß er dich noch nie zuvor gesehen hat«, entgegnete Faltor.

»Er ist ein geübter Lügner. Das macht ihn ja so gefährlich.«

»Du willst nicht einmal in Betracht ziehen, daß du dich irren könntest?«

Sie schüttelte den Kopf. »Ich bitte dich um Verzeihung dafür, daß ich unaufgefordert deine Hütte betreten und deinen Gast mit einer Waffe bedroht habe. Aber ich irre mich ganz sicher nicht, nein.«

Faltor nickte und holte den zweiten Stein aus dem Feuer. Moru streckte die Zunge heraus, ohne abzuwarten, daß der Häuptling sie dazu aufforderte. Laena sah zu und fühlte, wie ihr Magen sich zusammenzog. Faltor führte den Stein immer näher an das Gesicht ihrer Schwester. Moru stand mit geschlossenen Augen da, nach außen hin völlig ruhig. Ein leises Zischen, und Faltor warf den Stein beiseite.

Er betrachtete ihre Zunge und winkte dann die Ältesten herbei. Alle drei Männer sahen sich die Zungenspitze sehr genau an. »Sie ist nicht verbrannt«, sagte Faltor schließlich.

Diesmal war das Stimmengewirr, das sich hierauf erhob, lauter. Die Dorfbewohner wandten sich gegen Gorag und verlangten, daß er sofort verstoßen würde.

»Wartet!« rief Faltor mit dröhnender Stimme und hielt beide Arme hoch. »Noch ist ein Stein übrig!«

Nach und nach beruhigte sich die Menge wieder. Faltor hielt die Arme erhoben, bis wieder völlige Stille herrschte.

Er wandte sich Gorag zu. »Sag uns, wer du bist«, verlangte er.

Gorag blickte unbehaglich auf die Menschen, die um

das Feuer herumstanden. »Ich bin Alcor und unschuldig.« Er breitete die Arme aus. »Ich bin Händler. Ich ziehe mit erlesenen Werkzeugen und Speerspitzen von Stamm zu Stamm.«

Faltor nickte knapp. »Das hast du uns erzählt. Bleibst du dabei?«

»Natürlich! Warum sollte ich lügen?« Auch jetzt wirkte er wieder wie die Unschuld in Person.

»Wie kommt es, daß du um diese Jahreszeit unterwegs bist?« fuhr Faltor fort.

»Das Leben verändert sich im Westen«, entgegnete Gorag. »Jeder neue Sommer ist wärmer als der letzte. Das Große Wasser steigt. Es gibt immer weniger Weideland für die Herden. Es gibt immer mehr Menschen und immer weniger zu essen. Der Wolf-Stamm hat mich den größten Teil des Winters bei sich wohnen lassen, als die Tage aber wieder länger wurden und ihre Vorräte fast aufgebraucht waren, schickten sie mich fort.«

Laena hörte zu und sagte sich, daß zumindest das der Wahrheit entsprechen konnte.

»Ich habe eine Höhle gefunden«, fuhr er fort. Jetzt hörten ihm alle aufmerksam zu. »In der Höhle schlief ein Bär. Ich tötete ihn und blieb einige Tage dort. Dann, als ich unterwegs war, um Feuerholz zu sammeln, fand ich euren Freund.« Er setzte eine feierliche Miene auf, als wäre er immer noch bedrückt von Inreis Tod. »Er war gestürzt und hatte sich am Kopf verletzt. Ich wollte ihn retten, also trug ich ihn hierher, seinen Fußstapfen im Schnee folgend.« Er zuckte die Achseln. »Der Rest ist euch bekannt.«

Faltor trat ungeduldig von einem Fuß auf den anderen. »Aber wer bist du? Stimmt es nicht, daß dein Name Gorag ist?«

»Nein. Ich bin Alcor.« Er schien ehrlich verwirrt.

»Du warst nicht der Häuptling des Panther-Stammes?«

»Nein. Nein, das ist alles ein Irrtum.«

»Du kennst weder Laena noch Moru hier?«

»Ich habe sie noch nie gesehen«, entgegnete Gorag. Er

hustete nervös und legte höflich eine Hand über den Mund.

»Also gut«, sagte Faltor. Er bückte sich und nahm den letzten der Steine auf. Er hat viel länger als die anderen am Feuer gelegen und muß entsprechend heißer sein, dachte Laena. War das Zufall, oder hatte Faltor die Reihenfolge zu ihrem Vorteil absichtlich so bestimmt?

»Du hast der Prüfung durch den Stein zugestimmt«, sagte Faltor.

»Natürlich.« Gorag streckt die Zunge heraus.

Faltor tippte sie mit dem Stein an, hielt dann Gorags Kinn hoch und betrachtete seine Zunge. Es folgte eine langanhaltende, gespannte Stille. »Ich sehe keine Verbrennung«, sagte Faltor schließlich.

Die Ältesten tuschelten aufgeregt miteinander. Sie traten vor, um Faltors Urteil zu überprüfen, aber die Dorfbewohner drängten bereits nach vorn, und zornige, verwirrte Rufe wurden laut. Laena sah, wie Gorag die Hände hob, wie um die Menge auf Abstand zu halten. Sie sah einen kleinen schwarzen Stein vor seine Füße fallen. Hatte ihn jemand nach ihm geworfen?

»Hexerei!« ertönte eine schrille Stimme, und Laena wußte gleich, zu wem sie gehörte. Ja, da stand Worin und zeigte mit ausgestrecktem Finger auf sie, einen haßerfüllten Ausdruck auf dem Gesicht. »Die Panther-Frau hat betrogen! Sie ist eine Hexe!«

»Ruhe!« brüllte Faltor, aber diesmal ließen sich die Dorfbewohner nicht so leicht beruhigen. »Die Steine haben versagt«, rief er über die Köpfe der Menschen hinweg. »Ich werde eine andere Prüfung bestimmen. Wir werden uns morgen wieder hier versammeln.« Er wandte sich seinen Jägern zu, die unbehagliche Blicke wechselten. »Jinkil, Banra, ihr bringt Laena und Moru zu Morus Höhle. Dort werden sie beide bleiben. Schnell jetzt! Mertan, du bringst den Fremden in deine Hütte.«

»Wer ist der Lügner?« rief jemand. »Wir müssen wissen, wer gelogen hat!«

»Morgen«, entgegnete Faltor. »Die Angelegenheit wird

morgen geklärt werden. Es besteht kein Grund, etwas zu übereilen.«

»Eine Hexe«, kreischte Worin erneut. »Verstoßt sie! Sie ist eine Hexe!«

Jinkil packte Laenas Arm und zog sie vom Dorfplatz fort.

Kapitel 37

In der Höhle roch es feucht, und es war schrecklich kalt. Der graue Himmel über dem Tal färbte sich wieder schwarz, als der kurze Tag endete, und das Licht war so spärlich, daß Laena kaum das Gesicht ihrer Schwester erkennen konnte.

Sie setzten sich dicht zusammen und schwiegen, während Jinkil ein Feuer machte. Das Zischen und Knistern des Holzes spendete ein wenig Licht und Wärme, aber Laena war immer noch tief bedrückt, während sie und Moru die Hände über die gelben Flammen hielten.

»Ich allein bin schuld und nicht das Schicksal«, entgegnete Moru. »Ich habe unsere Situation erst heraufbeschworen.«

»Nein«, widersprach Laena. »Das Schicksal hat Gorag hergeführt. Er hat dich provoziert. Mach dir keine Vorwürfe.«

Sie verfielen wieder in Schweigen. Der Geruch des Rauches vermischte sich mit dem muffigen Geruch ihrer Felle und der tröstlichen Nähe ihrer Schwester, und Laena versuchte zu vergessen, daß sie von ihrem eigenen Stamm gefangengehalten wurde. Sie dachte daran zurück, wie Moru und sie gemeinsam durch die Wildnis gezogen waren, erst ganz allein und später mit Nan. Das waren schwere Zeiten gewesen, und sie hatte um ihr Leben gefürchtet; und doch erschien ihr die Erinnerung jetzt tröstlich.

»Ich verstehe immer noch nicht, wie Gorag die Prüfung bestehen konnte«, sagte Moru nach einer Weile.

Laena rieb sich die Augen, die vom beißenden Rauch brannten. »Er muß von der Prüfung gehört oder sie irgendwo anders schon erlebt haben.« Sie überlegte eine Weile. »Ich habe etwas Seltsames beobachtet, unmittelbar nachdem die Ältesten seine Zunge inspiziert haben. Ein kleiner Stein fiel vor seine Füße, aber niemand schien ihn geworfen zu haben.«

Moru setzte sich abrupt auf, und es kam wieder Leben in ihre Stimme. »Er könnte daran gelutscht haben, um seinen Mund zu befeuchten, damit seine Zunge nicht verbrennt. Laena, er hat betrogen! Sollen wir es Faltor sagen?«

»Das würde nichts ändern.« Laena umarmte ihre Schwester. »Wir könnten es doch nicht beweisen.«

»Aber ich sage die Wahrheit! Ich sage immer die Wahrheit.«

»Psssst.« Laena versuchte, sie zu beruhigen. »Du hast doch gesehen, wie Gorag sich benommen hat. Er hat keine Spur von Zorn gezeigt. Er schien völlig unberührt, als wir ihn beschuldigt haben. Er hat sogar Inreis Geist ein Opfer gebracht.« Sie seufzte und fühlte, wie sie erneut von Verzweiflung befallen wurde. »Er ist ein Fremder, aber strenggenommen sind wir das auch. Sie wollen uns glauben, aber sie wollen auch Gewißheit haben. Darum bestehen sie auch auf dieser Wahrheitsprüfung.«

Draußen ertönte ein leiser Ruf. Es klang nach einer Frauenstimme.

Jinkil hatte vor dem Höhleneingang Posten bezogen. Er blickte hinaus. »Wer ist da?« rief er.

»Hilf mir rauf.« Es war Nans Stimme. »Ich bringe euch etwas zu essen.«

Jinkil langte nach unten, und sie hörten das Kratzen von Händen und Füßen auf Fels. Schließlich zog Nan sich in die Höhle, keuchend von der Anstrengung. »Ich hatte geschworen, nie wieder hier heraufzuklettern«, klagte sie. »Ich war schon vor vier Jahren, als du noch hier gelebt hast, zu alt für diese Kraxelei, Laena.« Sie hockte sich ans

Feuer, stellte einen Lederbeutel neben sich ab und begann, verschiedene Speisen herauszunehmen.

Laena sah ihr desinteressiert dabei zu. Es war eine liebe Geste von Nan, aber das änderte auch nichts.

»Hier.« Nan legte frisch gebratenes Fleisch vor sie hin und stellte eine Lederflasche dazu. Sie musterte Laena und Moru aufmerksam. »Ihr beide seht aus wie zwei verlassene Waisen, so wie ihr dasitzt«, erklärte sie.

»Wir *sind* Waisen«, entgegnete Moru. »Hast du das vergessen?«

Nan schien verärgert. »Hört zu, das alles wird sich morgen aufklären. Ihr könnt euch darauf verlassen.«

»Ich habe keinen Hunger«, sagte Laena.

Nan funkelte sie böse ab. »Du mußt bei Kräften bleiben.«

Laena zog ihre Felle höher um das Gesicht. »Ich bin es leid, immer stark sein zu müssen, Nan.«

»Laena«, sagte Nan. »Hör mir zu!«

Laena hatte plötzlich genug davon, bevormundet zu werden. »Warum soll ich ständig nur auf andere hören? Auf mich hört doch auch keiner!«

»So spricht man nicht mit jemandem, der älter ist. Ich kann dir einiges erzählen über ...«

Moru beugte sich vor. »Du hattest versprochen, daß sich schon heute alles aufklären würde.«

»Faltor weiß, daß wir die Wahrheit sagen«, bemerkte Laena. »Ich bin ganz sicher. Warum also sagt er es nicht einfach und jagt Gorag davon? Damit wäre die Angelegenheit bereinigt.«

Nan warf ihr einen ärgerlichen Blick zu. »Ein guter Häuptling zwingt seinem Stamm nicht seinen Willen auf. Er richtet sich nach den Wünschen seines Volkes. Auf diese Weise bewahrt sich der Fischer-Stamm seinen Frieden und seine Eintracht.«

Laenas Finger krallten sich in ihre Felle. »Aber ein Anführer ist doch da, um anzuführen, oder? Er gibt den Menschen etwas, woran sie glauben können. Er trottet nicht hinter ihnen her wie ... wie ein verirrtes Kind.«

Nan musterte sie mit eindringlichem, warnendem Blick. »Du solltest etwas leiser sprechen«, murmelte sie und nickte in Richtung von Jinkil, der auf der anderen Seite des Feuers hockte. Er sah sie nicht direkt an, aber sein Gesichtsausdruck verriet, daß ihm nicht gefiel, was er hörte.

Laena erkannte, daß Nan wieder einmal recht hatte. Ihr Zorn verflog, und zurück blieb nur ihre Verzweiflung. »Das Problem«, sagte sie, »ist nur, daß ich fürchte, daß sich wieder einmal alle gegen mich wenden werden. Sie werden immer das Schlimmste von mir annehmen, ganz egal, was sich tue. Sie behaupten, ich wäre eine Hexe ...«

»Das ist nur Worin. Niemand nimmt sie ernst.«

»Da bin ich mir nicht so sicher.« Sie brach ab, weil sie die Tränen nicht länger zurückhalten konnte. Sie vermißte Henik entsetzlich und sehnte sich nach Joq und der Kraft, die sie aus seiner Nähe schöpfte. »Ich will zu meinem Mann, Nan. Und zu meinem Kind. Warum hat Faltor mich in diese Höhle verbannt? Es ist alles so ungerecht.«

»Er hat euch beide zu eurer eigenen Sicherheit hier untergebracht«, entgegnete Nan und seufzte. »Hör zu, ich werde tun, was ich kann.« Sie schlurfte zum Höhleneingang. »Ihr beide liegt mir sehr am Herzen, das wißt ihr. Aber ich bin nicht der Häuptling, und ich kann niemandem vorschreiben, was er denken soll.«

Laena antwortete nicht.

»Ich werde tun, was ich kann«, sagte Nan noch einmal.

»Danke für das Essen«, rief Moru ihr nach.

Nan nickte. »Ich bringe euch morgen früh noch etwas.«

Jinkil half ihr aus der Höhle, und dann war sie fort.

Laena fühlte sich entmutigt und ausgebrannt. »Ich versuche, etwas zu schlafen«, sagte sie.

Moru machte sich über einen der Fleischbrocken her. »Willst du nichts essen?«

»Nein.« Laena rollte sich auf der dünnen Unterlage aus Ästen zusammen und dachte an die vielen Nächte, die sie allein hier verbracht hatten. »Ich möchte eine Weile alles vergessen.«

Moru öffnete die Lederflasche. »Und was ist hiermit? Roter Beerensaft – warm. Sie hat ihn für uns aufgewärmt.« Sie schüttete etwas davon in eine Rindenschale und hielt diese Laena hin.

»Nein, danke.«

»Aber ich hätte gern etwas davon«, meldete sich Jinkil zu Wort. »Ich kann es brauchen.«

Laena lag mit geschlossenen Augen da, während Moru und Jinkil gierig ihr Abendessen verschlangen. Nahrung erschien ihr nicht mehr wichtig. Nichts war mehr wichtig, solange sie hier in dieser Höhle war, in der Verbannung.

Jemand sprach zu ihr. »Es tut mir leid, Laena«, sagte die Stimme. »Ich kann dir nicht mehr helfen. Niemand kann dir helfen. Du mußt dir selbst helfen.«

Entsetzt begriff sie, daß sie in tiefem, dunklem Wasser versank. Sie war im Fluß. Das Eis war vollständig geschmolzen, und das Wasser umtoste sie und schlug gegen ihre Wangen. Es war entsetzlich kalt, so kalt, daß sie kaum noch Luft bekam.

Sie sah ein Gesicht über sich. Es war Faltor, und jetzt erkannte sie auch seine Stimme. Sein Gesicht war riesig, so gewaltig, daß es den ganzen stürmischen Himmel auszufüllen schien. »Ich kann dir nicht helfen«, sagte er erneut, und seine Worte hallten dröhnend von den Bergen wider.

Laena fühlte, wie sie vom schwarzen Wasser emporgehoben und flußabwärts getragen wurde. Etwas streifte ihr Gesicht; eine Wurzel, die vom Ufer herabbaumelte. Sie griff danach. Die Wurzel schnitt in ihre Hände, aber sie hielt sich verzweifelt daran fest. »Bitte!« keuchte sie.

Als sie aufblickte, stellte sie fest, daß Faltors Gesicht sich verändert hatte. Es war von einem feinen Netz von Falten durchzogen, sein Haar war länger und weiß. »Ich habe dich beschützt.« Seine Stimme klang alt und müde. »Viele Jahre habe ich dich beschützt. Aber jetzt mußt du dich selber schützen.«

Furcht schnürte ihr die Kehle zu, als sie erkannte, daß

es nicht Faltor war, der zu ihr sprach, sondern Orwael, sein Ururgroßvater. Diese Erkenntnis ließ sie innerlich erzittern, da sie noch nie zuvor mit einem Geist gesprochen hatte. »Wenn du uns nicht mehr beschützt, werden wir sterben«, rief sie verzweifelt.

Das Wasser hob sich unter ihr, und es kam ihr vor, als würde sie von einer riesigen Welle getragen. Die Wurzel wurde ihr aus den Händen gerissen, und sie wurde nach vorn geschleudert. Unmittelbar vor sich sah sie dicht gedrängt am Ufer die Hütten des Fischer-Stammes. Sie sahen zerbrechlich aus. Sie schienen auf sie zuzurasen, und Laena erkannte, was geschehen würde. »Nein!« schrie sie.

Ihre Stimme wurde vom Tosen und Dröhnen des Wassers verschluckt. Der Fluß stieg an und überflutete das Ufer. Er stürzte sich auf die Hütten, riß sie von dem Felsvorsprung und trug sie davon.

Laena hörte Menschen schreien. Sie sah Gesichter auf dem Wasser, Männer und Frauen, die hilflos um sich schlugen, bis sie unter der gischtsprühenden Wasseroberfläche verschwanden.

Dann war sie unerklärlicherweise wieder am Ufer, naß und vor Kälte zitternd, aber lebendig. »Es ist Zeit«, sagte eine Stimme.

Sie wandte sich um und sah entsetzt, daß die Landschaft hinter ihr sich verwandelt hatte. Der Fluß wand sich träge zwischen grasbewachsenen Uferböschungen durch das Land. Die Sonne stand hoch am strahlendblauen Himmel. Der weiße Panther stand ganz in der Nähe, und sein Junges spielte ausgelassen im Gras.

»Laena, die Zeit ist gekommen«, sagte der Panther. »Du mußt fort. Das ist der einzige Weg.«

Der Panther senkte den Kopf und nahm sein Junges vorsichtig ins Maul. Er wandte sich ab und trottete in südliche Richtung davon.

»Warte!« rief Laena ihm nach. Sie versuchte, sich zu bewegen, aber ihr ganzer Körper war wie gelähmt. »Bitte, warte!« Als sie dem Panther nachblickte, kam es ihr vor, als würde sie etwas unendlich Kostbares verlieren, etwas, das ihr wichtiger war als das Leben selbst. Sie kämpfte gegen die unsichtbare Hand an, die sie am Boden festzuhalten schien. Kam wieder die Flut? Nein. Sie erkannte, daß es ein Traum war.

Sie schlug die Augen auf und fand sich in der Höhle wieder. Sie schauerte. Ihre Haut war taub von der Kälte, und ihre Knochen schmerzten. Das Feuer war beinahe ausgegangen. Sie blinzelte und fragte sich, ob Jinkil vielleicht eingeschlafen war. Bestimmt nicht. Er würde niemals …

Wieder fühlte sie Hände unter den Achseln und spürte, wie sie hochgehoben wurde. Sie wurde zum Höhleneingang geschleift.

Der Traum haftete Laena noch lebhaft im Gedächtnis. Verzweifelt versuchte sie, Klarheit in ihre Gedanken zu bringen und zu verstehen, was vor sich ging. »Moru!« rief sie.

Die Gestalt, die sie über den Boden schleifte, wich mit einem überraschten Ausruf abrupt zurück. Sie wurde losgelassen und fiel unsanft auf den felsigen Höhlenboden.

Ihre Muskeln pochten und prickelten von der Kälte. Sie stützte sich auf die Ellbogen und versuchte, die geheimnisvolle Gestalt zu erkennen, die immer noch über sie gebeugt war. Dann legten sich seine Hände um ihre Kehle und drückten zu. *Wer?* fragte sie sich. Und dann, in der nächsten Sekunde, wußte sie es.

Furcht vertrieb den letzten Rest von Benommenheit. Sie sah das Gesicht des Angreifers im Feuerschein, und ja, kein Zweifel, es war Gorag.

Seine Hände lagen so kraftvoll wie die Pranken eines Löwen um ihren Hals. Ihr Kopf begann zu pochen, und der Schmerz war kaum auszuhalten. Sie packte seine Handgelenke und versuchte, seine Hände von ihrer Kehle wegzuziehen, aber er war viel zu stark. Sie versuchte, ihm mit den Fingernägeln das Gesicht zu zerkratzen, aber er senkte den Kopf und wich ihren Fingern aus. Und die ganze Zeit über drückten seine Daumen immer fester zu, gruben sich tiefer in ihre Kehle, so daß sie hätte schreien mögen vor Schmerz. Aber sie konnte nicht schreien. Sie konnte nicht atmen. Winzige Lichtpunkte tanzten wie Funken vor ihren Augen. Sie fühlte, wie ihr schwindlig wurde.

Er war gekommen, um sie zu töten. Möglicherweise hatte er Moru bereits getötet. Der Gedanke ließ Panik in ihr aufsteigen – dann rasenden Zorn, der ihre Angst überlagerte. Sie tastete verzweifelt über den Höhlenboden und fand einen losen Stein. Sie holte weit aus und schlug Gorag den Felsbrocken seitlich ins Gesicht. Er grunzte, und sein Griff lockerte sich einen Augenblick lang.

Laena schlug wieder und wieder zu. Er schnappte vor Schmerz nach Luft, und sie fühlte warme, nasse Tropfen auf ihre Wange sprühen. Seine Hände ließen von ihr ab.

Laena holte keuchend Luft und versuchte aufzustehen, aber ihr war immer noch schwindlig, und sie fiel auf die Seite.

Gorags Hand verschwand unter seinen Fellen. Er zog sie wieder heraus, und ein Flintmesser schimmerte im schwachen Feuerschein.

Laena versuchte, sich mit einem Satz an ihm vorbei zu werfen, auf den Höhleneingang zu. Sie verlor das Gleichgewicht und rollte auf die Glut des Feuers. Gorag packte ihren Knöchel, aber sie trat nach ihm und fühlte, wie ihre Ferse sein Gesicht traf. Sie streckte die Hände nach Jinkil aus und kroch auf ihn zu. »Wach auf!« schrie sie.

Er rührte sich nicht. War er tot? Wie auch immer, jedenfalls hatte sie von ihm keine Hilfe zu erwarten. Sie stolperte vorwärts, verlor erneut die Balance und stürzte in die Nacht.

Einen gräßlichen Moment lang schien es, als würde ihr der Schädel platzen. Sie fiel, und das dunkle Tal um sie herum drehte sich wild. Dann gruben sich ihre Schultern in tiefen Schnee. Einen Augenblick blieb sie reglos auf dem Rücken liegen. Sie versuchte, um Hilfe zu rufen, aber der Aufprall hatte ihr den Atem geraubt, und in ihren Lungen war kaum genug Luft, sie so am Leben zu erhalten.

Schwerfällig versuchte sie, sich aufzusetzen. Sie streckte die Hand aus und fühlte etwas Warmes. Das Gesicht eines Menschen.

Laena stieß einen entsetzten Schrei aus. Sie starrte ins Dunkel und holte zitternd Luft. »Moru?« rief sie.

Der Körper neben ihr rührte sich nicht.

Laena schüttelte sie heftig. »Moru! Wach auf!«

Sie hörte ein scharrendes Geräusch direkt über sich. Eine große dunkle Gestalt kletterte die Felswand hinunter auf sie zu. »Nein!« schrie Laena.

Gorags dunkle Silhouette stieß sich vom Fels ab. Er breitete die Arme aus, stürzte sich auf sie und drückte sie in den Schnee. Er hielt wieder das Messer in der Hand.

»Hilfe!« schrie Laena. »Helft mir!«

»Sei still!« Er krallte eine Hand in ihr Haar und drückte ihr die Klinge seitlich an die Kehle. »Sei still, und ich lasse dich leben.«

Er benutzte die alte Panther-Sprache. Sie blickte in sein Gesicht und dachte an die vielen Male, die er ihr Volk belogen hatte. »Nein!« schrie sie, bäumte sich rasend vor Wut auf und rammte ihm den Kopf ins Gesicht.

Er grunzte vor Schmerz, und Laena befreite sich aus seinem Griff. Wieder rief sie um Hilfe.

Er streckte die Hände nach ihr aus, aber Laena rollte sich zur Seite und schaffte es endlich aufzustehen. Dann sah sie ein Licht – anfangs noch sehr schwach, Funken sprühend und flackernd. Jemand kam aus einer der Hütten etwa hundert Schritte entfernt, eine Fackel aus in Öl getauchten Zweigen in der Hand. Sie hörte ihn rufen: »Was ist denn da draußen los?« Es klang nach Mertans Stimme, aber er war zu weit weg. Er würde sie nicht einmal sehen können.

Laena wandte sich um, einen weiteren Angriff von Gorag fürchtend, aber er hatte die Hände gehoben, um sein Gesicht vor dem schwachen Fackelschein abzuschirmen, und zog sich in Richtung einer dunklen Lücke zwischen zwei Hütten zurück.

Laena stolperte ihm durch den Schnee hinterher. Sie

war noch benommen von ihrem Sturz und hatte Angst, aber sie durfte ihn nicht entkommen lassen; sie durfte nicht zulassen, daß er wieder seiner gerechten Strafe entging. Sie warf sich nach vorn, packte den Kragen seines Mantels und zerrte mit aller Kraft daran, verzweifelt bemüht, ihn so lange festzuhalten, bis Mertan oder jemand anders herbeikam und sah, was geschehen war. Aber er hob den Arm, und die Flintklinge schoß auf ihr Gesicht zu.

Laena duckte sich unter der herabsausenden Klinge weg und rammte Gorag dann den Kopf in den Bauch. Gorag prallte gegen die Hütte hinter ihm.

Er gab einen kehligen Knurrlaut von sich, stieß sich von der Hüttenwand ab und stach erneut mit dem Messer zu. Laena täuschte vor, sich erneut ducken zu wollen, richtete sich aber dann abrupt auf und umklammerte mit beiden Händen sein Handgelenk und grub die Zähne hinein.

Gorag schrie auf und griff mit der freien Hand nach ihrem Gesicht. Laena drückte die Kiefer zu, so fest sie konnte, und schmeckte Blut. Sie fühlte seine Sehnen unter ihren Zähnen nachgeben, und das Messer fiel ihm aus der Hand.

Sie wollte nicht mehr loslassen, ihre Zähne immer tiefer und tiefer in sein Fleisch graben, aber er war viel stärker als sie, und sie mußte schnell handeln. Sie ließ von seinem Handgelenk ab, ließ sich auf die Knie fallen und tastete mit den Händen durch den Schnee, bis sie das Flintmesser gefunden hatte.

Er brüllte vor Wut und stürzte sich wieder auf sie, aber sie wich rasch zurück und hob das Messer in Kopfhöhe, die Klinge auf ihn gerichtet. Ihr wurde bewußt, daß sie am ganzen Leib zitterte. Sie atmete mühsam und keuchend. »Bleib weg von mir!« schrie sie ihn an.

Er bleckte die Zähne, wühlte im Schnee, fand einen schweren Felsbrocken und hob ihn mit beiden Händen über den Kopf. Dann kam er auf sie zu, entschlossen, sie zu erschlagen.

Laena warf sich nach vorn. Sie sah seine nackte, ungeschützte Kehle. Sie umfaßte den Messergriff, so fest sie konnte, holte aus und stach die Klinge seitlich in Gorags Hals. Das mit panischer Angst und rasender Wut geführte Messer drang tief in das Fleisch, so tief, daß sie es nicht wieder herausziehen konnte und loslassen mußte.

Blut quoll um das Heft herum aus der Wunde. Gorag sackte zusammen, schrie zornig auf und versuchte, mit einer Hand die Blutung zu stillen.

Laena hörte Stimmen hinter sich. Sie wandte den Kopf und sah Mertan durch den tiefen Schnee auf sie zulaufen. »Laena! Laena, bist du in Ordnung?«

»Es ist der Fremde«, sagte ein anderer. »Er hat sie angegriffen.«

Und plötzlich waren alle um sie herum. Mertans Hände schoben sich unter ihre Achseln, um sie zu stützen. Sie blinzelte im grellen Licht der Fackeln und sah in die Gesichter reihum. Ihr war schwindlig, sie zitterte immer noch am ganzen Leib und rang nach Luft.

Aber sie hatte ihre Schwester nicht vergessen. Sie zeigte auf den Schnee unterhalb der Höhlenöffnung. »Moru. Moru liegt dort drüben. Möglicherweise hat er sie getötet. Und auch Jinkil, oben in der Höhle.« Sie befreite sich aus Mertans Griff und stolperte durch die Schneewehen auf die Felswand zu. Das flackernde Licht ließ das Tal seltsam und unheimlich erscheinen, und es schien, als würden die Felsen schwanken wie eine Hitzespiegelung. »Moru!« rief sie. Und dann fiel sie beinahe über ihre im Schnee ausgestreckte Schwester.

»Hier.« Das war Mertans Stimme. »Laß mich mal sehen.«

»Hol Nan!« rief Laena. »Schnell! Hol Nan!«

»Still, Kind.« Plötzlich stand Nan neben ihr. Sie warf Laena einen besorgten, forschenden Blick zu, hockte sich hin und legte eine Hand an Morus Hals. »Sie lebt.« Abrupt wandte sie den Kopf. »Bringt sie in meine Hütte.«

Zwei junge Jäger traten vor. »Ist sie tot?« fragte der eine von ihnen.

»Ich sagte doch bereits, daß sie noch lebt«, entgegnete

Nan barsch. »Bringt sie in meine Hütte, legt sie neben das Feuer, und haltet sie warm.«

»Bist du sicher, daß ihr nichts Schlimmes fehlt?« Laena krallte die Finger in die Felle der alten Frau. »Nan, ist Moru in Ordnung?«

»Ja! Beruhige dich, Laena. Was ist eigentlich geschehen?«

Laena wandte den Kopf. »Laßt Gorag nicht entkommen!«

»Beruhige dich.« Das war Faltors Stimme. Sein Gesicht tauchte über ihr aus dem Dunkel auf, und Laena schrie auf, als sie an ihren Traum dachte. Es war geschehen, was der Traum angekündigt hatte: Es war niemand dagewesen, ihr zu helfen. Sie hatte sich selbst helfen müssen.

»Warum bist du nicht oben in der Höhle?« fragte Faltor.

Laena war immer noch außer sich vor Furcht, die sie ausgestanden hatte, war jedoch auch wütend ob der Ungerechtigkeit, die ihr widerfahren war. »Gorag hat mich angegriffen.« Sie drehte sich um und sah ihn immer noch im Schnee liegen, die Hände an den Hals gepreßt, das Gesicht schmerzverzerrt. »Ich habe euch vor ihm gewarnt, aber ihr wolltet ja nicht auf mich hören. Ihr wolltet nicht auf mich hören!«

Faltor wich einen Schritt zurück, sichtlich verblüfft von ihrer Heftigkeit. »Wo ist der Fremde?« fragte er.

»Da!« Sie zeigte auf Gorag.

Faltor wandte sich um und sah in die Richtung, in die sie zeigte. Seine Züge verdüsterten sich, und Laena sah ihn plötzlich klarer als je zuvor. *Er hat Angst*, sagte sie sich. *Er verabscheut Gewalt. Er ist zu allem bereit, um den Frieden zu wahren.*

»Geht alle zurück in eure Hütten«, sagte Faltor an die Dorfbewohner gewandt, die sich nach und nach einfanden. »Wir werden das alles morgen in Ruhe klären …«

»Nein!« schrie Laena. »Nein, wir werden das jetzt gleich klären, in Anwesenheit aller!«

Plötzlich senkte sich Totenstille herab. Die Dorfbewohner starrten sie entgeistert an. Sie konnten einfach nicht fassen, daß sie so mit dem Häuptling sprach.

Laena zögerte. Machte sie denselben Fehler, den Moru gemacht hatte, indem sie sich von ihrem Zorn leiten ließ? Handelte sie sich damit nur noch größeren Ärger ein? Nein, sagte sie sich. Sie mußte den Augenblick nutzen, sonst würde ihr alles entgleiten, und dann war alles möglich.

Die anderen würden nur noch sehen, daß sie lebte und Gorag ein Messer in den Hals gerammt hatte. Es war nicht vorherzusehen, welche Schlüsse sie daraus ziehen würden, wenn ihnen niemand sagte, was sich wirklich zugetragen hatte.

Sie griff hinter sich und berührte die Felswand. Haltsuchend lehnte sie sich an den kalten, harten Stein. »Seht ihn an!« rief sie, wieder auf Gorag zeigend. »Er ist in die Höhle gekommen, in der wir geschlafen haben. Er hat Jinkil getötet und Moru aus der Höhle geworfen. Dann wollte er mich töten. Er hat mich mit einem Messer angegriffen, und es war niemand da, mir zu helfen. Ihr habt alle in euren Hütten geschlafen. Ich mußte mich ganz allein gegen ihn verteidigen.«

Erregtes Stimmengemurmel erhob sich unter den Dorfbewohnern.

»Laena, bitte«, sagte Faltor, aber seine Stimme ging im allgemeinen Stimmengewirr beinahe unter.

»Helft mir«, rief Gorag. »Ich blute. Bitte helft mir!«

Nan trat vor. »Laßt mich zu ihm.«

»Laena hat mich angegriffen«, sagte Gorag mit schwacher Stimme. »Ich mußte mich verteidigen.

»Glaubt ihm irgend jemand hier?« Laena blickte den Umstehenden nacheinander ins Gesicht.

Sie verstummten, und angespannte, sorgenvolle Stille entstand.

Laena musterte sie verzweifelt. Dann entdeckte sie Mertan. »Sag es ihnen!« rief sie.

»Es stimmt, daß der Fremde sie angegriffen hat«, sagte Mertan. »Sie hat ihm das Messer weggenommen, und als er versuchte, sie mit einem Stein zu erschlagen, hat sie in Notwehr auf ihn eingestochen.«

Laena blickte unsagbar erleichtert zu ihm auf. »Ich danke dir«, sagte sie mit tiefer Dankbarkeit.

»Du hast gekämpft wie eine Wildkatze«, fuhr Mertan fort. »Ich konnte nicht schnell genug hinzukommen, um dir zu helfen.« Er schüttelte den Kopf. »Ich habe noch nie eine Frau so kämpfen sehen.«

Eine Hand legte sich auf Laenas Arm. »Laena, ist alles in Ordnung mit dir?«

Sie wandte sich um. »Joq!« Sie schlang die Arme um ihn und klammerte sich an ihn, dankbar für seine Nähe.

»Ich kann die Blutung nicht stillen«, sagte Nan, die neben Gorag kniete. »Ich fürchte, daß es nur noch schlimmer wird, wenn ich die Klinge herausziehe.«

Faltor sah sich um. Er fühlte sich sichtlich unbehaglich. »Wo ist Tornan?« fragte er. »Tornan sollte den Fremden bewachen. Jemand soll Tornan suchen.«

»Ich gehe«, sagte Banra und eilte zwischen den Hütten davon.

»Vergiß Jinkil nicht«, sagte Laena. »Er ist noch oben in der Höhle.«

»Ich gehe zu ihm«, meldete sich Orban zu Wort. Geschickt kletterte der Junge die Felswand hinauf und verschwand oben in der Höhle. Nach einer Weile tauchte er wieder am Höhleneingang auf und blickte auf die versammelten Dorfbewohner herab. »Er lebt, aber ich kann ihn nicht wachrütteln.«

»Was geht hier vor?« fragte Joq, die Augen geweitet.

Laena versuchte, ihre Gedanken zu klären. Es gab so vieles zu erklären. »Ich erzähle dir gleich alles«, sagte sie, bemüht, das Zittern zu unterdrücken, von dem ihr ganzer Körper befallen war.

Banra kam zurückgelaufen. »Tornan scheint betäubt. Er liegt da und murmelt im Schlaf unverständliches Zeug vor sich hin.«

Plötzlich fiel Laena die Vision wieder ein, die sie gehabt hatte, als Henik erst einige Wochen alt gewesen war. Sie hatte von einer Schale geträumt, die ihr jemand gereicht hatte – eine Schale Gift. Damals hatte sie geglaubt, jemand hätte Henik töten wollen, jetzt verstand sie die tatsächliche Bedeutung des Traumes. »Das Essen und der Beerensaft!« rief sie. »Moru und Jinkil haben gegessen und getrunken, Tornan vermutlich auch. Ich habe nichts angerührt.« Sie wandte sich Nan zu, die immer noch neben Gorag im Schnee kniete. »Wie ist das möglich?«

Nan blickte zu ihr auf. »Ich verstehe nicht.«

»Hat dir jemand bei der Zubereitung geholfen?« fragte Laena.

Nan zögerte und wich ihrem Blick aus.

Plötzlich wußte Laena Bescheid. Plötzlich war ihr alles klar. »Worin!« schrie Laena. »Wo ist Worin?«

Hierauf folgte ein Augenblick der Stille. Dann ertönte eine Stimme. »Ich bin hier.«

Alle sahen in ihre Richtung und wichen dann instinktiv vor ihr zurück. Sie wirkte geheimnisvoll und unheimlich im flackernden Fackelschein. Mit glitzernden Augen musterte sie die Dorfbewohner. Die abgewetzten Felle hingen lose um ihre gebeugten Schultern. Ihr Gesicht war von Mißtrauen gezeichnet.

Laena erkannte, daß Worin gerade erst eingetroffen war; ihre Höhle war am weitesten entfernt, und sie hatte somit am längsten gebraucht, zum Schauplatz des Geschehens zu gelangen.

»Wer ist das, der dort im Schnee liegt?« fragte Worin.

»Gorag«, entgegnete Laena und musterte das Gesicht der Frau im fahlen, flackernden Licht aufmerksam.

Worin schwieg eine Weile und sagte dann: »Du meinst Alcor, den Fremden.«

»Nein!« schrie Laena. »Er ist kein Fremder. Er wollte mich töten, weil er weiß, wer ich bin, so wie ich weiß, wer er ist. Aber ich habe sein eigenes Messer gegen ihn selbst gerichtet.«

Worin sagte nichts dazu, aber ihre Züge schienen zu erstarren. »Laßt mich sehen«, sagte sie schließlich heiser und schob sich durch die Umstehenden nach vorn. »Laßt mich sehen!«

In Laena stieg neuer Argwohn auf. »Was soll es dich schon kümmern, was mit ihm ist?«

»Ich will mit ihm sprechen! Laßt mich mit ihm sprechen!«

Nan richtete sich auf. Der Schnee war in einem weiten Bogen um die auf dem Boden liegende Gestalt herum blutdurchtränkt. Nan säuberte sich die Hände. »Ich glaube nicht, daß ich ihn retten kann«, sagte sie ruhig.

»Nein!« schrie Worin gequält, stolperte vorwärts und warf sich in den Schnee. Sie packte Gorag bei den Schultern und schüttelte ihn. »Nein!« schrie sie erneut.

Gorag starrte aus großen Augen zu ihr auf und gab hilflose Laute von sich. Eine seiner Hände zuckte neben ihm im Schnee, aber er hatte nicht mehr die Kraft, sie zu heben. Seine Wunde blutete immer noch stark, und sein Gesicht war totenblaß. Wieder versuchte er vergeblich zu sprechen.

»Gorag!« rief Worin schluchzend.

Seine Lider senkten sich. Er bäumte sich auf und gab einen hustenden, krächzenden Laut von sich. Seine Augen fielen zu, und sein Kopf sank kraftlos zur Seite.

»Gorag!« rief Worin erneut mit vor Angst bebender Stimme.

Jetzt benutzt sie seinen echten Namen, dachte Laena bei sich.

Nan legte Worin eine Hand auf die Schulter. »Er ist tot«, sagte sie. »Ich konnte nichts für ihn tun. Das Messer hat seinen Hals an einer Stelle verletzt, wo das Blut am kräftigsten fließt. Du weißt selbst, daß es bei einer solchen Wunde keine Rettung gibt.«

Worins Hände krallten sich in Gorags Schultern. Sie gab ein seltsames Wimmern von sich und packte dann ohne Vorwarnung den Griff des Messers, das noch in seinem Hals stak. Sie packte mit beiden Händen zu und zog es heraus. Sie erhob sich, und das Mal auf ihrem Gesicht leuchtete im Licht der Fackeln tiefrot. Ihre

Haut war mit Gorags Blut beschmiert, ihr Gesicht tränennaß.

Die Umstehenden schrien erschrocken auf und wichen ängstlich zurück. Laena tat es ihnen gleich, aber sie war erschöpft, strauchelte und fiel.

Als Laena rücklings im Schnee lag, sprang Worin auf sie zu. Ihre Füße wirbelten Schnee auf, und die Felle wehten um ihren mageren Körper. Sie warf sich nach vorn, stieß Joq beiseite, landete auf Laena und drückte sie tiefer in die Schneewehe. »Du hast mir Joq weggenommen!« schrie sie mit schriller Stimme. »Und jetzt auch noch Gorag!« Sie hob das Messer hoch über den Kopf.

Das Gewicht der Frau hielt Laena am Boden fest, und sie war wie gelähmt vor Verblüffung. Sie hob die nackten Hände, um sich vor dem Messer zu schützen. »Haltet sie auf!« rief sie.

Worins Hand mit der Klinge sauste herab.

Aus den Augenwinkeln nahm Laena eine Bewegung wahr. Joq fuhr herum und hob seinen Speer. Die Spitze bohrte sich in Worins Brustkorb, mit solcher Wucht, daß sie zur Seite geschleudert wurde.

Die Hand, in der sie immer noch Gorags Messer hielt, landete im Schnee, und Worin wand sich schreiend.

Laena setzte sich mühsam auf und blickte auf die Gesichter der Dorfbewohner, die, schon entsetzt von dem vorangegangenen Blutvergießen, nun schockiert auf sie herabsahen.

Laena drehte den Kopf und sah Worin neben sich auf der Seite liegen, die Hände um den Schaft des Speeres gelegt, der aus ihrer Brust ragte. In ihren Augen lag ein irrer Glanz, Ausdruck von Schmerz und Haß. Sie schrie erneut, und der gräßliche, durchdringende Laut hallte im ganzen Tal wieder.

Laena fühlte, wie Joq sie unter den Achseln faßte und sie auf die Füße zog. Sie blickte zu ihm auf. »Danke«, keuchte sie.

»Helft mir!« kreischte Worin.

»Kannst du stehen?« fragte Joq Laena.

»Ich denke schon.«

Er wandte sich Worin zu und packte seinen Speer. »Hör mir zu! Du hast verdient zu sterben!« brüllte er sie an.

»Hilfe!« krächzte sie und röchelte.

»Laß mich ihr helfen.« Nan trat vor, gefolgt von den Dorfbewohnern, die sich dichter um Worin und Joq drängten.

»Nein.« Joqs Finger schlossen sich fester um den Speerschaft, und er funkelte Nan zornig an.

»Joq.« Das war Faltors Stimme. »Hört jetzt auf damit. Es darf nicht noch mehr Gewalt und Schmerz geben. Ganz gleich, was Worin auch getan hat, wir müssen ihr helfen.« Aber seine Stimme klang wehleidig und nicht mehr befehlend, so wie einst. Wieder erkannte Laena, wie sehr der Konflikt ihn überforderte und lähmte.

Joq schüttelte den Kopf. »Wir müssen erst die Wahrheit erfahren«, entgegnete er und wandte sich wieder Worin zu. »Warum hast du meine Frau angegriffen?« fragte er drohend, als würde er den Speer tiefer stoßen, wenn sie nicht antwortete.

»Joq!« rief Faltor fassungslos.

»Wir müssen es wissen!« schrie Joq.

Worin warf den Kopf von einer Seite auf die andere. »Ich brauche Hilfe.« Sie gab einen würgenden Laut von sich.

»Erst, wenn du mir geantwortet hast!«

Laena schauderte. Sie hatte Joq noch nie so wütend gesehen und hätte ihm ein solches Handeln niemals zugetraut.

Worin biß vor Schmerz die Zähne zusammen. Sie blickte in Joqs Gesicht, konnte jedoch keine Spur von Mitleid entdecken. Er meinte es offensichtlich ernst, und in diesem Moment hatte niemand den Mut, ihm Einhalt zu gebieten. »Also gut«, keuchte sie. »Ich sage es dir. Ich bin umhergewandert. Allein. Niemand hat sich darum geschert, weil ihr alle mich verachtet.«

»Und du bist dem Fremden begegnet, Gorag?« fragte Joq. »In der Höhle, in der er sich in der Nähe des Dorfes versteckt hielt?«

»Ja. Er war ausgestoßen worden. Vom Wolf-Stamm. Er war gut zu mir. Er hatte vom Fischer-Stamm gehört. Er wollte – hier mit mir leben.«

Laena trat vor. »Und du hast ihm geglaubt?«

»Er hatte mich gern!« schrie Worin.

»Laß mich ihr jetzt bitte helfen«, sagte Nan. »Joq, laß endlich den Speer los.«

»Nein!« entgegnete Joq entschieden. »Ich will alles wissen.« Er beugte sich über Worin. »Du bist zu Gorag gegangen, und dann, eines Tages, habt ihr beide Inrei gesehen, der allein unterwegs war.«

Worin schluchzte. »Gorag hat Inrei niedergeschlagen«, murmelte sie unter Tränen.

Unter den Dorfbewohnern erhob sich verblüfftes Gemurmel.

»Weiter!« befahl Joq.

»Gorag sagte, es würde aussehen wie ein Unfall. Er sagte, er würde Inrei ins Dorf bringen, und ihr würdet ihn aus Dankbarkeit in den Stamm aufnehmen.«

»Er hat also Inrei getötet, und du wußtest es.« Joqs Finger schlossen sich so fest um den Speerschaft, daß die Knöchel seiner Finger weiß hervortraten.

»Was spielt das jetzt noch für eine Rolle?« wimmerte Worin. »Was ist jetzt überhaupt noch von Bedeutung?«

Laena wandte sich den Dorfbewohnern zu. »Ich weiß, was passiert ist«, sagte sie. »Gorag kam ins Dorf, sah mich und meine Schwester und fürchtete, wir würden euch alle gegen ihn aufbringen. Also hat Worin Moru, mich und die Wachen betäubt. Er wollte uns wegbringen, damit es aussah, als wären wir weggelaufen. Und wenn ich auch etwas gegessen und getrunken hätte, hätte sein Plan funktioniert.« Laena fühlte eine Welle des Schmerzes in sich aufsteigen. »Ich habe es euch gesagt!« rief sie. Ihr Gesicht fühlte sich naß an, und ihr wurde bewußt, daß sie ebenfalls weinte. »Letztes Jahr habe ich eurem Häuptling das Leben gerettet. Ihr seid *mein Volk*. Aber ihr habt meine Worte angezweifelt und gegen die Lügen eines Fremden abgewogen.« Sie wandte sich Faltor zu. »Warum? Warum hast du mir nicht geglaubt?«

Faltor wich ihrem Blick aus. Er antwortete nicht gleich. »Vielleicht hast du recht«, sagte er schließlich. »Vielleicht hätten wir dir größeres Vertrauen schenken sollen.«

Joq ließ den Speer los und wischte sich die Hände an seinen Fellen ab. Er gab Nan einen Wink. »Jetzt kannst du ihr helfen«, sagte er. Er wirkte jetzt wieder völlig ruhig. Tatsächlich war er sehr blaß, und auf seinem Gesicht lag ein verwirrter Ausdruck, als wäre er selbst schockiert von seinem Handeln.

»Nein! Laß mich in Frieden!« rief Worin unerwartet mit schriller Stimme und stieß Nan beiseite.

»Worin ...« Nans Gesicht war von Sorge gezeichnet. »Bitte.«

»Laß mich«, schrie Worin erneut. »Ich habe alles verloren.« Sie umfaßte den Speer, der immer noch in ihrer Brust stak, und ehe sie jemand aufhalten konnte, nahm sie ihre ganze Kraft zusammen und rammte ihn sich noch tiefer in den Brustkorb.

Worin stieß einen letzten verzweifelten Schrei aus, dann starb sie.

Kapitel 38

Zurück in der Geborgenheit ihrer Hütte, kuschelte Laena sich unter einen Haufen Felle. Kurze Zeit hatte sie die Kälte der Nachtluft nicht gespürt, aber jetzt, da Furcht und Anspannung von ihr abgefallen waren, fror sie bis ins Mark. In Gedanken sah sie wieder das Messer in Gorags Hand, fühlte seine Hände um ihren Hals und sah sein haßerfülltes Gesicht über sich. Schaudernd schlang sie die Arme um sich selbst und wünschte, sie könnte die Bilder auslöschen.

Joq schürte das Feuer und kümmerte sich um Henik,

der in der allgemeinen Aufregung sich selbst überlassen worden war und aus Leibeskräften schrie. Als der Kleine sich endlich wieder beruhigt hatte, brachte Joq Laena etwas Brühe. Er setzte sich zu ihr, umarmte sie und spendete ihr schweigend Trost, während sie an der Suppe nippte.

Als die Schale leer war, stellte sie sie beiseite und schmiegte sich an ihn. Sie schob eine Hand unter seine Jacke und fühlte die Kraft in den Muskeln seiner Brust. »Du hast mich beschützt und mir das Leben gerettet«, sagte sie. Sie dachte an den Zorn, der ihn geleitet hatte, und war immer noch seltsam verwirrt davon. »Du warst … du warst so hart, Joq.«

Er zuckte die Achseln, als würde er es vorziehen, nicht zu sehr über das nachzudenken, was sie sagte. »Wenn ich nicht dagewesen wäre, hätte einer der anderen dir geholfen. Mertan …«

»Aber du *warst* da, und du bist es gewesen, der mich gerettet hat.« Sie musterte ihn forschend. Sein Gesicht war ihr sogar vertrauter als ihr eigenes, aber in diesem Moment fragte sie sich, ob sie ihn wirklich so gut kannte, wie sie immer geglaubt hatte. »Ich hätte mir nie träumen lassen, daß du in der Lage sein könntest, solche Gewalt anzuwenden.«

»Ich mir auch nicht.« Er klang bedrückt. Sie sprach von etwas so Tiefreichendem, so Persönlichem, daß er nicht wußte, wie er damit umgehen sollte. »Als ich sah, daß du in Gefahr warst …, konnte ich es nicht ertragen. In meinem Inneren ist etwas passiert. Niemand darf dir weh tun, Laena. Niemand. Es ist so falsch. Ich kann es nicht erklären. Ich habe einfach die Kontrolle verloren.«

»Und doch hast du das Richtige getan.«

»Glaubst du das wirklich?« Er musterte sie brütend.

»Natürlich. Es gab keinen anderen Weg.« Sie küßte ihn zärtlich auf die Wange. »Mach dir keine Sorgen, Joq. Jetzt ist es vorbei. Du hast mich gerettet und alle gezwungen, der Wahrheit ins Gesicht zu sehen.«

Sie saß still an ihn geschmiegt da und dachte an die vielen Male, die sie gestritten hatten, an ihre Forderungen nach mehr Freiheit, daran, wie sie ihn vor den anderen Jägern gedemütigt hatte. »Manchmal frage ich mich, warum ich dir so viel bedeute«, sagte sie leise.

»Weil du mich akzeptierst, so wie ich bin, und weil ich dir etwas bedeute.« Seine Hände glitten über ihre Haut, erst zögernd, dann fordernd. Er zog sie an sich, und sie fühlte die Hitze seines Körpers. Er küßte sie leidenschaftlich.

Sie versuchte, auf seine Leidenschaft zu reagieren, aber ihre Muskeln waren ganz schlaff. »Ich habe nicht mehr viel Kraft«, gestand sie.

»Heute nacht habe ich genug Kraft für uns beide.« Er legte sich auf sie, und sie fühlte seine tastenden Finger zwischen ihren Schenkeln. Seine andere Hand schloß sich um ihre Brust. Gewöhnlich wartete er, daß sie die Initiative ergriff, aber diesmal nicht. Beinahe zwang er sich ihr auf, und doch stellte sie zu ihrer Überraschung fest, daß seine Entschlossenheit sie erregte.

Und so ergab sie sich. Sie lehnte sich zurück, öffnete sich und krallte die Finger in seine Schultern, als er in sie eindrang. Nach den vielen Malen, die sie hatte stark sein müssen, war es eine Wohltat, einmal schwach sein zu dürfen. Sie atmete seinen schweren moschusartigen Geruch ein und fühlte, wie ihre Seelen sich vereinten, so intensiv wie seit Monaten nicht mehr. Er war dagewesen, als sie ihn am dringendsten gebraucht hatte, war loyaler gewesen, als sie es sich je erträumt hatte, und dafür liebte sie ihn.

Ihr Liebesakt war kurz, aber intensiv. Hinterher schlief sie ermattet im schwachen Feuerschein ein. Endlich fühlte sie sich sicher, hatte ihren Frieden gefunden.

Flüchtig dachte sie an den Traum, den sie geträumt hatte, unmittelbar bevor Gorag aufgetaucht war. Sie sah, wie die Flut die Hütten des Fischerstammes fortspülte.

Aber dies war nicht der richtige Augenblick, an so etwas zu denken. Mit aller Willenskraft schob sie die Erinnerung beiseite. Einen Arm um Joq gelegt, sank sie in tiefen, traumlosen Schlaf.

Moru kam früh am nächsten Tag, als der Himmel noch halb schwarz, halb blau war, zu ihrer Hütte. Laena saß gerade mit Joq am Feuer und verschlang ein riesiges Frühstück aus Trockenfleisch, während Joq mit Henik in seinem Tragegurt spielte.

»Schwester!« rief Laena aus, als Moru das Leder vor dem Eingang beiseiteschob, hereinkam und lächelnd vor sie trat.

Laena sprang auf, und die beiden umarmten sich lange, den Körperkontakt und die Nähe des anderen genießend.

»Ist mit dir alles in Ordnung?« fragte Laena, als sie schließlich von Moru abrückte und ihre Schwester besorgt musterte. »Ich wollte gleich zu Nan rübergehen und sehen, ob du aufgewacht bist. Hat dir schon jemand erzählt, was passiert ist? Hast du dich beim Sturz aus der Hütte verletzt? Hat Worins Betäubungsmittel …«

»Mir geht es gut«, sagte Moru ruhig und bestimmt und lächelte über die Sorge ihrer Schwester. »Meine Schulter tut weh, und ich habe Kopfschmerzen, aber das ist auch alles. Und ja, Nan hat mir erzählt, was passiert ist.«

Hierauf folgte ein Augenblick der Stille. Laena strich ihrer Schwester über die Wange. »Ich bin so froh, daß es dir gutgeht.« Sie holte tief Luft. »Weißt du, diesmal ist er wirklich tot, Moru. Ganz ohne Zweifel.«

Moru wurde ernst und nickte knapp. »Ich bin vorhin dort gewesen und habe seine Leiche im Schnee liegen sehen. Ich mußte mich mit eigenen Augen überzeugen.«

»Natürlich.« Laena nahm Morus Hand und drückte sie fest.

»Sie errichten gerade den Scheiterhaufen«, fuhr Moru fort. »Gorag und Worin sollen zusammen verbrannt werden.«

Laena wußte nicht recht, ob sie sich das ansehen wollte. Nein, sie hatte genug Blut und Tod gesehen. Sie wollte das alles hinter sich lassen. »Ist Nan schon dahintergekommen, wie Worin es angestellt hat, euch zu betäuben?«

»Die Hälfte von Nans Traumpulver fehlt. Worin muß es unter das Essen und den Beerensaft gemischt haben.« Moru wandte sich ab. Trotz ihrer sichtlichen Freude, Laena zu sehen, schien sie etwas zu bedrücken. »Joq«, sagte sie. Die Fröhlichkeit in ihrer Stimme klang aufgesetzt. Sie zwang sich zu einem Lächeln. »Ich habe von deiner Heldentat in der vergangenen Nacht gehört. Du hast meiner Schwester das Leben gerettet. Ich bin dir unendlich dankbar.«

»Ich habe nur getan, was jeder Mann getan hätte«, entgegnete Joq leise.

Laena trat vor und legte ihrer Schwester eine Hand auf die Schulter. »Moru, gibt es etwas …«

Moru wandte sich ihr hastig zu. Sie zögerte, dann gab sie es auf, Fröhlichkeit zu mimen. »Faltor will dich sehen«, sagte sie gepreßt. »Nan hat mich geschickt, dich zu holen. Ich weiß nicht, worum es geht.«

»Oh.« Laena hatte etwas in dieser Art befürchtet, seit sie am Morgen aufgewacht war. Faltor hatte sich in der Nacht vor dem gesamten Stamm bei ihr entschuldigt, aber dennoch hatte sie dem Häuptling die Stirn geboten und sich ihm widersetzt, wie es noch keiner vor ihr gewagt hatte. Konnte er, was geschehen war, ohne Zorn und Groll akzeptieren? Oder würde er eine Art öffentlicher Verurteilung in der Art der Wahrheitsprüfung verlangen?

Es gab nur einen Weg, das herauszufinden. »Gehen wir«, sagte sie. Sie wandte sich Joq zu und reichte ihm die Hand. »Wir alle.«

In einiger Entfernung, in der Mitte des Dorfes, brannte ein großes Feuer auf dem Versammlungsplatz, und beißender Rauch wehte durch die stille, kalte Luft. Laena schätzte, daß die Leichen von Gorag und Worin in diesem Moment dem Feuer übergeben worden waren. Aber sie zwang sich, nicht daran zu denken.

Nan erwartete sie bereits vor Faltors Hütte. Sie nahm Laenas Hände und drückte sie, während sie Laena in die Augen sah. »Es ist ... schön, dich zu sehen«, sagte sie. Die Worte schienen noch etwas anderes auszudrücken; eine wirre Mischung von Gefühlen, die Laena nicht zu ergründen vermochte. Aber Nan hatte sich bereits Joq zugewandt, um ihn zu begrüßen. »Und auch du, Henik«, sagte sie und tätschelte dem Kleinkind, das bis auf das Gesicht in dicke Felle gehüllt war, die Wange. »Die ganze Familie ist also gekommen. Kommt rein, alle miteinander.« Sie schlug das Leder vor der Tür für sie beiseite.

Laena wollte Nans Arm nehmen und sie auffordern zu sagen, was sie beschäftigte. Aber im Grunde war das unnötig. Sie würde es noch früh genug erfahren.

Sie traten ins düstere Innere von Faltors Hütte. Er erwartete sie bereits. Er wirkte unruhig. »Setzt euch«, sagte er und deutete knapp auf die Holzbalken, die in der Mitte der Hütte im Kreis aufgestellt waren. Er schien tief besorgt. Laena erinnerte sich an seine Ruhe bei den anderen Gelegenheiten, da sie vor ihm gesessen hatte. Sogar als sie hereingestürmt war und Moru Gorag mit dem Speer bedroht hatte, war er beherrscht gewesen. Aber sie sah, daß seine Ruhe jetzt erschüttert war.

Sie setzte sich mit Henik, der interessiert seine neue Umgebung betrachtete, zwischen Joq und Moru. Nan nahm etwas abseits von ihnen Platz, und einen Augenblick herrschte Stille, während Faltor sie alle stumm betrachtete.

Laena fühlte die Stille auf sich lasten. Das Schweigen machte sie nervös, und sie mußte etwas tun, es zu brechen. »Wenn ich sprechen darf«, begann sie, »möchte ich mich für die Art entschuldigen, wie ich gestern nacht mit dir gesprochen habe. Ich war außer mir ...«

»Du hattest Todesangst«, verbesserte Faltor sie scharf.

»Nun ... ja«, entgegnete sie. Sein schneidender Tonfall ließ sie erneut in unbehagliches Schweigen verfallen.

Faltor ballte eine Hand zur Faust und drückte sie an seine Brust. »Es war meine Schuld und nicht deine. Du hattest recht, Laena. Du hattest mein Vertrauen verdient. Wenn dieser Mann – Gorag – dich getötet hätte, wäre ich dafür verantwortlich gewesen.«

Laena war verwirrt. Sie wußte nicht, was sie sagen sollte. Das Gespräch lief anders, als sie es erwartet hatte, und es erschien ihr nicht richtig, daß ein Häuptling so sprach. »Du … bist ein weiser Anführer«, sagte sie. »Du hast keine Schuld …«

Er funkelte sie böse an. »Sag die Wahrheit! Du weißt, daß du selbst nicht ganz unschuldig warst. Du, Laena, und auch du, Moru, ihr habt gegen die Sitten unseres Stammes verstoßen. Trotzdem. Mich trifft noch größere Schuld.« Er schüttelte den Kopf, immer noch einen bedrückten Ausdruck auf dem Gesicht. »Wir haben hier immer in Frieden gelebt. Der Geist meines Ururgroßvaters hat diesen Stamm vor Fremden beschützt, die uns Übles wollten. Aus diesem Grund mußte ich mich noch nie mit … mit so schrecklichen Dingen befassen, wie sie sich in der vergangenen Nacht ereignet haben.« Plötzlich ließ er die Schultern hängen. Alle Kraft schien ihn verlassen zu haben. »Ich verstehe immer noch nicht, warum der Geist uns diesmal nicht beschützt hat.«

Er verfiel in Schweigen, senkte den Kopf und starrte blind auf die gestampfte Erde zu seinen Füßen. Laena und Moru wechselten einen flüchtigen, fragenden Blick. Joq saß reglos da, sichtlich überrascht. Nan spielte mit einem losen Lederriemen ihrer Felle, den Blicken aller ausweichend.

Schließlich schien Faltor sich wieder zu sammeln. Er hob den Kopf und richtete den Blick auf Laena. »In Zukunft darfst du gemeinsam mit den Männern jagen. Zweifellos hast du dir dieses Privileg verdient. Jetzt wird niemand mehr Einwände erheben.« Er machte eine ungeduldige Geste. »Ich bedaure, daß ich in bezug auf Gorag nicht auf dich gehört habe. Ich bedaure die Gewalt und das Blutvergießen.« Er schwieg wieder und starrte auf einen Punkt über ihren Köpfen, als sähe er wieder Gorag blutend im Schnee liegen und Worin sich den Speer selbst tiefer in die Brust rammen. Er verzog das Gesicht. »Es darf kein Töten und Sterben mehr hier geben. Nie wieder.« Er seufzte. »Das war es, was gesagt werden mußte.«

War das wirklich alles? Laena fühlte neue Verwirrung in sich aufsteigen. Sie wußte selbst nicht genau, was sie erwartet hatte, aber … eben irgend etwas. Sie erkannte, daß Faltor selbst nicht wußte, wie er mit der Situation umgehen sollte. Er war ein ehrlicher Mann, ein weiser Schlichter und ein gutherziger Häuptling, der es verstand, die Harmonie unter seinem Volk zu wahren. Aber er hatte sich noch nie mit der Gewalt eines Fremden wie Gorag auseinandersetzen müssen. Und sie erkannte, daß er keine Ahnung hatte, in welcher Gefahr sein Stamm tatsächlich geschwebt haben mochte.

Joq und Moru standen auf. Joq zupfte Laena am Arm, da es unhöflich war, in der Hütte des Häuptlings zu verweilen, nachdem man verabschiedet worden war. Aber Laena blieb sitzen. »Bitte«, ließ sie verlauten. »Es gibt da etwas, das ich dir sagen muß.«

Faltor wölbte die Brauen. »Ja? Sprich.«

Laena nahm ihren ganzen Mut zusammen. Sie wußte, daß es schwer werden würde. Aber dies war die beste Gelegenheit, es zur Sprache zu bringen, und ihr Gewissen diktierte ihr, die unangenehme Pflicht hinter sich zu bringen. »Bevor Gorag gestern nacht in die Höhle kam, in der Moru und ich schliefen, hatte ich einen Traum. Ich sah, wie unser Dorf von einer gewaltigen Flut fortgeschwemmt wurde.«

Laena spürte, daß Joq sich ihr zuwandte und sie überrascht anblickte. Aus den Augenwinkeln sah sie, daß Nan abrupt den Kopf hob. Faltor schien nur verwirrt und wartete, daß sie fortfuhr.

Laena holte tief Luft. »Ich hatte in der Vergangenheit schon mehrfach solche Träume«, sagte sie. »Sie sagen die Zukunft voraus. Immer. Ich habe den Tod meines Vaters im voraus geträumt. Und während ich mit Nan auf Wanderung war, träumte ich den Tod eines jungen Mannes, der bei uns war.«

Faltor wandte sich Nan zu. »Ist das wahr?«

»Ja«, bestätigte die alte Frau widerwillig. »Ich glaube, daß Laena eine … Gabe besitzt. Ich weiß nicht, ob alle ihre Träume die Wirklichkeit voraussehen, aber bei mindestens einer Gelegenheit war ich Zeuge.«

Faltor wandte sich wieder Laena zu. Seine Miene war jetzt nicht mehr brütend oder niedergeschlagen, sondern verständnislos.

»Eine Weile habe ich an meiner Gabe gezweifelt«, fuhr Laena fort. »Ich träumte, daß Worin mir eine Schale mit Gift reichte, und ich dachte, es bedeute, sie wolle mein Kind vergiften. Als sich das als falsch erwies, beschloß ich, meinen Träumen keine Bedeutung mehr beizumessen. Aber dann, letzte Nacht, stellte sich heraus, daß auch der Traum von Worin und dem Gift korrekt war, da Worin versucht hat, mich zu betäuben, damit Gorag mich aus dem Dorf schaffen und im Schnee zurücklassen konnte, damit ich erfror.«

Sie legte eine Pause ein, um ihre Worte auf ihn wirken zu lassen.

»Ich verstehe«, sagte Faltor leise.

Laena breitete in einer Geste der Hilflosigkeit die Hände aus. »Darum erzähle ich dir von meinem Traum von der Flut, weil ich fürchte, daß auch das eintreffen wird.«

Hierauf folgte eine länger anhaltende Stille. Faltors Gesichtsausdruck war unergründlich. »Ich will ganz sichergehen, daß ich dich auch richtig verstehe«, sagte er langsam. »Du meinst, der Fluß wir über dic Ufer treten und uns alle fortspülen.«

Laena hörte die Worte, und als er sie sagte und sein ruhiger Blick auf ihr ruhte, kam es ihr selbst albern vor. Wie sollte sie sich ihrer sicher sein? Was, wenn der Traum sie irregeleitet hatte? Was, wenn sie ihn falsch interpretierte, so wie sie den Traum mit der Giftschale anfangs fehlinterpretiert hatte?

Und doch … es war so klar gewesen. »Laß mich dir erzählen, was genau ich gesehen habe«, sagte sie. »Ich sah das Gesicht deines Ururgroßvaters.« Ihre Stimme wurde unsicher unter Faltors eindringlichem Blick. »Er sagte, er könnte dein – unser – Volk nicht länger schützen. Und dann sah ich die Flut. Eine große Welle, so gewaltig, daß sie sogar die Hütten fortschwemmte.« Sie brach ab und überlegte, ob sie den Panther erwähnen sollte, der sie gedrängt hatte, ihm nach Süden zu folgen. Nein; Faltor hatte noch nie einen Panther gesehen. Das würde den Bogen überspannen. »Das ist alles, was ich zu sagen habe. Außer, daß es sehr – real war. In jeder Hinsicht. Ich sah, wie das Wasser die Hütten fortschwemmte, und ich sah die Menschen ertrinken. Viele, viele Menschen. Es war ein schrecklicher Traum.«

Faltor schüttelte bedächtig den Kopf. »Aber der Fluß ist noch *nie* über die Ufer getreten. Er schwillt jedes Jahr wieder auf das gleiche Maß an.«

Joq hüstelte höflich. »Mir ist aufgefallen«, sagte er, »daß das Wasser jeden Frühling etwas höher ansteigt. Das Wetter ändert sich, wie man sich erzählt. Der Winter endet ein wenig früher ...« Er verstummte, sichtlich verlegen. Komisch, dachte Laena, daß er letzte Nacht so entschlossen war und jetzt seinem eigenen Häuptling gegenüber so schüchtern ist.

Faltor wandte sich ihm zu. »Woher weißt du das?« fragte er.

»Also«, entgegnete Joq und klang immer noch verlegen, »ich habe früher viel Zeit allein verbracht. Ich habe die Sonne, den Fluß und die Jahreszeiten beobachtet. Mir fiel auf, daß der Schnee in den Bergen jedes Jahr früher schmolz, und ich brachte dort, wo der Wasserstand des Flusses am höchsten war, Markierungen an.«

Faltor stützte die Ellbogen auf die Knie und rieb sich mit einer Hand über das Kinn. Dann wandte er sich an Nan. »Was hältst du von alledem?«

Nan wich kaum merklich zurück. Sie schien ganz und gar nicht glücklich, daß er sie aufforderte, die Wahrheit zu ergründen. Sie blickte von Laena zu Faltor. »Es wäre immerhin möglich, daß es zu einer Überschwemmung kommt«, sagte sie zögernd. »So etwas passiert. Aber eine gewaltige Welle in einem Fluß wie diesem … Das scheint mir schwer vorstellbar. Und wer kann sagen, wann es soweit ist? Ein Traum mag die Wahrheit voraussagen, aber es könnte erst in vielen Jahren soweit sein.«

Die schlichte Vernunft in Nans Worten schien Faltor das zu geben, was er brauchte – etwas, woran er sich klammern konnte. Er setzte sich gerader auf und nickte entschieden. »Möglicherweise besteht also Grund zur Sorge«, sagte er. »Aber auch wenn es zum Schlimmsten kommt, wird ein wenig Wasser uns schon nicht schaden. Es wird nicht viel schlimmer sein als ein besonders starker Regen.« Er blickte auf Laena. »Ist es nicht so?«

Laena starrte ihn entgeistert an. »Es war ganz anders«, sagte sie.

Faltor brummte unwillig. »Also gut, ich werde darüber nachdenken. Aber in der Zwischenzeit bitte ich dich, mit niemandem darüber zu sprechen. Die Dorfbewohner sind nach dem Blutvergießen schon betroffen genug. Ich möchte sie nicht unnötig noch mehr beunruhigen. Bist du nicht auch meiner Meinung?«

Laena wünschte, sie könnte ihm die Gewalt dessen vermitteln, was sie gesehen hatte. »Ich habe wirklich eine gigantische Welle gesehen«, sagte sie. »Sie war so gewaltig, daß …«

»Mein Volk lebt seit Generationen hier«, fiel Faltor ihr ins Wort. »Du weißt selbst, daß wir nirgendwo sonst hinkönnen. Meinst du, wir sollten allein aufgrund deines Traums unser Dorf aufgeben und höher in die Berge ziehen?«

Laena fühlte das Gewicht seiner Worte. »Wir könnten einige bescheidenere Vorsichtsmaßnahmen ergreifen«, sagte sie leise. »Vielleicht so viele von uns wie möglich in den Höhlen unterbringen …«

»Ich sagte doch bereits, daß ich darüber nachdenken würde.« Sein Tonfall war unmißverständlich. Er war sehr großzügig zu ihr gewesen, hatte ihr verziehen, daß sie ihm in der vergangenen Nacht getrotzt hatte, und er hatte seinen Anteil der Schuld auf sich genommen. Aber seine Toleranz hatte Grenzen, und sie begann seine Geduld überzustrapazieren. »Es besteht kein Grund, eine Panik heraufzubeschwören, indem du anderen von deinem Traum erzählst, Laena. Sind wir uns einig?«

Laena erkannte, daß es zwecklos wäre zu widersprechen. Sie setzte zum Sprechen an. Die Worte schienen ihr im Hals steckenzubleiben, aber schließlich brachte sie sie doch heraus. »Ich stimme dir zu.«

Als sie die Hütte verlassen hatten, nahm sie Joq und Moru bei der Hand und zog sie näher zu sich heran. »Ich muß euch um einen Gefallen bitten«, sagte sie und musterte sie beide forschend.

Moru nickte. Joq sah sie mit sonderbarem Blick an, als wüßte er nicht recht, was ihn erwartete. Sie hatte ihm von ihren Träumen erzählt, aber bislang waren es immer längst vergangene Visionen gewesen. Und noch nie war er persönlich davon betroffen gewesen.

»Bis zum Ende der Schneeschmelze sollten wir alle in Morus Höhle ziehen«, sagte Laena. »Auf diese Weise sind wir, wenn meine Vision sich als richtig erweist, vor der Flut sicher.«

Moru dachte einen Augenblick darüber nach. Dann zuckte sie die Achseln. »Also gut«, sagte sie. Sie war in der Vergangenheit öfter als jeder andere Zeuge gewesen, daß Laenas Visionen sich erfüllten.

»Ich weiß nicht, ob ich wirklich glauben kann, daß ...«, begann Joq.

»Nein!« schnitt Laena ihm schroff das Wort ab. »Ich verlange nicht von dir, mir zu glauben. Ich bitte dich nur um einen Gefallen, das ist alles.«

Joq schwieg eine Weile nachdenklich. »Ich schätze, es kann nicht schaden. Aber die anderen werden uns fragen, warum wir unsere Hütte gegen die Höhle eintauschen. Und wir können ihnen nicht die Wahrheit sagen, ohne das Wort zu brechen, das wir Faltor gegeben haben.«

»Wir müssen uns eine Ausrede ausdenken«, entgegnete Laena. »Wir sagen ... wir sagen, daß Moru sich den Rücken verletzt hat, als Gorag sie aus der Höhle geworfen hat. Sie braucht Pflege und möchte lieber in ihrem Heim wohnen bleiben.«

»Das müßte gehen«, meinte Joq.

»Danke.« Laena drückte erleichtert seine Hand. »Ich danke dir, Joq.«

Sie wurde von einem Ruf unterbrochen. Sie wandte den Kopf und sah Mertan auf sie zukommen. »Laena! Ich habe allen erzählt, wie mutig du gewesen bist!« Grinsend trat er zu ihnen. Dann nickte er Moru und Joq zu. »Ihr hättet sehen sollen, wie sie mit diesem Mann gekämpft hat.« Er berührte zögernd ihren Arm, als wäre sie anders als die anderen, als besäße sie eine besondere Macht. »Kommt. Die Verbrennung ist vorbei, und alle sind noch um das Feuer versammelt. Du mußt allen mit deinen eigenen Worten erzählen, was sich zugetragen hat.«

»Mertan«, entgegnete Laena, »ich habe wirklich keine Lust ...«

»Du mußt!« Mertan nahm ihre Hand. »Sie müssen es erfahren, und alle wollen dich sehen.«

»Wahrscheinlich ist es das beste«, sagte Joq leise. »Du weißt doch, wie die Dinge durch Gerüchte verzerrt werden, wenn den Leuten nicht die Wahrheit geschildert wird.«

Laena seufzte. »Also gut.« Sie wandte sich Joq und Moru zu. »Aber ihr begleitet mich.«

Sie nickten zustimmend.

Laena folgte Mertan zum Versammlungsplatz. Es würde nicht leicht für sie sein, von den Geschehnissen zu berichten, weil sie gezwungen sein würde, die schrecklichen Vorfälle noch einmal zu durchleben. Und doch würde sie ihr Bestes geben, den Dorfbewohnern alles zu erzählen, so wie sie es nach ihrem Ritt auf dem Mammut getan hatte.

Dann dachte sie an das Versprechen, das sie Faltor gegeben hatte, und korrigierte sich in Gedanken. Alles konnte sie ihnen nicht sagen. Das Wichtigste mußte sie ihnen verschweigen: die Katastrophe, von der sie fürchtete, daß sie das Dorf und die meisten seiner ahnungslosen Bewohner vernichten würde.

Kapitel 39

Die folgenden Tage waren leicht – und doch auch hart.

Laena hatte es im Umgang mit dem Fischer-Stamm leicht. Die Dorfbewohner schämten sich, daß sie an ihr gezweifelt hatten, und versuchten, das Unrecht auf viele verschiedene Arten wiedergutzumachen. Mütter erboten sich, ihr bei der Arbeit zu helfen und auf ihr Kind aufzupassen. Die Ältesten brachten ihr Geschenke in Form von Vorräten und Kleidung. Einer der Jäger schenkte ihr seinen besten Speer, und einige der jungen Männer fragten schüchtern, ob sie bereit wäre, sie ihre Kampftechnik zu lehren. Die Geschichte ihres Kampfes mit Gorag wurde zu einer Legende, die mit so vielen unwahren, weithergeholten Einzelheiten ausgeschmückt wurde, daß einige der jüngeren Kinder sogar ein wenig Angst vor ihr zu haben schienen.

Sie hatte sich immer Respekt gewünscht. Jetzt hatte sie davon mehr als genug. Gleichzeitig war sie jedoch auch noch tief beunruhigt, weil sie ihre Vision von der Flut nicht vergessen konnte. Sie sprach mit einem der Dorfbewohner – einem jungen Jäger wie Orban oder einer Mutter wie Turi – und sah das freundliche, lächelnde Gesicht des Betreffenden plötzlich in tosenden schwarzen Wassermassen untergehen. Die Bedrohung war für sie allgegenwärtig und wurde tagtäglich belastender, auch als die Tage länger und heller wurden und den nahenden Frühling ankündigten.

Laena hätte am liebsten allen erzählt, was möglicherweise auf sie zukommen würde. Sie ging zu Faltor und flehte ihn an, das Schweigegebot, das er ihr auferlegt hatte, noch einmal zu überdenken. Aber der Häuptling weigerte sich, seine Meinung zu ändern. Er argumentierte, daß die Flut unmöglich kommen konnte, solange der Fluß noch mit einer Eisschicht bedeckt war. Und er erklärte ihr wie schon zuvor, daß die Flut eine Kleinigkeit wäre für Menschen, die es gewohnt waren, am Fluß zu leben. Er meinte, sein Volk brauche Ruhe und Frieden, um sich von dem Blutvergießen und den Spannungen zu erholen, und es wäre falsch, Panik unter den Dorfbewohnern zu verbreiten.

Also wandte Laena sich an Joq. Er war gewillt, ihrer Vision Glauben zu schenken, weil er selbst die Veränderungen des Klimas und des Flusses über die Jahre hinweg beobachtet hatte, aber auch ihm fiel es schwer, sich eine Katastrophe des von ihr beschriebenen Ausmaßes vorzustellen. Er zog mit ihr in Morus Höhle, so wie er es versprochen hatte, aber zu mehr war er nicht bereit.

Tage verstrichen, und es begann zu tauen. Das Eis, das monatelang begehbar gewesen war, wurde brüchig und trügerisch. Nackter Fels und Erde tauchten unter dem weißen Schneeteppich auf, und die Welt erwachte nach Monaten des Winterschlafes zu neuem Leben.

Wie immer hob der Wandel die Laune der Menschen. Die Fischer lächelten und lachten bereitwilliger und erledigten gutgelaunt Arbeiten, die sie in den kalten Monaten gemieden hatten.

Laena war die einzige, die sich nicht recht an den Vorboten des Frühlings freuen konnte. Die Eisdecke auf dem Fluß zerbrach in ein Mosaik schwimmender Fragmente, die auf dem Wasser stromabwärts trieben – und seltsamerweise war der Wasserstand niedriger als je zuvor. Das war das genaue Gegenteil dessen, was sie erwartet hatte, und doch beunruhigte es sie. Auf den Berghängen um sie herum war zu sehen, daß der Schnee rasch fortschmolz. Wohin floß das viele Wasser? Warum fand es nicht den Weg zum Fluß, so wie in den vergangenen Jahren?

Jede Nacht lag sie wach auf ihrem Lager, während Joq an ihrer Seite tief und fest schlief und Moru auf einem schlichten Bett tiefer in der Höhle ruhte. Sie starrte in die Dunkelheit, angstvoll wartend, auf die ersten Geräusche der Flut lauschend. Schließlich schlief sie dann doch ein, jedoch nur, um lange vor Morgengrauen erschrocken hochzufahren, überzeugt, daß sie von einem Tosen und Rauschen geweckt worden war, das die Flut ankündigte. Wieder lag sie wach in der Dunkelheit und lauschte. Aber sie hörte nur Joqs und Morus gleichmäßigen Atem. Henik gab im Schlaf kleine Laute von sich, und das Feuer zischte am Höhleneingang.

An diesem Morgen, als das erste Grau des anbrechenden Tages die höchsten, schneebedeckten Gipfel um das Tal herum berührte, betete sie zum weißen Panther und flehte um seine Führung. Hatte sie ihren Traum falsch interpretiert? Quälten sie Gespenster, die ihrer eigenen Phantasie entsprungen waren?

Sie starrte ins Halbdunkel, auf einen Laut oder ein Zeichen hoffend, aber vor ihrem geistigen Auge tauchten keine Bilder auf, und sie hörte nichts außer den Stimmen einiger Dorfbewohner, die früh aufgestanden waren und ihre Feuer schürten, bereit, den neuen Tag anzugehen.

Es gab also nichts, was sie beruhigen könnte, niemand, der ihr sagte, was die Wahrheit war. Sie erhob sich von ihrem Lager, wobei sie achtgab, Joq nicht zu wecken. Sie hängte sich den Wasserschlauch über die Schulter und schwang sich über den Höhlenrand. Wenn sie schon wach war, konnte sie sich auch nützlich machen und Wasser holen gehen.

Zwei schattenhafte Gestalten bewegten sich zwischen den Hütten. Sie winkten ihr grüßend zu, als sie vorbeiging. Weiter vorn sah sie jemanden am Flußufer stehen und erkannte Orban, den jungen Jäger.

Sie fragte sich, was er dort ganz allein machte und warum er zu den Gipfeln, aufblickte, die sich blaßgrau vom schwarzen Himmel abhoben.

»Siehst du dir die Morgendämmerung an?« fragte sie und blieb neben ihm stehen.

Er warf ihr einen Blick zu und starrte dann wieder ins Dunkel. »Ich glaube, ich höre einen Steinrutsch. Hör doch.«

Laena war nicht wirklich interessiert, wollte aber nicht unhöflich sein. Sie legte den Kopf auf die Seite und lauschte, bemüht auszumachen, was er gehört hatte.

Irgendwo schrie ein Säugling. In einer Hütte ganz in der Nähe schalt eine Mutter ihre Tochter, weil sie ihre morgendlichen Arbeiten so träge verrichtete. Der Fluß direkt vor ihr plätscherte und sprudelte.

Dann hörte sie es.

»Du hast recht, Orban«, sagte sie. »Es klingt wie eine Lawine.« Sie wandte sich ab.

»Aber hör doch! Es hört nicht wieder auf!«

Laena erkannte, daß er recht hatte. Das Poltern setzte sich fort. Vielleicht bildete sie sich das ja nur ein, aber es schien ihr, als würde es nach und nach immer lauter.

Laena fühlte ein Prickeln im Nacken und an den Schultern. Sie blickte nach Osten, wo die frostige Mondsichel über den steilen Talwänden stand. Rauch oder Staub schien in der Ferne durch das fahle Grau des Himmels zu wehen.

Plötzlich wünschte sie sich von ganzem Herzen, sich zu irren. Sie umfaßte Orbans Arm und drückte ihn, so fest, daß er überrascht aufschrie. Das Tosen wurde lauter.

Plötzlich deutete er auf die Oberfläche des Flusses vor ihnen. »Sieh!« Das Wasser zitterte wie Wasser in einer Schale, die jemand angestoßen hatte.

Jetzt bestand kein Zweifel mehr. Und doch wollte Laena es nicht glauben. *Bitte,* betete sie, *bitte mach, daß ich mich irre.*

Sie blickte stromaufwärts. Im schwachen Licht der Morgendämmerung sah sie etwas in der Dunkelheit schimmern wie Eis. Aber es konnte kein Eis sein; dafür war es zu spät. Laena sah, daß es sich bewegte, immer näher kam.

Ihr Schweigegelübde bedeutete nun nichts mehr. »Eine Springflut«, sagte sie und schüttelte Orbans Arm. »Verstehst du? Das ganze Dorf wird fortgeschwemmt werden. Hörst du mich? Du mußt die anderen warnen! Und dann lauf um dein Leben, klettere zu einer der Höhlen hinauf!«

Es war keine Zeit zu warten, ob er die Warnung begriffen hatte. Laena machte kehrt und rannte ins Dorf. Sie legte die Hände trichterförmig um den Mund. »Wacht alle auf!« rief sie. »Wacht auf! Eine Flut kommt! Wir werden alle ertrinken!« Sie lief zu Faltors Hütte, auf dem Schnee und Matsch am schlammigen Ufer ausrutschend. Mit Fingern, die ganz steif waren vor Furcht, nestelte sie an den Riemen des Türleders. »Faltor! Nan! Die Flut kommt! Wacht auf!«

Im Inneren der Hütte hörte sie leise Ausrufe, aber sie hatte keine Zeit, sich noch länger dort aufzuhalten. Sie kehrte zurück zum Fluß und blickte wieder flußaufwärts. Die Flut war jetzt deutlich zu sehen. Eine von weißer Gischt gekrönte Wasserwand wälzte sich zwischen den schmalen Talwänden auf sie zu.

Hinter ihr riefen verwirrte Stimmen Fragen. Orban lief zwischen den Hütten umher und drängte alle aufzustehen. Laena zögerte. Sie wünschte sich verzweifelt, alle Dorfbewohner zu retten, aber dazu war keine Zeit. Sie mußte an Henik, Joq und Moru denken.

»Wacht alle auf!« schrie sie erneut und rannte zurück zur Felswand. »Verlaßt eure Hütten! Wacht auf!«

Das Dröhnen war jetzt nicht mehr fern und leise; es war zu einem bedrohlichen Grollen angewachsen. Als Laena mit dem Aufstieg begann, fühlte sie, daß der Fels unter ihren Händen bebte. Sie zog sich hinauf, sich in ihrer Panik die Muskeln zerrend, und sah Moru aus der Höhle herabschauen.

»Geh rein!« rief Laena ihr zu.

Hinter ihr kamen die Dorfbewohner aus ihren Hütten und liefen verwirrt durcheinander. Die Springflut war jetzt flußaufwärts deutlich zu sehen, dreimal so hoch wie ein Mann, und sie riß auf ihrem Weg Sträucher und Pflanzen von den Talwänden. Schreie ertönten, und einige der Dorfbewohner rannten blindlings auf die Felswand zu und versuchten panikartig, den nackten Stein zu erklimmen. Andere kehrten zurück in ihre Hütten, als könnten die zerbrechlichen Bauwerke ihnen Schutz bieten.

Starke Hände packten Laenas Handgelenke und zogen sie in die Höhle. Sie sah Joqs Gesicht im schwachen Schein ihres Feuers, Moru an seiner Seite. Er umarmte Laena und setzte zum Sprechen an.

Der Boden erzitterte. Das Dröhnen war plötzlich so laut, daß Laena einen starken Druck auf den Ohren verspürte. Schwarzes Wasser brach durch den Höhleneingang, und Laena wurde von der Wucht rücklings zu Boden geworfen. Sie wurde von dem eisigen Strom überspült, konnte nichts mehr sehen und nicht mehr atmen.

Blind tastete sie nach Henik. Ihre Hände berührten seinen Tragegurt. Neues Wasser strömte nach und zog ihn mit sich, aber es gelang ihr, ihr Kind zu packen. Mit einem Arm drückte sie Henik an sich, während sie sich mit der freien Hand an die Höhlenwand klammerte. Ihre Finger fanden eine Vertiefung im Fels, als das Wasser gerade wieder zurückströmte, und der Sog drohte sie aus der Höhle zu spülen.

Ihr Kopf tauchte aus dem Wasser auf. Das Feuer war fortgeschwemmt worden. In der Höhle war es dunkel. Keuchend schnappte sie nach Luft. Henik, den sie immer noch an sich gedrückt hielt, hustete und begann zu schreien.

Laena erkannte, daß die Welle vorbeigezogen war. Es war vorbei. Zitternd und keuchend watete sie durch das eisige Wasser, das ihr bis zu den Fußknöcheln reichte, zum Höhleneingang. Laena sah hinaus. Sie fürchtete sich vor dem Anblick, der sie erwartete.

Die Springflut war vorbeigezogen, aber der Fluß war immer noch doppelt so hoch wie sonst. Entwurzelte Bäume trieben auf der Flut stromabwärts. Über die Hälfte der Hütten waren von den Wassermassen fortgeschwemmt worden. Jene Hütten, die der Flut standgehalten hatten, standen halb unter Wasser. Laena sah blasse Formen – Gesichter – im dunklen Wasser, die flußabwärts getragen wurden und vergeblich um Hilfe riefen, ganz so, wie sie es vorausgesehen hatte. Andere Dorfbewohner klammerten sich verzweifelt an Pfähle und Pfosten, die über dem Wasser aufragten. Einige wenige Glückliche so wie Laena blickten aus ihren Höhlen hinab auf die Verwüstung.

Henik brüllte jetzt aus Leibeskräften. Er zitterte in ihren Armen, und Laena wurde bewußt, daß auch sie erbärmlich fror. Ihre Felle waren völlig durchweicht. Sie zog sich tiefer in die Höhle zurück, löste die Riemen ihrer Felle und schüttelte sie ab. Die Überschwemmung war so kurz gewesen, daß das Wasser nicht bis auf ihre Unterkleider gedrungen war, die noch fast trocken waren. Trotzdem wären sie und ihre Familie dem Tode geweiht, wenn es ihnen nicht gelang, ein Feuer zu machen.

In der Höhle war es so dunkel, daß sie nichts und niemanden sehen konnte. »Joq!« rief sie. »Moru! Wo seid ihr?«

»Ich bin hier«, antwortete Joq von hinten aus der Höhle. »Moru ist verletzt. Sie hat sich den Kopf angeschlagen.«

Laena begann nach dem kleinen Lederbeutel zu suchen, den Joq für sie angefertigt hatte und der ihre Feuerstöcke und etwas Zunder enthielt. Im Tal war es oft feucht, so daß Joq sich bemüht hatte, den Beutel dicht zu machen. Sein handwerkliches Geschick war jetzt so wichtig wie nie zuvor.

»Hilf mir, Joq!« Es war nicht leicht, mit einem Arm Henik zu halten und gleichzeitig in dem Durcheinander zu wühlen, das die Flut angerichtet hatte. »Wir müssen ein Feuer machen.«

Sie hörte, wie er auf sie zustolperte. Seine Hand berührte flüchtig ihre Schulter. »Bist du in Ordnung?« fragte er. »Ich glaube, Moru hat durch den Schlag auf den Kopf das Bewußtsein verloren.«

»Wir müssen die Feuerhölzer finden!« rief sie, einen Anflug von Panik in der Stimme.

»Hier«, sagte er und drückte ihr den Beutel in die Hand.

Eine Welle der Erleichterung stieg in ihr auf. Der Beutel war noch fest verschlossen. »Halte Henik.« Sie drückte ihm seinen Sohn in die Arme und hockte sich hin. Ruhig, ermahnte sie sich. Sei ganz ruhig. Das war möglicherweise der einzige trockene Zunder im ganzen Dorf, und womöglich hatte sie nur eine einzige Chance.

Sie fand den Stapel Kleider, die sie seitlich in der Hütte aufbewahrten. Viele Stücke waren fortgespült worden, aber ein paar waren noch da. Sie rollte eins auseinander und stellte fest, daß es im Inneren trocken geblieben war. Sie benutzte es, um eine kleine Fläche auf dem Höhlenboden trockenzuwischen.

Sorgfältig und in der Dunkelheit mehr tastend als sehend, steckte sie die Feuerstöcke ineinander und verteilte etwas Zunder um sie herum. Dann machte sie sich daran, den senkrechten Stock zwischen den Handflächen zu drehen.

»Ich sollte rausgehen und den anderen helfen«, sagte Joq.

»Nein!« rief Laena schneidend. »Du würdest erfrieren. Zieh deine nassen Felle aus, bevor sie völlig durchweichen. Es ist kalt genug, einen umzubringen, wenn man nicht vernünftig angezogen ist.«

Er zögerte. Ihre Stimme hatte sehr bestimmend geklungen.

»Hör auf mich!« flehte Laena ihn an.

Joq nickte. »Du hast recht.« Er begann, seine Felle abzulegen.

Hinten in der Höhle stöhnte Moru leise.

»Kümmere dich bitte um sie und den Kleinen«, bat Laena. »Wenn wir erst ein Feuer haben, können wir es zu den anderen bringen, damit sie sich ebenfalls wärmen und ihre Kleider trocknen können.«

Sie hörte, wie Joq an ihr vorbeischlurfte, nahm ihn jedoch kaum wahr. Ihre ganze Konzentration galt den Stöcken zwischen ihren Händen.

Ein schwacher orangefarbener Schimmer glühte in der

Dunkelheit auf. Laena legte ein klein wenig Zunder nach und verdoppelte ihre Anstrengungen.

Ein Funke. Ein Flackern. Und endlich eine Flamme.

Mit zitternden Fingern legte sie noch etwas Zunder nach. Sie griff nach den Ästen, die ihnen als Bett gedient hatten, schüttelte sie, um sie vom Wasser zu befreien, schälte mit den Zähnen die Rinde ab und legte winzige trockene Späne auf die Flammen.

Das Feuer wurde größer, und sein gelbes Licht half, ihre Furcht zu vertreiben. Wenngleich ihr Traum sich erfüllt hatte, wußte sie jetzt doch, daß ihre Familie überleben würde.

Im gräulichen Dämmerlicht drängten sich erschöpfte Gestalten aneinander, um sich zu wärmen. Die Flut hatte sich nach und nach zurückgezogen, aber der Fluß reichte immer noch bis an den Rand der Uferböschung, und das Dorf war ein Chaos aus Schlamm und Trümmern. Die Überlebenden des Fischer-Stammes blickten sich benommen um, als könnten sie immer noch nicht begreifen, was passiert war.

Während Joq bei Henik und Moru blieb, eilte Laena mit brennenden Zweigen von einer Höhle zur anderen und verteilte das Geschenk des Feuers. Sie drängte die Menschen, ihre nassen Sachen auszuziehen und sich zu trocknen. Schließlich wagte sie sich hinunter ins Dorf. »Schnell«, rief sie dem ersten Menschen zu, der ihr begegnete. »Sammle so viel Holz, wie du kannst. Schüttle das Wasser ab. Wenn du schnell machst, dringt das Wasser nicht ins Innere. Wir müssen ein großes Feuer entfachen.«

»Gut. Sofort, Laena.«

Sie erkannte die Stimme wieder. Es war Orban. Er hatte also überlebt. Aber wie viele andere hatten nicht so viel Glück gehabt?

Sie trugen einen Stapel hölzerner Trümmer zusammen. Das Holz brannte anfangs nur zögerlich, aber dann, als die Hitze in den trockenen Kern vordrang, schlugen die Flammen hoch auf. Laena trug Orban auf, das Feuer in Gang zu halten, und durchstreifte das zerstörte Dorf. Sie nahm die Menschen, die ihr begegneten, am Arm und zog sie beinahe gewaltsam zum Feuer. Die meisten Dorfbewohner litten noch unter dem Schock und schienen unfähig, für sich selbst zu denken. Viele weinten und riefen klagend die Namen von Verwandten, die vom Wasser fortgerissen worden waren.

»Du wirst erfrieren, wenn du hierbleibst!« rief Laena, als sie jemanden in der Ruine einer Hütte in der Nähe der Dorfmitte herumstochern sah.

Die Gestalt richtete sich auf und wandte sich ihr zu. »Nan. Nan wird vermißt.«

Schockiert erkannte Laena, daß sie keinen Geringeren als Faltor vor sich hatte. Er hatte die Arme um sich selbst geschlungen und zitterte unkontrolliert, die nassen Felle an seinem langen, hageren Körper klebend.

»Es tut mir leid«, stammelte Laena. »Ich habe dich nicht erkannt ...«

Auch ihm schien erst jetzt bewußt zu werden, wer sie war. »Nein«, sagte er. »Ich bin es, dem es leid tut. Laena, ich habe erneut versagt, mein Volk im Stich gelassen. Aber wie sollte ich deiner Vision Glauben schenken?« Er fuhr sich mit dem Handrücken über die Augen, und Laena erkannte, daß er geweint hatte.

»Du glaubst, Nan ist noch da drin?« fragte sie.

»Ja. Ja, sie muß unter den Trümmern liegen.«

Laena stieg über einen Haufen nasser Balken. Das Dach der Hütte war eingestürzt, so daß sie über einen dicken Teppich Schilfrohr und Moos ging. »Ich kann sie nirgends sehen«, sagte sie. Der Himmel wurde langsam heller, und nachdem sie sich gründlich umgesehen hatte, wurde ihr klar, daß Nan unmöglich dort sein konnte.

»Aber sie muß hier sein!« rief Faltor mit bebender Stimme.

Laena nahm seinen Arm. »Sie ist fort«, sagte sie. Sanft führte sie ihn aus den Trümmern seines Heims. »Du mußt jetzt dich selbst retten.« Es kam ihr seltsam vor, in dieser

Art mit dem Häuptling des Stammes zu sprechen. Aber wenn er seinen Aufgaben als Anführer der Fischer nicht mehr gewachsen war, war es ihre Pflicht, ihm zu helfen.

Während die Sonne langsam höher stieg, organisierte Laena alles, was getan werden mußte. Keiner der Fischer hatte je eine lebensbedrohliche Katastrophe erlebt. Sie war die einzige, die aus der Erfahrung gelernt hatte, wie man mit einer solchen Situation umging und wie man überlebte. Anfangs machte es sie verlegen, ihnen zu sagen, was sie tun sollten, aber sie waren zu keiner Eigeninitiative fähig und brauchten jemanden, der sie führte.

Sie erinnerte sich, wie ihre Mutter darauf geachtet hatte, daß sie nach dem Massaker am Panther-Stamm beschäftigt war, um sie abzulenken. Damals hatte es funktioniert, und das würde es auch jetzt tun.

Laena überzeugte sich davon, daß Morus Kopfwunde nicht ernst war, und trug ihr dann auf, sich um Henik zu kümmern. Joq wies sie an, einen Suchtrupp zusammenzustellen, der nach Dorfbewohnern Ausschau halten sollte, die sich möglicherweise weiter flußabwärts ans Ufer hatten retten können. Weeps befahl sie, eine Gruppe von Frauen zusammenzustellen, die sämtliche Vorräte aus den verschiedenen Lagern um das Dorf herum zusammentragen sollten. Orban betraute sie schließlich mit der Aufgabe, zusammen mit den jungen Jägern die Holzbalken aus den eingestürzten Behausungen zu entfernen, um die noch vorhandenen Hütten zu befestigen.

Laena selbst bereitete provisorische Betten für die Verwundeten. Wenn Nan tatsächlich fort war, war Laena nun die Heilerin. Nicht, daß sie viel hätte tun können; die Hütte der Heilerin war zerstört worden, und es würde einige Zeit dauern, die Trümmer beiseitezuräumen und jene Heilmittel zu retten, die nicht vom Wasser vernichtet worden waren. Also machte Laena heiße Kompressen mit Lederstreifen, die sie aus ihrer eigenen Kleidung schnitt, legte die Verletzten dicht ans Feuer und hoffte das Beste.

Als schließlich alle versorgt waren, machte sie einen Erkundungsgang durch das Dorf. In Gedanken zählte sie die Überlebenden. Pulo, der stärkste der Jungjäger, war ertrunken. Joqs Eltern, Orleh und Weeps, hatten im Schutz ihrer Höhle überlebt. Jinkil, der Laena während der Schwierigkeiten mit Gorag bewacht hatte, lebte noch, wenngleich er Schürfwunden im Gesicht und am ganzen Körper davongetragen hatte, als die Flutwelle ihn gegen die Talwand geschleudert hatte. Banra und Tornan, zwei der anderen Jäger, wurden vermißt.

Mertan und seine Frau Turi waren mit ihrem Sohn Toma den Wassermassen zum Opfer gefallen, ein Verlust, der Faltors Trauer und Schuldgefühle noch verstärkte. Ihre einjährige Tochter Urami hatte jedoch überlebt. Das Wasser hatte sie auf einen Felsvorsprung geschwemmt, wo sie von Joqs Suchtrupp entdeckt und geborgen worden war.

Laena kehrte zurück ans Feuer. Nach und nach erholten sich die Fischer von ihrem Schockzustand. Sie redeten, halfen sich mit warmer, trockener Kleidung aus und sorgten füreinander. Erleichtert sah Laena, daß der kritischste Teil der Krise überstanden war. Es würde keine weiteren Toten geben. Sie konnte sich endlich erlauben, ein wenig zu entspannen.

Sie setzte sich auf einen Haufen Trümmer, und die Gefühle, die sie bislang entschlossen verdrängt hatte, brachen über sie herein wie eine innere Springflut. Sie zitterte, als sie an die Bilder der Zerstörung zurückdachte. Bei dem Gedanken an Nan traten ihr Tränen in die Augen. Warum hatte die alte Frau nicht auf Laenas Warnung gehört? Und warum hatte Laena sich nicht größere Mühe gegeben, sie zu überreden, in einer der Höhlen Schutz zu suchen? Sie fühlte sich schuldig, weil sie nicht darauf bestanden hatte, daß Nan in eine der Höhlen zog, so wie sie selbst es getan hatte. Das würde sie sich nie verzeihen. Nans Verlust war eine Bürde, die sie für den Rest ihres Lebens mit sich herumschleppen würde.

Sie ließ die Schultern hängen und starrte ins Feuer.

Immer und immer wieder verlor sie Menschen, die sie liebte. Immer und immer wieder wurde ihr der Verlust in einer Vision angekündigt. Gab es kein Entrinnen aus diesem grausamen Kreislauf? Konnte sie denn gar nichts tun?

Die Zeit verging, aber Laena merkte es nicht. Sie sah das zerstörte Dorf und erinnerte sich an die Lektion, die sie vor Jahren gelernt hatte – daß nichts von Dauer war, man nicht darauf vertrauen konnte, daß irgend etwas so blieb, wie es war. Sie hatte geglaubt, im Dorf der Fischer wäre das anders, hatte sich der trügerischen Hoffnung hingegeben, daß das friedliche Leben im Tal immer so weitergehen würde. Sie hatte sich eingeredet, daß ihre Träume keine Bedeutung mehr hatten und nur ein Relikt aus der Vergangenheit waren. Aber das war ein Irrtum gewesen; und jetzt gab es keine Möglichkeit mehr, dies zu ignorieren.

Laena fühlte eine Hand auf ihrer Schulter. Sie blickte auf und sah, daß Joq neben ihr stand, das Gesicht dreckverschmiert und seine Felle schmutzverkrustet und zerrissen.

Laena zwang sich, ihre eigenen Sorgen beiseitezuschieben. Sie stand auf und umarmte ihn. »Bist du in Ordnung?«

Er nickte. »Ich habe mir Sorgen um dich gemacht. Ich habe dich hier sitzen sehen, und du schienst so bedrückt …«

»Ich habe nur an Nan gedacht. Und an die Vergangenheit. An das viele Leid, das ich erlebt, und die Menschen, die ich verloren habe.« Sie schauderte. »Ich fühle mich manchmal so hilflos. Ganz egal, was ich auch tue …«

»Nein!« sagte Joq so entschieden, daß sie überrascht aufblickte.

»Sag so etwas nicht«, fuhr er sanfter fort. »Laena, du hast heute unzählige Leben gerettet. Ich selbst, Henik und deine Schwester verdanken dir unser Leben. Du hast Alarm geschlagen, als die Flut kam, und du hast dich hinterher um alles gekümmert, was erledigt werden mußte.

Wir anderen waren alle völlig hilflos. Ohne dich hätten wir alle umkommen können.«

Sie schwieg eine Weile und erkannte, daß das, was er sagte, nicht ganz falsch war. Ja, es stimmte, sie hatte den Fischern geholfen zu überleben. Trotzdem wünschte sie, sie hätte mehr tun können.

Joq setzte sich, zog sie neben sich und legte den Arm um sie. Eine Weile sah er zu, wie einige der Dorfbewohner ihre dampfenden Kleider trockneten, während andere in den Ruinen ihrer Hütten wühlten. Faltor hockte derweil zusammengesunken auf der anderen Seite des Feuers und starrte blind in die Flammen.

»Weißt du«, murmelte Joq, »ich denke, er wird nach diesem Desaster nicht mehr Häuptling bleiben wollen. Ich glaube nicht, daß er noch die Kraft dazu hat.«

Laena fragte sich, ob er vielleicht recht hatte. Faltor war nie ein starker Anführer gewesen, und jetzt, da er überzeugt war, daß der Geist seines Vorfahren sein Volk nicht mehr beschützte, würde er noch weniger Selbstvertrauen haben. »Willst du damit sagen, ich sollte ...« Sie verstummte. Sie brachte es nicht über sich, den Satz zu beenden.

»Du hast sie bereits geführt«, entgegnete Joq. »Sie werden deiner Führung morgen ebenso bedürfen wie heute.«

Laena blickte auf die erschöpften Menschen und die Verwüstung. Die Katastrophe war so gewaltig, und sie war nur eine junge Frau mit einem kleinen Kind, das noch kein Jahr alt war. Wie sollte sie glauben können, sie wäre in der Lage, einem Stamm über eine solche Krise hinwegzuhelfen? Und auch wenn sie gewillt waren, ihr Vertrauen in sie zu setzen ..., wollte sie eine solche Verantwortung überhaupt übernehmen? Das Dorf wiederaufzubauen würde mindestens den Rest des Jahres dauern und wäre eine gewaltige Aufgabe. Und hinzu kam, daß die Fischer in diesen schweren Monaten zusätzlich an der Last ihrer Trauer zu tragen haben würden. Und niemand konnte ausschließen, daß sich die Flutkatastrophe wiederholte.

Der Panther hatte in ihren Träumen dreimal zu ihr

gesprochen. Jedesmal hatte er ihr dieselbe Botschaft übermittelt. Konnte sie seine Worte weiterhin ignorieren? Wenn es tatsächlich ein warmes, üppig grünes Land gab, an dem sie wirklich sicher waren und ihre Eltern auf die eine oder andere Art lebten – was forderte sie da das Schicksal heraus, wandte sich von ihrer Bestimmung ab und blieb hier in diesem schmalen Tal?

Am Ende des Nachmittags versammelten sich alle Dorfbewohner wieder um das Feuer. Die Kinder waren ungewöhnlich still und blickten aus großen, fragenden Augen zu den Erwachsenen auf. Einige der Frauen beweinten noch immer den Verlust ihres Gefährten oder ihrer Eltern. Und auch die meisten Männer trauerten. Das Unglück war so unerwartet und plötzlich über sie hereingebrochen, daß sie alle Monate oder gar Jahre brauchen würden, es zu verarbeiten.

Fleisch wurde auf Stöcke gespießt, über dem Feuer gebraten und herumgereicht. Viele Vorratslager waren von der Flut verschont geblieben, so daß sie sich zumindest um ihre Verpflegung nicht zu sorgen brauchten. Alle aßen gierig und schweigend, begruben ihre Trauer vorübergehend in der schlichten Freude der Sättigung.

Schließlich erhob sich Faltor. Er wirkte immer noch gebeugt und gebrochen, als er den Blick über die Überlebenden seines Stammes schweifen ließ. »Wir sind nur noch wenige«, sagte er mit einer Stimme, die unendlich müde klang. »Wir wurden lange beschützt, und jetzt wurden wir im Stich gelassen.« Er verstummte und suchte nach Worten, die es ihm ermöglichen würden fortzufahren. »Mir ist ein Gerücht zu Ohren gekommen. Es heißt, jemand von uns hätte die Flut geträumt und mich gewarnt, und ich hätte die Warnung in den Wind geschlagen.« Er verfiel wieder in Schweigen und seufzte. »Mein Volk, dieses Gerücht entspricht der Wahrheit. Laena hat mir von ihrem Traum berichtet. Sie hat mich angefleht, euch alle warnen zu dürfen, aber ich wollte es nicht zulassen. Ihre Vision war zu entsetzlich, als daß ich ihr hätte glauben können.«

Die Dorfbewohner begannen unbehaglich zu tuscheln. Viele von ihnen wandten den Kopf und starrten auf Laena. Sie ihrerseits hielt den Blick unverwandt auf Faltor gerichtet und schwieg.

»Ich fürchte, ich habe euch alle im Stich gelassen«, sagte Faltor.

Einige murmelten Proteste.

»Nein«, beharrte Faltor. »Ich habe versagt. Ich habe auf Orwaels Geist vertraut, der so lange Zeit über uns gewacht hat. Aber sein Geist hält seine Hand nicht mehr schützend über uns.« Seine Stimme zitterte. »Unsere Welt hat sich geändert, und ich, euer Häuptling, vermag nicht mehr zu sagen, was zu tun ist.« Unerwartet wandte er sich Laena zu und breitete die Hände aus. »Du, eine junge Frau – hast in diesen seltsamen Zeiten mehr Kraft und Weisheit an den Tag gelegt als irgendeiner von uns. Hattest du noch irgendwelche anderen Träume, die Zukunft betreffend? Sag uns, was du weißt, Laena.«

Hierauf setzte er sich abrupt und ohne ein weiteres Wort wieder hin.

Eine Weile herrschte Totenstille. Alle starrten sie an, schockiert von Faltors Worten. Sie hatten geliebte Menschen und ihr Heim verloren und jetzt ganz offensichtlich noch ihren Häuptling. Laena war die einzige Hoffnung, die ihnen noch geblieben war.

Sie fühlte ihre Aufmerksamkeit wie eine schwere, erstickende Last. Sie hatte nicht erwartet, daß es, sofern überhaupt, so bald dazu kommen würde. Sie war unvorbereitet und verlegen.

Die Zeit erschien ihr plötzlich zäh. Sie erinnerte sich, daß sie gelähmt gewesen war, als sie dem Panther nachgeblickt hatte. Jetzt fühlte sie sich genauso. Sie kämpfte dagegen an. Sie wollte sich diese Gelegenheit nicht entgehen lassen. Und doch fürchtete sie sich davor, auszusprechen, was sie wirklich auf dem Herzen hatte.

Sie hörte, wie die Dorfbewohner unruhig wurden, als

sie reglos sitzenblieb. Faltor wartete, daß sie etwas tat, aber er würde nicht ewig warten. Sie mußte sprechen. Sie mußte einfach!

Sie wandte den Kopf und blickte auf Joq, der an ihrer Seite saß. Auch er war erwartungsvoll. Sie konnte ihn nicht enttäuschen. Er lächelte ihr zu und drückte ihre Hand, wie um sein Vertrauen in sie zu demonstrieren, und diese Geste gab ihr neuen Mut.

Sie wandte sich wieder den Dorfbewohnern zu, die um das Feuer herum saßen. Sie ballte die Hände zu Fäusten, bis ihre Fingernägel sich schmerzhaft in ihre Handflächen gruben. »Ich denke, es ist an der Zeit, dieses Tal zu verlassen«, sagte sie.

Die Fischer brauchten eine Weile, die Bedeutung ihrer Worte zu begreifen. Sie sah, wie sie einer nach dem anderen reagierten. Einige wichen verwirrt zurück, andere starrten sie nur entgeistert an.

»Hört mich an!« rief sie, vom Klang ihrer eigenen Stimme ermutigt. Sie stand auf. »Als ich noch ein kleines Mädchen war, wurde die mir vertraute Welt zerstört. Jetzt sehe ich eure Welt, und auch sie wurde vernichtet. Die Jahreszeiten bewirken diese Änderungen, sie haben euer Leben ebenso abrupt zerstört wie das meine.«

»Und was sollen wir deiner Meinung nach tun?« rief jemand. Sie erkannte Orleh, Joqs Vater. Er klang zornig. »Wo sollen wir hin? Gorag – der Fremde – hat uns erzählt, daß es beim Wolf-Stamm noch schlimmer steht. Sie haben nicht einmal genug zu essen.«

»Ja«, sagte Laena. »Und das heißt, daß sie früher oder später auf der Suche nach Nahrung hierher kommen werden. Die Legende von Orwael wird sie nicht ewig davon abhalten. Es wird Kämpfe und noch mehr Leid geben. Die Wolf-Jäger sind tapfere Krieger. Ich habe es selbst erlebt. Sie könnten uns mühelos alle töten.«

Sie legte eine Pause ein und sah, daß die Menschen unter der Last der Wahrheit in ihren Worten in sich zusammenfielen.

»Im Norden oder Westen gibt es kein Land für uns«,

fuhr sie ruhiger fort. »Wir müssen uns eine neue Heimat suchen. Wir müssen nach Süden ziehen.«

Diesmal folgten auf ihre Worte verblüffte Ausrufe.

»Hört zu«, sagte Laena und hob beide Hände, um für Ruhe zu sorgen. »Als ich am Fluß meine Eltern verlor, hatte ich eine starke Vision, die mich seither nicht mehr losgelassen hat. Ich habe ein menschenleeres Land gesehen, fruchtbar und sonnig. Ich habe meine Eltern dort in Frieden leben sehen. Ich sah blaues Wasser und blauen Himmel. Für mich steht zweifelsfrei fest, daß dieses Land existiert.

Ich habe mich schon einmal auf die Suche danach gemacht, aber damals war ich zu jung. Ich war nicht stark oder erfahren genug. Glücklicherweise begegnete ich Nan. Es schien, als wäre sie zu mir geschickt worden, um mir das nötige Rüstzeug zu geben, um meinem Traum zu folgen. Sie war eine strenge Lehrerin, aber auch eine sehr gute; und sie hat mich hierher geführt.«

Laena legte eine kurze Pause ein. Es fiel ihr schwer, von Nan zu sprechen, und ihre Trauer schnürte ihr die Kehle zu. Aber dann dachte sie daran, daß Nan in jeder Lebenslage Stärke ausgestrahlt hatte. Es war Laenas Pflicht, es ihr gleichzutun.

»Nan hat uns verlassen«, fuhr Laena fort. »Von diesem Moment an bin ich also auf mich allein gestellt. Ich habe seit meiner Ankunft in diesem Tal noch dreimal von dem Land im Süden geträumt. Jedesmal habe ich meine Träume verdrängt, aber jetzt kann ich sie nicht länger ignorieren. Diese Flut war das deutlichste aller Zeichen, daß es an der Zeit ist, daß ich meiner Bestimmung folge.«

Sie verstummte wieder und blickte von einem zum anderen. Sie starrten sie an, als hätte sie sie in Trance versetzt. Sie erkannte, daß sie ihr nur zu gern glauben würden. Sie gab ihnen Hoffnung in einer Zeit, da sie sonst kaum noch etwas besaßen.

»Ich möchte, daß ihr mit mir kommt«, fuhr sie mit sanfter Stimme fort. »Ihr alle. Ich bin der festen Überzeugung, daß ich euch aus dieser schrecklichen Zeit des Leids in eine Welt des Überflusses führen kann.« Sie überlegte, wie sie ihnen die Lebendigkeit dessen vermitteln sollte, was sie gesehen hatte. »Ich bin nicht nur ein Träumer; davon habt ihr euch selbst überzeugen können. Ich bin stark. Ich würde nicht in die Wildnis ziehen, wenn ich nicht sicher wäre, daß wir am Ende unserer Wanderung reich belohnt werden. Aber auch ihr müßt stark sein, um diese große Aufgabe zu bewältigen.«

Sie erkannte, daß das alles war, daß es nichts mehr hinzuzufügen gab. Sie setzte sich wieder. Um sie herum herrschte Totenstille. Laena hatte Angst, wenngleich sie ihr Bestes tat, sich nichts anmerken zu lassen. Noch nie hatte sie sich derart hervorgetan. Diesmal wagte sie nicht einmal Joq anzusehen.

Nach und nach begannen die Dorfbewohner sich zu beratschlagen. Das anfängliche Tuscheln schwoll zu lautem Stimmengewirr an. Laena neigte den Kopf und sah starr geradeaus, den Blicken der anderen ausweichend.

»Ruhe. Seid alle still!« Das war Faltor, der wieder aufgestanden war. Er hob beide Hände. »Laena.« Er wandte sich ihr zu, einen flehenden Ausdruck auf dem Gesicht. »Laena, wir können nicht von hier fort. Wir sind Fischer. Das hier ist unsere Heimat ...«

Seine Worte bestärkten sie nur in ihrer Entschlossenheit. Sie stand ebenfalls auf und bot ihm die Stirn. »So habe ich auch empfunden, als ich gezwungen war, meine eigene Heimat zu verlassen. Aber wenn ich dort geblieben wäre, hätte das meinen Tod bedeutet.« Sie musterte Faltor mit festem Blick. »Zweimal habe ich die Wahrheit gesprochen, und zweimal hast du dich geweigert, auf mich zu hören. Du wirst doch sicher nicht noch ein drittes Mal die Augen vor der Wahrheit verschließen.«

Wieder erhob sich um sie herum erregtes Stimmengemurmel. Einige der Ältesten waren sichtlich wütend, daß sie ihnen vorschreiben wollte, wo sie leben sollten. »Es wäre sowieso nicht möglich!« rief einer von ihnen. »Es gibt von hier aus keinen Weg nach Süden. Die Berge sind unüberwindbar, das weiß jeder.«

Laena hatte diesen Einwand erwartet und war nicht sicher, ihn widerlegen zu können, da sie selbst das Gebiet im Süden noch nicht erkundet hatte. Aber ehe sie etwas erwidern konnte, erhob sich ein Mann, in dem sie Benke erkannte. Er war es gewesen, der im vergangenen Jahr die Mammutherde im Blinden Tal entdeckt hatte. Und er hatte Einwände gegen Laenas Teilnahme an der Jagd erhoben. War er immer noch voreingenommen? Sie war sich nicht sicher. Sie hatte nur wenig mit ihm gesprochen, weil er ganz allgemein sehr schweigsam war. Er war ein stiller Mann, der viel allein herumzog. Die anderen Jäger respektierten ihn, weil er wohl mehr über das Umland des Tals wußte als jeder andere.

Nach und nach verstummten die Dorfbewohner, als sie erkannten, daß Benke etwas zu sagen hatte. Einer nach dem anderen wandte sich ihm zu und sah ihn an.

»Es stimmt«, sagte er, »daß die Berge den Weg nach Süden versperren.« Er nickte in Richtung der hohen Gipfel jenseits des Tales, das die Fischer als ihre Heimat bezeichneten. »Aber wenn man erst ein Stück nach Osten geht und sich dann erst nach Süden wendet …, also, ich denke, dann wäre es möglich.«

Einige murmelten Einwände.

»Ich will damit nicht sagen, daß ich es unbedingt für klug halte«, fuhr Benke mit erhobenen Händen fort. »Ich sage nur, daß es möglich wäre.«

Er setzte sich wieder, und die Dorfbewohner begannen zu diskutieren, jetzt noch heftiger als zuvor.

»Genug«, rief Faltor, diesmal mit einiger Autorität in der Stimme. Er wartete, bis der Lärm sich nach einiger Zeit gelegt hatte. »Diese Angelegenheit ist zu bedeutend, jetzt gleich zu entscheiden. Wir müssen darüber nachdenken, und wir alle brauchen etwas Erholung. Morgen, nachdem alle Gelegenheit hatten, die Sache durchzusprechen, können wir uns wieder hier versammeln und eine Entscheidung treffen.« Er wandte sich Laena zu. »Stimmst du mir zu?«

Sie war beinahe versucht zu widersprechen. Sie spürte,

daß, wenn die Dorfbewohner mehr Zeit zum Nachdenken hatten, sie dahin tendieren würden, von der Herausforderung Abstand zu nehmen.

Als sie jedoch in ihre Gesichter sah, erkannte sie, daß sie keine andere Wahl hatte. Sie waren im Augenblick zu verschreckt und verwirrt, eine Entscheidung dieser Tragweite zu fällen. Auch wenn sie sich jetzt ihrem Willen beugten, konnten sie es sich bis zum morgigen Tag wieder anders überlegt haben.

»Also gut«, sagte sie. »Kommen wir morgen wieder zusammen.«

»Gut.« Faltor schien erleichtert, daß der Augenblick der Entscheidung verschoben worden war. »Geht nach Hause. Sorgt füreinander, und kommt wieder zu Kräften.«

Die Dorfbewohner begannen, sich zu erheben. Laena wandte sich an Joq. Überrascht sah sie, daß er erschüttert aussah. »Ich hätte nie gedacht ...«, begann er. »Ich meine, ich hätte nie für möglich gehalten, daß du ...«

»Du warst es doch, der mir den Mut gegeben hat, zu ihnen zu sprechen«, bemerkte sie. »Du hast doch gesagt, daß sie einen neuen Anführer bräuchten. Das waren deine Worte.«

»Ja.« In seinen Augen lag ein sonderbarer Ausdruck. »Ja, ich weiß, aber ...«

»Und ich habe dir schon vor Jahren von meiner Vision erzählt. Als wir am Fluß gesessen haben, erinnerst du dich nicht?« Sie packte seine Arme und schüttelte ihn leicht.

»Natürlich erinnere ich mich.« Er hob die Hände. »Ich hatte nur nicht erwartet, daß du so ... kraftvoll sein würdest. Laena, du bist meine Frau! Das ist es, was ich in dir sehe, meine Gefährtin. Und nicht ...« Hilflos brach er ab.

Sie kamen nicht dazu, sich weiter zu unterhalten. Die Dorfbewohner drängten sich um Laena und baten sie, ihnen mehr über ihre Vision zu erzählen. Sie wollten mehr darüber wissen, wo dieses wunderbare Land sein könnte, wie sie es finden sollten, und sie hatten noch Dutzende anderer Fragen.

Laena war erschöpft und sehnte sich nach Ruhe und

Schlaf, aber sie erkannte, wie wichtig es war, sie zu überzeugen und ihre Vision für sie ebenso real zu machen, wie sie es für sie selbst war. Also brachten Joq und Moru Henik zurück zur Höhle, während Laena am Feuer zurückblieb und wiederholte, was sie bereits gesagt hatte, wobei sie sich bemühte, ihnen die Zuversicht zu vermitteln, die sie beinahe selbst empfand.

Später, nachdem sie ihr möglichstes getan hatte, die Dorfbewohner zu überzeugen, ihr zu vertrauen, machte sie sich auf die Suche nach Benke. Er lebte allein in einer der Höhlen. Er saß mit verschränkten Beinen hinten in seiner Höhle und ordnete einen Haufen Flintsteine. »Benke?« rief sie und spähte durch den Rauch des Feuers, das am Höhleneingang brannte. »Ich bin's, Laena. Darf ich dich einen Augenblick sprechen?«

»Ja«, entgegnete er sachlich, ohne auch nur aufzublicken.

Sie zögerte, schlüpfte dann am Feuer vorbei in die Höhle und setzte sich ihm gegenüber. Auf dem Boden war allerlei Kram verstreut – Werkzeug, rechteckige Lederstücke, Flintmesser, Speerschafte, Sehnen, Kleider, Holzspäne und einfache Zeichnungen, die in Birkenrinde geritzt waren. Sie fragte sich, wofür er sie brauchen mochte.

»Die Flut hat ein heilloses Chaos angerichtet«, sagte er, wobei er sie immer noch nicht ansah. »Ich versuche gerade, wieder Ordnung zu schaffen.«

»Ich verstehe«, entgegnete sie, wenngleich es ihrer Meinung nach vernünftiger gewesen wäre, den Großteil der Gegenstände, die er angehäuft hatte, einfach wegzuwerfen. »Entschuldige die Störung. Aber ... aber ich muß mehr wissen über das, was du vorhin gesagt hast. Über den Weg nach Süden. Keiner der anderen Jäger hat sich je so weit vom Tal entfernt wie du. Niemand sonst scheint meine Wanderung überhaupt für realisierbar zu halten.«

Er legte einen Feuerstein beiseite und musterte sie argwöhnisch. »Ich habe nicht gesagt, daß es möglich ist«, entgegnete er. »Ich habe lediglich gesagt, daß es einen Weg geben *könnte*. Die meisten von uns haben ein kurzes Gedächtnis, aber östlich von hier wird unser Fluß von einem anderen Wasserlauf gespeist, der aus den Bergen im Süden kommt. Manche nennen ihn den Geisterfluß. Wenn man diesem Strom folgen würde, würde er einem möglicherweise den Weg über die Berge weisen.«

Laena beugte sich vor, förmlich an seinen Lippen hängend. »Glaubst du wirklich?« fragte sie gespannt.

Sein Gesicht war halb im Schatten verborgen, so daß sie seinen Ausdruck kaum ausmachen konnte. »Es wäre möglich«, entgegnete er zurückhaltend.

Sie zögerte. »Würdest du selbst auf diese Wanderung mitkommen wollen?«

»Ich habe darüber nachgedacht.« Er bewegte den Kopf, so daß es schien, als würde er an ihr vorbeisehen. »Weißt du, ich hatte mal eine Gefährtin.«

Laena fragte sich, was das mit der Sache zu tun hatte. »Davon habe ich gehört«, sagte sie. »Deine Frau ist vor fünf Jahren bei einem Unfall ums Leben gekommen.«

»Wir waren nur ein paar Monate zusammen. Aber ich wollte mich nicht wieder vermählen. Darum bin ich ein Einzelgänger und Wanderer. Ich habe gelernt, für mich allein glücklich zu sein.«

Was versuchte er damit auszudrücken? Daß ihn nichts an das Dorf band oder davon abhielt, sie zu begleiten? Er tat, als würde er etwas Kostbares verschenken, wenn er frei heraus sprach und ihr eine konkrete Antwort gab. Vielleicht lag es daran, daß er ein stolzer Mann war und sie eine Frau, noch dazu jünger als er selbst. In diesem Fall wäre er vielleicht doch kein so großer Gewinn für sie. »Ich weiß nicht, wie du es empfinden würdest, mir als Anführerin der Gruppe zu folgen, wenn du dich entscheiden solltest, dich uns anzuschließen«, sagte Laena. »Es ist noch nicht lange her, daß du …«

Er nickte knapp. »Damals hatte sich noch keine Frau der Privilegien, die du fordertest, würdig erwiesen.« Er zuckte die Achseln. »Inzwischen hast du dich bewiesen. Du hast meinen Respekt.« Er schwieg eine Weile und rieb ein Stück Leder zwischen Daumen und Zeigefinger. »Aber ich frage mich, ob sich dir genug Leute anschließen werden. Und – die Vorstellung, dem Lauf des Geisterflusses zu folgen, könnten ihnen mißfallen. Außer mir ist noch niemand dort gewesen. Aber es gibt Legenden ...«

»Ich kenne die alten Geschichten.« Laena wurde langsam ungeduldig. Er sprach so langsam, als hätten sie alle Zeit der Welt, auf den Punkt zu kommen. Wenn das so weiterging, würde sie die ganze Nacht hier sitzen, ohne eine präzise Antwort auf ihre Fragen zu bekommen. »Das sind doch sicher nur Mythen«, fuhr sie fort. »Geschichten, die die Leute sich erzählen, um sich in den langen Wintermonaten die Zeit zu vertreiben.«

»Mag sein.« Er lehnte sich an die Rückwand der Höhle. »Als ich den Geisterfluß gesehen habe, hatte er jedenfalls nichts Ungewöhnliches an sich.«

Jetzt hatte er wieder Laenas volle Aufmerksamkeit. Gespannt beugte sie sich vor. »Bist du dem Fluß weit gefolgt?«

Er warf ihr einen mißtrauischen Blick zu und zögerte einen Moment, ehe er antwortete. »Dazu bestand keine Veranlassung«, brummte er schließlich.

»Aber es wäre möglich gewesen, wenn du es gewollt hättest?«

»Nun ... das Gelände ist schwierig. Man muß steile, gefährliche Felswände erklimmen.«

Vielleicht wollte er nicht zugeben, daß er umgekehrt war, weil der Weg zu beschwerlich gewesen war. Und doch hatte er nicht ausgeschlossen, daß es möglich war. Wenn es eine Gruppe von Menschen versuchte, die sich gegenseitig halfen und von einem starken Willen angetrieben wurden, konnte das ausreichen, jedes noch so schwierige Gelände zu bewältigen. »Als ich durch das Land des Wolf-Stammes gezogen bin«, sagte sie, »hat mir einer der Jäger erzählt, wie sie die steilen Berge dort besteigen. Sie benutzen lange, dünne, miteinander verknotete Riemen aus Mammutleder, die stark genug sind, das Gewicht eines Mannes zu tragen. Sie knoten die Leinen um Felsvorsprünge und ziehen sich daran hoch. Hast du so etwas schon einmal versucht?«

Benke häufte einige kleine Lederbeutel methodisch zu einem sauberen Stapel auf. »Nein, nie«, sagte er widerstrebend. Er war sehr stolz; es fiel ihm schwer zuzugeben, daß sie möglicherweise mehr wußte als er.

Laena war enttäuscht. Er war nicht wirklich ein Entdecker; er war nur ein Wanderer, der die Einsamkeit liebte, weil er den Tod seiner Frau nie verwunden hatte. Die Fischer waren größtenteils stark ortsgebunden. Ihr Tal und das nähere Umland lieferten ihnen alles, was sie brauchten, so daß sie keine Veranlassung sahen, weiter in die Ferne zu schweifen. Verglichen mit ihnen war Benke ein Abenteurer, weshalb er bei ihnen auch so hohes Ansehen genoß.

Laena sagte sich, daß dieses Ansehen nützlich sein könnte, falls Benke sie unterstützte. »Weißt du, die Zukunft des Stammes könnte gefährdet sein, wenn alle hierbleiben und wir nicht versuchen, irgendwo anders neu anzufangen«, sagte sie, den Blick unverwandt auf sein Gesicht gerichtet.

Er erwiderte ihren Blick und nickte ernst. »Das könnte stimmen.«

»Auch wenn du dich entschließen solltest, selbst nicht mitzukommen«, fuhr sie fort, »könntest du jenen, die dich fragen, sagen, daß mein Plan Aussicht auf Erfolg hat? Ich weiß, daß sie deine Meinung respektieren werden.«

Er dachte gründlich darüber nach. »Ich schätze, es wäre meine Pflicht dem Stamm gegenüber, das zu bestätigen. Aber wenn sie Genaueres über das Wie wissen wollen, sollte ich den Geisterfluß besser nicht erwähnen. Ich sollte bei dem bleiben, was ich bei der Versammlung gesagt habe, daß es besser ist, erst nach Osten zu gehen und sich dann nach Süden zu wenden.«

»Gut«, sagte sie. »Ich danke dir.« Impulsiv streckte sie den Arm aus, um seine Hand zu drücken.

Er zuckte vor dem körperlichen Kontakt zurück. »Es freut mich, wenn ich dir bei deinem Vorhaben helfen kann«, sagte er steif und förmlich. »Aber jetzt würde ich mich gern wieder der Aufgabe widmen, hier Ordnung zu schaffen, Laena.«

Also gut, dachte sie, *bleib hier in deiner Höhle und versteck dich vor der Welt*. »Entschuldige die Störung, Benke«, entgegnete sie ebenso förmlich. »Und nochmals danke für deinen weisen Rat.«

Als sie ihn verließ, hatte sie neues Vertrauen in ihren eigenen Plan gefaßt. Während sie mit Benke gesprochen hatte, war ihr etwas eingefallen: Die Fischer benutzten Riemen aus Mammuthaut, um die schweren Stützbalken ihrer Hütten zusammenzubinden. Nach der Verwüstung, die die Flut angerichtet hatte, dürfte es nicht schwer sein, die Seile aus den zerstörten Behausungen einzusammeln.

Viel später, als es bereits fast dunkel war, kehrte Laena zu ihrer Höhle zurück, wo Moru gerade Henik versorgte und Joq auf seiner Flöte spielte. Laena gönnte sich eine Pause und lauschte der Musik. Sie hatte eine beruhigende Wirkung auf sie, und plötzlich war sie froh, ihn und ihre Schwester zu haben, zu denen sie heimkehren konnte.

Aber dann entdeckte Joq sie und warf das kleine Stück Schilfrohr abrupt fort. »Ich kümmere mich jetzt um Henik«, sagte er.

»Nein, spiel weiter«, bat Laena. »Es war wunderschön.«

Er schüttelte den Kopf. Etwas war sonderbar an der Art, wie er ihrem Blick auswich. »Moru möchte mit dir sprechen«, sagte er. Er nahm Henik auf den Arm und zog sich tiefer in die Höhle zurück, um Laena und ihre Schwester am Feuer allein zu lassen.

Eine Weile musterten sie einander schweigend. Laena hatte ein ungutes Gefühl, wenngleich sie nicht sagen konnte, was genau sie fürchtete. Sie wartete und spielte nervös mit dem Saum ihrer Felle.

»Ich hätte wissen müssen, daß du deinen Traum nie wirklich aufgegeben hast«, sagte Moru schließlich. Sie schüttelte den Kopf, zuckte jedoch gleich darauf zusammen und legte eine Hand an die Schläfe, die sie sich bei der Flut gestoßen hatte. »Du bist stark, Laena«, fuhr sie fort, so leise, daß Laena sie über das Zischen des Feuers hinweg kaum verstehen konnte. »Stärker als ich.« Moru blickte durch den Höhleneingang hinaus auf das zerstörte Dorf. »Ich wäre niemals fähig gewesen, allen zu helfen, so wie du heute. Ich hätte niemals gewußt, was zu tun ist.«

»Du warst verletzt«, bemerkte Laena.

Moru hob abwehrend eine Hand. »Das ist nicht der Punkt.« Sie schwieg eine Weile und suchte nach etwas tief in ihrem Inneren. »Was ich damit sagen will, ist ... Wenn du die große Wanderung antrittst und deinem Traum folgst, Laena ..., werde ich wohl nicht in der Lage sein, dich zu begleiten.«

Laena blinzelte und fühlte, wie sich eine große Leere in ihr auftat. »Moru ...«

»Es tut mir leid«, sagte sie rasch. »Ich bin dem einfach nicht gewachsen. Wir wissen ja nicht einmal, ob es überhaupt möglich ist, Laena. Die Berge sind so hoch, daß sie noch nie jemand bestiegen hat. Niemand! Und du hast keinerlei Erfahrung ...«

»Benke meint, es könnte einen Weg geben«, erwiderte Laena in ruhigem, vernünftigem Tonfall.

»Nein.« Moru schüttelte nachdrücklich den Kopf. »Nein, ich habe mich entschieden. Du bist meine Schwester, und du hast mir immer geholfen und für mich gesorgt. Ich liebe dich von ganzem Herzen, und ich glaube an dich. Aber ich könnte es nicht ertragen, wieder entwurzelt zu werden.«

Es klang tatsächlich, als meinte sie es ernst. Laena fühlte eine Welle der Trauer in sich aufsteigen, die jedoch gleich darauf von kalter Resignation ersetzt wurde. Sie hatte ihren Stamm und ihre Eltern verloren, Elbrau und Nan. Wenn sie jetzt auch noch ihre Schwester verlieren sollte, würde ihr das zwar sehr weh tun, aber sie hatte die anderen Verluste überlebt und würde auch diesen überstehen.

Dennoch mußte sie erst ganz sicher sein, daß sie nichts tun konnte, ihre Schwester umzustimmen. Sie nahm Morus Hand. »Denk an all das, was wir, du und ich, in der Vergangenheit durchgemacht haben. Du bist sehr tapfer gewesen, obwohl du noch viel jünger warst. Wenn du etwas von meiner Kraft brauchst, teile ich sie gerne mit dir.« Sie drückte ihre Hand fester. »Komm schon, Moru. Ich weiß, daß du es schaffen kannst. Kann ich dich wirklich nicht umstimmen?«

Moru brach in Tränen aus. »Laena, Laena, warum gelingt es mir denn nie, *dich* umzustimmen?«

Laena zog ihre Hand zurück. Das war es also: Moru wollte sie von ihrem Vorhaben abbringen. »Ich habe euch meine Gründe genannt«, sagte Laena beinahe schroff. »Es sind gute Gründe. Das weißt du. Wir sind hier nicht mehr sicher, und jenseits der Berge erwartet uns eine neue, bessere Heimat.«

Moru ließ sich an die Felswand sinken und schloß die Augen. »Das weißt du nicht sicher. Du behauptest zwar, daß du es wüßtest, aber das stimmt nicht. Niemand hat je die Berge überquert. Nicht einmal die stärksten Jäger. Bedeutet das denn gar nichts?«

»Meine Visionen waren immer zutreffend«, entgegnete Laena schlicht.

Moru schmollte jetzt, und Laena wurde bewußt, wie jung sie noch war; so jung, daß sie sich im Grunde offensichtlich wünschte, daß Laena bei ihr blieb und für sie sorgte.

Plötzlich sammelte sich Moru und richtete sich wieder auf. »Ich kann einfach nicht!« sagte sie. »Ich kann nicht fort. Das hier ist mein Zuhause. Hier gehöre ich hin, und hier werde ich auch bleiben.«

Laena seufzte. »Wie du willst«, sagte sie leise.

Moru starrte sie an, als traue sie ihren Ohren nicht. »Heißt das, du verläßt mich einfach?«

»Ich habe dir erklärt, warum ich gehen muß«, sagte Laena.

Moru schluchzte auf. Sie wandte sich ab und rollte sich in ihren Fellen auf dem Boden zusammen.

Laena fragte sich, ob sie zu ihr gehen und versuchen sollte, sie zu trösten. Aber dann entschied sie sich dagegen. Dazu war es zu spät.

Sie nahm eine Bewegung wahr und sah, daß Joq aus dem hinteren Teil der Höhle kam. Schweigend setzte er sich zu ihr ans Feuer.

»Schläft Henik?« fragte Laena.

Joq nickte.

Sie versuchte, in seinem Gesicht zu lesen, aber sein Ausdruck war unergründlich. Er war ihr Mann, und sie wollte fest daran glauben, daß sie auf ihn zählen konnte, ohne ihn nach seiner Meinung fragen zu müssen, aber plötzlich war sie sich da nicht mehr so sicher. Sie nahm ihren ganzen Mut zusammen, um ihm die entscheidende Frage zu stellen und sich zu wappnen, für den Fall, daß er ablehnte.

»Nun, mein Mann?« begann sie schließlich. »Du hast doch sicher gehört, was Moru mir eröffnet hat. Was ist mit dir? Wie hast du dich entschieden?«

Er legte einen Arm um sie und zog sie an sich. »Ich habe dir vor langer Zeit einmal gesagt, daß ich nie wieder ohne dich sein will. Ich muß gestehen, daß ich deinen Glauben an deine Vision nicht teile, Laena. Aber wenn du fest entschlossen bist, dein Vorhaben durchzusetzen, weiß ich, daß ich dich nicht umstimmen kann.« Ein leises, trauriges Lächeln umspielte seine Lippen. »Ich werde bei dir bleiben und tun, was in meiner Macht steht.«

Erst jetzt wurde Laena bewußt, wie groß ihre innere Anspannung gewesen war. Sie hatte sich innerlich gestählt, sich gezwungen, stark zu sein – so stark, wie Nan es gewesen war und davor ihre Mutter.

Jetzt brach der Damm, und sie begann zu weinen. Sie klammert sich an Joq, vergrub das Gesicht an seiner Brust, schob die Arme unter seine Felle und drückte ihn mit aller Kraft. »Ich danke dir«, schluchzte sie. »Ich hatte solche Angst, daß du nicht mit mir kommen würdest. Danke.«

Er legte beide Hände um ihr Gesicht, hob ihren Kopf und küßte sie. »Du brauchst mir nicht zu danken. Ich glaube, du hast recht damit, daß wir hier im Tal nicht mehr sicher sind. Und ich wüßte sonst niemanden, der den Mut hätte, unseren Stamm in eine neue Heimat zu führen.« Er küßte sie erneut, und seine Hände schlossen sich fest um ihre Schultern. »Ich wünschte, all das wäre nicht passiert, aber es läßt sich nun mal nicht ändern, und wir müssen uns der Realität stellen und handeln. Vielleicht ist dein Vorhaben nicht das Richtige, aber vielleicht ist es auch unsere einzige Chance. Jedenfalls hat niemand einen anderen Vorschlag machen können.«

Seine Worte wärmten ihr das Herz, um so mehr, als er nur selten so offen sprach. Sie war ihm dankbar, und doch fragte sie sich, was sie getan hätte, wenn er sich geweigert hätte, sie zu begleiten. Sie brauchte ihn, schätzte ihn und liebte ihn aufrichtig. Aber hätte sie für Joq ihre Vision geopfert? Oder hätte sie Joq für ihre Vision geopfert?

Sie schob den Gedanken beiseite, weil sie tief in ihrem Inneren die Antwort kannte: Sie war hier glücklich gewesen, aber nur, indem sie sich vom Mittelpunkt ihrer selbst abgewandt hatte, von der tiefsten Wahrheit ihres Seins. Und das war nicht länger möglich. In dem Augenblick, da sie dem Stamm ihre Gefühle mitgeteilt hatte, hatte sie unmißverständlich gespürt, wie richtig ihr Vorhaben war, daß es ihre Bestimmung war.

Und nicht einmal Joq konnte sie jetzt noch umstimmen.

Kapitel 40

Wieder saß Laena am Feuer auf dem Versammlungsplatz. Ein neuer Tag brach an, und einer nach dem anderen fanden sich die Dorfbewohner dort ein.

Sie dachte an die Jahre, die sie bei den Fischern verbracht hatte, erst als Waise auf der Suche nach Nahrung, einem Dach über dem Kopf und etwas Zuneigung, dann als Mitglied des Stammes und schließlich als Kämpferin, Seherin und Anführerin. Nie hätte sie so etwas für möglich gehalten. Und doch schien sie rückblickend zu erkennen, wie unaufhaltsam sie zu diesem Augenblick und an diesem Ort gestrebt war. Für sie gab es nicht mehr den geringsten Zweifel: Irgend jemand oder irgend etwas hatte gewollt, daß sie jetzt in diesem Augenblick hier war und das tat, was sie tat. Die einzige Frage war jetzt, ob die Fischer den Mut aufbringen würden, die Herausforderung anzunehmen, die sie an sie gestellt hatte.

Sie und Joq saßen dicht beieinander, der kleine Henik zwischen ihnen. Moru saß ganz in der Nähe, schwieg jedoch, und Laena wußte, daß es zwecklos wäre, mit ihr zu reden. Also wartete sie, um Ruhe und Geduld bemüht, während die Dorfbewohner aus ihren Hütten kamen, um sich zu wärmen und zusammenzusetzen wie schon so oft in der Vergangenheit.

Laena begrüßte jeden einzelnen bei seinem Eintreffen. Einige kamen herüber, drückten ihr die Hand und dankten ihr für alles, was sie am Vortag getan hatte. Andere schienen verlegen, als wüßten sie nicht, was sie sagen sollten. Wieder anderen widerstrebte es offenbar, mit ihr zu sprechen. Aber alle erkannten sie unzweifelhaft als die bedeutendste Person in ihrer Mitte an, das verrieten ihre Blicke und der respektvolle Ausdruck auf ihren Gesichtern deutlich.

Aber keiner von ihnen sagte auch nur ein Wort zu der großen Wanderung, die sie ihnen nahegelegt hatte. Die Versammlung würde darüber entscheiden, und so schoben sie, was sie zu sagen hatten, bis zum Beginn der Versammlung auf.

Laenas innere Anspannung wurde immer unerträglicher. Es brannte ihr auf der Zunge, einige von ihnen zu fragen, wie sie sich entschieden hatten, aber sie wagte nicht, sie darauf anzusprechen. Wenn es den Anschein hatte, als würde sie um ihre Unterstützung betteln, würde das ihre Position als Anführerin schwächen. Sie mußte Ruhe und Stärke ausstrahlen, als wäre ihr gleichgültig, wie sie sich entschieden.

Sie sah Faltor die Trümmer seiner Hütte verlassen. Sein Entschluß interessierte sie ganz besonders. Seine Haltung würde diktieren, wie er diese Versammlung leitete und wie die große Entscheidung ausfallen würde. In der Vergangenheit hatte er sich stets bemüht, den Willen seines Volkes zu ergründen und sich danach zu richten. Würde er jetzt anders handeln? Und was, wenn die Hälfte der Dorfbewohner hierbleiben wollten, während die anderen entschlossen waren, Laena zu folgen?

Aber es war zwecklos, sich darüber den Kopf zu zerbrechen. Faltor würde tun, wozu er sich entschieden hatte. Jetzt war es zu spät, ihn noch beeinflussen zu wollen.

Sehr langsam und müde näherte er sich dem Versammlungsplatz. Und doch blieb er kurz bei Laena stehen, lächelte auf sie herab und legte ihr die Hand auf die Schulter, ehe er sich den anderen zuwandte und mit erhobenen Händen um Ruhe bat.

»Vergangene Nacht«, sagte er, »hatten wir alle Zeit, über Laenas Vorschlag nachzudenken. Ich weiß, daß einige sich dafür und andere dagegen ausgesprochen haben, daß Männer für die große Wanderung plädiert haben, während ihre Frauen es für klüger hielten, zu bleiben und das Dorf so gut als möglich wiederaufzubauen.«

Er schwieg lange. Er wirkte etwas stärker als am Vortag, und seine Stimme klang fester. Er hatte eine klare Vorstellung davon, was getan werden sollte.

»Mein Volk«, fuhr er fort. »Ich selbst habe lange und gründlich nachgedacht. Einerseits muß ich Laena recht geben: Unser Tal wird nie wieder so sicher sein, wie es war, und unser Dorf ist verwüstet. Auch habe ich gelernt, auf Laenas Gespür, ihren Mut und ja, auch ihre Visionen zu vertrauen.«

Wieder legte er eine Pause ein, und es schien, als würde ihn die Kraft wieder verlassen. Laena rief sich ins Gedächtnis, daß er nicht nur Nan, sondern darüber hinaus seinen Sohn, die Frau seines Sohnes und seinen Enkel verloren hatte. Sie blickte auf die Gesichter um das Feuer und sah, daß Faltor ihr Mitgefühl hatte.

»Das Problem ist«, fuhr Faltor fort, »daß ich ein Fischer bin. Meine Familie hat immer hier gelebt. Ich habe immer hier gelebt. Ich fürchte, ich bin zu alt für einen Neuanfang.«

Laena verspürte einen Stich. Nach allem, was geschehen war, konnte er seinem Volk doch sicher nicht raten, ihr zu mißtrauen? Er konnte sich doch nicht ein drittes Mal gegen sie wenden.

Er wandte sich ihr zu und breitete die Hände vor sich aus. »Es tut mir leid, Laena«, sagte er. »Ich kann dich nicht auf deiner Wanderung begleiten.«

Laena fühlte, wie Joq sich versteifte. Rasch legte sie ihm eine Hand auf den Arm, um ihn daran zu hindern, etwas zu sagen. Sie zwang sich selbst, zu schweigen und sich nicht anmerken zu lassen, was in ihr vorging. Noch nicht; nicht, ehe sie sicher war, daß Faltor alles gesagt hatte, was er sagen wollte.

Einige der Dorfbewohner begannen unbehaglich miteinander zu tuscheln. Andere schienen erleichtert. Faltor schenkte ihnen jedoch keine Beachtung. Er ging langsam um das Feuer herum, bis er zu der Frau gelangte, die seine Enkelin Urami auf dem Schoß hielt. Faltor blieb stehen und nahm das kleine Mädchen auf den Arm.

Ein junger Mann erhob sich. Laena sah, daß es Orban war, hitzköpfig und ungeduldig wie immer. »Was schlägst du denn vor, was wir tun sollen?« fragte er mit lauter, aber bebender Stimme. »Du sagst selbst, daß wir hier nicht mehr sicher sind, und trotzdem …«

Faltor straffte die Schultern und funkelte Orban wütend an. »Still!« herrschte er ihn an.

Orban verstummte. Er blickte sich unbehaglich um und setzte sich dann wieder, hochrot im Gesicht.

Faltor nickte. »Wenn du so ungeduldig bist«, sagte er, »werde ich euch sagen, was ich beschlossen habe.« Langsam ging er zurück zu Laena. Dort blieb er stehen, Urami noch auf dem Arm. Das kleine Mädchen wand sich in seinen Armen und gab leise Protestlaute von sich.

»Ich habe bis auf dieses kleine Mädchen meine gesamte Familie verloren«, sagte Faltor. »Urami wurde durch ein Wunder vor dem Ertrinken bewahrt, und ich habe mich gefragt, aus welchem Grund. Ich glaube, die Antwort lautet, daß sie für einen Neuanfang bestimmt ist. Laena, ich möchte, daß du Urami als deine Tochter annimmst und sie auf deine Wanderung in die neue Heimat mitnimmst. Laß sie meinen Platz einnehmen als Gesandte des Fischer-Stammes. Lehre sie deinen Mut, das zu tun, was andere zu alt oder zu ängstlich sind zu tun.«

Er beugte sich vor und hielt Laena seine Enkelin hin.

Laena fühlte sich wie betäubt, als er ihr das kleine Mädchen auf den Schoß setzte. Das war das letzte, was sie erwartet hätte. Sie war überwältigt.

Dann stieg Furcht in ihr auf, als ihr aufging, was das bedeutete. Der Marsch würde mit Henik schon schwierig genug werden; ein zweites Kleinkind könnte ihre Kräfte übersteigen. Urami und Henik waren noch nicht entwöhnt. Laena wußte aus eigener Erfahrung aus der Zeit der Wanderungen mit dem Panther-Stamm, wie anfällig kleine Kinder waren und welche Last sie darstellten.

Gleichzeitig wußte sie aber auch, daß sie Faltors Geste nicht zurückweisen konnte. Er brachte ein großes Opfer, ehrte sie und half ihr darüber hinaus, indem er es anderen Angehörigen des Stammes erleichterte, sich ihr anzuschließen, auch wenn ihre Familien dagegen waren. Wenn Faltor gewillt war, sich von seiner eigenen Enkelin zu trennen, warum sollten andere es nicht ebenso handhaben?

Laena schloß Urami in die Arme und erhob sich. Das kleine Mädchen war etwas älter und schwerer als Henik und sehr lebhaft. Es zappelte und strampelte, und als Laena auf es herablächelte, lächelte Urami zurück.

»Ich fühle mich tief geehrt«, sagte Laena zu Faltor. »Ich werde deine Enkelin hüten, als wäre sie meine eigene Tochter. Ich werde für sie sorgen, sie beschützen und alles in meiner Macht Stehende tun, sie in die neue Heimat aus meinen Träumen zu bringen, in der sie ein unbeschwertes, glückliches Leben führen wird.«

Faltor strich dem kleinen Mädchen mit einer Hand über das lockige schwarze Haar. »Erzähl ihr vom Volk der Fischer, wenn sie älter wird. Erzähl ihr von unserem Stamm, von Orwael und diesem Dorf im Tal.«

Laena nickte feierlich. »Ich verspreche es.« Dann setzte sie sich wieder, Urami an ihre Brust gedrückt.

»Gut.« Faltor wandte sich um und ließ den Blick über seinen Stamm schweifen. Langsam rieb er die Hände aneinander. »In dieser Sache muß jeder für sich selbst entscheiden, so wie ich es getan habe. Jeder von euch kann hier bei mir bleiben und das Dorf wiederaufbauen, so gut es geht, oder mit Laena gehen und sich auf die Suche nach einer sonnigeren, sichereren Welt begeben. Aber ihr müßt euch jetzt entscheiden. Wir dürfen keine Zeit verlieren.« Er sprach jetzt emotionslos, beinahe schroff. »Jene, die sich auf Wanderung begeben, müssen diese innerhalb der Sommermonate abschließen. Werden sie unterwegs vom Winter eingeholt, bedeutet das ihren sicheren Tod.« Langsam drehte er sich um die eigene Achse und musterte jeden einzelnen der Überlebenden. »Nun: Wer tritt vor? Wer schließt sich Laena an?«

Wieder fühlte Laena, wie sie sich innerlich versteifte. Diesmal wuchs sich ihre innere Anspannung zu einem Krampf aus, der ihre sämtlichen Muskeln befiel. Sie sah bewußt starr geradeaus, jeden Blickkontakt vermeidend. Sie wartete. Und wartete.

Faltor trat unruhig von einem Fuß auf den anderen. »Joq. Wirst du deine Frau begleiten?«

Joq nickte. »Das werde ich«, entgegnete er mit schlichter, ruhiger Überzeugung.

»Wer noch?« Faltors Stimme klang jetzt fordernder. »Hat sonst niemand den Mut, einen Neuanfang zu wagen?«

Orban erhob sich. »Ich werde mit ihnen gehen«, sagte er.

»Nein!« Seine Mutter krallte eine Hand in seinen Ärmel. Sie hatte bei der Flut ihren Mann verloren, und außer Orban hatte sie keine Verwandten mehr. »Ich habe es dir verboten!«

Orban funkelte sie böse an. »Er hat gesagt, daß jeder von uns für sich selbst entscheiden soll! Ich bin alt genug. Ich kann frei wählen!« Er riß sich los, ging zügig um das Feuer herum und stellte sich zu Laena. Er verschränkte die Arme über der Brust und ignorierte seine Mutter, die die Arme um ihren Leib schlang und sich weinend vor und zurück wiegte.

Unruhe entstand, und Stimmen wurden laut, als Ehemänner ihre Frauen drängten mitzukommen und Mütter ihre Söhne anflehten zu bleiben. Mehrere standen auf und traten vor. Laena sah, daß Benke unter ihnen war. Es passiert, sagte sie sich, und ihr wurde ganz schwach vor Erleichterung. Es passiert wirklich!

Aber noch herrschte keine völlige Klarheit. Noch protestierten Stimmen laut, und Tränen wurden vergossen. Streit und Klagen schwollen zu einer Welle an, die so gewaltig erschien wie die Flut vom Vortag. Sie brach über ihnen zusammen und wühlte alle auf, und Laena mußte sich zwingen, geduldig abzuwarten. Die kleine Urami begann zu wimmern, und Laena drückte das kleine Mädchen an sich, redete ihm gut zu und versuchte, es vor dem Lärm abzuschirmen.

Schließlich, als das große Feuer auf die Hälfte seiner ursprünglichen Größe heruntergebrannt war, hatten die Streitigkeiten ein Ende. Faltor hatte ebenso geduldig abgewartet wie Laena. Jetzt erhob er sich wieder und bat um Ruhe. »Es wurde entschieden«, sagte er. »Wir alle haben es gesehen, und so sei es.« Er schwieg eine Weile und betrachtete jene, die sich um Laena und Joq versammelt hatten.

Nur wenige hatten den Schritt gewagt und waren dem Flehen und Betteln ihrer Familien zum Trotz ihrem Entschluß treu geblieben. Es waren nur drei Männer und drei Frauen, mehr nicht.

Orban, der hitzige, ehrgeizige junge Jäger. Er konnte stur sein, was eine Gefahr darstellte, aber seine Loyalität Laena gegenüber stand außer Frage.

Jinkil, der sie während der Schwierigkeiten mit Gorag bewacht hatte. Er war etwas schwerfällig, aber umsichtig und stark, und auch er war einem Führer treu ergeben.

Der dritte unter den Männern war Benke, den Laena noch nicht recht einzuschätzen wußte. Er verfügte über ein Wissen, das ihnen nützlich sein konnte, und er konnte helfen, den anderen Mut zu machen – aber sie wußte nicht recht, inwieweit sie sich auf ihn verlassen konnte.

Und dann waren da die drei Frauen.

Perri, die zusammen mit Laena an der Vermählungszeremonie teilgenommen und Jinkil gewählt hatte. Sie war scheu, und Laena wußte, daß sie nur mitkam, weil ihr Mann es ihr befohlen hatte.

Die Zweite im Bunde war Newa, die bei der Flut Mann und Kinder verloren hatte. Im Tal hielt sie nichts mehr, und sie brauchte die Hoffnung auf eine Heimat, in der sie noch einmal von vorn anfangen konnte. Hinzu kam, daß sie glücklicherweise noch Milch hatte, da ihr jüngster Sohn noch sehr klein gewesen war. Es würde eine große Hilfe sein, wenn sie sich bereit erklärte, Urami zu stillen.

Und schließlich war da noch Fayna. Sie hatte ihren Bruder verloren, aber ihre Eltern hatten die Katastrophe überlebt. Sie hatten sie angefleht zu bleiben, aber sie hatte denselben rebellischen Geist an den Tag gelegt wie früher Joq seinen Eltern gegenüber. Sie galt seit einem Jahr als erwachsene Frau, hatte sich jedoch geweigert, sich einen Mann zu nehmen. Sie hatte auf einen jungen Jäger namens Pelor gewartet, den sie in diesem Jahr hatte wählen wollen, aber jetzt, da er tot war, hielt sie nichts mehr im Tal. Und so war auch sie bereit, die Wanderung ins Unbekannte zu wagen.

Laena betrachtete sie alle und sagte sich, daß sie zwar wenige waren, sie aber auf keine besseren Gefährten hätte hoffen können. Sie waren alle stark und noch recht jung. Benke war der älteste, aber sie schätzte, daß auch er höchstens fünf Jahre älter war als sie selbst.

»Es ist keine Zeit, es sich noch anders zu überlegen«, sagte Faltor. »Es wird keine Diskussionen und kein Bitten und Betteln mehr geben.« Er bedachte die Älteren mit einem strengen Blick. »Die Entscheidungen, die hier getroffen wurden, sind unwiderruflich. Wir alle waren Zeugen, und so sei es.«

Er wandte sich Laena zu. »Wir geben euch unsere besten Felle und Speere und überlassen euch alle Vorräte, die wir entbehren können. Ich möchte, daß ihr gleich morgen früh aufbrecht.«

Unter jenen, die zurückbleiben würden, erhob sich Protest.

»Nein«, sagte Faltor bestimmt. »Es muß schnell gehen, wenn es überhaupt geschehen soll.«

Es war also entschieden. Laena erhob sich. »Ich danke dir«, sagte sie, an Faltor gewandt. »Ich danke dir für deine Weisheit und für dein Vertrauen. Wir werden dich nie vergessen.«

Die Dorfbewohner jubelten, wenn auch etwas halbherzig. Viele der Anwesenden waren noch zornig oder traurig, daß ihre Familien nach den Verlusten, die die Flut sie gekostet hatte, erneut auseinandergerissen werden sollten.

»Ich habe für dich getan, was ich konnte, Laena«, entgegnete Faltor so leise, daß nur sie ihn hören konnte. »Ich hoffe, du erkennst mein Handeln als Wiedergutmachung für meine Verfehlungen in der Vergangenheit an.«

»Natürlich«, entgegnete sie voller Dankbarkeit zu diesem gütigen, sanften Mann. Sie konnte ihm nicht mehr böse sein wegen der Gelegenheiten, bei denen er sich geweigert hatte, auf sie zu hören und zu handeln. Er war seinem Gewissen gefolgt und hatte sein Bestes gegeben. Was konnte man mehr verlangen?

Sie wandte sich den sechs jungen Männern und Frauen zu, die sich für sie entschieden hatten. »Es gibt viel zu tun«, sagte sie. »Benke, wir werden dich als Führer auf den dir bekannten Pfaden brauchen. Außerdem müssen wir so viele Vorräte einpacken, wie wir tragen können. Und wir müssen so viel als möglich von den Heilmitteln aus Nans Hütte retten.«

Sie nickten alle zustimmend. Laena spürte, daß sie von allen mit seltsamer Eindringlichkeit gemustert wurde. Sie erkannte, daß sie sich ganz auf sie verließen. Sie setzten ihr ganzes Vertrauen in sie.

War sie dessen würdig? Selbstzweifel nagten an ihr. Der Marsch, der vor ihnen lag, würde ihre Geschicklichkeit und ihr Durchhaltevermögen auf eine harte Probe stellen. Sie würden nur zu acht sein, die Last zu tragen, füreinander zu sorgen und die Kinder zu schützen. Vielleicht würde jemand zu Schaden kommen oder sogar bei der Überquerung der Berge sterben. Würden sie jemanden zurücklassen müssen, so wie Gorag einst Jobias Mutter Heese hatte zurücklassen wollen? Und wie sollte Laena damit fertig werden, wenn einer von ihnen starb, weil er sich ihr vertrauensvoll angeschlossen hatte? Was, wenn Joq oder sogar Henik etwas zustieß?

Aber dann dachte sie an die andere Möglichkeit. Wenn sie und ihre Anhänger hier im Tal blieben, würden sie langfristig ein weit größeres Risiko eingehen. Sie wären niemals in der Lage, sich gegen den Wolf-Stamm oder die Naturgewalten zu wehren. Laena glaubte aus tiefster Seele, daß sie letztendlich alle sterben würden.

Und so hatte sie im Grunde keine andere Wahl.

Faltor unterstützte Laena, wo er nur konnte. Er schritt durch das Dorf und gab Anweisungen, brachte die Menschen auf Trab und hielt sie alle in Bewegung, so daß sie keine Zeit hatten für Klagen und Streitigkeiten. Laena war ihm unendlich dankbar, da sie mit eigenen Problemen fertig werden mußte.

»Bitte, bitte gib dein verrücktes Vorhaben auf!« klagte Weeps, als Laena begann, ihre Sachen zu packen.

»Ihr könntet mitkommen«, entgegnete sie, bemüht, ruhig und gelassen zu bleiben.

Die alte Frau begann zu weinen. »Ich würde sterben!« jammerte sie. »Ich weiß, daß ich dabei sterben würde!«

Sie saß am Eingang von Laenas Höhle, so daß nur noch wenig Licht hereinfiel und Laena kaum noch etwas sehen konnte. »Hör zu«, sagte Laena geduldig. »Ich habe meine Gründe zu gehen. Wenn Joq euch wirklich etwas bedeutet, solltet ihr euch freuen, daß er die Chance bekommt, in einem neuen Land ein neues Leben anzufangen.«

»Er wird sterben!« heulte Weeps und brach in hysterisches Schluchzen aus. »Orleh, Orleh, komm her und sag du es ihr. Sag ihr, daß es falsch ist, was sie tut.«

Aber Orleh war bereits damit beschäftigt, in seiner eigenen Höhle Joq anzuschreien. Laena konnte ihn hören. »Ich verliere nicht nur meinen einzigen Sohn, sondern darüber hinaus meinen einzigen Enkel!«

Und so ging es weiter.

Andere Familien im Dorf stritten ebenso erbittert, während der Nachmittag langsam in den Abend überging. Zweimal mußte Laena ihre eigenen Reisevorbereitungen unterbrechen und alle Mitglieder ihrer Gruppe aufsuchen, um ihnen Mut zuzusprechen, damit sie an ihrem Entschluß festhielten.

»Ich fürchte, ich verbrauche schon meine ganze Kraft, noch bevor es überhaupt losgeht«, gestand sie Faltor, als die Dämmerung sich über das Tal senkte und nur noch die höchsten Gipfel orangefarben leuchteten.

Faltor spielte mit seiner kleinen Enkelin, schaukelte sie auf den Knien und lächelte wehmütig, als sie versuchte, ein Stück Baumrinde zu greifen, das er an einem Lederriemen vor ihr baumeln ließ. »Es ist manchmal schwer, für andere stark zu sein«, sagte er.

Seine Worte waren wie eine sanfte Zurechtweisung. Erst jetzt erkannte sie, was er in der Vergangenheit hatte durchstehen müssen, und wünschte, sie hätte nicht so hart über ihn geurteilt.

Er drückte Urami mit einem Arm an sich und tätschelte mit der freien Hand Laenas Schulter. »Vergiß nicht. Wenn du Strenge walten läßt, wird man dich respektieren, aber wenn du gütig bist, wirst du geliebt, und das ist unendlich viel mehr wert. Und wenn du weise bist, werden sie dir folgen, und das ist das Wichtigste überhaupt.«

Das klang eigentlich recht simpel – vielleicht zu simpel. Aber als sie darüber nachdachte, erkannte sie, daß es stimmte. »Danke«, sagte sie. »Danke für alles, was du für mich getan hast.«

Er neigte den Kopf. »Ich wünschte, dies wären glücklichere Zeiten«, murmelte er und wandte sich dann wieder dem kleinen Mädchen in seinen Armen zu.

Moru war Laena den ganzen Tag über weitestgehend aus dem Weg gegangen. Sie hatte sich an die Stelle zurückgezogen, wo Joq einst stundenlang Flöte gespielt hatte, und jeden ignoriert, der zu ihr gegangen war und sie angesprochen hatte.

Schließlich, als es beinahe dunkel war und Laenas Trupp sämtliche Vorbereitungen abgeschlossen hatte, kehrte Moru zurück in die Höhle. Eine Weile blieb sie am Eingang, wo zuvor Weeps gesessen hatte – eine zusammengesunkene Gestalt, unförmig in ihren Fellen, die einfach dasaß und schwieg.

»Bist du gekommen, um dich zu verabschieden?« fragte Laena schließlich. Sie saß neben Joq, an ihn geschmiegt und seine Wärme genießend, während der kleine Henik friedlich zwischen ihnen lag und schlief.

»Ja«, sagte Moru.

Laena löste sich von ihrem Mann und ihrem Sohn, um zu ihrer Schwester hinüberzugehen.

»Nein, bleib da«, rief Moru mit zitternder Stimme. »Es tut mir leid, aber es muß sein.«

»Was meinst du damit?« fragte Laena nach einer Weile.

»Der Augenblick der Trennung ist gekommen, Laena. Weißt du, auch in der Zeit, da wir uns weniger gut verstanden haben, auch als du dachtest, ich würde mein eigenes Leben führen und dich nicht mehr brauchen, sogar da …« Sie verstummte.

Laena wartete geduldig. »Ja, Schwester?«

»Ich habe immer deine Nähe gespürt«, entgegnete Moru. Ihre Stimme klang jetzt gedämpft. »Deine Kraft. Du warst wie Nan, immer so stark. So viel stärker als ich selbst.«

Laena fühlte tiefe Trauer in sich aufsteigen. »Eigentlich war es ganz anders«, sagte sie. »Ich war schwach und hatte ständig Angst.«

»Nein, das stimmt nicht!« Moru klang verletzt, wütend und bedrückt. »Du warst die stärkere von uns, und ich habe immer das getan, was du mir aufgetragen hast. Aber diese Wanderung auf der Suche nach einer neuen Heimat, das ist etwas, dem ich nicht gewachsen wäre. Jetzt muß ich also lernen, selbst stark zu sein. Und der einzige Weg für mich, das zu erreichen, ist der, auf mich allein gestellt zu sein. Du weißt, daß ich sonst nie den Mut dazu aufbringen würde.« Sie holte zittrig Luft. »Also muß ich jetzt gehen, Schwester, und ich werde auch morgen früh nicht dasein können, wenn du aufbrichst. Es tut mir leid, und ich hoffe, daß du das verstehst.«

Laena fühlte, wie ihr Tränen in die Augen traten. Erst jetzt wurde ihr bewußt, daß ein Teil von ihr sich geweigert hatte zu glauben, daß Moru tatsächlich zurückbleiben würde. Ein Teil von ihr war davon ausgegangen, daß ihre jüngere Schwester ihr folgen würde, so wie sie ihr in der Vergangenheit auch nach anfänglichem Zögern letztendlich doch gefolgt war.

Plötzlich kam es ihr vor, als würde ihr ein Stück ihrer selbst aus dem Leib gerissen. Sie beugte sich vor und streckte linkisch die Hand aus. »Moru, nein! Bitte tu das nicht!«

Moru zögerte nur einen Moment. Sie warf ihrer Schwester einen tieftraurigen Blick zu, als Laenas Finger über ihre Wange strichen.

Dann wich sie abrupt zurück. »Ich werde dich nie vergessen, Laena. Niemals! Und ich werde den Kindern erzählen, was du für den Fischer-Stamm getan hast.« Sie holte wieder tief Luft. Ihrer Stimme war anzuhören, daß sie ebenfalls weinte. »Alles Gute.« Hierauf kroch sie hastig aus der Höhle, bevor Laena sie noch einmal berühren konnte.

Kapitel 41

Und so machten sie sich am nächsten Morgen, nachdem die letzten Abschiedsworte gesprochen und die letzten Tränen vergossen worden waren, zu zehnt am Flußufer entlang auf den Weg. Vier Männer, vier Frauen und zwei kleine Kinder, die bereit waren, sich der großen Weite jenseits der ihnen bekannten Heimat zu stellen. Laena hatte sich noch nie so mutig und stolz gefühlt. Und doch hatte sie sich gleichzeitig auch noch nie so sehr davor gefürchtet, was die Zukunft bringen mochte.

Sie folgten ihr in einer Reihe hintereinander stromaufwärts. Noch vor kurzem hätte sie schon allein das in Staunen versetzt: daß vier erwachsene Männer sie als ihre Anführerin akzeptierten. Es hat sich so viel geändert, dachte sie bei sich. Wenn doch nur Nan noch da wäre und das erleben könnte. Ob sie es gebilligt hätte? Laena glaubte schon.

Laena fühlte, wie Henik, der in seinem Tragegurt vor ihre Brust geschnallt war, unruhig wurde. Joq hatte den Gurt besonders eng geschnürt, was Henik nicht gewohnt war. Sie summte ihm im Gehen etwas vor und streichelte mit einer Hand seinen Kopf unter der Fellmütze.

Ihr war nur zu bewußt, wie schwer sie alle beladen waren. Ihr eigener Rucksack stellte eine unbequeme Last da, und er war noch verhältnismäßig klein im Vergleich zu dem, was die Männer zu tragen hatten.

Eine Weile marschierten sie in stoischem Schweigen, und Laena erkannte, daß sie nicht nur die körperliche Last spürten, sondern auch die Last dieser Wanderung ins Ungewisse. Das Dorf befand sich noch in Reichweite hinter ihnen, scheinbar sicher im Vergleich zu dem Gelände, das vor ihnen lag.

Aber als sie weiterzogen und das Dorf hinter den Biegungen und Windungen des Tales verschwand, fühlte Laena, wie die Stimmung um sie herum sich auflockerte. Sie streiften ihre Vergangenheit ab, und das verlieh ihnen Kraft. Ihre Zukunft konnte ebenso lohnend sein, wie sie mit Entbehrung und Gefahren belastet war.

Derweil erwies sich das Tal an sich als ständiger Quell des Staunens, da die Flut es bis zur Unkenntlichkeit verändert hatte. Die steilen Felswände waren mit braunem Schlamm bedeckt, die Vegetation wirkte schlaff und mitgenommen, und überall waren kleine entwurzelte Bäume verstreut.

Dann, als sie die nächste Flußbiegung umrundeten, erkannten sie, wie die Flutwelle zustande gekommen war. Es hatte einen Steinrutsch gegeben, was während der Frühlingsschmelze nicht ungewöhnlich war. Aber in diesem Fall war es zu einer sehr große Gesteinslawine gekommen, so daß riesige Felsbrocken den Fluß teilweise gestaut hatten und das Wasser sich dort, wo es nicht über das Hindernis hinweg hatte fließen können, einen Weg durch die Ritzen und Spalten gesucht hatte.

»Siehst du. Der Steinrutsch muß sich vor etwa einem Monat ereignet haben und hat die Bäume mit in die Tiefe gerissen.« Das war Joqs Stimme direkt hinter ihr. Sie blieb stehen, wandte sich ihm zu und sah, daß er den Blick über die Talwände gleiten ließ. »Der Fluß hat die Baumstämme gegen die Felsen gespült, und dadurch ist ein Damm entstanden. Vielleicht hat es noch einen zweiten Erdrutsch an derselben Stelle gegeben, so daß der Fluß vollständig blockiert war.«

»Das würde erklären, warum der Wasserstand in diesem Jahr erst gesunken ist«, meinte Orban.

»Das Wasser ist hinter dem Damm immer höher gestiegen, bis dieser schließlich gebrochen ist, was dann zu der Flutwelle geführt hat.«

Sie standen eine Weile da und betrachteten in ungläubigem Staunen die Verwüstung, die die Natur angerichtet hatte. Einige der entwurzelten Bäume waren so groß, daß sechs Männer sie gemeinsam nicht hätten anheben können.

Laena fühlte leises Unbehagen in sich aufsteigen. Es war nicht gut zuzulassen, daß die Naturgewalten ihre Gefährten einschüchterten, noch bevor sie die Sicherheit des Tales verlassen hatten. »Wir müssen darin ein Zeichen sehen«, sagte sie mit lauter, kraftvoller Stimme.

Die anderen wandten sich ihr zu.

»Die Flut war eine Botschaft«, fuhr sie fort. »Sie war ein Zeichen dafür, daß wir das Tal verlassen und diesen Marsch in eine neue Heimat antreten sollten.« Sie zögerte, suchte nach Worten. Sie spürte die Aufmerksamkeit der anderen und erkannte, daß sie mehr von ihr erwarteten. »Außerdem war es ein Zeichen, daß wir in Harmonie mit der Welt leben müssen«, fuhr sie fort. »Wenn wir gegen den Strom der Dinge angehen, könnten wir zermalmt werden. Aber wenn wir umsichtig sind und in Harmonie mit der Natur handeln, kann ihre Macht uns helfen, anstatt sich gegen uns zu stellen.«

Sie musterte die Gesichter vor ihr. Würden sie ihr glauben? Sie war nicht einmal sicher, ob sie es selbst glaubte. Sie war noch nie Anführerin gewesen. Sie fühlte sich eingeschüchtert und verunsichert von ihrer neuen Aufgabe.

Aber die Mienen der anderen verrieten ihr, daß sie sie ernst nahmen. Benke trat ein wenig näher. Sein Gesicht war wettergegerbt, und um seine Augen herum hatten sich tiefe Furchen in seine Haut gegraben, als hätte er den Großteil seines Lebens aus zusammengekniffenen Augen in einen grausamen kalten Wind gespäht. »Ich glaube, es stimmt, was du sagst«, meinte er. »Manchmal hat es auf einem eisbedeckten Hang den Anschein, als gäbe es keinen sicheren Pfad. Aber wenn man sich die Zeit nimmt, genau hinzusehen, entdeckt man meistens einen Weg, den man zuvor übersehen hat. Der Weg ist da, unmittelbar unter der Oberfläche verborgen. Und dann ist das Land kein Feind mehr, sondern ein Verbündeter. Das ist also das Geheimnis unserer Wanderung. Wir müssen den Weg finden, der uns zugedacht ist, und nicht versuchen, das Land gewaltsam zu bezwingen.«

Alle nickten, und Laena erkannte, wie sehr sie auf Benkes praktische Kenntnis des Geländes vertrauten.

»Seht dort«, fuhr er fort. »Der Steinrutsch hat einen neuen Weg hinauf geöffnet, und der Aufstieg erscheint mir leichter als der alte weiter stromaufwärts.«

Laena folgte seinem Blick. Sie konnte den im Zickzack verlaufenden Pfad nur mit Mühe ausmachen. Ihr erschien er gefährlicher als der gewohnte Aufstieg. Sollte sie dennoch auf Benkes Urteil vertrauen oder ihm widersprechen? Wenn sie das tat, konnte sie sich leicht seinen Unmut zuziehen. Und es würde die Loyalität der anderen spalten.

Impulsiv traf sie ihre Entscheidung. »Dann geh du voraus, Benke«, sagte sie. »Zeig uns den Weg.«

Er trat vor, und sie erkannte, daß sie richtig gehandelt hatte. Wenn sie bereit war, ihre Autorität an ein anderes Mitglied der Gruppe zu delegieren, demonstrierte sie damit nur, wie sicher sie sich ihrer eigenen Position war. Niemand würde sie deswegen weniger respektieren. Im Gegenteil.

»Perri«, sagte sie. »Du folgst Benke. Dann Jinkil, Newa, Orban, Fayna und Joq … Falls eine der Frauen fällt, geht hinter ihr ein Mann, der ihren Sturz abfangen kann.«

»Was ist mit dir?« fragte Joq. »Wenn du als letzte gehst, wird niemand dasein, dich im Notfall aufzufangen.«

Sie schüttelte den Kopf. »Ich habe meine ganze Kindheit damit verbracht, steile Felshänge hinauf- und hinunterzuklettern. Ich werde nicht stürzen.«

Joq warf einen skeptischen Blick auf Henik in seinem

Tragegurt an ihrer Brust, zuckte aber dann nur die Achseln. »Wie du meinst.«

Die anderen hatten bereits mit dem Aufstieg begonnen, in der von ihr vorgeschlagenen Reihenfolge. Laena schloß sich als letzte an. In Wahrheit hatte es im Land des Panther-Volkes keine so steilen Felshänge gegeben, aber sie mußte beweisen, daß sie allein zurechtkam.

Der Aufstieg erwies sich als leicht. Benkes Einschätzung war richtig gewesen: Der Pfad war da, wenn man aufmerksam genug war, ihn zu erkennen. Widerstrebend mußte Laena sich eingestehen, daß sie ihn unterschätzt hatte. Sie nahm sich vor, ihn im Auge zu behalten – nicht nur, um von ihm zu lernen, sondern um dafür zu sorgen, daß er keine unnötigen Risiken einging. Offensichtlich verlieh seine Anwesenheit in der Gruppe den anderen Zuversicht. Und das allein erhöhte ihre Chancen auf Erfolg nicht unerheblich.

Später, gegen Mittag, rasteten sie. Sie hatten eine weite Strecke nach Osten zurückgelegt, am Blinden Tal vorbei, in dem die Mammuts im vergangenen Jahr erlegt worden waren, und befanden sich in einer Gegend, die Laena noch nie gesehen hatte. Das Gelände war ungastlich: steinig und karg, der Untergrund lose, mit nur wenigen schwachen Grasbüscheln, die an den steilen grauen Hängen um ihr Überleben kämpften. Die Fischer kamen nur selten her, weil das Land nichts zu bieten hatte. Auf den nackten Hängen gab es kein Wild und auch kein Wasser, um den Durst des Jägers zu stillen.

Ebensowenig gab es Holz für ein Feuer. Die Wanderer mußten sich aneinanderdrängen, um sich gegenseitig zu wärmen, während sie zügig von dem Räucherfleisch aus ihren Taschen aßen und Laena und Newa Henik und Urami stillten. Bislang hatten die Kinder keine Schwierigkeiten gemacht, wie sie jedoch auf Wochen und Monate des Marsches reagieren würden, ließ sich nicht voraussagen.

Orban war als erster mit Essen fertig. Er aß immer zügig, als empfinde er die Nahrungsaufnahme als notwendiges, aber lästiges Übel. Er wischte sich die Hände an den Fellen sauber, blickte über das öde Land und brummte unzufrieden. »Laena-Mutter«, sagte er, »wann wenden wir uns nach Süden?«

Laena musterte erst ihn und dann die anderen. Sie kam zu dem Schluß, daß es an der Zeit war, ihnen zu sagen, was genau sie erwartete. »Benke«, sagte sie ruhig. »Würdest du allen den ersten Teil unserer Wanderung erklären?«

Benke nickte knapp und bedeutete den anderen, zurückzutreten und ihm Platz zu machen. Dann zeichnete er mit seinem Speerschaft eine Schlangenlinie in den grauen Kies zu ihren Füßen. »Das ist das Tal der Fischer«, sagte er. Er drückte das Ende des Schaftes in den Boden und markierte so einen Punkt. »Das ist das Dorf.« Er warf einen Blick in die Runde, um sicherzugehen, daß alle ihm aufmerksam zuhörten. Das einzige Geräusch war jetzt das Rauschen des Windes und ein gelegentliches Wimmern von Urami, die immer noch von Newa gestillt wurde, aber offenbar ihre richtige Mutter vermißte.

Benke führte den Speer an der Linie entlang. »Hier sind wir auf den Steinrutsch gestoßen. Ein kleines Stück weiter wird das Tal so schmal, daß man ihm nicht weiter folgen kann. An dieser Stelle befindet sich ein Pfad, den wir gewöhnlich benutzt haben, um zu unseren Jagdgründen zu gelangen.«

»Aber das weiß ich doch alles«, brummte Orban und trat ungeduldig von einem Fuß auf den anderen. »Sogar die Frauen wissen das.«

»Orban«, sagte Laena streng.

Er sah zu ihr hinüber, dann senkte er den Blick. »Verzeih mir, Laena-Mutter«, murmelte er verschämt.

Laena fragte sich, ob es immer so leicht sein würde, ihn in die Schranken zu weisen. Sie hoffte es; seine Sturheit machte ihr Sorgen. »Sprich weiter, Benke«, sagte sie.

Der Pfadfinder nickte. »Gut. Von unseren Jagdgründen aus sind wir nach Osten gegangen und befinden uns jetzt hier, im Grauen Land.« Sein Speer zeichnete die Route auf den Boden. »Aber ihr müßt wissen, daß der Fluß immer noch ganz in der Nähe ist.« Er setzte den Speer wieder an der Schlangenlinie an und verlängerte sie parallel zu dem Pfad, dem sie gefolgt waren. »Ein Stück weiter vorn können wir wieder zum Fluß stoßen, weil das Tal sich dort wieder verbreitert.« Er lächelte leise. »Bis dahin werden auch unsere Wasserschläuche leer sein.«

»Bist du schon mal so weit gegangen?« fragte Orban angespannt.

»Ja«, grunzte Benke. »Keine Angst, junger Mann. Wir werden nicht verdursten.«

Orban straffte die Schultern. »Ich habe keine ...«

»Tatsächlich«, fuhr Benke fort, »werden wir mehr als genug Wasser haben.« Er zog den Schaft seines Speeres über den Boden und zeigte ihnen, wo ihr Weg sie zum Fluß zurückleiten würde. Dann führte er die Zeichnung des Flusses in östliche Richtung fort und zog dann von dort ausgehend eine zweite Linie, die nach Süden führte. »Hier mündet ein zweiter Strom in den uns bekannten Fluß. Er kommt aus den hohen Bergen im Süden, die uns den Weg versperren. Wenn wir diesem Fluß folgen, vielleicht bis zu seiner Quelle, glaube ich, daß er uns den Weg über die Berge weisen wird.« Er legte eine Pause ein und sah erneut in die Runde.

Das Schweigen schien jetzt unbehaglich. Laena registrierte, daß Orban von Joq zu Jinkil sah. »Das ist der Geisterfluß, richtig?« fragte er. »Ich habe gehört ...«

»Du hast dumme Legenden gehört«, fiel Laena ihm hastig ins Wort, entschlossen, die Kontrolle über die Unterhaltung an sich zu reißen. »Geschichten über Ungeheuer und Menschenfresser, die man sich erzählt, um sich in den langen Wintermonaten die Zeit zu vertreiben.« Sie schnaubte verächtlich. »Hat von euch schon mal einer den Geisterfluß gesehen?«

Sie tauschten Blicke, aber keiner sagte ein Wort.

Laena wandte sich wieder Benke zu. »Du hast ihn gesehen. Erzähl uns davon.«

Benke nickte. »Es ist nur ein Fluß. Das Gelände ist sehr zerklüftet und rauh. Es gibt nur wenig Wild. Und die Strömung ist so stark, daß sogar die Lachse den Fluß meiden. Dort lebt niemand. Warum sollte sich jemand an einem Ort niederlassen, an dem es nichts zu essen gibt?«

»Das ist also die Route, der wir folgen werden«, sagte Laena.

Eine Weile sagte niemand ein Wort, dann hob Fayna die Hand. »Ich habe eine Frage«, sagte sie.

Laena sah sie an. Die junge Frau hatte während der ersten Tageshälfte kaum ein Wort gesagt. Laena hatte angenommen, daß sie noch um ihren Bruder trauerte, den sie bei der Flut verloren hatte, und um ihre Eltern, die sie im Dorf zurückgelassen hatte.

»Wie lautet deine Frage?«

»Vom Geisterfluß sind nie Wanderer zu uns gekommen«, sagte Fayna. »Kein einziger. Wie kommt das?«

Laena breitete die Hände aus. »Vielleicht ist das Land so unwirtlich, daß alle lieber einen leichteren Weg wählen.«

Fayna schwieg eine Weile und schien darüber nachzudenken. »Aber wenn dort niemand lebt und niemand je die Berge überquert hat, was kann das Land dahinter dann zu bieten haben? Wird es dort genug zu essen geben? Wird es dort überhaupt etwas geben?«

»Ich habe euch doch von meiner Vision erzählt«, entgegnete Laena. »Irgendwo im Süden liegt ein Land, das schöner und üppiger ist als alles, was ihr je gesehen habt.«

»Aber wie weit ist es bis dorthin?« hakte Fayna hartnäckig nach.

Laena ermahnte sich zur Geduld. Diese Fragen waren unausweichlich und mußten beantwortet werden. »Das kann ich euch nicht sagen«, gab sie zu. »Ich weiß es nicht. Das weiß niemand.«

Fayna runzelte die Stirn. »Du hast gesagt ...«

»Ich habe euch gesagt, daß ich auf meine Vision vertraue«, unterbrach Laena sie. »Ich glaube von ganzer Seele, daß ich das Land aus meinen Visionen früher oder später finden werde, weil es mein Schicksal ist. Und wenn ihr mir folgt, werdet auch ihr es finden. Aber ich kann euch nicht genau sagen, wie oder wann. Ihr müßt auf mich vertrauen und Geduld haben. Ich bin sicher, daß vieles Unbekannte vor uns liegt und wir Antworten auf viele Rätsel finden werden.«

Fayna musterte Laena lange. Dann erhob sie sich abrupt. »In diesem Fall«, sagte sie, »sollten wir nicht noch mehr Zeit darauf verschwenden, darüber zu diskutieren. Gehen wir und überzeugen wir uns selbst.«

Sie hat mich auf die Probe gestellt, dachte Laena bei sich. *Sie wollte sich davon überzeugen, daß ich mir meiner sicher bin.* Und offensichtlich hatte Laena die Prüfung bestanden – zumindest dieses Mal.

Am Abend erreichten sie eine Senke, in der einige kleine Bäume wuchsen. Laena hatte befürchtet, sie würden die nackten Geröllhänge nicht vor Einbruch der Dunkelheit überquert haben, und so war sie erleichtert, als dieses kleine Fleckchen Grün auftauchte. Sie setzte sich und sah zu, wie die anderen umhergingen, Feuerholz sammelten und nach Spuren von Tieren suchten.

Orban stieß einen Schrei aus, hob seinen Speer und schleuderte ihn mit einer raschen, kraftvollen Bewegung.

Laena spähte ins Dämmerlicht und versuchte zu erkennen, was er entdeckt hatte.

Orban rannte vor, packte den Schaft seines Speeres und hob ihn hoch. An der Spitze war ein Kaninchen aufgespießt, das noch zappelte. »Sieht, Laena-Mutter!« rief er ihr zu. »Sieh, ein gutes Omen!«

Laena klatschte in die Hände. »Gut gemacht, Orban. Entfachen wir ein Feuer, das ist ein guter Lagerplatz.«

»Sehr gut«, sagte eine Stimme. »Jetzt sind sie alle glücklich.«

Laena wandte rasch den Kopf und sah, daß Joq lautlos neben sie getreten war.

»Weißt du, Orban hat recht«, fuhr Joq fort. »Du bist wirklich Laena-Mutter. Du bist ihnen allen eine Mutter.«

Etwas an seinem Tonfall weckte ihr Unbehagen. »Was meinst du damit, Joq?«

Sanft legte er ihr den Arm um die Schultern. »Ich habe beobachtet, wie du heute mit ihnen umgegangen bist. Du hast sie beruhigt, Orban zur Ordnung gerufen, hast ihr Vertrauen wiederhergestellt – genauso wie eine Mutter. Das hast du sehr gut gemacht.«

Sein Lob machte sie verlegen. »Ich habe nur …«

»Du brauchst nichts zu sagen. Du warst ein richtiger Anführer.« Dann runzelte er jedoch die Stirn. »Ich mache mir nur Sorgen darüber, was passieren wird, sollten die Kinder jemals herausfinden, daß die Mutter nicht ganz so viel weiß, wie es den Anschein hat.«

»Du solltest mein Geheimnis also wahren, Joq«, murmelte sie. »Laß sie nicht wissen, daß ich Zweifel habe, daß es mir an Erfahrung mangelt und ich möglicherweise den einen oder anderen Fehler mache.«

Er zog sie flüchtig an sich und ließ dann den Arm wieder sinken. »Du kannst mir vertrauten, Laena«, sagte er. »Genauso, wie ich dir vertraue. Vergiß nur eins nicht: Mir mußt du immer die Wahrheit sagen. Ich bin keins deiner Kinder. Ich bin dein Mann.«

Kapitel 42

Am nächsten Tag stießen sie, wie von Benke versprochen, wieder auf den Fluß, der weiter stromabwärts am Dorf vorbeifloß. Hier war das Tal breiter, aber die Felswände fielen fast senkrecht ab. Der Talboden war eben, und der Fluß wand sich durch üppige grüne Vegetation. Sogar Bäume wuchsen dort.

Vorsichtig führte Benke sie einen Erosionskanal hinab, den er bei einem seiner früheren Besuche entdeckt hatte. »Dieser Ort ist nicht ganz so freundlich, wie es scheint«, rief er ihnen über die Schulter hinweg zu. »Es gibt kaum Tiere, die den Abstieg wagen.«

Laena zuckte nur in Gedanken die Achseln. Wenn das Land gastlicher gewesen wäre, hätten sich dort bereits Menschen niedergelassen. Sie hatten genügend Vorräte für mindestens drei Wochen bei sich. Noch brauchte sie sich darüber nicht den Kopf zu zerbrechen.

Als sie unten in der Schlucht angelangten, nahm sie ihren Platz an der Spitze der Gruppe wieder ein und ging voran, sich einen Weg durch dichtes Gestrüpp und junge Bäume bahnend. Jinkil hatte als einziger einen Fischspeer bei sich, da er der bei weitem erfahrenste Fischer unter ihnen war. Er ging am Flußufer entlang und hielt Ausschau nach einem verräterischen silbernen Aufblitzen unter der Wasseroberfläche. Aber er warf den Speer nur zweimal, und der eine Fisch, den er fing, war so klein, daß er ihn verächtlich zurückwarf.

Mittags erreichten sie eine Stelle, an der die Schlucht sich noch weiter verbreiterte. Und dort, hinter einem Felsvorsprung, stießen sie auf den Geisterfluß.

Einen Augenblick starrten sie ihn nur alle schweigend an. Schließlich sagte Perri: »Er sieht nicht viel anders aus als unser Fluß.«

Alle lachten. Perris Schlichtheit hatte etwas Beruhigendes, und Laena war dankbar dafür.

Benke führte sie zu einer seichten Stelle, an der Felsbrocken eine Überquerung des Stroms ermöglichten. Dann waren sie am anderen Ufer und folgten dem Geisterfluß stromaufwärts, den vertrauen Fluß hinter sich lassend.

Viel zu bald schon wurde das Gelände so beschwerlich, wie Benke es vorausgesagt hatte. Die Talwände rückten enger zusammen, und der Boden der Schlucht zu beiden Seiten des Flusses war mit Felsbrocken und losem Gestein übersät. Die Bäume wurden weniger und verschwanden dann völlig, abgelöst von dornigen Ranken. Das Weiterkommen wurde beschwerlich und frustrierend.

Die Felswände auf beiden Seiten der Schlucht ragten beinahe senkrecht auf, und wenn Laena hinaufblickte, verspürte sie ein Gefühl der Beklemmung, als drohten die Felswände sie zu zermalmen. Und die Berggipfel weiter vorn schienen höher denn je, so hoch, daß sie den Himmel verdeckten.

Am Abend waren sie alle angespannt. Fayna und Orban begannen zu streiten. Sie waren beide reizbar und ungeduldig und gerieten wegen jeder Kleinigkeit aneinander – sogar als Orban eine Dornenranke zu früh losließ und sie Faynas Arm zerkratzte. Joq war derweil in eine seiner Schweigephasen verfallen, die Laena immer bedrückten, weil sie gewöhnlich bedeuteten, daß ihn etwas ärgerte. Jinkil war ebenfalls übel gelaunt, kommandierte Perri herum und beklagte sich, wenn sie nicht schnell genug gehorchte. Hinzu kam, daß beide Kinder ihre Unzufriedenheit lautstark kundtaten.

Die einzigen, die einen Eindruck ruhiger Gelassenheit machten, waren Benke und Newa. Benke hatte sich in sein Schneckenhaus verkrochen und durchstreifte das Gelände in einiger Entfernung der Gruppe. Newa trauerte derweil noch um ihren Mann und ihr Kind und schien kaum wahrzunehmen, was um sie herum vorging. Ihr Gesicht war gerötet von ihrem anstrengenden Marsch, aber sie sagte nichts, als Laena das Zeichen zum Rasten gab. Sie setzte sich nur wortlos auf den nächsten Felsbrocken, öffnete ihre Felle und stillte Urami, die endlich aufhörte zu weinen.

Laena erkannte, daß es verrückt wäre, an diesem Tag noch weiterzuziehen. Sie entdeckte eine Stelle, an der der Boden nicht ganz so steinig war, und bat Joq, ihr dabei zu helfen, einige große Steinbrocken beiseitezuräumen. »Hier schlagen wir unser Nachtlager auf«, sagte sie, und niemand widersprach.

Später, nachdem sie aus trockenen Sträuchern ein mageres Feuer errichtet hatten, drängten sich die Wanderer unter dem vom Mond erleuchteten Himmel aneinander. Laena erinnerte sich daran, wie sie Moru angetrieben hatte, nachdem sie Gorags Lager verlassen hatten und dem Fluß gefolgt waren. Sie hatte Lieder gesungen, um das kleine Mädchen von dem Marsch abzulenken. Und so fing sie an, hier inmitten der Fischer, in diesem ungastlichen Winkel der Welt, eins derselben alten Lieder zu singen.

Als sie wieder verstummte, herrschte unter ihren Gefährten weiterhin Stille, aber es war ein anderes Schweigen als zuvor, friedlicher.

»War das die Sprache deines Stammes in den Ebenen des Westens?« fragte Fayna leise.

»Ja«, entgegnete Laena. »Und dieses Lied haben wir gesungen, wenn wir von unserem Winterlager zum Sommerlager gezogen sind und zurück.«

»Du bist in deinem Leben schon viel herumgekommen.« Das war Benkes Stimme, und zum erstenmal hörte Laena aufrichtigen Respekt heraus.

»Zu den Dingen, die ich aus meinen Wanderungen gelernt habe, gehört, daß man die Mühsal des heutigen Tages schon morgen belächelt. Wir werden dieses Tal hinter uns lassen, und der Weg wird leichter werden, davon bin ich überzeugt.«

Sie fühlte, wie Joq an ihrer Seite sich bewegte, und dann legte sich sein Arm um sie, und er zog sie an sich. Sie erkannte, daß das seine Art der Entschuldigung für sein Schweigen war. Wieder einmal war sie ihnen allen eine Mutter gewesen, hatte trotz aller Widrigkeiten einen Weg gefunden, die Harmonie wiederherzustellen.

Aber es war anstrengend gewesen, und sie wußte nicht, wie lange sie noch die Kraft aufbringen würde, Frieden zu stiften. Was, wenn ihre Wanderung Monate dauerte? Würde sie in der Lage sein, all diese Zeit Friedensstifter und Anführer zu sein und Hoffnung zu verbreiten?

Ich wollte eigentlich nie wirklich Anführer sein, sagte sie sich. *Alles, was ich wollte, war, den Ort aus meinen Visionen zu finden.*

Aber inzwischen war ihr klar, daß das eine untrennbar mit dem anderen verbunden war.

Als sie am nächsten Morgen ihren Weg entlang des steinigen Flußufers fortsetzten, hörten sie ein stetes Dröhnen von weiter oben. Einen Augenblick lang stieg Furcht in Laena auf. Sie erinnerte sich noch gut an das Geräusch der Flut, nur Augenblicke, bevor sie das Dorf erreicht hatte. Sie sah sich hastig um, auf der Suche nach einer Möglichkeit, in Sicherheit zu klettern, aber die Talwände waren so steil und glatt, daß es illusorisch wäre, sie erklimmen zu wollen.

Sie wandte sich an Benke. »Du bist früher schon hier gewesen ...«

»So weit bin ich nie gekommen«, verbesserte er sie. »Aber ich glaube nicht, daß Grund zur Sorge besteht. Ich glaube, das Rauschen stammt nur von einem Wasserfall.«

Laena lachte verlegen. »Natürlich«, sagte sie. »Du hast recht.«

Und so zogen sie weiter. Das Tosen des Wassers wurde lauter und lauter.

Sie kämpften sich durch gezackte Krümmungen der Schlucht und sahen dann endlich, was vor ihnen lag. Zuerst glaubte Laena, daß es sich um eine Sinnestäuschung handeln mußte. Vor ihnen ragte ein gigantischer Geröllhaufen auf, so gewaltig, daß sich der Steinrutsch in der Nähe ihres alten Dorfes daneben geradezu lächerlich ausnahm.

Dieser Steinrutsch blockierte die Schlucht vollständig und erhob sich bis in schwindelnde Höhe, die Kerbe zwischen den Bergen rechts und links ausfüllend. Die Felsbrocken selbst waren massiv – jeder einzelne größer als ein Mann. Der Fluß hatte sich einen Weg zwischen dem Gestein gesucht und stürzte in einem wilden, gischtsprühenden, donnernden Wasserfall herab. Einzelne weiße Wasserfontänen schossen kraftvoll über die riesigen Felsen, und Laena wurde bewußt, daß der Boden unter ihren Füßen bebte.

Sie hörte über das Tosen des Wassers hinweg ein gedämpftes scharrendes Geräusch. Sie blickte auf und sah, wie ein Gesteinsbrocken sich hoch oben in dem Steingebilde löste. Er stürzte herab und zermalmte auf seinem Weg kleinere Felsen zu einem Schotterhagel. Der Stein verschwand kurz unter dem weißen Wasserfall, tauchte dann wieder auf und krachte in den Strom am Fuß des Naturschauspiels. Die Felsen unter Laenas Füßen erzitterten, und sie zuckte unwillkürlich zusammen und legte die Arme schützend um Henik.

Sie blickte auf ihre Gefährten, die sie alle entgeistert anstarrten.

»Wir müssen also umkehren«, sagte Jinkil schließlich mürrisch und sichtlich verärgert, sich geschlagen geben zu müssen.

Insgeheim hatte Laena dasselbe gedacht. Als sie es jedoch aus Jinkils Mund hörte, lehnte sie sich instinktiv gegen das scheinbar Unabwendbare auf. Sie blickte wieder auf die hochaufragende Gesteinsmasse und schüttelte langsam den Kopf. »Vielleicht gibt es doch noch eine Möglichkeit«, sagte sie. Sie mußte schreien, um sich über das Dröhnen des Wasserfalls hinweg Gehör zu verschaffen.

Jinkil sah sie an, als hätte sie den Verstand verloren. »Was redest du da?«

Laena setzte ihren Rucksack ab, öffnete ihn und holte die aneinandergeknoteten Seile aus Mammutleder heraus, die sie sich im Dorf zusammengesucht hatte. »Orban«, wandte sie sich an den jungen Jäger, »wenn Jinkil dir helfen würde, könntest du doch sicher auf einen der unteren Felsbrocken hinaufsteigen, oder?«

Er zögerte nur einen kurzen Moment. »Ja, das wäre machbar«, stimmte er ihr zu.

Sie nickte. Sie war sicher gewesen, daß er zu stolz sein würde zu verneinen. »Also gut«, fuhr sie fort. »Dann könnte Jinkil Joq hinaufhelfen. Ja?«

Joq nickte verhalten, sagte jedoch nichts.

Laena reichte Orban das Lederseil. »Benke könnte zu euch hinaufsteigen, und ihr drei könntet dann uns andere mit diesem Seil raufziehen. Seht ihr, die Felsbrocken ganz unten sind die größten. Weiter oben dürfte der Aufstieg leichter werden.«

Jinkil hatte aufmerksam zugehört, einen grimmig-skeptischen Ausdruck auf dem Gesicht. »Wie sollen die Frauen einen solchen Aufstieg schaffen? Wie stellst du dir das vor?«

»Ich bin eine Frau«, entgegnete Laena ruhig. »Und ich sehe darin kein Problem. Du, Fayna? Du, Newa? Oder Perri? Haben wir nicht alle gewußt, daß uns bei der Überquerung der Berge ein gewisses Maß an Kletterei nicht erspart bleiben würde?« Sie wartete einen Augenblick, während die Frauen unbehagliche Blicke wechselten. »Also gut«, sagte sie. »Sollte es sich als unmöglich erweisen, versuchen wir eine andere Route. Aber erst versuchen wir es.«

Joq nickte. Orban ebenfalls. Jinkil äußerte sich nicht, aber Laena sah ihm an, daß er nicht vor einer Herausforderung kneifen würde, die die anderen Männer bereit waren anzunehmen. Und die Frauen schienen nicht geneigt, den Männern zu widersprechen.

Einen Augenblick war Laena wütend auf sie. Es erschien ihr falsch, daß sie eine so zögerliche Gruppe auf einem so großen Abenteuer anführen sollte. Die Fischer waren offenbar nicht geneigt, ihren Mut unter Beweis zu stellen.

Nun, dann würden sie es eben lernen müssen. »Gehen wir es an«, sagte sie brüsk. »Wir müssen vor Sonnenuntergang oben sein, und es ist bereits fast Mittag.«

Ohne einen Blick zurück ging sie auf die Geröllwand zu, als verlasse sie sich blind darauf, daß sie ihr folgten. Einen kritischen Moment lang hörte sie nur das Rauschen des Wasserfalls, aber dann mischte sich doch das Scharren und Knirschen von Füßen auf losem Gestein darunter.

Laena sagte sich, daß es am sichersten wäre, in möglichst großem Abstand zum Wasserfall hinaufzuklettern.

Dort würden die Felsen trockener sein und die Gefahr geringer sein, daß sie dem Druck der Wassermassen nachgaben.

Sie wählte einen riesigen Gesteinsbrocken, der unmittelbar an der Felswand festgekeilt war. »Also dann, Jinkil«, sagte sie. »Hilf Orban hinauf.«

Der hochgewachsene Jäger nickte. Er bückte sich und stützte die Hände auf die Knie. Orban sprang auf seinen Rücken und stellte sich auf seine Schultern. Jinkil richtete sich langsam auf, und aus dieser Höhe gelang es Orban, sich auf den Felsen zu ziehen.

Es schien ganz leicht, jetzt, da sie die Aufgabe praktisch angegangen waren. Die Höhe des Steinrutsches wirkte einschüchternd, aber wenn man den Aufstieg in Etappen anging und vorsichtig war, dürfte es keine Schwierigkeiten geben.

Es dauerte nicht lange, und Orban, Joq und Benke standen oben auf dem großen Felsbrocken. »Jetzt zieht Jinkil rauf«, sagte Laena und warf ihnen das Seil zu. »Wenn es sein Gewicht trägt, haben auch wir nichts zu befürchten.«

Sie sah zu, wie die drei Männer das Seil fest umklammerten und Jinkil begann, sich hinaufzuhangeln.

»Wo hast du gelernt, wie man Berge besteigt, Laena-Mutter?« rief Orban zu ihr herab, als Jinkil oben auf dem Felsen angelangt war.

»Von einem jungen Mann namens Sordir, einem Jäger des Wolf-Stammes«, entgegnete Laena. Es wäre dumm von ihr zuzugeben, daß sie selbst etwas Derartiges noch nie zuvor gewagt hatte. Ihre Gefährten brauchten alles Selbstvertrauen, um den Aufstieg zu schaffen.

»Auf dem Felsen ist kein Platz mehr«, rief Joq zu ihr herunter.

»Jinkil, hilf den Männern auf den nächsten Fels, und zieh dann die Frauen mit dem Seil rauf.«

Sie folgten ihren Anweisungen. Einen Moment lang hatte sie selbst Angst, als sie das Seil unter ihren Achseln verknotete, Henik an sich drückte und sich von Jinkil hochziehen ließ. Wenn das Seil riß oder Jinkil ausglitt, würde sie rücklings auf den felsigen Boden stürzen. Aber es dauerte nicht lange, und sie hatte wieder festen Boden unter den Füßen und blickte in Jinkils grinsendes Gesicht.

Fayna war als nächste an der Reihe und schaffte es mühelos. Dann folgte Newa, die schrecklich blaß wurde und die Augen fest zusammenkniff. Sie lächelte jedoch, als sie oben angelangte. Ein Lächeln der Erleichterung.

Als letztes zog Jinkil Perri heraus. »Zieh den Knoten fest zu«, rief Jinkil zu ihr herab, als sie sich das Seil um den Körper schlang.

Sie stellte sich etwas ungeschickt an, und Laena sah, daß ihre Hände zitterten.

»Feste!« rief Jinkil. »Der Knoten muß ganz fest sitzen!«

»Er *ist* fest«, rief sie zurück.

»Also gut«, grunzte Jinkil und begann, sie heraufzuziehen, schneller und grober als die anderen. Laena sah zu und erwartete, daß Perri wimmern oder schreien würde. Aber irgend etwas an ihr hatte sich verändert; sie zeigte eine rebellische Ader, die an ihr völlig neu war. Als sie oben neben Jinkil stand, löste sie nur wortlos das Seil und reichte es ihm. Laena registrierte, daß ihre Hände nicht mehr zitterten.

Von dort aus kämpften sie sich Felsbrocken für Felsbrocken nach oben. Die Steinblöcke ragten zwar steil auf, aber zwischen ihnen war immer ein schmaler Vorsprung. Newa gestand, daß sie Höhenangst hatte, aber es gelang ihr, nicht nach unten zu sehen, und sie bekämpfte ihre Furcht mit grimmiger, stoischer Entschlossenheit.

Nach einer Weile wurden die Gesteinsbrocken kleiner. Laena ordnete an, daß sie sich alle anseilten, so daß, falls jemand stürzte, er von den anderen gehalten wurde. Von jetzt an kletterten sie in einer Reihe nebeneinander weiter.

Es war leichter, als sie alle erwartet hatten, aber dennoch schrecklich anstrengend. Laena kam es vor, als würde ihr Rucksack mit jedem Schritt schwerer, und sie hatte ständig Angst, vorwärts auf Henik zu fallen, der in seinem Tragegurt an ihrer Brust ruhte und aus großen, staunenden Augen zu ihr aufblickte.

Die kleineren Felsen waren scharfkantig, schnitten in ihre Fäustlinge und bröckelten unter ihren Füßen. Sie glitt mehrmals aus und fühlte, wie sich das Seil um ihre Taille abrupt spannte. Die Sonne brannte auf sie herab, und sie schwitzte. Sie lockerte ihre Felle, aber daran, sie auszuziehen, war nicht zu denken. Immer wenn sie nach oben blickte, sah sie weit über sich die fernen, schneebedeckten Berggipfel und wußte, daß der Tag kommen würde, da sie dankbar sein würde für jedes bißchen Wärme.

Nach und nach, je höher sie stiegen, nahm das Tosen des Wassers ab. Der Hang wurde weniger steil, und sie konnten vom Steinrutsch auf den Berghang wechseln, von dem sich das Gestein gelöst hatte. Dort war Platz genug für eine Rast. Sie konnten sich eine Weile hinsetzen und den Weg überblicken, den sie bereits zurückgelegt hatten. Der Ausblick war schwindelerregend, und Newa war nicht die einzige, der es schwerfiel, ihn zu betrachten. Der Hang unter ihnen war erschreckend steil, und Laena erkannte, daß der Aufstieg, wenn auch recht leicht, nicht ungefährlich gewesen war. Hätten zwei oder drei von ihnen gleichzeitig den Halt verloren … Sie stellte sich vor, wie sie stürzten und einander gegenseitig in die Tiefe zogen, eine Blutspur auf den Felsen hinterlassend. Sie schauderte. Das Bild war zu real, beinahe wie aus einer ihrer Visionen. Aber es war nichts dergleichen geschehen, und vielleicht konnte es auch gar nicht geschehen – dachte sie. Wenn es ihre Bestimmung war, dieses grüne, sonnige Land zu erreichen, wie sollte sie dann hier an diesem abgelegenen Felshang sterben?

Spät am Nachmittag erreichten sie endlich einen Punkt an der Talwand, der höher gelegen war als der Steinrutsch. Dahinter hatte sich ein großer See gebildet, aber die Oberfläche des Sees lag weit unterhalb der höchsten Felsbrocken, weil das Wasser durch die Spalten entwich.

Laena blickte nach vorn und sah, daß es nicht allzu schwer werden würde, einem Grat um den See herum zu folgen, bis zu dem Fluß, der ihn am anderen Ende speiste. Aber sogar dort war der Abstieg zum Wasser schwierig.

Benke sah sie an, und sie erkannte, daß er ihre Gedanken teilte. »Unsere Wasserschläuche sind beinahe leer«, sagte er. »Wir haben sie vor dem Aufstieg nicht neu gefüllt, und wir haben während des Aufstiegs getrunken, um unseren Durst zu löschen.«

Laena entgegnete nichts darauf. Es war ihre Schuld. Als Anführerin hätte sie vorausschauender sein sollen. Aber während der Ersteigung des Steinrutsches, das Donnern des Wasserfalls in den Ohren und von der aufsprühenden Gischt erfrischt, war Wasser scheinbar ihre geringste Sorge gewesen.

Sie blickte wieder auf den See. Das Wasser war von strahlendem, tiefem Blau und glitzerte in der Sonne. »Es muß einen Weg ans Ufer geben«, sagte sie, halb zu sich selbst.

Inzwischen verstanden alle ihre Sorge. Gemeinsam betrachteten sie das Land, das von dem Grat, auf dem sie standen, abfiel. Das Tal war bogenförmig – es wölbte sich vom See an aufwärts, bis seine Seitenwände beinahe senkrecht aufragten. Unten am Seeufer war das Gefälle lange nicht so steil, so daß sie keine Mühe hätten, dort weiterzuziehen und einen Lagerplatz zu finden. Dort unten wuchsen Gras und sogar vereinzelt dünne Bäume. Aber hier oben auf dem Grat befanden sie sich oberhalb einer glatten Wand aus grauem Fels.

Laena blickte zurück. Wenn sie kehrtmachten, konnten sie bis zum Wasserfall hinabsteigen und ihre Wasserschläuche dort auffüllen. Aber sie verwarf den Gedanken gleich wieder. Der Abstieg wäre weitaus anstrengender und gefährlicher, als der Aufstieg es bereits gewesen war. Sie war sicher, daß Newa dem nicht gewachsen sein würde. Sie wußte nicht einmal, ob sie selbst es schaffen könnte.

»Ich habe eine Idee«, sagte Joq.

Sie wandte sich ihm zu. »Ja?«

»Siehst du den Felsvorsprung dort, direkt unter uns? Er

führt schräg nach unten bis zu einer Stelle, wo die Talwand weniger steil ist. Von dort aus könnten wir zum See hinuntersteigen.«

Laena versuchte, ihre Chancen abzuwägen, was nicht ganz leicht war, da sie so wenig Erfahrung in solchen Dingen hatte. Die Entfernung bis zu besagtem Felsvorsprung betrug zweimal die Höhe eines Mannes, und zwischen ihr und dem Vorsprung war nur nackter, glatter Fels.

»Wir können die leichtesten unter uns mit Hilfe des Seiles herunterlassen«, fuhr Joq fort. »Dann legen wir das Seil um einen Felsen.« Er zeigte auf einen geeigneten vorspringenden Felsen am Rand des Grates, auf dem sie standen. »Die Männer können dann an dem Seil hinabklettern. Wenn wir alle unten sind, ziehen wir am losen Ende des Seils, und es gleitet um den Felsen herab, so daß es uns erhalten bleibt, für den Fall, daß wir es wieder brauchen sollten.«

Sie musterte ihn. Er schien es für durchführbar zu halten, obwohl keiner von ihnen jemals zuvor etwas in dieser Art versucht hatte.

Laena überlegte, was sie tun sollte. Was hätte ihr Vater getan? Oder Faltor? Oder Nan?

»Wir sollten abstimmen«, sagte sie schließlich. »Wir können entweder diesem Grat um das Tal herum folgen und hoffen, daß es am anderen Ende einen leichteren Abstieg gibt. Das wird allerdings nicht einfach werden, und ganz sicher schaffen wir es nicht vor Einbruch der Dunkelheit. Und wir brauchen Wasser. Oder wir tun, was Joq vorgeschlagen hat?«

Schweigend wartete sie ab. Lange Zeit sagte niemand etwas. Benke blickte über das Tal, als könnte er durch reine Willenskraft ans andere Ende gelangen. Jinkil starrte in die entgegengesetzte Richtung und studierte den Rand des Grats und den steilen Hang, der von dort abfiel.

Orban trat nervös von einem Fuß auf den anderen, den Blick auf den Felsvorsprung geheftet, und spannte und entspannte die Hände, als probe er bereits den Abstieg. Perri wartete ruhig ab; Fayna schien tief in Gedanken versunken, und Newa saß mit geschlossenen Augen da, die kleine Urami an sich gedrückt, und schwieg.

»Also gut, ich bin dafür, daß wir tun, was Joq vorgeschlagen hat«, brach Jinkil schließlich die Stille, wenngleich er nicht sehr glücklich klang.

»Ja«, stimmte Orban ihm zu. »Versuchen wir's.«

»Benke?« fragte Laena.

Er holte tief Luft und nickte knapp, den Blick immer noch abgewandt. Laena erkannte, daß er Angst hatte, und fragte sich, warum. Während des Aufstiegs war ihm keine Spur von Furcht anzumerken gewesen.

Sie wandte sich den Frauen zu. »Fayna? Perri? Newa?«

Widerstrebend nickten sie alle.

»Also gut.« Laena verschaffte sich einen Überblick über die Situation. Orban war ungeduldig; es bestand die Gefahr, daß er Fehler machte, wenn er zu lange warten mußte. Benke hatte Angst; er sollte das Seil nicht als letzter hinunterklettern. In Gedanken faßte sie ihren Plan. »Jinkil, Joq, ihr zwei laßt Orban herunter und dann Benke. Sie können uns dann vom Vorsprung aus hinabdirigieren.«

Joq zögerte. »Wäre es nicht besser …«, begann er.

»Nein«, unterbrach sie ihn und musterte ihn mit festem Blick. »So ist es am besten.«

Er runzelte die Stirn. Offensichtlich wollte er fragen, warum. Aber dann überlegte er es sich anders. »Also gut«, sagte er und löste das Seil von seiner Taille.

»Seid vorsichtig«, ermahnte Laena alle. Der Grat, auf dem sie standen, war gerade so breit, daß sie zu zweit nebeneinander stehen konnten. Ihr wurde schwindlig, als sie nach unten sah. »Wir dürfen keinen Fehler machen«, sagte sie, während sie ebenfalls das Seil von ihrer Mitte löste. Plötzlich fühlte sie sich sehr verwundbar in dem Bewußtsein, daß, wenn sie jetzt ausglitt, nichts und niemand ihren Sturz aufhalten würde.

Sie sah, daß Benke zitterte. Sie durfte ihn nicht dadurch in Verlegenheit bringen, daß sie ihn darauf ansprach, andererseits oblag ihr seine Sicherheit. Sie legte ihm sacht eine Hand auf die Schulter. »Du solltest dich hinsetzen, bis du an der Reihe bist«, sagte sie leise.

Schwerfällig hockte er sich hin.

»Also gut, Jinkil, binde Orban das Seil unter den Armen zusammen.« Sie wartete, während er ihre Anweisung befolgte. »Joq, du hältst das Seil gemeinsam mit Jinkil. Stellt euch, so dicht es geht, an den Rand, und haltet euch bereit.«

Ein Teil ihres Verstandes war seltsam losgelöst von dem Geschehen. Sie registrierte, daß die Männer ihr ohne Widerspruch gehorchten, und war wieder seltsam überrascht. Sie erkannte, daß sie ihr vertrauten. Vielleicht lag es daran, daß sie glaubten, sie hätte schon früher Berge bestiegen. Oder vielleicht war es nur, weil es ihr gelang, zuversichtlich zu klingen, und sie jemanden brauchten, der sie ihre eigenen Ängste vergessen ließ.

»Also gut«, sagte sie und überprüfte persönlich die Knoten, die Jinkil geknüpft hatte. »Steig so weit runter, wie du kannst. Die restliche Strecke lassen Joq und Jinkil dich an dem Seil herunter. Und sei vorsichtig.«

Er grinste und nickte. »Ja, Laena-Mutter.« Hierauf drehte er sich schwungvoll um und stieß gegen Joq, der sich hinter ihm hingehockt hatte. Orban ruderte mit den Armen und schrie überrascht auf.

Fayna, die ihm am nächsten stand, trat vor, krallte die Hände in seinen Fellkragen und hielt ihn fest, bis er das Gleichgewicht wiedergefunden hatte.

»Ich sagte, du sollst vorsichtig sein!« herrschte Laena ihn an. Sie zitterte – ebenso vor Zorn wie vor Furcht. Sie war nicht sicher, wie sie reagieren würde, wenn sie schon so früh einen der Männer verlor. Schlimmer noch. Wenn Orban gestürzt wäre, hätte er Joq und Jinkil, die das Seil hielten, mit in die Tiefe ziehen können.

Aber daran durfte sie gar nicht denken.

Orban wandte sich gegen Joq. »Das war deine Schuld«, rief er. »Was hockst du dich auch hinter mich …«

»Orban!« Laena trat vor, packte ihn am Kragen und schüttelte ihn. »Ich sagte, du sollst vorsichtig sein. Hättest du auf mich gehört, hättest du dich nicht in Gefahr gebracht. Du warst selbst schuld. Wage es nicht, andere für deine eigenen Fehler verantwortlich zu machen.«

Sein Gesichtsausdruck veränderte sich bei der Schelte, und er neigte betreten den Kopf. »Du hast recht. Es tut mir leid«, murmelte er.

Langsam beruhigte sie sich wieder. »Wir sind auf dich angewiesen, Orban«, sagte sie in ruhigerem Tonfall. »Wir sind nur wenige. Wir können uns keinen Verlust erlauben, schon gar nicht, wenn es sich um jemanden handelt, der jung und stark ist wie du.«

Langsam straffte er die Schultern. »Ich verstehe«, sagte er.

»Gut. Also, bist du bereit?«

»Ja.« Er nickte. »Bereit.«

Sie sah zu, wie er sich umwandte, wobei er sich diesmal vorsichtiger bewegte. Er kniete sich an den Rand des Grats und schwang dann die Beine ins Leere. Er ließ sich herunter, bis er an den Händen über dem Abgrund hing und Jinkil und Joq sein Gewicht auffingen und ihn langsam herunterließen. »In Ordnung!« rief er wenig später. »Ich stehe auf dem Vorsprung.«

Laena fühlte eine Welle der Erleichterung in sich aufsteigen. Vielleicht, sagte sie sich, geht ja doch alles gut.

Als nächster war Benke an der Reihe. Er konnte seine Angst nicht mehr verbergen, als er sich mit brüsken, ruckartigen Bewegungen an den Rand des Grates hockte. Joq und Jinkil musterten ihn zweifelnd, sagten aber kein Wort.

Laena hockte sich neben ihn. »Laß dich herunter«, sagte sie leise. »Es wird dir nichts geschehen.«

Er zögerte. Dann schob er sich mit einer abrupten Bewegung über den Rand.

Joq und Jinkil wurden von der Bewegung überrascht, und das Seil spannte sich abrupt in ihren Händen. Joq wäre es beinahe entglitten, und er fluchte verhalten. Benke schrie auf.

Laena blickte über den Rand und sah ihn wild von einer Seite zur anderen schwingen. »Alles in Ordnung?« rief sie.

»Er hat sich das Knie gestoßen«, rief Orban herauf, während Benke das angezogene Beine mit beiden Händen umfaßte und grunzte vor Schmerz.

Stück für Stück ließen Joq und Jinkil ihn herunter.

»Ich habe ihn«, rief Orban. Und dann: »In Ordnung. Er ist unten.«

»Benke, bist du schwer verletzt?« Es kann doch sicher nichts Ernstes sein, sagte sie sich. Nur eine Prellung oder ein Kratzer.

Benke schnappte nach Luft, als er versuchte, sein verletztes Bein zu belasten. Orban fing ihn auf und stützte ihn.

Laena erwog kurz, Orban aus der Entfernung Anweisungen zu geben, wie eine ernsthafte Wunde versorgt wurde. Unmöglich. Sie wandte sich Joq und Jinkil zu. »Laßt als nächstes mich runter«, sagte sie. »Vielleicht braucht er meine Hilfe.«

»Aber ...«, setzte Joq an.

»Jetzt gleich«, sagte sie, während sie das Seil hochzog. Sie knotete es sich eilig um den Oberkörper. Dann setzte sie sich zügig, um sich selbst keine Zeit zum Nachdenken zu lassen, auf den Gratrand und ließ die Beine herabbaumeln. »Ihr müßt direkt hinter mir stehen«, sagte sie zu Joq und Jinkil. »Ich kann mich nicht dem Fels zuwenden, Henik ist im Weg.«

In diesem Moment begann Henik zu weinen, als wäre er vom Klang seines eigenen Namens aufgewacht.

»Still«, murmelte sie, um ihn zu beruhigen, während die beiden Männer sich hinter ihr aufstellten. »Ruhig, Henik. Es ist alles gut.«

Das Seil spannte unter ihren Achseln schmerzhaft. Dann fühlte sie, wie sie angehoben wurde, als die Männer daran zogen. Sie schwang über den Rand und stieß, ohne es zu wollen, einen erschreckten Schrei aus.

Laena drehte sich langsam am Seilende, und die Welt schwankte um sie herum. Sie drückte ihren Sohn an sich und biß die Zähne zusammen. Sie durfte sich nicht gestatten, in Panik zu geraten, so wie Benke. Ganz langsam glitt sie abwärts. Die Männer waren sehr vorsichtig, wofür sie ausgesprochen dankbar war – andererseits konnte sie es kaum erwarten, wieder festen Boden unter den Füßen zu haben. *Bitte*, dachte sie. *Bitte laß es bald vorbei sein*!

Dann berührten Orbans Hände ihre Fußknöchel. »Ich habe dich, Laena-Mutter«, rief er. »Sachte.«

Sie blickte herab, sah sein Gesicht, und es gelang ihr sogar zu lächeln. »Danke, Orban«, keuchte sie, als er sie hinunterdirigierte. Sie klammerte sich an den Fels und drehte sich auf die Seite, damit ihr Rucksack nicht hinter ihr eingeklemmt wurde.

Und dann berührten ihre Füße den Vorsprung, der tatsächlich breiter war, als er von oben gewirkt hatte. Der Rest des Steilhangs unter ihr war immer noch furchteinflößend, aber nicht mehr so schlimm wie vom Rand des Grates aus. Sie sagte sich, daß sie jetzt sicher war. Sicher.

Sie nestelte an dem Seil und löste die Knoten. Dann fiel ihr Blick auf Benke, der etwas abseits auf dem Felsvorsprung saß und sein Bein umklammert hielt.

Er blickte mit einem seltsamen, gequälten Ausdruck zu ihr auf. »Ich fürchte«, sagte er, »es ist gebrochen.«

Kapitel 43

Laena versuchte, Benke zu untersuchen, aber das war neben ihm auf dem Fels hockend beinahe unmöglich. Derweil hörte sie über sich Newa angstvoll aufschreien, als sie über den Rand gehoben wurde. Dann kam Fayna herunter, die erleichtert nach Luft schnappte, als ihre Füße festen Boden berührten. Perri gab keinen Laut von sich, als verböte ihr der Stolz, auch nur die geringste Furcht zu zeigen.

»Erzähl mir, was passiert ist«, forderte Laena Benke auf. »War es die Höhe ...«

»Die Höhe macht mir nicht das geringste aus«, entgegnete er gereizt.

»Was dann …«

»Ich bin mein eigener Herr. Ich bitte nie jemanden um Hilfe. Ich begebe mich nie in die Hände anderer.« Ein grimmiger Ausdruck trat auf sein Gesicht. »Ich kann mir nichts Schlimmeres vorstellen, als so gehalten zu werden, wie ein … ein totes Tier am Ende eines Seils.«

Laena erkannte, daß sie sich geirrt hatte. Er war kein Einzelgänger, weil er den Tod seiner Frau nicht verwunden hatte; er suchte die Einsamkeit, weil er einfach nie gelernt hatte, anderen zu vertrauen. Aber auch wenn sie das gewußt hätte, hätte es einen Unterschied gemacht? »Ich denke, dein Bein ist möglicherweise gar nicht gebrochen«, versuchte sie, ihm Mut zu machen. »Und auch wenn es so ist, können wir abwarten, bis es verheilt ist …«

Er lachte bitter. »Erspare mir deine wohlmeinenden Lügen, Laena-Mutter. Eure Zeit ist zu kostbar, Tage oder Wochen darauf zu verschwenden, auf mich zu warten. Außerdem würde ich das gar nicht wollen. Es ist schon schlimm genug, daß ich vor den Männern das Gesicht verloren habe. Ich würde nicht wollen, daß sie mich auch noch als Krüppel verachten.«

Laena wandte sich mit gemischten Gefühlen ab. Benke tat ihr leid, aber gleichzeitig war sie auch wütend auf ihn. Oder war sie eigentlich wütend auf sich selbst? Wer war schuld, daß Benke sich verletzt hatte? Sie wußte es wirklich nicht. Aber sie war fest entschlossen, weitere Unfälle zu vermeiden. Sie sah nach oben. »Joq, kommst du als nächster?«

Sein Gesicht erschien über dem Rand des Felsgrates. »Nein«, rief er ihr zu. »Jinkil ist nicht sicher, ob er mich allein richtig halten kann. Wir legen also das Seil über den Felsbrocken. Er klettert als erster herunter und dann ich.«

»Gut«, entgegnete sie. Sie wandte sich den anderen auf dem Felsvorsprung zu und stellte fest, daß sie sie angstvoll musterten. Benkes Unfall hatte sie verunsichert, und sie erwarteten von ihr, daß sie ihnen sagte, daß alles gut werden würde.

Nun, sie würden noch warten müssen. Sie richtete sich auf und sah zu, wie das Seil heruntergelassen wurde, bis beide Enden direkt über ihrem Kopf nebeneinander baumelten.

Jinkil schwang sich über den Rand, und seine massige Gestalt verdeckte den Himmel. Sie hörte seine Kleider rascheln und seine Mokassins über den Fels schaben. Er hielt die beiden Seilstränge mit beiden Händen und ließ sich langsam herunter, keuchend und grunzend vor Anstrengung.

Laena griff nach oben und packte einen seiner Fußknöchel. Orban auf der anderen Seite tat es ihr gleich. Gemeinsam dirigierten sie Jinkil herab. Und dann stand er neben ihnen, das Gesicht schweißnaß und staubverschmiert. Er bewegte die Schultern und rückte seinen Rucksack zurecht. »Das war nicht unbedingt schwer«, sagte er und wischte sich den Schweiß aus den Augen, »aber auch nicht unbedingt leicht.«

Laena blickte besorgt nach oben. Joq war zwar leichter als Jinkil, aber bei weitem nicht so stark. Und er hatte bereits viel von seiner Kraft darauf verwandt, die anderen herunterzulassen.

»Ich komme«, rief er.

Alle sahen in gespanntem Schweigen zu, wie er mit dem Abstieg begann. Er ließ das Seil durch seine Hände gleiten – zu schnell! Er schrie auf vor Überraschung und Schreck, als er absackte, aber dann packte er wieder fester zu und schaffte es, seinen Fall zu bremsen, mit einem Ruck, der das Seil zum Vibrieren brachte.

Er blieb eine Weile dort hängen, sacht hin und her schwingend. Jinkil langte nach oben, aber Joq befand sich noch außerhalb seiner Reichweite. »Nur noch ein kleines Stück«, rief Laena Joq zu.

Vorsichtig lockerte er seinen Griff, und wieder glitt das Seil zu schnell durch seine Hände. Er schrie auf und stürzte zwischen Jinkil und Orban herab. Blitzschnell packten sie zu, bekamen ihn gerade noch zu fassen, und einen Augenblick kämpften sie alle um ihr Gleichgewicht.

Dann ließen sie Joq herunter, bis seine Füße den Boden berührten.

Lange sagte niemand ein Wort. Joq rang nach Luft, die Augen noch weit aufgerissen vor Furcht. Er krümmte die Finger und zuckte zusammen vor Schmerz. »Das Seil hat meine Handschuhe durchschnitten«, sagte er. »Ich konnte es nicht kontrollieren. Ich habe es versucht, aber es ging nicht.«

Langsam beruhigte er sich wieder.

»Alles in Ordnung«, sagte Laena. »Jetzt sind wir alle in Sicherheit. Orban, könntest du dich an mir vorbeischieben? Benke wird sich auf dich stützen müssen.«

Orban nickte. »Sofort.«

»Was ist mit dem Seil?« fragte Joq.

»Was soll damit sein?« fragte Laena.

»Sollen wir es mitnehmen oder nicht?«

»Natürlich nehmen wir es mit. Darum hast du es doch lose um den Felsen gelegt; damit wir es herunterziehen können.«

»Ja.« Er sah sie sorgenvoll an. »Aber … wenn wir es herabziehen, gibt es kein Zurück mehr. Wenn sich herausstellt, daß Benke sich tatsächlich ernsthaft verletzt hat …«

»Zieh das Seil herunter, Joq«, sagte sie ausdruckslos, als wäre kein Raum für Widerspruch.

»Warte!«

Das war Newa gewesen. Laena wandte sich ihr zu.

»Was, wenn …« Sie klang ganz aufgeregt. »Wenn wir es nicht schaffen und zurück auf den Grat müssen.«

Aber es war bereits zu spät. Joq hatte an einem Seilende gezogen, und es glitt gerade um den Fels über ihnen und landete in Joqs Armen.

»Keine Angst, Newa«, sagte Laena. »Wir werden es schaffen.«

Sie trugen Benke hinunter zum See, wo dickes, üppiges Gras auf weicher Erde wuchs und das Wasser plätschernd am Ufer leckte. Alle scharten sich um sie, als

Laena sich neben den Verwundeten kniete und sein Hosenbein aus Karibuleder hochschob. Sie sah, daß das Knie bereits dick angeschwollen und tiefrot verfärbt war.

Sie öffnete ihren Rucksack und nahm ein Quadrat Mammutfell heraus. Nan hatte immer behauptet, daß es spezielle Heilkraft barg, wenngleich Laena nie sicher gewesen war, ob die alte Frau tatsächlich daran glaubte. Sie reichte das Stück Fell Perri, die neben ihr stand. »Tauch es ins Wasser, bring es dann zurück, und drück es auf sein Knie. Wir müssen sein Bein kühlen, damit die Schwellung zurückgeht.«

Laena wandte sich wieder Benke zu, betastete das Gelenk und bewegte es vorsichtig. »Gebrochen ist es nicht«, sagte sie schließlich.

Sie hörte, wie die anderen hinter ihr erleichtert aufatmeten.

»Aber du wirst dich einige Zeit schonen müssen«, fuhr Laena fort.

»Nein.« Benke versuchte, sich aufzusetzen. »Sucht mir einen Ast, den ich als Krücke benutzen kann.«

»Leg dich wieder hin!« fuhr sie ihn an. »Ich bin Heilerin, und du hast zu tun, was ich dir sage!«

Er blinzelte überrascht. Vermutlich hatte noch nie eine Frau in diesem Ton mit ihm gesprochen. Langsam ließ er sich ins Gras zurücksinken.

Perri kam mit dem nassen Mammutfell zurück und drückte es auf sein Knie. Laena nickte zustimmend. »Es ist schon später Nachmittag. Wir sind alle müde. Wir können gleich hier lagern. Morgen werden wir sehen, ob Benkes Bein schon wieder belastet werden kann.« Sie sah in die Runde. »Seid ihr alle einverstanden?«

Zustimmendes Gemurmel antwortete ihr.

Als der Himmel beinahe schwarz war, ließ sie ihren Sohn bei Perri, die mit den anderen am Feuer saß, das sie am Seeufer entzündet hatten, und nahm Joqs Arm. »Ich muß mit dir sprechen«, flüsterte sie. Gemeinsam entfernten sie sich vom Feuer und tauchten in die Dunkelheit ein.

Sie fanden eine Stelle, an der sie bequem auf dem weichen Boden sitzen konnten. Die Sterne funkelten am Himmel über dem Talkessel, und das Wasser glitzerte im Mondlicht.

»Sag mir, ob du mich immer noch für eine weise Anführerin hältst«, sagte Laena. »Nachdem einer von uns bereits verwundet ist und es keinen Weg zurück gibt zu dem Ort, den wir als unsere Heimat betrachten.«

Joq musterte sie eine Weile. »Gibst du dir Schuld für das, was Benke passiert ist? Ist es das, was dich bedrückt?«

»Natürlich gebe ich mir die Schuld!« flüsterte sie leidenschaftlich.

»Dann stellst du die falsche Frage«, murmelte Joq, nachdem er eine Weile nachgedacht hatte. »Die eigentliche Frage ist die, ob diese Wanderschaft an sich klug ist.«

Sie versteifte sich. »Wie meinst du das? Ich dachte, du glaubst …«

»Ja, ich glaube. Wenn ich daran denke, was du in der Vergangenheit alles getan hast, daß du die Flut vorausgesehen hast, glaube ich natürlich an deine Vision. Aber es ist schwer, auf diese Weise weiterzuziehen, Laena, ohne zu wissen, wohin oder wie lange wir brauchen werden, bis wir am Ziel sind.«

»Ich verstehe.« Sie beugte sich vor und schlang die Arme um die angezogenen Knie. »Nun, diese Wanderung *ist* aber klug. In diesem Punkt mußt du auf mein Urteil vertrauen.«

Er zuckte die Achseln. »Dann war alles, was du bisher getan hast, ebenfalls klug. Du hast deine Leute über ein Hindernis hinweggeführt, das jeder andere als unüberwindlich betrachtet hätte. Du hast beschlossen, uns den Rückweg abzuschneiden, so daß jetzt alle gezwungen sind, nach vorn zu sehen und ihr Bestes zu geben. Daraus kann ich dir keinen Vorwurf machen.«

Nach und nach fühlte sie, wie ihre Anspannung nachließ. »Du klingst aber immer noch nicht sehr glücklich«, bemerkte sie.

Joq seufzte. »Ich hoffe nur, daß, wenn wir unser Ziel endlich erreichen, sich herausstellt, daß es der Mühe wert ist.«

»Das muß es einfach«, murmelte sie.

Am nächsten Tag war Benkes Bein schon etwas weniger geschwollen, und Joq schnitzte für ihn eine Krücke aus einem Ast. Der Boden am Seeufer war eben, so daß sie eine Weile mühelos weiterkommen würden, zumindest bis sie das andere Ende des Tals erreichten. Schwer zu sagen, was sie hiernach erwartete. Die schneebedeckten Gipfel erhoben sich immer noch in der Ferne und gemahnten sie ständig an die große Herausforderung, die ihrer harrte.

Jinkil überraschte sie alle, als er zum Frühstück frischen Fisch brachte. »Im See wimmelt es von Fischen«, sagte er grinsend und zog Stiefel und Hose aus, die völlig durchweicht waren vom Waten durch das seichte Wasser. Er warf vier schwere Lachse neben dem Feuer auf den Boden und bedeutete Perri, sie zu säubern und auszunehmen.

»Seltsam«, sagte Joq. »Im Fluß gab es nur wenige Fische, während hier oben …«

»Sie laichen in stehendem Gewässer«, erklärte Benke. »Und vergiß nicht, daß der See erst nach dem großen Erdrutsch entstanden ist. Die Fische konnten früher noch stromaufwärts schwimmen …«

»Und als sich dann der See gebildet hat, haben sie sich dort niedergelassen«, sagte Joq.

»Wild gibt es allerdings keins«, sagte Jinkil und hielt seine Mokassins ans Feuer, bis sie anfingen, in der kühlen Morgenluft zu dampfen. »Keine Spuren, kein Kot.« Er wandte sich mit fragendem Blick an Benke. »Und wie erklärst du dir das?«

Sein Tonfall klang herausfordernd, und Laena hörte in ihm nicht mehr dasselbe Maß an Respekt wie noch am

Vortag. Sie erkannte, daß Benke recht gehabt hatte: Er hatte vor den Männern das Gesicht verloren.

»Ich weiß nicht, wo das Wild ist«, entgegnete Benke steif. Er wandte sich ab, blickte über das Wasser und war wieder eine einsame Gestalt, ein Außenseiter.

Alle fühlten sich steif und müde nach den Anstrengungen des Vortages, und Laena wollte Benke so viel Ruhe wie möglich gönnen. Also ließ sie den Morgen verstreichen. Sie saß eine Weile bei Newa und sah Henik und Urami zu, die im Gras herumkrochen und sich auf dem Boden kugelten. Die hochaufragenden Wände des Talkessels hielten den Wind ab und fingen die Hitze der Sonne ein, so daß es warm und friedlich war am Seeufer.

»Du warst gestern sehr mutig«, lobte Laena Newa.

Die junge Frau warf ihr einen raschen, unbehaglichen Blick zu und sah dann wieder zu Boden. »Das stimmt nicht. Ich hatte panische Angst.«

»Ja, du hattest Höhenangst. Aber du hast uns nicht angefleht umzukehren und hast weder geschrien noch geweint. Das war ein Zeichen von Mut.«

Newa schüttelte den Kopf. »Ich habe mir etwas geschworen, Laena. Als ich meinen Mann und mein Kind verloren habe …« Sie schwieg eine Weile und schloß die Augen, ihre Züge plötzlich sehr angespannt. Dann entspannte sie sich langsam wieder. »Es tut immer noch weh, daran zu denken.« Sie schlug die Augen wieder auf. »Aber ich sagte mir, daß sie aus einem bestimmten Grund von mir genommen worden sein mußten. Und der einzige Grund, den ich mir denken konnte, war der, daß ihr Tod mich frei gemacht hat, auf diese Wanderschaft mitzukommen und mich um die kleine Urami zu kümmern.« Sie zuckte schicksalsergeben mit den Schultern. »Es gibt also für mich kein Zurück.«

Laena legte Newa eine Hand auf die Schulter. »Ich werde versuchen, mich deines Vertrauens würdig zu erweisen«, sagte sie.

Newa lachte freudlos. »Ich bin es, die unwürdig ist, Laena. Ich wünschte, ich hätte nur halb so viel Kraft wie du.«

Sie sind alle gleich, dachte Laena bei sich. *Sie alle scheinen zu glauben, daß ich stärker bin als sie*. Vielleicht lag es daran, daß sie selbst rückhaltlos an die Richtigkeit ihrer Wanderung glaubte. Im Herzen fühlte sie sich jedenfalls alles andere als stark.

Etwas später bandagierte sie Benkes Bein mit trockenem Leder, das sie fest um sein Knie wickelte, so daß er das Gelenk nicht beugen konnte. »Wir nehmen dir so viel von deinem Gepäck ab wie möglich«, erklärte sie. »Und wir werden langsam gehen. Denk immer daran, daß du weit nützlicher bist, wenn du allein zurechtkommst. Es würde also nichts bringen, wenn du dein Bein überanstrengst und schließlich gar nicht mehr gehen kannst. Wenn du uns allen einen Gefallen tun willst, versuchst du gar nicht erst, ein zügigeres Tempo anzuschlagen, das dir doch nur schaden würde.«

Seine Mundwinkel zogen sich nach unten. Er nickte knapp. Dennoch sah sie ihm an, wie schwer es ihm fiel, Rat oder Anweisungen von ihr entgegenzunehmen.

Gegen Mittag brachen sie wieder auf. Orban und Fayna übernahmen bald die Spitze, und Laena beschloß, sie gewähren zu lassen – sie würde ihre Ungeduld doch nicht zügeln können. Alle anderen paßten ihre Marschgeschwindigkeit Benke an, der mit grimmigem Gesicht vorwärtshumpelte, schweigend vor sich hin starrend.

»Immer noch keine Spuren von Wild«, bemerkte Jinkil nach einer Weile. »Seht.« Er zeigte auf eine kleine Landzunge, die sacht zum Wasser hin abfiel. »Eine solche Stelle würden die Tiere ganz selbstverständlich als Tränke annehmen. Die Erde sollte voller Spuren sein, von Hirschen und Karibus, Elchen, Bären, Wölfen, Füchsen und vielleicht sogar Bisons.« Er schüttelte den Kopf. »Ich verstehe das nicht.«

»Als der Steinrutsch das untere Ende des Tals blockiert

hat, wurden die Tiere vielleicht hier gefangen«, bemerkte Perri.

Jinkil warf ihr einen durchdringenden Blick zu, als hätte er nicht von ihr erwartet, sich in die Unterhaltung einzumischen.

»Dann wären sie verhungert«, fuhr sie fort.

»Gras.« Er zeigte auf den Boden. »Mir scheint, hier gibt es genug Futter für Grasfresser.«

»Aber die Raubtiere könnten sie alle gefressen haben«, widersprach Perri. »Und als es keine Beute mehr für sie gab, sind auch sie verhungert.«

Jinkil funkelte sie böse an. »Jetzt hör mir mal zu ...«

Wieder fühlte Laena sich berufen, Frieden zu stiften. Sie wußte nicht genau, was sich zwischen Jinkil und seiner Frau abspielte, aber sie durfte nicht zulassen, daß es zu einem dauerhaften, sinnlosen Disput ausartete. »Noch wissen wir nicht, wie es am anderen Ende des Tales aussieht«, unterbrach sie Jinkil. »Hier gibt es nicht viel Deckung. Vielleicht ziehen die Tiere es vor, sich dort aufzuhalten, wo mehr Bäume und Sträucher sind. Wäre das nicht denkbar?«

Jinkil musterte sie einen Moment. »Vielleicht«, brummte er dann.

Tatsächlich glaubte Laena selbst nicht an ihre Erklärung. Das Fehlen jeglicher Tiere an diesem Ort war unheimlich. Es hätte wenigstens Spuren von Eichhörnchen und Kaninchen geben müssen. Plötzlich fragte sie sich, ob der Geisterfluß seinen Namen diesem Umstand verdankte. War es vor langer Zeit einem Wanderer gelungen, bis hierher vorzudringen und zurückzukehren, um von diesem Ort zu berichten, an dem keine Tiere lebten?

Ihre Gedanken wurden von einem Ruf Orbans unterbrochen. Er und Fayna waren weiter vorn stehengeblieben und zeigten vor sich auf den Boden.

»Vielleicht haben sie etwas gefunden. Eine tote Ratte oder so etwas«, meinte Jinkil.

Als sie jedoch schließlich zu Orban aufschlossen, sahen

sie auf einem kleinen Flecken nackter Erde, die von der Sonne steinhart gebacken war, einen menschlichen Fußabdruck.

Sie hatten sich selbst den Rückweg abgeschnitten, und die Talwände ragten so steil auf, daß es seitlich keinen Ausweg aus dem Tal gab. Also zogen Laena und ihre Leute weiter. Aber jetzt waren sie auf der Hut und hielten Augen und Ohren offen.

Am oberen Ende des Tales stießen sie auf einen Wald und dichtes Unterholz. »Das wird uns Deckung geben«, brummte Jinkil, als er in den Wald eintauchte, »aber wir werden auch einigen Lärm verursachen.«

Laena hielt sich hinter ihm – nicht, weil sie sich gefürchtet hätte, an der Spitze zu gehen, sondern weil sie Henik schützen wollte. Er saß immer noch in seinem Tragegurt vor ihrer Brust und betrachtete die Waldlandschaft, auf einer hölzernen Schildkröte kauend, die Joq für ihn geschnitzt hatte. Laena erinnerte sich noch an den Tag, an dem Joq das Tier geschnitzt hatte. Es war im Winter gewesen, als es so dunkel war, daß sie kaum etwas sehen konnten, und alle sich nach irgendeiner Beschäftigung gesehnt hatten. Es kam ihr vor, als läge das schon Jahre zurück; Teil einer Welt, die ihr damals unentbehrlich erschienen war und doch nie so real und dauerhaft gewesen war, wie sie geglaubt hatte.

Jinkil blieb so abrupt stehen, daß sie beinahe gegen seinen Rucksack prallte. Er zeigte wortlos nach vorn, und sie entdeckte einen Pfad, der sich vor ihnen unter einem Blätterdach durch das Gestrüpp schlängelte.

Laena gab den anderen hinter sich ein Zeichen, und sie traten näher und scharten sich um sie. Dicht gedrängt hockten sie sich hin. »Sollen wir dem Pfad folgen?« fragte Jinkil leise. »Oder sollen wir einen Bogen um ihn machen? Ich würde letzteres empfehlen.«

»Der Pfad sieht aus, als wäre er schon sehr alt«, entgegnete Laena so leise wie möglich. »Er wurde einst viel benutzt, aber das ist schon lange her. Siehst du das Unkraut, das angefangen hat, ihn zu überwuchern?«

»Ja, das habe ich schon gesehen«, entgegnete Jinkil, wenngleich sie bezweifelte, daß es ihm vorher schon aufgefallen war. »Vielleicht sollten wir dem Pfad doch folgen …«

»Oder dem Fluß«, bemerkte Joq. Das Wasser strömte auf seinem Weg zum See in seinem steinernen Bett plätschernd ganz in der Nähe vorbei.

»Aber wenn das Ufer begehbar wäre, hätten die Menschen doch diesen Pfad nicht angelegt«, wandte Orban ein.

Laena spürte die Rivalität zwischen den Männern, die, jeder für sich, ihr Geschick als Jäger und Fährtenleser demonstrieren wollten. Und woran lag das? Daran, daß es ihnen an einem entschlossenen Führer mangelte.

Sie richtete sich auf. »Wir werden dem Pfad folgen«, sagte sie.

Hierauf folgte ein Augenblick des Schweigens, währenddessen alle sie entgeistert anstarrten. »Ich bin immer noch dafür, daß wir ihn umgehen«, sagte Jinkil schließlich.

»Benke würde mit seiner Krücke nur sehr mühsam vorankommen. Und der Pfad sieht aus, als wäre er lange nicht mehr benutzt worden. Also bleibt es dabei, wir folgen dem Pfad.« Sie wandte sich an Perri. »Nimm mir Henik ab, damit ich, wenn nötig, meinen Speer benutzen kann.«

Perri richtete sich auf, einen überraschten Ausdruck auf dem Gesicht. »Bist du sicher …«

Laena erkannte, daß sie in ihr nur noch Laena-Mutter gesehen und ihre Fähigkeiten als Jäger und Kämpfer vergessen hatten. Nun, vielleicht war sie selbst schuld; sie hatte sie zu sehr bemuttert. Sie zog sich Heniks Tragegurt über den Kopf und reichte ihn an Perri weiter. Henik stieß einen Protestschrei aus, und Perri strich ihm rasch über den Kopf, um ihn zu beruhigen.

»Laß ihn hieran saugen«, sagte Laena und reichte Perri einen kleinen Lederzipfel. »Von jetzt an werde ich vorausgehen. Jinkil, du bist der stärkste von uns – du hältst dich bereit, wenn nötig, Benke zu helfen, verstanden?«

»In Ordnung«, entgegnete er mit einem knappen Nicken. Er fügte sich, weil sie sich wieder benahm wie ein Führer.

»Noch eins«, flüsterte Laena den anderen zu. »Manche Stämme sind sehr kriegerisch, andere friedlich. Aber wenn Fremde auftauchen und mit Speeren werfen, wird jeder noch so friedliche Stamm sich wehren.« Sie schwieg einen Moment und gab ihnen Gelegenheit, darüber nachzudenken. »Wir dürfen nicht als erste angreifen«, fuhr sie fort. »Wir sind nicht zahlreich genug, es auf einen Kampf ankommen zu lassen. Hast du verstanden, Orban? Wirf deinen Speer nicht eher, als du mich den meinen werfen siehst.«

Er straffte die Schultern. »Ich werde abwarten, Laena.«

»Gut.« Sie lächelte ihn an. »Und wenn wir unbemerkt an dem Stamm – sofern es ihn noch gibt – vorbeischleichen können, um so besser. Das ist nicht die Zeit für Heldentaten; es geht ums Überleben, gleich, mit welchen Mitteln.«

Hierauf wandte sie sich von ihnen ab und begann dem Pfad zu folgen.

Die Bäume erinnerten sie an den Wald um das Lager des Wolf-Stammes. Sie dachte an ihre Späher hoch oben in den Baumwipfeln. Wenn die Menschen, die in diesem Tal lebten, so gut vorbereitet und kriegerisch waren wie die Wölfe, würden sie sie und ihre Gefährten rasch und mühelos töten, daran bestand kein Zweifel.

Aber sie schob den Gedanken beiseite. Sie und ihre Leute würden überleben, weil es ihre Bestimmung war. Daran klammerte sie sich, während sie gebückt den Pfad hinunterschlich, auf das geringste Geräusch im Unterholz lauschend. Sie fühlte, wie ihr Mund trocken wurde und ihre Haut prickelte. Ein Zweig knackte. Sie versteifte sich und fuhr dann herum – aber es war nur Newa, die nie gelernt hatte, sich mit der Lautlosigkeit eines Jägers zu bewegen.

»Laena«, flüsterte eine Stimme direkt hinter ihr.

Sie wandte den Kopf und sah, daß Orban aufgeschlossen hatte. Sie musterte ihn fragend.

»Ich rieche Feuerrauch.«

Sie hielt inne und schnupperte. Er hatte recht. »Sie sind also ganz in der Nähe«, murmelte sie zu sich selbst. Sie ließ den Blick um sich schweifen und wünschte, es gäbe eine Möglichkeit, das Lager in großem Bogen zu umgehen, wie Jinkil es vorgeschlagen hatte. Aber hier war das Unterholz sogar noch dichter, und durch die Bäume konnte sie die Felswände des Tales schimmern sehen, so daß sie wenig Raum für taktische Manöver hatten.

Sie schlich weiter und sah, daß der Wald sich weiter vorn lichtete. Sie machte noch ein Dutzend Schritte, hielt dann inne und betrachtete den Anblick, der sich ihr bot. Vorn, am Ende des Tales, befand sich unmittelbar am Flußufer, jedoch leicht erhöht, ein Felsplateau, und dort standen ein halbes Dutzend Zelte von einer Art, wie sie sie noch nie zuvor gesehen hatte. Sie schienen aus fünf oder sechs langen Stangen zu bestehen, die im Kreis aufgestellt und aneinandergelehnt waren, so daß sie sich am oberen Ende zu einer Spitze trafen. Um die Stangen waren Tierhäute gespannt, die mit roten und schwarzen Zeichnungen geschmückt waren, die Tiere und Jäger mit Speeren zeigten.

Laena winkte Jinkil heran. »Sag mir, was du siehst«, flüsterte sie ihm zu. Er war von Natur aus ein Kämpfer und darüber hinaus erfahrener als Joq oder Orban. Wenn Gefahr bestand, würde er es am ehesten spüren.

»Das Gras dort drüben ist dünn«, murmelte er. »Das heißt, daß sie schon lange hier leben. Es steigt Rauch von den Zelten auf, das heißt, genauer gesagt nur von einem. Das Gestell zum Trocknen von Fleisch ist lange nicht mehr benutzt worden. Siehst du den Knochenhaufen dort? Sie machen sich nicht die Mühe, ihren Abfall zu vergraben. Das zieht Schwärme von Fliegen an. Außerdem stinkt es. So wie ich das sehe, sind diese Menschen Wilde. Und sie sind nicht sehr zahlreich. Vielleicht haben sie jene getötet, die dieses Lager errichtet haben, und sich ihre Zelte angeeignet.«

Laena nickte langsam. Einige der Dinge, von denen er gesprochen hatte, waren ihr selbst aufgefallen, aber sie war nicht zu demselben Schluß gekommen. Natürlich war nicht ausgeschlossen, daß Jinkil sich irrte. »Vielleicht gelingt es uns, unbemerkt um die Zelte herumzuschleichen«, flüsterte Laena. »Sie scheinen keine Späher zu haben. Warum auch, so unzugänglich, wie dieses Tal ist.«

Jinkil kniff die Augen zusammen. »Du meinst, wir sollen dort an der Talwand entlanggehen? Und dann durch den Spalt auf der anderen Seite?«

»Ja«, entgegnete Laena.

Er rieb sich das Kinn. »Was ist mit Benke?«

Laena erkannte, daß sie Benke vorübergehend vergessen hatte. »Könntest du ihn auf den Schultern tragen, wenn jemand dir dein Gepäck abnimmt? Nur, bis wir an den Zelten vorbei sind. Sobald wir durch die Öffnung zwischen den Felswänden hindurch sind, sind wir außer Sichtweite.«

»Ja, ich könnte ihn schon tragen«, entgegnete Jinkil. »Aber was ist mit seinem Rucksack?«

»Joq kann zwei Lasten tragen – seine eigene und Benkes. Wir können sie auf einen Speer fädeln, den er sich quer über die Schultern legt, und Orban kann zusätzlich noch deine Last übernehmen.«

Jinkil grunzte. »Damit hätte ich aber keine große Bewegungsfreiheit, falls es zum Kampf kommt.«

Laena warf einen Blick zurück. Die anderen warteten. Sie hockten im Gebüsch, den Blick auf sie gerichtet, und fragten sich ganz offensichtlich, was sie mit Jinkil besprach. »Siehst du einen anderen Weg?« fragte sie.

Er überlegte einen Moment. »Wir könnten angreifen«, entgegnete er schließlich. »Wir könnten die Kinder bei Benke lassen und alle anderen mit einem Messer oder Speer bewaffnen. Dann schleichen wir uns an und umstellen das Zelt, aus dem der Rauch aufsteigt. Wir schlitzen gleichzeitig die Seitenwände auf und töten alle, bevor sie Gelegenheit haben, uns zu töten.«

Laena fühlte, wie eine seltsame Kälte sich in ihr ausbreitete, als sie sich vorstellte, Jinkils Plan durchzuführen. Auf seine eigene brutale Art war der Plan völlig logisch; er bot ihnen die größte Überlebenschance. Und hatte sie nicht selbst gesagt, daß ihr Überleben absoluten Vorrang hatte?

Aber dann erinnerte sie sich an Jalenaus Männer, die ihr Volk massakriert hatten. Vielleicht hatte Jinkil recht, und die einfachen Menschen, die hier in diesen merkwürdigen spitzen Zelten lebten, waren nur Wilde. Und doch würde sie sich, wenn sie sie umbrachte, auf eine Stufe stellen mit jenen, die ihren Stamm niedergemetzelt hatten. Und diese Schuld würde bis ans Ende ihrer Tage auf ihr lasten.

»Es tut mir leid«, sagte sie. »Ich kann keine Fremden opfern, die möglicherweise völlig harmlos sind. Ich möchte nicht zum Mörder werden. Und ich bin nicht sicher, ob irgendeiner von uns das will.«

Er zuckte die Achseln. »Dann müssen wir tun, was du vorgeschlagen hast.«

Sie musterte ihn forschend, konnte aber keine Spur von Groll auf seinen Zügen entdecken. Er schien gewillt, ihre Anweisungen zu befolgen. »Sagen wir es den anderen«, meinte sie.

Sie kehrte mit ihm zurück zu den anderen und erläuterte ihnen ihren Plan. Niemand erhob Einwände, vermutlich, weil niemand einen besseren Vorschlag anzubieten hatte. Aber Benke machte ein unglückliches Gesicht, als ihm sein Rucksack abgenommen wurde. »Du solltest mich allein gehen lassen«, flüsterte er. »Ihr geht alle voraus, und ich komme dann nach.«

»Der Nachzügler einer Karibuherde ist der erste, der den Speer des Jägers zu spüren bekommt«, bemerkte Orban.

Benke schüttelte energisch den Kopf. »Ich will niemandes Hilfe.«

»Ich bin eure Anführerin«, erwiderte Laena ruhig. »Ich habe entschieden. Jinkil wird dich tragen. Wir brauchen dich und können es uns nicht leisten, dich zurückzulassen.«

Benke blickte zu ihr auf, und seine Züge verzogen sich

zu einer schmerzlichen Grimasse. Aber er sah die Entschlossenheit in ihren Augen und erhob keine Einwände mehr.

Kurz darauf waren sie bereit. »Für mich hat es den Anschein, als läge ein weiteres Tal hinter diesem. Die Berge rücken dicht zusammen, und dort fließt auch der Fluß hindurch. Wenn wir an den Zelten vorbei und durch den Spalt sind, müßten wir mehr Deckung finden.«

»Ich könnte vorausgehen und das erkunden«, erbot sich Orban.

Laena zögerte. »Nein. Du müßtest zweimal durch das Dorf, und das würde die Gefahr, daß wir entdeckt werden, verdoppeln. Nein, wir gehen alle gemeinsam.«

Sie ging voran bis zum Waldrand. Jetzt, da sie einen Entschluß gefaßt hatte und ihren Plan umsetzte, fühlte sie sich seltsam ruhig. Sie betrachtete den felsigen Boden zwischen sich und den Zelten und trat dann entschlossen vor. Gebückt huschte sie im Zickzackkurs von einem Felsbrocken und Strauch zum nächsten, jede sich bietende Deckung nutzend.

Sie hörte die anderen hinter sich. Ihre Füße stampften über das spärliche Gras. Sie atmeten keuchend. Ihre Kleider raschelten, und die Lederriemen ihrer Lasten knarzten leise. Sie wollte über die Schultern blicken und sich davon überzeugen, daß Perri mit Henik folgte, widerstand aber der Versuchung. Sie mußte sich ganz auf die Zelte konzentrieren.

Sie schlich außen um die Zelte herum und kletterte so weit als möglich die Talwand hinauf. Dort war das Gelände steil und steinig, und kleine Steine lösten sich unter ihren Füßen. Zweimal verlor sie beinahe das Gleichgewicht.

Sie hörte hinter sich jemanden straucheln und stellte sich vor, wie Jinkil mit Benke auf den Schultern stürzte. Aber dann hörte sie einen schrillen Schrei.

Erst dachte sie, es wäre die Stimme einer Frau, aber dann erkannte sie, daß es ein Kind war. Sie blieb stehen und wandte sich um. Perri war ausgeglitten und auf die

Seite gefallen. Sie hatte die Arme schützend um Henik gelegt, so daß ihm nichts passiert war, aber der Lederzipfel war ihm aus dem Mund gefallen, und er schrie unzufrieden, während Perri sich wieder aufrappelte.

Laena wollte instinktiv zu ihrem Kind, aber das wäre sinnlos gewesen. Das Wichtigste war immer noch, so schnell wie möglich an den Zelten vorbeizukommen. Sie fing an, über den steinigen Boden zu laufen, und hörte, wie die anderen ihr keuchend folgten.

Der Engpaß, der das Talende markierte, kam näher. Sie sah den Fluß hindurchströmen, die Sonne auf der Wasseroberfläche glitzernd. Dahinter befand sich ein weiteres Tal, ganz so, wie sie es vermutet hatte. Sie sah Bäume und Sträucher ...

Zu ihrer Rechten ertönte ein häßlicher, gutturaler Laut ...

Sie wirbelte herum. Eine Gestalt stand vor den Zelten. Eine gebückte, dürre Gestalt in zerschlissenen Tierhäuten. Das von Schmutz und Fett starrende Haar stand wild von dem Kopf des Mannes ab. Sein Gesicht war eingefallen. Der Mann hielt einen Speer in der Hand, und als sie ihn anblickte, bog er den Kopf zurück und stieß erneut einen gutturalen Schrei aus.

Sie erstarrte. Sie erkannte, daß die friedliche Stille Illusion gewesen war. Ihr Puls pochte wild. Der Wilde, der neben dem großen Steinhaufen stand, den Jinkil vorhin bemerkt hatte, starrte sie unverwandt an. Würde er angreifen? Er hielt den Speer mit der Spitze nach unten. Er kam nicht auf sie zu. Vielleicht hatte er ganz friedliche Absichten. Wie sollte sie das wissen?

Dann trat ein zweiter Mann aus dem Zelt, und noch einer.

Plötzlich wußte Laena, was sie zu tun hatte. »Joq, Orban! Stellt eure Lasten ab! Jinkil, laß Benke herunter!«

Sie wartete nur so lange, bis sie sicher war, daß sie ihre Anweisungen befolgten. Dann wandte sie sich wieder den drei Wilden zu. Sie waren nicht mehr als hundert Schritte entfernt. Und sie befand sich an der Felswand, also ihnen gegenüber erhöht. Sie wußte ohne den leisesten Zweifel, daß sie treffen würde.

»Tötet sie!« rief sie und holte mit ihrem eigenen Speer aus. Sie ließ sich einen Augenblick Zeit, sich auf einen der Fremden zu konzentrieren, der ebenfalls seinen Speer hob. Aber er würde nicht mehr dazu kommen, ihn zu werfen.

Laena schwang den Arm in einem raschen, sauberen Bogen. Ihr Speer flog auf die Wilden zu. Der gebückte der drei Männer stieß einen angstvollen Schrei aus, dann stürzte er rücklings zu Boden, die Hände auf die Brust gedrückt, aus der rotes Blut quoll.

Seine beiden Gefährten heulten auf – ob aus Furcht oder Zorn, ließ sich nicht sagen. »Tötet sie!« rief Laena erneut. Jinkil schleuderte seinen Speer, dicht gefolgt von Orban und Joq. Einer der Wilden wirbelte herum, um zu fliehen, wurde jedoch in den Rücken getroffen und ging zu Boden, wo er schreiend liegenblieb. Der dritte Mann wurde von zwei Speeren getroffen – der eine bohrte sich in seine Brust, der andere in seinen Hals. Seine Knie gaben nach, sein Kopf fiel zurück, und Blut sickerte durch seine verschlissenen Kleider. Laena stand da und starrte auf das blutige Schauspiel. Es war alles so schnell gegangen und so leicht gewesen. So schrecklich leicht. Plötzlich begann sie am ganzen Leib zu zittern. »Jinkil!« rief sie. »Er soll aufhören zu schreien!«

Der Wilde, der in den Rücken getroffen worden war, brüllte immer noch vor Schmerz und versuchte schwerfällig, zurück in das Zelt zu kriechen, aus dem er gekommen war.

Jinkil stieg den Hang hinunter und griff im Gehen nach seinem Flintmesser.

»Vorsicht!« rief Laena ihm nach. »Vielleicht sind es noch mehr.«

»Die hätten sich inzwischen gezeigt«, entgegnete Jinkil und ging auf den Verletzten zu. Er zögerte kurz, dann bückte er sich und schnitt ihm mit einer raschen Bewegung die Kehle durch.

Laena zitterte immer noch. Sie erinnerte sich daran, wie sie dem Massaker an ihrem eigenen Volk zugesehen hatte, und durchlebte noch einmal die damaligen Schrecken. Das Unglauben, das Entsetzen und das Bedürfnis, so schnell und weit wie möglich fortzulaufen.

»Schnell«, rief sie. »Wir müssen weg von hier.«

Jinkil wandte sich ihr zu. »Wir müssen unsere Speere zurückholen. Und wir könnten auch ihre brauchen.«

»Gut. Hol die Speere. Und dann gehen wir.«

Jinkil ließ sich Zeit. Er stieg über die Leichen hinweg, zog die Speere aus den Toten, säuberte sie und sammelte dann die Waffen der Wilden ein. Schließlich nahm er sich noch die Zeit, einen Blick in das Zelt zu werfen, aus dem sie gekommen waren. Er stieß einen überraschten Ruf aus.

Laena sah zu, von quälender Ungeduld erfüllt. Sie fühlte sich gräßlich dabei, dazustehen und auf die Männer herabzublicken, deren Tod sie befohlen hatte. Sie fühlte sich so schwach, daß sie sich kaum auf den Beinen halten konnte. Sie wagte es nicht, ihre eigenen Leute anzusehen. Sie war überzeugt davon, daß sie sie anstarrten und sich fragten, warum sie den Befehl zum Töten gegeben hatte. »Jinkil!« rief sie erneut. »Wir müssen gehen!«

Er kam wieder aus dem Zelt und zog etwas hinter sich her. Laena erkannte entgeistert, daß es sich um einen Menschen handelte, eine Frau, die in noch erbärmlicherem Zustand war als die Männer. Sie war so schwach, daß sie kaum stehen konnte. Sie gab gräßliche Klagelaute von sich und hielt die Hände vor das Gesicht, als würde das Sonnenlicht sie blenden.

»Laß sie!« rief Laena. »Laß sie dort, Jinkil!«

Er blickte verwirrt zu ihr auf und sah dann wieder auf die erbarmungswürdige Kreatur herab. »Sie könnte verhungern.«

»Nein, sie wird nicht verhungern, glaub mir.« Laena wandte sich ab. Sie konnte den Anblick nicht mehr ertragen. Sie marschierte auf den Engpaß am Ende des Tales zu, ohne sich darum zu scheren, ob die anderen ihr folgten.

Sie versammelten sich in einem kleinen Wäldchen zwergwüchsiger Bäume. Jinkil setzte Benke ab, riß dann Grasbüschel aus und rieb methodisch seine Handschuhe ab. Laena sah, daß sie blutdurchtränkt waren.

Joq starrte sie an, als wäre sie eine Fremde. Orban fühlte sich sichtlich unwohl. Newa und Fayna waren ganz blaß vor Angst, und die Kinder wimmerten. Seltsamerweise schien Perri als einzige unberührt von dem Geschehen.

»Ich verstehe das nicht«, brach Orban als erster das Schweigen. »Ich dachte, du hättest gesagt …«

Laena hob abwehrend beide Hände. »Ich weiß, was ich gesagt habe. Hat denn keiner von euch den Knochenhaufen bei den Zelten gesehen?«

»Ich schon«, entgegnete Jinkil. »Ich habe dich darauf aufmerksam gemacht.«

»Ja«, entgegnete Laena. »Das waren Menschenknochen. Und nicht nur auf diesem einen Haufen. Auch um die Trockengestelle herum. Versteht ihr?« Sie sah in die Runde. Noch schienen sie nicht zu begreifen. »Irgendwann in der Vergangenheit wurde das Tal von dem Steinrutsch, den wir hinaufgeklettert sind, blockiert. Die Zeltmenschen konnten das Tal nicht mehr verlassen, und es konnten keine Tiere mehr herein. Nach und nach töteten die Menschen alles Wild. Deshalb haben wir auch keine Spur von Tieren finden können. Und als es keine Tiere mehr gab, begannen die Menschen, sich gegenseitig aufzuessen.«

Alle schwiegen. Jetzt verstanden sie, und auch der mißbilligende Ausdruck war aus Joqs Augen gewichen.

»Es gibt aber doch Fische im See«, bemerkte Jinkil.

Laena breitete die Hände aus. »Du hast doch selbst gesehen, wie primitiv diese Menschen waren. Vielleicht haben sie nie gelernt, mit einem Fischspeer umzugehen.«

»Du hast recht«, sagte Orban schließlich. »Sie sind zu

Kannibalen geworden. Aber jene, die wir gesehen haben, waren sehr schwach. Glaubst du wirklich, daß sie uns angegriffen hätten?«

»Vielleicht nicht gleich«, entgegnete Laena. »Vielleicht hätten sie vorgegeben, uns willkommen zu heißen. Vielleicht hätten sie uns auch ziehen lassen. Aber früher oder später wären sie uns gefolgt und hätten versucht, uns zu töten. Sie hatten bereits die meisten von ihrem Stamm verspeist. Glaubt ihr, sie hätten gezögert, Fremde zu essen?«

Hierauf folgte wieder unbehagliches Schweigen.

»Also gut. Und was jetzt?« fragte Joq schließlich und sah sich in dem neuen Tal um, in das sie gelangt waren. Hier war das Gelände unwegsamer. Einige verkrüppelte Bäume wuchsen auf steinigem Grund. In einiger Entfernung lag sogar stellenweise Schnee.

»Wir gehen weiter«, entgegnete Laena schlicht.

»Ja«, sagte Joq. Er zögerte, als hätte er etwas auf dem Herzen, von dem er nicht sicher war, ob er es aussprechen sollte. »Aber … vielleicht gibt es keinen Ausweg aus diesem Tal. Wenn es einen gäbe, hätten die Zeltmenschen ihn gefunden und das Tal verlassen, anstatt zu Menschenfressern zu werden.«

Der Wind frischte auf, blies Laena die Kapuze vom Kopf und peitschte ihr das Haar ins Gesicht. Sie rückte ihre Kleider zurecht und zog ihre Felle fester um sich. »Ich glaube dennoch fest daran, daß es einen Weg gibt«, sagte sie. »Wir sind entschlossener und erfindungsreicher als diese Leute.«

»Das werden wir auch sein müssen«, brummte Jinkil. »Wenn sie alles Wild im unteren Tal getötet haben, werden sie auch hier alle Tiere ausgerottet haben.«

»Wir haben noch Vorräte für viele Tage«, entgegnete Laena. »Sieh doch.« Sie zeigte in die Ferne. »Die Gipfel vor uns sind niedriger als auf beiden Seiten. Dort kommt der Fluß her, und dort wird auch der Paß sein. Wenn wir den Mut haben, dort hinaufzusteigen, kann niemand sagen, was uns auf der anderen Seite erwartet.« Nach kurzem Schweigen fuhr sie fort. »Und offen gesagt, haben wir keine andere Wahl. Ihr wißt ja, daß es keinen Weg zurück gibt.«

Benke, der sich hingesetzt hatte, rappelte sich hoch. »Genug geredet«, sagte er. »Wir sollten das letzte Tageslicht nutzen.« Er stützte sich auf seine Krücke. »Ich bin soweit.«

Vielleicht versucht er nur, seine verlorene Ehre wiederherzustellen, sagte sich Laena, aber sie war ihm dennoch dankbar. Wenn ein Mann mit Krücke und steifem Knie bereit war, sich der Herausforderung zu stellen, wie sollten da die anderen kneifen?

Sie ging zu Perri hinüber und nahm ihr Henik wieder ab. Sie legte sich den Tragegurt um und trat dann vor Jinkil. »Mein Speer«, sagte sie.

»Hier.« Er reichte ihn ihr. Er hatte die Spitze gesäubert, aber es haftete trotzdem noch etwas Blut daran. Nun, so war das eben. Sie hatte einen Mann getötet, und es war sinnlos, so tun zu wollen, als wäre es nicht geschehen.

Sie wandte sich ab und begann, den steinigen Hang hinaufzusteigen.

Kapitel 44

Am Abend lagerten sie im spärlichen Schutz einiger Felsbrocken. Laena verstand jetzt, warum die Zeltmenschen es vorgezogen hatten, im tieferen Tal zu leben: Im Vergleich zu diesem Abschnitt war es das reinste Paradies. Der Wind blies unablässig und trug die kalte Luft von den schneebedeckten Hängen vor ihnen herab. Die Berge zu beiden Seiten waren erschreckend steil, leiteten den Wind ins Tal und verdeckten die Sonne. Noch war der Himmel recht hell, aber dort, wo sie mit den ihren um das Feuer hockte, das sie aus einem mageren Holzvorrat entfacht hatten, befanden sie sich in tiefem Schatten.

Laena sah, daß die Ödnis alle deprimierte und entmutigte. »Wir sollten uns heute abend früh schlafen legen und dafür morgen schon sehr zeitig weiterziehen«, sagte sie. »Vielleicht erreichen wir schon morgen einen Ort, der weniger düster ist als dieses Tal.«

Jinkil öffnete seinen Rucksack. Er trug ihr Zelt aus Tierhäuten. Im Grunde war es nicht viel mehr als eine große dünne Lederdecke mit Riemen entlang der Ränder. Er suchte sich einen geeigneten Stein und begann, Stöcke in den Boden zu schlagen, wobei er jeweils die Riemen am letzten Stock verschnürte, damit das Leder nicht vom Wind davongeweht wurde.

Bald drängten sie sich alle unter dem Zeltdach. Laena hatte in ihrer Kindheit viele Nächte unter einem solchen Schutzdach verbracht, als ihr Stamm über die Ebene gezogen war, aber für die Fischer war es eine ebenso neue wie unangenehme Erfahrung. Sie hörte sie grummeln und brummen, während sie sich bemühten, den Knien und Ellbogen der anderen auszuweichen, als sie dicht gedrängt dalagen. Anfangs froren sie alle, aber schon bald wurde es erstickend heiß.

»Löst einen der Riemen«, sagte Laena, »sonst ersticken wir noch an unserer Körperwärme.«

Sie hörte jemanden grunzen, sich winden und an einem der Knoten nesteln, bis endlich ein leiser frischer Luftzug hereinströmte.

»Ich habe viele Nächte unter einem solchen Zeltdach verbracht«, erklärte Laena. »Vertraut mir: Ihr werdet euch bald daran gewöhnen.«

»Das bezweifle ich.« Es war Benkes Stimme, und ihr wurde bewußt, daß die beengende Nähe für einen Einsiedler wie ihn besonders schwer zu ertragen sein mußte.

»Es gibt keine andere Möglichkeit, Benke«, sagte sie.

Er antwortete nicht.

»Versuchen wir, etwas zu schlafen«, sagte Joq, der gleich hinter ihr lag. Er klang müde und hielt sie nicht umschlungen wie sonst. Auch er war in seiner Kindheit ein Außenseiter gewesen. Nun, dachte Laena bei sich, er wird sich eben anpassen müssen.

Sie rollte sich um den kleinen Henik herum ein. Wenigstens beklagte er sich nicht. Er war satt und schlief tief und fest. Laena drückte ihn an sich; sie empfand seine Nähe als tröstlich. Und doch – irgend etwas störte sie.

Dann plötzlich ging ihr auf, was es war. Auf den Wanderungen mit ihrem Stamm hatte sie immer Seite an Seite mit Moru geschlafen. Schon als ihre kleine Schwester erst ein Jahr alt gewesen war, hatte Laena sie gehalten, wie sie jetzt Henik hielt.

Unvermittelt stieg eine Welle der Trauer in ihr auf. Sie fragte sich, wo Moru in ebendiesem Augenblick sein und was sie wohl tun mochte. Vielleicht versuchte auch sie zu schlafen. Vielleicht dachte sie an Laena, so wie Laena an sie dachte.

Plötzlich fühlte sie sich sehr einsam und verlassen. Tränen liefen ihr über das Gesicht. Sie hatte geglaubt, daß es ihr gelungen wäre, sich gegen den Verlust ihrer Schwester zu stählen, aber ganz offensichtlich hatte sie sich nur etwas vorgemacht. Tausend kleine Erinnerungen stiegen vor ihrem geistigen Auge auf – Morus Art zu essen, zu lächeln, Laena zu umarmen, wenn sie einander länger nicht gesehen hatten, zum Abschied zu winken.

So mußten die anderen um sie herum empfinden. Alle außer Benke hatten ihre Familien zurückgelassen oder bei der Flut verloren. Schlimmer noch. Im Gegensatz zu Laena waren sie noch nie zuvor entwurzelt worden. Plötzlich begriff sie, wie furchteinflößend und traurig diese Wanderung für sie sein mußte.

Sie beschloß, in den nächsten Tagen freundlicher zu sein und mehr Geduld mit ihnen zu haben. Was hatte Faltor sie gelehrt? Sie konnte beinahe seine Stimme hören: »Wenn du Strenge walten läßt, wird man dich respektieren, aber wenn du gütig bist, wirst du geliebt, und das ist unendlich viel mehr wert.«

Vergiß das nie, ermahnte sie sich, ehe sie endlich einschlief.

Am nächsten Tag schienen alle müde und ermattet von ihrer Nacht unter dem Zelt. Sie ging von einem zum anderen, sprach hier ein freundliches Wort, lächelte, versuchte, ihnen Mut zu machen. Aber ihr entging nicht, daß ihre Blicke immer wieder zu den Berggipfeln zurückkehrten, die vor ihnen aufragten, und sie erriet, was in ihren Köpfen vorging. Wenn diese Nacht schon so unbequem gewesen war, wie würde es dann erst auf diesen ungastlichen verschneiten Felshängen werden?

Eins ermutigte sie jedoch: Benkes Knie heilte rasch. Er hatte es sich nur stark geprellt. Er mußte es zwar noch weitgehend schonen und durfte es nicht voll belasten, aber in wenigen Tagen würde er völlig wiederhergestellt sein.

Sie war versucht, den Weitermarsch hinauszuschieben, bis er wieder ganz bei Kräften war, aber sie wußte, daß das Warten nur an den Nerven aller zehren würde, und sie bezweifelte außerdem, daß Benke einwilligen würde. Also erwähnte sie diese Möglichkeit nicht einmal.

Sie half, ein Feuer zu machen, an dem sie sich wärmen konnten, und achtete darauf, daß alle anständig frühstückten. Dann begann ihr eigentliches Abenteuer.

Am Mittag stapften sie durch eine dünne Schneeschicht. Das meiste war von den höhergelegenen Hängen heruntergeweht worden, aber diese Hänge waren nun nicht mehr fern. Am Flußufer waren noch vereiste Stellen, und der Boden war hart, als wäre er noch gefroren.

Das Tal verengte sich zu einer schmalen Schlucht. Die Bäume wurden spärlich, und schließlich gab es überhaupt keine mehr. Das Gras verschwand ebenfalls, als sie höher aufstiegen. Und dann endete das Tal an einer zerklüfteten Felswand. Das war also die Erklärung dafür, daß die Zeltmenschen nicht versucht hatten, ihrem Gefängnis auf diesem Wege zu entkommen. Es schien keinen Ausweg zu geben.

Und doch handelte es sich nicht um eine senkrechte

Wand. Sie wies ein annehmbares Gefälle auf und war von einem Netz von Spalten durchzogen, die breit genug waren, festen Halt zu bieten. Wenn jemand entschlossen war und fest daran glaubte, daß ihn jenseits der bedrohlich aufragenden Berge etwas Besseres erwartete, kam einem der Aufstieg nicht ganz so gefährlich vor.

Dennoch war es schwer zu entscheiden, wie sie die Aufgabe angehen sollten. Der Fluß war ihnen auch keine Hilfe; er strömte in einem Dutzend verschiedener, sich kreuzender Rinnen den Fels hinunter. Auch konnte Laena nicht sehen, was sie erwartete, wenn sie oben angelangten, da der obere Rand der Felswand vor ihnen verborgen war.

Die anderen hockten sich auf den Boden, um auszuruhen. Ihr Atem dampfte in der kalten, feuchten Luft. Niemand sagte ein Wort. Sie musterten sie abwartend.

Laena ließ den Blick über den Fels schweifen. Auf der einen Seite, beinahe in Augenhöhe, sah sie eine Vertiefung im Stein, die aussah wie ein nach oben gerichteter Pfeil.

Sie betrachtete die Spitze genauer. Überrascht stellte sie fest, daß die Markierung mit Flintstein von Menschenhand in den Fels geritzt worden war. Ganz offensichtlich zeigte sie auf eine der Felsspalten und markierte den Weg.

»Seht her«, rief sie. »Es sind schon andere vor uns hier gewesen.«

Benke trat als erster zu ihr, um sich die Markierung anzusehen. »Das scheint mir ein gutes Omen zu sein«, sagte er verhalten.

Laena ärgerte sich über seinen skeptischen Tonfall. »Wir sollten uns wieder anseilen«, sagte sie und begann, das Seil auszurollen. »Du gehst als erster«, sagte sie, an Jinkil gewandt. Er war der stärkste von ihnen; falls einer von ihnen stürzte, würde er ihn auffangen. Zumindest hoffte sie das.

Und so machten sie sich an den Aufstieg.

Im Grunde war er nicht viel schwieriger als die Überwindung des Steinrutsches. Der Hauptunterschied war der, daß es hier viel kälter war und der Wind, wenn er sich drehte, ihnen eisiges Flußwasser ins Gesicht wehte. Aber sie alle hatten im Laufe ihres Lebens gelernt, Kälte auszuhalten. Sie haßten die Kälte, aber sie war ihnen nicht fremd.

Sie folgten der diagonalen Spalte, die sie stetig aufwärts führte. Als er an ihrem Ende angelangte, hielt Jinkil inne und überlegte, wohin er sich von dort aus wenden sollte. Dann entdeckte er einen zweiten Pfeil, der in den Stein geritzt worden war und auf eine zweite Spalte zeigte, die sie im Zickzackkurs in die Richtung zurückführte, aus der sie gekommen waren. Er mußte sich strecken, um den Vorsprung zu erreichen, aber als er erst drüben war, konnte er den anderen rüberhelfen.

Laena dachte an die Menschen, die diesen Pfad markiert hatten. Wo waren sie jetzt? Und waren sie je diesen Weg zurückgekommen? In gewisser Weise war sie unendlich dankbar für den markierten Pfad, andererseits aber beunruhigte es sie, daß sie nur in die Fußstapfen anderer trat. Würde es noch mehr Begegnungen geben wie jene mit den Wilden in den spitzzulaufenden Zelten? Sie wollte gar nicht daran denken.

Sie blickte zurück, um zu sehen, wie die anderen zurechtkamen. Benke befand sich zwischen Joq und Orban, die ihm im Bedarfsfall halfen, was er schweigend hinnahm. Perri schien keine großen Schwierigkeiten zu haben und hatte sich auch Uramis angenommen. Newa litt wieder unter Höhenangst, aber Fayna blieb dicht neben ihr, stützte sie und redete ihr gut zu. Tatsächlich war der Aufstieg nicht so schlimm, solange sie dem Fels zugewandt blieben, kleine Schritte machten und nicht hinabsahen. Es war vor allem eine Frage der Ausdauer.

Spät am Nachmittag gelangten sie endlich auf den Grat der Felswand. Dahinter erstreckte sich ein weiteres Tal, das noch viel abschüssiger war als das vorangegangene. Im Grunde war es nur eine tiefe Furche zwischen den Bergen, eis- und schneebedeckt, mit dem Fluß, der sich in der Mitte hindurchschlängelte.

»Das sieht mir recht gefährlich aus«, sagte Jinkil, als er den Blick über das weiße Mosaik schweifen ließ.

»Dann folgen wir dem Grat«, sagte Laena. »Hier. Sieh.« Sie deutete auf einen Haufen Steine. Es waren nicht viele, aber sie waren ganz offensichtlich als Wegweiser aufgeschichtet worden. Zwischen die Steine war ein Stück Holz geklemmt, das die Richtung wies.

Und so setzten sie ihren Weg fort. Der Wind hatte den Schnee von dem Grat geweht, und der Fels war zerklüftet und löchrig und bot festen Halt. Wieder war der Aufstieg nicht allzu schwierig, wenn auch anstrengend.

Schließlich gelangten sie auf ein kleines Plateau, auf dem sie sich ausruhen und etwas essen konnten. Von dort aus konnten sie bis hinab ins Tal sehen, sogar bis zum Dorf der Wilden, deren Zelte in weiter Ferne als winzige Dreiecke auszumachen waren. Dahinter erstreckte sich der See. Der Rest der Landschaft war von Nebel verhüllt.

Laena sah blinzelnd in den Himmel. Wolkenfetzen zogen vorüber, aber es sah aus, als würde es trocken bleiben. Sie spürte, daß die anderen auf dem kleinen Plateau bleiben wollten, und war geneigt zuzustimmen. Ihre Arme und Beine schmerzten von der anstrengenden Kletterei.

Aber dann erinnerte sie sich daran, wie Nan sie immer vorangetrieben und sie ungeahnte Kraftreserven in sich entdeckt hatte. Und so teilte sie ihnen freundlich, aber bestimmt mit, daß es noch zu früh war, das Nachtlager aufzuschlagen. Sie beharrte darauf, daß sie weitergehen müßten. Laena sah, daß einige ihrer Reisegefährten grimmige Blicke tauschten, und spürte, daß sie widersprechen wollten. Als sie sie jedoch wieder anblickten und sahen, daß sie lächelte und sie sanft drängte, brachten sie es nicht über sich, sich gegen sie aufzulehnen.

Wieder fanden sie Markierungen, die ihnen den Weg wiesen. Bei jeder Richtungsänderung stießen sie auf einen kleinen Steinhaufen oder einen in den Fels geritzten Pfeil. Der Pfad wand sich scheinbar planlos durch das Gestein, aber rückblickend erkannte Laena, daß sein Verlauf sorgfältig durchdacht war. Er folgte stets den am wenigsten steilen Hängen und den sichersten Übergängen und kehrte immer wieder zurück zum Fluß.

Als die Sonne hinter den Gipfeln im Westen verschwand, hatten sie einen Bergkamm erklommen, der beinahe aussah, als wäre er der höchste Punkt des Passes zwischen den Gipfeln. Als sie aber ihre zerschundenen Körper hinaufzogen, stellten sie fest, daß sich dahinter ein weiteres tiefes Tal auftat, mit noch höheren Gipfeln dahinter. Sie hörte Joq und Orban stöhnen, als sie sahen, was ihnen noch bevorstand, und Newa gab einen entgeisterten Ausruf von sich.

Aber Laena entdeckte auch eine geschützte Stelle, die einen idealen Lagerplatz abgeben würde. Es war etwas Schnee hineingeweht worden, aber der ließ sich rasch ausfegen. »Hierher«, rief sie. »Jemand soll mir bitte helfen.« Sie zog ein Stück Leder aus ihrem Rucksack und benutzte es, um den Schnee fortzuschaufeln.

Nach einer Weile schloß Joq sich ihr an und half ihr. Hinterher breiteten sie alle gemeinsam das Lederzelt aus, verankerten es und krochen darunter. In der Felskuhle hatten sie weitaus mehr Platz als in der vergangenen Nacht, und schon bald war es warm genug, obwohl es nichts gab, womit sie ein Feuer hätten machen können.

Anfangs sprachen sie kaum ein Wort. Sie alle waren enttäuscht davon, wieviel Kletterei noch vor ihnen lag. Sie klagten über ihre schmerzenden Glieder und die drückende Last ihrer Rucksäcke. Laena hörte eine Weile schweigend zu.

Schließlich hatte sie genug. »Ihr klingt wie alte Frauen, die über Rückenschmerzen jammern«, sagte sie. »Habt ihr vergessen, warum wir hier sind?«

Hierauf folgte Stille. Waren sie jetzt böse auf sie? Sie wußte es nicht.

»Das hier ist das größte Abenteuer, das unser Stamm je unternommen hat«, sagte sie. »Unsere Kinder und Kindeskinder werden uns dafür im Gedächtnis behalten und uns danken, daß wir ihnen ein neues Leben ermöglicht haben, in einem Land ohne Gefahren und Mühsal. Habt ihr das vergessen?«

»Laena hat recht«, sagte Joq nach einer kurzen, nachdenklichen Pause. »Anstatt uns über die Kletterei zu beklagen, sollten wir vorausblicken und an die Zukunft denken.«

»Und ihr solltet euch vor Augen halten, was wir bereits geleistet haben«, sagte Laena. »Newa, du mit deiner Höhenangst – hättest du dir je träumen lassen, daß du schaffen könntest, was du in den vergangenen zwei Tagen geleistet hast? Perri, Fayna – seid ihr lieber Teil dieses großen Abenteuers, oder würdet ihr es vorziehen, im Dorf in einer Hütte zu hocken und Fisch auszunehmen?«

»Entschuldige, Laena«, sagte Newa. »Ich habe mich zuviel beklagt.«

Die anderen stimmten ein.

Und so begannen sie, anstatt weiter zu jammern, Spekulationen anzustellen, was noch vor ihnen liegen mochte oder was die anderen Fischer wohl denken würden, wenn sie Laena und ihre Gefährten jetzt sehen könnten.

Aber es gab noch andere Spannungen innerhalb der Gruppe. Perri und Jinkil sprachen kaum ein Wort miteinander, und das wenige, was sie sagten, war kalt und barsch. Perri war im Dorf immer eine pflichtgetreue Ehefrau gewesen, aber jetzt schien sie sich zu verändern und bot Jinkil die Stirn, anstatt vor ihm zu kuschen. Laena verstand nicht, warum, und es gab keine diskrete Möglichkeit, sie zu fragen. Aber sie erkannte, daß es früher oder später zu ernsthaften Problemen führen würde.

Orban und Fayna fochten ebenfalls miteinander und stritten über die kleinsten Kleinigkeiten, wenngleich ihre Kabbeleien inzwischen spielerischer klangen, wie Laena erleichtert bemerkt hatte. Orban hatte auf ein Mädchen gewartet, das bei der Flut umgekommen war. Fayna war ein Jahr älter als er, hatte jedoch das gleiche ungeduldige, rebellische Naturell. Laena fragte sich, ob die beiden sich zueinander hingezogen fühlten. Wenn ja, wie würde dann die Vermählungszeremonie aussehen? Würde sie als

Anführerin der Gruppe gebeten werden, sie durchzuführen? Ein seltsamer Gedanke.

Benke war immer noch der Außenseiter, saß schweigend da und ignorierte das Gedränge um ihn herum. Und doch hatte er in gewisser Weise Gesellschaft: Newa trauerte noch, sagte kaum etwas und hielt sich ebenfalls abseits. Das schuf eine Gemeinsamkeit mit dem Verwundeten, wenngleich der ihre Anwesenheit kaum wahrzunehmen schien.

Laena richtete den Blick auf Joq, der im Halbdunkel unter dem Zeltdach nur als kaum sichtbare Silhouette auszumachen war. Er war wegen irgend etwas mit Orban in Streit geraten – es ging um einen Zwischenfall, der sich vor einem Jahr ereignet hatte, bei einer Jagd, an der sie beide teilgenommen hatten. Wer hatte den Speer geworfen, der in einem Baum steckengeblieben war, und wer war hinaufgeklettert und hatte ihn zurückgeholt? Es war keine ernsthafte Auseinandersetzung. Sie neckten einander und lachten.

Laena war glücklich, Joq zum Mann zu haben. Er war immer loyal gewesen und fast immer guter Dinge. Und der bisherige Verlauf ihrer Wanderung ermutigte sie. Ihre Muskeln schmerzten, aber das war ein vertrautes Gefühl, das sie an jene einfacheren Zeiten erinnerte, da sie mit Nan umhergezogen war. Sie dachte daran zurück, wie Moru einmal gesagt hatte, daß es für sie, Laena, ein natürliches Bedürfnis war, umherzuwandern, und sie erkannte, daß ihre Schwester ganz recht gehabt hatte.

Am nächsten Tag setzten sie ihren Aufstieg mit neuer Entschlossenheit fort. Wenn die Kletterei länger dauern würde, als sie erwartet hatten … Nun denn, es gab kein Zurück, und ihre Vorräte würden nicht ewig reichen. Sie hatten keine andere Wahl, als so schnell wie möglich weiterzukommen.

Die Markierungen wiesen ihnen auch weiter den Weg. Laena hatte gelernt, ihnen rückhaltlos zu vertrauen, da sie

sie kein einziges Mal von dem Pfad abgebracht hatte, der unaufhaltsam bergauf führte.

Am Nachmittag näherten sie sich dem verschneiten Grat, den sie am Vorabend gesehen hatten. Laena spürte die wachsende gespannte Erwartung der anderen, als sie den letzten Abschnitt des Hanges hinaufkletterten. Und sie fühlte ihren Zorn und ihre Enttäuschung, als sie sich einem weiteren Kamm gegenübersahen, der noch höher war als der, auf dem sie standen.

In dieser Nacht lagerten sie auf kompaktem Schnee. Laena mußte ihnen zeigen, wie man ihn zu Blöcken formte und zu einer runden Behausung aufschichtete, mit nach innen gewölbten Wänden, die sich zu einem Kuppeldach verjüngten. Sie breiteten ihr Lederzelt auf dem Schnee aus und schliefen dicht aneinandergedrängt. Diesmal gab es nichts, was die Stimmung auflockern könnte. Es herrschte eine düstere Atmosphäre gemeinsamer Entschlossenheit – und wachsender Furcht.

Am nächsten Tag mußten sie sich durch tiefen Schnee kämpfen. Sofern es weitere Markierungen gab, waren sie verborgen. Anfangs war Laena verunsichert, aber sie hatte von den vorangegangenen Markierungen gelernt. Hier oben in den Bergen war der direkteste Weg nicht unbedingt der beste. Gewöhnlich war die beste Route die sicherste, jene, die die steilsten Hänge mied. Vor ihr lag eine scheinbar formlose Eislandschaft, die sich ganz sicher überqueren ließ, wenn sie mit ihren Speeren Stufen hineinritzten. Aber sie wußte gleich, daß jene, die die Markierungen angebracht hatten, niemals diesen Weg gewählt hätten. Die monotone Aufgabe, Stufen ins Eis zu hacken, würde sie bald ermüden und unaufmerksam machen, und beim kleinsten Ausrutscher konnte der ganze Trupp den vereisten Hang hinuntergerissen werden, ohne jede Möglichkeit, sich irgendwo festzuklammern, um den Sturz aufzuhalten. Nein, der richtige Weg führte über einen Grat. Er war zwar doppelt so lang, aber dafür bei weitem nicht so gefährlich.

Keiner der anderen widersprach ihrer Entscheidung.

Inzwischen hatten sie begonnen zu begreifen, wie gewaltig die Herausforderung, die sie sich entschlossen hatten anzunehmen, tatsächlich war, und sie alle waren sich ihrer mangelnden Erfahrung nur zu bewußt. Ab und an fiel ein böses Wort, wenn es darum ging, daß sie gleich vom ersten Tag an eine andere Route hätten einschlagen sollen. Manchmal beklagte sich jemand über mangelnde Vorbereitung oder den Leichtsinn einer Wanderung ins Unbekannte. Aber dennoch folgten sie Laena in dem Glauben, sie besäße weit größere Erfahrung in diesen Dingen als sie selbst. Glücklicherweise war Benkes Bein inzwischen so weit wiederhergestellt, daß er allein zurechtkam. Aber die anderen entwickelten ihre eigenen Wehwehchen. Newa litt aufgrund von Schneeblindheit an ständigen Kopfschmerzen; sie hatte nicht eingesehen, warum sie ihre Augen vor den reflektierenden Weißen Hängen schützen sollte. Laena fertigte aus dünnem Leder eine Augenbinde mit schmalen Schlitzen an, so daß Newa gerade noch genug sehen konnte, das Gleichgewicht zu halten, während der Rest der Gruppe sie führte.

Joq hatte sich an einer Hand, dort wo sein Handschuh Tage zuvor von dem Seil zerschnitten worden war, Erfrierungen zugezogen. Fayna schien dem Zusammenbruch nahe, wenngleich sie sich weigerte, dies einzugestehen. Und Henik schrie und weinte fast ohne Unterbrechung, obwohl Laena keine körperliche Ursache dafür feststellen konnte. Vielleicht äußerte er nur, was alle anderen empfanden: die Furcht, nie mehr aus dieser felsigen, eisigen Wildnis herauszukommen.

Sie verbrachten noch eine weitere Nacht auf den Schneefeldern, und noch eine. Jede Nacht war kälter als die vorangegangene, weil sie unaufhaltsam immer höher hinauf stiegen. Laena registrierte, daß niemand mehr bereit war, seine Vorräte zu teilen; sie wurden rationiert und gehortet. Und da der Fluß in dieser Höhe noch mit einer dicken Eisschicht bedeckt war, mußten sie darauf zurückgreifen, Eis im Mund schmelzen zu lassen, was zur Folge hatte, daß sie ständig Durst litten.

In der fünften Nacht im Schnee träumte Laena, daß sie neben Moru in einer weiteren Schneehütte lag, um die der Wind pfiff, während die Kälte immer tiefer in ihre Knochen drang. »Wir brauchen etwas, um Feuer zu machen«, sagte Moru, und Laena versuchte ihr zu erklären, daß sie weder ein Feuer hätten noch Brennmaterial, weil es hier oben nichts als Felsen und Schnee gäbe. Plötzlich schlug Moru Laena mit mehr Kraft, als in ihrem kleinen Körper stecken konnte, ins Gesicht. »Schlaf!« schrie Moru. »Du wirst noch verrückt vor Müdigkeit, Laena. Du machst den Leuten angst.«

Laena blinzelte. Joq schüttelte sie grob. »Komm zu dir«, sagte er ..., und sie erkannte, daß sie halluziniert hatte.

Am nächsten Tag ruhten sie, da sie einsah, daß sie alle überanstrengt waren. Im übrigen hatte das Wetter sich abrupt verschlechtert, und Eisregen prasselte auf die Berghänge nieder. Die grauen Wolken verdichteten sich und senkten sich herab, bis nichts mehr zu sehen war und die Wanderer sich in einer unheimlichen, konturenlosen grauen Welt wiederfanden. Laena wurde bewußt, wieviel Glück sie bislang mit dem Wetter gehabt hatten, und sie betete, daß es bald wieder besser werden würde.

In dieser Nacht lauschte sie, während die anderen schliefen, dem Regen, der auf ihren kleinen Unterschlupf trommelte. Sie fragte sich, ob sie noch auf dem richtigen Weg waren – was immer das bedeuten mochte. Die Berge schienen endlos zu sein und weit abweisender, als sie sich je hätte träumen lassen. Sie erinnerte sich, daß Nan sie vor Jahren ausgelacht hatte, als sie ihr von ihrem Vorhaben erzählt hatte, eines Tages nach Süden zu ziehen. Sie erinnerte sich, daß die Ältesten des Fischer-Stammes sie für verrückt erklärt und behauptet hatten, sie würde sie alle in den Tod führen. Warum hatte sie nur geglaubt, es besser zu wissen? Warum konnte sie nicht akzeptieren, daß ältere Menschen vielleicht wirklich mehr wußten als sie selbst?

Stumm flehte sie den weißen Panther an, zurückzukehren und zu ihr zu sprechen wie in der Vergangenheit. Aber als sie schließlich einschlief, hatte sie keinen Traum, der sie hätte trösten oder führen können. Sie war wirklich ganz allein mit ihren Gefährten in dieser ungastlichen, kargen Bergwelt.

Aber am nächsten Tag besserte sich das Wetter. Es hörte auf zu regnen, und die Wolken lichteten sich, zumindest so weit, daß Laena den Weg erkennen konnte. Alle waren ausgeruht und erfrischt, bereit, die verschneiten Hänge wieder anzugehen. Trotzdem fühlte Laena sich innerlich leer, noch erfüllt von den Zweifeln, die sie während der Nacht gequält hatten. Natürlich ahnte niemand etwas davon; nur Joq schien ihre Deprimiertheit zu spüren. Aber sie wich seinen Fragen aus und seilte eilig alle an, ihre Gefühle mit simplen, praktischen Dingen verdrängend, die getan werden mußten.

Wenigstens erwies sich die Besteigung des nächsten Hangs als verhältnismäßig einfach. Er war von Vorsprüngen durchzogen, die wie riesige Stufen unter dem Schnee lagen und zu einer Felsspalte zwischen zwei Gipfeln hinaufführten.

Als sie fast oben war, stolperte sie jedoch und fiel mit den Armen rudernd mit einem überraschten Aufschrei der Länge nach in den Schnee. Glücklicherweise hatte sie Henik am Morgen Perri anvertraut, so daß nichts weiter verletzt wurde als ihr Stolz.

Laena rappelte sich wieder hoch und klopfte sich den Schnee aus den Fellen. Alle sahen sie an, aber niemand lachte. Sie alle wußten, wie abhängig sie von ihr waren. Wenn sie Schwäche zeigte oder sich durch ihre Ungeschicklichkeit verletzte, würde das alle in Gefahr bringen.

»Ich bin nur gestolpert«, rief Laena ihnen zu, die sich immer noch fragte, wie es zu dem Sturz hatte kommen können. Nach all den schwierigen Hängen, die sie überwunden hatten, schien es absurd, daß sie ausgerechnet an diesem gestürzt war. Aber es hatte sich angefühlt, als würde etwas ihren Stiefel festhalten. Sie ging ein Stück zurück, den Blick auf den Schnee gerichtet, und entdeckte etwas, das wie eine dünne schwarze Linie im Schnee aussah.

»Seht!« rief sie und fegte mit den Händen den Schnee beiseite. »Hier! Seht euch das an!«

Es war geschwärzt und gehärtet von Sonne und Wind, aber es war ganz offensichtlich Leder. Ein Seil, ähnlich jenem, das sie selbst benutzt hatten, aber sorgfältig aus Riemen geflochten.

Laena zog daran, und es hob sich aus dem Schnee. Sie sah, daß das Seil den Hang hinaufführte, und begann, ihm eifrig zu folgen.

Es führte zu einer Felsspalte. Nein, es führte nicht nur hin, sondern verschwand im Inneren.

Laena zögerte und verharrte eine Weile schwer atmend auf der Stelle. Ihr Atem dampfte in der Kälte. Die Felsspalte hatte etwas Bedrohliches an sich, und doch wußte sie, daß sie nachsehen mußte, was sie verbarg.

Sie war gerade breit genug, daß sie sich hineinzwängen konnte. Zwischen drei Felswänden hatte sich eine winzige Höhle gebildet, auf deren Boden sich Wasser gesammelt hatte, das zu einem festen Eisblock gefroren war. Laena senkte den Blick und sah, daß etwas in das Eis eingebettet war, schemenhaft und schwer zu erkennen.

Sie hockte sich hin und wischte losen Schnee von der Eisoberfläche. Sie sah genauer hin ... und erkannte unter der Eisschicht die ihr zugewandten Gesichter zweier Männer.

Laena starrte sie lange an. Der Wind heulte durch den Spalt hinter ihr, aber sie hörte es nicht. Sie war überwältigt von einer Mischung aus Trauer und ehrfürchtigem Schweigen. Das mußten die Bergsteiger sein, die den Pfad für nachfolgende Wanderer markiert hatten. Sie schätzte, daß die Männer einem Stamm angehört hatten, der unten im Tal gelebt hatte. Wie sie hatten sie auf eine neue Heimat jenseits der Berge gehofft; oder aber sie hatten verzweifelt einen Ausweg aus ihrem Tal gesucht, nachdem es von der Steinlawine abgeriegelt worden war. Jedenfalls hatten sie Markierungen zurückgelassen, in der Hoffnung, weitere Menschen ihres Stammes würden folgen.

Und dann hatten sie hier Schutz gesucht – vielleicht

genauso, wie Laena und die anderen vor dem Sturm am Vortag Schutz gesucht hatten. Aber sie hatten weniger Glück gehabt – oder waren weniger gut vorbereitet gewesen. Sie hatten nicht genügend Vorräte mitgenommen, oder das Wetter hatte für Tage oder Wochen jedes Weiterkommen verhindert, bis sie schließlich verhungert oder erfroren waren.

»Danke, daß ihr uns den Weg gewiesen habt«, sagte Laena leise, in der Hoffnung, daß die Geister der beiden Männer irgendwie, irgendwo ihre Worte hören konnten.

»Was ist denn da drin?« rief Joq von draußen. Er konnte nicht rein, da sie den schmalen Durchgang versperrte.

Ohne recht zu wissen, warum, hatte Laena plötzlich das Bedürfnis, diesen Ort als ihr Geheimnis zu bewahren. Er hatte etwas Heiliges an sich, etwas sehr Persönliches, als hätte sie die Geister dieser Männer während des langen Aufstiegs bereits kennengelernt und als könnte sie diese Verbundenheit mit niemandem teilen.

»Hier ist nichts«, antwortete sie und bedeckte die Gesichter hastig wieder mit Schnee. »Nur ein zerbrochener Speer und ein leerer Beutel.«

»Hey!« rief jemand in einiger Entfernung. Es klang wie Orbans Stimme. »Hey, kommt her und seht euch das an!«

Laena zwängte sich durch den Spalt wieder nach draußen. Sie sah, daß Orban bis auf den Grat hinaufgeklettert war. Er winkte mit einer Hand und zeigte mit der anderen nach vorn. Die anderen wandten sich von Laena ab und hasteten zu Orban hinauf. Die Felsspalte und das Seil im Schnee waren bereits wieder vergessen.

Jinkil trat an Orbans Seite, und Laena hörte seinen überraschten Ausruf. Dann gelangte auch Fayna hinauf und zeigte aufgeregt in die Ferne. Laena fragte sich, was sie wohl entdeckt haben mochten … Dann, ganz plötzlich, glaubte sie es zu wissen. So schnell sie konnte, kletterte sie den Hang hinauf. Als sie ebenfalls oben angelangte, war sie nicht überrascht, zu sehen, daß der nächste Grat tiefer lag als der, auf dem sie jetzt standen, und der dahinter noch tiefer. Die Berge wichen vor ihnen zurück, fielen zu einer Nebelbank hin ab. Und irgendwo dort unten schimmerte ein Anflug von Grün durch die Weiße.

Kapitel 45

Sie brauchten ebensolange, den Berg hinabzusteigen, wie sie gebraucht hatten, ihn zu erklimmen. Als Laena und die anderen endlich Eis und Schnee hinter sich ließen und wieder felsigen Grund unter den Füßen hatten, waren sie alle angeschlagen, und ihnen war schwindlig vor Erschöpfung. Ihre Hände brannten von Erfrierungen, und die Haut in ihren Gesichtern war rissig von der Kälte. Als sie schließlich in die grasbewachsene Ebene gelangten, durch die sich ein Fluß schlängelte, litten sie quälenden Hunger und Durst.

Die Euphorie, die sie alle oben auf dem höchsten Grat beflügelt hatte, war längst von ihnen abgefallen, und ihre Vorräte waren so gut wie aufgebraucht. Sie sanken auf die Knie, schöpften mit den Händen Wasser aus dem Fluß und tranken durstig, unendlich dankbar, daß sie nicht mehr an Eisbrocken lutschen mußten, die auf ihren aufgesprungenen Lippen brannten.

Dann folgten sie dem Fluß, der sie in das grüne Tal führte, das sie Tage zuvor in der Ferne gesehen hatten. Das Tal war so breit und lang, daß es ihnen wie ein eigenständiges, völlig neues Land erschien. Der Talboden war nicht eben, sondern von sanften Hügeln durchzogen, mit klaren, sauberen Teichen, in denen sich Schmelzwasser gesammelt hatte. Das beste aber war, daß sie Spuren von Wildtieren entdeckten, was bedeutete, daß sie nicht würden verhungern müssen.

Es dämmerte bereits, als Laena und ihre Gefährten einen Lagerplatz auswählten. Die Männer waren zu erschöpft, auf die Jagd zu gehen, und es wurde rasch dunkler. Also aßen sie den letzten Rest ihrer Vorräte, machten ein kleines Feuer, das sie mit Zweigen und Dung, den sie in der Nähe fanden, in Gang hielten, und legten sich schlafen, ohne sich die Mühe zu machen, das Lederzelt aufzuschlagen. Worte waren überflüssig. Sie alle waren dankbar, daß sie noch lebten und die qualvolle Überquerung der Berge ein Ende hatte, und wollten nur eins: schlafen.

Diesmal befand sie sich an einem konturenlosen grauen Ort – wie die graue Wolke, die sie oben in den Bergen eingehüllt hatte. Es kam ihr vor, als würde sie dort in der Luft schweben. Und doch lag der Panther zu ihren Füßen, so nah, daß sie seine Körperwärme fühlen konnte. Und jetzt hatte er ein weiteres Jungtier bei sich, und alle blickten sie zu ihr auf.

Laena war von Staunen erfüllt. Der Panther schien zufrieden damit, in ihrer Nähe zu bleiben, und machte keine Anstalten, sich von ihr abzuwenden und sie zu verlassen. »Ich habe getan, was du von mir verlangt hast«, hörte sie sich sagen. »Ich habe mich mehr angestrengt als je zuvor in meinem Leben, und ich habe es geschafft. Ich habe meine Leute über die Berge geführt.«

»Ja.« Der Panther gähnte und streckte die Vorderbeine. Dann ließ er sich auf die Seite sinken und leckte sich eine Pfote. »Du bist auf den rechten Pfad zurückgekehrt, Laena. Aber wenn du dich umsiehst, wirst du feststellen, daß du noch nicht am Ziel deiner Wanderung angelangt bist.«

Laena fühlte erst Überraschung, dann tiefe Enttäuschung. Von ihren Gefühlen getragen, fühlte sie sich plötzlich kraftlos wie ein Blatt im Wind. »Ich habe es versucht!« protestierte sie und warf sich nach vorn, um den Panther zu greifen und ihn daran zu hindern, ihr jemals wieder zu entkommen. Aber das Grau löste sich auf, sie schlug die Augen auf, und es war Morgen.

Zuerst war sie verwirrt und desorientiert. Dann sah sie

die Berge, die hoch über ihr aufragten – die Berge, die es ihr irgendwie gelungen war zu überqueren –, und sie war überwältigt vor Erleichterung, hier zu sein, im hohen, grünen Gras zu liegen, erschöpft und mit einigen Frostbeulen, aber lebendig. Die Echos des Traumes hallten noch in ihr wider, aber es gelang ihr, sie zu verdrängen. Sie hatte geschafft, was sie sich vorgenommen hatte. Jetzt galt es, die Sicherheit ihrer Leute zu gewährleisten. Sie brauchten Nahrung und eine vernünftige Unterkunft …

Sie hörte jemanden rufen und setzte sich hastig auf. Dieses neue Land hatte menschenleer geschienen, aber das konnte auch eine trügerische Illusion gewesen sein. Es gab keinen Grund, sich sicher oder selbstzufrieden zu fühlen. Sie wandte den Kopf und sah Jinkil mit einem Karibu über den Schultern den grasbewachsenen Hügel herunterkommen. Der Kopf des Tieres baumelte vor seiner Brust, und aus einer Speerwunde an seinem Hals tropfte Blut. »Hey!« rief Jinkil. »Hey, aufwachen!«

Sie war überrascht, ihn so zu sehen und so fröhlich rufen zu hören. Er war während der letzten Tage ihres Abstieges immer grimmiger geworden, bis er schließlich kaum noch ein Wort gesprochen hatte. Er hatte getan, als wäre alles gegen ihn: die Berghänge, das Wetter, seine Frau, seine Gefährten. Aber jetzt grinste er breit.

»Ein Nachzügler«, sagte er und ließ das Tier zu Boden fallen. »Er hat wohl seine Herde verloren.« Er lockerte seine Schultern und stieß seinen Speer in die Erde. »Jetzt werden wir uns satt essen können.«

Laena stand auf. Alle waren von Jinkils Rufen und dem Versprechen einer anständigen Mahlzeit geweckt worden. »Erweisen wir diesem Mann, der noch vor Morgengrauen losgezogen ist, um für uns alle zu jagen, Ehre«, sagte Laena.

Alle erhoben sich und jubelten Jinkil zu, aber der schüttelte nur den Kopf. »Hört zu«, sagte er, die Hände hebend. »Hört mich an.«

Nach und nach verstummten sie.

»Ich bin kein Freund langer Reden, das wißt ihr.« Er zögerte, schob eine Hand unter seine Felle und kratzte sich die Brust. »Also. Wir hatten schwere Zeiten dort oben.« Er blickte aus zusammengekniffenen Augen zu den Bergen auf, setzte eine Miene der Abscheu auf und spuckte auf den Boden. »Aber sie hatte recht. Sie hat uns hergebracht. Seht uns an; wir wären nicht hier, wenn sie nicht gewesen wäre.«

Hierauf folgte Schweigen. Laena war verlegen. Es war nicht Jinkils Art, jemandem für irgend etwas zu danken. Seine schlichten Worte waren bedeutungsvoller, als es eine lange Rede gewesen wäre. Überrascht wurde Laena bewußt, daß sie Tränen in den Augen hatte. »Danke«, begann sie, sollte jedoch nie Gelegenheit bekommen, zu Ende zu sprechen. Alle scharten sich um sie, gratulierten ihr, drückten ihr die Hände und versicherten ihr, wie wunderbar sie gewesen wäre.

Sie erkannte, daß sie am vergangenen Abend einfach zu erschöpft gewesen waren, zu niedergedrückt von Enttäuschungen und Entbehrungen, um auf ihr Glück zu vertrauen. Aber jetzt, da sogar frisches Fleisch da war, konnten sie endlich glauben, daß die Qualen ein Ende hatten. Und Laena war es, bei der sie sich bedankten.

Laena weinte jetzt offen. Etwas an ihrer Dankbarkeit beraubte sie aller Kraft. Aber noch während sie ihren Mut lobten, ihre Güte und ihre Kraft, war ein Teil von ihr losgelöst und unberührt von der Szene, als würde sie sie aus der Entfernung verfolgen. Sie mußte an den Traum denken, den sie versucht hatte zu verdrängen; sie hatte auf auf schmerzliche Art gelernt, daß es sinnlos war, ihre Visionen ignorieren zu wollen. Sie genoß die lächelnden Gesichter und die netten Worte ihrer Leute, aber gleichzeitig wurde der Augenblick von einer Ahnung drohenden Unheils überschattet.

Sie aßen und schliefen, aßen wieder und schliefen erneut. Am zweiten Tag fühlten sie sich stark genug, das neue Land zu erkunden, um herauszufinden, wie weit es sich erstreckte und was es zu bieten hatte.

Die Berge schienen sie nach allen Seiten hin zu umschließen. Im Osten und Westen erhoben sich Gipfel, die sogar noch höher aufragten als jene, die hinter ihnen lagen. Weiter vorn, im Süden, waren ebenfalls Berge zu sehen. Das breite, flache Tal war eine von hochaufragenden Felsen und Eis eingeschlossene Zuflucht.

Die Erdschicht war dünn, so daß sie Gras genügend Nahrung und Halt bot, jedoch nur wenigen Bäumen. Laena erkannte, daß sie den anderen würde beibringen müssen, sparsam mit Holz umzugehen, so wie es bei ihrem alten Stamm selbstverständlich gewesen war, sonst würden sie das Tal bald kahlgeschlagen haben.

Sie fanden Spuren von Karibus, Bären, Füchsen und Kaninchen. Wie waren die Tiere hierhergelangt? Laena vermutete, daß es über die Berge im Süden einen leichteren Zugang geben mußte. Aber es gab weit und breit kein Anzeichen von menschlichem Leben. Offenbar hatten Laena und ihre Gefährten das Tal für sich allein.

Sie aßen, redeten und lachten, und dann gingen sie auf die Jagd. Laena hätte die Männer begleiten können, entschied sich aber dagegen. Sie hatte erst einmal genug vom Umherstreifen und brauchte etwas Zeit, sich um ihren Sohn und um Urami zu kümmern, ihre Kleider zu flicken, vernünftige Zelte aus den frischen Tierhäuten zusammenzunähen … und um nachzudenken. Vor allem, um nachzudenken.

Letzteres erwies sich als schwieriger, als sie erwartet hatte. Jetzt, da ihre Gefährten glaubten, die Wanderung hätte ein Ende, begegneten sie ihr mit beinahe abergläubischer Ehrfurcht. Sie brachten ihr Geschenke, lächelten schüchtern und erboten sich, ihr Arbeiten abzunehmen. Und natürlich fragten sie sie um Rat.

Laena spielte mit Henik und half ihm, einige zögernde Schritte am Ufer des Flusses zu machen, der an ihrem Lager vorbeiströmte, als Perri sie aufsuchte. »Laena-Mutter«, sagte sie, den Kopf neigend. »Ich muß dich etwas fragen.«

Laena zog Henik auf ihren Schoß. Er und Urami hatten wie alle anderen unter der Überquerung der Berge gelitten. Der Tragegurt hatte Heniks Rücken stellenweise aufgeschürft, und an einigen Fingern hatte er leichte Erfrierungen erlitten, aber jetzt war er wieder glücklich und zufrieden und versuchte glucksend und lachend, ihr geflochtenes Haar zu greifen.

Laena lächelte Perri aufmunternd zu. »Du kannst mich fragen, was du willst«, sagte sie, »aber ich bin nicht sicher, ob ich die richtige Antwort weiß.«

Perri lächelte nicht. Es schien, als hielte sie es für schlichtweg unmöglich, daß es etwas gab, was Laena nicht wüßte. Sie setzte sich mit verschränkten Beinen vor sie, den Rücken sehr gerade und die Schultern gestrafft. Ihre Haltung hatte sich während der Bergüberquerung deutlich verändert. Laena erinnerte sich, daß Perri früher immer leicht gebeugt gegangen war, als habe sie schwer an der Bürde ihres Lebens zu tragen. Jetzt wirkte sie viel stärker als bei ihrem Aufbruch. »Es geht um meinen Mann«, sagte sie.

Laena war überrascht, zu einer so persönlichen Angelegenheit befragt zu werden. Auch fühlte sie sich unvorbereitet und ungeeignet, Fragen zu diesem Thema zu beantworten. Immerhin war sie nicht älter als Perri, und sie bezweifelte, daß sie viel weiser war. Aber sie war die Anführerin ihrer Leute, und so war es nur natürlich, daß sie mit ihren Fragen zu ihr kamen. Und wenn sie sie um Hilfe ersuchten, konnte sie sie nicht einfach abweisen. »Mir ist aufgefallen«, sagte sie, ihre Worte sorgsam auswählend, »daß ihr, Jinkil und du, euch in letzter Zeit häufig streitet.«

»Ja«, entgegnete Perri schlicht, ohne jede Spur der Scheu, die ihr im Fischerdorf eigen gewesen war. »Er ist ein starker Mann, und früher habe ich ihn dafür respektiert. Er hat befohlen, und ich habe gehorcht, weil ... weil das einfach so üblich war. Mein Vater war auch ein sehr starker Mann. Und sein Vater vor ihm.«

»Hattest du Angst davor, nein zu sagen?« fragte Laena.

»Ich denke schon, ja. Aber als wir den Steinrutsch am Geisterfluß hinaufgeklettert sind, ist etwas mit mir geschehen. Vielleicht erinnerst du dich. Ich bin als letzte auf den ersten großen Felsen gezogen worden. Einen Augenblick war ich allein, blickte zu euch auf und hatte Angst, weil ich es noch nie gewagt hatte, etwas Derartiges zu tun, und ich nicht sicher war, ob ich es schaffen würde. Aber dann habe ich dich angesehen, Laena. Du standest so stolz und selbstsicher da. Als Jinkil mich dann anschrie, da ... da haßte ich mich für meine Schwäche und schwor mir, etwas dagegen zu tun. Ich konnte vielleicht nicht so stark sein wie du, aber ich konnte stärker sein, als ich es je zuvor gewesen war.«

»Ich verstehe«, sagte Laena. Henik wurde es leid, mit ihrem Haar zu spielen, und sie stellte ihn wieder auf die Füße. Sie half ihm, die Balance zu halten, und ließ ihn dann los. Er machte zwei unsichere Schritte nach vorn und fiel dann mit einem leisen frustrierten Aufschrei ins Gras.

Laena nickte in Richtung des kleinen Jungen. »Wir alle müssen lernen, auf eigenen Füßen zu stehen, ohne uns auf andere zu stützen. Das ist ein natürlicher Lernprozeß.«

»Ja«, entgegnete Perri. »Das ist mir auch klargeworden. Aber Laena, mein Mann ...«

»Er kommandiert dich immer noch herum«, sagte Laena. »Oder versucht es zumindest. Ich verstehe, wo das Problem liegt, Perri. Aber was erwartest du von mir?«

»Nun ja, ich habe mich gefragt ...« Perri zögerte schüchtern. »Ob ... ob du ihm nicht sagen könntest, daß dein eigener Mann dich respektiert und dir Freiheit läßt ...« Sie verstummte wieder.

Laena versuchte sich vorzustellen, wie sie ein solches Gespräch mit Jinkil führte. Er würde toben vor Wut, ihre Einmischung als unverschämt betrachten. Er würde nur noch unduldsamer und sturer werden. Nein, es mußte einen anderen Weg geben.

»Ein schwieriger Marsch kann einen Menschen ändern«, sagte Laena. »Mir scheint, du bist nicht mehr dieselbe, die Jinkil zur Frau genommen hat. In gewisser Weise hat er, als er sich mit dir vermählt hat, eine andere zur Frau genommen. Also solltest du dich vielleicht ... vielleicht nicht mehr mit ihm vermählt fühlen. Vielleicht solltest du nicht mehr mit ihm vermählt *sein.*«

Perri schien schockiert. »Wie sollte das möglich sein? Eine Vermählung ist eine Verpflichtung für das ganze Leben, Laena-Mutter. So *ist* das nun mal.«

»So ist es bis jetzt *gewesen*«, widersprach Laena, die sich jetzt schon viel sicherer fühlte. Sie spürte intuitiv, daß das, was sie sagte, richtig war. »Wir sind nur zu zehnt in diesem neuen Land«, fuhr sie fort. »Wir müssen noch einmal von vorn anfangen. Die Gesetze, mit denen wir aufgewachsen sind, sind hier vielleicht nicht mehr richtig. Wir müssen unsere eigenen, neuen Gesetze schaffen. Ich denke, du solltest Jinkil fragen, ob es ihm lieber wäre, nicht mehr mit dir verheiratet zu sein. Dann wäre er frei, sich eine andere zur Frau zu nehmen – sofern ihn jemand will.«

Perri musterte Laena mit großen Augen, den Mund leicht geöffnet. »Glaubst du, er wird ...«

Laena verlor die Geduld. Sie wollte in Ruhe mit ihrem Sohn spielen. War es wirklich ihre Aufgabe, so persönliche Probleme zu lösen? »Ich weiß nicht, was er tun wird! Frag ihn einfach, und warte ab, was er sagt. Aber sag ihm nicht, daß ich dir gesagt habe, du sollst ihn fragen. Tu es für dich selbst.«

Perri wich zurück, verletzt von Laenas schroffem Tonfall. »Ja, Laena-Mutter. Ich danke dir.« Sie erhob sich und hastete davon.

Fayna war die nächste, die sie um Hilfe ersuchte. Diesmal saß

Laena draußen in der Sonne und flickte die Säume ihrer Felle, während Henik und Urami wie kleine Tiere durch das Gras krochen, sich aneinander heranschlichen und kichernd gegenseitig erschreckten. Newa und Perri waren in einiger Entfernung damit beschäftigt, einen Fuchs zu häuten.

»Laena-Mutter«, sagte Fayna feierlich, »ich muß dich etwas fragen.«

»Ja, Fayna?« Laena wußte, daß es kein Entrinnen gab. Sie sollte sich daran gewöhnen, weil es den Rest ihres Lebens so weitergehen würde – zumindest so lange, wie sie die erwählte Anführerin ihrer Leute war.

»Wie du weißt, habe ich mich nie vermählt.«

»Ja, das weiß ich, Fayna.« Laena kaute an dem Ende einer Sehne, um sie geschmeidig zu machen. Eine Erinnerung stieg in ihr auf. Sie hörte, wie Moru sie schalt und erklärte, sie solle die Sehne auf Art der Fischer aufweichen, indem sie sie mit Wasser anfeuchtete und zwischen zwei Steinen weichklopfte. O Moru! Laena vermißte ihre Schwester immer noch schmerzlich. Aber sie hatte beschlossen, nicht an die Vergangenheit zu denken, und so schob sie die Erinnerung beiseite und konzentrierte sich auf die junge Frau, die vor ihr saß. »Sag mir, warum du dich nicht vermählt hast«, sagte Laena. »Du warst doch im vergangenen Herbst schon alt genug.«

Fayna zuckte nervös die Achseln. »Ich weiß nicht. Keiner der Männer hat mir gefallen. Oder vielleicht war es auch nur Aufmüpfigkeit. Es gefiel mir nicht, wie meine Eltern mich drängten.«

»Und jetzt?« fragte Laena. »Hast du ein Auge auf Orban geworfen?«

Ein listiges Lächeln stahl sich auf Faynas Lippen, und ihre Augen huschten unruhig umher. »Vielleicht«, sagte sie. »Er ist reifer geworden. Ich glaube, auf unserer Wanderung hat er erkannt, wo seine Grenzen liegen. Ich mag ihn. Aber …«

Laena legte ihr Nähzeug beiseite. »Soll ich raten? Er will dich. Ja, ich habe gesehen, wie ihr beide euch vergangene Nacht davongeschlichen habt, als alle anderen sich schlafen gelegt haben. Ich weiß, wie das ist, wenn man von einem Mann begehrt wird.«

Fayna wurde ernst und musterte Laena skeptisch, als hielte sie Laena solch leidenschaftlicher Gefühle nicht für fähig. »Der Punkt ist, daß, wenn wir uns vermählen wollten – ich weiß nicht, ob wir es tun würden, aber nur für den Fall – na ja, es gibt keine Herbstjagd mehr und keine Zeremonie.« Sie musterte Laena mit schräggelegtem Kopf. »Wirst du Paare vermählen?«

Da war sie also, die Frage, die Laena sich selbst schon gestellt hatte. Aber sie hatte noch keine Antwort darauf gefunden. Wenn ihre Leute neue Rituale wollten – oder die alten aufrechtzuerhalten wünschten –, war das deren Entscheidung und nicht ihre. Und hier in diesem neuen Land konnte noch keiner sagen, wie sie ihr Leben würden organisieren wollen.

Aber sie mußte Fayna eine Antwort geben. »Ich denke, du solltest folgendes tun«, sagte sie flüsternd, um sicherzugehen, daß niemand mithörte. »Denk nicht an eine Vermählung, zumindest jetzt noch nicht. Wir haben uns noch nicht richtig niedergelassen. Es ist noch vieles in der Schwebe.«

»Gut.« Fayna nickte ernst.

»Und wenn Orban dich begehrt ... Nun, möglicherweise wäre es das klügste, ihn abzuweisen, zumindest bist du dir deiner Gefühle sicherer bist.«

Fayna machte ein skeptisches Gesicht. »Ich werde es versuchen.«

»Aber wenn du ihm nicht widerstehen kannst«, fuhr Laena fort, »gibt es da ein paar Dinge, die ich dir ans Herz legen möchte. Dinge, die ich selbst seinerzeit von Nan gelernt habe. Es ist noch zu früh, um hier Kinder zu kriegen, Fayna, also mußt du wissen, wie du mit einem Mann zusammensein kannst, ohne schwanger zu werden.«

Fayna blinzelte. Sie setzte zum Sprechen an, aber offenbar wußte sie nicht, was sie sagen sollte. Offensichtlich paßte das nicht zu ihrer Auffassung von Laena als Mutter, Heilerin und Anführerin; überhaupt nicht.

»Möchtest du über diese Dinge Bescheid wissen?« fragte Laena.

»O ja!«

»Dann hör mir gut zu.« Und Laena gab die Weisheit an sie weiter, die sie selbst von der weisen alten Frau gelernt hatte, an die sie sich bemühte nicht mehr zu denken, weil die Erinnerung sie zu traurig machte.

Und so handelte Laena, als wäre sie die Anführerin, obwohl sie bezweifelte, daß es ihr zustand, und ihre Ratschläge sich kraß von jenen eines gewöhnlichen Anführers unterschieden. Bedeutete das, daß es schlechte Ratschläge waren? Sie wußte es wirklich nicht. Sie wußte nur, daß ihre Leute ihr Leben riskiert hatten für das Privileg, noch einmal von vorn anfangen zu dürfen. Sie hatten sich das Recht erworben, selbst über ihr Schicksal zu entscheiden, und sie würde ihnen dabei nicht im Weg stehen.

Perri verbrachte einige Tage damit, ein neues Zelt zu nähen, das sie dann mit ihrer bescheidenen Habe bezog, Jinkil sich selbst überlassend. Jinkil suchte voll selbstgerechten Zorns Laena auf und wollte wissen, wie sie so etwas zulassen konnte. Laena war eingeschüchtert von seiner Wut, ließ sich jedoch nichts anmerken. Sie straffte die Schultern und teilte ihm mit, daß in diesen Zeiten der Veränderung jeder völlig frei nach seinem eigenen Gewissen entscheiden sollte, weil die Gesetze des Fischer-Stammes hinfällig wären. Und überhaupt, sagte sie, wäre Jinkil vielleicht ohne die ständigen Streitereien mit Perri besser dran. Warum er sich nicht Newa zuwende, die ihn auf ihre eigene stille, scheue Art für seine Stärke bewunderte? Wenn Jinkil sich eine neue Frau nehmen wollte, lag es bei ihm, etwas in dieser Richtung zu unternehmen.

»Ich muß darüber nachdenken«, sagte Jinkil und saß die nächsten zwei Tage allein auf einem Hügel in der Nähe des Lagers, säuberte und schärfte sorgfältig seine Speere und Messer und sprach mit niemandem ein Wort. Am dritten Tag zog er los, erlegte eine kleine Raubkatze, legte sie vor Newas Zelt und fragte sie, ob sie bereit wäre, die Beute für ihn zuzubereiten und mit ihm zu teilen. Sie war verblüfft und verwirrt, als Laena ihr jedoch versicherte, daß es ihr freistünde, Jinkils Bitte nachzukommen, stimmte Newa schüchtern zu.

Hierauf wurde Benke wütend und warf Laena ihren mangelnden Respekt für die Traditionen vor, die über Generationen bei den Fischern Bestand gehabt hatten. Wenn das so weiterginge, würde es im Unheil enden, erklärte er.

Laena ließ sich von seiner Tirade nicht beeindrucken. Sie wies ihn darauf hin, daß alle glücklich zu sein schienen. Sie hatten reichlich zu essen, jeder hatte seine Behausung, sie wurden immer kräftiger, und es gab weniger Streit als früher. Was spiele es da für eine Rolle, daß sie sich nicht an die alten Traditionen hielten?

Außerdem, teilte sie Benke mit, solle er sich aus dem Leben der anderen heraushalten und sich um seinen eigenen Kram kümmern.

Er reagierte beleidigt, wurde wütend und dann sehr still, und schließlich zog er los, um eine Weile allein zu sein. Schließlich kam er zurück und erklärte widerstrebend, daß sie möglicherweise recht habe. »Das hier ist ein neues Land«, sagte er, »und es erfordert neue Regeln. Das sehe ich jetzt ein.«

Inzwischen hatte Laena richtig Spaß an ihrer Beraterrolle gefunden. Das Geheimnis war, daß man den Leuten nicht sagte, was sie zu tun hatten, sondern ihnen half, ihre Probleme auf eine völlig neue Art selbst zu lösen. »Wenn du einsiehst, daß wir hier neue Regeln brauchen«, sagte sie zu Benke, »bedeutet das, daß du selbst die Notwendigkeit für Neuerungen siehst?«

Diesmal war er nicht beleidigt. Ihr Tonfall verriet ihm, daß sie ihm gegenüber weder kritisch noch feindselig eingestellt war. Sie war aufrichtig bemüht, ihm zu helfen.

»Vielleicht hast du recht«, sagte er leise. Er saß mit ihr vor ihrem Zelt, während alle anderen das Abendmahl bereiteten und das Lagerfeuer ganz in der Nähe zischte und knisterte. »Ich bin immer ein Wanderer gewesen, das weißt du. Ich war immer am glücklichsten, wenn ich für mich allein war, ungebunden und niemandem Rechenschaft schuldig. Aber jetzt könnte ich mich, wenn ich dich richtig verstanden habe, auch in der Gemeinschaft frei fühlen.«

»Es würde mich freuen, wenn du es so empfinden würdest«, entgegnete Laena. »Weißt du, auch ich bin ein Wanderer gewesen, und auch mir ist es schwergefallen, mich den Regeln und Ritualen eines Stammes zu beugen. Ich möchte, daß niemand das Gefühl hat, daß er sich in einer bestimmten Weise verhalten oder bestimmte Dinge tun muß, nur weil es immer so war.«

Er musterte sie mit einem Ausdruck, den sie noch nie an ihm gesehen hatte. Sie erkannte, daß es Offenheit war und Hoffnung. Endlich hatte sie die Mauer durchbrochen, die er um sich herum errichtet hatte. »Danke, Laena«, sagte er. »Und ... entschuldige, daß ich etwas Zeit gebraucht habe zu verstehen. Ich hoffe, in der Zukunft ein besseres Mitglied deines Stammes zu sein.«

Laena fragte sich, ob sie es dabei belassen sollte. Immerhin hatte er bereits einiges, worüber er nachdenken mußte. Aber dann erinnerte sie sich daran, wie sie alle gedrängt hatte, diesen einen zusätzlichen Hang in den Bergen hinaufzusteigen. Es war nie falsch, sie zu ermutigen, sich noch einen Ruck zu geben.

»Weißt du«, sagte sie, ihre Worte sehr sorgfältig wählend, »das ist eine schwere Zeit für Perri. Sie versucht jetzt, ihr eigenes Bedürfnis nach Freiheit auszuleben. Vielleicht solltest du einmal mit ihr reden, Benke.«

Er wich zurück und schien schockiert von ihren Worten. »Perri ist immer noch Jinkils Frau ...«

Laena schüttelte den Kopf. »Jinkil möchte nicht mehr mit ihr zusammensein. Und überhaupt, Benke, ich habe lediglich vorgeschlagen, daß du dich einmal mit ihr unterhältst.«

Er schien sich sehr unbehaglich zu fühlen. »Ich war Jahre, seit dem Tod meiner Frau, nicht mehr ...«

»Du hast mir doch eben selbst gesagt, daß du dich in die Gemeinschaft einfügen möchtest«, entgegnete sie und tätschelte ihm die Schulter. »Sprich mit ihr, Benke. Mehr verlange ich ja gar nicht.«

Er nickte dumpf und ging.

Am Abend lag Laena mit Joq in ihrem Zelt, während die Sonne unterging und Henik friedlich neben ihnen schlief. Joq hielt sie eng umschlungen, und sie fühlte die Wärme seines Körpers und genoß seine streichelnden Hände auf ihrer nackten Haut. Sie hatte diese besonderen, intimen Augenblicke mit ihm während ihrer Bergwanderung vermißt. Es tat gut, sich mit geschlossenen Augen an ihn zu kuscheln und sich nur darauf zu konzentrieren, ihn zu fühlen, zu riechen und zu berühren, ohne an irgend etwas anderes zu denken.

Sie liebten sich zärtlich und still, um Henik nicht zu wecken. Joq nahm sie auf der Seite liegend, eine Hand auf ihrer Brust und die andere dort, wo er in sie eindrang. Sie legte eine Hand auf die seine und drückte seine Finger fester gegen ihre Scham. Dann legte sie einen Arm um seinen Hals und zog seine Lippen zu sich heran. Sie zog die Knie an und verschränkte die Knöchel in seinem Rücken, so daß er tiefer in sie eindringen und sie fühlen konnte, daß sie ihn in Besitz nahm, während er sie liebte. Ihre Lust war um so intensiver, als sie in letzter Zeit selten Gelegenheit zur Liebe gehabt hatten. Sie stieß kleine Schreie aus, die er mit seinen Küssen erstickte, und dann fühlte sie, wie er sich versteifte, als er sich dem Höhepunkt näherte.

Eilig löste sie sich von ihm und hielt ihn mit den Fingern umschlossen, bis sein Körper zuckte und sein Samen sich warm und naß über ihre Hand ergoß. Es stimmte sie traurig, daß er nicht in ihr kommen konnte, aber im vergangenen Jahr, nach Heniks Geburt, waren sie übereingekommen, daß es das beste war, zumindest vorübergehend.

Hinterher lagen sie entspannt beieinander. Für Laena war das das Schönste am Liebesakt: die Erfülltheit, die Gewißheit, geliebt zu werden, und das Gefühl inneren Friedens.

»Bist du glücklich, Joq?« fragte sie leise.

Er schien schläfrig zu sein. Er war fast den ganzen Tag mit Orban auf der Jagd gewesen, und der Ausflug hatte ihn ermüdet. »In diesem Augenblick bin ich sogar sehr glücklich«, entgegnete er.

Das war gut; genau das hatte sie hören wollen. Und doch war es nicht genug. »Ist das alles das, was du dir wünschst?« fragte sie. »Dieses Tal, die Menschen, dieses Leben.«

Diesmal antwortete er nicht gleich, sondern überlegte erst. Er war immer erst nachdenklich, wenn sie ihm eine wichtige Frage stellte. Er zögerte lange, ehe er gewillt war zu antworten.

»Anfangs, zu Hause im Dorf«, sagte er schließlich, »wußte ich nur, daß sich etwas ändern mußte. Und du hast uns allen einen Weg gezeigt. Du warst meine Frau, du hattest bewiesen, daß du eine besondere Gabe besitzt, in die Zukunft zu sehen, und ich war glücklich, das Dorf mit dir zu verlassen. Ich wünschte, es wären uns mehr gefolgt, aber das war alles, was ich bedauerte.«

»Und dann?«

»Dann begann ich zu begreifen, wie gewaltig die Aufgabe tatsächlich war, die wir uns gestellt hatten. Aber ich erkannte auch, daß du ihr aller Wahrscheinlichkeit nach gewachsen sein und sie bewältigen würdest.«

»Mit deiner Hilfe«, sagte sie. »Du weißt ja gar nicht, wie sehr ich mich auf dich gestützt habe, Joq.«

Er zuckte die Achseln. »Vielleicht. Jedenfalls mußten wir uns über die Berge kämpfen, und einige Zeit schien es, als könnten wir uns glücklich schätzen, wenn wir dieses Abenteuer nur lebend überstanden. Das war alles, woran ich noch gedacht habe, das nackte Überleben.«

»Und jetzt?« fragte sie leise.

»Jetzt scheint es, als wären wir endlich sicher. Ich habe mich gefragt, was hier aus uns werden wird. Ist dies wirklich der Ort unserer Bestimmung? Irgendwie überrascht es mich. Es kommt mir irgendwie … seltsam vor.«

Laena seufzte tief. In gewisser Weise war sie froh, ihn das sagen zu hören.

Sie wollte nicht, daß er unzufrieden war, aber andererseits hätte es sie bedrückt, wenn er hier, in diesem Tal, wunschlos glücklich gewesen wäre. »Sag mir, was dich stört«, forderte sie.

»Ich bin mir nicht ganz sicher. Ich vermisse unsere alte Hütte. Ich vermisse die Fische, hier im Fluß scheint es keine zu geben. Ich vermisse es, genügend Holz zum Feuermachen zu haben, für Speere, Schnitzereien und all die anderen Dinge, die wir zu Hause hatten.« Er schüttelte den Kopf. »Aber das sind nur Kleinigkeiten. Ich weiß nicht, warum ich so unzufrieden bin. Irgendwie fehlt mir hier etwas, es ist nicht *genug*.«

»Ja«, stimmte sie ihm aus tiefstem Herzen zu. »Du hast recht. Ich glaube, das hier ist nur ein Zwischenlager, an dem wir uns ausruhen können, aber es ist keine Heimat.«

Er rutschte unbehaglich herum. »Wir könnten ein größeres Zelt bauen.«

Sie lachte. »Nein. Nein, ein größeres Zelt ist keine Lösung. Weißt du, ich habe selbst schon darüber nachgedacht. Ich werde es den anderen bald sagen müssen. Wir werden weiterziehen.«

Er schwieg eine lange Weile. »Bist du ganz sicher? Gibt es keinen anderen Weg?«

»Jetzt, da ich mit dir darüber gesprochen habe, bin ich mir sicherer denn je.«

»Ich verstehe«, sagte er abschließend.

»Wirst du meinen Entschluß befürworten?« Instinktiv schlossen ihre Hände sich fester um ihn.

»Natürlich«, entgegnete er, ohne zu zögern. »Aber ich frage mich, wie die anderen reagieren werden.«

»Ich auch.« Sie schmiegte sich an ihn. »Aber darüber solltest du dir nicht den Kopf zerbrechen. Wenn ich die Anführerin bin, liegt es bei mir, dieses Problem anzugehen.«

Am nächsten Tag verbrachte sie einige Zeit allein, um darüber nachzudenken, was zu tun war. Es war nicht leicht, sich der Notwendigkeit zu stellen, wieder aufzubrechen, und sie wußte, daß, wenn es ihr selbst schwerfiel, es allen anderen noch einmal so schwerfallen würde.

Ihre Leute vertrauten ihr. Sie bewunderten sie, sie glaubten an sie. Aber würden sie so loyal sein, ihr zu folgen und dieses Tal wieder zu verlassen? Sie wußte es wirklich nicht.

Nun, sie würde es eben herausfinden müssen. Der Frühling ging in den Sommer über, ihnen blieb also nicht viel Zeit. Heute abend, nahm sie sich vor. Nachdem sie alle gegessen hatten. Dann würde sie ihnen mitteilen, was sie beschlossen hatte.

Es war ein kleines Feuer, das nur gedämpftes flackerndes Licht auf die Gesichter der Menschen warf, die um es herum saßen. Aber das Fleisch war frisch, und alle schienen fröhlich, glücklich und dankbar, hier zu sein.

Laena beobachtete sie und hörte ihnen zu, sagte jedoch während des Essens kaum ein Wort. Sie fütterte Henik mit kleinen Fleischbrocken, die sie ihm manchmal vorkaute, damit er sie leichter essen konnte. Sie saß dicht bei Joq, und wenngleich auch er sehr still war, empfand sie seine Anwesenheit als ständige Ermutigung. Er weiß es, dachte sie. Er versteht, daß es heute abend sein muß. Und er hat versprochen, mich zu unterstützen.

Orban flirtete mit Fayna, und sie lachten ausgelassen. Jinkil erzählte von einem Berglöwen, dessen Fährte er den ganzen Tag verfolgte hatte. Am nächsten Tag wollte er ihm vor seiner Höhle auflauern. Newa hörte ihm mit einem Ausdruck stillen Interesses zu, der Jinkil nicht entging. Benke saß ebenfalls bei ihnen und beteiligte sich sogar an der Unterhaltung, anstatt nur überhebliche, zynische Kommentare von sich zu geben. Zögernd bot er Perri eines der besten Fleischstücke eines Tieres an, das er selbst an diesem Tag erlegt hatte. Sie zögerte einen Augenblick, sichtlich überrascht; dann nahm sie das Fleisch mit einer entschlossenen Bewegung.

Laena freute sich, daß sie auf sie gehört hatten und versuchten, ihr Leben zu ändern, anstatt an den alten Regeln festzuhalten und sich gleichzeitig über sie zu beklagen.

Aber sie fühlte auch die wachsende innere Anspannung, weil sie wußte, daß sie sie bitten mußte, eine Veränderung in Betracht zu ziehen, die bedeutender war als alles, was sie bisher entschieden hatten.

Als alle fertig gegessen hatten, erhob sie sich. Alle wandten sich ihr zu, als sie erkannten, daß sie ihnen etwas mitteilen wollte. Die Unterhaltungen wurden abgebrochen. Erwartungsvoll blickten alle in der Dunkelheit zu ihr auf.

»Wir haben begonnen, uns hier in diesem Tal häuslich niederzulassen«, sagte sie. »Zehn Tage sind vergangen, und es läuft alles bestens.«

Zufriedenes Stimmengemurmel erhob sich reihum.

»Als wir herkamen, erschien uns dieser Ort wie ein Paradies im Vergleich zu dem, was wir gerade durchgemacht hatten.«

Wieder stimmten sie ihr zu.

»Natürlich kam es uns auch vor, als hätten wir keine andere Wahl, als könnten wir sonst nirgendwohin«, fuhr sie fort.

Diesmal warteten alle schweigend ab, worauf sie hinauswollte.

»Es ist an der Zeit, sehr gründlich nachzudenken«, sagte sie ein wenig brüsk. Sie waren alle satt, und das Feuer wärmte sie; sie mußte sie ein wenig aus ihrer Zufriedenheit aufrütteln. »Es gibt verschiedene Fragen, die beantwortet werden müssen«, fuhr sie fort. »Ist dieses Land wirklich groß genug für uns? Wird es uns ernähren? Wird es das, solange wir leben, solange unsere Kinder leben?«

Jetzt runzelten die ersten die Stirn. Warum redete sie so? Das war beunruhigend. »Es gibt Wild hier«, sagte Jinkil. »Mehr Wild, als wir essen können. Warum sollten wir uns Sorgen machen?«

»Du mußt dich jetzt schon auf der Jagd weiter vom Dorf entfernen als noch vor zehn Tagen«, entgegnete Laena.

Jinkil winkte ab. »Das liegt daran, daß die Wildtiere jetzt wissen, daß wir hier sind, und sich verstecken, das ist alles.«

»Oder aber du hast alle Tiere erlegt, die im näheren Umkreis gelebt haben«, sagte Laena. »Gibt es in diesem Tal wirklich noch so viele mehr? Und wo sollen neue Tiere herkommen, um jene zu ersetzen, die wir erlegen? Hier ist es anders als in den alten Jagdgründen, wo die Herden bei ihrer Wanderung vorbeizogen. Es ist sehr schwierig, in dieses Tal zu gelangen. Der einzige leichte Zugang befindet sich vermutlich am südlichen Ende.«

Benke räusperte sich. »Es scheint dort tatsächlich einen Paß zu geben«, sagte er.

»Ist er leichter passierbar als jener, über den wir gekommen sind?« fragte Laena.

»Nur geringfügig.«

Sie nickte. »Das dachte ich mir. Seht ihr, ich befürchte, daß dieses Tal dem der Zeltmenschen nicht unähnlich ist. Wir könnten das Wild ausrotten, so wie sie es getan haben. Wir würden etwas länger brauchen, weil dieses Tal größer ist, aber irgendwann …« Sie zuckte die Achseln und verstummte.

Orban rutschte unruhig hin und her. »Laena-Mutter, darf ich etwas sagen?«

»Ja, Orban.«

»Wir müssen nur darauf achten, nicht zu viele Tiere zu erlegen. Wenn wir einige von ihnen am Leben lassen, so daß sie sich fortpflanzen können, wird es immer genug Wild geben. Immerhin sind wir nur zu zehnt.«

Laena nickte langsam. »Aber wenn wir hierblieben, Orban, werden wir mit der Zeit zahlreicher werden. Du selbst könntest beschließen, dich fortzupflanzen.«

Gelächter erhob sich um das Feuer herum. Orban grinste verlegen und blickte zu Fayna hinüber, die eine Hand über den Mund legte und kicherte.

»Also gut«, sagte Laena. »Ihr versteht also, was ich meine. Möglicherweise gibt es hier genügend Wild, uns zu ernähren, aber dessen können wir nicht sicher sein, und erst recht wissen wir nicht, was werden soll, wenn wir zahlreicher werden. Aber das ist ohnehin nicht das einzige, was mir Sorgen bereitet.«

Sie schwieg eine Weile. Alle waren wider Willen vom Ernst der Unterhaltung angesteckt worden und warteten gespannt, daß sie fortfuhr.

»Nach der eisigen Kälte oben in den Bergen ist es uns hier warm und mild vorgekommen«, sagte sie. »Aber es ist nicht so warm wie in unserem alten Dorf um diese Jahreszeit. Ich denke, das liegt daran, daß wir uns immer noch ziemlich hoch oben befinden. Bedenkt, was das bedeutet: Die Winter werden hier kälter sein, als wir sie gewöhnt sind, und vielleicht halten sie auch länger an. Die Zahl der Seen und Teiche verrät, wieviel Schnee hier gelegen haben muß. Und es gibt hier so wenig Holz, daß wir kaum genug Brennmaterial finden würden, uns warm zu halten.«

»Aber du hast doch selbst gesagt, daß wir sonst nirgendwohin können!« meldete sich Perri zu Wort. »Wenn es keine andere Möglichkeit gibt, wird dieses Tal eben genügen *müssen*.«

»Ich sagte, wir *dachten*, wir hätten keine andere Wahl«, entgegnete Laena. »Tatsächlich gibt es, wie Benke sagt, einen Paß am anderen Talende. Wir könnten diesen Paß erkunden. Wir könnten versuchen, weiter nach Süden zu ziehen.«

Hierauf folgten verblüffte, entgeisterte Ausrufe. Laena beobachtete ihre Gefährten und wartete. Sie respektierten sie, sie vertrauten ihr und hatten sie sehr gern. Aber sie verlangte von ihnen, etwas in Betracht zu ziehen, das beinahe unvorstellbar war.

Orban war so erregt, daß er erneut aufsprang und sich vor ihr aufbaute. »Laena-Mutter«, rief er. »Du hast uns gesagt, dies wäre deine Vision. Das ist es, was uns hergeführt hat. Deine *Vision*!« Er breitete die Hände aus, in einer Geste, die das ganze Tal umschloß. »Wie könnten wir auch nur daran denken, diesen Ort wieder zu verlassen?«

»Orban«, sagte Laena mit einem traurigen Lächeln. »Ich habe bislang nichts gesagt, weil ich wußte, daß wir alle eine Ruhepause nötig hatten. Aber ich sage es euch jetzt: Dieses Land ist nicht das Land aus meiner Vision.«

Orban ließ sich langsam wieder auf den Boden sinken. Er schien ebenso erschüttert wie die anderen.

»Der Ort, den ich gesehen habe«, fuhr Laena fort, »war üppig grün, viel grüner als hier, und die Sonne stand hoch am Himmel. Es gab Bäume, und die Erde war dick und weich. Und es war so warm, daß man kaum Kleider brauchte.« Der Ort stieg vor ihrem geistigen Auge auf, so klar und deutlich wie eh und je. Und sie sah den Mann und die Frau, die ihr zuwinkten. Ihre Eltern – zumindest glaubte sie das. Warteten sie immer noch irgendwo auf sie? Nach all den Jahren? Sie war sich nicht sicher. Sie wußte nur mit absoluter Gewißheit, daß der grüne, sonnige Ort existierte.

»Meine Bestimmung ist es, diesen ganz speziellen Ort zu finden«, sagte sie. »Dieses Tal hat es uns ermöglicht, wieder zu Kräften zu kommen. Aber ich bin nicht sicher, wie lange wir hier überleben können. Ein einziger strenger Winter könnte zuviel für uns sein. Also muß ich weiterziehen, solange der Sommer es mir ermöglicht, meine Freunde. Ich hoffe, daß ihr euch anschließen werdet, aber selbstverständlich überlasse ich das ganz euch.«

Sie wandte sich Newa zu, die Henik auf dem Schoß hielt. Sie bückte sich und nahm ihren Sohn auf den Arm. Dann wandte sie sich Joq zu. »Wir sollten in unser Zelt gehen, Mann, damit mein Volk sich frei beraten kann.«

Kapitel 46

Am nächsten Morgen kamen sie, um ihr mitzuteilen, was sie beschlossen hatten. Fast alle wollten, daß sie blieb, und flehten sie an, es sich noch einmal zu überlegen.

Orban stritt mit ihr, Newa weinte, Fayna meinte, sie hätte im Fischerdorf schon zuviel verloren, als daß sie es ertragen könnte, erneut entwurzelt zu werden. Benke machte ein unglückliches Gesicht, sagte jedoch nichts. Jinkil war zornig; er meinte, sie sollten mindestens ein Jahr im Tal bleiben und ausnutzen, was es zu bieten hatte, ehe sie daran dachten weiterzuziehen.

Perri jedoch erklärte mit ruhiger Stimme, daß sie über alles nachgedacht hätte, was Laena gesagt habe, und beschlossen habe, mit ihr zu gehen, auch wenn ihr vor einer weiteren Bergwanderung graue.

Schließlich sagte Orban, daß, wenn Laena wirklich entschlossen wäre weiterzuziehen, er nicht zurückbleiben könne. Sie habe ihn vor der Flut gerettet und sie alle heil durch Gefahren geführt, von denen er erwartet hätte, daß sie sie alle umbringen würden. Sie habe sich sein Vertrauen und seine Loyalität verdient, und er würde ihr überallhin folgen.

Dann meldete sich auch Benke zu Wort. Er erklärte, er wäre gewillt, sich den Paß am Südende des Tales zumindest einmal anzusehen. Insgeheim glaubte Laena, daß ihn wieder die alte Wanderlust gepackt hatte, aber im Grunde spielte keine Rolle, was seine wahre Motivation war. Sobald er sich entschieden hatte, wandte sich die Situation gegen jene, die bleiben wollten.

Es waren nur drei: Jinkil, Newa und Fayna. Fayna wollte das Jagen erlernen, mußte jedoch einsehen, daß dies nicht über Nacht zu schaffen war. Newa hingegen war ein stiller, scheuer Mensch, der kein Interesse daran hatte, den Umgang mit dem Speer zu erlernen. Hieraus ergab sich, daß die beiden Frauen zumindest für die nächste Zeit völlig von Jinkils Jagdgeschick abhängig sein würden. Wenn er sich verletzte oder erkrankte, würden sie im Tal verhungern, so wie Laena und Moru damals ohne Gorag verhungert wären.

Und so hatte Laena sie bis zum Mittagessen alle auf ihrer Seite.

Ihr war allerdings bewußt, daß jene, die mehr oder weniger zu dieser Entscheidung gezwungen worden waren, ihr grollten. Und sie erkannte, daß es fatal wäre zuzulassen, daß dieser Groll im stillen weiterschwelte. Jinkil erklärte, daß, wenn er sich dieser Wanderung anschließen sollte, er eine volle Woche der Planung und Vorbereitung verlange. Laena widerstrebte es zutiefst, auch nur einen Tag zu verschwenden, aber sie gab seiner Forderung nach. Newa meinte, daß ihr, da sie die schwächste von ihnen war, nur eine leichtere Last zugemutet werden könne, und sie forderte, bei der Besteigung steiler Hänge immer zwischen zwei anderen angeseilt zu werden. Laena mißfiel der Gedanke, die Wünsche einzelner zu erfüllen, aber in diesem Fall stimmte sie zu. Fayna beharrte darauf, daß sie alle das Recht haben sollten, darüber abzustimmen, ob sie umkehren sollten, wenn sie nach vier Wochen Wanderschaft durch die Berge keine neue Heimat gefunden hatten. Auch dem stimmte Laena zu, wenngleich sie im Herzen wußte, daß sie niemals würde umkehren können. Sie wußte einfach nicht, was werden sollte, falls ihre Gefährten in diesem Punkt gegen sie stimmten. Die Vorstellung machte ihr angst, und sie wünschte, Fayna hätte nicht davon angefangen.

Die nächsten Tage verbrachten sie damit, frisches Fleisch zu räuchern, ihre Kleider zu flicken, neue Stiefel zu nähen, die besser für verschneite Hänge geeignet waren, und ein neues, längeres Seil zu knüpfen. Diese letzte Aufgabe übernahm Joq, der geschickt Riemen aus Antilopenleder miteinander verflocht, wodurch ein Seil entstand, das geschmeidiger, leichter und gleichzeitig reißfester war als das alte.

An den Abenden unterhielten sie sich gemeinschaftlich über die Lektionen, die sie auf dem ersten Abschnitt ihrer Wanderung gelernt hatten, sowie über die Fehler, die sie in Zukunft vermeiden mußten. Trotz Laenas Ungeduld mußte sie zugeben, daß diese Vorbereitungszeit ihnen allen zugute kam – außer vielleicht Orban, der unfähig war, längere Zeit still zu sitzen. Letztendlich brach er mit Benke zu einem zweitägigen Ausflug auf, um das Land im Süden zu erkunden und die vielversprechendste Route auszukundschaften. Aber sie mußte zugeben, daß auch das ein wichtiger Beitrag war.

Und so vergingen die Tage schneller, als Laena erwartet hätte.

Am letzten Abend hielt sie eine Zeremonie für angebracht. Sie hatte nie viel für Rituale übriggehabt, weil sie steif und streng waren und die Menschen davon abhielten, so zu sein, wie sie sein wollten. Aber sie war sich sehr wohl ihrer Macht bewußt, und sie war zu fast allem bereit, um die Erfolgschancen ihrer Wanderung zu verbessern.

Als erstes aßen sie ausgiebig, stopften sich mit dem Fleisch voll, das übriggeblieben war, nachdem sie ihre Taschen fertig gepackt hatten. Sie aßen, bis ihre Bäuche kugelrund hervorstanden, und dann aßen sie noch mehr, in dem Bewußtsein, daß Wochen vergehen konnten, ehe sie sich den Bauch wieder richtig vollschlagen konnten.

»So«, sagte Laena, als schließlich niemand mehr einen Bissen herunterbekam. »Es gibt da ein paar Dinge, die geregelt werden müssen. Einige sind leicht, andere schwierig. Ich würde mich gern erst der schwierigen annehmen.«

Sie verstummte und sah in die Runde, um sich der allgemeinen Zustimmung zu versichern. Alle nickten.

»Also gut«, fuhr sie fort und stählte sich innerlich für das, was getan werden mußte. Sie war nicht sicher, wie ihre Gefährten es aufnehmen würden, aber es ließ sich nun mal nicht umgehen. »Ich habe in den vergangenen Tagen mit einigen von euch unter vier Augen gesprochen«, sagte sie. »Aber jetzt ist die Angelegenheit nicht mehr persönlich; es ist an der Zeit, sie offen zu regeln. Es darf keine Geheimnisse oder Feindseligkeiten geben, wenn wir uns gemeinsam auf den Weg durch die Berge machen. Unser aller Leben wird davon abhängen, daß wir einander rückhaltlos vertrauen.« Sie musterte sie alle mit strengem Blick und wandte sich dann Perri zu. »Hast du gründlich über deine Ehe mit Jinkil nachgedacht?«

Perri war sichtlich schockiert. Beim Fischer-Stamm

wäre eine solche Angelegenheit niemals so offen und direkt vor allen anderen angesprochen worden.

Aber dann straffte Perri die Schultern und schöpfte aus ihrem Inneren Kraft. Laena hatte es nicht anders erwartet. »Ich habe darüber nachgedacht«, sagte sie.

»Gut. Willst du deine Ehe hinter dir lassen, so wie du deine Heimat im Tal der Fischer hinter dir gelassen hast?«

Perri ballte die Hände zu Fäusten. »Ja, das will ich«, sagte sie, leise, aber bestimmt.

Laena nickte ernst und wandte sich Jinkil zu. »Empfindest du genauso?« fragte sie. »Willst du deine Ehe beenden?«

Jinkil musterte Perri mit einer Miene, die schwer zu deuten war. Auf seinem Gesicht standen Schmerz und Groll. Perri weigerte sich, ihn anzusehen. Sie weinte stumm.

»Jinkil«, sagte Laena sanft. »Ich muß wissen, wie du empfindest. Wir können keine Entscheidung fällen, solange ihr, du und Perri, euch nicht völlig einig seid.«

Abrupt wandte er sich ab. Sein Schmerz war Zorn gewichen. »Gut, es ist vorbei«, sagte er mit einer ausholenden Armbewegung.

Unter den anderen erhob sich entgeistertes Gemurmel. Laena wartete, bis wieder Ruhe eingekehrt war. »Es ist immer traurig, wenn etwas stirbt«, sagte sie leise. »Aber jetzt gibt es Hoffnung auf ein neues Leben, das sich daraus ergibt, daß wir in die Ferne ziehen und die Vergangenheit hinter uns lassen.« Sie wandte sich Perri zu. »Du bist jetzt frei. So habe ich entschieden, und so sei es.« Sie blickte zu Jinkil hinüber. »Auch du bist frei. Wir alle sind Zeugen. Ihr beide habt euch frei entschieden. Ihr habt jetzt keinen Grund mehr, euch über den anderen zu beklagen. Ihr könnt noch einmal neu anfangen.«

Perri wischte sich die Tränen aus den Augen und faßte sich wieder. »Ich danke dir, Laena«, sagte sie.

Jinkil blickte immer noch böse drein. »Ich weiß nicht«, knurrte er, »ob das …«

»Jinkil!« fiel Laena ihm schroff ins Wort. »Du bist der stärkste von uns allen.«

Ihre Worte waren wie ein Schlag ins Gesicht und ließen ihn verstummen.

»Zeig uns, wie stark du bist«, fuhr sie sanfter fort. »Sei stark genug, ein Beispiel zu setzen, damit wir alle dich dafür bewundern können.«

Er blinzelte, langsam begreifend, was sie meinte.

»Nimm Perris Hand«, forderte Laena ihn auf.

Jinkil wandte sich seiner bisherigen Gefährtin zu und sah sie an. Er rutschte unbehaglich hin und her.

»Perri, nimm Jinkils Hand.«

Langsam, widerstrebend, reichten sie einander die Hand. Die Geste schien Jinkil zu erweichen. Seine Schultern entspannten sich, und sein Zorn verflog.

»Ihr seid jetzt beide frei«, erklärte Laena freundlich und wandte sich dann den anderen zu. »Sie haben unsere Anerkennung verdient für ihren Mut. Sie haben etwas getan, was vor ihnen noch keiner getan hat.«

Applaus ertönte, erst zögernd, dann lauter.

Schließlich hob Laena die Hände und wandte sich Fayna zu. »Und jetzt«, sagte sie, »wenden wir uns dir und Orban zu.«

Fayna schien etwas in dieser Art erwartet zu haben. Sie sah zu Orban hinüber, der ihrem Blick jedoch auswich. Sie wandte sich wieder Laena zu. »Ich denke ... ich denke, wir sind noch nicht soweit«, sagte sie errötend.

Laena nickte. »Mehr wollte ich gar nicht wissen. Wenn die Zeit kommt, da du und Orban euch binden wollt, werdet ihr dies in Anwesenheit aller kundtun. Aber das bleibt euch überlassen; ihr allein entscheidet, wann es soweit ist.«

Laena lächelte. »Jetzt kommen wir zum leichteren Teil.«

Sie spürte die Erleichterung der Menschen um sie herum. Ihnen hatte nicht gefallen, was sie eben getan hatte, aber sie war immer noch überzeugt davon, daß es richtig gewesen war. Sie hatte zu oft erlebt, welche Schwierigkeiten sich daraus ergeben konnten, wenn die

Menschen sich weigerten, der Wahrheit ins Gesicht zu sehen, wenn sie einander gegenseitig für Unglück und Leid verantwortlich machten, die daraus resultierten, daß sie eine Lüge lebten. Hier würde es keine Lügen geben – zumindest nicht, solange sie ihre Anführerin war.

Sie forderte alle auf, sich bei den Händen zu fassen. »Wir alle«, sagte sie, »sind Angehörige des Fischer-Stammes. Wenngleich ich selbst bei einem anderen Stamm aufgewachsen bin, bin ich schon vor langer Zeit dem Stamm der Fischer beigetreten.«

Alle nickten feierlich. Viele von ihnen vermißten immer noch ihre Verwandten und Freunde. Viele von ihnen fanden Trost in dem Band, das immer noch eine emotionale Bindung an ihre Ursprünge darstellte.

Aber sie mußte ein neues Band schaffen. »Wir werden einen neuen Eid der Verbundenheit schwören«, sagte sie ruhig. »Das ändert nichts an unseren Ursprüngen. Wir werden weiterhin Fischer sein, aber wir müssen auch noch etwas anderes sein, da wir das Tal der Fischer verlassen haben und wissen, daß wir niemals dorthin zurückkehren werden.«

Sie wandte sich Joq zu, der an ihrer Seite saß. Sie hatte ihr Vorhaben weder mit ihm noch mit irgendeinem anderen aus der Gruppe besprochen. Dieser Entschluß konnte nicht von der allgemeinen Zustimmung abhängig gemacht werden. Er mußte von ihr als Anführerin kommen.

»Joq«, sagte sie, »sprich mir nach. Ich bin ein freier Mensch.«

»Ich bin ein freier Mensch«, sagte er ohne Zögern und sah ihr dabei unverwandt in die Augen.

»Ich habe meine Heimat aus freien Stücken verlassen«, fuhr sie fort.

»Ich habe meine Heimat aus freien Stücken verlassen.«

»Ich bin jetzt ein Sohn des Eises.«

Sie sah, daß er sich fragte, warum sie von ihm verlangte, diese Worte zu sprechen. Aber er vertraute ihr blind, und so wiederholte er, was sie ihm vorgesprochen hatte.

»Aus freiem Willen verpflichte ich mich meinen Gefährten hier«, fuhr sie fort. »Wir alle sind jetzt Töchter und Söhne des Eises auf der Suche nach einer neuen Heimat.«

Er sprach die Worte. Als er zum Ende kam, sah sie, daß er verstand und ihre Entscheidung billigte.

Sie griff nach einer ledernen Schale mit Wasser. Sie war früher am Tag in die Berge gegangen und hatte etwas Eis gesammelt. Einige Stücke schwammen noch auf der Oberfläche. Sie nahm eins heraus und hob es an Joqs Stirn. »Jetzt bist du einer von uns.«

Die Zeremonie war schlicht, aber Laena spürte, daß sie ihre Wirkung auf die anderen nicht verfehlte. Sie vermittelte ihnen das Gefühl, ein gemeinschaftliches Ziel zu verfolgen, und sie taten ihre Zustimmung kund, als es vorüber war.

»Gut«, sagte Laena. »Wer will der nächste sein?«

»Ich.« Orban erhob sich hastig, kam um das Feuer und kniete sich vor Laena. »Wenn es dir recht ist, Laena-Mutter«, fügte er schüchtern hinzu.

Sie ließ ihn dieselben Worte sprechen wie zuvor Joq. Einer nach dem anderen unterzogen sie sich dem Ritual, sogar Jinkil, den es zwar verlegen machte, vor ihr zu knien, der aber nichtsdestotrotz keine Einwände erhob.

Zuletzt wandte sie sich den Kindern zu und sprach die Worte für sie, obwohl sie noch zu jung waren, ihre Bedeutung zu verstehen oder ihr nachzusprechen. Anschließend bat sie Joq, das Ritual an ihr zu vollziehen. »Ich bin mehr als jeder andere eine Tochter des Eises«, sagte sie. »Ich bin eure Führerin, aber ich bin einer von euch. Wir alle sind in Gleichheit verbunden.«

Und so sagte Joq die Worte, und sie sprach ihm nach. Schließlich berührte er ihre Stirn mit dem letzten Stückchen Eis, das noch im Wasser schwamm.

Laena erhob sich, ihren Speer in der Hand. »Kommt«, sagte sie, sich etwas vom Feuer entfernend.

Ihre Leute folgten ihr.

Sie stach die Speerspitze in den Boden und legte die rechte Hand um den Schaft. »Legt eure Hände zu meiner um den Schaft.«

Ohne Zögern scharten sich alle um sie. Es war gerade genug Platz, daß sie alle im Kreis stehen und den Speer halten konnten. Sie standen dicht an dicht, Schulter an Schulter.

»Wir werden füreinander dasein«, sagte Laena.

»Wir werden füreinander dasein!« riefen sie im Chor.

»Wir werden einander beschützen«, sagte sie.

»Wir werden einander beschützen!«

Laena ließ die Hand sinken. »Und wenn wir stark sind«, schloß sie leise, »werden die Kinder des Eises bald keine Heimatlosen mehr sein. Dann werden wir eine neue Welt für uns finden.«

Kapitel 47

Anfangs kamen sie mühelos voran. Sie hatten gelernt, ihre Kräfte einzuteilen, ein Tempo beizubehalten, das allen entsprach, jeden neuen Hang entschlossen anzugehen und sicheren Halt zwischen losem oder vereistem Gestein zu finden.

Das Terrain war verhältnismäßig leicht. Sie stießen auf einen Fluß und folgten seinem Ufer, das nur vereinzelt mit ein wenig Schnee bestäubt war. Es gab Spuren von Wild, und Jinkil gelang es, einen weißen Fuchs aufzuspüren und zu erlegen. Dann, am dritten Tag, gelangten sie auf einen Grat und sahen, daß sie einen weiteren Höhepunkt ihrer Wanderung erreicht hatten – nicht annähernd so hoch wie der Paß, auf dem Laena die beiden erfrorenen Bergsteiger im Eis entdeckt hatte, aber doch hoch genug, einen guten Blick auf das Land vor ihnen zu ermöglichen, und was sie sahen, verhieß nichts Gutes.

»Denkt immer an die Gründe für unsere Wanderung«, sagte Laena, als sie oben auf einem felsigen Grat saßen und von ihren Vorräten aßen.

»Ich glaube immer noch an unsere Wanderung«, sagte Perri. »Aber wenn ich sehe, was noch vor uns liegt, muß ich mich einfach fragen, wo sie ein Ende haben wird.«

Die anderen nickten stumm. Rechts vor ihnen erstreckte sich Eis, soweit sie sehen konnten – eine sanft abfallende Fläche, die so gewaltig wie ein ganzer Kontinent schien. Sie glitzerte in der Sonne und reichte bis zum Horizont. Wie verzweigte Baumwurzeln schlängelten sich Gletscher in die umliegenden Täler hinab. Die gewölbte Eisdecke hatte das Land bezwungen und hielt es mit unmenschlichem Griff gepackt.

Zur Linken ragte eine gewaltige Bergkette auf, die höher war als alles, was sie bislang gesehen hatten. Die Berge reihten sich nach Süden aneinander wie eine unüberwindbare Mauer.

Der einzige Durchgang lag zwischen dem Eis und den hochaufragenden Gipfeln. Dort war ein eisfreier Felsstreifen, der sich nach Süden wand. Aber er war seltsam farblos, ein graues Band, das von tiefen Furchen durchzogen war wie von den Krallen eines riesigen Ungeheuers. Auf dem Felsstreifen wuchs nichts, er war völlig nackt.

»Ihr habt euch entschieden«, sagte Laena. »Vier Wochen habt ihr euch verpflichtet durchzuhalten.«

»Ja«, sagte Jinkil. »Aber nach vier Wochen werden unsere Vorräte aufgebraucht sein, und wenn wir vorher nicht auf Wild stoßen, wird es zu spät sein umzukehren. Dann haben wir keine Wahl mehr. Wir geben dir zwei Wochen, Laena.«

»Dann machen wir aus den vier Wochen eben zwei«, entgegnete Laena, nachdem sie in die Runde gesehen hatte und alle ihrem Blick ausgewichen waren. »Von hier aus läßt sich nicht beurteilen, wie das Terrain tatsächlich ist. Wir können nur hinabsteigen und es uns aus der Nähe ansehen.«

Jinkil nickte knapp. »Also gut«, sagte er und marschierte los.

Ein weiterer Wasserlauf führte sie zu dem konturenlosen grauen Streifen. Der Fluß war an vielen Stellen noch mit einer Eisschicht bedeckt, aber das Eis war dünn und ließ sich mühelos zerschlagen, so daß sie keinen Durst litten. Die Nahrung stellte allerdings ein Problem dar.

Orban erlegte mit einem glücklichen Speerwurf einen Hasen. Sie faßten die Beute als gutes Omen auf, bis sie feststellten, daß das Tier nur Haut und Knochen war und das Fleisch nur eine karge Mahlzeit abgab. Am Abend war ihre Stimmung noch schlechter als zuvor, und Laena zog sich von ihren Gefährten zurück. Sie war verunsichert und fühlte sich von den anderen im Stich gelassen. Sie hatte so viel für sie getan, hatte sich ihrer Sorgen angenommen, sie ermutigt und ein festes Band zwischen ihnen geschaffen. Warum konnten sie ihr nicht im Gegenzug vertrauen und zu ihr stehen? Es erschien ihr grausam ungerecht.

Sogar Joq zeigte sich weniger loyal, als sie es gewohnt war. Er schwieg, wenn die anderen sich über den Mangel an Wild und die Kargheit des Geländes beklagten. Er sagte nie ein Wort gegen Laena, aber sie vermißte seine Unterstützung.

Als sie den schmalen grauen Streifen erreichten, wurden ihre Befürchtungen noch übertroffen. Es schien, als wäre die Erdoberfläche fortgekratzt worden, so daß nur eine Masse aus losem Gestein, Schotter und Sand zurückgeblieben war. Wenn der Wind blies, wurden Säulen grauen Staubes aufgewirbelt, der die Wangen der Wanderer wundrieb und ihre Augen reizte.

In der Mitte des grauen Bandes strömte ein Fluß, und Laena führte ihre Leute dorthin, in der Hoffnung, an seinem Ufer etwas Schutz zu finden. Dort wuchsen einige zwergenhafte Bäume, und vereinzelte Grasbüschel kämpften zwischen dem losen Gestein tapfer ums Überleben. Aber auch hier wehte ein heftiger Wind, und das Land war ebenso nackt und karg.

»Vielleicht gibt es Fische im Fluß«, sagte Laena, wenngleich sie bereits ahnte, daß dem nicht so war.

Jinkil nahm seinen Fischspeer und hockte sich ans Wasser. Nach einer Weile schüttelte er den Kopf. »Das ist gar kein richtiger Fluß, sondern eher ein Gebirgsbach«, sagte er. »Nur Wasser, das über Fels fließt. Kein Grün. Kein Leben.« Er starrte den Wasserlauf hinunter, die Augen gegen das blendende Glitzern des Eises im Osten zusammengekniffen. »Er scheint von dem Gletscher dort hinten gespeist zu werden.«

»Und das ist auch die Erklärung für die Bodenbeschaffenheit«, sagte Laena in plötzlichem Verstehen. »Früher muß es von dem Gletscher bedeckt gewesen sein. Der große Eisfluß hat die Erdoberfläche abgetragen und sich mit den Jahren zurückgezogen.«

Jinkil trat ungeduldig von einem Fuß auf den anderen. »Das hilft uns auch nicht weiter.«

»Aber natürlich tut es das.« Laena blickte von einem zum anderen. Sie alle starrten sie verständnislos an. »Wenn wir nur weit genug gehen, werden wir ans Ende dieser vom Eis zerstörten Strecke gelangen. Wir werden an die Stelle gelangen, an der sich irgendwann einmal die Grenze des Gletschers befunden hat. Das Land dort wird, vom Wasser des Gletschers gespeist, grün und fruchtbar sein.«

Jinkil schwieg lange. »Möglich«, sagte er schließlich widerwillig, aber zumindest klang es, als wäre er bereit, einen Versuch zu wagen.

»Das hier ist unser siebter Tag«, sagte Fayna. »Noch liegen sieben weitere vor uns. Wenn wir in dieser Zeit etwas Eßbares finden …«

»Das werden wir«, entgegnete Laena zuversichtlich. »Ich bin ganz sicher.«

Als sie dem grauen Streifen folgten, kam es Laena vor, als würde sie über Land schreiten, das so neu war, daß es noch keine Zeit gehabt hatte, wirklich Teil der Erde zu werden. Die vereinzelten Grashalme wirkten blaß, beinahe gelb, als die Sonne durch sie hindurchfiel. Die zwergenhaften Bäume waren dem Tod näher als dem Leben. Und doch waren genügend Bäume vorhanden, daß sie jeden Abend ein Feuer machen konnten. Und wenn sie lagerten, war der Schotter weich genug, so daß sie eine Mulde ausheben und unter ihrem Zeltdach Schutz vor dem Wind suchen konnten.

Am Tage war der Wind jedoch erbarmungslos. Sie rieben sich das Gesicht mit Fett ein und banden sich Ärmel und Hosenbeine mit Lederriemen zu. Aber dennoch drang Staub unter ihre Kleider und rieb ihre Haut wund.

Und es gab immer noch weit und breit nichts Eßbares.

Sieben Tage später saßen sie um ein flackerndes Feuer herum, das ständig drohte, vom Wind ausgeblasen zu werden, und teilten ihre Rationen. Am klaren Himmel stand ein voller Mond, und der Gletscher im Osten schimmerte im Mondlicht wie ein riesiger gefrorener Ozean. Niemand sah hin; sie waren den Anblick im Laufe der vergangenen Woche leid geworden, so wie sie durch die Trostlosigkeit des Geländes allem überdrüssig geworden waren.

»Ich glaube immer noch«, sagte Laena, als sie mit Essen fertig waren, »daß, wenn wir ans Ende des toten Landes gelangen ...«

»Ich stimme dafür umzukehren«, sagte Jinkil grausam und schroff, ohne die geringste Entschuldigung. »Unsere Vorräte reichen gerade für den Rückweg zum Tal. Wer ist dafür?«

Laena starrte ihn entgeistert an. Dann verwandelte ihre Verblüffung sich blitzartig in Zorn. »Wie kannst du es wagen!« fuhr sie ihn an.

Alle hielten abrupt inne und starrten sie an. Auf ihrer ganzen Wanderung hatte sie noch nie jemanden angeschrien. Sogar Jinkil schien verunsichert.

»Du unterbrichst mich, wendest dich gegen mich,

zeigst weder Höflichkeit noch die geringste Spur von Dankbarkeit – wie kannst du es wagen, Jinkil!«

Er rutschte unbehaglich hin und her. »Ich wollte es nicht an Respekt mangeln lassen«, murmelte er. »Ich wollte nur ...«

»Wo bleibt dein Glaube?« Wütend funkelte sie den Rest der Gruppe an. »Was ist daraus geworden? Habt ihr ein so kurzes Gedächtnis? Habe ich euch je in die Irre geführt? Habe ich das?«

Hierauf folgte widerwilliges Schweigen.

»Ihr habt mir vier Wochen versprochen. Vier! Und dann habt ihr euer Wort gebrochen, obwohl ich nie, niemals das meine gebrochen habe. Nun, ihr könnt umkehren, wenn ihr wollt. Aber dann müßt ihr ohne mich gehen und werdet nie das Land zu Gesicht bekommen, von dem ich weiß, daß es auf uns wartet.«

Sie setzte sich wieder. Joq legte ihr eine Hand auf den Arm, aber sie schüttelte sie ab. Er war nicht viel besser als die anderen. Sie hatte sie angefleht und ihnen gut zugeredet – aber damit war jetzt Schluß. Wenn sie allein weiterziehen mußte, nur mit Henik, dann würde sie auch das irgendwie schaffen.

»Wir stehen in deiner Schuld, Laena«, sagte Orban.

»Ich fürchte nur ...«, begann Newa.

»Du fürchtest immer irgend etwas«, schnitt Laena ihr das Wort ab. »Du jammerst ständig herum wie ein altes Weib.«

»Laena, sei vernünftig«, sagte Fayna. »Wir wissen, daß wir in dem Tal leben können, das wir verlassen haben – zumindest für einige Zeit, ein paar Jahre. Von dem, was vor uns liegt, wissen wir nichts.«

Laena ballte eine Hand zur Faust und schlug sich auf die Brust. »Ich *weiß* es«, sagte sie. »Ich weiß, daß ein neues Land auf uns wartet, so sicher, wie ich wußte, daß eine Flut unser Dorf zerstören würde. Fayna, ohne meine Gabe wärst du vielleicht nicht mehr am Leben. Und der Mann, den du liebst, würde ganz zweifellos nicht mehr unter uns weilen.«

»Es stimmt, was Laena sagt«, bemerkte Orban. »Sie hat uns nie in die Irre geführt.«

»Das ist wahr«, sagte Joq und wandte sich Laena zu. »Ich möchte mich als dein Mann bei dir entschuldigen. Dieses Land ist so karg, so nackt – ich habe etwas von meinem Glauben verloren, und das hätte nicht passieren dürfen.«

»Ich danke dir«, entgegnete Laena leise.

»Also gut«, sagte Jinkil, der spürte, daß die Stimmung der anderen umschwenkte. »Wir gehen weiter. Zumindest für eine Weile.«

»Ja«, sagte Laena. »Wir gehen weiter, bis wir ans Ziel gelangen.«

Eine weitere Woche später – als sie fühlen konnte, wie Anspannung und Angst um sie herum wieder wuchsen – gelangten sie endlich ans Ende des kahlen grauen Streifens. Vor ihnen erstreckte sich ein riesiger See in einem Talkessel. Der See war so tot, wie der Fluß es gewesen war, aber am Ufer fanden sie Spuren. Kaninchen, Wühlmäuse, Wasserratten – eine Schar kleiner Nager, schwer aufzuspüren und zu erlegen, aber immerhin Nahrung.

»Ich habe es euch ja gesagt!« rief Laena am Abend, als sie die ersten Tiere aßen, die sie erbeutet hatten. »Ich sagte doch, wir würden es schaffen.«

Und jetzt waren die anderen natürlich verlegen und fühlten sich schuldig, weil sie an ihr gezweifelt hatten. Sie überließen ihr die besten Stücke der Beute, murmelten Entschuldigungen und beteuerten ihr, daß sie ihr vertrauten.

Sie blieben vier Tage am Seeufer und stockten ihre Vorräte auf. Es war Schwerstarbeit für die Jäger, und Laena teilte sie mit ihnen. Sie krochen durch das hohe Gras, hoben Kaninchenbaue aus, immer nach einer raschen, flüchtigen Bewegung Ausschau haltend, den Speer stets bereit.

Sobald sie genügend Fleisch beisammen hatten,

erklärte sie, daß es Zeit wäre weiterzuziehen. Der See markierte einen Tiefpunkt im Gelände. Von dort aus führte der Fluß sie wieder hinauf in die Berge.

Diesmal hatten sie nicht mit grauem Schotter und Staub zu kämpfen. Diesmal wurden sie wieder vom Schnee eingeschlossen.

Laena hatte geglaubt, sie hätten das Schlimmste hinter sich, aber das hier war eine weitere Herausforderung. Sie folgten dem Fluß immer höher und höher hinauf, und die Hänge waren trügerisch von Eis und Schnee. Sie kamen nur noch langsam voran, da sie bei jedem Schritt übertrieben vorsichtig sein mußten, sorgfältig prüfen mußten, wo sie den Fuß aufsetzen konnten, ehe sie ihr Gewicht verlagerten.

Mehrmals sprachen sie davon, zum See zurückzukehren und zu versuchen, von dort aus einen leichteren Weg zu suchen. Aber es schien, als könne es keine einfachere Route geben. Die Gipfel auf beiden Seiten waren immer höher als die Berge, die vor ihnen lagen. Und sie zogen nach Süden oder Südosten, in die Richtung, die, wie Laena immer noch fest glaubte, ihre Bestimmung war.

Nach zwei Wochen gelangten sie endlich an einen Paß, der auf einen sacht abfallenden Hang führte. Ihre Vorräte wurden wieder knapp, aber sie stießen auf einen neuen Fluß, der sie zu einem tiefergelegenen Tal führte, in dem sie die Spuren eines Schwarzbären entdeckten. Sie konnten sich nicht vorstellen, was ihn bewogen hatte, so hoch in die Berge zu ziehen, aber sie folgten seiner Fährte, und zwei Tage später spürten sie ihn auf und erlegten ihn. Er war vom Hunger geschwächt, was ihn zu einer leichten Beute machte. Laena, Joq, Orban, Benke und Jinkil umkreisten ihn und stießen immer wieder mit ihren Speeren zu, während die Frauen ihn mit Steinen bewarfen. Schließlich tötete Jinkil ihn, indem er ihm seinen Speer tief in den Hals stieß.

Da sie kein Brennmaterial hatten, aßen sie das Fleisch roh. Aber das kümmerte sie nicht; es stillte den nagenden Hunger und gab ihnen neuen Mut für den Weg, der noch vor ihnen lag. Für Laena war der Bär ein Zeichen, ein weiterer Beweis dafür, daß sie auf dem richtigen Weg waren.

Und so setzten sie ihre Wanderung fort. Mehrere Tage lang gingen Schneeschauer nieder, so daß sie kaum vorankamen. Manchmal stiegen sie so weit hinab, daß sie kleine Täler mit einigen Kiefern und Sträuchern fanden, wo auch einige Tiere lebten, die sie erlegen konnten. An Orten wie diesen rasteten sie mehrere Tage, aßen sich satt, räucherten das restliche Fleisch und faßten neuen Mut, ihren Weg fortzusetzen. Inzwischen kam eine Umkehr nicht mehr in Frage; sie waren so weit gekommen, daß allein der Gedanke ihnen unerträglich war. Aber sie fanden auch keinen Ort, an dem sie bleiben könnten, da das Land so hoch oben in den Bergen sogar im Sommer grausam und hart war. Den Winter in den Bergen verbringen zu wollen wäre Selbstmord.

Wochen und Wochen vergingen. Das Thema der Wanderschaft wurde nicht mehr angesprochen, war aber dennoch allgegenwärtig. Die Wanderung war nicht nur Mittelpunkt ihres Lebens, sie *war* ihr Leben. Sogar nachts sahen sie in ihren Träumen die zerklüfteten Berge, die sich endlos vor ihnen erstreckten.

Schließlich gelangten sie an eine Reihe abfallender Bergpässe. Sie hatten es schon lange aufgegeben, auf irgend etwas zu hoffen oder irgend etwas zu erwarten. Wenn das Land abfiel, stiegen sie hinab, solange es sie nach Süden führte. Aber sie weigerten sich, daran zu denken, daß es sie tatsächlich aus dieser endlosen Wildnis hinausführen könnte. Sie waren schon zu oft enttäuscht worden. Sie waren zu erschöpft, um noch hoffen zu können. Sie wurden nur noch von grimmiger Entschlossenheit angetrieben.

Schließlich gelangten sie an eine Stelle, an der sich zwei mögliche Wege vor ihnen auftaten. Der eine führte an einem Fluß entlang, aber der Fluß rauschte auf sie zu, und der Pfad führte zurück in den Schnee. Der zweite Weg führte leicht nach Osten. Auf dieser Strecke gab es kein Wasser, nur Reste von Eis an den höhergelegenen Hängen. Aber in weiter, weiter Ferne glaubten sie einen Schimmer von Grün zu erkennen.

Sie ließen auch diesmal keine Hoffnung zu, verloren nicht einmal ein Wort darüber. Und doch entschieden sie sich für diesen Weg. Der Sommer näherte sich langsam seinem Ende, und der Herbst war nicht mehr fern. Wenn sie keinen Weg fanden, der aus den Bergen hinausführte, würden sie nur noch wenige Monate zu leben haben, das wußten sie alle.

Kapitel 48

Zerschlagen und erschöpft und von Hunger geplagt, schleppten sie sich über ein langes Felsplateau. Dahinter konnten sie sanfte Hügel und blaues Wasser sehen, das in der Sonne glitzerte. Aber der Anblick war wie eine Fata Morgana und schien vor ihnen zurückzuweichen.

Sie sprachen nicht mehr miteinander. Reden kostete Kraft, und sie konnten es sich nicht erlauben, ihre letzten Kraftreserven zu verschwenden. Sie stritten nicht mehr über Entscheidungen, die sie hätten treffen, über andere Wege, die sie hätten wählen sollen. Ihnen fehlte einfach die Energie, darüber nachzudenken. Alles, was zählte, war, einen Fuß vor den anderen zu setzen, weiterzugehen, immer weiter, weil ihre einzige Hoffnung darin bestand, ihr Ziel zu erreichen.

Einige Zeit später – Laena hatte längst jedes Zeitgefühl verloren – erreichten sie das Ende des Plateaus. Es endete abrupt an einem senkrechten Felshang, der eine scharfe Trennlinie zwischen den endlosen Bergen und dem grünen Land bildete, das sich wie eine paradiesische Vision vor ihnen erstreckte, verlockend nah und doch unerreichbar.

Sie starrten auf das Land, das vor ihnen lag. Sie sahen dichtes grünes Gras, Wälder und einen großen See, der in der Sonne funkelte. Der Anblick war so perfekt, so freundlich, daß sie ihren Augen nicht trauten.

Laena streckte die Hand aus, als könnte sie das Gras und das Wasser berühren.

»Ja, es ist real«, sagte Jinkil. Aus zusammengekniffenen Augen blickte er über das Land, und seine von der Kälte gesprungenen Lippen verzogen sich zu einem zögernden Lächeln.

Laena nahm ihn kaum wahr. Sie starrte weiter nach vorn, überwältigt von der Schönheit des Ausblicks. Endlich, nach all den Monaten und Jahren, hatte sie das Land ihrer Träume gefunden. Das war das Land, das zu finden sie einen so weiten Weg auf sich genommen hatte.

Sie griff nach Joqs Hand und drückte sie. »Das ist das Land aus meinen Visionen«, sagte sie. »Diesmal ist es das wirklich.«

»Aber es gibt keinen Weg hinunter«, entgegnete Joq.

Laena schloß einen Moment die Augen. Beinahe glaubte sie, daß ihr der Weg irgendwie erscheinen würde. Dann wurde ihr bewußt, daß sie an Joq lehnte, überwältigt von Müdigkeit. Wütend schüttelte sie sich wach.

»Die Felswand ist höher, als unser Seil reicht«, sagte Joq. Er blickte über den Rand und sah nach rechts und links. Auf beiden Seiten wirkten die Klippen höher als dort, wo sie standen. »Wenn wir weit genug gehen, kommen wir vielleicht ...«

»Nein«, fiel Perri ihm ins Wort, die mit geballten Fäusten auf die grüne Ebene hinabblickte. »Das Seil muß einfach lang genug sein.« Sie begann, es von ihrer Taille zu lösen.

»Aber das ist es nicht«, widersprach Joq geduldig. Er runzelte die Stirn, und Laena sah, daß er versuchte, sich zu konzentrieren, versuchte, an den Resten seines Verstandes festzuhalten angesichts der übermächtigen Erschöpfung, die drohte, ihn hinabzuziehen.

»Ich sage, es ist lang genug.« Perri nahm ihren Rucksack ab und warf ihn mit einer raschen, selbstverständlichen Geste über den Rand der Klippe.

Alle starrten wie gebannt auf die Ledertasche, die durch die Luft segelte. Am Fuß der Klippe befand sich ein Abhang, der zum grasbewachsenen Tal hin abfiel. Perris Rucksack prallte, eine kleine Staubwolke aufwirbelnd, auf den Hang und rollte hinunter bis ins Gras am Fuß des Berges.

»Wahnsinn!« herrschte Jinkil die Frau an, die einmal seine gewesen war. Er hatte die Hände zu Fäusten geballt und die Schultern hochgezogen. »Du verrücktes …«

»Wir müssen da runter, und zwar gleich«, entgegnete sie. Sie wich nicht vor ihm zurück, sondern musterte ihn nur dumpf.

Benke trat an ihre Seite. »Perri«, sagte er. »Dies ist nicht der richtige Moment …«

»Bleib weg!« rief Jinkil, die Fäuste immer noch geballt.

»Du redest wirr«, sagte Benke.

»Halt den Mund!« Jinkil trat drohend vor. Laena erkannte, daß sie alle offenbar nicht mehr in der Lage waren, klar zu denken. Sie alle waren vor Müdigkeit und Hunger so verrückt wie sie selbst, und der Anblick des Landes unter ihnen war so verführerisch, daß ihre Frustration sich in Zorn äußerte. »Schluß damit«, sagte sie schwach. »Jinkil …«

Er ignorierte sie. Er knurrte Benke an und hob die Faust.

»Nein!« Perri warf sich nach vorn, hob die Hände und begann, auf Jinkil einzuschlagen, ihn zu schütteln und an seinen Kleidern zu zerren.

So erschöpft sie auch war, wußte Laena, daß sie handeln mußte. Sie nahm ihren Speer und trat einen Schritt vor. *»Schluß!«* Diesmal brüllte sie. »Jinkil, wenn du einen von uns bedrohst, bedrohst du damit uns alle!«

Er wandte sich ihr zu und starrte sie an. Ihr Speer war

weniger als eine Armeslänge von seinem Gesicht entfernt. Er erstarrte vor Überraschung. Dann packte er mit den behandschuhten Händen die Speerspitze und versuchte, Laena die Waffe zu entreißen.

Die Flintspitze zerfetzte seinen Handschuh und ritzte seine Haut auf. Er schrie auf, zog den Handschuh aus und betrachtete entgeistert das Blut, das aus dem feinen Schnitt quoll.

»Ich habe dich gewarnt!« schrie Laena, die plötzlich den Tränen nahe war. Warum benahmen sie sich so? Was war los mit ihnen? Sie warf den Speer fort und nahm Jinkils Hand. »Laß mich die Wunde sehen und sie säubern.«

Ihre Sorge wirkte auf ihn ernüchternder als ihr Zorn. Stirnrunzelnd entzog er ihr seine Hand. »Es ist nichts. Nur ein Kratzer.« Er klemmte die Hand unter die Achsel und stand schweigend da. Dann kehrte er ihnen allen blinzelnd den Rücken zu.

Die Kinder hatten angefangen zu schreien. Fayna hielt Henik, während Newa sich um Urami kümmerte. Beide Kinder schienen die gespannte Atmosphäre gespürt zu haben und reagierten entsprechend. »Schhhht«, sagte Fayna, bemüht, Henik zu beruhigen. Sie warf einen Blick auf Orban, der, auf seinen Speer gestützt, an ihrer Seite stand. Dann wandte sie sich Laena zu. »Wenn ich etwas sagen dürfte …«

»Ja! Sprich!« Jinkils Zorn schien verraucht zu sein – zumindest für den Augenblick. Laena fühlte, wie sie erneut von Erschöpfung übermannt wurde. Sie setzte sich, zu schwach, um noch länger stehenzubleiben.

Fayna hatte das Tal, das sie zurückgelassen hatten, schon lange nicht mehr erwähnt. Nachdem erst einmal festgestanden hatte, daß es keinen anderen Weg gab als den nach vorn, war sie nützlich, stark und klug gewesen in ihren Bemühungen, den besten Weg zu finden und die Einheit der Gruppe zu erhalten. »Perris Rucksack hat sich beim Aufprall nicht geöffnet«, sagte sie, auf den Rand der Klippe zeigend.

»Das stimmt«, sagte Joq. »Aber wir sind nicht aus Leder. Wenn du glaubst, wir könnten einfach hinunterspringen ...«

»Nein.« Sie blickte ihn unverwandt an. »Ich will damit nur sagen, daß es schwer ist, die Entfernung abzuschätzen, weil das Land unten in einen sanften Hang übergeht. Vielleicht sind wir gar nicht so hoch oben, wie es scheint.«

»Vielleicht könnten wir uns soweit wie möglich abseilen und uns den Rest fallen lassen und auf dem Hang abrollen«, meinte Orban.

»Die Kinder«, wandte Laena ein, die Finger an die Stirn gepreßt. »Du hast die *Kinder* vergessen.«

Hierauf folgte langes, grimmiges Schweigen.

Laena erkannte, daß wieder einmal sie gefordert war. Sie konnten hier herumsitzen und streiten, bis einer von ihnen etwas Verzweifeltes, Dummes oder Gefährliches tat, oder aber sie traf eine Entscheidung und gab ihnen vor, was sie tun würden.

»Also gut«, sagte sie schließlich. »Wir tun folgendes.« Sie war es leid, Entscheidungen zu treffen, Probleme zu lösen und die anderen zu führen. Sie war so entsetzlich müde. »Joq und Orban seilen sich ab. Vielleicht hat Fayna recht. Vielleicht können sie sich vom Ende des Seiles aus fallen lassen. Wenn sie unten sind, wickle ich Urami in mehrere Felle. Wir lassen Benke mit Urami am Seil herunter, und unten läßt Benke das Kind dann los. Joq und Orban fangen sie mit dem Zelt auf, das sie zwischen sich gespannt halten.«

Sie sah die skeptischen Gesichter der anderen. Wollte sie tatsächlich ein einjähriges Kind durch die Luft werfen wie ein Bündel alter Kleider?

»Dann verfahren wir gleichermaßen mit Henik. Anschließend seilen wir uns alle ab, Jinkil als letzter. Und wenn wir erst unten in diesem warmen grünen Land sind, werden wir nie wieder eine Krise wie diese meistern müssen; dann wird unsere Mühsal endlich ein Ende haben.«

Alle schwiegen. Es war sehr, sehr still oben auf dem Plateau. Kein Vogelgezwitscher war zu hören, und es regte sich kein Lüftchen.

»Es ist zu gefährlich«, sagte Benke schließlich. »Die Kinder könnten sich verletzen ...«

Laena riß der Geduldsfaden. »Es gibt keinen anderen Weg!« rief sie. »Wir haben keine Vorräte mehr und kein Wasser.« Sie schlug mit der Hand auf den Felsen neben ihr. »Glaubst du, ich würde mir um mein Kind keine Sorgen machen, Benke? Ich liebe meinen Sohn! Aber ich werde nicht meine Vision und mein Leben für ihn opfern. Wärst du bereit dazu?«

Wieder senkte sich lastende Stille herab, und alle tauschten unbehagliche Blicke.

»Ich habe diesen Traum Jahre verfolgt«, schrie Laena. »Ich werde jetzt nicht aufgeben, nicht so kurz vor dem Ziel.«

Benke trat nervös von einem Fuß auf den anderen. »Vielleicht hast du recht.«

»Ja«, entgegnete Laena. »Ich habe recht.«

Joq ging von einem zum anderen und befreite sie von dem Seil. Es war stellenweise schon sehr abgenutzt, wo es über scharfkantige Felsen geschabt war. Er ließ es durch die Hände gleiten und prüfte es skeptisch. Es war offensichtlich, warum Laena bestimmt hatte, daß Jinkil sich als letzter abseilen sollte; er war der schwerste unter ihnen. Möglicherweise würde das Seil unter seinem Gewicht reißen.

Joq sah sich um. »Es gibt nichts, woran wir es festmachen könnten«, sagte er. »Und da Jinkil sich die Hand verletzt hat, wird er uns nicht herunterlassen können.«

»Binde das Ende des Seils um einen großen Stein, den du dann in diesem Spalt dort verkeilst«, sagte Laena. Sie zeigte auf eine Spalte im felsigen Boden, die beinahe eine Hand breit war.

»Gute Idee«, sagte Joq. »Das müßte funktionieren.«

Ja, dachte Laena. Es wird funktionieren.

Joq verkeilte den Stein, so wie sie es vorgeschlagen

hatte. »Wer geht als erster?« fragte er mit einem Blick auf Orban. »Du oder ich?«

»Orban seilt sich als erster ab«, bestimmte Laena. Wenn sie schon bereit war, Heniks Leben zu riskieren, wollte sie bei Joq kein unnötiges Risiko eingehen.

»Sei vorsichtig«, sagte Fayna und umarmte Orban.

»Wirf erst deinen Rucksack hinunter«, sagte Joq. »Wir sollten das Seil nicht unnötig belasten.«

Orban nickte. Er löste sich aus Faynas Umarmung und warf sein Gepäck über den Rand der Klippe. Dann setzte er sich, schwang die Beine über den Rand und begann, sich am Seil hinabzuhangeln.

Laena trat dicht an den Rand des Abgrunds und beobachtete ihn. Seine Arme zitterten von der Anstrengung. Er bewegte sich immer tiefer hinab und erreichte das Ende des Seils, ohne es zu merken. Plötzlich griff er ins Leere und fiel mit einem überraschten Aufschrei.

Er ruderte im Fallen wild mit den Armen, als würde er irgendwo Halt finden. Dann prallte er auf dem Boden auf und rollte in einer Staubwolke den Hang hinunter. Die anderen starrten entsetzt auf ihn herunter. »Orban!« schrie Fayna.

Einen schrecklichen, langen Moment blieb er reglos liegen. Dann rappelte er sich langsam auf. Er schien sich selbst auf Knochenbrüche zu untersuchen. Er drehte sich um, strauchelte, hielt aber das Gleichgewicht. Er blickte zu ihnen auf und winkte.

Ihre Emotionen schlugen in Sekundenbruchteilen um. Sie sahen, daß er lebend, sogar unverletzt unten angelangt war. Es war also möglich. Sie winkten zurück und jubelten ihm zu.

Laena wandte sich an Joq. »Jetzt du«, sagte sie.

Er drückte sie kurz an sich, bevor er zum Seil hinüberging. Er schwang sich über den Rand, wie Orban es getan hatte.

»Sei vorsichtig!« rief Laena und blickte ihm nach, von einer dunklen Vorahnung erfüllt. Er war nicht so stark wie Orban. Er würde abstürzen. Sie würde ihn verlieren. Sie würde schuld sein an seinem Tod. Überhaupt war sie an allem schuld; auf der ganzen Wanderung war alles nur ihre Schuld gewesen. Sie ballte die Hände zu Fäusten, biß die Zähne zusammen und kämpfte gegen den Impuls an, vorzustürzen, als könnte sie ihm dadurch helfen, daß sie in die Tiefe sprang.

Aber dann gelangte Joq ans Ende des Seils. Er ließ los und fiel. Er zog Arme und Beine an und duckte den Kopf. Dann landete er auf dem Boden und rollte wie zuvor Orban den Hang hinab. Endlich kam er zum Stillstand.

Er stand auf. Er war unverletzt, rief zu ihr herauf und winkte mit beiden Armen.

Laena schüttelte den Kopf. Offenbar hatten ihre dunklen Vorahnungen nichts zu bedeuten. Offensichtlich war sie so erschöpft, daß sie sich zusätzliche Gefahren einbildete. »Ich gehe als nächste«, sagte sie.

»Aber du hast doch gesagt, wir sollen erst die Kinder hinunterlassen«, bemerkte Fayna.

»Ich weiß. Ich möchte dort unten bei meinem Mann sein. Ich möchte mit ihm gemeinsam das Zelt halten, wenn ihr Henik zu uns hinabwerft. Verstehst du das?«

Fayna musterte sie skeptisch. »Laena, bist du ganz sicher …«

»Ja, ich bin sicher.« Sie fühlte sich verlassen hier oben auf der Klippe, während Joq dort unten war. Monate waren sie ständig beisammen gewesen, hatten einander geholfen, über sich gewacht, sich gegenseitig vor der kleinsten Gefahr gewarnt. »Ich muß zu ihm«, murmelte sie, halb zu sich selbst.

»Dein Rucksack«, sagte jemand. »Wirf erst deinen Rucksack hinunter.«

Sie war nicht sicher, wer das sagte. Es war ihr auch gleich. Sie nahm den Rucksack ab und warf ihn hinunter. Dann setzte sie sich auf den Rand der Klippe, dort, wo das Seil befestigt war. Sie krümmte mehrmals hintereinander die Finger und umfaßte dann das Seil mit festem Griff. Dann hielt sie inne und blickte lange auf ihr Paradies. Es war wirklich genauso, wie sie es in ihren Visionen gesehen hatte. Genauso.

»Laena?« sagte eine Stimme hinter ihr. »Alles in Ordnung?«

»Ja.« Ihr wurde bewußt, daß sie vor sich hin geträumt hatte. Sie war so schrecklich müde. Aber sie konnte sich jetzt keine Müdigkeit erlaubten. Sie war die Anführerin; die anderen waren von ihr abhängig. Sie durfte kein Anzeichen von Schwäche zeigen. Sie packte das Seil so fest, daß ihre von der Kälte rissigen Hände schmerzten. Dann ließ sie sich über den Rand gleiten und begann hinabzuklettern.

Ihr Gewicht, das nur von ihren Händen gehalten wurde, zerrte an ihren Schultern, so daß es ihr vorkam, als würden sie aus den Gelenken springen. Sie stieß einen kleinen Schrei aus, als sie fühlte, wie das Seil ihr durch die Hände glitt. Sie mußte abbremsen. Sie packte fester zu, noch fester, und es gab einen schmerzhaften Ruck in ihren Schultern, als sie das Tempo abrupt drosselte. Einen Moment hing sie nach Luft ringend da, am ganzen Leib zitternd.

»Zieh die Füße an«, rief Joq zu ihr herauf. »Stütz die Füße gegen die Wand.«

Schwerfällig versuchte sie, seinen Anweisungen zu folgen. Ihr Fuß glitt aus, dann fand er Halt.

Sie begann, weiter hinabzusteigen. Ihre Hände schmerzten derart, daß sie hätte schreien mögen. Ihre Arme zitterten. Sie fühlte, wie sie ihre letzten Kräfte verließen. Du mußt durchhalten, ermahnte sie sich, du mußt. Zum Wohle ihrer Gefährten, um ihrer Vision willen und für ihren Mann und ihren Sohn.

Aber ihre Hände verkrampften sich, wollten ihr nicht mehr gehorchen. Das Seil entglitt ihr, sie verlor den Halt und stürzte rücklings. In Todesangst sah sie, wie die Welt sich um sie drehte, sah Joq weit unten stehen und die Hände nach ihr ausstrecken, als wolle er sie auffangen.

Dann schlug sie auf, mit solcher Wucht, daß der Aufprall ihr den Atem raubte. Sie schrie auf. Der Hang war mit Steinen übersät. Sie versuchte, die Arme hochzuziehen, um ihr Gesicht zu schützen, aber sie drehte sich zu schnell, rollte durch den Staub. Dann, plötzlich, schlug sie mit dem Kopf irgendwo gegen, und Schwärze hüllte sie ein.

Kapitel 49

Laena blinzelte hinauf in die Sonne. Sie lag auf dem Rücken. Auf steinigem Untergrund. Joq beugte sich über sie. »Bist du in Ordnung?« Er hatte die Augen weit aufgerissen, und ein Ausdruck tiefster Verzweiflung lag auf dem Gesicht. »Laena ...«

»Ja, Joq.« Sie tastete nach seiner Hand. »Ja, ich bin in Ordnung. Nur müde. So schrecklich müde.«

Sie schloß die Augen wieder, weil sie einfach nicht die Kraft hatte, sie noch länger offenzuhalten.

Manchmal wachte sie beinahe auf. Sie fühlte, wie sie von zahlreichen Händen getragen wurde, und sah flüchtig Gesichter, die auf sie herabblickten. Jemand sagte ihr, daß mit ihrem Sohn alles in Ordnung wäre. Natürlich, dachte sie; natürlich ist er in Ordnung. Dann glitt sie wieder in Bewußtlosigkeit.

Dann lag sie auf Fellen im weichen Gras, und Joq drückte ihr etwas an die Lippen. Fleisch, erkannte sie. Frisches, warmes Fleisch. Sie fühlte, wie ihr das Wasser im Mund zusammenlief. Sie biß in das Fleisch und kaute. Aber es war so anstrengend. Sie aß zwei Bissen, dann fiel sie wieder in tiefen Schlaf.

Beim dritten Mal erwachte sie abrupt und war von einem Moment auf den anderen hellwach. Ihr Körper war schwach, so schwach, daß sie sich kaum rühren konnte. Sie hatte Kopfschmerzen, und eine Stelle an ihrer Stirn pochte. Ihre Glieder waren steif und zerschunden. Und sie hatte einen Riesenhunger.

Es gelang ihr, sich auf die Ellbogen zu stützen. Es kostete sie große Anstrengung, und ihr wurde schwindlig.

Vorsichtig blickte sie sich um. Die anderen schliefen um sie herum. In ihrer Mitte schwelte die Glut eines Feuers. Der Kadaver eines Hirsches hing an einem improvisierten Gestell aus vier Speeren. Die Sonne stand tief am Himmel, und das Gras war von Tau überzogen. Sie erkannte, daß die Nacht verstrichen war und der Morgen graute. Alle hatten den Abstieg von der Klippe geschafft. Sie waren alle gemeinsam in dem warmen, grünen Land ihrer Träume. Sie waren am Ziel angelangt, und alle waren wohlauf.

Sie sah Joq, der an ihrer Seite schlief, Henik neben sich. Frisches Fleisch lag auf einem Stück Baumrinde neben ihrer rechten Hand. Joq mußte es dort für sie hingelegt haben, für den Fall, daß sie aufwachte. Der gute Joq. Tränen der Dankbarkeit und Erleichterung stiegen ihr in die Augen.

Sie griff nach dem Fleisch und stopfte es in sich hinein. Sie versuchte, möglichst leise zu sein; dies war ein so besonderer Moment, daß sie niemanden wecken wollte.

Als sie satt war, hatte sie quälenden Durst. Sie rappelte sich hoch, ganz vorsichtig, und untersuchte sich selbst auf Knochenbrüche. Sie erinnerte sich an ihren Sturz nach dem Ritt auf dem Mammut. Sie hatte damals und jetzt Glück gehabt, sich keine schweren Verletzungen zuzuziehen. Wie lange konnte ihr Glück noch anhalten? Sie mußte anfangen, besser auf sich achtzugeben. Sie durfte nicht mehr so viele Risiken eingehen. Ihre Leute brauchten sie. Ihre Vision …

Aber das hier war ihre Vision. Sie brauchte nicht mehr darauf zu hoffen, zu planen und sich vor Gefahren zu schützen, aus Furcht, nie an den Ort zu gelangen, nach dem sie sich so schmerzlich sehnte. Sie war an diesem Ort; sie war hier, und er gehörte ihr.

Es gelang ihr aufzustehen. Einen Augenblick schwankte sie, und vorübergehend wurde ihr schwarz vor Augen. Dann ging sie zittrig durch das Gras. In der Nähe war ein

Fluß, aber sie wurde magisch von dem dahinterliegenden See angezogen. Er schien sie zu rufen, und sie stolperte in diese Richtung, obwohl er weiter entfernt war als der Fluß.

Ihr Fuß stieß gegen etwas, und sie strauchelte. Sie wandte den Kopf und gab einen überraschten Laut von sich, als sie ein Reh sah, das sich schläfrig aus dem Gras erhob. Sie war buchstäblich über das Tier gestolpert. Einen Augenblick stand es reglos da und starrte sie an, als hätte es noch nie einen Menschen gesehen. Dann zuckte sein Schwanz, und es trottete davon.

»Sie haben keine Angst«, sagte eine Stimme zu ihrer Linken.

Laena drehte den Kopf und sah Joq auf sie zukommen. Ihr erschreckter Aufschrei hatte ihn geweckt.

»Die Tiere hier haben noch nie Menschen gesehen«, sagte er. »Sie haben nie gelernt, uns zu fürchten.«

Sie breitete die Arme aus, ließ sich an seine Brust fallen und umarmte ihn mit reiner, tiefempfundener Freude.

»Ist mit dir alles in Ordnung?« fragte er nach einer Weile. »Du hast dir bei deinem Sturz den Kopf angeschlagen. Dann schienst du wieder zu dir zu kommen, bist aber immer wieder bewußtlos geworden. Du hast im Schlaf gesprochen – von einem weißen Panther. Alle hatten Angst, du hättest durch den Schlag den Verstand verloren.«

»Ich habe von einem weißen Panther gesprochen?« fragte sie verwirrt.

»Ja Ich habe es selbst gehört.«

»Wie merkwürdig.« Sie faßte sich an die Stirn, als könnte sie die Erinnerung an ihren Traum heraufbeschwören. »Wie seltsam, daß ich mich nicht daran erinnern kann.«

Das heißt, dachte sie bei sich, vielleicht ist es gar nicht so seltsam. Es gab keinen Grund mehr, sich an die Träume und Visionen zu erinnern, die mit dem Panther zu tun hatten. Sie würden sie nicht mehr quälend verfolgen.

»Ich habe Durst«, sagte sie, zu Joq aufblickend. »Ich muß trinken. Ich wollte zum See …«

»Ich trage dich«, sagte er.

Ehe sie protestieren konnte, bückte er sich und hob sie hoch. Er war selbst noch geschwächt von ihrem Gewaltmarsch und konnte sie kaum halten. Aber irgendwie schaffte er es, sie bis zum Wasser zu tragen.

Laena kniete sich hin, schöpfte Wasser aus dem See und trank. Er sah ihr schweigend zu und wartete geduldig.

»Weißt du«, sagte sie, als sie ihren Durst gelöscht hatte. »Es ist wirklich genauso wie in meinen Visionen.« Sie blickte aus zusammengekniffenen Augen zu ihm auf. »Das habe ich wohl schon gesagt. Aber kannst du dir vorstellen, wie das ist, etwas in Gedanken zu sehen, noch bevor man es mit den Augen gesehen hat? Es ist so … mysteriös.«

Er schüttelte den Kopf. »Es gibt vieles, was ich nicht verstehe, Laena. Ich bin nur glücklich, daß deine Vision sich als richtig erwiesen hat.«

Auf ihn gestützt, kehrte sie mit ihm zurück zum Lager. »Das ist also unsere neue Heimat«, sagte sie. »Diesmal sind wir wirklich am Ziel angelangt. Sieh nach Süden. Das Land erstreckt sich endlos. Dort gibt es keine Berge mehr. Nichts!«

Dann wandte sie sich wieder den anderen zu, die auf dem Boden schliefen. Ihr Stamm. »Sind alle in Ordnung?« fragte sie und zeigte auf die Klippen am Rand des Plateaus, das sie überquert hatten. »Sind alle wohlbehalten heruntergekommen?«

Er nickte. »Sogar Newa. Sie sagt, sie hätte keine Höhenangst mehr.«

»Wir sind alle stärker geworden«, entgegnete Laena. »Oder werden es sein, wenn wir uns erst erholt haben.« Sie schüttelte den Kopf. »Aber wir sind nur zu zehnt. So wenige.« Stirnrunzelnd ließ sie den Blick um sich schweifen. »Weißt du, Joq, da ist etwas, was meine Vision betrifft, das ich dir nie erzählt habe.«

»Und das wäre?«

Sogar jetzt fiel es ihr noch schwer, darüber zu sprechen, weil es so persönlich war. »Ich habe im Traum meine

Eltern hier gesehen«, sagte sie. »Sie standen am Ufer des Sees. Dieses Sees dort. Das war auch der Grund, weshalb ich unbedingt dorthin wollte. Ich dachte fast, irgendwie …« Sie verstummte, schirmte die Augen gegen das Licht der aufgehenden Sonne ab und blickte über das Wasser.

»Wir haben keine Spuren von Menschen gefunden«, sagte Joq. »Und ich bezweifle, daß die Tiere so zahm wären, wenn vor uns Menschen hier gewesen wären. Ich glaube, wir sind die ersten, Laena. Die ersten, die die große Wanderung über die Berge unternommen haben.«

»Wirklich?« Plötzlich erschien ihr der Verlust ihrer Eltern nicht mehr so belastend. Sie blickte zu ihm auf. »Du meinst, daß es vor uns noch niemand geschafft hat?« Sie lächelte. »Heißt das, daß noch kein Anführer so mutig – oder stur – war wie ich?«

Er lächelte zurück. »Davon bin ich überzeugt.«

Sie wandte sich ab und blickte wieder auf den See. »Trotzdem ist es merkwürdig, daß ich geträumt habe, meine Eltern wären hier. Komisch, daß sich alles erfüllt hat, nur das nicht.«

»Vielleicht wachen sie über uns«, sagte er, »so wie der Geist von Faltors Ururgroßvater über den Fischer-Stamm gewacht hat.«

Sie bog den Kopf zurück und starrte in den dunkelblauen Himmel, als könnte sie in der konturenlose Weite etwas oder jemanden erspüren. »Weißt du«, sagte sie, »wenn sie mich jetzt sehen könnten …, also, ich glaube, sie wären stolz auf mich.«

Nachwort

Dies ist also die Geschichte von Laena und ihrem Stamm, die als erste den großen Kontinent Nordamerika besiedelten, auf den bis dahin noch kein Mensch den Fuß gesetzt hatte.

Laena ließ sich an diesem schönen Ort am See nieder. Sie war für ein ganzes Leben genug gewandert und sah keine Veranlassung, den Verlust des Friedens und der Schönheit zu riskieren, nachdem sie sie unter solch übermenschlicher Anstrengung gefunden hatte. Ihre Gefährten blieben bei ihr, vereint durch die Mühsal, die sie geteilt hatten, und die Kameradschaft, die sich zwischen ihnen entwickelt hatte. Fayna und Orban vermählten sich und bekamen viele Kinder. Jinkil nahm Newa zur Frau, und auch sie hatten Kinder. Benke und Perri vermählten sich nie, weil sie der Ansicht waren, keines solchen Rituals zu bedürfen. Aber sie schenkte ihm dennoch ein Kind, und so setzten sich die Generationen fort.

Zwanzig Jahre verstrichen.

Laena ruhte auf einem Stuhl, den ihr Sohn Henik für sie gebaut hatte, unter einem Sonnendach aus Ästen und Farnen, die über ein Holzgestell gebreitet waren. Es war Mitte des Sommers, ihre Lieblingsjahreszeit. Die Sonne stand hoch am Himmel – so hoch, daß es sie immer noch in Staunen versetzte, obwohl sie dieses Schauspiel schon vor so vielen Jahren in ihren Träumen gesehen hatte.

Aber warum sollte die Sonne ihren Stand verändern, nur weil sie nach Süden gewandert war? Sie erinnerte sich, daß sie vor langer, langer Zeit, als sie Joq kennengelernt hatte, mit ihm über die Rätsel ihrer Welt gesprochen hatte. Auch heute noch gab es so vieles, was sie nicht wußten und vermutlich nie wissen würden. Laena hatte sich schon lange damit abgefunden. Sie war glücklich damit, hier zu sein und das Land ihrer Bestimmung zu genießen.

Sollten andere die Bürde der Abenteuerlust auf sich nehmen und durch die Lande ziehen, aus purer Freude daran, herauszufinden, was sich hinter dem Horizont verbarg.

Henik schien jedenfalls Spaß daran zu haben. Er und Urami hatten bereits eine Gruppe auf eine zweimonatige Wanderung nach Süden geführt. Bei ihrer Rückkehr hatten sie von weiten, heißen Orten berichtet, endlosen Sandflächen, wo die Felsen rot waren und blattlose Bäume wuchsen, deren grüne Stämme mit Stacheln gespickt waren. Es klang unvorstellbar, aber Laena hatte in ihrem Leben schon so viele merkwürdige Dinge gesehen, daß sie nichts mehr für unmöglich hielt. Ihr Geist war allem Neuen gegenüber aufgeschlossen, auch wenn sie ihre Wanderlust abgelegt hatte.

Sie hörte Geräusche aus der Richtung des Dorfes – ihres Dorfes, von ihrem Stamm errichtet. Joq war dort und half, ein neues Zelt zu bauen. Alle Behausungen entsprachen demselben Stil – sie waren den Zelten nachempfunden, die Laena im Tal des Geisterflusses gesehen hatte. Der Tod der Wilden, die dort gelebt hatten, lastete immer noch auf ihr. Sie hatte vorher noch nie einen Menschen getötet, und dabei war es seitdem auch geblieben. Sie hatte den Stil ihrer Zelte als einen Tribut an sie übernommen, damit ein kleines Stück ihres Erbes von einer Generation an die nächste weitergegeben wurde.

Sie hörte einen Ruf vom Seeufer. Henik und Urami standen dort unten und bauten an einer neuen Erfindung – ein Gebilde aus Holz und Schilf, von dem sie behaupteten, es würde sie über das Wasser tragen. Nun, sie hielt es tatsächlich für möglich und hatte ihnen gesagt, daß sie ihre Idee unterstütze, solange sie nie von ihr verlangten, daß sie sich selbst aufs Wasser wagte.

Sie schirmte die Augen mit einer Hand gegen die Sonne ab und sah, daß sie ihr zuwinkten. Vielleicht war ihre Erfindung fertiggestellt, und sie wollten, daß sie sie sich ansah. Sie beugte sich in ihrem Stuhl vor.

Plötzlich schien die Zeit stillzustehen.

Da standen sie und hoben sich deutlich vom leuchtenden Blau des Sees ab, winkten und riefen ihr zu. Ihr wurde schwindlig. Ein Kreis hatte sich geschlossen, ein Kreis, von dem sie zwanzig Jahre lang nicht gewußt hatte, daß er noch unvollständig war.

Der Henik, den sie sah, war ihr Sohn und nicht ihr Vater. Und Urami war ihre Adoptivtochter und nicht ihre Mutter. Überwältigt ließ sie sich in ihren Stuhl zurücksinken. All diese Jahre, und sie hatte es nie geahnt, hatte ihre Vision bis jetzt nicht vollständig verstanden.

Erst jetzt begriff sie ihre wahre Bedeutung. Es gab kein magisches Land, in das ihre Eltern nach ihrem Tod eingekehrt waren. Das war nur kindliches Wunschdenken gewesen. Ihre Eltern waren umgekommen, und sie würde sie niemals wiedersehen, daran zweifelte sie nicht mehr.

Gleichzeitig lebten sie aber auch fort. Sie war einst Teil von ihnen gewesen, und sie lebte noch. Das bedeutete, daß in ihr ein Teil von ihnen weiterlebte. Und jetzt setzte ihr Sohn den Kreislauf des Lebens fort, so wie Urami die Lebensessenz von Faltor in sich trug.

Sie wünschte, sie könnte in die Zukunft blicken und die nächste Generation sehen und die nächste, und alle jene, die noch folgen würden, sich ausbreitend wie Wellen auf der Suche nach einem Ufer. Würden sie je dieses scheinbar endlose Land ausfüllen, das sie entdeckt hatte? Würden sie sich an sie erinnern, an die Frau, die den Mut und den Glauben besessen hatte, die Berge zu überwinden, um hierher zu kommen? Und würden sie sich an Faltor erinnern, den weisen Häuptling, der dazu beigetragen hatte, dies alles zu ermöglichen?

»Mutter, komm her!« rief Henik ungeduldig. Nun, sie hatte Verständnis dafür. Er war noch jung und ruhelos, und sie saß da und träumte von einer Zukunft, die sie nicht mehr erleben würde.

Sie erhob sich. »Ich komme, Henik«, rief sie. Sie sollte versuchen, mehr in der Gegenwart zu leben und sich an ihrem Sohn zu erfreuen, solange sie es konnte. Sie hegte den Verdacht, daß er in nicht allzu ferner Zukunft aufbrechen würde, auf der Suche nach einem Land, daß er sein eigen nennen konnte.

Laena trat hinaus in die Sonne. Ihre nackten Füße glitten durch das kühle Gras. Sie zögerte und hatte plötzlich das Gefühl, daß, wenn sie den Kopf wandte, sie einen weißen Panther im Gras liegen sehen würde, der sie aus geheimnisvollen Augen musterte.

Als sie sich jedoch umblickte, sah sie nur das Land und den blauen Himmel.

ENDE

Laenas Welt: Faktischer Hintergrund

Vor vierzehntausend Jahren vollzog sich auf unserem Planeten eine große Wandlung. Das Ende des Eiszeitalters nahte, und die Erdkugel erwärmte sich. Riesige Gletscher schmolzen, strömten in die Ozeane, und der Meeresspiegel hob sich um rund neunzig Meter. Diese Veränderungen hatten verheerende Folgen für die Menschen, die in tiefgelegenen Küstengebieten lebten und fortan ums Überleben kämpfen mußten.

Damals waren jene Regionen, die wir heute als Sibirien und Alaska bezeichnen, über eine sogenannte »Landbrücke« miteinander verbunden – tatsächlich handelte es sich um einen kleinen Subkontinent, der heute auf dem Grund der Bering- und Chukchi-See liegt. Es war also möglich, über dieses Land zu Fuß von Rußland nach Nordamerika zu gelangen, wobei die Überquerung allerdings, durch das arktische Klima bedingt, gelinde gesagt, schwierig gewesen sein muß.

Dieses versunkene Land, das die Wissenschaftler heute Beringia nennen, war eine kalte, trockene, baumlose Steppe. Aber es gibt archäologische Beweise dafür, daß sie von Tieren wie beispielsweise Mammuts bevölkert war, sowie von Menschen.

Die Stämme sind aller Wahrscheinlichkeit nach von Sibirien nach Beringia gelangt. Dort angekommen, werden sie so gelebt haben wie zuvor. Sie haben gejagt, es sich in Zeiten des Überflusses gutgehen lassen und Vorräte für die Wintermonate angelegt. Es gab keine Veranlassung für sie, Beringia zu verlassen, nachdem sie sich erst dort niedergelassen hatten. Nach Sibirien zurückzukehren hätte Krieg mit jenen Stämmen bedeutet, die dieses Gebiet inzwischen für sich beanspruchten. Im Osten und Süden hätten sie karges, eisbedecktes Gelände überwinden müssen. Und so lebten sie etwa einhundert Jahre lang in Beringia.

Aber es war eine unsichere Heimat. Sie blieb trocken und bewohnbar, solange der Großteil des Wassers auf der Erde zu kompakten Gletschern gefroren war. Als diese jedoch begannen zu schmelzen, wurde Beringia langsam überflutet.

Was wurde aus den Menschen, die ihrer Heimat beraubt wurden? Wir haben guten Grund zu der Annahme, daß einige von ihnen nach Süden zogen und nach Nordamerika gelangten. Noch vor vierzehntausend Jahren gab es auf dem ganzen amerikanischen Kontinent keine Menschen; es gibt keine archäologischen Beweise für menschliches Leben vor dieser Zeit.

Der Weg war viel länger und beschwerlicher als jener der europäischen Siedler Tausende Jahre später. Die Beringianer besaßen keine Pferde und Wagen; sie mußten die ganze Strecke zu Fuß zurücklegen. Das bedeutet, daß sie unmöglich genügend Vorräte für den gesamten Marsch mitnehmen konnten. Sie starben an Hunger, Durst und den unglaublich harten klimatischen Bedingungen. Das Land, das erst kürzlich vom zurückweichenden Eis freigegeben worden war, war mit Steinen, Schotter und leblosen Teichen aus Schmelzwasser bedeckt. Harsche Winde bliesen von den noch verbliebenen Gletschern herab und wirbelten in den kargen Tälern riesige Staubwolken auf.

Die Lebensbedingungen waren so hart und die Entfernungen so groß, daß der Marsch beinahe unmöglich erscheint. Andererseits hatten die Beringianer sich bereits an ein kaltes Klima gewöhnt, und auch wenn sie nur neun oder zehn Meilen am Tag geschafft hätten, hätten sie doch innerhalb eines Jahres eine Strecke von dreitausend Meilen zurücklegen können.

Nachdem sie das Eis überwunden hatten, stießen sie auf eine neue Welt, in der es von Wildtieren förmlich wimmelte – Tiere, von denen sie offenbar viele bis zu ihrer Ausrottung gejagt haben. Es gab Mammuts, Pferde, Kamele (die den Lamas Südamerikas glichen), riesige Bodenfaultiere sowie Arten, die bis heute erhalten geblieben sind wie beispielsweise Bären, Berglöwen, Büffel und Bisons.

Artenerhalt hatte vor vierzehntausend Jahren noch keine große Bedeutung. Die Jäger erlegten ihre Beute auf die bequemste Art, beispielsweise indem sie sie über eine Klippe oder in einen Sumpf trieben, wobei weit mehr Tiere getötet wurden, als die Menschen essen konnten. Die Anzahl der Tiere muß den Menschen unbegrenzt erschienen sein, und wenn das Wild in einem Gebiet rar wurde, zogen die Stämme einfach weiter und ließen ein geplündertes Land zurück. Hieraus scheint sich eine Explosion der menschlichen Population ergeben zu haben, die sich nach Schätzungen innerhalb von nur achthundert Jahren über den ganzen Kontinent ausgebreitet hat. Und dann, als es kein neues Land und kein jagdbares Wild mehr gab, kam es zu einem ebenso abrupten Massensterben.

Das ist die Geschichte, die diesem Buch zugrundeliegt. Wenn wir unsere Aufmerksamkeit noch einmal auf den entscheidenden Augenblick lenken, da Nordamerika noch unentdeckt war und die Beringianer die grausamen Auswirkungen der Klimaveränderungen zu spüren bekamen, wird daraus ersichtlich, daß zu irgendeiner Zeit jemand so verzweifelt oder von einer Vision beseelt gewesen sein muß, die Wanderung nach Süden zu wagen, ungeachtet des unwirtlichen Geländes. Diese Person – die vermutlich eine kleine Gruppe von Abenteuern anführte – wäre der erste Mensch gewesen, der Nordamerika betreten hat.

Dieses Buch erzählt in fiktivem Rahmen die Geschichte dieses ersten amerikanischen Ureinwohners.